W0014791

HJORTH & ROSENFELDT

DIE MENSCHEN, DIE ES NICHT VERDIENEN

HJORTH & ROSENFELDT

DIE MENSCHEN, DIE ES NICHT VERDIENEN

EIN FALL FÜR SEBASTIAN BERGMAN

Kriminalroman
Aus dem Schwedischen von Ursel Allenstein

WUNDERLICH

Die Originalausgabe ist 2015 unter dem Titel
«De Underkända» bei Norstedts Förlagsgrupp AB,
Stockholm, erschienen.

1. Auflage Oktober 2015
Copyright © 2015 by Rowohlt Verlag GmbH,
Reinbek bei Hamburg
Alle deutschen Rechte vorbehalten
«De Underkända» Copyright © 2015
by Michael Hjorth & Hans Rosenfeldt
Redaktion Annika Ernst
Satz aus der Thesis PostScript
Gesamtherstellung CPI books GmbH, Leck, Germany
ISBN 978 3 8052 5087 0

Sehr geehrter Herr Chefredakteur Källman,

schon seit vielen Jahren lese ich Ihre Zeitung, zu Beginn die gedruckte Ausgabe, seit einigen Jahren aber auch im Internet.
Nicht immer sympathisiere ich mit Ihren Ansichten, und hin
und wieder erscheinen mir sowohl die Themen als auch der
journalistische Ansatz in manchen Reportagen eher fragwür-
dig. Nichtsdestotrotz hat mich Ihre Publikation zumeist mit
einer gewissen Zufriedenheit erfüllt.

Nun aber ist der Zeitpunkt gekommen, an dem ich mich
gezwungen sehe, Ihnen als verantwortlichem Herausgeber
eine Frage zu stellen.

Warum huldigen Sie in Ihrer Zeitung der reinen Idiotie?

Wann hat man beschlossen, die bloße Dummheit in den
Mittelpunkt zu stellen und nicht nur zur Norm zu erklären,
sondern darüber hinaus auch noch als erstrebens- und beneidenswert darzustellen?

Warum bieten Sie täglich Personen ein Forum, die keine
Ahnung haben, in welchem Jahr der Zweite Weltkrieg aus-
brach, die nicht einmal Grundkenntnisse der Mathematik
besitzen und allenfalls zufällig einen vollständigen Satz zu-
stande bringen? Warum berichten Sie über Personen, deren
einziges Talent darin besteht, auf sogenannten Selfies einen
Kussmund zu ziehen, und deren einziges «Verdienst» es ist,
dass sie sich öffentlich blamieren, indem sie sich mit irgend-
jemandem beim Geschlechtsverkehr filmen lassen – in einer

von all diesen Dokusoaps, die unsere Fernsehkanäle derzeit jeden Abend überschwemmen.

Im Rahmen meines Berufs begegne ich vielen jungen Menschen, die strebsam, intelligent, engagiert und ehrgeizig sind. Es sind Menschen, die öffentliche Debatten verfolgen, ihr Wissen erweitern, kritisch denken und eine Ausbildung absolvieren, um einmal einen interessanten und anspruchsvollen Beruf ergreifen zu können, der unserer Gesellschaft dienlich ist. Diese jungen Menschen wollen etwas. Sie können etwas.

Ihnen sollten Sie Raum geben. Sie zu möglichen Vorbildern ernennen.

Nicht diesen gefühllosen, egoistischen, oberflächlichen Wesen, die mit vulgären Tätowierungen übersät, mit Metallschrott im Mund und ihrem niedrigen IQ sowie ihrer nicht vorhandenen Allgemeinbildung durch die Gegend stolzieren.

Deshalb wiederhole ich meine Frage abschließend noch einmal und sehe Ihrer Antwort in der Zeitung entgegen:

Wann hat man beschlossen, die bloße Dummheit in den Mittelpunkt zu stellen und nicht nur zur Norm zu erklären, sondern darüber hinaus auch noch als erstrebens- und beneidenswert darzustellen?

Mit freundlichen Grüßen
Cato d. Ä.

Ab sofort haben Sie dreißig Sekunden.»

Mirre nahm das metallische Klicken der Stoppuhr kaum wahr. Wie lange sollte das Ganze dauern? Was hatte der Mann gleich noch gesagt?

Er wollte sechzig Fragen stellen.

Die wievielte war das jetzt? Mirre hatte keine Ahnung. Es kam ihm so vor, als wären sie schon eine Ewigkeit damit beschäftigt. Und er versuchte immer noch zu begreifen, was eigentlich passiert war.

«Möchten Sie die Frage noch einmal hören?»

Der Mann saß direkt vor ihm, auf der anderen Seite des Tischs. Seine Stimme war tief und ruhig.

Mirre hatte sie zum ersten Mal vor knapp zwei Wochen gehört, als sie miteinander telefonierten. Der Mann hatte ihn angerufen und sich als Sven Cato vorgestellt, ein freiberuflicher Journalist. Er wolle Mirre interviewen, hatte er gesagt. Oder besser noch: porträtieren. Mirre habe die Staffel zwar nicht gewonnen, gehöre aber zweifellos zu den Teilnehmern, die in der Presse und den sozialen Medien die meiste Aufmerksamkeit erhalten hätten. Und die Menschen hätten sich nach dem, was sie gesehen hatten, eine Meinung über ihn gebildet. Sven hatte erklärt, er wolle dieses Bild von ihm nun ein wenig vertiefen. Seine anderen Seiten zeigen, den Menschen hinter der Fernsehberühmtheit. Ob sie sich treffen könnten?

Sie hatten sich am Dienstag im Kurhotel verabredet, und Sven hatte ihn zum Mittagessen eingeladen. Obwohl es erst kurz nach halb zwölf gewesen war, hatten sie beschlossen, sich ein Bierchen zu gönnen. Schließlich war Sommer. Ferienzeit. Sven hatte ein kleines Diktiergerät zwischen ihnen auf dem Tisch platziert und Fragen gestellt. Und Mirre hatte geantwortet.

Jetzt deutete der Mann sein Schweigen offensichtlich als Ja.

«Wie nennt man Wörter, die das Verhältnis zwischen Personen, Dingen und Orten beschreiben – so wie beispielsweise *auf, zu, vor* und *in*?»

«Ich weiß nicht», sagte Mirre und hörte, wie erschöpft seine Stimme klang.

«Sie haben noch zehn Sekunden Bedenkzeit.»

«Ich weiß es nicht! Und ich habe keine Lust, Ihre bescheuerten Fragen zu beantworten!»

Einige Sekunden lang herrschte Stille, dann folgte ein Klicken, als die Stoppuhr angehalten, und ein weiteres, als sie wieder auf null gestellt wurde.

«Nächste Frage: Wie hieß das Flaggschiff, mit dem Christoph Kolumbus 1492 Amerika entdeckte? Dreißig Sekunden ab jetzt.»

Klick.

Die Stoppuhr tickte erneut.

Das Interview am Mittag war gut gelaufen. Dieser Sven war zwar mindestens so alt wie Mirres Vater und schien nicht wirklich den Durchblick zu haben, aber er wirkte ernsthaft interessiert. Es war nett, mit ihm zu reden. Als Mirre von der Toilette zurückgekommen war, hatten schon zwei neue Bier auf dem Tisch gestanden, die Sven in der Zwischenzeit bestellt hatte.

Das musste es gewesen sein. Das zweite Bier. Er musste irgendetwas hineingeschüttet haben, denn Mirre war kurz danach schlecht geworden. Er hatte sich nicht mehr konzentrieren können. Sich schwach gefühlt.

Sven hatte ihm angeboten, ihn nach Hause zu fahren.

Sie hatten das Restaurant verlassen und waren zum Parkplatz gegangen.

Und irgendwann war er hier aufgewacht.

Mit dem Kopf auf einer harten Tischplatte.

Er hatte sich aufgerichtet und einige Minuten gebraucht, bis er begriff, dass er nichts sah. Als er die Augenbinde hatte wegziehen wollen, bemerkte er, dass er seine Hände nur wenige Zentimeter bewegen konnte, ehe ein metallisches Klirren erklang.

Ketten. Handschellen.

Er hatte geschrien und an den Handschellen gerüttelt, war jedoch verstummt, als er die bekannte Stimme vernommen hatte.

«Niemand kann Sie hören, und Sie können sich auch nicht befreien.»

Er hatte erneut gefleht. Was zum Teufel passierte hier gerade? Was hatte dieser Typ vor? Mirre flehte und drohte. Vor allem Letzteres.

«Beruhigen Sie sich. Schon in einer guten halben Stunde können Sie hier weg sein. Vorausgesetzt natürlich, Sie bestehen.»

«Wie, bestehen?», hatte Mirre gefragt. «Was soll ich bestehen?»

Sechzig Fragen.

Dreißig Sekunden Bedenkzeit für jede.

Ein Drittel aller Antworten musste richtig sein.

«Und wenn nicht, was passiert dann?»

«Lassen Sie uns anfangen», hatte der Mann, der vermutlich gar nicht Sven Cato hieß, anstelle einer Antwort gesagt.

«Erste Frage. Wofür steht die Abkürzung NATO? Dreißig Sekunden ab jetzt.»

Auf das Klicken, mit dem die Stoppuhr in Gang gesetzt wurde, folgte ein leiseres, aber schnelles Ticken, das die Sekunden zählte.

Um die ersten zehn oder fünfzehn Fragen hatte Mirre sich gar nicht gekümmert. Er hatte nur weiter an seinen Handschellen gezerrt und den Mann angeschnauzt, was er da verdammt noch mal mache und was er eigentlich von ihm wolle. Abwechselnd hatte Mirre ihm mit einer deftigen Abreibung gedroht oder ihn gefragt, was er haben wolle, damit er ihn freiließ. Drohen und flehen.

Doch der Mann hatte sich nicht davon beeindrucken lassen. Er hatte mit derselben ruhigen Stimme weiter seine Fragen gestellt, seine Stoppuhr gestartet, sich erkundigt, ob er die Frage wiederholen solle, und auf eine Antwort gewartet. Nach einer Weile hatte er sachlich darauf hingewiesen, dass die Chance, den Test zu bestehen, inzwischen dramatisch gesunken sei und Mirre gut daran tue, sich etwas mehr zu konzentrieren und weniger zu drohen.

Also begann Mirre zuzuhören.

«Was ist eine Primzahl?»

«Welche Tiere gehören zu den Big Five?»

«In welchem Jahrzehnt entstand die Insel Surtsey vor der isländischen Südküste?»

«Wie heißt die SI-Einheit, mit der man die Lichtstärke misst?»

Nach etwa der Hälfte des Tests hatte Mirre bemerkt, dass irgendetwas unter ihm knisterte, wenn er sich bewegte. Plastik. Er saß auf Plastik. Ein weiches Kissen, das jedoch in Plastikfolie gehüllt war. In Mirres Welt gab es dafür nur zwei mögliche Gründe.

Entweder war das Kissen so neu, dass es noch eingepackt war.

Oder man wollte es schützen.

Vor Flecken. Spritzern. Blut.

Nach diesem Adrenalinschub beschloss er, die Aufgabe zu bewältigen. Er würde es diesem Arschloch zeigen.

Er versuchte zuzuhören. Nachzudenken. Er musste verdammt noch mal bestehen.

«In welchem amerikanischen Bundesstaat liegt die Stadt Chicago?»

«Wie lautet die chemische Formel für Phosphorsäure?»

«Wer folgte Oscar I. auf den schwedischen Königsthron?»

Frage um Frage, mit derselben ruhigen tiefen Stimme gestellt. Mirre konnte keine einzige davon beantworten ...

«Letzte Frage: Zu welcher Familie gehört der Vielfraß?»

Klick.

Familie? Was denn für eine Familie? Mirre wusste, was Vielfraß auf Englisch hieß. *Wolverine.* Er hatte jeden Marvel-Film gesehen. Aber die Familie?

«Möchten Sie, dass ich die Frage wiederhole?»

«Nein.»

Stille. Das leise, schnelle Ticken. Klick.

«Die Zeit ist um. Dann wollen wir mal sehen ...»

Mirre seufzte und ließ seine Stirn auf die Tischplatte sinken. Nie im Leben hatte er zwanzig von sechzig richtigen Antworten. Auf so viele Fragen hatte er gar nicht erst versucht zu antworten.

Er hörte, wie der Mann auf der anderen Seite des Tisches aufstand. Langsam hob Mirre den Kopf und horchte auf die Bewegungen des anderen. Es klang, als käme der Mann näher. Im nächsten Moment spürte er etwas Kaltes, Metallisches an seiner Stirn.

«Sie sind durchgefallen», sagte der Mann, der tatsächlich nicht Sven Cato hieß. Mirre konnte nicht einmal mehr mit dem Kopf zucken, ehe die Druckluft den kleinen Bolzen abschoss, der sofort durch das Stirnbein und ins Gehirn drang.

Ihr ganzes Leben lang war sie von Lügen umgeben gewesen. Unsichtbaren Lügen. Über dreißig Jahre lang waren diese Schatten da gewesen, ohne dass sie sie entdeckt hatte. Jetzt war es anders. Jetzt sah sie die Schatten überall. Wohin sie auch blickte, stieß sie darauf.

Auf Lug und Betrug.

Keiner hatte ihr die Wahrheit gesagt.

Keiner.

Weder Anna noch Valdemar oder Sebastian.

Mutter, Vater und Vater.

Doch inzwischen weigerte sie sich, auch nur einen von ihnen als ihre Familie zu betrachten. Das wäre zu liebevoll. Das wollte sie ihnen nicht gönnen. Jetzt waren sie nur noch Personen mit Namen, mehr nicht.

Anna. Valdemar. Sebastian.

Allmählich hatten sich in der Fassade ihres Lebens Risse gebildet. Eine Ermittlung wegen Wirtschaftskriminalität hatte dazu geführt, dass Valdemar in Untersuchungshaft gekommen war. Anfangs war sie von seiner Unschuld überzeugt gewesen, hatte ihn für ein Opfer unglücklicher Umstände gehalten. Immerhin war er ihr Vater. Doch dann gestand er. Ihre Welt geriet ins Wanken.

Damals hatte Vanja noch nicht gewusst, dass dies nur die Spitze des Eisbergs gewesen war.

Der eigentliche Abgrund tat sich auf, als sie erfuhr, dass Valdemar nicht ihr leiblicher Vater war. Diese Enthüllung warf sie vollkommen aus der Bahn. Fieberhaft versuchte sie, sich in ihrem neuen Dasein zurechtzufinden und die Wahrheit zu erfahren. Sie konfrontierte Anna mit ihrem Wissen – nicht ahnend, zu welchen Intrigen ihre Mutter imstande war.

Anna erfand einen Vater.

Einen Mann, der bereits gestorben war.

Eine neue Lüge.

Vanja konnte verstehen, warum sie die Wahrheit über Valdemar nicht hatte erzählen wollen. Sie konnte es verstehen, und vielleicht wusste sie es sogar zu schätzen. In allen wesentlichen Dingen war er ihr zeit ihres Lebens ein guter Vater gewesen. Der beste Vater, den man sich vorstellen konnte. Warum sollte Anna ihn ihr wegnehmen? Warum sollte sie dieses Verhältnis zerstören?

Aber jetzt? Nachdem Vanja wusste, wer er war, oder besser gesagt, wer er nicht war: Warum hörte Anna jetzt nicht endlich auf zu lügen? Warum enthielt sie ihr die Wahrheit immer noch vor? Das ließ sich weder erklären oder verteidigen noch verstehen und führte zu einer eisigen Kälte zwischen ihnen. Einem Permafrost, den Vanja nicht wieder auftauen wollte.

Schließlich hatte nicht sie gelogen.

Sie war unschuldig.

Aber dann, als alles um sie herum bereits ins Wanken geraten war, trat Sebastian Bergman plötzlich aus dem Schatten.

Er war ihr Vater.

Deshalb hatte er sich wieder der Reichsmordkommission angeschlossen.

Seine Motivation war eindeutig. Und all sein Tun hatte nur ein einziges Ziel gehabt: ihr nah zu sein, ihr Freund zu werden.

In der Nacht nach Billys Hochzeit hatte er sie geweckt. Sie war noch im Halbschlaf gewesen, als er gesagt hatte, er müsse ihr unbedingt etwas erzählen und nein, es habe nicht bis morgen Zeit. Sie wusste nicht genau, was sie erwartet hatte, als sie sich neben ihn auf das ungemachte Bett setzte. Aber auf keinen Fall das, was sie zu hören bekam, so viel war sicher.

«Ich bin dein Vater, Vanja», hatte er gesagt und ihre Hände genommen.

Immerhin hatte er sich bemüht, die Nachricht halbwegs behutsam zu verkünden. Hatte erklärt, wie er selbst es erfahren hatte. Wie er dann nicht ihr Verhältnis zu Valdemar hatte gefährden wollen und wie Anna ihm verboten hatte, das Geheimnis preiszugeben, und er trotzdem immer nur ihr Bestes gewollt hatte.

Er hatte ehrlich gewirkt.

Das rechnete sie ihm hoch an. Aber eigentlich änderte es nichts. Betrug war Betrug.

Sie hatten mit ihrem Leben gespielt, wie in diesem Film mit Jim Carrey, *Die Truman Show*.

Alles war nur ein Schauspiel gewesen, und alle hatten eine Rolle innegehabt – außer ihr.

Sie, die immer so großen Wert auf Vernunft und Logik gelegt hatte, verlor den Boden unter den Füßen. Sie hatte das Gefühl, als würde sie in einem Haus wohnen, in dem keine Tür in irgendeinen anderen Raum führte. Sosehr sie auch suchte, sie fand keinen Ausweg.

Sie hatte sich zwei Wochen lang krankschreiben lassen. Hatte in ihrer Wohnung gesessen und versucht, ihre Gefühle in den Griff zu bekommen. Es hatte zu nichts geführt als der Einsicht, wie einsam sie im Grunde war.

In ihrem Erwachsenenleben hatte sie all ihre Energie in zwei Dinge gesteckt: ihren Job und ihre Familie.

Eine gute Polizistin zu sein.

Und eine gute Tochter.

Jetzt, ohne Familie, blieb ihr nur noch die Arbeit.

Aber ausgerechnet dort war der Mann, der sich plötzlich als ihr Vater erwiesen hatte. Die beiden Welten waren kollidiert. Nirgends war sie frei von den Gedanken, die sie jagten, dabei hätte sie genau das gebraucht.

Sie musste sich ein Leben jenseits der Schatten aufbauen.

Ein eigenes Leben. Ihr Leben.

Nur wie, wusste sie nicht.

An normalen Tagen, wenn sich fast zweihundert Schüler vor den Schränken an der Wand drängten, herrschte hier ein ganz anderer Geräuschpegel. Doch vorigen Donnerstag hatten die Sommerferien begonnen, und jetzt war Lise-Lotte González allein in einer stillen Schule. In den letzten Wochen vor Schuljahresende waren einige administrative Aufgaben liegen geblieben, und sie hatte beschlossen, alles aufzuarbeiten, damit sie anschließend guten Gewissens freinehmen konnte. Gestern war sie nur wenige Stunden im Büro gewesen, dann hatte sie das schöne Wetter hinausgelockt, aber heute wollte sie bis mindestens sechzehn Uhr bleiben.

Eigentlich machte es ihr nichts aus, den Urlaub noch um ein oder zwei Wochen aufzuschieben. Sie arbeitete gern konzentriert und ohne dass das Telefon klingelte, die Kollegen ihren Kopf zur Tür hereinsteckten oder der Posteingang überquoll.

Gegen vierzehn Uhr gönnte sie sich eine wohlverdiente Pause. Sie ging in das verlassene Lehrerzimmer, stellte den Wasserkocher an und machte sich eine Tasse Nescafé. Zurück im Büro, wühlte sie in den Schubladen unter der Arbeitsplatte und fand eine Dose mit Mandelkeksen. Das musste reichen.

Nach der kurzen Kaffeepause beschloss sie, noch eine Runde zu drehen. Sie spazierte gern durch die frisch renovierten Räume ihrer Schule.

So empfand sie wirklich.

Es war «ihre Schule».

Was natürlich nicht stimmte. Die Hilding-Schule war die

neuste Lehranstalt, die der Privatschulkonzern Donnergruppen eröffnet hatte.

Sie war sehr erfolgreich.

Hatten einen großen Zustrom an Schülern, einen guten Ruf, kompetente Lehrkräfte und überdurchschnittliche Ergebnisse im landesweiten Leistungsvergleich. Lise-Lotte konnte sich also sicher sein, dass die Konzernleitung es auf keinen Fall bereute, den Rektorenposten mit ihr besetzt zu haben.

Sie bog um die Ecke und gelangte in den Gang, wo hauptsächlich die naturwissenschaftlichen Fächer unterrichtet wurden. Lise-Lotte blieb stehen und stutzte. Eine der weiß lasierten Türen, die erstaunlicherweise das ganze Halbjahr ohne Schmierereien überstanden hatten, stand halb offen. Dabei sollten insbesondere diese Räume immer verschlossen sein, weil Chemikalien, Säuren, Gasflaschen und andere teure und gefährliche Dinge darin aufbewahrt wurden.

Als sie die Tür schließen und absperren wollte, erspähte sie etwas in dem Raum.

Was war das?

Sie öffnete die Tür ganz. Doch, sie hatte richtig gesehen. Links neben dem Smartboard saß ein Mensch mit nacktem Oberkörper, den Rücken dem Raum zugewandt.

«Hallo?»

Keine Reaktion. Lise-Lotte trat einen Schritt in das Zimmer.

«Hallo, alles in Ordnung?»

Noch immer erhielt sie keine Antwort. Nichts, was darauf hindeutete, dass dieser Mensch sie überhaupt gehört hatte. Stand er unter Drogen? Wie er auf dem Stuhl hing, ließ jedenfalls darauf schließen, dass er bewusstlos oder im Tiefschlaf war.

Lise-Lotte ging durch die Tischreihen, auf denen die Stühle ordentlich mit den Beinen nach oben hochgestellt waren und auf das nächste Schulhalbjahr warteten, das in acht Wochen begann.

«Alles in Ordnung? Können Sie mich hören?»

Jetzt konnte sie erkennen, dass es ein junger Mann war. Muskulös. Tätowiert. Aber was trug er auf dem Kopf? Eine Karnevalsmütze, oder was war das? Und was waren das für Papiere auf seinem Rücken? Falls er tatsächlich berauscht oder bewusstlos war, konnte Lise-Lotte nur hoffen, dass er nichts aus diesem Chemieraum konsumiert hatte. Es würde keinen guten Eindruck machen, wenn einer der hiesigen Jugendlichen in ihre Schule eingebrochen wäre und sich zugedröhnt oder vergiftet hätte.

Lise-Lotte blieb stehen und runzelte verblüfft die Stirn. Jetzt konnte sie die Blätter genau erkennen, die am Rücken des Mannes hingen.

Zwei Seiten im DIN-A4-Format.

Auf ihnen stand etwas. Und daneben waren Blutflecken, dort, wo die Seiten an der Haut des Jungen festgetackert waren. Lise-Lotte befürchtete das Schlimmste, als sie die letzten Schritte nach vorn eilte und sich hinabbeugte, um sein Gesicht zu sehen.

Hätten ihr nicht schon die starren Augen verraten, dass dieser junge Mann tot war, dann hätte es spätestens das kleine, runde Loch in seiner Stirn getan.

Vanja saß auf dem Sofa in Torkels Büro und wartete. Entweder war sie zu früh oder er zu spät.

Vermutlich Ersteres, denn Torkel war für seine Pünktlichkeit bekannt.

Sie ertappte sich dabei, dass sie nervös war, obwohl es eigentlich keinen Grund dafür gab.

Torkel kannte die Wahrheit über Sebastian bereits. Sie hatte ihm alles erzählt, als er sie angerufen hatte, um sich zu erkundigen, wie es ihr ging. Er hatte nicht gewusst, warum sie krankgeschrieben war. Wahrscheinlich hatte er geglaubt, sie hätte eine Grippe oder etwas anderes, das irgendwann vorüberging. Natürlich war er erstaunt gewesen, zugleich aber verständnisvoll. Er hatte gesagt, sie solle sich alle Zeit nehmen, die sie benötige, und sie wisse ja, wo sie ihn finde, wenn sie jemanden zum Reden brauche.

Und jetzt brauchte sie jemanden.

Denn sie hatte eingesehen, dass sie allein nicht weiterkam, und sie hatte niemand anderen.

Durch die Glasscheibe sah sie Torkel herankommen. Sie stand auf, um sich zu sammeln, und verfluchte sich selbst für diese instinktive Bewegung. Schließlich war es nur Torkel, mit dem sie reden wollte. Ihr Freund und Mentor. Daran hatten auch die Ereignisse der letzten Zeit nichts geändert.

Es würde funktionieren.

Er stand auf ihrer Seite.

Als Torkel nur noch wenige Meter von seinem Büro entfernt war, sah er sie ebenfalls, lächelte freundlich und hob die

Hand zum Gruß, aber Vanja glaubte, eine gewisse Unruhe in seiner Miene zu erkennen. Mit einem Mal wurde ihr bewusst, dass er vor dem Treffen womöglich genauso nervös war wie sie.

Schließlich wusste er nicht, warum sie hier war.

Glaubte er, dass er sie verlieren würde?

Aber vielleicht war es ja tatsächlich so? Warum war sie eigentlich hier?

Sie wusste es selbst nicht genau. Sie hatte die Kontrolle verloren. Das sah ihr nicht ähnlich, und deshalb war sie auch so nervös.

«Hallo, Vanja, wie schön, dich wiederzusehen!», sagte Torkel, als er durch die Tür trat und sie umarmte. «Wie ist es dir ergangen?»

«Nicht so gut.» Plötzlich spürte Vanja, wie schön es war, wenn diese Frage von jemandem gestellt wurde, der sich wirklich für die Antwort interessierte. Der sich für sie interessierte. «Irgendwie überfordert mich das alles.»

«Das verstehe ich gut», antwortete Torkel leise, trat einen Schritt zurück und hielt weiter ihre Schultern fest. «Du musstest ja auch einiges verkraften.»

«Ja, das kann man wohl sagen.»

Torkel lächelte schwach und drückte ihre Schultern noch einmal fest, ehe er sich in einen der Besuchersessel setzte. Er bedeutete Vanja mit einem Nicken, auf dem Sofa gegenüber Platz zu nehmen.

«Ich habe Sebastian gestern kurz getroffen», sagte er, als sie es sich bequem gemacht hatte. «Er war in letzter Zeit auch nicht gerade oft hier», fuhr er fort.

«Hast du ihm gesagt, dass du es weißt?», fragte Vanja.

Torkel schüttelte den Kopf. Was dachte sie eigentlich von ihm? Sie hatte ihn darum gebeten, es nicht zu tun. Und sie

21

wusste doch wohl, dass er ihr Vertrauen niemals so missbrauchen würde.

«Was sollen wir jetzt tun?», fragte er und beugte sich vor, stützte die Unterarme auf die Beine und legte die Fingerspitzen aufeinander. «Wie hättest du es gern? Du bestimmst.»

Sie begegnete seinem offenen, wohlwollenden Blick und wünschte, sie hätte eine bessere Antwort.

«Ich weiß es nicht.»

«Er ist nicht bei uns angestellt, er hat nur einen Beratervertrag. Den kann ich noch heute zerreißen, wenn du das willst.»

Das war eine Überraschung. Vanja wusste nicht so recht, was sie sagen sollte. Diese Möglichkeit hatte sie gar nicht bedacht. Sie hatte immer das Gefühl gehabt, Sebastian wäre, genau wie sie, ein ebenbürtiges Mitglied des Teams. Jetzt bot sich ihr plötzlich die Chance, ihn hinauszuwerfen.

Leicht war das nicht.

Ein Teil von ihr wollte ihn nie wiedersehen. Ein anderer Teil war eher unsicher. Verwirrt.

«Ich weiß es nicht», presste sie schließlich hervor. Diese Nicht-Antwort, die sie in letzter Zeit immer häufiger verwendete. Die alle Entscheidungen den anderen überließ.

«Ich kann ihn sofort entlassen. Das liegt in deiner Hand», wiederholte Torkel.

Sie nickte dankbar, aber ihre Unsicherheit war genauso groß wie ihre Dankbarkeit. Wenn nicht größer. Sie hasste Sebastian Bergman nicht. Sie war keineswegs so wütend auf ihn wie auf Anna und Valdemar. Bei weitem nicht. Eigentlich wollte sie ihm nichts Böses. Sie hatten sich angenähert, das konnte sie nicht verleugnen. Und manchmal mochte sie ihn sogar.

«Ich muss nachdenken. Irgendwie erscheint mir das zu einfach», sagte sie.

«Manchmal ist die einfachste Lösung die beste», entgegnete Torkel.

Nur zu wahr, aber das käme ihr vor, als würde sie vor den Schwierigkeiten davonlaufen. So war sie nicht. Sie wollte Schwierigkeiten nicht aus dem Weg gehen. Sie wollte sie lösen. Ohne Umschweife. Jedenfalls wollte sie es zumindest versuchen, ehe sie aufgab.

Sie schüttelte langsam den Kopf.

«Behalte ihn. Ich sage Bescheid, wenn ich es mir anders überlege.»

Torkel nickte. Er verriet mit keiner Miene, was er von ihrer Entscheidung hielt. Als er schließlich etwas entgegnen wollte, klingelte sein Telefon, und diesmal ließ sein Gesichtsausdruck keinen Zweifel zu: Irritation. Er stand auf und hob den Hörer ab, noch während er um den Schreibtisch herumging.

«Ich möchte nicht gestört werden», sagte er barsch. Dann hörte er jedoch, was der Anrufer zu sagen hatte, und zog einen Block und einen Stift heran.

«Von wo aus rufen Sie an, sagten Sie?»

Torkel begann zu schreiben. Vanja stand vom Sofa auf. Sie wusste nicht, wer da anrief, aber sie begriff, dass sie gerade einen neuen Fall bekommen hatten.

Sebastian konnte es kaum fassen, dass er auf der Insel Adelsö gelandet war. Oder besser gesagt, er verfluchte sich dafür, dass er es sich *erlaubt* hatte, auf Adelsö zu landen. Zwar spielte er grundsätzlich auswärts, aber normalerweise achtete er immer darauf, dass er auch schnell wieder entkommen konnte. Meistens noch ehe die Frau, mit der er im Bett gewesen war, aufwachte. Dass er diesmal nicht so vorausschauend gehandelt hatte, lag daran, dass seine Sucht in letzter Zeit eskaliert war. Der Eroberungszwang dominierte inzwischen fast sein ganzes Dasein. Aufgrund seiner Sehnsucht.

Nach Värmland.

Nach Maria und ihrer Tochter Nicole.

Das Mädchen hatte miterleben müssen, wie ihr Onkel, ihre Tante und ihre beiden Cousins ermordet worden waren, und hatte nicht mehr gesprochen, als die Polizei sie fand. Sebastian hatte sich ihrer angenommen. Er hatte ihr geholfen, das Trauma zu verarbeiten, und dabei eine enge Bindung zu dem Mädchen und dessen Mutter aufgebaut. Zu eng. Sie waren bei ihm eingezogen. Sebastian, Maria und Nicole waren zu einer kleinen Familie geworden. Nicole musste die Leere ausfüllen, die seine Tochter hinterlassen hatte.

Das war ungesund und konnte nicht auf Dauer gutgehen.

So kam es dann auch.

Es endete damit, dass Maria ihm deutlich machte, dass sie ihn nie wiedersehen wollte.

Aber er wollte sie und ihre Tochter wiedersehen.

Also hatte er einige Zeit damit verbracht, sie zu finden, was nicht besonders schwer gewesen war. Sie waren von ihrer Wohnung in Enskede in ein kleines Reihenhaus in Åkersberga gezogen. Sebastian war dorthin gefahren, doch als er vor der Tür gestanden hatte, waren ihm Zweifel gekommen.

Was sollte er tun?

Was konnte er tun?

Er wollte ihnen alles erklären. Wie viel sie ihm bedeuteten. Wie gern er sie wieder in seiner Nähe haben würde. Wie er sich dank ihnen wieder wie ein ganzer Mensch gefühlt hatte, zum ersten Mal seit jenem zweiten Weihnachtsfeiertag im Jahr 2004.

Aber er hatte sie auch belogen. Und sich selbst. Oder wie Vanja es formuliert hatte: Er hatte diejenigen ausgenutzt, die am schwächsten waren. Das wusste auch Maria. Was wollte er also damit erreichen, wieder in ihrem Leben aufzutauchen? Nichts. Also hatte er darauf verzichtet und die Reihenhausgegend wieder verlassen.

Maria und Nicole verlassen.

Hatte sich wieder in kurze, sinnlose sexuelle Abenteuer gestürzt.

Wie jetzt auf Adelsö.

Der Traum hatte ihn um kurz vor sechs geweckt. Wie immer war seine rechte Hand fest geballt. Er streckte seine verkrampften Finger, und im selben Moment sah er ein, dass es keinen Sinn hatte, einfach aufzustehen und sich davonzuschleichen. Selbst wenn er den Weg finden würde, was garantiert nicht der Fall wäre, hatte er keine Lust, sieben Kilometer bis zu einer Autofähre zu spazieren, um anschließend eine halbe Ewigkeit in einem Bus zu sitzen, bis er endlich wieder in

Stockholm war. Also blieb er liegen und wartete, bis die Frau neben ihm, Kristina ... Soundso endlich aufwachte. In derselben Sekunde, als sie die Augen aufschlug, lächelte er sie an und streichelte ihr über die Wange.

«Guten Morgen.»

Sie rekelte sich und wollte gerade ihre Hand unter seine Decke schieben, als er sie zur Seite schlug und aufstand.

«Ich gehe duschen. Darf ich mir ein Handtuch nehmen?»

Kristina wirkte etwas enttäuscht angesichts seines schnellen Abgangs. Aber er konnte sich wirklich keinen Sex mehr mit ihr vorstellen. Es war das Unvorhersehbare, das ihn reizte, die Herausforderung, jemanden zu verführen, die Ereignisse zu lenken, dieses Spiel zu spielen, das ihn für kurze Zeit all den Schmerz und die Schuld vergessen ließ, die ihn langsam vergifteten. Und genau das brauchte er. Ohne das wäre Sex nur eine Qual für ihn.

Als er aus der Dusche kam, hatte Kristina Frühstück gemacht. Aber er hatte keinen Hunger. Situationen wie diese versuchte er um jeden Preis zu vermeiden. Dieses falsche Spiel von Zweisamkeit, die Illusion, sie hätten irgendetwas gemeinsam, obwohl sie sich, wenn es nach ihm ging, nie wiedersehen würden, ließ ihn erschauern.

«Möchtest du nach dem Frühstück einen Spaziergang machen?», fragte Kristina, während sie einen selbstgebackenen Bagel, den sie in der Mikrowelle aufgewärmt hatte, mit Butter bestrich.

«Nein, ich möchte, dass du mich mit deinem Auto zur Fähre bringst», sagte Sebastian wahrheitsgemäß. «Oder besser gleich bis in die Stadt.»

Kristina legte das Buttermesser auf den Teller und lächelte ihn leicht erstaunt an, als würde seine Antwort überhaupt nicht zu ihrer Tagesplanung passen.

«Letzte Nacht hast du aber gesagt, du hättest heute keine Eile, wieder zurückzufahren.»

«Letzte Nacht hätte ich alles gesagt, um dich ins Bett zu kriegen.»

Auch das war wahr, aber diesmal hatte seine Ehrlichkeit positive und negative Folgen.

Die positive war, dass dieses lästige Frühstück umgehend beendet wurde.

Die negative, dass Kristina nicht vorhatte, ihn auch nur einen einzigen Meter zu fahren.

Jetzt ging Sebastian also eine Straße namens Adelsö ringväg entlang und hoffte, dass sie ihn irgendwann zum Fähranleger bringen würde.

Sein Telefon klingelte.

Er wünschte, es wäre Vanja.

Vor einem Monat, in der Nacht nach Billys Hochzeit, hatte er ihr erzählen müssen, was er schon eine Weile gewusst hatte: dass er ihr Vater war.

Natürlich war Vanja schockiert gewesen. Erst hatte sie ihm nicht glauben wollen, und dann, als er sie davon überzeugt hatte, dass er die Wahrheit sagte, hatte sie ihn erst einmal aus ihrem Leben verbannt. Nicht auf die Ich-will-dich-nie-wiedersehen-Art, sondern eher aus dem Bedürfnis heraus, allein zu sein.

Sie hatte gesagt, sie brauche Zeit, um das alles zu verdauen.

Sie werde sich wieder melden.

Das hatte sie bisher nicht getan.

Sebastian kannte sie gut genug, um zu wissen, dass künftig alles nach ihren Bedingungen ablaufen musste, damit ihre ohnehin schon zerbrechliche Beziehung eine Chance hätte. Sobald sie auch nur ansatzweise das Gefühl hätte, dass er etwas erzwingen wollte, würde sie ihm für immer den Rücken kehren.

Deshalb war er allein.

Und er war nicht gut darin, allein zu sein.

Und deshalb stapfte er nun auf Adelsö umher.

Und es war auch nicht Vanja, die ihn anrief, sondern Torkel.

Es war Zeit, wieder zu arbeiten.

Ursula war verwundert, als sie ihre jüngere Kollegin durch die Drehtür ins Terminal treten sah. Torkel war nicht sicher gewesen, ob Vanja mitkommen würde, aber anscheinend war es ihm gelungen, sie zu überreden. Ursula hätte vollstes Verständnis gehabt, wenn Vanja ihren Arbeitsbeginn noch etwas verschoben hätte. Sie wusste selbst nicht genau, ob sie weiter mit Sebastian zusammenarbeiten wollte. Nicht nur, weil er ein notorischer Lügner und sexsüchtig war und obendrein, wie sich jetzt herausgestellt hatte, noch Vanjas Vater.

Ursula hatte ihre eigenen Gründe.

Sie hatte ihr rechtes Auge verloren, weil sie in seiner Nähe gewesen war.

Bei ihm zu Hause.

Nur er und sie, in einer erotisch aufgeladenen Stimmung.

Vielleicht war da auch noch mehr gewesen, zumindest von ihrer Seite, obwohl sie das im Nachhinein nie zugeben würde. Eine Exfreundin von Sebastian und eine Pistole am Türspion. Anschließend hatte er sie nicht einmal im Krankenhaus besucht. Und sich nur halbherzig entschuldigt und da weitermachen wollen, wo sie beim letzten Mal aufgehört hatten. Als wäre nichts geschehen.

Ursula wandte sich an Torkel, der ein Stück entfernt stand.

«Kommt Sebastian auch?»

«Ja, das hat er zumindest gesagt.»

«Und Vanja hat nichts dagegen?»

«Nein.»

«Können wir nicht darüber abstimmen?», fragte sie und

winkte Vanja zu, die hinter der Drehtür stehen geblieben war und suchend um sich blickte. Dann winkte sie zurück und ging mit ihrem schwarzen Rollkoffer auf ihre Kollegen zu. Ursula fand, dass sie erstaunlich gefasst wirkte. Vielleicht ein wenig blasser als sonst. Und ein paar Kilo leichter.

«Ist es ein Problem, dass er mitkommt?», fragte Torkel und betrachtete sie forschend. Irgendetwas schwang in seinem Tonfall mit. Dabei hatte sie geglaubt, er sei darüber hinweg, dass sie bei Sebastian zu Hause gewesen war, als sie angeschossen wurde. Seine anfängliche Eifersucht hatte sie für überwunden gehalten. Aber vielleicht war es doch nicht so. Obwohl Sebastian und sie einhellig beteuert hatten, dass es ein unverfängliches Treffen gewesen war. Ein nettes Abendessen. Mehr nicht.

«Sebastian ist immer ein Problem», sagte sie und zuckte mit den Schultern, um die Situation zu entschärfen.

«Für dich persönlich?»

Eindeutig nicht überwunden.

«Nein», seufzte sie. «Jedenfalls nicht mehr als sonst», fügte sie hinzu.

Jetzt war Vanja bei ihnen, und Ursula überraschte sowohl ihre Kollegin als auch sich selbst damit, dass sie die Jüngere in den Arm nahm. Sie umarmte sonst nie jemanden. Nicht einmal ihre Tochter.

«Hallo, meine Liebe, wie geht es dir?», fragte sie.

Vanja bedachte Ursula mit einem zärtlichen Blick, dankbar für die unerwartete Fürsorge.

«Ganz okay. Es wird mir guttun, wieder zu arbeiten.»

Sie wandte sich Torkel zu, um das Thema zu wechseln. «Ich konnte den ersten Bericht nur kurz im Taxi überfliegen», sagte sie ein wenig entschuldigend. «Wissen wir noch mehr?»

«Nicht gerade viel», antwortete Torkel. «Zwei Morde. Spektakulär. Nahezu identisch. Beide Toten wurden mit einem Schuss in die Stirn getötet und mit einer Narrenkappe auf dem Kopf in einem Klassenzimmer gefunden, und man hat ihnen eine Art Test am Rücken festgetackert. Das erste Opfer wurde vor einer Woche in Helsingborg gefunden, das zweite vorgestern in Ulricehamn.»

«Also wechselt der Mörder seinen Ort?»

«Das scheint so», antwortete Torkel. «Leider ist der erste Bericht der Polizei in Helsingborg etwas lückenhaft.»

Ursula schüttelte den Kopf.

«Dann müssen wir wohl wie üblich an beiden Orten noch einmal bei null anfangen», sagte sie säuerlich.

Sie sah Vanja Zustimmung heischend an, doch die Aufmerksamkeit der Kollegin galt etwas ganz anderem. Ursula drehte sich um und sah, was Vanja längst entdeckt hatte: Sebastian, der durch die Drehtür schlenderte, als gäbe es keine Probleme auf dieser Welt. Hinter ihm bemerkte Ursula Billy, der gerade aus einem Taxi stieg und auf das Terminal zueilte.

Die ganze Mannschaft versammelt …

Sebastian hielt inne, als er Vanja erblickte. Seine Sorglosigkeit schien plötzlich wie weggeblasen.

«Ich rede mal kurz mit ihm», sagte Vanja leise und ließ den Griff ihres Koffers los.

«Soll ich mitkommen?», fragte Torkel mit einer beinahe väterlichen Stimme.

«Nicht nötig.»

Vanja ging auf Sebastian zu, der seinen Koffer abstellte und anscheinend beschlossen hatte, sie zu ihm kommen zu lassen. Billy lief an Sebastian vorbei, ohne stehen zu bleiben, grüßte ihn nur kurz mit einem Nicken und steuerte dann auf Ursula und Torkel zu. Sebastian kannte die dunklen Geheimnisse hinter Billys neutraler Fassade, doch in diesem Moment wusste er es zu schätzen, dass der Kollege sich nichts anmerken ließ. Sebastian musste sich auf seine Tochter konzentrieren.

«Hallo, Vanja», sagte er ruhig, als sie nur noch wenige Meter von ihm entfernt war. «Ich war mir nicht sicher, ob du hier sein würdest.»

«Doch, das bin ich.»

«Du hast gesagt, du würdest dich melden ...»

Vanja ging die letzten Schritte auf ihn zu und kam ihm so nah, dass er ihr Shampoo riechen konnte. Offenbar versuchte sie, inmitten des Gewimmels eine private Atmosphäre zu schaffen.

«Ich bin heute in der Grev Magnigatan vorbeigegangen», sagte sie so leise, dass keiner der Vorbeigehenden verstehen konnte, worüber sie redeten. «Aber du warst nicht zu Hause.»

«Nein, ich war bei ... einem Kumpel.»

Wieder verfluchte Sebastian es, dass er auf Adelsö gelandet war. Wäre er innerhalb der Stadtgrenzen geblieben, hätte er Vanja wahrscheinlich nicht verpasst.

«Du hast keine Freunde», entgegnete Vanja unnötig hart. «Du warst doch bestimmt wieder vögeln», fuhr sie fort und bewies einmal mehr, dass sie ihn viel zu gut kannte.

Sebastian sah ein, dass es gute und schlechte Gelegenheiten gab, um zu lügen, und dies war eine sehr schlechte.

«Entschuldige», sagte er ehrlich. «Ich wusste ja nicht, dass du kommen würdest. Du hättest vorher anrufen sollen.»

«Es war nur ein spontaner Einfall.» Vanja zuckte mit den Schultern. «Ich war vorher bei Torkel und wollte dir mitteilen, dass ich allen im Team von unserer ... Verwandtschaft erzählt habe.»

«Dass ich dein Vater bin.»

Sie betrachtete ihn ein wenig kühl. Es war so leicht für ihn und so schwer für sie. Das war einfach ungerecht.

«Es gefällt dir gut, dich selbst so zu nennen, oder?»

Er nickte.

«Ja, so ist es. Ich bin stolz auf dich. Aber wenn dich das stört, kann ich auch damit aufhören.»

Er sah sich im Terminal um. Ein Stück entfernt standen Torkel, Ursula und Billy nebeneinander, die Blicke auf Vanja und ihn gerichtet. Sebastian hatte das Gefühl, dass es mindestens zwei von ihnen, wenn nicht sogar drei, am liebsten wäre, wenn er sich jetzt umdrehen und gehen würde. Für immer. Aber es war ihm egal, was sie dachten. Die Einzige, bei der es ihm ganz und gar nicht egal war, stand vor ihm.

«Ich tue alles, was du willst, um dich nicht zu verlieren», sagte er, und ohne darüber nachzudenken, streckte er seine Hand aus und nahm die ihre. Zu seinem Erstaunen zog sie sie nicht zurück. «Du warst nicht darauf vorbereitet», fuhr er behutsam fort. Dies konnte das wichtigste Gespräch seines Lebens sein, und er wollte nichts riskieren. «Ich verstehe, dass du böse auf mich bist. Auf alle. Ich verstehe ...»

Er verstummte. Wog seine Worte ab. Er balancierte auf einer schmalen Brücke über einen Abgrund, und seine Tochter konnte ihn jederzeit hinabstürzen.

«Seit ich weiß, wer du bist, ist meine größte Angst, dass du so vor mir stehen und deines Weges gehen könntest. Und mich nie wieder an dich heranlassen würdest. Davor hatte ich eine panische Angst. Und ich habe sie nach wie vor.»

Er atmete tief ein, ehe er fortfuhr. Hatte keine Ahnung, ob seine Worte sie erreichten. Ihre Miene verriet nicht, was sie dachte, aber er durfte noch immer ihre Hand halten.

«Aber es ist dein Leben. Und es muss auch deine Wahl sein.»

Er schwieg. Es gab noch mehr zu sagen, aber das wäre jetzt zu viel. Zu große Themen für einen lärmenden, wuseligen Flughafen. Also wartete er. Eine gefühlte Ewigkeit.

«Du kannst mein Kollege sein», antwortete sie schließlich. Ruhig und konzentriert. «Was das andere betrifft ...» Sie verstummte. Auch sie schien ihre Worte sorgfältig abzuwägen. Mit ihren schönen blauen Augen sah sie ihn intensiv an. «Du bist nicht mein Vater. Nicht auf diese Art. Nicht so, dass ich mit dir Weihnachten feiern und dir zum Vatertag Blumen schenken würde.»

Sebastian nickte. Es lief besser, als er es sich erhofft hatte.

«Das verkrafte ich momentan nicht», fuhr Vanja fort, als rechnete sie mit seinem Widerspruch. «Und werde es vielleicht nie tun. Aber wir können einfach Kollegen sein. Schaffst du das?»

Sebastian atmete mit einem Seufzer der Erleichterung aus. Immerhin akzeptierte sie einen kleinen Teil von ihm, und das war besser als nichts.

«Ich werde mein Bestes tun», antwortete er würdevoll.

«Dann musst du dich noch mehr anstrengen», erwiderte Vanja und rang sich ein Lächeln ab. «Dein Bestes habe ich schon zur Genüge kennengelernt.»

Mit diesen Worten verließ sie ihn und ging zu den anderen zurück.

Eine Stimme aus dem Lautsprecher rief die Passagiere nach Göteborg auf, sich zum Ausgang 37 zu begeben. Sebastian nahm seinen Koffer und folgte seiner Kollegin.

Wie immer ignorierte Billy auf den knapp achtzig Kilometern vom Flughafen Landvetter bis nach Ulricehamn sämtliche Geschwindigkeitsbegrenzungen und Radarfallen, sodass sich bereits nach fünfundvierzig Minuten Fahrt der Åsunden vor ihnen ausbreitete. Sebastian glaubte sich zu erinnern, dass dort irgendwann einmal eine wichtige Schlacht auf dem Eis stattgefunden hatte. Er hatte jedoch keine Ahnung, wann, zwischen wem und wer als Sieger daraus hervorgegangen war.

Sie passierten das nördliche Ende des Sees und einen großen Campingplatz, der voll belegt war. Dann sagte das Navi, dass sie rechts abbiegen sollten und noch einmal nach rechts in den Boråsvägen, der in Sebastians Augen aussah wie jede andere Zufahrtstraße zu jeder anderen Kleinstadt, in der er bereits gewesen war. Viel Grün. Ältere Wohnhäuser wechselten sich mit einzelnen Geschäften und kleineren Fabriken ab. Anschließend folgten einige Mehrfamilienhäuser, in denen man zumindest von den oberen Wohnungen aus Seeblick haben musste, und vermutlich waren die Quadratmeterpreise dementsprechend.

Dann waren sie beim Polizeirevier angekommen. In der Nachmittagssonne sah es wie neu erbaut aus. Das Erdgeschoss war mit Ziegeln verkleidet, weiter oben war das Gebäude gelb verputzt. Auf beiden Seiten des Eingangs hingen grüne Markisen und das Polizeisymbol. Billy parkte vor einer kreisförmigen Grasfläche, auf der drei Steine aneinanderlehnten wie eine Art Miniatur-Stonehenge.

«Torkel Höglund?», fragte eine Stimme hinter ihnen, als sie aus dem Auto stiegen. Sie drehten sich um und erblickten eine etwa fünfzigjährige Frau, die auf sie zukam, während sie gleichzeitig den Knopf eines Autoschlüssels betätigte, woraufhin ein grüner Passat auf dem Parkplatz aufblinkte. «Eva Florén von der Polizei Borås in Västra Götaland. Ich habe Sie heute Morgen angerufen.»

Torkel ergriff ihre ausgestreckte Hand und stellte die anderen Mitglieder des Teams vor.

«Ich komme gerade vom Rechtsmedizinischen Institut in Göteborg», erklärte Eva Florén und bat sie ins Gebäude. «Inzwischen hat der Vater das Opfer zweifelsfrei identifiziert.»

Die Kommissarin führte sie an der Rezeption vorbei, hinter der zwei uniformierte Polizisten auf ihren jeweiligen Bildschirm starrten. Sonst war niemand zu sehen. Eine durchgezogene Schlüsselkarte und ein Türschloss später waren sie im Revier.

«Kaffee?», fragte Eva, als sie an der Personalküche vorbeikamen, wo Arbeitsplatte, Schränke und Tische in einem hellen Holz gehalten waren. Eine geschwungene Kücheninsel und ein Schrank, der darüber von der Decke hing, trennten die Ecke mit den Elektrogeräten, der Spüle, der Kaffeemaschine und den Arbeitsflächen von einem Bereich mit knallrosa gepolsterten Stühlen, die um helle Holztische standen. In den Fenstern hingen weiße Gardinen mit großen bunten Punkten. Jemand hatte sich bemüht, diesen Raum wie einen modernen Arbeitsplatz aussehen zu lassen, und das ziemlich erfolgreich.

«Sehr gern», antwortete Sebastian, nachdem alle anderen Kaffee dankend abgelehnt hatten. «Schwarz, aber mit einem Stückchen Zucker, wenn das möglich ist.»

Vanja bedachte ihn mit einem bösen Blick. Natürlich

konnte es sein, dass er Lust auf eine Tasse Kaffee hatte, aber seine Antwort und sein warmes Lächeln deuteten darauf hin, dass dies der Beginn eines Versuchs war, mit der Kommissarin aus Borås anzubändeln. Die nahm eine Tasse aus dem Schrank, wobei ihr Verlobungs- und Ehering deutlich sichtbar wurden. Als ob sich Sebastian davon abhalten ließe.

«Vielen Dank», sagte er, als Eva ihm kurz darauf die Tasse mit dem heißen Getränk reichte. Er lächelte erneut, und Vanja registrierte seufzend, dass er wie zufällig Evas Hand streifte, als er die Tasse entgegennahm. Es war einfach unmöglich, ihn in einer solchen Situation nur als Kollegen anzusehen. Sie überlegte, ob sie dieses Verhalten ihm gegenüber ansprechen sollte.

Eva bat sie in den Konferenzraum. An der einen Wand stand ein Whiteboard, davon abgesehen dominierten die gleichen knallrosa Stühle wie in der Küche und die gleichen gepunkteten Gardinen an den Fenstern den Raum.

«Das hier ist Ihr Arbeitsplatz. Es ist der einzige freie Raum im Moment. Wenn Sie etwas anderes möchten, müssen Sie mit uns nach Borås kommen.»

Statt eines Konferenztisches, wie es die Reichsmordkommission sonst gewohnt war, gab es hier kleinere Tische, die paarweise in drei Reihen zum Whiteboard hin ausgerichtet waren. «Das ist doch gut so», antwortete Torkel. «Und größer, als wir es sonst gewohnt sind.»

«Im Moment erinnert der Raum nur ein bisschen an ein Klassenzimmer, mit diesen Tischreihen», sagte Eva beinahe entschuldigend. «Aber Sie können die Möbel natürlich nach eigenem Gusto umstellen.»

Sie nahmen Platz. Ursula, Vanja und Torkel belegten die erste Reihe. Sebastian und Billy setzten sich hinter sie. Vor sich hatten sie je eine dunkelgrüne Mappe.

«Hatten Sie genügend Zeit, sich in die Unterlagen einzuarbeiten?», fragte Eva.

«Einige mehr, andere weniger, aber wir hätten sowieso gern, dass Sie uns den Fall noch einmal schildern.»

Eva nickte, öffnete eine identische Mappe und hielt das Bild eines muskulösen jungen Mannes hoch, der entspannt in die Kamera grinste.

«Miroslav Petrovic, einundzwanzig Jahre alt, wurde gestern Nachmittag tot in einem Chemieraum der Hilding-Schule aufgefunden.»

«Mirre!», rief Billy, als hätte er einen alten Bekannten erblickt.

«Ja, so wird er genannt.»

«Der Zusammenhang war mir bisher gar nicht klar», fuhr Billy kopfschüttelnd fort.

«Welcher Zusammenhang?», fragte Torkel und sah Billy neugierig an.

«Mirre ist dieses Jahr Dritter bei *Paradise Hotel* geworden», antwortete Billy, als erklärte das alles.

Die anderen gaben sich jedoch damit zufrieden.

«Heute Morgen wurden wir darüber informiert, dass in Helsingborg letzte Woche ein ähnlicher Mord stattgefunden hat», fuhr Eva fort. «Da haben wir beschlossen, Sie zu kontaktieren.»

«Patricia Andrén», ergänzte Torkel.

«Genau, aber das ist auch schon fast alles, was wir wissen. Sie wurde ebenfalls mit einem Schuss in die Stirn getötet und in einer Schule gefunden, mit Narrenkappe auf dem Kopf und einem Test am Rücken festgetackert. Alles genau so wie bei Petrovic. Ich hoffe, ein detaillierter Bericht ist unterwegs.»

«Gut», sagte Torkel nickend. «Was wissen wir noch über Petrovic, abgesehen davon, dass er tot ist?»

«Seit seiner Teilnahme an dieser Dokusoap ist er eine Art Promi. Miroslavs Vater Gabriel Petrovic hat erzählt, dass sein Sohn am Dienstag mit einem Journalisten zum Mittagessen verabredet war. Danach hat ihn niemand mehr gesehen.»

«Wusste der Vater, wie dieser Journalist hieß?», fragte Vanja.

«Ja, Sven Cato. In Schweden gibt es sechs Personen mit diesem Nachnamen, aber nicht in Kombination mit dem Vornamen.»

«Ist einer davon Journalist?», fragte Vanja weiter, obwohl sie die Antwort schon kannte. Wäre die Sache so einfach, hätte man wohl kaum die Reichsmordkommission eingeschaltet.

«Nein, wir gehen dem natürlich weiterhin nach, nehmen aber an, dass der Name falsch ist.»

«Wissen wir, ob sie sich tatsächlich getroffen haben und wenn ja, wo?»

«Noch nicht. Bisher ist es uns gelungen, seine Identität vor der Presse geheim zu halten, aber damit haben wir natürlich auch keine Hinweise aus der Bevölkerung erhalten können.»

«Ob das so klug war?», fragte Torkel, und seine Missbilligung war nicht zu überhören. Miroslav Petrovic war vermutlich schon seit über achtundvierzig Stunden tot. Der wichtigste Zeitraum bei einer Ermittlung. Je länger man wartete, desto weniger exakt würden die Zeugenaussagen ausfallen.

«Sicher nicht, aber es war der Wunsch des Vaters.»

Torkel seufzte tief und nickte. In solchen Fällen fiel die Entscheidung schwer.

«Wenn die Presse es nicht sowieso vorher herausfindet, sollten wir morgen damit an die Öffentlichkeit treten. Wir müssen seine letzten Stunden nachvollziehen, so gut es geht.»

«Es ist jetzt Ihre Ermittlung», sagte Eva nickend. «Sie veröffentlichen die Informationen, wann immer Sie es für richtig halten. Ich wollte nur erklären, warum wir es bisher nicht getan haben.»

«Was ist mit der Schule?», unterbrach Ursula die kleine Diskussion. «Gibt es dort irgendwelche Spuren?»

Eva schüttelte den Kopf.

«Das Klassenzimmer war der Fundort, nicht der Tatort.»

«Und was ist mit dem Rest der Schule?»

«Eine Tür im Erdgeschoss ist aufgebrochen worden. Aber nichts deutet darauf hin, dass das Opfer dort ermordet wurde.»

Nichts, was die örtliche Polizei in Ulricehamn bisher gefunden hat, deutet darauf hin, dass das Opfer dort ermordet wurde, hätte Ursula sie am liebsten korrigiert. Doch dann fiel ihr ein, dass Torkel sie gebeten hatte, ihr mangelndes Vertrauen in die örtliche Polizei diesmal für sich zu behalten.

«Alarmanlage?», fragte sie stattdessen, obwohl sie die Antwort schon ahnte. Ein erneutes Kopfschütteln bestätigte es ihr. Ursula seufzte. «Ich möchte mir das gern selbst einmal ansehen.»

«Ja natürlich, ich fahre Sie hin, sobald wir hiermit durch sind.»

Sebastian blätterte in den Fotos, die am Fundort aufgenommen worden waren. Der Stuhl, das Seil um den Bauch, mit dem das Opfer aufrecht gehalten wurde, mit dem Gesicht zur Ecke, die weiße Narrenkappe auf dem Kopf. Da war ein Serienmörder am Werk, der seine Taten gut plante und eine Botschaft hatte.

Normalerweise lauschte Sebastian solchen Fallübergaben nur mit halbem Ohr, aber irgendetwas an dieser makabren Szenerie faszinierte ihn. Er blätterte weiter in den Unterlagen, bis er fand, was er suchte. Eine Kopie des Papiers, das am Rücken des Opfers befestigt worden war. Sebastian überflog den

Inhalt. Teilweise war die Schrift schwer zu lesen, weil sie blutbefleckt war.

«Wie ist dein spontaner Eindruck, Sebastian?», fragte Torkel und wandte sich halb um.

Sebastian richtete sich auf, hob seinen Blick von der Mappe und wünschte, er hätte eine Brille, die er respekteinflößend in die Stirn hätte schieben können – oder auf die Nasenspitze, um einen strengen Blick darüber hinweg zu werfen. Vielleicht sollte er sich eine zulegen. Den Professorenstil etwas mehr pflegen. Er lächelte Eva zu, die sein Lächeln nicht erwiderte.

«Ein Mann. Schon älter. Wahrscheinlich kann sich kaum jemand unter vierzig daran erinnern, dass man sich früher als Strafmaßnahme in der Schule in die Eselsecke stellen musste. Und auch das Symbol der Narrenkappe deutet darauf hin.» Sebastian sah erneut auf die Bilder. «Der Täter war der Meinung, dass sich dieser junge Mann hätte schämen sollen. Über seine mangelnde Allgemeinbildung, so scheint es.»

«In der letzten Staffel von *Paradise Hotel* gab es eine Folge, in der die Teilnehmer eine Reihe von Grundschulaufgaben lösen sollten», warf Billy ein. «Da war Fremdschämen angesagt. Sie haben sich nicht gerade mit Ruhm bekleckert.»

«Vermutlich hat sich der Täter daraufhin bei Petrovic gemeldet.»

«Haben Sie sein Handy gefunden?», fragte Billy jetzt. Eva schüttelte erneut den Kopf.

«Wir haben seinen Computer ...»

«Durchsuchen Sie die Mails und die Kommentarfelder, falls er irgendeinen Blog, ein Instagram-Konto, einen Twitter-Account oder Ähnliches hatte», sagte Sebastian. «Dieser Mann hat garantiert schon vorher mit ihm Kontakt aufgenommen.»

«Diese Typen haben mindestens so viele Freunde wie Feinde. Da wird sich garantiert vieles finden», meinte Billy.

Torkel wandte sich wieder Sebastian zu.

«Wonach suchen wir?»

Sebastian betrachtete weiter das Bild des gefesselten Toten mit der Narrenkappe.

«Wohlformulierte Beiträge, in denen Verachtung zum Ausdruck gebracht wird. Keine Drohungen. Keine Flüche. Korrekte Rechtschreibung.»

Er sah zu den anderen auf und wünschte sich abermals eine Brille.

«Da ist noch eine Sache – aber darauf seid ihr bestimmt auch schon selbst gekommen.» Er machte eine kleine dramaturgische Pause und wartete, bis er sich der Aufmerksamkeit aller gewiss war, ehe er fortfuhr: «Er hat jetzt zweimal innerhalb von einer Woche auf diese Weise gemordet. Und er wird weitermachen.»

Leserbrief an die Zeitung Eskilstuna-Kuriren

Überall müssen sie dabei sein.

Ohne auch nur das Geringste beitragen zu können.

All diese Leute aus den Dokusoaps und diesen Blogs.

Äußerlich nahezu identisch, mit ihren tätowierten Körpern (Männer und Frauen) und ihren silikongefüllten Brüsten (Frauen). Allesamt auf dem intellektuellen Niveau von Zweijährigen.

Jeden Tag verkünden unsere Fernsehsender lautstark, dass Eigenschaften wie Oberflächlichkeit, Unwissenheit und Idiotie in unseren Zeiten am schnellsten zum Erfolg führen.

Fördert man die Klugen, die wirklich etwas können? Gibt man ihnen Raum? Nein, Junge wie Alte mit Intelligenz und profundem Wissen werden zynisch an den Rand gedrängt.

Sie machen keine «Quoten».

Sie generieren keine «Klicks».

Sie sorgen nicht für «Gossip» und «Skandale».

Das übernehmen Menschen, die nichts können und auch noch stolz darauf sind und die unsere Gesellschaft zu Vorbildern und Idolen überhöht.

Wie der begabte Kristian Luuk in seiner Sendung sagte, einer Freistatt, die zum Glück bislang von dieser Huldigung der Dummheit verschont bleiben durfte: Quo vadis, Schweden?

Mit besten Grüßen
Cato d. Ä.

Am Hotel gab es nichts auszusetzen. An seinem Zimmer auch nicht.

Trotzdem wollte Billy nur noch weg. Hinaus.

Er hatte sich vorgenommen, mit Petrovics Computer anzufangen. Ein Acer Aspire mit 17,3-Zoll-Bildschirm, vier GB RAM und einer Fünfhundert-GB-Festplatte. Jetzt wollte er sich einen Überblick verschaffen. Einen Eindruck, wie viel Arbeit auf ihn zukommen würde, wenn er ernsthaft zu suchen anfinge. Er wusste bereits, dass Mirre auf Instagram und Twitter war, aber wie stand es mit Facebook? Und hatte er einen Blog? Oder vielleicht ein Flickr-Konto, auch wenn das nicht so verbreitet war?

Aber die Konzentration wollte sich einfach nicht einfinden. Eigentlich liebte er diese Art von Aufgaben. Er war gut darin. Die Kollegen erwarteten von ihm, dass er sie bewältigte, und ihre Wertschätzung bedeutete ihm viel. Und dennoch schweiften seine Gedanken ab, kaum dass er begonnen hatte.

Er dachte an Jennifer und wurde wütend, weil er an Jennifer dachte und nicht an seine Frau. Also dachte er stattdessen an My. An ihre Flitterwochen, zehn wirklich schöne Tage in der Türkei. Und er dachte an die Hochzeit.

Die Hochzeitsnacht.

Den Morgen danach.

Dann ging nichts mehr.

Er klappte den Laptop zu und erhob sich mit einem Seufzer. Er ging zum Fenster und blickte auf den See. Was sollte er tun? Beim Einchecken hatte der Mann an der Rezeption gesagt, das Hotel habe einen kleinen Fitnessbereich. Trainieren? Eigentlich war er nicht in der Stimmung. Wenn überhaupt, dann wäre es verlockender, draußen laufen zu gehen. Jemanden anrufen? Wieder kam ihm Jennifer in den Sinn. Er wusste nicht, warum. Sie hatten sich einmal geküsst, ein paar Monate vor der Hochzeit. Das war alles. Sie wären wohl beide gern noch weitergegangen, aber Billy hatte es verhindert. Weil er My heiraten wollte. Inzwischen war er verheiratet. Er liebte My, also müsste er jetzt eigentlich sie anrufen, wenn er das Bedürfnis zu reden hatte. Doch mit Jennifer war alles einfacher. Sie waren sich ähnlicher. Hatten mehr gemeinsam. Jennifer verstand ihn auf eine andere Art.

Allerdings wusste sie natürlich nichts von der Hochzeitsnacht. Und dem Morgen danach. Das konnte niemand verstehen.

Nicht einmal er selbst.

Aber nichts wurde besser dadurch, dass er in diesem etwas zu warmen Hotelzimmer stand und seinen Gedanken freien Lauf ließ. Er griff im Vorbeigehen seine Jacke und verließ den Raum.

Eine Minute später ging er die Treppe hinab und betrat die Lobby. Er sah sich um und entdeckte Sebastian, der lesend in einem der braunen Sessel neben der Rezeption saß. Billy hoffte, dass er sich unbemerkt hinausschleichen konnte, doch im selben Moment sah Sebastian von seiner Zeitung auf und erblickte ihn. Billy fluchte stumm vor sich hin. Warum musste Sebastian im Foyer sitzen? Warum war er nicht in seinem Zimmer oder draußen, auf der Suche nach irgendeiner Frau aus Ulricehamn, die er abschleppen konnte? Das machte er doch sonst auch immer. Bewachte Sebastian ihn etwa?

«Wo willst du hin?» Sebastians Stimme dröhnte durch die Lobby, während er aufstand, seine Jacke überzog und auf Billy zuging.

«Raus.»

«Ich komme mit.»

Das war keine Frage, sondern eine Feststellung. Anscheinend hatte Billy diesbezüglich nichts zu melden.

«Ich brauche keinen Babysitter.»

«Dann betrachte mich doch stattdessen einfach als einen ... Tierfreund.»

Billy hatte keine Lust, darauf einzugehen. Er schob die Tür auf und trat auf den runden, kopfsteingepflasterten Platz vor dem Hoteleingang. Obwohl es nach wie vor warm war, knöpfte er seine dünne Jacke zu und entfernte sich ohne ein Wort vom Hotel. Er bog rechts ab und ging über eine kleine Rasenfläche und dann nach links.

Sebastian folgte ihm und holte ihn ein. Gemeinsam überquerten sie eine größere Straße und liefen weiter in Richtung See. Dort angekommen, entschied sich Billy, abermals nach links zu gehen, mit dem Wind im Rücken.

Sebastian blieb schweigend an seiner Seite. Es war Billys Schuld, dass im letzten Monat so viel passiert war.

Billy hatte Vanjas und Sebastians Verwandtschaft enthüllt. Ordentliche, althergebrachte Polizeiarbeit und das Sammeln von DNA-Material hatten den Verdacht bestätigt, den Billy schon eine Weile gehegt hatte.

Er hatte damit gedroht, Vanja alles zu erzählen, wenn Sebastian nicht vergessen würde, was er gesehen hatte.

Dass Billy in seiner eigenen Hochzeitsnacht eine Katze erdrosselt hatte.

Dass es ihn befriedigt hatte.

Sexuell.

46

Und auch wenn Sebastian es am liebsten vergessen hätte – er konnte es nicht. Also hatte er Vanja sofort erzählt, dass er ihr Vater war, damit Billy nicht mehr in der stärkeren Position war. Anschließend hatte er nachdenken müssen. Und sich entscheiden. Ob er Torkel von den Vorfällen erzählen sollte oder nicht.

Von Edward Hinde.

Und Charles Cederkvist.

Zwei Personen, die Billy im Dienst erschossen hatte. Billys ausbleibende Reaktion auf die tödlichen Schüsse hatte Sebastian erstaunt, doch selbst in seiner wildesten Phantasie wäre ihm nicht in den Sinn gekommen, dass Billy das Töten in seinem Kopf mit Genuss verknüpfen würde und er wegen dieser Koppelung auf einem äußerst gefährlichen Weg war.

Die natürliche Sperre, die normalerweise dafür sorgte, dass man seine Phantasien nicht auslebte, war bei ihm gefallen. Eigentlich müsste Billy sie wieder neu errichten, denn die Phantasien würden ihn sein Leben lang verfolgen. Wichtig war, dass er lernte, sie einzuordnen, und sich bewusst wurde, dass sie genau das waren: Phantasien. Und dass Billy den Impuls, den sie auslösten, nicht zwingend ausleben musste.

Sebastian hatte darauf gedrängt, dass Billy sein Problem anpacken und sich Hilfe suchen sollte. Soweit Sebastian wusste, hatte er bisher allerdings nichts in diese Richtung unternommen.

Als sie schon ein ganzes Stück am Ufer zurückgelegt hatten, brach Sebastian das Schweigen.

«Warum bist du rausgegangen?»

«Ich muss doch wohl verdammt noch mal mein Hotelzimmer verlassen dürfen.»

«Bist du rastlos?»

Billy antwortete nicht, was Sebastian als Ja deutete.

«Wie läuft's mit My?»

Billy antwortete nicht. Das brauchte er auch gar nicht. Natürlich war die Beziehung zu My belastet. Geheimnisse wogen schwer, und Billys Geheimnis war wohl eines der schwersten, die man überhaupt haben konnte. Er steckte mitten in einem Prozess, indem er das meiste, was er über sich selbst zu wissen geglaubt hatte, neu überdenken musste. Und bei alldem musste er auch noch seiner Arbeit nachgehen und eine Beziehung führen.

«Hast du schon mit jemandem darüber geredet?», fragte Sebastian und spürte, wie er langsam außer Atem kam. Billy legte ein flottes Tempo vor, und Sebastian war nicht in Form für schnelle Spaziergänge. In der Ferne sah er einen weiteren Campingplatz. Wie viele davon gab es in diesem Kaff denn noch?

«Wenn du nicht mit mir redest, rede ich mit Torkel, das weißt du.»

Er hatte das Gefühl, dass Billy seine Schritte ein wenig verlangsamte.

«Was hindert dich denn daran?»

Eine vollkommen berechtigte Frage. Sebastian hatte auch schon darüber nachgedacht. Warum hielt er dicht? Er hegte keine besonderen Gefühle für Billy. Aber Vanja mochte ihn. Er wusste nicht, wie sie reagieren würde, wenn er mit einer Nachricht käme, die das Team auseinanderreißen würde. Er konnte es sich nicht leisten, dass sie dem Boten die Schuld gab. Außerdem war es schön, einen Machtvorsprung zu haben, das musste er zugeben. Zu wissen, was Billy getan hatte, ermöglichte ihm eine gute Verhandlungsposition, wenn er einmal Hilfe oder Beistand brauchen würde.

«Wie geht es denn nun mit My?», wiederholte Sebastian seine Frage.

Für einen kurzen Moment glaubte er, dass er auch diesmal keine Antwort bekäme, aber dann hörte er, wie Billy tief Luft holte, mit einem Seufzer wieder ausatmete und sagte: «Sie ist gerade bei ihren Eltern, und ich bin froh, dass ich sie nicht jeden Tag sehen muss.»

Sebastian nickte stumm.

«Ich drücke mich davor, sie anzurufen», fuhr Billy fort. «Ich bin frisch verheiratet und will nicht mit meiner Frau telefonieren. Beantwortet das deine Frage?»

«Ja», antwortete Sebastian und nickte.

«Gut.»

Sie setzten ihren Weg fort.

Ursula kam gegen halb neun am Abend ins Hotel zurück. Miroslav Petrovic war eindeutig nicht im Klassenzimmer ermordet worden. Man hatte die Leiche dorthin transportiert. Wie und wann, würden sie mit Hilfe von Überwachungskameras herauszufinden versuchen, sofern es welche gab. Das zu eruieren würde Billys Aufgabe sein.

Sie hatte einen Spaziergang um die Hilding-Schule herum gemacht, um sich einen Überblick zu verschaffen, auf den ersten Blick jedoch nichts Besonderes entdeckt. Die Gänge, die weiße Tür, der Chemieraum dahinter, die aufgebrochene Eingangstür im Erdgeschoss. Widerwillig musste sie sich eingestehen, dass die Polizei in Borås gute Arbeit geleistet hatte. Die Bereiche, die sie für interessant erachtete, hatten die Kollegen bereits untersucht, und ihr Bericht war aufschlussreich. An diesem Abend wollte sie ihn noch einmal gründlich lesen und den verantwortlichen Mann von der Spurensicherung dann gleich am nächsten Morgen anrufen. Der persönliche Kontakt mit den Leuten, die die erste Untersuchung vorgenommen hatten, war wichtig. Eigentlich erbte sie die Fälle fast immer von anderen, sie war selten die Erste vor Ort. Das dokumentierte Material bot die Grundlage, doch meistens erlangte man erst durch ein persönliches Treffen eine tiefere Einsicht. Nur auf diese Weise konnte sie verstehen, wie die Techniker gearbeitet und wie sie gedacht hatten, und so vielleicht auf Details stoßen, nach denen nicht gesucht oder die schlimmstenfalls sogar übersehen worden waren.

Manchmal versteifte sich die Polizei außerdem schon

früh auf eine Spur und versuchte, Beweise zu finden, die ihre Theorie bestätigte, anstatt objektiv den Beweisen zu folgen und so eine Theorie entstehen zu lassen. In diesem Fall war es hilfreich, wenn man gut vorbereitet war. Für Ursula war nur die technische Beweisführung unanfechtbar. Alles andere konnte falsch interpretiert, verzerrt oder erlogen sein, Beweise hingegen waren unumstößlich und echt.

Wahrscheinlich mochte Ursula sie deshalb lieber als Menschen.

Sie hob ihren kleinen Koffer auf die eine Seite des Betts und legte sich selbst auf die andere, ohne die Schuhe auszuziehen. Es war eine lange Reise gewesen, und sie war müde. Ihre Augenprothese fühlte sich trocken an, und sie blinzelte mehrmals, um sie zu befeuchten. Allmählich gewöhnte sie sich daran. Das hätte sie anfangs nie gedacht.

Am schwierigsten war nicht die Prothese an sich oder der Umgang damit, sondern der vollständige Verlust des Augenlichts auf der rechten Seite. Er beeinträchtigte ihren Gleichgewichtssinn. Sie war ständig gezwungen, den Kopf zu drehen, um die Welt um sich herum wahrzunehmen, und das lähmte sie.

Aber es hätte schlimmer enden können. So viel schlimmer.

Sie atmete tief durch.

Es war schön, wieder zurück in der Gruppe und im Spannungsfeld der Ereignisse zu sein. Das hatte sie vermisst. Sie lebte für Reisen wie diese. Je komplizierter die Fälle, desto besser. Dann hatte sie einen Fokus, den sie im Alltag vermisste. Sie fühlte sich lebendiger. Während ihrer Genesung hatte sie zwar ein wenig gearbeitet, aber zu Hause am Computer zu sitzen war eben nicht dasselbe, wie vor Ort zu sein. Zu Hause war der Alltag zu nah, zu aufdringlich. Draußen im

Feld existierte er nicht, dann stand einzig die Ermittlung im Zentrum.

Sie setzte sich auf und sah sich um. Die Betreiber des Hotels Bogesund schienen eine Vorliebe für bunte Tapeten zu haben. Große rote Blumen, um die sich grüne Blätter rankten, bedeckten die Wand über dem Bett. Das war so weit von ihrem eigenen spartanischen Stil entfernt, wie man es sich nur vorstellen konnte, und dadurch befreiend. Dieser Raum war auf so viele verschiedene Arten nicht ihr Zuhause.

Sie fragte sich, ob Torkel eine ähnliche Tapete in seinem Zimmer hatte. Es war schon eine Weile her, dass sie das Bett geteilt hatten. Früher, bevor Sebastian wieder zur Reichsmordkommission gestoßen war, waren sie oft in Torkels Zimmer gelandet. Unkompliziert und selbstverständlich. Für sie war es dabei nie um Liebe gegangen. Aber sie hatten ein Gefühl von Gemeinschaft erlebt, das sie jetzt mehr und mehr vermisste.

Sie hatten eine Übereinkunft gehabt. Nur während der Arbeit, nie zu Hause. Keine Zukunftspläne.

Das hatte ihr perfekt gepasst. Tagsüber konzentrierte sie sich auf ihre Arbeit, in den Nächten konnte sie sich einer unverbindlichen Affäre hingeben. Mehr brauchte sie nicht.

Aber Torkel erhoffte sich mehr, das wusste sie.

Etwas Beständigeres.

Eine Beziehung.

Solange sie verheiratet gewesen war, hatte er sich mit dem zufriedengegeben, was er bekommen konnte. Aber dann, als Micke sie verließ und es eigentlich keinen Hinderungsgrund mehr gab, wurde Torkels Wunsch überdeutlich, ebenso wie ihre Gefühle. Denn merkwürdigerweise wollte sie ihn noch weniger, als sie wirklich allein war. Nicht weil sie Micke vermisste, denn auch in dieser Beziehung war es nie um Liebe gegangen, wie sie eingesehen hatte, als sie mit sich selbst ins Gericht gegangen war. Jedenfalls nicht von ihrer Seite. Aber Torkels unmissverständlicher Wunsch, den Schritt von einer unverbindlichen zu einer ernsthaften Beziehung zu gehen, war nicht mit ihrem Charakter und ihren Vorstellungen vereinbar. In letzter Zeit hatte diese Unstimmigkeit ihre regelmäßigen Treffen verhindert.

Aber vielleicht konnten sie einen Kompromiss finden? Ursula nahm ihr Handy und überlegte, ob sie Torkel eine SMS schicken sollte. Einfach nur fragen, wie es ihm ging. Ob er wach war. Er würde es verstehen. Eine SMS, damit alles wieder so wäre wie früher.

Er wäre innerhalb von dreißig Sekunden da.

Es war verlockend, aber gleichzeitig war sie todmüde. Sie genoss es noch eine Weile, sich den Phantasien hinzugeben. Morgen würde sie ihm näherkommen. Ihn berühren, die Initiative ergreifen. Sie würde ihm eine ganz neue Seite von sich zeigen.

Sie würde ihn verführen.

Vanja und Billy waren nach einem zeitigen Frühstück direkt nach Helsingborg aufgebrochen. Laut ihrem Navigationsgerät sollte die Fahrt von Ulricehamn zur Polizeistation in der Berga allé 25 in Helsingborg zwei Stunden und fünfundvierzig Minuten dauern, doch da Billy hinter dem Lenkrad saß, würden sie es in knapp zwei Stunden schaffen. Das behauptete er jedenfalls.

Als sie ein Stück südlich der Stadt waren, nahm Vanja sich den neuen Polizeibericht aus Helsingborg vor, den sie an diesem Morgen erhalten hatten. Das Opfer hieß Patricia Ellen Andrén und war 1989 in Malmö geboren worden. Alleinstehend, ein Kind. Von Beruf Friseurin. Die Unterlagen enthielten mehrere Fotos von ihr, die meisten vom Fundort. Zwei waren jedoch aufgenommen worden, als sie noch lebte, vermutlich von einem professionellen Fotografen. Eines davon zeigte sie im Bikini am Strand. Vanja kam die Frau bekannt vor. Vielleicht aber auch nur deshalb, weil sie einem bestimmten Typus entsprach. Brünett, mit ausladenden Kurven, Silikonbrüsten, einem Arschgeweih und einem viel zu weißen Lächeln hinter den aufgespritzten Lippen.

«Was Interessantes gefunden?», fragte Billy.

Vanja hielt das Foto von Patricia im Bikini hoch. Billy warf einen schnellen Seitenblick darauf.

«Verdammt, die kenne ich doch irgendwoher», sagte er verwundert.

«Wirklich?»

«Googele sie mal. Ich bin mir ganz sicher, dass sie auch im Fernsehen war.»

Vanja zückte ihr Handy und suchte nach Patricia Andrén. Billy hatte recht. Natürlich. Das Bikinibild war einer der ersten Treffer. Patricia hatte vor zwei Jahren an der Dating-Show *Mama sucht Mann* teilgenommen. Vanja seufzte. Das hatte ihnen gerade noch gefehlt. Wenn das herauskäme, würden sie die Hälfte der Zeit damit beschäftigt sein, die Presse zu bändigen und in die Schranken zu weisen. Das war zwar eigentlich Torkels Aufgabe, aber eine aufgeregte Medienberichterstattung beeinträchtigte sie alle in ihrer Arbeit.

«Das wirkt ganz so, als würde jemand C-Promis ermorden», sagte sie und hielt Billy das Handy hin.

«Das wird die Presse natürlich freuen», erwiderte Billy entnervt, er hatte also sofort den gleichen Gedanken gehabt wie sie. «Aber Torkels Laune wird es wohl eher abträglich sein.»

«Allerdings.»

«Steht da noch mehr? Es müsste doch einen Obduktionsbericht geben», sagte Billy ruhig, während er aufs Gas trat und einen Fernlaster überholte. Die Tachonadel näherte sich der Hundertsechzig.

«Ja, müsste es, aber diese Stümper haben ihn nicht mitgeschickt.»

Vanja ging die spärlichen Unterlagen noch einmal durch. Die meisten stammten vom Fundort. Patricia war in der Tollsjö-Schule gefunden worden, einer kommunalen Grundschule, die fünfzehn Minuten vom Helsingborger Zentrum entfernt lag. Ein Lehrer hatte sie zwei Tage vor Mittsommer um halb neun Uhr morgens in der Schule entdeckt, die während der Ferien geschlossen war. In dem Raum, in dem der Mann sonst unterrichtete, war die Leiche in einer Ecke neben dem Pult auf einem Stuhl platziert worden. Mit einem Seil um den Bauch wurde sie in aufrechter Position gehalten. Sie hatte eine Narrenkappe auf dem Kopf, das Gesicht war der Ecke zugewandt, und man hatte zwei Blätter mit Fragen mittels Heftklammern am nackten Rücken der Toten festgetackert. Die Schule besaß keine Alarmanlage, und die Polizei hatte eine aufgebrochene Tür auf der Rückseite des Gebäudes entdeckt. Der Polizeibericht glich dem über Mirre Petrovic und der Hilding-Schule aufs Haar.

«Immerhin haben sie einen Tatverdächtigen», sagte Vanja nach einer Weile.

«Und wen?»

«Ihren Exfreund. Stefan ‹Steffe› Andersson. Der Vater ihres Sohnes. Anscheinend hat er sie bedroht.»

«Ist das alles?»

«Hier steht, dass er zur Vernehmung auf dem Revier war ...» Vanja blätterte den kläglichen Rest der Unterlagen durch. «Aber das Verhörprotoll haben sie auch nicht mitgeschickt.»

Billy schüttelte den Kopf.

«Scheint ganz so, als hätten sie ihre besten Leute mit dem Fall betraut.»

«Aber wirklich.»

«Wie gut, dass Ursula nicht dabei ist. Sie würde die Kollegen in der Luft zerreißen.»

Vanja stellte sich vor, wie Ursula das arme Würstchen herbeizitierte, das die Unterlagen zusammengestellt hatte, und ihm mitteilte, was sie von ihm im Besonderen und allen Polizisten außerhalb Stockholms im Allgemeinen hielt. Sie konnte sich ein Grinsen nicht verkneifen.

«Es ist schön, dass sie wieder da ist», sagte Billy ehrlich.

«Letztes Mal hast du dich aber auch ohne sie tapfer geschlagen», erwiderte Vanja und meinte es ernst. «Ich weiß nicht, ob ich dir das je gesagt habe.»

«Das hört man gern.»

Er warf Vanja einen dankbaren Blick zu, und sie lächelte ihm aufmunternd an. Es stimmte. Billy war in letzter Zeit wirklich an seinen Aufgaben gewachsen. Es war schade, dass sie sich so voneinander entfernt hatten. Eine Zeitlang waren sie mehr Geschwister gewesen als Kollegen, und obwohl sie fast alle Konflikte geklärt hatten, fanden sie doch nicht wieder zu diesem Punkt zurück.

Und würden es vermutlich auch nie wieder tun.

Der Verkehr verdichtete sich, und Billy war gezwungen, das Tempo zu drosseln.

«Darf ich dich etwas fragen ...», begann er, und Vanja glaubte zu sehen, wie er allen Mut zusammennahm, ehe er weiterredete. «Wie ist es denn so, plötzlich Sebastian zum Vater zu haben? Das muss doch total merkwürdig sein.»

Vanja lachte ein wenig resigniert auf.

«Ich kann ihn nicht als meinen Vater ansehen. Für mich ist er nur ein Kollege.»

«Also ist alles genauso wie vorher, meinst du?»

«So natürlich nicht, aber ... irgendwie muss es doch so sein.» Sie verstummte und betrachtete die immer flacher werdende Landschaft, die draußen vorbeizog. «Das braucht seine Zeit. Ich kann das nicht alles auf einmal verarbeiten.»

«Aber du arbeitest wieder bei der Reichsmordkommission, und du begegnest ihm. Das ist mutig.»

«Ich habe tatsächlich überlegt, ob ich aufhören soll.»

«Und warum hast du dich dagegen entschieden?»

«Weil es zu einfach gewesen wäre. Zu feige. Das ist eigentlich nicht meine Art, Probleme zu lösen.» Sie schwiegen. Billy konzentrierte sich auf die dahinrauschende Straße. Vanja hätte gern die Gelegenheit ergriffen und weitergeredet. Doch genug von der Arbeit und ihren Sorgen. Auch in seinem Leben waren große Dinge geschehen.

«Aber wie geht es dir eigentlich?», fragte sie und bemühte sich, so viel fröhliche Energie in ihre Stimme zu legen wie möglich. «Wie ist das Leben als Frischvermählter?»

«Gut, ja, einfach nur gut», sagte Billy und lächelte. «Es ist phantastisch.»

«Erzähl von der Türkei», bat sie und machte es sich auf dem Beifahrersitz bequem.

Billy begann zu erzählen, doch Vanja hörte ihm schon bald nicht mehr zu. Stattdessen studierte sie ihn aufmerksam. Jetzt, wo sie einander nicht mehr so nahestanden, schien Billy eines vergessen zu haben: wie gut sie erkennen konnte, wenn jemand nicht die Wahrheit sagte.

Das war eine ihrer Stärken.

Und Billy log.

Es war keineswegs alles gut. Sie hatte das Gefühl, dass es sogar ganz und gar nicht gut war.

B iegen Sie rechts ab. Nach dreihundertfünfzig Metern biegen Sie erneut rechts ab.»

Die Frauenstimme des Navis lotste das Auto in die immer
schmaleren Gassen eines Wohngebiets, das in Sebastians
Augen aussah wie jedes andere. Sie näherten sich dem Ziel,
und er ärgerte sich, dass er keinen erbitterteren Widerstand
geleistet hatte, als es noch möglich gewesen wäre.

Er hatte gerade sein Frühstück beendet gehabt, als Torkel
hereingekommen war und sich an seinen Tisch gesetzt hatte.
Sebastian hatte ihm einen fragenden Blick zugeworfen. Ursula saß ein Stück entfernt an einem Fenstertisch mit Aussicht,
und der Platz ihr gegenüber war leer.

«Ärger im Paradies?»

Torkel blickte ihn fragend an, und Sebastian nickte mit
dem Kopf in Richtung Fenster. Torkel drehte sich um und sah
zu Ursula hinüber, ehe er sich wieder Sebastian zuwandte.

«Nein, wieso?»

«Glaubst du, nur weil ihr nicht zusammen frühstückt,
wäre uns entgangen, dass ihr miteinander ins Bett geht?»

«Ich habe schon gefrühstückt.»

«Weißt du, es wäre weniger auffällig, wenn ihr einfach
wie Kollegen zusammensitzen würdet», fuhr Sebastian nachdenklich fort. «Es sei denn, ihr wollt alle darauf aufmerksam
machen, dass ihr miteinander ins Bett geht.»

«Wir gehen aber nicht miteinander ins Bett.»

«Und warum nicht?»

«Bist du fertig?», fragte Torkel mit einem Blick auf Sebas-

59

tians leeren Teller und seine fast leere Kaffeetasse, offenbar fest entschlossen, das Gesprächsthema Ursula zu beenden. «Wir fahren jetzt zum Vater von Petrovic.»

«Auf Billys Hochzeit schien sie eigentlich ziemlich an dir interessiert zu sein», fuhr Sebastian fort, der seinerseits keineswegs bereit war, das Thema fallenzulassen, wo es Torkel doch eindeutig so unangenehm war. «Warum bist du da nicht am Ball geblieben?»

Bildete er es sich nur ein, oder sah er in Torkels Augen keinen Zorn, sondern eher einen Anflug von Wehmut, als er den Stuhl zurückschob?

«Jetzt komm endlich. Steh auf.»

«Wo müssen wir hin?»

«Das habe ich doch gerade gesagt.» Torkels Stimme klang jetzt eine Spur gereizt. «Zum Vater von Petrovic. Ich möchte noch vor der Pressekonferenz mit ihm sprechen.»

«Aber warum soll ich mit?»

«Weil ich es sage.»

Sebastian hatte nicht viel dafür übrig, wenn Torkel seine Chefposition als einziges Argument anführte, um seinen Willen durchzusetzen. Er lehnte sich auf seinem Stuhl zurück, um zu demonstrieren, dass er keinesfalls aufzustehen gedachte. Ganz im Gegenteil. Er wollte sitzen bleiben.

«Dann nimm doch Vanja mit oder irgendjemand anders ...»

«Vanja und Billy sind nach Helsingborg gefahren», schnitt Torkel ihm das Wort ab. «Du kommst mit. In fünf Minuten. Ich warte im Auto auf dich.»

Sebastian sah zu, wie Torkel sich umdrehte und den Frühstücksraum verließ. Er überlegte kurz, ob er wieder in sein Zimmer gehen und Torkel im Auto warten lassen sollte, bis er es leid war und alleine losfuhr. Aber Torkel schien heute nicht für diese Art von Machtspielchen empfänglich zu sein. Vielleicht, weil Sebastian ihn auf Ursula angesprochen hatte. Aber dies war erst der Beginn des zweiten Tages ihrer Ermittlung. Er würde noch öfter die Gelegenheit haben, Torkel die Stirn zu bieten. In wichtigeren Belangen. Also kippte er den letzten Schluck seines lauwarmen Kaffees hinunter und stand auf.

«Biegen Sie rechts ab. Nach dreihundertfünfzig Metern biegen Sie erneut rechts ab.»

«Du bist also Vanjas Vater», sagte Torkel, während er den Wagen gemäß den Anweisungen des Navis lenkte. Sebastian warf ihm einen schnellen Blick zu.

Da war es.

Ohne jede Vorwarnung.

Er hatte schon überlegt, wie lange es dauern würde, bis Torkel ihn darauf ansprach.

«Ja», antwortete Sebastian knapp. Er konnte unmöglich erkennen, ob Torkel eine Meinung dazu hatte. Seine Feststellung hatte er in einem Ton vorgebracht, als würde er über das Wetter reden.

«Wie lange weißt du das schon?», fuhr Torkel fort und drosselte das Tempo, um in den Luktärtsvägen abzubiegen.

«Schon eine Weile, ich habe es erfahren, nachdem wir uns in Västerås getroffen hatten.»

«Das erklärt dein Verhalten jedenfalls teilweise ...»

«Ja, vermutlich ist das so.»

«Sie haben Ihr Ziel erreicht. Das Ziel liegt auf der rechten Seite.»

Torkel bremste und stellte den Motor ab. Sebastian warf einen kurzen Blick auf den mit Kalksandstein verkleideten und von einem gepflegten Garten umgebenen Bungalow, ehe er sich Torkel zuwandte.

«Was hat sie dir gesagt?»

«Nur das. Dass du ihr Vater bist.»

«Und was hast du gesagt?»

«Dass sie entscheiden sollte, ob sie weiterhin mit dir zusammenarbeiten will oder nicht.»

Sebastian konnte sich ein vergnügtes Grinsen nicht verkneifen. Vanja hatte die Chance erhalten, sich von ihm zu distanzieren, aber darauf verzichtet.

Eine aktive Wahl.

Sie war nicht gezwungen, es mit ihm auszuhalten. Sie hatte sich aus freien Stücken dazu entschieden, ihn in ihrer Nähe zu haben. Das war immerhin etwas. Oder nicht nur «etwas», es war ziemlich großartig. Und es verhieß Gutes für die Zukunft.

«Aber nur damit du es weißt: Sollte ich jemals gezwungen sein, zwischen euch beiden zu wählen ...», fuhr Torkel fort, öffnete die Fahrertür und stieg aus, ohne den Satz zu beenden. Das war auch gar nicht nötig. Sebastian wusste ganz genau, wer den Kürzeren zöge, wenn es jemals zu einer solchen Entscheidung kommen sollte – und es war nicht Vanja.

Der Mann, der Torkel und Sebastian ins Wohnzimmer bat, war eindeutig ein gebrochener Mann. Es sah aus, als trüge er schon seit Tagen dieselben Sachen. Dunkle Ringe unter den Augen und Bartstoppeln an den Wangen. Seine Stimme war gedämpft, als er sie mit hängendem Kopf und einer apathischen Geste dazu aufforderte, Platz zu nehmen.

Das Wohnzimmer war mit Möbeln und Krimskrams angefüllt. Die Devise *Weniger ist mehr* schien bei Familie Petrovic noch nicht angekommen zu sein. Die Wände waren vom Boden bis zur Decke mit Gemälden, kleinen Spiegeln und

Fotos behängt, und jede freie Fläche war mit einem Deckchen, einem Figürchen, einem Kerzenständer, einer Schale oder einer Topfpflanze belegt. Sebastian zählte allein elf verschiedene Sitzgelegenheiten, die beiden Fußschemel der Ledersessel vor dem Fernseher nicht mitgerechnet.

«Warum ist die Reichsmordkommission mit dem Fall betraut?», fragte Gabriel Petrovic, als er sich in einen der vier Sessel setzte, gegenüber von Sebastian und Torkel, die sich auf dem Sofa niedergelassen hatten. Torkel zögerte kurz, beschloss dann aber, die Wahrheit zu sagen. Auf der Pressekonferenz später am Tag würde sie ohnehin herauskommen.

«Wir glauben, dass Ihr Sohn einem Serienmörder zum Opfer gefallen ist. Und dass er das zweite Opfer ist.»

«Wer ist das erste?»

«Eine Frau aus Helsingborg. Patricia Andrén.»

Petrovic schüttelte den Kopf, anscheinend sagte ihm der Name nichts. Er beugte sich vor und legte die Hand auf einen von drei prallgefüllten Ordnern, die auf dem Couchtisch bereitlagen.

«Hier habe ich alles gesammelt, was über ihn geschrieben wurde. Ich dachte, Sie wollen vielleicht einen Blick darauf werfen.»

Sebastian hätte beinahe gefragt, warum sie das wollen sollten, beherrschte sich jedoch in letzter Sekunde, als er den Blick des Mannes bemerkte.

Er hatte diesen Blick schon einmal gesehen.

Im Spiegel, lange Zeit nach Lilys und Sabines Tod. Die unermessliche Trauer darin. Die Spuren des Kampfes, überhaupt zu funktionieren, einen Grund zu finden, morgens aufzustehen. Dieser Mann musste über seinen Sohn sprechen dürfen, und deshalb nickte Sebastian nur stumm.

«Miro war ein guter Junge», fuhr Petrovic fort, während er

einen der Ordner aufschlug. «Sie dürfen nicht glauben, was Sie im Fernsehen gesehen haben.»

«Ich habe ihn nicht im Fernsehen gesehen», sagte Sebastian.

«Ich auch nicht», ergänzte Torkel, als Petrovic ihm einen fragenden Blick zuwarf.

«Er hat dort eine Rolle gespielt. Um zu gewinnen. Er hatte einen starken Siegeswillen», fuhr er fort.

Was die aufgeschlagene Seite zu bestätigen schien. Ein etwas vergilbter Zeitungsausschnitt, die Aufnahme einer Fußballmannschaft. Neun oder zehn Jahre alte Jungen, die einander die Arme um die Schultern gelegt hatten und in die Kamera strahlten. Die Überschrift verkündete einen Pokalsieg. Miroslav Petrovic als Gewinner.

«Er hatte es nicht immer leicht. Seine Mutter starb, als er neun Jahre alt war», erzählte Petrovic, während er weiter in dem Ordner blätterte. Die meisten Ausschnitte handelten von Fußball, aber später schien der Sohn auch Einzelsportarten betrieben zu haben. Tennis und Skifahren. «In der Schule lief es eher mäßig. Aber er war ein guter Junge. Hat sich von Drogen und Gangs und dem ganzen Mist ferngehalten. Er hat viel trainiert.»

Sebastian warf Torkel einen Blick zu, der die Frage implizierte, wie lange sie diesen Nostalgietrip des Vaters noch mit anhören sollten, und Torkel schien ihn richtig zu deuten. Er räusperte sich.

«Wissen Sie, ob er Drohungen erhalten hat?»

«Immerzu», antwortete Petrovic nickend. «Oder vielleicht nicht direkt Drohungen, aber ihm ist viel Hass entgegengeschlagen. Es gibt viele boshafte Menschen. Aus dem Grund hat er auch vor einem Monat die Kommentarfunktion seines Blogs geschlossen.»

«Gab es dafür einen speziellen Anlass?»

«Nein, er war es einfach nur leid, dass alle dachten, er sei genauso, wie er im Fernsehen wirkte. Aber er hat nur eine Rolle gespielt.»

«Ja, das sagten Sie bereits.»

«Um zu gewinnen.»

Petrovics Hand hielt bei einer weiteren Seite inne. «Talent aus Ulricehamn im LM-Finale», lautete die Überschrift, und darunter ein Foto des vielleicht dreizehnjährigen Miroslav in weißer Tenniskleidung und mit einem Schläger in der Hand.

«Damals hatte er das Regionalspiel im Kalle Anka Cup gewonnen und erreichte das Landesfinale in Båstad.»

«Dieser Journalist, den er treffen wollte ...», begann Torkel, um das Gespräch wieder in die Gegenwart zu lenken.

«Ja?»

«Hat Miroslav noch mehr über ihn erwähnt? Abgesehen von seinem Namen?»

Petrovic überlegte kurz und schüttelte dann den Kopf.

«Nein.»

«Auch nicht, wo sie sich treffen wollten?»

«Irgendwo in Ulricehamn. Der Journalist wollte ihn zum Mittagessen einladen, und dann wollten sie irgendwo hinfahren, um ein Foto zu machen.»

«Aber wohin genau, wissen Sie nicht?»

«Nein.»

«Kann er jemand anderem davon erzählt haben?», fragte Torkel weiter. «Seinen Arbeitskollegen oder seiner Freundin?»

Wieder schüttelte Petrovic den Kopf.

«Er hat nicht gearbeitet. Er hatte das Gymnasium abgebrochen und bei einer Malerfirma hier in der Stadt gejobbt, aber da hat er dann aufgehört, um bei *Paradise Hotel* mitzumachen.»

«Und zu seinen früheren Kollegen hatte er keinen Kontakt mehr?»

«Nicht viel. Die meisten waren älter und ... ich glaube, sie waren ein bisschen neidisch. Schließlich war Miro durchs Fernsehen bekannt geworden und verdiente mehr Geld.»

«Wie das denn?», fragte Sebastian ehrlich verblüfft.

«Der *Expressen* hat ihm einen Vertrag angeboten, er hat einen Blog in ihrem Unterhaltungteil geschrieben. Und dann hat er auch einiges mit dem Abi-Hit verdient.»

«Abi-Hit?»

«Ein Lied, das er mit einem der Mädchen aus *Paradise Hotel* aufgenommen hat. Dafür gab es Platin.» Der Stolz in seiner Stimme war nicht zu überhören. Petrovic blätterte jetzt in einem der anderen Ordner, bis er gefunden hatte, was er suchte. Ein Ausdruck der schwedischen Hitparade vom Mai, also einige Wochen bevor der Verkehr in den schwedischen Städten von Abiturienten lahmgelegt wurde, die grölend und trinkend auf der Ladefläche von geschmückten Lkws durch die Gegend fuhren, um ihren Schulabschluss zu feiern.

«Wir saufen uns die Schule schön» von Mirre und Chiao war in der aktuellen Woche auf Platz drei. «Sie wollten wieder ins Studio und etwas Neues aufnehmen, und im Juli sollten sie eine DJ-Tour an der Westküste machen.»

Torkel unternahm einen neuen Versuch. «Hatte er eine Freundin? Oder andere Freunde?»

Wieder schüttelte Petrovic den Kopf.

«Keine Freundin, und die meisten seiner Kumpel sind inzwischen von hier weggezogen. Oder sie haben den Kontakt verloren.»

Sie kamen einfach nicht weiter. Torkel schob seine Visitenkarte über den Tisch und sagte den üblichen Satz, dass

Petrovic sich jederzeit melden könne, wenn ihm noch etwas einfiele.

«Und wir werden heute eine Pressekonferenz abhalten», erklärte Torkel, als sie vom Sofa aufstanden. «Vermutlich wird es einen ziemlichen Wirbel geben, und ich nehme auch an, dass die Medien Sie kontaktieren wollen.»

«Muss ich mit ihnen reden?», fragte Petrovic und sah aus, als erwartete er eine ehrliche Antwort.

«Das halten Sie, wie Sie wollen», antwortete Torkel. «Manchen tut es gut, wenn sie darüber reden können, anderen nicht. Aber die Journalisten werden garantiert herausfinden, wo Sie wohnen, und auch hierherkommen.»

«Ich könnte zu meinem Bruder fahren. Der wohnt in Uddevalla.»

«Wie gesagt, das halten Sie ganz so, wie Sie wollen.»

Sie gaben einander die Hand, und Petrovic begleitete sie bis zur Haustür.

«Er war ein guter Junge», wiederholte er noch einmal, als sie schon auf der Schwelle standen, und hielt sie auf. «Er hat ein anständiges Leben geführt, hat gearbeitet, viel Sport getrieben ... Können Sie das auf der Pressekonferenz sagen? Dass er ein guter Junge war?»

«Natürlich», antwortete Torkel.

Und das hatte er auch tatsächlich vor, aber vermutlich würde in den Zeitungen am nächsten Tag trotzdem etwas anderes stehen. In solchen Fällen folgte die Presse einer eigenen Dramaturgie, und gute Jungen kurbelten die Auflagen eben nicht so an wie Dokusoap-Teilnehmer mit einem wilden Sexleben. Torkel schloss die Tür, und sie ließen den Mann mit seinen Ordnern und seinen Erinnerungen zurück, für die sich niemand interessierte.

Ganz wie Billy es versprochen hatte, waren sie schon nach zwei Stunden und vierzehn Minuten am Ziel. Das Polizeirevier von Helsingborg war ein zweistöckiges, graues Gebäude, das in einer Art Industriegebiet lag. Sie parkten den Wagen und betraten die verglaste Rezeption. Dort wurden sie schon erwartet, und die Beamtin hinter dem Tresen sagte, Kriminalkommissar Peter Berglund werde sie sofort empfangen.

Sie wurden schnell in das Gebäude geschleust und gingen einige trostlose Gänge entlang und eine Treppe hinauf, ehe sie in einen engen, ungemütlichen Konferenzraum gelassen wurden. Der Raum hatte dringend eine Auffrischung nötig, und dasselbe galt für den Mann, der dort auf sie wartete. Peter Berglunds Hautfarbe hatte den gleichen Ton wie die blassgrauen Wände. Auf dem schmalen Konferenztisch und auf Berglunds zerknittertem Hemd prangten Kaffeeflecken, und Vanja schlug ein Dunst von Restalkohol entgegen, als sie sich die Hand schüttelten. Berglund sah erheblich älter aus als die fünfundfünfzig Jahre, die sie den Angaben in seiner Personalakte entnommen hatte. Vermutlich war seine Leber mit ihren Kräften am Ende, dachte Vanja.

«Hatten Sie eine gute Reise?», fragte er in breitem Schonisch, ohne sonderlich interessiert an einer Antwort zu wirken.

«Ja, vielen Dank», antwortete Vanja knapp und setzte sich. Billy nahm neben ihr Platz und klappte seinen Laptop auf, um sich Notizen zu machen. Wie immer übernahm Vanja die Gesprächsführung.

«Wir brauchen Informationen über den Mordfall Patricia Andrén. Es gab einen beinahe identischen Mord in Ulricehamn, der ...»

Berglund fiel ihr ins Wort: «Ja, das habe ich schon gehört. Aber unser Fall ist bald gelöst. Wir haben einen Tatverdächtigen.»

Fassungslos starrte Vanja den Mann an, der sein Desinteresse nun zusätzlich demonstrierte, indem er den Blick aus dem Fenster und auf den dahinterliegenden Parkplatz schweifen ließ, sich auf seinem Stuhl zurücklehnte und die Hände über dem ausladenden Bauch verschränkte.

«Ist er in Untersuchungshaft?»

«Ja, weil er unter dringendem Tatverdacht steht.»

«Wie soll er denn dann am Dienstag in Ulricehamn einen Mord begangen haben können?»

«Er konnte es nicht.»

«Es spricht aber vieles dafür, dass es sich um denselben Täter handelt.» Vanja spürte, wie ihr Berglunds Benehmen zunehmend auf die Nerven ging. «Haben Sie überhaupt mit den Kollegen in Ulricehamn gesprochen?»

«Nein, ich konzentriere mich auf meinen Fall. Das ist mein Job», antwortete Berglund kurz und knapp. «Dafür werde ich bezahlt.»

Vanja ertappte sich erneut bei dem Wunsch, Ursula hätte sie begleitet.

«Ist der Tatverdächtige, von dem Sie sprechen, dieser Freund, Stefan Andersson?», fragte Billy und klappte seinen Laptop zu. Er hatte nicht das Gefühl, dass Peter Berglund ihnen hilfreiche Stichwörter liefern würde.

«Exverlobter, um korrekt zu sein.» Berglund nickte selbstsicher in Billys Richtung. «Und Korrektheit ist eine Eigenschaft, die wir bei der Polizei sehr schätzen, nicht wahr?»

Billy warf Vanja einen Blick zu. Er traute seinen Ohren nicht. Nutzte dieser Typ etwa die Gelegenheit, ihn wegen einer Lächerlichkeit zu kritisieren?

«Ist von diesem Stefan Andersson die Rede?», wiederholte Billy in schärferem Ton. Allmählich war er genauso gereizt wie Vanja.

«Ganz genau. Er hat sie schon früher körperlich misshandelt und damit gedroht, sie umzubringen. Hat sie übel beschimpft. Das können mehrere Zeugen bestätigen. Und er hat kein Alibi.» Berglund beugte sich zu ihnen vor, um zu betonen, wie überzeugt er von seiner Theorie war. «Aber nach alldem, was die im Fernsehen von sich gegeben hat, kann man den Mann ja beinahe verstehen. Wenn Sie mich fragen, war diese Frau ein echtes Miststück.» Er lehnte sich wieder zurück. Der Stuhl knarrte unter seinem Gewicht. «Wir haben also alles im Griff. Ich weiß ehrlich gesagt nicht, was Sie Stockholmer da noch hinzufügen wollen.»

«Ein bisschen professionelle Ermittlungsarbeit vielleicht?»

Vanja beugte sich vor. Sie kochte innerlich. Eigentlich war sie es schon gewohnt, dass sie mitunter auf Widerstände und Inkompetenz stießen, aber so etwas hatte sie noch nie erlebt. Wenn er sich unbedingt stur stellen wollte, würde sie es ihm allerdings gleichtun. Sie hatte einiges von ihrer besten Kollegin gelernt.

«Einen so schlechten Bericht wie Ihren habe ich in meinem ganzen Leben noch nicht gesehen. Wie gesagt kann der Verlobte keinen Mord in Ulricehamn begangen haben.» Sie starrte Berglund wütend an. «Aber darauf wissen Sie wahrscheinlich auch eine Antwort?»

Berglund glotzte nur feindselig zurück und zuckte mit den Schultern.

«Dann war er es eben nicht.»

Billy sah Vanja an. Normalerweise verlor er nicht so leicht die Geduld, aber jetzt war er auch auf dem Kriegspfad.

«Sie wissen vielleicht nicht genau, wie die Reichsmordkommission arbeitet», hob er an, und seine Worte trafen wie Projektile. «Wenn wir eingeschaltet werden, übernehmen wir den Fall. Wir können mit Ihnen zusammenarbeiten oder Sie von dem Fall suspendieren. Das liegt ganz an Ihnen.»

Berglund erwiderte nichts. Er verschränkte die Arme über der Brust, eine Geste, die deutlich machte, dass er sich für die letztere Alternative entschieden hatte. Etwas angestrengt fixierte er Billy mit einem trotzigen Blick, und der hatte plötzlich das Gefühl, dass Berglunds Fahne, die auch er bemerkt hatte, vielleicht doch nicht vom Vorabend stammte.

«Nein, so ist es nicht.» Vanja hatte die Nase voll. «Es liegt nicht an Ihnen. Sie können gehen.»

«Ich habe Sie nicht angefordert. Noch ist es mein Fall. Egal, was Sie behaupten!» Mit diesen Worten erhob sich Berglund ein wenig mühsam, verließ wutentbrannt das Zimmer und knallte die Tür hinter sich zu. Vanja und Billy sahen sich an.

«Der war immer noch besoffen, oder?», meinte Billy. Vanja nickte und konnte sich das Lachen kaum verkneifen.

«Das war dann wohl der Rekord in Sachen schlechte Übergabe», fügte er hinzu.

«Weltrekord», erwiderte Vanja und lachte.

Zwanzig Minuten später saßen sie im Büro des Polizeichefs und mussten sich reuevolle Ausflüchte anhören.

Peter Berglund gehe es nicht gut.

Seine Frau habe ihn verlassen.

Seine Kinder hätten den Kontakt zu ihm abgebrochen.

Er sei bereit, sie um Verzeihung zu bitten.

Der Polizeichef war ein dünner, nervöser Mann, der keinerlei Autorität ausstrahlte. Die Befürchtung, dass Billy und Vanja ihn herunterputzen könnten, schien ihn mehr zu plagen als die Tatsache, dass einer seiner Beamten Alkoholiker war und die Ermittlungen in einem Mordfall vernachlässigt hatte.

«Warum überlassen Sie ihm eine solche Ermittlung, wenn es ihm so schlechtgeht?»

Die Frage schien dem Polizeichef körperliche Qualen zu bereiten. Er wand sich auf seinem Stuhl und schwitzte.

«Vielleicht war es ein Fehler, aber ich hatte ja keine Ahnung, dass ...»

«Dass er trinkt?», konterte Vanja. Er sollte nicht die Chance bekommen, sich vor der Verantwortung zu drücken. Sie war zu früh aufgestanden und zu weit gefahren, um sich einen solchen Quatsch anzuhören. «Das haben wir schon nach zwei Minuten gemerkt. Und ich wette, die Frau an der Rezeption und die Putzkräfte wissen es auch, wenn ich sie danach frage.»

Der Polizeichef blickte beschämt auf die Tischplatte.

«Es ist nicht so leicht. Ich habe die Sache schon beim Betriebsrat angesprochen. Aber er ist Ombudsmann, und die Beweislast ...» Der Polizeichef schluckte und richtete sich ein wenig auf dem Stuhl auf. «Es ist einfach nicht leicht, ihn zu versetzen.»

«Sie Ärmster», erwiderte Vanja eiskalt. «Wir werden der Sache auf jeden Fall nachgehen.»

«Ist das wirklich notwendig?», fragte der Polizeichef und sah aus, als würde er unter akuter Atemnot leiden. «Sie werden alle Unterstützung bekommen, die Sie brauchen. Ich stimme Ihnen zu, dass es ein Fehler war, aber es gibt so viele widerstreitende Interessen hier auf dem Revier.»

«Dafür hat man einen Chef», bemerkte Vanja knapp.

«Im Prinzip müssen wir in dieser Ermittlung wieder bei null anfangen», ergänzte Billy beherrscht, aber genauso wütend. «Wir müssen jede Befragung sehen. Jeden Bericht. Alles. Verstehen Sie, wie viel Zeit wir verloren haben?»

Der Polizeichef nickte kraftlos.

«Ich verstehe. Ich werde Ihnen alle Unterlagen beschaffen.» Er angelte sich den Telefonhörer. «Ich will mal hören, ob Berglund Ihnen behilflich sein kann.»

Vanja traute ihren Ohren nicht. Sie beugte sich vor und fixierte ihn.

«Nein, Sie suspendieren Berglund und sorgen *selbst* dafür, dass wir alle Unterlagen erhalten. Sofort. Und diesen Idioten wollen wir nicht mehr sehen. Nie wieder.»

Mit zitternder Hand legte der Polizeichef den Hörer wieder auf.

«Selbstverständlich. Was habe ich mir nur gedacht?»

Nachdem sie eine Tasse Kaffee getrunken hatten, wurden die entsprechenden Unterlagen in den blassgrauen Raum im Obergeschoss gebracht. Sie lagen wild durcheinander in einem Umzugskarton. Ganz oben fand Billy den Obduktionsbericht. Er war von Frida Hansson verfasst worden, der Oberärztin in der Rechtsmedizin in Lund, die Billy als sorgfältig und kompetent kennengelernt hatte. Er begann, Vanja daraus vorzulesen, und konzentrierte sich dabei auf das Wesentliche.

«Der Tod trat zwölf bis sechzehn Stunden vor dem Auffinden ein. Todesursache: Penetration der Stirn.»

«Ein Schuss?»

Billy schüttelte den Kopf.

«Nein. Weder Schmauchspuren noch ein Austrittsloch oder eine Kugel im Schädel. Sie vermutet, dass der Mörder ein Bolzenschussgerät benutzt hat. Die Art und der Durchmesser der Verletzung deuten darauf hin.»

«Ein Bolzenschussgerät?»

«Ja, so ein Ding, mit dem man Pferde und Kühe vor der Schlachtung betäubt. Mit Hilfe einer Treibladung wird der Stahlbolzen hinausgeschossen.» Er gab einen Laut von sich, um seine Schilderung zu untermalen. «*Pfft!* Direkt ins Stirnbein.»

Vanja verzog das Gesicht, als sie sich das Ganze bildlich vorstellte.

«Deutliche Quetschungen von Handschellen», fuhr Billy fort. «Patricia schien gekämpft zu haben, um sich zu befreien. Davon zeugen die Blutergüsse und Druckverletzungen an den Handgelenken. Und das hier ist interessant ...» Er sah zu Vanja auf, die weiter im Umzugskarton wühlte. «In ihrem Mageninhalt hat man Spuren von Benzodiazepinen gefunden.»

«Sie ist betäubt worden.»

«Ich kenne die genauen Dosierungswerte nicht, aber es ist eine beachtliche Menge. Wenn sie davon nicht betäubt wurde, war sie zumindest willenlos. Ursula kann uns das sicher genauer sagen.»

Vanja zog eine Beweistüte vom Boden des Kartons herauf, die mit einem Datum, aber keiner Registrierungsnummer versehen war. Sie enthielt den Text, der an Patricias Rücken geheftet gewesen war. Vanja hielt Billy die Tüte hin.

«Hier liegen Beweise. Was für ein Fiasko! Irgendein kompetenter Mitarbeiter muss uns bei der Katalogisierung helfen, sonst sitzen wir hier noch ewig.»

Sie legte den blutbefleckten Test auf den Tisch. Ganz oben auf der ersten Seite stand mit Rotstift «13 von 60» geschrieben. Vanja beugte sich vor und las die erste Frage laut.

«Wofür steht die Abkürzung NATO?»

Billy zuckte die Achseln.

«Ich habe keine Ahnung. Du?»

«North Atlantic Treaty Organization.»

«Wozu soll ich das wissen?», fragte er und hob die Plastiktüte mit dem Test hoch. «Kuck mal hier: Zu welcher Wortart gehören bla, bla, bla? Welchen Vorgang beschreibt das Verb ‹pochieren›? Wie hieß das Flaggschiff, mit dem Christoph Kolumbus 1492 Amerika entdeckte?» Er drehte die Tüte um. «‹Wer folgte Oscar I. auf den schwedischen Königsthron?›»

Er legte die Tüte wieder auf den Tisch und blickte Vanja an.

«Mal im Ernst, wozu soll ich so was wissen? Wo ich doch jede Antwort in weniger als zehn Sekunden googeln kann?»

«Das nennt man Allgemeinbildung.»

«Klar, ich verstehe ja, dass das zu einer Zeit nützlich war, als man noch alles zu Hause im Lexikon nachschlagen musste, aber jetzt? Jetzt ist es doch nur unnützes Wissen.»

«Ich glaube, nicht alle sind deiner Meinung, dass es so etwas wie unnützes Wissen gibt», erwiderte Vanja und amüsierte sich darüber, wie Billy sich ereiferte. Sie ahnte, dass er in dem Test, den er gerade überflogen hatte, nicht viele Fragen hätte beantworten können.

«Egal», sagte Billy. «Jedenfalls handelt es sich zweifellos um denselben Täter. Die Fragen sind identisch mit denen, die wir auf Petrovics Rücken gefunden haben.»

Vanja nickte stumm.

«Dann informiere du Torkel über den neusten Stand, und ich versuche, ein bisschen Ordnung in dieses Chaos zu bringen. Lass ihm auch den Test und den Obduktionsbericht zukommen.»

«Aber klar», sagte Billy, nahm die Unterlagen mit und eilte aus dem Zimmer.

Vanja widmete sich wieder dem Inhalt des Umzugskartons, räumte ihn aus und sortierte ihn provisorisch. Es gab einiges von Interesse.

Ein Verhör mit einer Frau namens Ragnhild Torsson aus der Vorschule, in die Patricias fünfjähriger Sohn ging. Als Patricia ihren Sohn nicht abholte, hatte Ragnhild Torsson ihn gegen sieben Uhr abends mit zu sich nach Hause genommen und die Polizei informiert. Am nächsten Morgen wurde eine Vermisstenmeldung herausgegeben, und eine Streife wurde zu Patricias Wohnung und zu dem Friseursalon geschickt, wo sie einen Stuhl gemietet hatte. Doch weder die Nachbarn noch die Arbeitskollegen hatten sie gesehen.

Als in der Tollsjö-Schule eine Leiche gefunden wurde, wurde sie sofort mit Patricias Verschwinden in Verbindung gebracht. So weit hatte man professionell und effektiv gearbeitet. Die Berichte der Kollegen von der Streife waren verhältnismäßig brauchbar und gaben einen guten Überblick. Also gab es doch noch Hoffnung für die Polizei in Helsingborg. Erst als Berglund die Ermittlungen übernommen hatte, war alles den Bach hinuntergegangen. Sofort hatte er Stefan Andersson im Verdacht, und die Berichte wurden lückenhaft. Die Arbeitskollegen, die Vorschule und die Freunde waren gar nicht erst ausführlich befragt worden. Stattdessen hatte man alles darangesetzt, den Exverlobten zu einem Geständnis zu bewegen, doch dieser hatte immer wieder seine Unschuld beteuert.

Berglunds Starrsinn weckte in Vanja den Verdacht, dass er in seinem Berufsleben nicht zum ersten Mal mit Andersson zu tun gehabt hatte. Da schwelte ein alter Konflikt, vielleicht eine Verhaftung, irgendetwas Persönliches. Anders ließ sich Berglunds blinde Sturheit kaum erklären.

Und richtig. Stefan Andersson, 33 Jahre alt, Bauarbeiter, aber derzeit arbeitsunfähig, war der Polizei einschlägig bekannt. Patricia und er hatten sich kennengelernt, als sie neunzehn war, und eine komplizierte Beziehung angefangen, die sie ein Jahr vor Patricias Teilnahme an *Mama sucht Mann* beendet hatten. Der fünfjährige Max war ihr gemeinsames Kind. Im Fernsehen hatte Patricia dann in Tränen aufgelöst berichtet, dass Stefan sie jahrelang psychisch und körperlich misshandelt hatte. Es war eine gute und ergreifende Sendung gewesen, die der medialen Dramaturgie gemäß vor allem in der Boulevardpresse vorübergehend die Aufmerksamkeit auf häusliche Gewalt gelenkt hatte.

Patricias Auftritt hatte auch dazu geführt, dass Stefan ihr gegenüber erneut handgreiflich geworden war, denn seiner Meinung nach hatte sie ihn verleumdet und sein Leben zerstört.

Acht Monate nach der Sendung wurde ein Kontaktverbot verordnet, und er durfte sich Patricia nicht mehr nähern.

An diese Auflage schien er sich nach einer Weile zu halten, denn die Polizeieinsätze wurden immer seltener, bis sie schließlich nicht mehr nötig waren. Patricia schien aus ihrem neuen Prominentenstatus Kapital geschlagen zu haben, schrieb einen Blog und trat in unterschiedlichen Fernsehsendungen auf, als Gast in Talkshows und Diskussionsrunden, in denen sie weiter über Stefan berichtete und wie sie darum gekämpft hatte, sich von ihm zu befreien. Für den Herbst war geplant gewesen, dass sie mit einer anderen Moderatorin durch eine Sendung über Co-Abhängigkeit führen und außerdem an der Serie *Dokusoapstars auf dem Gutshof* teilnehmen sollte.

Eine Gewinnerin und ein Verlierer unserer medienaffinen Gesellschaft, dachte Vanja im Stillen. Sie konnte durchaus nachvollziehen, warum Berglund den Mann verdächtigte. Aber die Verhörprotokolle erzählten die Geschichte eines Polizisten, dessen Verdacht ohne jeden konkreten Beweis zu einer Überzeugung geworden war.

Eines musste sie Berglund allerdings zugutehalten: Es war ihm gelungen, die Identität der Leiche nicht an die Presse durchsickern zu lassen. Das war ein Teil seiner Strategie in den Verhören mit Stefan gewesen. «Wenn ich damit an die Öffentlichkeit gehe, dass Patricia das Opfer ist, wird dein Leben erst recht für immer zerstört sein. Dann werden dich alle verurteilen, egal, ob es zu einem Prozess kommt oder nicht», hatte Berglund laut Protokoll mehrmals gesagt. Allerdings war das auch das Einzige, wofür sie Berglund dankbar sein konnte, wenn sie das Chaos vor sich auf dem Tisch betrachtete. Dass sie der Medienhetze bisher entgangen waren. Außerdem war es hilfreich gewesen, dass Patricia zwei Tage vor Mittsommer gefunden worden war und geplant hatte, direkt nach Mittsommer zu verreisen. Niemand hatte sie vermisst.

Abgesehen von Max.

Vanja wollte gar nicht daran denken.

In dem Moment kam Billy zurück. Aus Ulricehamn gebe es keine großen Neuigkeiten, aber Torkel habe für heute eine Pressekonferenz angesetzt, weshalb es nur eine Frage der Zeit sei, bis ihre Ermittlungen im Rampenlicht stünden, berichtete er. Und nein, Torkel sei nicht glücklich gewesen, als er von Patricias Fernsehprominenz gehört habe ...

Vanja und Billy besprachen die Lage. Sie mussten sich einen besseren Überblick verschaffen, als ihnen die Unterlagen auf dem Tisch geben konnten, und beschlossen, mit der Vorschullehrerin anzufangen. Sie wollten vor der Pressekonferenz so viel wie möglich schaffen. Denn sie wussten, dass die Erinnerung der Menschen davon beeinflusst wurde, was sie hörten und lasen, und sie wollten Ragnhild sprechen, bevor die Medien über den Mord zu berichten begannen.

Die Vorschule Nyckelpigan lag fünfzehn Minuten vom Revier entfernt und bestand aus einem hellgelben länglichen Flachbau mit zwei Flügeln und einem großen Innenhof. Die Kinder waren draußen, sie spielten im Sandkasten, schaukelten oder kletterten in den großen Gerüsten, die mitten auf dem Hof standen. Die Luft war von hellen, fröhlichen Kinderstimmen erfüllt. Billy und Vanja stellten sich einer etwa zwanzigjährigen Frau vor, an deren Hosenbeinen zwei kleine Mädchen hingen, und brachten ihr Anliegen vor. Ragnhild Torsson sei gerade in einer Besprechung. Ob es wichtig sei? Allerdings.

Sie wurden ins Gebäude und in ein kleines Büro geführt. Nach ein paar Minuten erschien Ragnhild, eine Frau Mitte dreißig mit Sommersprossen und roten Locken, die Jeans und einen blauen Adidas-Pullover trug. Sie schloss die Tür und setzte sich.

«Wissen Sie schon mehr?», fragte sie mit einer Mischung aus Sorge und Neugier, nachdem Billy und Vanja sich vorgestellt hatten.

«Nein, aber wir würden Ihnen gern noch ein paar Fragen stellen», antwortete Vanja.

«Natürlich», sagte Ragnhild. «Das ist alles so furchtbar.» Sie senkte die Stimme, wie empathische Menschen es zu tun pflegen, wenn sie über Tragödien sprechen.

Ragnhild hatte eine positive, ruhige, fast mütterliche Ausstrahlung. Vanja war dankbar, dass diese Frau sich um Max gekümmert hatte, als der Sozialdienst gekommen war und die schreckliche Wahrheit erzählt hatte.

«Wie geht es Max jetzt?», fragte sie.

Ragnhild zuckte etwas resigniert die Achseln und seufzte.

«Schwer zu sagen. Er ist fünf Jahre alt. Er begreift noch nicht richtig, was der Tod ist. Aber er vermisst seine Mutter.»

«Ja, natürlich ...»

«Er wohnt jetzt bei einer Pflegefamilie, aber der Sozialdienst möchte, dass er weiter für ein paar Stunden am Tag herkommt, um ein wenig in einer gewohnten Umgebung zu sein. Er wird bald kommen, falls Sie mit ihm sprechen wollen.»

Vanja nickte und sah Billy fragend an. Sollten sie mit einem Fünfjährigen sprechen? Sie waren nicht darin ausgebildet, Kinder zu verhören.

«Danke, vielleicht tun wir das», antwortete Vanja. «Erinnern Sie sich, ob Max irgendetwas gesagt hat, das uns helfen könnte?», fuhr sie fort. «Was auch immer.»

«Nein. Ich habe darüber nachgedacht, nachdem ... es passiert war, aber ... nein. Nichts.»

«Können Sie uns von dem Tag erzählen, an dem Patricia verschwand? Ist Ihnen etwas Besonderes aufgefallen?» Billy versuchte es auf einem anderen Weg.

«Nein. Patricia wollte Max etwas später abholen als gewöhnlich. Sonst ist sie immer um vier gekommen, aber an dem Tag hat sie gesagt, sie würde es wohl erst so gegen fünf schaffen. Das war alles.»

«Hat sie einen Grund genannt?»

«Nein, aber sie hat mit Yasmin gesprochen, als sie Max morgens brachte. Vielleicht weiß die etwas.»

Vanja warf einen Blick in Berglunds Ermittlungsakte. Soweit sie sich erinnerte, war keine Yasmin verhört worden.

«Wie heißt Yasmin weiter?», fragte sie und blätterte in den lückenhaften Unterlagen.

«Asghari. Wenn Sie möchten, kann ich sie holen.»

«Ja, bitte, das wäre nett.»

Ragnhild stand auf und verschwand, sie konnten ihre Stimme draußen im Flur hören, als sie nach Yasmin rief.

Billy lehnte sich im Stuhl zurück und sah Vanja an. Er dachte dasselbe wie sie.

«Was meinst du? Sollen wir mit Max reden?», fragte er.

«Keine Ahnung. Vielleicht kurz.»

«Ich weiß nicht. Am besten, wir besprechen das mit den Leuten vom Sozialdienst und fragen, was sie für richtig halten.»

«Verdammt, stell dir vor, du bist fünf Jahre alt und musst das alles erleben. Die Mutter ist tot, der Vater hatte Kontaktverbot. Das setzt die eigenen Probleme wieder ein bisschen mehr ins Verhältnis.»

Billy erwiderte zunächst nichts. Sein Blick veränderte sich, war jedoch schwer zu deuten, und seine Stimme war gedämpft, als er schließlich sagte: «Eigene Probleme sind und bleiben eigene Probleme, egal in welches Verhältnis man sie setzt.»

Vanja sah ihn erstaunt an. «Du bist frisch verheiratet, was willst du denn für Probleme haben? Zu viel Sex?»

Es war ein platter Scherz gewesen, und Billys Augen verrieten, dass ihm nicht zum Lachen zumute war. In seinem Blick lag vielmehr Unruhe. Es gab definitiv irgendetwas, was er ihr nicht erzählte.

Sie kam jedoch nicht dazu, weiter darüber nachzudenken, weil im nächsten Moment die Tür aufging und Ragnhild mit einer jungen Frau mit vielen Tätowierungen und kurzen Haaren hereinkam. Sie war vielleicht Mitte zwanzig, trug eine Brille und eine karierte Bluse über einem Kleid.

«Das ist Yasmin.»

Sie begrüßten sich, und Yasmin setzte sich ebenfalls.

«Erst einmal würde mich interessieren, ob Sie schon einmal von meinen Kollegen befragt wurden», begann Vanja.

«Nein. Ich hatte frei, als die Polizei hier war, und dann sind sie nicht mehr wiedergekommen. Das fand ich ein bisschen seltsam.»

Vanja musste einen Seufzer unterdrücken. Berglund hatte nicht einmal die letzte Zeugin befragt, die Patricia lebend gesehen hatte. Das war mehr als ein bisschen seltsam. Es war verdammt noch mal ein Dienstvergehen.

«Dann ist es gut, dass wir das jetzt nachholen», presste Vanja hervor und versuchte, möglichst kontrolliert zu klingen.

Fünfzehn Minuten später saßen sie im Auto und telefonierten über die Freisprechanlage mit Torkel. Beide waren konzentriert und voller Tatendrang.

Sie hatten einen ersten Durchbruch.

Sven Cato war auch in diesem Fall in Erscheinung getreten.

Yasmin Asghari zufolge hatte Patricia mit ihm ein Treffen vereinbart gehabt. Deshalb hatte sie Max ein wenig später abholen wollen. Ein Porträt sollte es werden. Für den *Sydsvenskan*. Das hatte sie Yasmin stolz erzählt, ehe sie die Vorschule verließ und nie wieder gesehen wurde. Yasmin war sich ihrer Sache sicher. Genau wie die Reichsmordkommission.

«Okay. Dieselbe Vorgehensweise wie bei Miroslav Petrovic», sagte Torkel mit ernster Stimme. «Wisst ihr, wo sie sich getroffen haben?»

Vanja schüttelte den Kopf. «Nein, die Verantwortlichen

hier haben völlig versagt. Wir müssen noch einmal fast ganz von vorn anfangen. Leider.»

«Ich verstehe», entgegnete Torkel seufzend, versuchte dann aber, konstruktiv zu klingen. «Ich rufe Christiansson in Malmö an und frage, ob er euch beistehen kann. Wir müssen die Helsingborger außer Gefecht setzen, damit sie nicht noch mehr Chaos anrichten.»

«Wie steht es um die Pressekonferenz?», fragte Billy.

«In dreißig Minuten geht es los.» Es war nicht zu überhören, wie müde Torkel war. Billy und Vanja wussten beide, wie sehr er diesen öffentlichen Teil seines Jobs verabscheute.

«Viel Glück», sagte Vanja.

Billy holte tief Luft, als Torkel ausgestiegen war.

«Gut, wir teilen uns auf», schlug er vor. «Ich übernehme die Telefonlisten, ihren Computer, ihre Mails und den ganzen Rest. Du kümmerst dich um ihre Kollegen und Nachbarn. Und um den Exfreund, wenn du das noch schaffst.»

Vanja nickte. Sie wartete darauf, dass Billy den Motor startete, doch er blieb regungslos sitzen, den Kopf an die Nackenstütze gelehnt. Sie hatte das Gefühl, dass er ihr etwas sagen wollte.

«Das habe ich vermisst», kam es schließlich von ihm. «Nur du und ich. Wie in guten alten Zeiten.»

Vanja lächelte, ein aufrichtiges, erfreutes Lächeln. Vanja sah einen großen Teil der Schuld dafür, dass sie sich entfremdet hatten, bei sich. Sie hatte Billy in einem schwachen Moment verletzt.

«Es tut mir leid, dass wir uns so voneinander entfernt haben ...», begann sie.

«Das ist nicht nur deine Schuld», unterbrach er sie.

«Aber ich habe den Auslöser geliefert», wandte sie ein, obwohl sie ihm eigentlich zustimmte. Seit My aufgetaucht war, hatte Billy sich verändert. Ihr Verhältnis hatte sich verändert. Eigentlich sahen sie sich nie mehr außerhalb der Arbeit. Wahrscheinlich war das normal, wenn man verliebt war. Was wusste sie schon, sie hatte die Arbeit und die Kollegen stets an die erste Stelle gesetzt.

«Wieder Freunde?», fragte sie und streckte ihm die Hand entgegen.

«Wir waren immer Freunde», sagte er und ergriff ihre Hand. «Ich muss nur besser darin werden, das auch zu zeigen.»

Torkel saß im Konferenzraum, in dem sie die Tische nun zu einer kleinen Insel in der Mitte des Zimmers zusammengeschoben hatten, so wie sie es immer taten. Sie hatten eine vorläufige Zeittafel von Petrovics letzten Tagen erstellt und mit Bildern vom Tatort ergänzt. Bald würde eine zweite hinzukommen. Patricias. Torkel hatte Sorge, dass weitere Opfer folgen würden. Er hatte lange genug in diesem Beruf gearbeitet, um zu wissen, dass Sebastian vermutlich recht hatte. Dieser Täter würde mit großer Wahrscheinlichkeit wieder morden.

Er folgte einer Agenda.

Wollte etwas mitteilen.

Seine ausgeklügelte Vorgehensweise ließ keinen anderen Schluss zu. Und eine solche Triebkraft verschwand nicht von selbst wieder. Ganz im Gegenteil, sie wurde durch die Aufmerksamkeit der Öffentlichkeit zumeist sogar noch gesteigert, weil sie dem Täter das Gefühl gab, er fände bei den Menschen Gehör.

Der Erfolg motivierte ihn zusätzlich.

Das bereitete Torkel die meiste Sorge. Nicht die Pressekonferenz an sich, sondern das Aufsehen, das sie erregen würde. Konnte das den Mörder womöglich noch weiter anstacheln und seinen Entschluss, erneut zuzuschlagen, beschleunigen? Vielleicht, aber eigentlich ließ sich dagegen nichts ausrichten. Früher oder später würde die Presse selbst herausfinden, wie die Morde zusammenhingen, und mit einer gewissen Offenheit konnte Torkel zumindest versuchen, den Informationsstrom zu kontrollieren.

Die Tür ging auf, und Sebastian kam ins Zimmer geschlendert. Seine Miene war genauso unbekümmert wie zuvor. Wie konnte er nach alldem, was passiert war – und nachdem er erfahren hatte, dass er knapp vor einem Rauswurf gestanden hatte –, hier einfach so nonchalant hereinspazieren?

«Hast du Eva gesehen?», fragte er und setzte sich auf die Kante des nächststehenden Tischs.

«Nein, wieso?»

«Ich wollte sie fragen, ob sie heute Abend mit mir essen geht.»

«Sie ist verheiratet.»

«Und deshalb darf sie nichts essen, oder was?»

Torkel hatte keine Lust, darauf zu antworten, und suchte seine Notizen zusammen. Er schrieb sich immer ein paar Stichpunkte auf, an denen er sich orientieren konnte. Für einen Moment hatte er mit dem Gedanken gespielt, die Identität der beiden Opfer geheim zu halten, ihn bald darauf aber wieder verworfen. Sie mussten rasch wissen, wo sich Andrén und Petrovic in den letzten Stunden ihres Lebens aufgehalten und wo sie Sven Cato getroffen hatten. Außerdem würde es die Presse ohnehin herausfinden. Es war ein kleines Wunder, dass sie es nicht längst schon getan hatte.

«Bist du bereit?», fragte Sebastian beiläufig. «Dein Spezi ist übrigens auch schon da.»

«Was denn für ein *Spezi*?»

«Weber.»

Axel Weber war Kriminalreporter beim *Expressen* und ein richtiger Bluthund, der hinter fast alles kam, was Torkel geheim halten wollte. Allzu oft rief er an, weil er etwas herausgefunden hatte, das er von Torkel bestätigt haben wollte, der stets die Antwort «Kein Kommentar» gab, was – das wussten sie beide – einer Bestätigung gleichkam.

Hätte die Zeitung ihm denn nicht früher freigeben und stattdessen irgendeine ahnungslose Vertretung schicken können, die frisch von der Journalistenschule kam? Jemanden, dessen Fragen man leichter parieren konnte?

Doch das war reines Wunschdenken.

Torkel seufzte, stand auf und zog sein Jackett an. Es wurde Zeit.

«Wie sie ihn wohl nennen werden?», fuhr Sebastian ruhig fort.

«Wer?»

«Die Boulevardpresse. Die haben doch immer gern ein griffiges Schlagwort. Ich tippe auf ‹Der Dokusoapmörder›.»

Torkel schnaubte verächtlich.

«Das geht mir sonst wo vorbei.»

«Ich weiß, aber das Raten macht einfach Spaß. Und das ist das Offensichtlichste, was die beiden Opfer verbindet. Abgesehen davon, dass sie nicht in der Lage waren, sechzig Trivial-Pursuit-Fragen zu beantworten.»

«Dieses Detail müssen wir so lange wie möglich vor der Presse geheim halten», antwortete Torkel in einem warnenden Ton, der sich nicht missverstehen ließ. Sebastian neigte zwar nicht dazu, wichtige Informationen an die Presse weiterzugeben, aber eine kleine Ermahnung konnte nicht schaden.

«Das Schlagwort taugt sowieso nicht. Vielleicht ‹Der Allgemeinbildungsmörder› ... Nein, zu schwierig. Liegt nicht gut auf der Zunge», fuhr Sebastian fort.

«Hör auf, das ist nicht lustig, Sebastian.»

«Du kannst Weber ja fragen, was ihm so vorschwebt.»

Torkel warf einen müden Blick auf die Uhr. Noch fünf Minuten. Er ging in den Flur hinaus. Sebastian schlenderte hinterher. Die Pressekonferenz sollte im Konferenzraum direkt neben der Rezeption stattfinden. Als sie auf Höhe der Küche waren, kam Ursula ihnen entgegen. Torkel sah ihr sofort an, dass sie Neuigkeiten hatte.

«Ich habe einen vorläufigen Bericht von der Rechtsmedizin in Göteborg», sagte sie und hielt einen Stapel Papiere hoch. «Er ist im Großen und Ganzen mit dem von Patricia Andrén identisch. Benzodiazepine im Mageninhalt, nur eine etwas höhere Dosis, und dieselbe tödliche Penetration des Stirnbeins.»

Jetzt hatte Sebastian zu ihnen aufgeschlossen.

«Ein Bolzenschussgerät?», fragte er.

Ursula antwortete, ohne die Papiere bemühen zu müssen: «Der Rechtsmediziner in Göteborg stellt keine Vermutungen an, aber er schließt eine Schusswaffe aus. Ich glaube, wenn ich die Verletzungen selbst untersuche, wird sich herausstellen, dass Frida Hansson in Lund recht hatte. Es ist mit höchster Wahrscheinlichkeit ein Bolzenschussgerät.»

Sebastian nickte und nahm ihr den Bericht aus der Hand. «Das würde auch zum Täterprofil passen. Er hält sich für überlegen», sagte er. «Als wären sie niedere Kreaturen.»

«Können wir das Bolzenschussgerät irgendwie zurückverfolgen?», fragte Torkel.

Ursula schüttelte den Kopf. «Es gibt kein Register, und man braucht für den Kauf auch keine Genehmigung, aber vielleicht können wir herausfinden, um welches Modell es sich handelt, denn wir kennen den Durchmesser des Zylinders.»

«Ja, danke, bitte tut das!» Torkel sah erneut auf die Uhr. «Ich muss mich jetzt um die Presse kümmern. Wir hören uns später.» Er setzte sich in Bewegung. Etwas schneller diesmal, aber noch nicht im Laufschritt. Er wollte nicht außer Atem sein, wenn er ankam.

Schließlich musste er den Anschein erwecken, dass er alles unter Kontrolle hatte.

Dass er dem Mörder dicht auf den Fersen war.

Auch wenn es ganz und gar nicht der Wahrheit entsprach.

Ein erwartungsvolles Gemurmel empfing ihn, als er den Raum betrat. Viele Pressevertreter waren es nicht. Sechs an der Zahl, um genau zu sein. Er nickte den zweien zu, die er kannte. Axel Weber, der wie immer ganz vorn in der Mitte mit seinem Aufnahmegerät saß, und schräg dahinter ein Journalist von der *Göteborgs-Posten,* an dessen Namen Torkel sich gerade nicht erinnern konnte. Visén, Wilén, Widén, etwas in dieser Richtung.

Die anderen waren vermutlich lokale Vertreter.

Noch waren die beiden Toten nur anonyme Opfer. Bei der nächsten Konferenz würden garantiert mehr Journalisten kommen. Erheblich mehr. Das Interesse an Menschen, deren Lebensziel es war, sichtbar zu sein, und die ihr Dasein und ihre Identität von Treffern, Likes und Followern abhängig machten, war groß. Und von diesen Menschen gab es immer mehr. Torkel konnte sie nicht verstehen.

Wilma und Elin, seine Töchter, waren auch in den sozialen Medien aktiv, das wusste er. Aber er hütete sich, sie dafür zu kritisieren. Wann hatte ein Mann über fünfzig je gemeint, die Jugend würde sich mit etwas Sinnvollem und Vernünftigem beschäftigen? Er brauchte nur an seine eigene Kindheit und seine eigenen Eltern zurückzudenken.

Torkel ging zu dem kleinen Tisch, den jemand bereitgestellt hatte, und setzte sich. Er hatte um einen Tisch gebeten, denn er fand es natürlicher, vor den Journalisten zu sitzen, als zu stehen. Und es fiel ihm leichter, die Ruhe zu bewahren.

Das Gemurmel verstummte.

Wie immer begrüßte er alle Anwesenden und stellte sich als Leiter der Reichsmordkommission vor. Dann begann er. Er versuchte, seine Stellungnahme so knapp und präzise wie möglich zu halten.

«Wir haben es aktuell mit zwei Morden zu tun, zwischen denen unserer Auffassung nach ein Zusammenhang besteht. Einer geschah hier in Ulricehamn am vergangenen Dienstag und einer vor neun Tagen in Helsingborg. Beide Opfer wurden in einem Klassenzimmer in einer Schule an ihrem Wohnort gefunden.»

«In Klassenzimmern? Hier in Ulricehamn und in Helsingborg?», fragte eine jüngere Frau im breiten Dialekt Västergötlands. Sie trug ein blaues Kleid, saß ganz am Rand und hielt ein Smartphone in der Hand. Anscheinend filmte sie die Konferenz. Torkel wandte sich ihr zu. Sein Blick war fest und zugleich gelassen, womit man sich seiner Erfahrung nach am besten Respekt verschaffte.

«Genau. Beide wurden kurz vor ihrem Tod von einem Mann kontaktiert, der sich als Journalist ausgab. Offenbar haben sie ein Treffen mit dieser Person vereinbart und wurden kurz danach ermordet.»

«Wie kurz darauf?», erkundigte sich ein glatzköpfiger Mann, der hinten im Raum an der Wand lehnte.

«Am selben Tag. Aber die Opfer wurden erst am Tag darauf gefunden», verdeutlichte Torkel.

«Was wissen Sie über diesen Journalisten?», fragte der Mann von *Göteborgs-Posten*.

«Wir glauben nicht, dass es sich tatsächlich um einen Journalisten handelt.» Torkel zögerte. Unter seinen Stichwörtern stand auch Sven Cato. Sollte er den Namen wirklich enthüllen? Einerseits konnten auf diese Weise potenzielle

Opfer gewarnt werden, andererseits würde er dem Mörder damit auch verraten, wie viel sie wussten. Und der würde womöglich seinen Namen ändern, vielleicht auch seine Vorgehensweise. Vorsichtiger werden. Wenn allerdings weitere junge Menschen von Sven Cato überlistet würden und sterben müssten, nur weil Torkel den Namen verschwiegen hatte, würde er nicht nur Probleme bekommen, sondern auch eine schwere Schuld auf sich laden.

«In beiden Fällen nannte er sich Sven Cato», fuhr Torkel also nach einer kleinen Kunstpause fort. Er hörte, wie der Name hastig auf Blöcken notiert oder in Laptops und iPads eingetippt wurde. Bald wäre die Nachricht in die Öffentlichkeit gelangt. Das leise Desinteresse, das zuvor spürbar von der Gruppe ausgegangen war, schien jetzt wie weggeblasen.

«Wissen Sie mehr über den Namen?», fragte die Frau im blauen Kleid.

«Nein, es ist ein Pseudonym, so viel wissen wir, aber wir sind über Hinweise dankbar, falls jemand diesen Namen in einem anderen Zusammenhang gehört hat oder von einem Mann kontaktiert wurde, der diesen Namen verwendet hat.»

Torkel spürte, wie gierig die nunmehr hellwache Journalistenschar diese Information in sich aufsaugte.

Er hatte ihnen gerade zu einer Schlagzeile verholfen.

Eine Warnung in großen Lettern.

Hat Sven Cato Sie kontaktiert?

Dabei ahnten sie noch nicht, dass er diese Neuigkeit gleich noch toppen würde.

«Glauben Sie, dass er wieder zuschlagen wird?», fragte eine Frau in Weiß hinter der Journalistin im blauen Kleid.

«Wir möchten keine Spekulationen anstellen», antwortete er und wusste, dass er genau dazu einlud, wenn er solche Antworten gab.

Erst jetzt erklang Webers Stimme, dunkel und ruhig. Die Stimme eines Mannes, der wusste, dass er nicht laut werden musste, damit man ihm zuhörte.

«Was wissen Sie über die Opfer? Gibt es eine Verbindung zwischen ihnen?», fragte er.

Torkel wandte sich Weber zu und versuchte, die Antwort so polizeisprachlich und sachlich wie möglich zu formulieren.

«Die einzige Verbindung, die wir zum derzeitigen Zeitpunkt feststellen konnten, besteht darin, dass beide in unterschiedlichen Fernsehsendungen mitgewirkt haben.»

«Was denn für Fernsehsendungen?»

«Sogenannte Dokusoaps.»

«Dokusoaps?», wiederholte Weber erstaunt, und im selben Moment wurde es mucksmäuschenstill. Alle begriffen, was ihnen der Leiter der Reichsmordkommission gerade für einen Leckerbissen vorgeworfen hatte.

Eine Sensation im Sommerloch.

Massenweise Artikel.

Gefräßig stürzten sie sich darauf. Alle. Weber, das blaue Kleid, der Glatzkopf, *Göteborgs-Posten*, die Frau in Weiß und der andere Mann, der sich bisher noch nicht geäußert hatte.

«Welche Dokusoaps?»

«Welche Teilnehmer?»

«Nennen Sie uns Namen?»

«Wer?»

Aus allen Richtungen hagelte es Fragen. Die Frau im blauen Kleid stand sogar auf. Torkel versuchte, das aufgeregte Grüppchen mit beiden Händen zu beschwichtigen, war jedoch nur mäßig erfolgreich. Aber mit etwas anderem hatte er auch gar nicht gerechnet.

Er hatte ihnen den Staffelstab überreicht.

Jetzt war es ihre Show.

Die Namen der Toten Miroslav Petrovic und Patricia Andrén, die durch *Paradise Hotel* und *Mama sucht Mann* bekannt geworden waren, wurden schnell publik gemacht. Bald würden Bilder folgen. Haufenweise Bilder, auf denen die beiden möglichst leichtbekleidet waren. Dann die Spekulationen. Theorien. Wer und warum? Wer war Sven Cato? Die Fährten würden dargelegt werden, falsche ebenso wie richtige, und die Fortschritte der Polizei. Man würde Hintergrundporträts drucken. (Torkel hatte daran gedacht und gesagt, dass Miroslav ein guter Junge gewesen war.) Über die Trauer der Freunde berichten. Die Verzweiflung der Eltern. Der Mörder lief immer noch frei herum. Und in den vergangenen Jahren hatten so viele Menschen an Dokusoaps teilgenommen. Damit wäre man bei der Angst.

Die Moderatoren der jeweiligen Sendungen würden sich ebenfalls erinnern. Über ihren Schock reden. Und den Mut, den es erforderte, trotzdem weiterzumachen.

Torkel erklärte die Pressekonferenz für beendet und drängte sich routiniert an denen vorbei, die noch mehr Fragen hatten, darunter auch Weber. Er hatte das Handy am Ohr und gestikulierte wild, wahrscheinlich telefonierte er mit seinem Nachrichtenchef. Forderte mehr Personal an. Fotografen und weitere Journalisten, die nach Ulricehamn kommen sollten.

Torkel wünschte, sie wären in dieser Ermittlung aus eigener Kraft weitergekommen. Jetzt baten sie um Hinweise aus der Bevölkerung, und die würden sie auch bekommen. Massenhaft. Er hatte zusätzliches Personal angefordert, aber viele Polizisten auf einem Haufen waren nicht immer etwas Positives. Die Kompetenz der Kollegen war sehr unterschiedlich ausgeprägt. Dafür war Helsingborg ein abschreckendes Beispiel. Außerdem stieg das Risiko, dass etwas nach draußen sickerte.

Eine Stimme riss ihn aus seinen Gedanken.

«Torkel?»

Er drehte sich zu der Frau um, die seinen Namen gerufen hatte. Sie war blond, in seinem Alter, vielleicht auch etwas jünger. Blaue Augen, ein schlichtes Sommerkleid und Ballerinas. Er meinte, sie wiederzuerkennen, aber unter den Journalisten auf der Pressekonferenz war sie nicht gewesen.

«Torkel ... ich bin es», sagte sie mit einem Lächeln, das warmherzig war, nicht professionell. «Lise-Lotte. Lise-Lotte Patriksson. Von der Älvsjö-Schule», ergänzte sie, als sie merkte, dass er immer noch nicht wusste, wer sie war.

«Lise-Lotte ...», wiederholte er und strahlte. Jetzt erkannte er sie. Dasselbe blonde Haar wie damals, sogar ein wenig länger. Die blauen Augen, die noch genauso wach dreinblickten, obwohl sie von mehr Falten umkränzt waren. Ihr Lächeln war hingegen gar nicht gealtert.

«Was machst du denn hier?», fragte Torkel und spürte plötzlich, wie seine Gedanken über den Fall aufrichtiger Freude wichen. Lise-Lotte Patriksson. Du liebe Güte, das war eine halbe Ewigkeit her.

«Ich wohne hier. In Ulricehamn. Ich arbeite als Rektorin an der Schule.» Ihr Lächeln verschwand. «Ich habe die Leiche gefunden.»

«Ich habe den Bericht gelesen ...», sagte Torkel mit einer Denkfalte auf der Stirn. «Aber ich habe den Namen nicht mit dir in Verbindung gebracht. War der nicht spanisch?»

«González», bestätigte Lise-Lotte nickend. «Ich habe einen Chilenen geheiratet.»

Er nahm ihre Stimme wie aus der Ferne wahr, in Gedanken bei der Entdeckung des toten Jungen, und verfluchte sich.

«Geht es dir denn gut?», presste er hervor. «War er ein Schüler von dir?» Natürlich hätte er zuerst fragen müssen, wie es ihr ging, anstatt die unterschiedlichen Nachnamen anzusprechen. Er war einfach schon zu lange Polizist.

«Nein, war er nicht, aber ich habe natürlich trotzdem einen Schock erlitten», antwortete sie vorsichtig. «Ich wollte nur eine kleine Runde durch die Schule drehen, und dann ...»

Sie beendete den Satz nicht, sondern sah Torkel an. Er blickte sich im relativ gut besuchten Eingangsbereich des Polizeireviers um.

«Komm mit, hier sind so viele Leute», sagte er und wies auf eine Tür.

«Aber du musst doch wahnsinnig viel zu tun haben.»

«Ja, aber das kann kurz warten», erwiderte Torkel. «Ich habe dich schon seit wie vielen Jahren – dreißig? – nicht mehr gesehen.»

Lise-Lotte lachte.

«So in etwa. Die Zeit rennt.»

Torkel lächelte und zog seine Schlüsselkarte durch das Lesegerät. Die Tür summte.

«Du siehst aber noch genauso aus wie früher», sagte Torkel, als er ihr die Tür aufhielt, und sah ein, dass man seine ehrliche Feststellung leicht als Flirtversuch missverstehen konnte. «Wie lange bist du schon verheiratet?», fragte er schnell, um die Deutungsmöglichkeiten seines Kompliments ein wenig einzuschränken.

«Wir sind seit zehn Jahren geschieden. Und selbst?»

«Auch geschieden. Zweimal, um ehrlich zu sein», antwortete Torkel, während er Lise-Lotte in den Korridor bat. «Ich habe zwei Töchter, Wilma und Elin. Achtzehn und vierzehn.»

«Wir haben eine Tochter, Therese, die ist jetzt einundzwanzig.»

Schweigend betraten sie die Personalküche. Die schnelle Aktualisierung war abgeschlossen. Jetzt wurde es schwieriger. Wo sollten sie anfangen? Bei den gemeinsamen Erinnerungen? Oder sollten sie lieber versuchen, einander besser kennenzulernen? Es war immerhin dreißig Jahre her. Was wollte sie? Warum war sie zu ihm gekommen?

«Ich habe gehört, dass du der leitende Ermittler bist, und da wollte ich einfach mal vorbeischauen und dir hallo sagen», erklärte sie, als hätte sie seine Gedanken gelesen.

«Gute Idee», entgegnete er. «Aber wir wären uns bestimmt auch so begegnet, denn wir befragen eigentlich immer alle Zeugen», sagte er, doch dann fiel ihm ein, dass diese Aufgabe meistens den anderen Mitgliedern seines Teams zufiel. Er hätte sie mit großer Wahrscheinlichkeit verpasst. «Ich freue mich riesig, dass du vorbeigekommen bist», fügte er hinzu und meinte es ernst.

Sie nickte und lächelte ihn zaghaft an. Dann schwiegen sie erneut.

«Möchtest du einen Kaffee?»

«Ja, gern.»

Er wies zu den Tischen, während er die geschwungene Kücheninsel umrundete und zur Kaffeemaschine ging. Er hatte sie nicht gefragt, was genau sie haben wollte, sondern nahm einfach eine Tasse, stellte sie in die Maschine und drückte auf den Knopf für den normalen Filterkaffee.

Während der Kaffee durchlief, schielte er kurz zu Lise-Lotte hinüber, die sich gerade auf einen der rosa Stühle am nächstgelegenen Tisch setzte. So viele Erinnerungen, aber er musste sich ehrlich eingestehen, dass er lange nicht mehr an sie gedacht hatte – seit Ewigkeiten.

Sie waren in den letzten beiden Jahren am Gymnasium ein Paar gewesen, jung und verliebt, aber dann hatten sie sich auseinandergelebt, als Torkel seinen Dienst bei der Armee ableistete und sie in Linköping ein Studium anfing. Die Distanz oder die Ambitionen – woran es genau gelegen hatte, wusste er nicht. Aber jedenfalls beendeten sie die Beziehung. Sie machte Schluss. Auf einer merkwürdigen Studentenparty an der Universität in Linköping.

Einsam war er durch den Regen von dort weggegangen.

Wütend und enttäuscht.

Er nahm die Kaffeetasse heraus, stellte eine neue Tasse hinein und drückte wieder auf Filterkaffee. Als sich die Maschine brummend in Gang setzte, kam Eva Florén herein und ging auf ihn zu.

«Haben Sie Zeit?»

«Ja.»

«Gerade sind die Kollegen aus Borås und Jönköping eingetroffen, ich dachte, Sie wollen vielleicht mit ihnen reden.»

Torkel nickte. Das war die Verstärkung, um die telefonischen Hinweise aus der Bevölkerung zu bewältigen, die vermutlich bald eintreffen würden. Er hoffte, dass alle wussten, worauf sie achten und wonach sie fragen sollten, aber es konnte nicht schaden, die Kollegen einzuweisen. Torkel sah kurz zu Lise-Lotte hinüber, ehe er sich wieder Eva zuwandte.

«Eine Minute.»

«Wir sind oben», sagte sie, nickte in Richtung Obergeschoss und verschwand.

Torkel nahm die beiden Kaffeetassen und ging zu Lise-Lotte.

«Es tut mir leid, aber die Arbeit ruft», erklärte er und stellte eine Tasse vor ihr ab.

«Kein Problem, das kann ich gut verstehen.»

«Aber du kannst ruhig noch hier sitzen bleiben und den Kaffee trinken, wenn du möchtest.»

«Ehrlich gesagt war ich eher an deiner Gesellschaft interessiert als am Kaffee», antwortete sie lächelnd, stand auf und schob reflexhaft ihr Kleid über die Knie. «Aber wenn du Zeit hast, könnten wir ja vielleicht einmal abends essen gehen, während du hier bist?»

«Das würde mich sehr freuen», antwortete er und wünschte, er hätte die Frage gestellt. «Ich sorge einfach dafür, dass ich Zeit habe.»

«Gut. Ruf mich an.»

«Das mache ich.»

Er streckte ihr die Hand entgegen, doch Lise-Lotte ignorierte sie und umarmte ihn stattdessen. Sie duftete nach Maiglöckchen.

«Es war schön, dich wiederzusehen», sagte sie dann und griff nach ihrer Tasche.

«Ja, ich fand es auch schön, dich wiederzusehen», stimmte Torkel zu. «Ich rufe dich an.»

Ein Lächeln und ein kurzes Winken, weg war sie.

Torkel nahm seine Tasse und ging die Treppe hinauf zu den wartenden Polizisten. Er selbst ahnte es nicht, und es sagte ihm auch keiner – aber allen fiel auf, dass der Chef der Reichsmordkommission ungewohnt glücklich aussah.

Ebba hatte schon den ganzen Tag ein Lied im Kopf. «Can't Hold Us» von Macklemore und Ryan Lewis. Fast immer hatte sie ein Lied im Kopf, wenn sie aufwachte. Mal war es ein modernes, es konnte aber auch ein altes sein. Und sie musste es nicht einmal oft gehört haben, es tauchte einfach so auf.

Jeden Morgen.

Fast.

Sie überlegte, ob sie die Kategorie «Song des Tages» in ihrem Blog einrichten und eine Musikdatei hochladen sollte oder zu Spotify verlinken. Das würde ihren Lesern bestimmt gefallen. Ihr einziger Hinderungsgrund war die Sorge, dass Sara dann auch jeden Tag einen Song würde präsentieren wollen, und sie hatte einen so furchtbaren Musikgeschmack.

Erst am vergangenen Samstag hatte sich das wieder bestätigt. Bei den *Summer Blog Awards*. Irgendein Radiosender hatte sie auf dem roten Teppich abgefangen und sie gefragt, welche Band sie gerade am liebsten hörten. Ebba konnte nicht daran denken, ohne rot zu werden ...

Davon abgesehen schämte sie sich nie für ihre Schwester. Das war undenkbar. Beinahe so, als würde sie sich für sich selbst schämen. So nah standen sie einander. Sara war die Ältere, aber seit Ebba elf Minuten später geboren worden war, hielten sie zusammen. Waren unzertrennlich. Ebba wusste, dass sich ihre Eltern hin und wieder Sorgen machten, weil sie sich keine anderen engen Freunde suchten. Doch solange sie einander hatten, brauchten sie keine anderen Menschen.

Sie wohnten noch bei ihren Eltern, in einem Zimmer, obwohl sie die Möglichkeit gehabt hätten, jede ein eigenes Zimmer zu bekommen. Sie gingen in dieselbe Klasse im selben Gymnasium. Sie besuchten denselben Tanzkurs und trainierten im selben Fitnessstudio. Und sie hatten ihren gemeinsamen Blog.

Als sie 2011 damit anfingen, hatte es noch «Kopf oder Zahl» geheißen, und die Idee dahinter war gewesen, dieselben Ereignisse aus zwei unterschiedlichen Perspektiven zu beschreiben.

Sara meint dies, Ebba jenes.

Doch das wurde schnell langweilig. Sie mussten sich einfach zu sehr anstrengen, um ihre Erlebnisse verschieden zu empfinden. Natürlich gab es Unterschiede, aber meistens waren sie derselben Meinung. Also schlossen sie den Blog und begannen einen neuen:

Zwillingsseelen.

Eigentlich lag das vollkommen auf der Hand. Statt zu betonen, wie verschieden sie waren, setzten sie nun darauf, wie gleich sie waren.

Wie nah sie sich standen.

Wie einzigartig dieses starke Band zwischen ihnen war.

Fast jeder konnte über seinen Alltag schreiben, aber es gab nicht viele, die ihr Leben aus der Zwillingsperspektive schildern konnten. Das war genau ihr Ding, und es funktionierte irrsinnig gut.

In der Blogosphäre erregten sie viel Aufmerksamkeit, immer mehr Menschen verlinkten ihre Seite, die Zahl ihrer Follower stieg stetig an, und am vergangenen Samstag gewannen sie bei den *Summer Blog Awards* in der Kategorie *Summer MustRead*.

Am Montag hatte glatt Nivea angerufen und gefragt, ob

Sara und sie nicht darüber schreiben wollten, dass sie Nivea-Hautpflegeprodukte verwendeten, und damit die Gesichter der Firma werden wollten. Gegen Honorar. Wenn sich noch mehr Unternehmen melden würden, könnten sie bald von ihrem Blog leben. Melinda, eine gemeinsame Bekannte, bot auf ihrer Seite offensiv an, auf ihrem Blog oder auf Instagram für bestimmte Produkte zu werben. Dort gab es auch einen Link namens «Interessiert an einer Zusammenarbeit?», der zu ihrer Hotmail-Adresse führte. Letztes Jahr hatte sie eine Firma gegründet und war als Kleinunternehmerin registriert.

Das sollten Sara und ich auch tun, dachte Ebba.

Sie klopfte kurz an die geschlossene Tür, ehe sie die Klinke herunterdrückte. Eigentlich war das unnötig, denn sie wussten alles übereinander, aber wenn die Tür zu ihrem Zimmer geschlossen war, klopften sie an. So lautete die Regel.

Sara saß vor dem aufgeklappten Laptop am Schreibtisch.

«Ich habe gerade einen neuen Beitrag geschrieben.»

«Und worüber?»

«Wie sehr wir Arriva hassen.»

Arriva war das Unternehmen, das in ihrer Gegend den Busverkehr betrieb. Sara schrieb nicht zum ersten Mal über deren mangelhaften Service, die schlechtgelaunten Fahrer, verspäteten Busse oder eingestellten Fahrten. Arriva würde wohl nicht zu den Unternehmen gehören, die an einer Kooperation mit ihnen interessiert wären.

«Was ziehst du heute Abend an?», fragte Ebba und öffnete ihren gemeinsamen Kleiderschrank.

«Was haben wir denn heute Abend vor?»

Ebba seufzte. Es gab doch ein Gebiet, auf dem sie sehr verschieden waren. Krass verschieden. Für Sara konnte selbst die Tatsache, dass sie morgens etwas frühstücken musste, überraschend sein. Zu planen, alles im Blick zu haben und vorausschauend zu handeln – das war nichts für sie. Ebba hatte den Verdacht, dass dies ihr Fehler war. Sie hatte schon früh die Verantwortung dafür übernommen, dass Schulaufgaben abgegeben und Vereinbarungen eingehalten wurden, eben der Alltag geplant wurde.

Sie war die Patente.

Sara die Schusselige.

«Wir werden interviewt.»

«Von wem?»

«Von dem Typen, der nach den *Blog Awards* angerufen hat.»

Sara sah sie mit einer Miene an, als hörte sie das zum ersten Mal. Ebba konnte ihrer Schwester grundsätzlich nie böse sein, aber wenn sie es gekonnt hätte, dann wäre sie es jetzt.

«Das habe ich dir doch erzählt», antwortete sie geduldig. «Von so einem freien Journalisten. Sven Soundso ...»

Königlich Technische Hochschule
Registrator
SE-10 044 Stockholm

Einspruch gegen den Beschluss zur Besetzung einer Professur
(VL-2014–00071)

*Hiermit lege ich Einspruch gegen den Beschluss ein, die aus-
geschriebene Professur VL-2014–00071 mit einem anderen
Bewerber zu besetzen.*

*Der Personalausschuss hat in seinem Gutachten befunden,
dass ich alle pädagogischen und wissenschaftlichen Anfor-
derungen des Stellenprofils erfülle.*

*Zudem schreibt der Personalausschuss unter § 8 des Pro-
tokolls 4/2013, das Institut suche «einen Mitarbeiter, der eine
Forschungsgruppe aufbauen kann, darüber hinaus aber auch
die Kompetenz besitzt, sämtliche Aktivitäten des Instituts zu
bündeln, die Lehre zu koordinieren und Drittmittel einzu-
werben».*

*Wie Sie dem beigefügten Curriculum Vitae entnehmen kön-
nen, erfülle ich all diese Kriterien in außerordentlichem Maße
und bin noch dazu ein geschätzter und beliebter Mitarbeiter
und Dozent mit einem gut ausgebauten Netz an Kontakten sowohl innerhalb der KTH als auch über deren Grenzen hinaus.*

*Des Weiteren verfüge ich – im Gegensatz zu der Person, mit
der die Stelle besetzt wurde – über eine ausgezeichnete Allgemeinbildung und, ein leidenschaftliches Interesse an der Wis-*

sensvermittlung, und ich weiß um die Wichtigkeit von Lehre und Bildung für unsere Zukunft. Ich würde das Institut nicht nur in vorbildlicher Weise leiten, sondern wäre außerdem ein ausgezeichneter Botschafter für die gesamte KTH und ein wichtiges und sichtbares Gegengewicht zu jenem Geist des Unwissens und der Oberflächlichkeit, der sich in unserer Gesellschaft zunehmend ausbreitet.

Aus oben genannten Gründen bin ich der am besten geeignete Bewerber und beantrage eine Revision des Anstellungsbeschlusses betreffend die Professur VL-2014–00071 zu meinen Gunsten.

Torkel?»

Er sah von seinem halbverspeisten, lauwarmen Fertigessen auf, das er nicht einmal auf einen Teller gelegt hatte, sondern direkt aus der Plastikpackung schlang. Frikadellen, gekochte Kartoffeln und braune Soße, aber das Einzige, was wirklich nach etwas schmeckte, war das Preiselbeergelee, das er im Kühlschrank gefunden hatte.

Eva Florén kam auf ihn zu.

«Wir haben einen Anruf bekommen …»

Torkel verstand sofort, dass sie einen besonderen Anruf meinte. Denn sie hatten keineswegs *einen* Anruf bekommen. In den letzten Stunden hatte alle fünfzehn Sekunden jemand angerufen. Die Telefone hatten unmittelbar nach der Pressekonferenz zu klingeln begonnen, und seither liefen sie heiß.

Man hatte geheimnisvolle Männer auf der Straße beobachtet, die «wie ein Journalist aussahen». Autos waren vor Schulen gesichtet worden, und zwar vor allen Schulen, nicht nur vor der Hilding-Schule. Man glaubte, Schreie aus einsamen Gebäuden gehört zu haben, und manch einer fand, seine Nachbarn hätten sich in letzter Zeit suspekt verhalten. Viele waren sicher, Miroslav Petrovic am Dienstag gesehen zu haben. An unterschiedlichen Orten, mit unterschiedlichen Männern. (Erstaunlich viele hatten ihn auch am Mittwoch gesehen, obwohl er zu diesem Zeitpunkt schon tot war.)

Mit Patricia Andrén verhielt es sich genauso, wobei hier die Hinweise noch uneinheitlicher waren. Der Mord lag länger zurück, und bei den meisten Leuten war die Erinnerung nun einmal keine besonders haltbare Ware.

Das zusätzliche Personal, das hauptsächlich aus Polizeianwärtern bestand, lauschte allen Anrufern, machte Notizen und leitete die Informationen an ein Kompetenzteam weiter, das die Angaben analysierte und nach Dringlichkeit ordnete. Eva Florén leitete das Team.

Jetzt zog sie sich einen Stuhl heran und nahm Torkel gegenüber Platz.

«Wir haben Hinweise darauf erhalten, wo Petrovic und Cato gegessen haben könnten.»

Torkel würgte den letzten Bissen seiner trockenen Frikadelle herunter und sah sie interessiert an.

«Glaubwürdige?»

«Zwei Kellnerinnen und ein Gast», bestätigte Eva. «Alle geben unabhängig voneinander denselben Ort und dieselbe Zeit an. Petrovic mit Begleitung.»

Sie reichte Torkel einen Zettel, den dieser überflog.

«Sie haben da ein bisschen Soße», sagte Eva, und Torkel blickte auf. Eva deutete auf ihren eigenen Mundwinkel. Torkel fuhr mit der Hand über seinen.

«Andere Seite», korrigierte Eva, und Torkel ging auf Nummer sicher und wischte mit Zeigefinger und Daumen über beide.

«Möchten Sie, dass ich jemanden schicke, oder kümmern Sie sich selbst um die Zeugen?»

Torkel legte den Zettel auf den Tisch und überlegte kurz. Er bereute, dass er sowohl Billy als auch Vanja weggeschickt hatte. Es wäre gut gewesen, einen von ihnen jetzt hier zu haben. Sebastian und Ursula waren kein Dreamteam, aber nur einen der beiden zu schicken, wäre auch nicht die richtige Lösung. Bei Sebastian war es sogar undenkbar. Ursula würde die Aufgabe sicher bewältigen, aber Zeugenbefragungen waren nicht gerade ihre Stärke. Torkel spielte kurz mit dem Gedanken, selbst zusammen mit Ursula dorthin zu fahren, verwarf ihn jedoch sofort wieder. Er konnte das Revier nicht verlassen. Nicht jetzt, erst wenige Stunden nachdem sie die Ermittlungen ins Rollen gebracht hatten. Aber er wollte auch keine lokalen Talente schicken, die er nicht einschätzen konnte.

«Wir kümmern uns darum», antwortete er und schob die Plastikschale von sich. «Danke.»

Sie standen gleichzeitig auf. Eva verließ die Küche und ging wieder die Treppe hinauf zu ihren klingelnden Telefonen. Torkel blieb stehen, leerte sein Wasserglas, entsorgte die Plastikpackung, räumte das Besteck in den Geschirrspüler und begab sich zu ihrem Besprechungsraum.

Als er hereinkam, sah Sebastian von den Ermittlungsunterlagen und anderen Papieren auf, die vor ihm auf dem Tisch verstreut lagen.

«Ich habe etwas, was man als Täterprofil bezeichnen könnte», sagte er und lehnte sich auf dem Stuhl zurück. «Es ist noch etwas skizzenhaft, aber immerhin.»

«Das muss warten. Ich habe einen Auftrag für dich.»

Ursula stieg aus dem Wagen und sah zum Kurhotel hinüber. Oder besser, zum neuen Kurhotel, wie es offenbar hieß. Sie hatte keine Ahnung, was mit dem alten passiert war. Dies war jedenfalls ein einstöckiges, T-förmiges Holzhaus, das gelb gestrichen war und weinrote Fensterrahmen und Türen hatte. Ursulas Farbempfinden war vielleicht nicht besonders gut ausgebildet, aber sie fand, dass es schrecklich aussah.

Sie hörte, wie Sebastian die Beifahrertür zuschlug und das Auto verriegelte. Gemeinsam gingen sie den Kiesweg entlang, der zwischen gepflegten Rasenflächen zum Hotel führte.

«Wie steht's mit Torkel?», fragte Sebastian auf halber Strecke.

«Wie meinst du das?»

«Auf Billys Hochzeit schient ihr ziemlich eng miteinander zu sein. Ich habe ihn nachts aus deinem Zimmer gehört ...»

«Eifersüchtig?»

Es war unmöglich zu erkennen, ob sie scherzte.

«Neugierig. Man braucht kein Psychologe zu sein, um zu erkennen, dass Torkel mehr will als das, was ihr miteinander habt, was auch immer es ist.»

«Das geht dich einen feuchten Kehricht an», entgegnete sie knapp. Sie hatte nicht vor, Sebastian zu erzählen, dass sie Torkel schon heute Abend mehr geben wollte.

«Ich mache mir eben Gedanken um euch. Ich möchte, dass ihr glücklich seid.»

«So ein Schwachsinn!», schnaubte Ursula verächtlich.

«Na gut, ich möchte, dass du glücklich bist. Torkel geht mir ehrlich gesagt am Arsch vorbei.»

Ursula blieb abrupt stehen und starrte ihn an. Ihre Augen waren plötzlich schwarz vor unterdrückter Wut.

«Nichts von dem, was du tust oder je getan hast, deutet darauf hin, dass dir an meinem Glück gelegen ist!»

«Das ist jetzt aber ein bisschen ungerecht ...», stammelte Sebastian, vollkommen unvorbereitet auf die Wendung, die diese seiner Meinung nach ungezwungene Plauderei plötzlich genommen hatte.

«Ach ja? Wann genau wolltest du denn, dass ich glücklich bin?», fauchte Ursula. «Als du mich mit meiner Schwester betrogen hast? Oder als deine Exfreundin mich bei dir zu Hause angeschossen hat und du dich nicht einmal dazu aufraffen konntest, mich im Krankenhaus zu besuchen und zu fragen, wie es mir geht?»

«Das tut mir leid. Ich konnte einfach nicht ... Das habe ich dir doch auch auf der Hochzeit gesagt.»

«Zu spät, Sebastian.»

Ursula wandte sich von ihm ab und stapfte auf das Hotel zu. Nach einigen Schritten blieb sie stehen und drehte sich erneut zu ihm um.

«Hast du dir jemals überlegt, ob du nicht, anstatt immerzu ein Arschloch zu sein und dich dann dafür zu entschuldigen, einfach aufhören solltest, ein Arschloch zu sein?»

Mit diesen Worten ging sie schnellen Schrittes auf den Eingang zu.

Sebastian blieb stehen und war immer noch vollkommen baff, wie dieses harmlose, allenfalls mit einer kleinen Stichelei versehene Gespräch so hatte enden können. Natürlich hatte Ursula schwere Monate hinter sich. Micke hatte sie verlassen, das schlechte Verhältnis zu ihrer Tochter belastete sie, und dann hatte sie auch noch ein Auge verloren. Anscheinend war all das doch zu viel für sie, und jetzt ließ sie ihren Frust an ihm aus. Er selbst hatte wirklich nicht den Eindruck, dass er sie besonders oft verletzt oder hintergangen hatte. Aber vielleicht, dachte er, während er weiter den Kiesweg entlangging, kam es auf die Schwere des Verrats an, nicht auf die Häufigkeit.

Die Rezeptionistin hatte Sebastian und Ursula in einen Raum neben dem Restaurant geführt und sie gebeten, auf der schwarzen Ledersitzgruppe Platz zu nehmen, bis sie die beiden Kellnerinnen geholt hatte. Während sie warteten, redeten sie kein Wort miteinander. Sebastian hatte keine Lust, das Gespräch wiederaufzunehmen, und Ursula ging es offenbar ähnlich.

Schließlich kehrte die Rezeptionistin mit zwei Frauen zurück, die eine schätzungsweise Anfang, die andere eher Ende zwanzig. Beide trugen schwarze Röcke und weiße Blusen mit dem Logo des Hotels auf der Brust. Sebastian und Ursula standen auf, stellten sich vor und nannten ihr Anliegen.

Die Frauen setzten sich in die Sessel gegenüber. Ursula zückte ihren Kugelschreiber und legte sich einen kleinen Notizblock auf die Knie.

«Haben Sie am Donnerstag beide hier gearbeitet?», fragte sie.

«Ja», bestätigten die Frauen unisono.

«Dann erzählen Sie mal.»

«Was denn?», fragte Cissi, die Jüngere der beiden.

«Miroslav Petrovic war also zum Mittagessen hier, haben Sie gesagt. Zusammen mit einem anderen Mann.»

«Ja.»

«Wo haben sie gesessen?», fragte Sebastian.

«Da drinnen», antwortete Emma. Sie drehte sich und zeigte auf die Glastüren zum Hotelrestaurant, das mit seinen gerade aufgereihten Tischen, den einfachen Holzstühlen und den kleinen weißen Deckchen eher wie eine Schulkantine wirkte.

«Der Tisch am Fenster, ganz hinten in der Ecke. Mirre saß mit dem Rücken zur Wand und der andere Mann direkt gegenüber.»

«Wie sah er denn aus?»

«Er hatte eine neue Frisur», antwortete Cissi prompt und konnte sich ein schwärmerisches Lächeln nicht verkneifen. «Total süß, und dann hatte er ein blaues T-Shirt und helle ...»

Sebastian seufzte laut und fiel ihr ins Wort. «Das darf doch wohl nicht wahr sein! Es interessiert uns doch nicht, wie Petrovic aussah. Der andere! Mit dem er gegessen hat. Wie sah der aus?»

«War das der Mörder?», fragte Emma und beugte sich mit neugieriger Miene vor, während Cissi auf dem Sessel zurücksank und nach Sebastians Zurechtweisung ein wenig verschüchtert wirkte.

«Wie sah er aus?», wiederholte Sebastian.

Keine der beiden antwortete direkt. Sie blickten sich an, Cissi zuckte leicht mit den Schultern, während Emma sich wieder an Ursula und Sebastian wandte.

«Er war ... alt.»

«Wie alt?»

«Ich weiß nicht genau. Fünfundfünfzig.»

«Nein, älter», warf Cissi ein. «Mein Großvater ist siebzig, er sah eher so aus.»

Ursula blickte auf die Zahlen auf ihrem Block und seufzte innerlich. Ob jemand fünfundfünfzig oder siebzig war, machte einen gewaltigen Unterschied. Wenn man dann noch an jedem Ende ein paar Jahre addierte oder abzog, kam eine Altersspanne von zwanzig Jahren heraus. Damit eine Personenbeschreibung zu erstellen war hoffnungslos.

«Wie alt würden Sie mich denn schätzen?», fragte Sebastian, der offenbar dasselbe gedacht hatte.

Die Frauen auf der anderen Seite des Tischs musterten Sebastian.

«Sechzig oder nein, fünfundsechzig?», schätzte Cissi zögernd und wandte sich hilfesuchend an Emma, die zustimmend nickte.

Sebastian antwortete nicht. Vielleicht wurde es allmählich doch Zeit, dass er sich ein wenig mehr um sein Äußeres kümmerte. Er schielte zu Ursula hinüber und hätte schwören können, dass sie sich amüsierte.

«Einen Bart», sagte Emma plötzlich. «Er hatte einen Bart. Einen grauen.»

Vielleicht hatten sie deshalb geglaubt, dass der Mann älter ausgesehen hatte, überlegte Ursula und notierte «grauer Bart» unter den widersprüchlichen Zahlen. Sebastian trug allerdings keinen Bart, und sie hatten ihn trotzdem fast zehn Jahre älter geschätzt, als er tatsächlich war.

«Er hatte die ganze Zeit eine Mütze auf. So eine Opa-Mütze.»

Ursula nickte und schrieb. Gut, allmählich kam doch etwas Greifbares dabei heraus. Wenn sie genügend andere Details hätten, fiele das undefinierbare Alter vielleicht nicht ganz so sehr ins Gewicht.

«Und eine Brille», sagte Cissi.

«Stimmt, so eine mit dünnen Bügeln», ergänzte Emma. «Wie man sie auch an der Tankstelle kaufen kann.»

«Erinnern Sie sich noch an andere Dinge?», fragte Ursula aufmunternd.

«Nein.»

«Einen Dialekt», schlug Sebastian vor. «Haben Sie ihn sprechen hören? Erinnern Sie sich an die Stimme?»

Die beiden Frauen sahen sich an und schüttelten den Kopf.

«Hat denn nicht er die Bestellung aufgegeben?», fragte Sebastian beharrlich.

«Doch, aber ich erinnere mich an nichts Besonderes. Es war einfach nur eine Stimme.»

«Erinnern Sie sich daran, wie er bezahlt hat?» Ursula hoffte kaum auf eine Kartenzahlung, aber manchmal machten die schlausten Täter die dümmsten Fehler.

«In bar», antwortete Emma und zerschlug damit den kleinen Hoffnungsschimmer.

«An etwas anderes erinnern Sie sich nicht?»

Noch ein Blickwechsel, noch ein Kopfschütteln.

«Wir haben es also mit einem bärtigen Mann mit Mütze und Brille zu tun, der so aussieht und klingt wie alle anderen alten Knacker zwischen fünfundfünfzig und siebzig», fasste Sebastian zusammen und konnte seine Enttäuschung nicht verbergen.

Wieder sahen Cissi und Emma einander an, aber diesmal nickten sie.

«Ja ...»

«Dann vielen Dank.»

Die Kellnerinnen standen auf und gingen. Ursula klappte ihren Notizblock zu und lehnte sich auf dem Sofa zurück. Sie überlegte, ob es sich lohnte, einen Polizeizeichner hierherzuschicken, beschloss dann aber, diese Entscheidung Torkel zu überlassen.

Sebastian erhob sich und ging zu den Glastüren, die den Raum vom Restaurant trennten.

Vielleicht konnten sie einen Aufruf starten, dass man sich,

falls man am Dienstag hier zu Mittag gegessen hatte, bei der Polizei melden sollte. Vielleicht würde einer der anderen Gäste eine bessere Beschreibung liefern. Im Idealfall hatte sogar jemand ein Foto von Petrovic gemacht, auf dem Sven Cato zu sehen war.

Aber Cato war schlau.

Er musste dieses Risiko bedacht haben, als er sich mit dem Rücken zum Saal in die hinterste Ecke gesetzt hatte.

Auf einem solchen Foto wären bestenfalls sein Nacken und Rücken zu sehen.

Also hatten sie nach wie vor nichts.

Billy hatte sich Zugriff auf Patricia Andréns Laptop verschafft.

Besonders schwer war es nicht gewesen. Sie hatte den Rechner nicht durch ein Passwort geschützt, und im Cache konnte er genau sehen, welche Internetseiten sie regelmäßig besucht hatte. Er fing mit Facebook an und hatte sofort Glück.

Großes Glück.

Patricia hatte sich nicht abgemeldet. Eifrig scrollte er ihre Pinnwand hinab. Die Resonanz auf die Pressekonferenz war überwältigend. Im Laufe des Tages waren die Postings nur so hereingeströmt.

Massenhaft. Absurde Mengen.

Alle fühlten sich dazu bemüßigt, etwas Persönliches zu schreiben und ihre Trauer zum Ausdruck zu bringen. Über jemanden, den sie nur aus dem Fernsehen kannten. Es war merkwürdig und gleichzeitig auch ein bisschen banal. Patricias 7187 «Freunde» trauerten, egal, wie wenig sie sie kannten. Den Postings und Kommentaren nach zu urteilen, war sie nach ihrem Tod noch bekannter und beliebter als zu Lebzeiten.

Billy scrollte weiter nach unten und gelangte nach einer Weile zu dem letzten Beitrag, den Patricia selbst verfasst hatte. Vom Handy aus gepostet um 14.46 Uhr am Tag ihrer Ermordung. Ein Selfie, das sie im Friseursalon aufgenommen hatte, darunter der Text: «Gleich werde ich interviewt, drückt mir die Daumen!»

Billy suchte weiter rückwärts durch die Masse der banalen, üblichen Postings. Ununterbrochen schrieben alle immer nur darüber, wie toll dies oder jenes war, wie gut man gegessen hatte und wie sehr man das Leben genoss. Dann stieß er endlich auf etwas, das von Interesse war. Am 8. Juni hatte Patricia um 13.24 Uhr ein anderes Selfie, das sie bei der Arbeit aufgenommen hatte, mit den folgenden Worten kommentiert: «Gerade kam ein Anruf vom *Sydsvenskan*. Grooooßes Interview – coming soon! Ich halte euch auf dem Laufenden.»

Billy tippte die Notiz «8. 6. um 13.24 Uhr» in seinen eigenen Laptop.

Als nächsten Schritt galt es, die Gesprächslisten von Patricias Handy bei ihrem Telefonanbieter anfordern, um zu sehen, welche Nummern sie an diesem Tag angerufen hatten. Darunter musste auch die des Mörders sein. Wenn er so klug und vorsichtig war, wie es bisher schien, hatte er vermutlich von einem Handy mit Prepaidkarte aus angerufen, aber einen Versuch war es trotzdem wert.

Billy ging zu Patricias letztem Beitrag zurück und überflog die Kommentare darunter. Vielleicht hatte sie auf einen davon geantwortet und mehr über ihr bevorstehendes Treffen berichtet. Viele hatten gratuliert oder «Gefällt mir» geklickt. Patricia hatte sich nicht bedankt oder darauf reagiert. Erst ganz unten meldete sie sich wieder.

Ein Posting von ihrem Handy. Um 3.16 Uhr.

Es war sehr kurz: «13 von 60. Durchgefallen.»

Billy zuckte zusammen. 3.16 Uhr. Knapp fünf Stunden, bevor man ihre Leiche gefunden hatte. Hastig suchte er den Obduktionsbericht heraus. Soweit er sich erinnerte, hatte die Gerichtsmedizin in Lund festgestellt, dass der Tod zwischen 21.00 und 1.00 Uhr nachts eingetreten war. Als er den Bericht aufschlug, sah er, dass er recht gehabt hatte.

Dieser Beitrag war also definitiv nach ihrem Tod gepostet worden.

Dreizehn von sechzig.

Der Test, den sie auf den Rücken der Opfer gefunden hatten, bestand aus sechzig Fragen.

Billy holte tief Luft und legte die Papiere beiseite. Seine Gedanken überschlugen sich. Hatte der Täter auch nach Mirres Tod dessen Ergebnisse veröffentlicht? Bisher wussten sie nichts davon. Aber die örtliche Polizei überprüfte auch nicht unbedingt als Erstes die sozialen Medien. Billy wusste, dass die technischen Herausforderungen bei einer Ermittlung die Kollegen in zwei Gruppen spalteten. Es gab diejenigen, die die neue Technologie als Bereicherung sahen, und diejenigen, die sie gar nicht sahen.

Er nahm sein Handy und ging auf Twitter. Dort suchte er nach Mirre Petrovic, fand ihn und wurde sein Follower. Mirres Liste der Beiträge baute sich auf. Lang war sie nicht, Mirre war nicht sonderlich aktiv gewesen. Jeden zweiten oder dritten Tag ein Tweet. Nach seinem Tod nichts mehr.

Billy öffnete sein Instagram-Konto, suchte dort und fand Mirre. Wie erwartet, war sein Konto öffentlich zugänglich.

Und Billy musste nicht lange suchen. Er erschauderte.

Es war das erste Foto, das auftauchte, und zugleich das zuletzt gepostete. Mirres Test lag auf einem Möbel, das wie ein Schulpult aussah, und füllte einen Großteil des Bildes aus, aber in der einen Ecke war ein Stück des Fußbodens zu sehen und darauf ein Schuh, der verriet, dass der Mensch, dem der Schuh gehörte, nicht mehr aufrecht stand. Billy erkannte die Schuhe. Sie gehörten Mirre. Vieles sprach dafür, dass er zum Zeitpunkt der Aufnahme nicht mehr am Leben gewesen war.

Unter dem Foto stand: «Durchgefallen. 3 von 60.»

1884 Likes.

366 Kommentare, die meisten fragten, was zum Teufel er da hochgeladen habe. Sehe ja aus wie eine Schularbeit. Ob er etwa nicht wisse, dass gerade Ferien waren?

Drei richtige.

Drei von sechzig.

Durchgefallen.

Billy griff nach seinem Handy, um Torkel zu erzählen, was er gefunden hatte.

Torkel rieb sich die Augen und sah auf die Uhr. Es war erst kurz nach sechs, aber es war ein ereignisreicher Tag gewesen. Zeit für ein Resümee.

Was wussten sie bereits?

Was lag noch vor ihnen?

Die Antwort auf die erste Frage war: erschreckend wenig. Die Antwort auf Frage Nummer zwei lautete somit: fast alles.

Jetzt, wo die Leute nach Hause kamen und die Nachrichten verfolgten, kamen wieder vereinzelte Anrufe auf dem Hinweistelefon herein, doch der Ansturm war deutlich abgeklungen.

Viel war bisher nicht dabei herausgekommen, wenn man von der Information über das Kurhotel absah und über zwei Autos, die interessant sein könnten. Beide waren am Dienstagabend und in der Nacht auf Mittwoch nahe der Hilding-Schule beobachtet worden. Einen Fahrer hatten sie bereits ausfindig gemacht und eine glaubwürdige Erklärung dafür erhalten, was er zu dieser Zeit an diesem Ort zu suchen gehabt hatte. Außerdem war er nicht allein im Auto gewesen, und die Beifahrerin stützte seine Aussage. Beim zweiten Wagen handelte es sich um einen roten Volvo V70, aber der Zeuge musste einige Buchstaben oder Zahlen des Nummernschildes durcheinandergebracht haben, denn das Kennzeichen AYR393 gehörte zu einem weißen Škoda in Sundsvall, und beide Schilder hingen nach wie vor an dem Auto. Auch in die Überwachungskameras in der Stadt setzte Torkel nicht allzu viel Hoffnung. Das Gebiet um die Schule wurde nicht überwacht, und die nächste Kamera hing mehr als sechshundert Meter entfernt an einer stark befahrenen Straße, die man nicht einmal unbedingt nutzen musste, um zu der Schule zu kommen. Es gab mindestens drei andere Wege, dorthin zu gelangen.

Eine Weile hatte Torkel gehofft, dass es Kameras an der Straße zum Kurhotel geben könnte. Es lag am Ende einer Einbahnstraße, und dahinter kam nur noch Wald. Aufnahmen vom Dienstag gegen vierzehn Uhr hätten ihnen wirklich weiterhelfen können. Doch Fehlanzeige – auch diese Straße war frei von Kameras.

Inzwischen hatte man die dritte Person befragt, die Petrovic beim Mittagessen gesehen hatte, aber keine eindeutigere Beschreibung von seiner Begleitung erhalten. Der Zeuge war Mirre beim Verlassen des Restaurants begegnet, als der von der Toilette zurückkehrte. Mit wem Mirre zusammengesessen hatte, war dem Mann entgangen. Mittlerweile hatten sie sich erneut an die Bevölkerung gewandt und darum gebeten, Fotos von Petrovic beim Essen im Kurhotel zu schicken, die eventuell heimlich oder offen aufgenommen worden waren. Bisher ohne Ergebnis.

Auch in Helsingborg hatten sie bislang keinen Durchbruch erreicht. Patricia Andréns Arbeitskolleginnen wussten auch nur, dass sie an dem besagten Nachmittag interviewt werden sollte. Wo und wann genau, konnten sie nicht sagen.

Außerdem hatten sie einen Hinweis auf ein Restaurant bekommen, in dem ein anderer Gast Patricia am Tag ihres Verschwindens gesehen haben wollte, doch als Vanja dorthin kam, konnte sich niemand vom Personal an Patricia Andréns Besuch erinnern, obwohl die meisten sie auf dem Foto wiedererkannten, das Vanja ihnen zeigte.

Stefan Andersson hatte nach wie vor kein Alibi für den Tag, an dem seine Exverlobte verschwunden war, dafür aber ein sehr viel besseres für den Zeitpunkt des Mordes an Petrovic, weil er da schon in Untersuchungshaft gesessen hatte.

Eine Weile hatten sie diskutiert, ob es mehr als einen Täter geben könne, aber nichts an der Vorgehensweise deutete darauf hin.

«Wir wissen, dass er die Testergebnisse nach den Morden mit den Handys der Opfer fotografiert und auf deren eigenen Facebook- beziehungsweise Instagram-Seiten veröffentlicht hat», beendete Torkel seine ziemlich frustrierende Zusammenfassung und rieb sich erneut die Augen. Funktionierte die Klimaanlage in diesem Raum schlecht? Oder zu gut? Seine Augen waren jedenfalls gereizt.

«Kann man sie orten?», fragte Sebastian.

«Billy sagt, dass sie derzeit ausgeschaltet sind, aber sollte er sie noch einmal benutzen, dann ...»

«Das wird er nicht tun», unterbrach ihn Sebastian entschieden. «Das wäre dumm, und wenn unser Täter eines nicht ist, dann dumm.»

«Na gut. Was ist er dann?», fragte Torkel, setzte sich zu Sebastian und streckte sich nach einer der Mineralwasserflaschen, die vor ihm auf dem Tisch standen. «Du hattest gesagt, dass du ein Profil erstellt hast.»

«Eher eine Skizze, es ist keineswegs vollständig.»

Torkel bedeutete ihm mit einer Geste, dass das keine Rolle spielte und er es trotzdem vortragen sollte.

«Wie gesagt ist es ein Mann über vierzig, der die Entwicklung in den Medien schon lange kritisch oder verständnislos beobachtet, aber bis vor kurzem nichts dagegen unternommen hat.»

«Und warum tut er es jetzt?», fragte Ursula.

Sebastian hob die Arme zu einer Geste, die bedeutete, dass man in dieser Hinsicht nur raten könne.

«Eine Scheidung, eine Kündigung, eine nicht erfolgte Beförderung – vielleicht ist irgendetwas passiert, das ihm den Anstoß gegeben hat. Oder er hatte einfach nur die Nase voll. Die Nase voll von der Aufmerksamkeit, die Petrovic und Andrén seiner Meinung nach keineswegs verdient haben oder die er selbst verdient hätte, aber nicht bekommt.»

«Bei beiden lief es in letzter Zeit gut», ergänzte Ursula nachdenklich. «Blog-Angebote, Tourneen, Moderationen und andere Fernsehjobs, ein großes Medienecho ...»

«Unser Täter ist mit großer Wahrscheinlichkeit Akademiker», fuhr Sebastian fort. «Er verkörpert ein altes Bildungsideal. Nach außen hin ist er ein ruhiger, kompetenter und geschätzter Kollege. Vermutlich hat er seine Arbeitsstelle nicht oft gewechselt und steht Veränderungen negativ gegenüber.»

Es klopfte an der Tür. Sebastian verstummte, und im nächsten Moment steckte Eva Florén den Kopf zur Tür herein.

«Entschuldigen Sie die Störung, aber Sie haben Besuch», sagte sie an Torkel gerichtet.

«Das muss warten.»

«Es ist aber wichtig, sonst hätte ich Sie nicht unterbrochen», erklärte Eva unbeirrt. «Er behauptet, der Mörder hätte sich bei ihm gemeldet.»

«Wer sagt das?»

«Ein Mann namens Axel Weber.»

Torkel trat in die Rezeption und sah sich um. Axel Weber steckte sein Handy in die Tasche und stand von einem der Stühle auf, als er Torkel erblickte. Der winkte ihn zu sich.

«Hier entlang», sagte Torkel und hielt die Tür auf, die die

Rezeption vom Rest des Reviers trennte. «Hat Cato sich gemeldet?», fragte er, sowie er sie hinter ihnen geschlossen hatte.

«Nicht bei mir.»

Weber schob die Hand unter sein Jackett und holte eine Plastikhülle mit einem Blatt aus der Innentasche hervor. Er reichte es Torkel, der es rasch las. Die Kopie eines Briefs. «Den hat mein Chef schon vor ein paar Wochen erhalten. Wir haben ihn abgetan als einen typischen Leserbrief von der Art: Früher war alles besser. Aber als wir über Sven Cato berichteten ...»

«Cato der Ältere nennt er sich hier.»

«Ja, das ist ziemlich nah dran, oder?»

«Wir brauchen das Original», stellte Torkel fest.

«Das ist leider alles, was wir Ihnen geben können ...»

Torkel hob den Kopf.

«Haben Sie vor, darüber zu schreiben?»

Eine Frage. Nicht mehr. Torkel wusste genau, dass er es ihm nicht verbieten konnte.

«Möchten Sie, dass ich darüber schreibe?»

«Lieber nicht.»

«Dann geben Sie mir etwas anderes. Exklusiv.»

Torkel überlegte schnell. Natürlich musste er Weber nichts geben, aber gleichzeitig hatte er ihnen tatsächlich geholfen. Nicht nur heute, sondern auch schon bei früheren Ermittlungen. Er hatte ihnen vorab Informationen gegeben, die seine Zeitung publizieren wollte, damit sie Zeit gewannen, ihre Zeugin an einem anderen Ort in Sicherheit zu bringen. Womöglich hatte ihr das sogar das Leben gerettet.

«Die Mordwaffe war wahrscheinlich ein Bolzenschussgerät», sagte Torkel, nachdem er überlegt hatte, welche Information früher oder später sowieso von irgendeinem Journalisten aufgedeckt werden und durch ihre Veröffentlichung den geringsten Schaden anrichten würde.

«Okay. Habe ich das von Ihnen?»

«Nein.»

Dass der Chef der Reichsmordkommission Informationen an einen bestimmten Journalisten weitergab, sollte lieber nicht bekannt werden. Außerdem konnte Weber diesen Hinweis auch von anderer Seite erhalten haben. In dem Obduktionsbericht der Rechtsmedizin in Lund war die These von der Mordwaffe als Erstes aufgestellt worden. Zu dem Bericht hatte auch Peter Berglund Zugang gehabt, und wenn nur die Hälfte von Vanjas Erzählungen stimmte, hatte Berglund sicher die meiste Zeit des Tages keinen blassen Schimmer gehabt, wo der Bericht gerade lag und wer ihn in der Zwischenzeit hatte lesen können.

«Sie können schreiben, dass Sie diese Information von einer internen Quelle bei der Polizei in Helsingborg haben.»

«Sind Sie sicher?»

«Ja, und wenn Sie in diesem Zusammenhang zufällig den Namen Peter Berglund erwähnen, kann das auch nicht schaden.»

«Wer ist Peter Berglund?»

«Ein Kommissar bei der Polizei in Helsingborg.»

Weber sah Torkel mit einem erstaunten, aber auch leicht amüsierten Blick an.

«Was hat dieser Mann getan, um den Zorn der Reichsmordkommission auf sich zu ziehen?»

«Offenbar hat er gerade interne Informationen über die Mordwaffe an die Medien weitergegeben», antwortete Torkel grinsend, winkte Weber zum Abschied mit der Plastikhülle zu und ging wieder zu Ursula und Sebastian.

«Definitiv Akademiker», sagte Sebastian und deutete auf den Ausdruck, den Torkel ihm soeben gegeben hatte. «‹Im Rahmen meines Berufs begegne ich vielen jungen Menschen.› Ich glaube, er geht irgendeiner Lehrtätigkeit nach.»

«Er könnte auch Fahrschullehrer oder Pfadfinder oder etwas in der Art sein. Die haben auch mit jungen Menschen zu tun», wandte Ursula ein.

«Nein.» Sebastian schüttelte den Kopf und las weiter. «‹Ihr Wissen erweitern, kritisch denken und eine Ausbildung absolvieren, um einmal einen interessanten und anspruchsvollen Beruf ergreifen zu können, der unserer Gesellschaft dienlich ist.› Er arbeitet an irgendeiner Lehranstalt. Wahrscheinlich einer Universität oder Hochschule.»

«Warum nennt er sich hier Cato der Ältere?», fragte Torkel. «Warum nicht Sven Cato?»

Ursula zog Torkels Laptop zu sich heran, der aufgeklappt auf dem Tisch stand, während Sebastian Torkel mit gespielter Verwunderung ansah.

«Weißt du etwa nicht, wer Cato der Ältere war?»

«Nein.»

«Eben. Wer so etwas weiß, ist gebildet. Verfügt über Allgemeinwissen.»

«Weißt *du*, wer er war?»

«Ja, in der Tat. Von ihm stammt das Zitat: ‹Im Übrigen bin ich der Meinung, dass Karthago zerstört werden muss.›»

«Warum hat er das gesagt? Was hatte er gegen Karthago?»

«Keine Ahnung.»

«Cato der Ältere, 234 vor Christus geboren», las Ursula vom Bildschirm ab, nachdem sie den Namen gegoogelt hatte. «War Senator in Rom und schloss jede Rede, unabhängig vom Thema, mit dem Wunsch, Karthago solle zerstört werden. Er war der Meinung, die nordafrikanische Stadt sei eine

Bedrohung für die römische Vorherrschaft im Mittelmeer-raum.»

«Wenn man das interpretieren möchte, könnte man sich denken, dass unser Cato der Meinung ist, die Oberflächlichkeit und Promi-Fixierung in unserer heutigen Zeit würde eine Bedrohung für die alte Bildungsgesellschaft darstellen», erklärte Sebastian.

Im Raum breitete sich Schweigen aus.

«Haben wir noch etwas, ehe wir für heute Schluss machen?»

Sebastian nahm den Ausdruck erneut in die Hand.

«Er hat auch an andere geschrieben», sagte er und sah von dem Blatt auf. «Wir sollten bei den Zeitungen und beim Fernsehen nachfragen, besonders bei den Sendern, auf denen die Shows liefen, an denen die Opfer teilgenommen haben. Vielleicht hat er auch einmal im Radio angerufen und sich beschwert. Bevor er das Morden angefangen hat.»

«Ich sorge dafür, dass sich jemand darum kümmert», erwiderte Torkel, lehnte sich auf dem Stuhl zurück und rieb sich erneut die Augen. «Das wird morgen meine erste Amtshandlung sein.»

«Was die Zeitungen angeht, sollte man sich auch die Leserbriefe ansehen», riet Sebastian. «Cato ist ein Briefeschreiber. Alte Medien. Gedruckte Zeitungen. Briefumschläge und Porto.»

Torkel nickte. Ursula klappte den Laptop zusammen, und Torkel trank den letzten Schluck aus der Sprudelflasche. Dann standen beide auf. Sebastian blieb sitzen, noch immer mit dem Ausdruck in der Hand.

«Ist noch was?»

«Nein, geht ihr nur», antwortete Sebastian, ohne aufzusehen. Cato hatte sein Interesse geweckt. Mehr als alle anderen

Täter, mit denen sie es seit seiner Rückkehr in die Reichsmordkommission zu tun gehabt hatten.

Intelligent, gut vorbereitet, kommunikativ, zielgerichtet.

Ein würdiger Gegner.

Leider – zum Unglück aller jungen Dokusoap-Teilnehmer in diesem Lande – würden sie ihn vermutlich erst aufhalten können, wenn er einen Fehler beging.

Und das konnte lange dauern.

Im ersten Moment hatte er überlegt, ob er die Sache abblasen sollte.

Die Polizei hatte sein Pseudonym veröffentlicht. Unter dem er auch mit den Johansson-Schwestern Kontakt aufgenommen hatte.

Er glaubte zwar nicht, dass sie im Laufe des Tages Zeitung gelesen oder Nachrichten gehört oder gesehen hatten, aber vielleicht hatten sie auf irgendeinem Weg trotzdem davon erfahren.

Tote Pseudo-Promis hatten vermutlich ein angemessen niedriges Niveau, um den Zwillingen im Nachrichtenfluss aufzufallen.

Doch selbst wenn sie erfahren hatten, was er in Helsingborg und Ulricehamn getan hatte, war noch lange nicht sicher, dass bei ihnen deswegen irgendwelche Alarmglocken schrillten. Sie waren Bloggerinnen und seines Wissens noch nie im Fernsehen aufgetreten. Außerdem hatte er «seinen Namen» bisher nur ein Mal genannt. Bei seinem ersten Anruf hatte er sich Ebba Johansson als freiberuflicher Journalist vorgestellt, der für das *Svenska Dagbladet* arbeitete. Es war höchst unwahrscheinlich, dass sie sich das gemerkt hatte.

Er hatte die Tweets der Schwestern gelesen, war ihnen auf Instagram gefolgt und hatte sich durch ihren, gelinde gesagt, nichtssagenden Blog gequält. Nirgends hatten die beiden verkündet, dass sie einen Mann namens Sven Cato treffen würden, ja, nicht einmal von einem bevorstehenden Interview mit einem Journalisten war die Rede gewesen.

Blieb nur noch das Risiko, dass sie erfahren hatten, was passiert war, seinen Namen wiedererkannt und die Polizei darüber informiert hatten, dass sie an diesem Abend ein Treffen mit Cato vereinbart hatten.

Möglich. Aber nicht wahrscheinlich.

Dennoch.

Eine gewisse Vorsicht war trotzdem geboten.

Sie würden sich um zwanzig Uhr in einer Pizzeria in Sundbyberg treffen. Er hatte den Ort mit Bedacht gewählt. Zwar bestand eine Verbindung zu den Schwestern, aber nicht die Gefahr, dass sie einen Bekannten treffen würden. Für ihn war es leicht gewesen, einen einsamen, abgelegenen Parkplatz zu finden, wo man mindestens eine Stunde auf ein Taxi warten musste.

Als Ebba gefragt hatte, warum sie sich ausgerechnet dort treffen sollten, hatte er geantwortet, dass er gern mit ihnen an den Ort ihrer Kindheit zurückkehren wolle. Es hatte jedoch einige Überredungskunst erfordert. Ebba meinte, sie hätten nicht viel über Sundbyberg zu sagen, schließlich waren sie im Alter von fünf Jahren von dort weggezogen, aber er hatte darauf bestanden. Das böte eine interessante Ausgangslage für den Artikel: Wie wären sie wohl heute, wenn sie dortgeblieben wären? Hätten sie sich anders entwickelt, wenn ihre Mutter nicht noch einmal geheiratet hätte und nach Djursholm gezogen wäre? Solche Fragen, so hatte er behauptet, interessierten ihn. Er wolle in die Tiefe gehen. Die Menschen hinter den Blogger-Identitäten entdecken. Ebba hatte ihm zu erklären versucht, dass es da nicht viel zu entdecken gäbe, weil ihre Schwester und sie so über ihr Leben schrieben, wie es nun einmal sei, und dass sie einfach nur sie selbst seien, wenn sie bloggten. Aber letztendlich hatten sie doch ein Treffen in der Pizzeria verabredet.

Alles war wie geplant gelaufen.

Bis sein Pseudonym an die Öffentlichkeit gekommen war.

Aber er wusste, was die Polizei wusste, und er war schlauer als sie.

Schlauer als die meisten Menschen.

Also behielt er den Plan bei und modifizierte ihn lediglich ein klein wenig.

Falls die Schwestern die Polizei alarmiert hatten, würde sie dort auf ihn warten, wenn er um kurz vor acht eintraf. Also war er schon um drei Uhr nachmittags dort gewesen und hatte ein spätes Mittagessen eingenommen. Er war über eine Stunde sitzen geblieben und hatte sich genau gemerkt, welche Menschen noch in dem Lokal saßen. Dann hatte er den Ort für eine knappe Stunde verlassen und war unter dem Vorwand zurückgekehrt, dass er seine Mütze vergessen hätte. Von den Gästen, die gegen drei Uhr dort gewesen waren, war keiner mehr anwesend, als er wiederkam. Doch das musste nichts heißen. Vielleicht versteckten sie sich in der Küche, in einem Auto vor der Tür oder in einem angrenzenden Gebäude.

Er traf eine Entscheidung, rief Ebba an und fragte, ob sie sich statt in der Pizzeria in einem Chinarestaurant in der Nähe treffen könnten? Einen Grund nannte er nicht, und sie fragte nicht nach. Sie schien ihm auch nichts vorzuspielen, als sie mit ihm sprach, sondern klang genauso wie beim letzten Telefonat.

Das bestärkte seine Vermutung, dass sie seinen ersten Anruf nicht mit den Nachrichten des Tages in Zusammenhang gebracht hatte. Und in der Tat deutete nichts auf eine polizeiliche Aktivität hin, als er den neuen Treffpunkt beobachtete. Er wusste nicht genau, wie die Polizei arbeitete, aber wenn er ein Polizist gewesen wäre – und er wäre ein hervorragender

Polizist –, dann hätte er jetzt das Personal von der Pizzeria abgezogen und zu dem Chinarestaurant beordert, und das hätte eine gewisse Bewegung bedeutet. Als es Viertel vor sieben war, war er überzeugt, dass die Polizei nichts von dem bevorstehenden Treffen wusste, und betrat das Restaurant.

Er sah sich um. Keiner reagierte auf sein Erscheinen. Er wurde zu einem Tisch geleitet, bat jedoch um einen anderen, in der Ecke. Dort setzte er sich mit dem Rücken zum Raum und wartete.

Zwanzig Minuten später trafen die Johansson-Schwestern ein.

Es hatte gut angefangen, fand Ebba.

Der Mann am Ecktisch war aufgestanden, als sie das Restaurant betreten hatten, und hatte ihnen zugewinkt. Sie waren zu ihm gegangen.

«Ebba und Sara?», fragte er, als sie näher kamen, und es war deutlich, dass er sie auseinanderhalten konnte. Nicht alle waren dazu in der Lage. Die meisten machten sogar viel Aufhebens darum, wie sehr sie einander gleichen würden. Ebba wurde jedes Mal wütend, wenn das passierte. Auch wenn sie sich ähnlich sahen, gab es doch Unterschiede. Sie waren zwei verschiedene Individuen. Wenn sich jemand nicht die Mühe machte, sie zu unterscheiden, war das reine Faulheit. Aber der bärtige Mann, der seine Mütze so tief in die Stirn gezogen hatte, dass sie sein Brillengestell aus Metall berührte, wusste auf Anhieb, wer von ihnen wer war. Damit hatte er sofort Pluspunkte gesammelt.

«Sören. Wir haben miteinander telefoniert», sagte er an Ebba gewandt und streckte ihr die Hand entgegen.

Er hatte nachgedacht und beschlossen, seinen Namen zu ändern, wenn sie sich trafen. Einen ähnlichen zu wählen, den man am Telefon vielleicht falsch verstanden haben könnte. Er hätte das Schicksal herausgefordert, wenn er sich jetzt Sven Cato genannt hätte.

«Ach Entschuldigung, ich dachte, Sie heißen anders», sagte Ebba, als einander die Hand gaben. Sara nickte zustimmend.

«Nein, ich heiße Sören, aber das macht nichts. Nehmen Sie doch Platz.»

Er deutete auf das Sofa, und sie setzten sich nebeneinander. Ein Kellner brachte die Karten, und sie brauchten eine Weile, um zu wählen.

«Sie sind natürlich eingeladen», sagte er, als sie nicht zu einer Entscheidung kamen. «Also fühlen Sie sich frei auszusuchen, worauf Sie Lust haben.»

Sara bestellte vegetarische Frühlingsrollen, Sören entschied sich für Rippchen in Sojasoße. Sie selbst wählte Garnelen mit Gemüse in Tamarindensoße, und obwohl sie beide über achtzehn waren, verzichteten sie auf Alkohol und nahmen stattdessen eine Cola light und ein Wasser. Sören trank ein Leichtbier, weil er mit dem Auto gekommen war.

Während sie auf das Essen warteten, begann er mit dem Interview. Anfangs war Ebba ein wenig auf der Hut. Wenn sie mit Männern in Sörens Alter sprachen, mussten sie sich immer für ihre Internettätigkeit rechtfertigen.

Wofür war ein solcher Blog gut?

Brauchten sie denn wirklich die ganze Zeit Bestätigung?

Warum musste man sein Leben so öffentlich zur Schau stellen?

Doch diesmal wurde ihr schnell klar, dass Sören ein anderes Anliegen hatte. Er wollte tatsächlich ein Porträt über sie schreiben. Etwas Tiefgründigeres. Er war unglaublich belesen und gab ihnen das Gefühl, etwas Besonderes zu sein. Und er stellte Fragen, die man ihnen nicht oft stellte. Persönlich, aber nicht zu intim. Er nahm sie ernst.

Die Speisen wurden gebracht. Sie aßen und unterhielten sich weiter, Sören machte sich Notizen. Sara fragte, warum er ihr Gespräch nicht einfach aufzeichnete, das sei doch so viel leichter, als alles mitzuschreiben. Sören erklärte, er habe die Erfahrung gemacht, dass die Menschen angespannter seien, wenn sie wüssten, dass man sie aufnähme. Sie seien weniger spontan und achteten ständig darauf, wie sie sich ausdrückten.

«Natürlich dürfen Sie den Text vor der Veröffentlichung noch einmal sehen, und wenn Sie ein Zitat ändern wollen, können Sie es immer darauf schieben, dass ich mich verhört oder etwas missverstanden habe», sagte er lächelnd. «Das wäre nicht möglich, wenn ich unser Gespräch aufzeichnen würde.»

Die sympathische Einstellung eines sympathischen Mannes, fand Ebba.

Die Kellnerin kam und räumte ihre Teller ab, beide wollten kein Dessert, aber einen Kaffee.

Beim Kaffee sprachen sie von den *Summer Blog Awards*, der Party, der Auszeichnung, was sie ihnen bedeutete, was sie anderen Mädchen bedeutete, wie viel Aufmerksamkeit sie nach dem Preis erfahren hatten.

«Einer meiner Studenten hat letzten Herbst ein Stipendium für das MIT bekommen», unterbrach Sören Sara plötzlich. «Das hat gar keine Aufmerksamkeit erregt.»

Ebba warf ihrer Schwester einen kurzen Blick zu, beide waren erstaunt, dass dieser höfliche, rücksichtsvolle Mann ihnen plötzlich ins Wort fiel.

«Okay ...», sagte Sara. «Herzlichen Glückwunsch.»

«Bitte entschuldigen Sie, ich wollte Sie nicht unterbrechen», erwiderte Sören und sah auf den Tisch. «Tut mir leid.»

«Das macht nichts», sagte Sara.

Nach einem kurzen Schweigen, da Sören ein wenig den Faden verloren zu haben schien, entschuldigte Ebba sich und fragte, ob er wisse, wo die Toilette sei. Er zeigte zum Eingang und dann nach rechts, und sie stand auf und ging.

«Möchten Sie noch eine Cola?», fragte Sören, als er allein

mit Sara war. Es war höchste Zeit, den Abend zu beenden. Jedenfalls hier im Restaurant.

«Ja», antwortete sie, ohne den Blick von ihrem Handy zu heben.

Typisch, dachte er und stand auf. Kaum gab es eine kleine Pause, glotzen sie sofort auf ihre Geräte. Sie hatten sich vielleicht eineinviertel Stunden unterhalten. Was sollte in dieser Zeit schon so Wichtiges passiert sein, dass es nicht noch ein paar Minuten warten konnte?

Aber das war eines von vielen Defiziten dieser Generation. Sie konnten nicht warten. Hatten keine Geduld.

Alles musste sofort passieren.

Und am besten umsonst sein.

Aber nun war er erst recht froh über seine Namensänderung. Wenn sie jetzt irgendeine Statusmeldung aktualisierte, war Sara mit einem Sören unterwegs.

Auf dem Weg zu dem kurzen Tresen in der Mitte des Restaurants ärgerte er sich, dass er sich von ihnen hatte provozieren lassen. Als sie darüber gequasselt hatten, wie wichtig ihr Blog war, wie er andere inspirierte und dass sie sich selbst als Vorbilder sahen, hatte er rotgesehen.

Aber nicht nur das.

Er war unvorsichtig geworden, denn es war nett, mit den beiden zu plaudern, das musste er zugeben. Zumindest mit der einen. Der Jüngeren. Ebba. Sie wirkte nicht ganz so oberflächlich wie ihre Schwester.

«Noch eine Cola light und ein Wasser, bitte», sagte er zu dem Kellner, der hinter der Theke stand, und warf einen Blick zurück auf den Tisch, wo Sara immer noch vollkommen von ihrem Handy gefesselt war.

«Ich bringe es Ihnen.»

«Nein, lassen Sie, ich warte kurz und nehme es gleich mit.»

Während der Kellner ein Glas mit Cola aus dem Hahn füllte und eine Flasche Wasser aus dem Kühlschrank nahm, holte er die kleinen Tabletten aus der Tasche und verteilte sie gleichmäßig in seiner rechten und linken Hand.

«So, bitte schön.» Der Kellner stellte die Gläser mit einer Miene auf den Tresen, die verriet, dass er immer noch nicht verstanden hatte, warum er sie nicht servieren durfte.

«Vielen Dank.»

Er nahm die Gläser von oben und ließ das Benzodiazepin auf diese Weise in die Getränke gleiten. Die Tabletten sprudelten ein wenig, als sie zu Boden sanken, aber sie würden sich schnell auflösen und längst verschwunden sein, wenn er die Gläser auf den Tisch stellte.

Mit Patricia und Miroslav war es so einfach gewesen. Sie waren auf die Toilette gegangen, bei ihrer Wiederkehr hatte ein präpariertes Getränk auf sie gewartet, und als sie eine leichte Übelkeit verspürten, hatte er angeboten, sie nach Hause zu fahren. Bei zweien war es etwas schwerer. Vielleicht war es eine dumme Idee gewesen, aber jetzt blieb ihm keine Zeit mehr, groß darüber nachzudenken.

Er hatte sich gerade hingesetzt, als Ebba zurückkam.

«Ich habe Ihnen noch ein Wasser gekauft.»

«Danke, aber ich hatte eigentlich gar keinen Durst mehr.»

Das galt nicht für ihre Schwester, die zwei ordentliche Schlucke von der Cola genommen hatte, kaum dass er sie vor ihr auf den Tisch gestellt hatte. Was würde passieren, wenn die andere nichts trank? An und für sich dürfte es trotzdem funktionieren. Sie könnten Sara gemeinsam nach draußen helfen. Vielleicht würde das sogar bessergehen und weniger verdächtig wirken, als wenn sie beide plötzlich krank und dösig würden.

«Wie sehen Ihre Zukunftspläne aus?»

Ebba erzählte davon, was sie sich am Nachmittag überlegt hatten. Eine Firma zu gründen. Mehr Werbung in ihrem Blog zu machen.

«Keine Ambitionen, eine richtige Arbeit zu finden?», fragte er und deutete mit den Fingern Anführungszeichen an, als er «richtig» sagte, damit sie nicht glaubten, er hielte ihre derzeitige Beschäftigung für keine echte Arbeit.

«Warum sollten wir das tun?», fragte Sara. «Wenn wir mit dem Schreiben Geld verdienen, ist es doch eine Arbeit, oder?»

«Wollen Sie das auch?», fragte er an Ebba gewandt.

«Ich weiß nicht», antwortete sie ein wenig nachdenklicher. «Eine Zeitlang vielleicht. Um zu sehen, wie es läuft. Aber ich kann mir nicht vorstellen, auch mit dreißig noch zu bloggen.»

«Sondern?»

«Keine Ahnung. Wir machen erst mal Abi, und dann sehen wir weiter.»

Neben Ebba ertönte ein leises Stöhnen, und sie drehte sich um. Sara saß mit halbgeschlossenen Augen da und war innerhalb von Sekunden blass geworden.

«Mir geht es nicht gut ...», presste sie hervor, stöhnte erneut und holte tief Luft, als wollte sie damit ihre Müdigkeit vertreiben, doch es half nichts.

«Haben Sie etwas Falsches gegessen?», fragte Sören einfühlsam.

«Ich weiß nicht. Vielleicht ...»

«Wir haben ja sowieso alles besprochen, nicht wahr? Dann werde ich rasch bezahlen.»

Er stand auf und zog sein Portemonnaie aus der Hosentasche, als er den Tisch verließ.

«Können Sie bitte auch ein Taxi bestellen?», rief Ebba ihm hinterher.

«Ich kann Sie nach Hause fahren, ich muss ohnehin in die Richtung, und mein Auto steht ganz in der Nähe.»

«Okay, vielen Dank.»

Ihrer Schwester ging es wirklich nicht gut.

Als sie an die frische Luft kamen, schien sie sich kurz zu erholen, doch schon nach wenigen Schritten gaben die Beine unter ihr nach, und sie musste sich auf Ebba stützen.

«Mein Auto steht ganz in der Nähe», sagte Sören. «Soll ich Ihnen mit Ihrer Schwester helfen?» Ohne Ebbas Antwort abzuwarten, legte er den Arm um Saras Taille. Sie gingen ein Stück weiter und bogen rechts in eine Sackgasse ein. Das Haus, in dem das Chinarestaurant untergebracht war, war das letzte in der Straße gewesen. Auf der anderen Seite der Gasse lag ein kleiner Park, der menschenleer wirkte. Sie gingen weiter an einer Reihe von geparkten Autos entlang. Die Sackgasse endete an einem Brachgrundstück. Gerümpel, Gestrüpp, Flaschen, ein alter Einkaufswagen und ein großes Schild, das verkündete, dass an dieser Stelle einundfünfzig neue Genossenschaftswohnungen entstehen würden. Es wurde von zwei orangefarbenen Lampen beleuchtet, obwohl es noch gar nicht dunkel war. Ein paar Meter hinter dem Schild parkte ein großes weißes Wohnmobil.

«Sie haben ein Wohnmobil?», fragte Ebba überflüssigerweise, denn sie steuerten offensichtlich darauf zu.

«Ja, Ihre Schwester kann während der Fahrt hinten liegen und sich ausruhen.»

Sie gingen weiter auf das Fahrzeug zu. Ebba wusste nicht, warum, aber das große weiße Auto im Schatten des erleuchteten Schildes ließ sie zögern. Sie verlangsamte ihre Schritte. Sören sah sie fragend an.

«Was ist denn?»

«Wir nehmen lieber ein Taxi.»

«Das ist doch nicht nötig, ich muss sowieso in die Richtung.»

Er setzte seinen Weg mit Sara im Arm fort, die gar nicht mehr auf das reagierte, was um sie herum geschah. Ebbas Zögern verwandelte sich in Unruhe.

«Nein, bleiben Sie stehen und lassen Sie meine Schwester los! Wir nehmen ein Taxi.»

Aber Sören blieb nicht stehen. Er ging mit ihrer Schwester weiter. Sie passierten das erleuchtete Schild. Jetzt waren es nur noch wenige Meter bis zu dem Wohnmobil. Ebba sah, wie er mit seiner freien Hand die Schlüssel aus der Hosentasche angelte.

Sie blickte sich um.

Ihre Unruhe wurde zu Panik.

Eine einsame Gegend mitten in einem Vorort. Eine Stelle, die man auch an Sommerabenden in hellen Nächten mied. Ein Ort, der mit Bedacht gewählt worden war.

Ihre Gedanken überschlugen sich. Sie versuchte, die Zusammenhänge zu erkennen. Woher hatte er gewusst, dass Sara krank werden würde? Dass sie nicht wegrennen würden? Die Getränke. Das zweite Glas. Sie hatte ihres nicht angerührt. Sara hatte die Cola ganz getrunken. Der Mann, der mit großer Wahrscheinlichkeit nicht Sören hieß, hatte die Getränke selbst von der Bar geholt. Sie hatte gesehen, wie er das Glas auf dem Tisch abgestellt hatte, als sie von der Toilette zurückkam.

Sara war betäubt worden.

Die Einsicht darüber, was wahrscheinlich gerade geschah, verlieh ihr eine merkwürdige Kraft. Es war das Adrenalin, vermutete sie. Ohne darüber nachzudenken, stürmte sie zu dem

140

Mann, der immer noch ihre Schwester im Arm hielt, während er gleichzeitig versuchte, die Autotür aufzuschließen. Sie hatte keine Waffe und keine Erfahrung im Nahkampf. Ihr standen nur ihr Körper und ihre Schnelligkeit zur Verfügung.

Sie rammte ihn mit aller Kraft in die Seite. Obwohl er sie gesehen hatte, war er auf diese Attacke nicht vorbereitet gewesen. Er stolperte rückwärts, schlug sich den Kopf an der Seite des Autos an und konnte Sara nicht mehr halten, die stumm und wie in Zeitlupe zu Boden glitt. Innerhalb von einer Zehntelsekunde war Ebba bei ihr, fasste sie unter den Armen und versuchte, sie hochzuziehen. Doch sie sah schnell ein, dass sie nicht genug Kraft hatte, und selbst wenn Sara wieder auf die Beine käme, würden sie nicht rasch genug entkommen. Der Mann hatte schon wieder das Gleichgewicht gefunden und drehte sich zu ihnen um.

Ebba ließ ihre Schwester los, wandte sich um und rannte.

Wenn sie Glück hatte, würde sie jemandem auf der Straße begegnen, ein Auto anhalten oder einen Mitarbeiter des Restaurants bitten können, mit ihr nach draußen zu kommen, um den Mann, der nicht Sören hieß, daran zu hindern, ihre Schwester zu entführen.

«Willst du deine Schwester alleinlassen?», hörte sie ihn rufen.

Ebba rannte weiter.

«Wie willst du damit leben, dass du sie alleingelassen hast? Mit mir?»

Ebba blieb abrupt stehen. Sie atmete schwer und spürte, wie ihr die Tränen in die Augen stiegen. Sie wollte sich nicht umdrehen, sie wagte es nicht, aber sie hörte, wie die Tür des Wohnmobils geöffnet wurde und wie der Mann verbissen aufstöhnte, als er ihre Schwester mühsam hineinbugsierte.

Seine ruhige Stimme unterbrach die sommerliche Stille.

«Was steht gleich wieder in eurem Blog?», rief er. «Ohne einander sind wir nur die Hälfte.»

Sie spürte, wie ihre Augen brannten. Eine einsame Träne rann ihre Wange hinab.

Sie konnte es nicht. Sie konnte Sara nicht alleinlassen.

Sie war die Patente. Diejenige, von der erwartet wurde, dass sie das Richtige tat.

Also machte sie kehrt und ging auf das parkende Wohnmobil zu.

Das Leben war ein zerbrechliches Gut.

Alles konnte jeden Moment vorbei sein.

Ein paar Zentimeter weiter links, und die Kugel, die ihr das Augenlicht genommen hatte, hätte sie getötet. Wenn sie etwas aus den Ereignissen der letzten Zeit gewonnen hatte, dann war es die Einsicht, dass sie das Leben mehr schätzen musste.

Chancen ergreifen. Wagnisse eingehen. Alles auf eine Karte setzen.

Entscheidungen treffen.

Im Grunde wusste sie nicht, ob Torkel und sie wirklich ein Paar werden konnten. Diesen Gedanken hatte sie sich nicht einmal zu denken erlaubt. So war sie nicht.

Das wollte sie nicht.

Es würde nie funktionieren.

Aber wie wollte sie das wissen, ehe sie es nicht versucht hatte?

Jetzt stand sie in einer frischen weißen Bluse und ihrer Jeans im Flur vor ihrem Zimmer. Ausnahmsweise hatte sie zu diesem Anlass ein wenig Parfüm aufgelegt. Normalerweise mussten Seife und Deodorant reichen, aber dieses Parfüm hatte sie getragen, als ihre nächtlichen Treffen begannen, und es sollte einen Neuanfang signalisieren. Falls es ihm überhaupt auffiel. Torkel war ein ausgezeichneter Polizist, aber romantische Gesten und subtile Andeutungen waren nicht seine Stärke. Ihre eigentlich auch nicht. Ein Teil von ihr fand es albern und ein wenig verzweifelt, aber dieser Teil war im Badezimmer unterlegen gewesen. Sie wollte Torkel zeigen, dass sie ihn wirklich vermisst hatte, und da durfte man ruhig ein wenig deutlicher werden.

Als sie den Hotelflur entlangging, stellte sie fest, dass sie gar nicht wusste, wo sie hinmusste. Sonst gab Torkel ihr immer die Zimmernummer, mal mündlich, meistens aber per SMS.

Einfach und leicht verständlich. Zwei Menschen, die dasselbe wollten.

Vielleicht sollte sie doch eine SMS schicken und ihn nach seiner Zimmernummer fragen, dachte sie. Das würde alles einfacher machen. Doch sie wollte ihn überraschen. Diesmal wollte sie alles ein bisschen anders machen. Sie ging zum Aufzug.

An der Rezeption würde man wissen, welches Zimmer er bezogen hatte.

Sie beschloss, die Treppe zu nehmen. Der Aufzug stand gerade im Erdgeschoss und war unglaublich langsam. Als nur noch wenige Stufen vor ihr lagen, konnte sie die Rezeption und einen Großteil der Bar sehen. Und Torkel. Im Jackett. Er stand mit dem Rücken zu ihr, dicht neben einer Frau mit langem blondem Haar. Er lachte. Die blonde Frau lachte ebenfalls und berührte mit der Hand sanft seinen Arm. Ihre Augen glitzerten, als sie sich näher zu ihm hinbeugte. Sie schienen sich zu kennen. Und sich ausgezeichnet zu verstehen. Die Frau hob ihr Glas, und Torkel und sie stießen an und tranken.

Ursula blieb stehen und überlegte kurz, ob sie zu ihnen gehen sollte. Sich vorstellen und mehr erfahren. Herausfinden, wer die Frau war.

Aber wozu sollte das führen? Bestenfalls zu ein paar höflichen Floskeln und der Frage, ob sie ein Glas Wein mit den beiden trinken wolle. Jetzt legte die Frau schon wieder ihre

Hand auf Torkels Arm, und er beugte sich vor und flüsterte ihr etwas ins Ohr. Sie lachte erneut. Sie strahlte.

Ursula drehte sich um und ging schnell wieder die Stufen hinauf.

In ihrem Zimmer schlug ihr eine Parfümwolke entgegen.

Sie war gezwungen, noch einmal zu duschen.

Sie waren beide zu früh gewesen.

Lise-Lotte hatte bereits an der Bar gestanden, als er die Treppe hinabkam. Heute sah sie noch hübscher aus, sie hatte das lange blonde Haar hochgesteckt und trug ein leichtes, aber elegantes Sommerkleid und einen dünnen Schal um die Schultern. Torkel war froh, dass er sich die Zeit genommen hatte, zu duschen und sich umzuziehen. Es wäre merkwürdig gewesen, wenn sich nur Lise-Lotte schick gemacht hätte.

Er ging auf sie zu und umarmte sie. Lise-Lotte hatte ein Restaurant empfohlen, das zu Fuß zu erreichen war, und Torkel schlug vor, erst ein Glas Wein an der Bar zu nehmen, denn es war noch früh. Lise-Lotte war einverstanden. Sie wollte gern einen Rotwein. Kurz darauf hatten sie schon ihr zweites Glas bestellt. Die Schüchternheit, die Torkel anfangs gelähmt hatte, war verschwunden. Lise-Lotte war ein angenehmer Gesprächspartner, offen und voll Energie. Das steckte ihn an, und die Erinnerungen taten ihr Übriges. Sie hatten eine gemeinsame Vergangenheit, und schon bald unterhielten sie sich wie alte Freunde und nicht wie Leute, die einander seit dreißig Jahren nicht mehr gesehen hatten. Wie sich herausstellte, hatte Lise-Lotte außerdem ein hervorragendes Gedächtnis, was die Sache noch leichter machte – auch wenn Torkel sich nach einer Weile ein bisschen senil vorkam.

«Wie kannst du dir das alles merken?», fragte er schließlich, als sie ihm erzählte, was sie an dem Abend getragen hatten, an dem sie zusammenkamen. «Ich erinnere mich an gar nichts. Wie schaffst du das?»

«Mir ist es immer leichtgefallen, Dinge zu behalten, aber ... ich muss auch zugeben, dass ich dich an dem Abend schon die ganze Zeit über heimlich beobachtet hatte», sagte sie und kicherte. «Und davor auch schon ein paarmal. Oder sogar ziemlich oft ...»

Torkel hätte schwören können, dass sie ein wenig rot wurde, als sie sich von ihm wegdrehte und einen Schluck Wein trank.

«Erinnerst du dich denn, wie wir zum ersten Mal miteinander getanzt haben?», fragte sie, nachdem sie das Glas wieder abgestellt hatte.

«Ja, daran erinnere ich mich tatsächlich noch», antwortete Torkel stolz und richtete sich auf. «Roxy Music.»

«Ach, das weißt du also noch», sagte Lise-Lotte in einem gespielt gekränkten Ton. «Aber das liegt daran, dass du sie magst, nehme ich an.»

«Wenn ich ehrlich bin, konnte ich sie nicht ausstehen.»

Lise-Lotte sah ihn erstaunt an.

«Wo wir nun schon dabei sind, Geständnisse zu machen ...», fuhr Torkel fort, und sein Blick begegnete dem ihren, «ich habe nur so getan, als würde ich sie mögen, weil du ein Fan von ihnen warst. Selbst die Platten habe ich mir bloß gekauft, damit ich sie zu Hause hatte, falls du mich irgendwann einmal besuchen würdest.»

«Machst du Witze?»

«Nein.»

Er lachte. Sie lachte ebenfalls und berührte sanft seinen Arm. Ihre Augen glitzerten, als sie sich näher zu ihm hinbeugte.

«Wie süß von dir.»

Lise-Lotte hob ihr Glas, und sie stießen an. Torkel genoss die Stimmung. Es würde ein schöner Abend werden.

Nacht.
Oder jedenfalls später Abend.

Hotelzimmer. Allein.

Das war keine gelungene Kombination.

Der Fernseher lief, doch natürlich konnte kein Programm Sebastians Interesse fesseln. Er erhob sich vom Bett, machte ein paar lange Schritte zum Fenster und öffnete es. Die laue Sommerwärme umgab seinen freien Oberkörper. Sebastian seufzte gelangweilt. Er hatte sich noch einmal die Ermittlungsunterlagen angesehen, die auf einer Seite des breiten Einzelbetts lagen. Aber auch jetzt ließ sich nicht mehr aus ihnen herausholen als tagsüber im Polizeirevier.

Und auch im Polizeirevier hatte es nichts zu holen gegeben.

Als Torkel ihre Besprechung unterbrochen hatte, um mit Axel Weber zu reden, war Sebastian Eva Florén unter dem Vorwand gefolgt, seine Kaffeetasse auffüllen zu wollen.

Ob sie später vorhabe, nach Borås zu fahren, hatte er sie gefragt.

Ja, hatte sie.

Ob sie Lust habe, vorher einen Happen mit ihm zu essen?

Nein, hatte sie nicht.

Jetzt war er also im Hotelzimmer.

Allein. Rastlos.

Es war das altbekannte Gefühl, diesmal allerdings noch

dadurch verstärkt, dass er keine Kontrolle über Billy hatte. Der war noch in Helsingborg. Und wenn auch er rastlos und allein in seinem Hotelzimmer hockte, war das viel schlimmer. Oder es konnte zumindest böse enden.

Sebastian war gezwungen, diese Gedanken zu verdrängen. Er musste sich auf etwas anderes konzentrieren. Auf jemand anderen. Gerade als er sein Hemd von der Stuhllehne nehmen wollte, klingelte das Telefon. Er sah auf das Display, wie immer in der Hoffnung, dass es Vanja wäre.

Eine unbekannte Nummer mit Stockholmer Vorwahl.

Für einen kurzen Moment überlegte er, ob er die Mailbox anspringen lassen sollte. Immerhin bestand die Gefahr, dass eine Verflossene seine Nummer herausgefunden hatte. Ab und zu kam das vor. Andererseits würde auf jeden Fall wenigstens irgendetwas passieren, wenn er den Anruf entgegennahm. Er tippte auf das Display und meldete sich mit einem kurzen «Ja?».

«Sebastian?»

«Wer ist denn da?»

«Hier ist Anna. Anna Eriksson. Vanjas Mutter», fügte sie sicherheitshalber hinzu, falls er mehrere Frauen mit diesem Namen kannte.

«Was willst du?», fragte Sebastian und klang zu seiner eigenen Verwunderung eher ehrlich interessiert als abweisend. Mit ihrem Anruf hatte er nun wahrlich nicht gerechnet.

«Ich möchte reden. Über Vanja.»

Sebastian schwieg.

Sie hatte angerufen. Sie wollte mit ihm reden. Und er hatte nicht vor, den Anfang zu machen.

«Sie hat völlig den Kontakt zu mir abgebrochen», sagte Anna, und Sebastian glaubte zu hören, dass ihre Stimme zitterte.

«Wundert dich das?» Auch diesmal war er aufrichtig erstaunt. «Du hast sie ihr ganzes Leben lang angelogen.»

«Ihr selbst zuliebe.»

«Anfangs vielleicht, aber am Ende nicht.» Er spürte, wie seine Verwunderung und Neugier einer wachsenden Irritation wich. Anna hatte das ganze Geschehen gelenkt und alles bestimmt. Von dem Augenblick an, als er sie das erste Mal aufgesucht hatte, nachdem er erfahren hatte, dass Vanja seine Tochter war, bis hin zu Billys Hochzeit. Er hatte sich immer nach ihr gerichtet. Die ganze Zeit. Und jetzt rief sie an, weil ihr Plan nicht so funktionierte, wie sie es sich erhofft hatte.

«Wann hat sie erfahren, dass Valdemar nicht ihr leiblicher Vater ist? Warum hast du nicht gesagt, dass ich es bin?», fragte er und bemerkte, dass der aufflammende Zorn in seiner Stimme mitschwang. «Warum hast du dir irgendeinen verstorbenen Typen ausgedacht?»

«Du warst die schlechtere Alternative.»

Man konnte von ihr halten, was man wollte, aber sie hatte jedenfalls nicht angerufen, um sich bei ihm einzuschleimen.

«Können wir uns sehen?», fragte sie dann.

«Warum? Ich bin doch die schlechtere Alternative.»

«Sebastian ...»

«Dich hasst sie, aber mich hält sie aus», unterbrach er sie. «Warum sollte ich irgendetwas riskieren?»

«Bitte hör mir zu. Valdemar ist wieder im Krankenhaus, und ich ... ich verkrafte das alles im Moment gerade nicht mehr.»

«Ist es wieder der Krebs?»

Sebastian spürte, wie es ihm schwerfiel, seinen Zorn weiterhin zu befeuern. Valdemar war in vielerlei Hinsicht derjenige, der in dieser Sache am wenigsten falsch gemacht hatte, aber am schlimmsten darunter leiden musste.

Anna antwortete nicht sofort. Sie holte nur tief Luft, als wollte sie gerade einen neuen Satz anfangen, doch dann atmete sie nur mit einem geräuschvollen Seufzer wieder aus. Sebastian sah vor seinem inneren Auge, wie sie am Fenster stand, ins Leere blickte, an ihren Nägeln kaute und darum kämpfte, die Tränen zurückzuhalten. Er hatte das Gefühl, dass nicht der Krebs zurückgekommen war, sondern es um etwas Schlimmeres ging. Doch was konnte das sein?

«Nein, er … er leidet unter Depressionen», sagte sie nach einer Weile leise. «Er hat versucht, sich das Leben zu nehmen.»

Also in der Tat schlimmer. Sebastian spürte, wie die letzte Wut verdampfte. Er hegte keine besonderen Gefühle für Anna, aber dies war etwas, was er niemandem wünschte.

«Wie geht es ihm?»

«Er hat Tabletten genommen, aber ich habe ihn rechtzeitig gefunden. Er ist immer noch im Karolinska-Krankenhaus.»

«Das tut mir leid», stammelte er. «Ich bin nur gerade in Ulricehamn», fuhr er fort.

«Ist Vanja auch da?»

«Nein, die ist in Helsingborg. Aber es ist derselbe Fall.»

Anna schwieg erneut. Es gab nicht mehr zu sagen. Am Telefon würden sie das nicht klären können.

«Meldest du dich bei mir, wenn du wieder in Stockholm bist?»

Es war eher ein Flehen denn eine Frage.

«Mal sehen …»

«Bitte, tu mir den Gefallen. Ich muss … ich muss sie wiederhaben. Ich brauche irgendetwas in meinem Leben, das funktioniert.»

Sie rief ihn an, um irgendetwas in ihrem Leben zu haben, das funktionierte.

Dann hatte sie wirklich keine andere Alternative.

«Mal sehen», wiederholte er. «Ich kann nichts versprechen.»

Damit legte er auf und blieb mit dem Telefon in der Hand stehen. Mindestens genauso rastlos wie vor dem Gespräch. Konnte dies seine Beziehung zu Vanja beeinflussen? Der neue Vater wurde vom ehemaligen, jetzt depressiven Vater verdrängt. Die alten Gefühle sprudelten wieder an die Oberfläche. Unmöglich war es nicht. Wusste Vanja überhaupt, was passiert war? Er hatte es versäumt, Anna danach zu fragen. Sollte er Vanja anrufen? Andererseits wollte er ihr eine solche Nachricht auf keinen Fall am Telefon überbringen. Und er wollte ihr auch nicht das Gefühl geben, dass er mit ihrer Mutter in Kontakt stand.

Also lieber nicht anrufen.

Aber er konnte auch nicht in diesem Zimmer bleiben.

Er knöpfte sein Hemd zu und ging hinaus, um jemanden zu finden, mit dem er Sex haben konnte.

Sie spazierten durch die kleine Stadt nach Hause.

Einige Touristen flanierten die Fußgängerzone entlang, und eine Gruppe Jugendlicher hing an der Bushaltestelle herum. Ein ruhiger Abend. Lise-Lotte hatte ein hervorragendes Restaurant ausgesucht. Gutes Essen, eine angenehme und persönliche Atmosphäre. Sie hatten über alles Mögliche geredet. Hatten erzählt, was in ihrem Leben in der Zwischenzeit passiert war, und sich gemeinsamen Erinnerungen hingegeben.

Dreißig Jahre.

Das war eine lange Zeit, unglaublich lang, aber als sie dort gesessen hatten, hatten sie mitunter das Gefühl, als wären seit ihrem letzten Treffen nur wenige Jahre vergangen. Wenn überhaupt. Es war faszinierend, wie leicht und schnell sie wieder zusammenfanden. Torkel fühlte sich ungemein wohl. Er konnte sich nicht erinnern, wann er das letzte Mal so entspannt und glücklich gewesen war.

Sie gingen an den geschlossenen Geschäften vorbei, bogen um eine Ecke, und plötzlich sah er zu seiner Enttäuschung ein Stück entfernt bereits das Hotel liegen. Waren sie etwa schon da? Er hatte den Weg weiter in Erinnerung gehabt. Rasch suchte er nach einer Möglichkeit, um diesen Spaziergang noch ein wenig auszudehnen.

«Ich könnte dich noch nach Hause bringen», sagte er und sah Lise-Lotte an.

«Danke, das ist nett, aber ich wohne ziemlich weit außerhalb», erwiderte sie. «Ich werde mir lieber ein Taxi nehmen, zu Fuß ist das viel zu weit.»

Erneut spürte Torkel die Enttäuschung in sich aufsteigen, versuchte es jedoch zu verbergen. Ihr anzubieten, sie im Taxi zu begleiten, ging nicht. Ein solches Angebot musste von ihr kommen.

«Ich kann mir dich gar nicht so richtig auf dem Land vorstellen», sagte er stattdessen. «Du warst immer so eine Großstadtpflanze. Damals war sogar Linköping für dich ein Kaff.»

Sie verzog den Mund und hakte sich bei ihm ein, als wäre es die natürlichste Sache der Welt. Torkel hatte nichts dagegen einzuwenden.

«Ja, aber ich fühle mich dort wirklich wohl. Das liegt vielleicht am Alter ... Ich hätte mir auch nie vorstellen können, dass du mal Polizeikommissar werden würdest.»

«Nein, das hat wohl viele überrascht.»

«Ich weiß noch, wie Helena mir damals erzählt hat, dass du auf der Polizeischule angefangen hast. Ich habe mich sehr gewundert.»

Der Abstand zum Hotel schrumpfte, und sie kamen dem erleuchteten Eingang immer näher. Torkel wusste sehr wohl, was er sich jetzt wünschte, fühlte sich aber viel zu schüchtern und unbeholfen, um es auch nur anzudeuten. Es war genau wie beim ersten Mal, als Lise-Lotte und er zusammengekommen waren. Die pochende Unruhe im Herzen und das Gefühl, nicht gut genug zu sein. Es nicht zu wagen, aus Angst, einen Korb zu bekommen.

Damals hatte sie den ersten Schritt gemacht. Hatte sich für ihren ersten Kuss zu ihm hochgereckt. Und er wünschte, er hätte diesmal den Mut dazu. Durch den Stoff des Jacketts spürte er ihren warmen Körper. Schweigend gingen sie weiter, ihre Schritte hallten auf dem Asphalt wider. Sie suchte seine Nähe, und trotzdem fand er nicht die Kraft, um das zu tun, was er aus tiefstem Herzen wollte.

Sie berühren.

Sie küssen.

Aber die Chance auf mehr schwand mit jedem Meter. Worauf wartete er noch? Er verstand sich selbst nicht. Eine zweite oder bessere Gelegenheit gäbe es kaum. Jetzt oder nie. Bald würden sie vor dem Eingang stehen und sich verabschieden.

«Ich hatte heute einen sehr schönen Abend, Torkel», sagte sie und blieb plötzlich stehen. Sie blickte ihn an.

«Ich auch.»

Und dann kam es so wie beim ersten Mal vor vielen Jahren. Sie reckte sich zu ihm hinauf und küsste ihn. Er warf seine Zurückhaltung über Bord und erwiderte den Kuss. Ihre Lippen schmeckten nach Rotwein. Sie küssten sich intensiv und lange, doch als sie voneinander abließen, hatte er noch lange nicht genug.

«Hui», sagte sie und sah ihm liebevoll und tief in die Augen, während sie einen Schritt zurücktrat. «Damit hätte ich nicht gerechnet.»

Torkel war immer noch leicht benommen.

«Womit?», stammelte er.

«So etwas zu fühlen ...» Sie verstummte kurz, ehe sie beinahe flüsternd hinzufügte: «... so viel.»

«Ich auch nicht.»

«Wollen wir morgen telefonieren?»

Torkel nickte verständnisvoll, obwohl er sie eigentlich gar nicht gehen lassen wollte.

«Natürlich», sagte er. «Wir hören uns morgen.»

Er beugte sich vor und gab ihr einen letzten Kuss. Weniger intensiv.

Sie hielt sich zurück.

Er auch.

Was hätte er auch sonst tun sollen?

Der Wetterbericht, dem er im Auto gelauscht hatte, versprach tagsüber zwischen zwanzig und fünfundzwanzig Grad. Es war immer noch früh am Morgen, erst kurz nach sechs, aber die Sonne wärmte bereits durch die Fensterscheiben, während er den Kastenwagen auf den Parkplatz lenkte. Dabei hatten sie erst Ende Juni. Roger Levin hoffte inständig, dass es dieses Jahr nicht so warm werden würde wie letzten Sommer. Das war etwas gemein gegenüber den ferienreifen Menschen, die bald ihren Urlaub antreten würden und sich nach warmen Sonnentagen und lauen Grillabenden sehnten, aber sein Wetterwunsch war rein egoistisch.

Er musste arbeiten.

In Innenräumen.

Für den Rest des Sommers.

Oder jedenfalls bis Mitte August. Wenn die Schule wieder anfing, musste er fertig sein. Seine Familie war nur mäßig begeistert gewesen, als sie erfahren hatte, dass er in diesem Jahr keinen langen Urlaub am Stück nehmen konnte, aber gleichzeitig verstand sie ihn auch.

Roger Levin hatte sich im Jahr 1999 mit seiner Installationsfirma *Levin Bygg och El* selbständig gemacht, nachdem er beim Großunternehmen *NCC* gekündigt hatte. Die ersten Jahre waren hart gewesen. Es gab genügend kleinere Baufirmen, die um die Aufträge konkurrierten, und zugleich nahm die Schwarzarbeit immer mehr zu. Dann wurden die neuen Steuergesetze erlassen und brachten bessere Zeiten. Weil man nun mehr als fünfzig Prozent der Handwerkerkosten von der Steuer absetzen konnte, war es nicht mehr so attraktiv, Schwarzarbeiter zu beschäftigen. *Levin Bygg och El* bekam mehr zu tun und konnte sogar neue Mitarbeiter einstellen. Roger spielte darüber hinaus mit dem Gedanken, ein bisschen kürzerzutreten.

Dann wurde seiner Firma jedoch die Bauleitung bei einer umfassenden Sanierung übertragen. Ein großer und wichtiger Auftrag, der vorbildlich und korrekt durchgeführt werden musste und der weitere nach sich ziehen konnte, wenn der Kunde zufrieden war. Und deshalb hatte Roger vor, die Arbeiten den ganzen Sommer über selbst zu beaufsichtigen.

Er stieg aus dem Auto, öffnete den Kofferraum und zog die große Holzkiste heraus. Eine Kaffeemaschine, zwei Thermoskannen, Milch, Brot, Butter, Käse und Schinken, außerdem Brötchen, ein paar Packungen Kekse sowie ein paar Tüten mit Süßigkeiten.

Seine Mitarbeiter würden nicht vor sieben eintreffen, aber bis dahin wollte Roger schon ein Frühstück mit belegten Brötchen und Kaffee hergerichtet haben. Einen solchen Empfang würde er ihnen natürlich nicht jeden Tag bereiten, aber es würde ein langer – und vielleicht warmer – Sommer für sie alle werden, und es konnte nicht schaden, die Männer bei Laune zu halten. Immerhin würden auch sie ihren Urlaub opfern und ihre Familien vernachlässigen.

Er ging zu den Doppelglastüren, öffnete sie mit dem Schlüssel, den er bekommen hatte, und betrat den verlassenen Vorraum mit den Garderoben. Das Lehrerzimmer befand sich ein Stockwerk höher. Lehrer müsste man sein, dachte er, als er seine Holzkiste die Treppen hinaufschleppte. Zehn Wochen Sommerferien, Osterferien, Herbstferien, Sportferien und Winterferien. Allerdings hatten sie auch den ganzen

Tag Kinder um sich, wenn sie gerade einmal nicht freihatten. Ganze dreißig Stück. Und deren Eltern. Roger hatte ein paar Jahre lang ehrenamtlich im örtlichen Sportverein mitgearbeitet, als seine Töchter jünger gewesen waren und Fußball gespielt hatten. Bis zuletzt hatte er sich darüber gewundert, wie sich die Eltern der anderen Mädchen am Spielfeldrand benommen hatten. Sie hatten geschrien, geschimpft, kritisiert und alles in Frage gestellt, was der Trainer getan hatte. Und Lehrer zu sein musste noch zehnmal schlimmer sein, dachte er. Diese Arbeit würde er nie bewältigen, egal, wie viel Urlaub er zwischendurch hätte.

Er kam im ersten Stock an und ging zum Lehrerzimmer. Als er nach links in den Gang einbog, der zum Büro des Rektors führte, hielt er inne.

Eine der Klassenzimmertüren stand offen. Von weitem konnte er die Einbruchsspuren erahnen.

Verdammt.

Er würde einen Blick darauf werfen, die Schäden dokumentieren und sie melden, damit niemand auf die Idee kam, dass sie während seiner Renovierungsarbeiten entstanden waren. Also stellte er seine Kiste auf den Boden und ging die wenigen Schritte zu der aufgebrochenen Tür. Seine stahlverstärkten Stiefel hallten auf dem Boden wider.

Die Tür war tatsächlich aufgebrochen worden, und zwar gründlich, denn sowohl der Türrahmen als auch das Schloss waren zerstört, wie er schnell feststellte. Roger nahm sein Handy aus der Tasche und machte einige Aufnahmen. Die Fiskås-Schule war eine kommunale Schule, und er ging davon aus, dass er in der Kommunalverwaltung jemanden erreichen würde. Mit dem Telefon in der Hand wandte er sich dem Klassenzimmer zu, um die Perspektive zu ändern. Er warf einen Blick in den Raum und ging einige zögerliche Schritte hinein.

Schnell begriff er, dass er an diesem Tag nicht als Erstes bei der Kommunalverwaltung anrufen würde.

Er wählte die 112.

Wissen wir, wer das ist?»

Sebastian stand einige Schritte von der aufgebrochenen Tür entfernt und ließ das leider mittlerweile allzu bekannte Bild auf sich wirken. Das junge Mädchen wurde leidlich von einem Seil um den Brustkorb auf dem Stuhl gehalten. An ihrem Rücken war der zweiseitige Test festgeheftet. Die weiße Narrenkappe saß auf dem Kopf, das Gesicht war zur Ecke gewandt. Sebastian war sich sicher, dass Ursula, wenn sie die Leiche näher untersuchte, das runde Eintrittsloch eines Bolzens in der Stirn des Mädchens finden würde.

«Noch nicht», antwortete Ursula, die zusammen mit zwei assistierenden Technikern den Tatort sicherte. Natürlich war sie bedrückt, weil ein weiterer junger Mensch brutal ermordet worden war, aber auch froh, dass sie ausnahmsweise einmal als Erste vor Ort war und die technische Untersuchung selbst leiten konnte.

«Er erhöht den Takt», sagte sie und sah für einen Moment von ihrer Kamera auf und zu Sebastian hinüber. «Zwischen dem ersten und dem zweiten Opfer lag fast eine Woche, bis zum nächsten waren es nur drei Tage.»

«Ja.»

«Ist das die sogenannte Cooling-off-Phase, die sich verkürzt?»

«Dieser Mann hat keine Cooling-off-Phase.»

Sebastian ging zu der hinteren Bankreihe und hob den Stuhl herunter, der darauf stand. Ursula bedachte ihn mit einem strengen Blick, und er hielt inne, dann aber nickte sie kurz. Sebastian setzte sich, kippelte mit dem Stuhl zurück, sodass die Rückenlehne die Wand berührte, und betrachtete erneut das Mädchen.

«Mörder, die aus einem inneren Zwang heraus töten und sich so lange in Phantasien hineinsteigern, bis sie ihnen nicht mehr widerstehen können, haben eine Cooling-off-Phase», erklärte Sebastian und musste an Billy denken. «Nach dem Töten spüren sie eine Ruhe, die oft mit Scham und Schuldgefühlen wegen ihrer Tat verbunden ist. Dann steigert sich das Bedürfnis wieder, bis sie nicht mehr widerstehen können. Und diese ruhige Phase wird statistisch gesehen immer kürzer. Aber unser Täter hier ...»

Sein Blick blieb an den Blättern auf dem nackten Rücken des Mädchens hängen.

«Unser Mann wird nicht von Lust oder Zwängen getrieben. Er tötet, weil er will, nicht, weil er muss.» Sebastian verstummte. Nicht wegen des dramatischen Effekts, sondern um schnell im Kopf die Fälle durchzugehen, an denen sie im Laufe der Zeit gearbeitet hatten. Er kam zu dem Ergebnis, dass es Belege für den Gedanken gab, der ihm gekommen war, als sie das erste Opfer gesehen hatten.

«Mit einem wie ihm hatten wir es noch nie zu tun.»

Dieses junge Mädchen, das tot auf dem Stuhl saß.

Torkel konnte sie nicht ansehen, ohne an seine ältere Tochter Elin zu denken.

Elin hatte nach ihrem ersten Jahr auf der Stockholmer Hotel- und Restaurantfachschule gerade Ferien. Sie absolvierte eine Ausbildung zur Köchin und jobbte den Sommer über in einem Hotel bei Hornstull. In der Oberstufe waren ihre Schulnoten eher mäßig gewesen, und Torkel liebte sie über alles, aber er war sich ziemlich sicher, dass sie nicht viele der Fragen beantworten könnte, die dieser Täter in seinem selbstgebastelten Test stellte.

Das bedeutete jedoch keineswegs, dass sie dumm war, ganz im Gegenteil. Elin war klug, reif, empathisch und humorvoll. Aber diese Form von Allgemeinbildung besaß sie einfach nicht. Dasselbe galt für ihren Freundeskreis, nahm Torkel an, zumindest für diejenigen, die er kennengelernt und mit denen er geredet hatte. Dafür hatte Elin anderes zu bieten. Selbstvertrauen und Neugier, Unerschrockenheit gegenüber neuen Situationen, einen Glauben daran, dass alles möglich war, und eine Unternehmungslust, die sie weit bringen konnte. Vermutlich weiter als das Wissen, das die Opfer unter Beweis hatten stellen müssen.

Er wusste, dass Elin auch solche Sendungen im Fernsehen sah. Torkel hoffte, dass dieselbe Faszination dahintersteckte, wie sie auch von den Freakshows in alten Zeiten ausging. Weil das Verrückte, Merkwürdige, Abstoßende so verlockend war, dass man einfach hinsehen musste.

Aber sie würde sich nie im Leben bei einer derartigen Show bewerben.

Glaubte er jedenfalls.

Hoffte er.

Er würde es nur schwer verkraften, wenn seine betrunkene Tochter im Fernsehen Sex mit mehr oder weniger fremden Männern hatte. Unabhängig davon, ob sie, wie es angeblich bei Miroslav Petrovic der Fall gewesen war, nur eine Rolle spielte.

Sie war jedoch bald achtzehn und konnte tun und lassen, was sie wollte. Und tat es auch bereits. Sie hatte schon lange aufgehört, ihn um Rat oder Erlaubnis zu fragen, ehe sie eine Entscheidung traf. In der Regel wurde er vor vollendete Tatsachen gestellt.

So ist es, finde dich damit ab.

Er vermutete, dass sie mit Yvonne mehr besprach. Auf dem Papier teilten sie sich das Sorgerecht, aber in der Realität lebten die Töchter bei ihrer Mutter. Schon seit der Scheidung. Seine Arbeit machte es unmöglich, dass die Mädchen abwechselnd bei ihr und bei ihm wohnten.

Er war der Meinung, dass er ein recht gutes Verhältnis zu seinen Töchtern hatte. Doch um sich richtig zu festigen, brauchten Beziehungen Zeit und Nähe, und davon hatte er zu wenig bieten können.

Plötzlich wurde ihm bewusst, dass er nur ein Mal mit den Mädchen gesprochen hatte, seit ihre Sommerferien angefangen hatten, und das war schon über zwei Wochen her. Er beschloss, sich heute Abend bei ihnen zu melden.

Er hatte das Bedürfnis, mit ihnen zu reden.

Insbesondere, nachdem er das Mädchen im Klassenzimmer gesehen hatte.

Torkel hatte den Raum bereits wieder verlassen, um die

Kollegen vor Ort damit zu beauftragen, die Identität der jungen Frau herauszufinden. Bisher waren alle Opfer am Morgen nach ihrer Begegnung mit dem Mörder gefunden worden. Er bat die Polizisten zu prüfen, ob eine Frau, deren Beschreibung auf die Tote passte, gestern als vermisst gemeldet worden war. Es war natürlich ein Schuss ins Blaue. Wenn das Opfer allein wohnte, was möglich war, denn sie war schätzungsweise knapp zwanzig, konnte es sein, dass ihr Verschwinden noch gar nicht bemerkt worden war.

Aber Torkel hoffte das Beste.

Der Anruf war um kurz nach sieben am Morgen bei ihnen eingegangen.

Torkel hatte den Wecker seines Handys auf 6.30 Uhr gestellt, war jedoch schon um sechs Uhr ungewohnt gut gelaunt aufgewacht, was sicher am vorangegangenen Abend lag. Nachdem er kurz geduscht hatte, war er nach unten gegangen, um zu frühstücken.

Eine Dreiviertelstunde später war Ursula im Frühstückssaal eingetroffen, als er gerade überlegt hatte, ob er ein wenig sündigen und ein Schokoladencroissant zu seiner zweiten Tasse Kaffee essen sollte.

«Guten Morgen, du bist aber früh dran», sagte sie mit einem vielsagenden Blick auf seinen leeren Teller.

«Ja, ich war so zeitig wach, und da habe ich beschlossen, einfach schon aufzustehen.»

«Also wurde es gar nicht spät gestern?»

Torkel sah zu ihr auf. Täuschte er sich, oder hatte er einen zufriedenen Tonfall in ihrer Stimme gehört?

«Nein ...»

«Mit wem hast du dich denn getroffen?»

164

Torkel blickte sie weiterhin fragend an.

«Ich habe dich an der Bar gesehen. Mit einer Frau», erklärte Ursula.

«Ach so, das war eine alte Schulkameradin von mir. Wir waren zusammen auf dem Gymnasium.»

«Das ist ja nett. Was macht sie denn hier?»

«Sie wohnt hier. Arbeitet an der Schule, an der Petrovic gefunden wurde. Tatsächlich war sie diejenige, die ihn gefunden hat.»

«Das muss ... belastend gewesen sein.»

«Ja.»

Eine Pause entstand, und Torkel überlegte, ob er erzählen sollte, dass Lise-Lotte und er eine Weile mehr als nur Schulkameraden gewesen waren, ließ es dann aber bleiben. Vermutlich würde Ursula das auch nicht interessieren, es war schließlich eine Ewigkeit her.

«Dann hole ich mir mal ein bisschen was zu essen», beendete Ursula das Schweigen, drehte sich um und ging zum Frühstücksbuffet.

«Bringst du mir ein Schokocroissant mit?», rief Torkel ihr hinterher.

Doch er kam nie dazu, es zu essen.

Ursula hatte kaum den Tisch verlassen, als sein Handy klingelte.

Eine neue Leiche.

Vermutlich derselbe Täter.

Eine Schule in Rosersberg nahe Stockholm.

Danach tätigte er drei kurze Anrufe.

Als Erstes bei Vanja und Billy, um zu sehen, wie die Lage bei ihnen war und ob sie nach Stockholm fahren könnten.

Das konnten sie. Christiansson habe zwei Kollegen aus Malmö geschickt, die außerordentlich kompetent wirkten, und sie hätten ein gutes Gefühl dabei, ihnen den Fall zu übergeben und Helsingborg zu verlassen, wenn Torkel sie an einem anderen Ort brauche.

Und so war es.

Als Nächstes telefonierte er mit Eva Florén. Er berichtete ihr, was passiert war, und bat sie, die Verantwortung für die weiteren Ermittlungen in Ulricehamn zu übernehmen und täglich an ihn zu berichten – oder sobald etwas Wichtiges geschah.

Als Drittes rief er Sebastian an.

Wie sich herausstellte, saß der gerade in einem Café beim Frühstück. Als Torkel ihn nach dem Grund fragte, stellte sich heraus, dass er nicht im Hotel übernachtet hatte.

«Eva Florén?», fragte Torkel mit einem entnervten Seufzer.

«Nein.»

Mehr wollte Torkel gar nicht wissen. Er war froh, dass Sebastian die Nacht nicht mit Eva Florén verbracht hatte. Seine schlechte Angewohnheit, immer mit Frauen ins Bett zu gehen, die in ihre Ermittlungen involviert waren, hatte schon einige Male für Probleme gesorgt.

Torkel forderte Sebastian dazu auf, sich schleunigst wieder ins Hotel zu trollen und seine Koffer zu packen. Sie würden mit Ursula nach Stockholm fahren.

Nach Rosersberg. Einem unauffälligen Vorort irgendwo zwischen Stockholm und Arlanda.

In der Schule angekommen, begaben sich alle drei in den Klassenraum, aber nachdem sie schnell festgestellt hatten, dass dies tatsächlich ihr Fall war, verließ Torkel die Kollegen wieder und bat die uniformierten Kollegen um Hilfe bei der Identifizierung der Toten.

Dann sprach er mit dem Handwerker, der die Leiche gefunden hatte. Als er nun endlich wieder auf dem Weg zu seinen Kollegen war, rief ihn einer der Polizisten vor Ort zu sich.

Als Torkel das Klassenzimmer schließlich wieder betrat, saß Sebastian an die Wand gelehnt auf einem Stuhl ganz hinten im Raum. Ursula und ihre beiden Kollegen arbeiteten vorn bei dem Mordopfer. Alle vier drehten sich zu ihm um.

«Sara und Ebba Johansson wurden gestern Nacht von den Eltern als vermisst gemeldet», erklärte Torkel sofort, als er ihre neugierigen Blicke sah. «Die beiden sind Zwillinge. Sie kamen nach einer Verabredung zum Abendessen nicht nach Hause, haben sich aber auch nicht bei ihren Eltern gemeldet und gehen nicht ans Telefon, was anscheinend sehr ungewöhnlich ist.»

«Mit wem waren sie essen?», fragte Sebastian.

«Weiß ich noch nicht, bisher habe ich nur ihre Personalien.»

«Haben sie an einer Dokusoap teilgenommen?»

«Weiß ich auch nicht.»

«Haben wir ein Foto?»

«Ist auf dem Weg.»

«Zwillinge?»

«Ja, sie wurden beide um kurz nach Mitternacht als vermisst gemeldet.»

Sebastian kippte nach vorn, sodass der Stuhl wieder auf vier Beinen stand.

«Wo ist dann die andere?»

Ursula informierte Vanja noch im Taxi vom Stockholmer Flughafen Bromma über die jüngsten Geschehnisse.

Alles war genau wie bei den bisherigen Opfern. Die Platzierung der Leiche, die Narrenkappe und der am Rücken befestigte Test. Mit sechzehn Richtigen hatte Sara Johansson sich besser geschlagen als Patricia und Miroslav, aber es hatte trotzdem nicht gereicht. Wo Ebba war, wusste man nicht.

Es schien kein direkter Bezug der Opfer zu den Schulen zu bestehen, wo sie gefunden worden waren, und in der Umgebung von Stockholm gab es viele Schulen zu durchsuchen, die zur Ferienzeit geschlossen waren. Ebba konnte überall sein. Ursula schloss ihren Bericht mit der Ankündigung, Vanja alles zu schicken, was sie bisher über die Zwillinge wussten.

Auch Saras Handy hatte man nicht gefunden, und daher startete Billy von der Rückbank des Taxis aus sofort seine Recherche. Es konnte nicht allzu viele Zwillinge geben, die Sara und Ebba Johansson hießen.

Vanjas Telefon vermeldete eine Nachricht. Der erste Polizeibericht des gestrigen Tages, als die beiden vermisst gemeldet worden waren. Demzufolge hatten sie am Abend das Haus verlassen, um sich um acht Uhr mit einem Journalisten zum Essen zu treffen. Ein Name wurde nicht erwähnt, aber es lag wohl auf der Hand, dass es Sven Cato gewesen war. Während Vanja versuchte, den Polizisten zu erreichen, der die Anzeige aufgenommen hatte, überlegte sie, wie Sara und Ebba überhaupt zu diesem Treffen hatten gehen können. Einen halben

168

Tag nachdem die Reichsmordkommission den Namen des Täters veröffentlicht hatte. Es mochte schon sein, dass man in dem Alter keine Zeitung las, aber über diese Nachricht mussten sie doch im Laufe des Tages gestolpert sein. Anscheinend war das jedoch nicht der Fall gewesen.

Sie bekam einen Polizeibeamten namens Larsson an den Apparat, der erzählte, dass die Eltern einen besorgten, aber wachen und intelligenten Eindruck gemacht hätten. Leider hatten die Töchter den Namen des Journalisten nicht genannt. Sie hätten sich in einem Chinarestaurant in Sundbyberg treffen wollen, mehr wussten die Eltern nicht.

«Haben sie gesagt, warum er sie treffen wollte?», fragte Vanja. «Waren die beiden im Fernsehen gewesen?»

«Anscheinend hatten sie irgendeinen Preis für ihren Blog gewonnen», antwortete Larsson, und Vanja hörte, wie er in seinen Papieren blätterte. «‹Zwillingsseelen› hieß er», erklärte er schließlich.

«Das steht aber nicht in Ihrem Protokoll», bemerkte Vanja, nachdem sie in ihrem Handy nach unten gescrollt hatte.

«Ich hielt das im Zusammenhang mit ihrem Verschwinden nicht für eine relevante Information», erwiderte Larsson in einem selbstbewussten Ton, der deutlich machte, dass er nach wie vor von der Richtigkeit seiner Einschätzung überzeugt war.

Vanja dankte für seine Hilfe und beendete das Gespräch.

«Zwillingsseelen», sagte sie, zu Billy auf dem Rücksitz gewandt.

Er googelte und fand alsbald ein Twitter- und Instagram-Konto mit diesem Namen sowie den besagten Blog. Mit Twitter fing er an und hielt Vanja kurz darauf sein Handy hin und zeigte ihr den letzten Tweet.

«Gestern Abend um Viertel nach neun», sagte er.

«Ebba und ich bei Essen mit Journalisten. Supernettes Gespräch, wurden sogar eingeladen», las sie vor. «Also haben sie um Viertel nach neun noch gelebt. Gibt es mehr?»

«Bis jetzt nicht.» Billy recherchierte weiter, Vanja sah aus dem Fenster. Draußen rauschte gerade die U-Bahn-Station von Alvik vorbei. Allmählich näherten sie sich Stockholm.

«*Shit!*», ertönte es da plötzlich vom Rücksitz.

«Was ist denn?», fragte sie.

«Das Kommentarfeld zum letzten Beitrag auf ihrem Blog», sagte Billy und beugte sich erneut mit dem Handy vor, damit sie es sehen konnte.

«Sara: 16 von 60. Durchgefallen.»

«Ebba: 28 von 60. Bestanden.»

«Was soll das heißen, bestanden?», fragte Vanja.

Als sie bei der Reichsmordkommission eintrafen, begaben sich Vanja und Billy direkt zum Konferenzraum in der dritten Etage. Vanja fand es schön, dass sie wieder in Stockholm und an ihrer Basisstation waren. Hier gab es den nötigen Platz, die erforderliche Technik und das Personal, das sie brauchten, um ordentlich arbeiten zu können. Vanja hatte sich nie für Mannschaftssportarten interessiert, aber sie vermutete, dass die Arbeit in ihrem eigenen Konferenzraum mit einem Heimspiel vergleichbar war. Es war von unschätzbarem Wert, einen festen Ort zu haben, wo sie schnell einen Überblick über den ganzen Fall hatten.

Billy klappte seinen Laptop auf und wollte gerade versuchen, weiter die Wege der Schwestern im Internet nachzuverfolgen, als die Chefin der NOA zur Tür hereinkam – der Nationalen Operativen Abteilung, der die Reichsmordkommission neuerdings unterstellt war.

Die Chefin zu Besuch.

Das hatte etwas zu bedeuten.

Böse Gerüchte besagten, dass sie nur auftauchte, wenn Torkel sein Budget überschritten hatte, und sich mehr für die Überstunden der Reichsmordkommission interessierte als für ihre Aufklärungsquote. Rosmarie Fredriksson, eine Frau Mitte fünfzig, nickte Vanja und Billy zu. Wie immer war sie gut gekleidet, ihr Haar war akkurat hochgesteckt, der Blick stahlgrau.

«Wissen wir schon mehr?», fragte sie sofort.

Billy konzentrierte sich weiter auf seinen Bildschirm.

Solche Fragen überließ er lieber Vanja, die den Kopf schüttelte.

«Wir sind gerade erst aus Helsingborg gekommen. Ursula ist noch am letzten Fundort. Torkel ist aber schon unterwegs», antwortete sie und hoffte, dass «unterwegs» gleichbedeutend war mit «jeden Moment hier», denn Torkel konnte gut mit Rosmarie Fredriksson umgehen.

«Nichts Neues über die Schwester? Also die Vermisste? Ich habe das Gefühl, als würden gerade alle Journalisten Schwedens bei mir anrufen», bohrte Fredriksson nach.

«Es sind zwölf Streifen unterwegs, die ausgehend von Rosersberg alle Schulen im Norden absuchen», antwortete Vanja so ruhig wie möglich. «Bisher ohne Ergebnis.»

«Ich hasse diesen Fall. Der Polizeipräsident hat mich heute schon dreimal angerufen!», fuhr Fredriksson gereizt fort.

Vanja verstand plötzlich, woher ihr Interesse rührte. Der Grund war keineswegs die Sorge um die verschollene Schwester oder die Empathie mit dem Opfer. Es ging ihr nur um den Anruf des höchsten Chefs.

«Wenn Sie das anstrengend finden, können Sie ihn gern an mich verweisen.» Torkel stand in der Tür. Offenbar hatte er den letzten Kommentar der Chefin gehört. Er nickte Rosmarie Fredriksson zu. «Wir tun hier unser Bestes», fuhr er mit gereiztem Unterton fort.

Billy blickte von seinem Bildschirm auf.

«Seht mal. Hier. Sie wissen schon, dass sie vermisst wird», sagte er und drehte den Laptop zu den anderen. Auf dem Bildschirm war das Foto eines jungen blonden Mädchens zu sehen, darunter stand in großen Lettern:

BLOGGERKÖNIGIN VON DOKUSOAP-MÖRDER GETÖTET
SCHWESTER VERSCHWUNDEN

«Haben wir diese Informationen rausgegeben?», fragte Fredriksson zornig, trat näher an den Bildschirm heran und betrachtete die Website.

«Natürlich nicht», antwortete Torkel mit einer unüberhörbar müden Stimme.

«Jedenfalls ist das nicht gut», erwiderte Rosmarie, doch bevor sie noch mehr sagen konnte, kam Sebastian ins Zimmer geschlendert.

«Oh, welch hoher Besuch!», sagte er, als er Rosmarie Fredriksson sah. «Rufen die Journalisten jetzt auch schon bei Ihnen an, oder was ist der Grund für Ihr plötzliches Interesse an unserer Arbeit?»

Ohne ihre Antwort abzuwarten, wandte er sich an seine Kollegen.

«Hallo, Vanja, seit wann bist du denn hier?»

«Schon eine Weile», antwortete Vanja und zeigte auf Billys Laptop. «Hast du das schon gesehen?»

«Ist das die verschwundene Schwester?»

«Ja, Ebba. Du hast gehört, dass sie bestanden hat, oder?», fragte Vanja.

«Ja, Torkel hat es mir erzählt.»

Sebastian trat einige Schritte vor und betrachtete das blonde Mädchen. Achtzehn Jahre. Den Blick in die Kamera gerichtet. Das ganze Leben noch vor sich, wie man zu sagen pflegte. Leider bezweifelte Sebastian stark, dass diese Phrase tatsächlich auf Ebba Johansson zutraf.

«Was bedeutet das?», fragte Fredriksson, offenbar fest entschlossen, sich nicht länger ignorieren zu lassen.

«Das werden wir erfahren, wenn wir sie finden», antwortete Sebastian kühl.

«Diese Mädchen haben nicht an einer Dokusoap teilgenommen», fuhr Fredriksson fort und sah Sebastian herausfordernd an. «Warum hat er sich diesmal Blogger gesucht, wissen wir das?»

«Es geht nicht darum, was sie genau machen», antwortete Sebastian in einem Ton, als würde er mit einem kleinen Kind sprechen. «Sie waren bekannt. Erfolgreich. Seiner Meinung nach, ohne es verdient zu haben.» Er hob seine Hand ans Kinn zu einer aufgesetzten Denkerpose. «Als ob ... wie soll ich das sagen ... als ob jemand einen Chefposten erhielte, obwohl er eigentlich nichts kann. So sieht er das ...»

Rosmarie Fredriksson bekam einen harten Zug um den Mund, und der finstere Blick, den sie Sebastian zuwarf, ehe sie sich an Torkel wandte, war nicht misszuverstehen.

«Halten Sie mich permanent auf dem Laufenden», sagte sie, nickte den anderen zu und verließ den Raum. Torkel seufzte schwer, als sie die Tür hinter sich zuknallte.

«Das hast du ja wieder toll hingekriegt, Sebastian.»

«Danke.»

Torkel setzte sich und beschloss, die Sache auf sich beruhen zu lassen. Sebastian hatte die Ironie in seiner Stimme geflissentlich überhört, und er wäre sowieso nicht für das Argument empfänglich, dass es nie schaden konnte, die Chefs auf seiner Seite zu haben. So etwas kümmerte ihn nicht. Er hatte noch nie einen Chef wirklich auf seiner Seite gehabt. Torkel mit eingeschlossen. Und er hatte immerhin dafür gesorgt, dass sie ihre Ruhe vor Rosmarie Fredriksson hatten. Hoffentlich sogar für eine ziemlich lange Zeit. Das war auch nicht zu verachten.

«Also gut. Wie gehen wir weiter vor?», fragte Torkel und richtete den Fokus erneut auf die Arbeit.

Billy hatte alle Hände voll zu tun. Er würde weiter die Aktivitäten der Opfer im Internet zurückverfolgen und den Zeitverlauf am Whiteboard aktualisieren, doch als Erstes musste er die Gesprächslisten ihrer Handys beim Telefonanbieter anfordern. Wie sich herausgestellt hatte, waren es drei unterschiedliche. Patricia Andrén war Kundin bei Tele2, Mirre bei Tre und die Schwestern Johansson hatten ihren Vertrag bei Halebop abgeschlossen. Billy glaubte, dass es ein wenig dauern würde, all diese Daten zu sammeln.

Vanja würde sich noch einmal mit dem Material aus Helsingborg und Ulricehamn beschäftigen und prüfen, ob es Details oder Verbindungen gab, die sie bisher übersehen hatten. Hinzu kam, dass der Kollege Christiansson ständig neue Informationen aus Schonen schickte, die in die Ermittlungen mit einfließen mussten. Dasselbe galt für Eva Florén. Vanja hoffte, bis zum Abend eine erste Übersicht erstellen zu können. Doch zunächst sei sie gezwungen, etwas zu essen, sagte sie. Sie habe seit dem Frühstück nichts mehr zu sich genommen.

«Und du?», fragte Torkel an Sebastian gerichtet. «Was machst du?»

«Ich leiste Vanja Gesellschaft», gab Sebastian zurück und folgte ihr zur Tür hinaus.

Sebastian stand in der Tür zur Küche und sah Vanja dabei zu, wie sie ein Fertiggericht aus dem Kühlschrank nahm und damit zur Mikrowelle ging.

«Willst du auch was?», fragte sie über die Schulter hinweg.

«Nein danke», antwortete er leicht zerstreut. Er beobachtete, wie sie die Pappe von der Packung entfernte, mit der

Gabel von oben Löcher in das Plastik stach und dann das Essen aufwärmte. Doch in Gedanken war er ganz woanders. Er war gezwungen, eine Entscheidung zu treffen. Sollte er es ihr erzählen? Seit Annas Anruf kreiste diese Frage unentwegt in seinem Kopf.

Was sollte er tun?

Er spürte, dass er in dieser Sache behutsam vorgehen musste. In Vanjas Leben war in letzter Zeit viel passiert. Doch eigentlich konnte er kaum verschweigen, was geschehen war. Früher oder später würde sie es sowieso erfahren. Und wenn er es ihr bis dahin nicht erzählt hätte, würde sie ihm das wieder als Verrat auslegen. Als Unehrlichkeit. Aber er musste die Information auf eine Weise nutzen, die ihre zerbrechliche Beziehung stärkte, anstatt den Abstand zwischen ihnen weiter zu vergrößern.

Das Problem war, dass sie noch immer viel für Valdemar empfand. Valdemar und Vanja hatten sich sehr nahegestanden, als Sebastian in ihr Leben getreten war. Sie hatten einmal in der Woche gemeinsam zu Mittag gegessen. Lange Spaziergänge unternommen. Waren ins Restaurant, ins Kino und ins Konzert gegangen. Das wusste Sebastian, weil er ihnen gefolgt war und sie ausspioniert hatte. Er war furchtbar neidisch auf Valdemar gewesen und darauf, wie nahe er Vanja hatte sein dürfen.

Dauerhafte Beziehungen erwuchsen aus der Zeit, die man zusammen verbrachte. Nicht aus den Genen. Das war die Wahrheit. Valdemar hatte so viele Jahre mit ihr zusammengelebt, und seine Schuld wog im Grunde nicht allzu schwer. Was er getan hatte, war eher menschlich gewesen. Er hatte seine Frau unterstützt und seine Tochter geschützt. So etwas konnte ein Kind verzeihen. Besonders in extremen Situationen. Und das war das Hauptproblem.

Valdemars Selbstmordversuch änderte den Spielplan.

Er schwächte Sebastians Position.

Was würde passieren, wenn Vanja davon erführe?

Würde sie Valdemar besuchen?

Wahrscheinlich.

Sollte er sie begleiten? Sebastian verharrte bei der Idee. Vielleicht war sie es wert, weiter darüber nachzudenken. Er könnte seine Unterstützung anbieten – nicht nur Vanja, sondern auch Valdemar. Seine Eifersucht zurückdrängen und Valdemar vielleicht sogar seine Dankbarkeit erweisen für all das, was er für Vanja getan hatte. Sich dem Vater annähern, den sie einst gehabt hatte, und in dieser schweren Zeit sein Freund werden. Ein Kamerad sein statt eines Konkurrenten. Vielleicht wäre das tatsächlich eine mögliche Strategie.

«Bist du festgewachsen?» Vanjas Stimme riss ihn aus seinen Gedanken und führte ihn wieder ins Hier und Jetzt. Sie stand neben der Arbeitsplatte und trank ein Glas Wasser, während sie darauf wartete, dass die siebzehn Sekunden abliefen, bis ihr Essen fertig war. «Ich dachte, du wolltest auch etwas essen.»

«Nein ...», antwortete er und tat ein paar vorsichtige Schritte in die Küche. «Vanja, es gibt da etwas, das ich dir sagen muss.»

«Aha, und was?»

Sie drehte sich zur Mikrowelle um, und er schwieg erneut. Es war die letzte Chance. Noch konnte er sich etwas Unverfängliches ausdenken, sich dann umdrehen und wieder gehen. Oder er erzählte es ihr.

«Anna hat mich gestern angerufen», sagte er schließlich.

Vanja reagierte wie erwartet. Sie schnellte herum, und noch ehe er es sah, wusste er, dass ihre Augen vor Zorn funkelten. Hinter ihr plingte die Mikrowelle, doch sie schien das Interesse für das Essen gänzlich verloren zu haben.

«Was zum Teufel treibst du da wieder?!»

«Nichts, das verspreche ich. Sie hat mich angerufen, und ...»

Weiter kam er nicht, ehe Vanja ihm ins Wort fiel.

«Wenn du willst, dass das mit uns irgendwie funktioniert, darfst du nicht mit ihr reden. Niemals.»

Sebastian fuhr so ruhig und behutsam fort, wie er konnte.

«In Ordnung. Aber sie hat angerufen, weil ... weil ...» Er hielt inne. Vanja starrte ihn an, die Arme verschränkt, die Schultern bis zu den Ohren hochgezogen, den Kopf angriffslustig gesenkt. Mit jeder Faser ihres Körpers kampfbereit. Aber jetzt gab es kein Zurück mehr.

«Weil Valdemar versucht hat, sich das Leben zu nehmen.»

Seine Worte trafen sie geradezu physisch. Er sah, wie sie zurückwich. Die Wut und das Misstrauen wichen sofort der Sorge. Sie wurde blass und ließ die Arme hängen.

«Was?! Wie? Wann? Wie geht es ihm?» Die Fragen hagelten nur so auf ihn ein. Sebastian glaubte zu sehen, wie ihr die Tränen in die Augen traten. Er hatte recht gehabt. Ihre Gefühle für Valdemar waren immer noch da, sosehr sie auch versucht hatte, sie zu unterdrücken. Dagegen kam Sebastian nicht an, und darauf war er keinesfalls stolz – aber ein Teil von ihm wurde unruhig. Stieß er sie gerade weg? Warum dachte er erst jetzt daran ...

«Es geht ihm gut. Er hat eine Menge Tabletten geschluckt, aber Anna hat ihn rechtzeitig gefunden», sagte er behutsam. Vanja nickte nur vor sich hin, und er sah, wie sie die Informationen zu verarbeiten und zu begreifen versuchte.

«Wo ist er jetzt?», brachte sie schließlich hervor.

«Im Karolinska-Krankenhaus», antwortete er und wuss-

te im selben Moment, dass sie ihn besuchen würde. Die Bestätigung kam sofort. Ohne ein Wort drängte sie sich an ihm
vorbei und verschwand aus der Küche.

Vanja bog um die Ecke, stellte den Wagen quer auf zwei Parkplätzen ab stehen und eilte gehetzt auf den Haupteingang zu. Sie schwitzte am ganzen Körper, und der schwarze Pullover kam ihr plötzlich viel zu dick vor. Es war nicht nur die Anspannung vor dem Wiedersehen mit Valdemar, sondern auch die Verwirrung über ihre eigenen Gefühle. Sie hatte versucht, diejenigen, die sie verletzt hatten, auf Abstand zu halten. Ein neues Leben anzufangen. Ein eigenes Leben. Doch sie hatte keine Wahl.

Sie zogen und zerrten an ihr. Wie immer.

Sie brauchte fünfzehn Minuten, um ihn ausfindig zu machen. Er war von der Intensivstation in den vierten Stock verlegt worden, wo er auf ein Gespräch mit dem Psychologen und die Entscheidung über weitere Behandlungsmaßnahmen wartete. Vanja nahm einen der großen Aufzüge hinauf und verirrte sich in den langen Korridoren. Schließlich zeigte ihr ein Pfleger den Weg. In der Abteilung, auf der Valdemar lag, roch es nach einer merkwürdigen Mischung aus Desinfektionsmittel und Mittagessen. Seine Zimmertür war geschlossen, und Vanja sammelte sich einen Moment, ehe sie die Tür leise aufschob.

Sie entdeckte ihn sofort.

Er lag auf der rechten Seite des Zimmers am Fenster. Auch die anderen Betten waren belegt, aber sie hatte nur Augen für den Mann, der einmal ihr Vater gewesen war. Und er war Lichtjahre von dem Mann entfernt, den sie in Erinnerung hatte. Aber er war nicht einfach bloß gealtert.

Schlimmer noch.

Er hatte nicht nur an Gewicht verloren. Es schien, als wären obendrein alle Energie und Kraft aus ihm entwichen. Sein Haar war dünn und strähnig. Seine Lippen schmal und fast grau. Die Augen eingesunken. Seit sie sich zuletzt gesehen hatten, waren nur wenige Monate vergangen, und dennoch erkannte Vanja ihn kaum wieder. Valdemar war nur mehr ein Schatten seiner selbst. Offenbar schlief er. Sie ging die letzten Schritte zu ihm. Mit einem Mal fühlte sie nichts als Sorge und Wehmut. Sie blieb eine Weile am Fußende seines Bettes stehen und betrachtete ihn. An seiner Nase und einem seiner Arme waren Schläuche befestigt.

«Valdemar?», sagte sie nach einer Weile vorsichtig.

Er blinzelte. Dann sah er unsicher zu ihr auf. Es dauerte einige Sekunden, bis er sie erkannte, als wollte er nicht recht glauben, wen er da vor sich hatte.

«Hallo», sagte sie leise.

«Vanja?», brachte er schließlich hervor. Seine Stimme war schwach und belegt.

Sie nahm sich einen Stuhl, rückte ihn jedoch bewusst ein Stück vom Bett weg, ehe sie sich setzte. Sie musste einen gewissen Abstand zu dem wahren, was sie eigentlich in ihrem tiefsten Inneren empfand.

«Was hast du getan?», fragte sie eher zärtlich als vorwurfsvoll.

«Du bist gekommen», stammelte er mit Tränen in den Augen.

Sie konnte unmöglich länger wütend sein. Konnte die Distanz nicht in der Art beibehalten, wie sie es vorgehabt hatte. Sie wollte ihn einfach nur umarmen. Doch sie widerstand dem Impuls, blieb sitzen und versuchte stattdessen, die richtigen Worte zu finden. Aber das war schwierig.

«Warum? Warum machst du so was?», presste sie schließlich hervor. Seine Augen glänzten vor Schmerz oder Scham, sie wusste es nicht genau.

«Ich will nicht, dass du mich so siehst», sagte er, ohne den Blick von ihrem zu wenden.

«Dann hättest du nicht versuchen sollen, dir das Leben zu nehmen», entgegnete sie. Hart, aber wahr. Und er hatte ihr noch immer keine Antwort gegeben. «Warum?»

Er sah sie resigniert an. Eine unmerkliche Bewegung ging durch den ausgemergelten Körper, vielleicht war es ein Achselzucken.

«Die Ärzte behaupten, ich hätte so vieles, für das es sich zu leben lohnte. Aber sie irren sich», sagte er beinahe lautlos, mit einer Stimme, die sie kaum wiedererkannte.

Für eine Weile wurde es still zwischen ihnen. Draußen hallten Schritte, als jemand auf dem Korridor vorbeiging. Einer der anderen Patienten hustete. Die steifen weißen Laken von Valdemars Bett raschelten, als er sich zu ihr drehte.

«Es tut mir so leid, dass ich dich verletzt habe. Dich angelogen.» Flehend sah er sie an. «Ich weiß einfach nicht, was ich ohne dich machen soll», fuhr er mit gebrochener Stimme fort.

Es war schwer, sich gegen diese Kläglichkeit zu wehren. Plötzlich bereute Vanja, dass sie gekommen war. Sie konnte das alles nicht gebrauchen. Es ging zu schnell. Sie spürte, wie seine letzten Worte abermals an ihrer Entschlossenheit zerrten.

«Das kannst du nicht machen, Valdemar», sagte sie in einem scharfen Ton, der sie selbst erstaunte. Es klang härter, als sie gedacht hatte, aber es musste gesagt werden. «Du kannst dir nicht selbst Schaden zufügen, damit ich zurückkomme.»

Valdemar senkte den Blick. Tränen rannen auf sein Kissen, als er die Augen schloss. Er war wie ein Schwamm, den man nur leicht antippen musste, und schon rann die Flüssigkeit aus ihm heraus.

«Ich bin nicht gekommen, um mir anzuhören, wie leid es dir tut und wie sehr du es bereust», fügte sie hinzu, wo sie schon einmal dabei war. Doch noch während sie das sagte, spürte sie, dass es mehr ein Versuch war, ihre Schutzmauer aufrechtzuerhalten, als dass sie es ernst meinte.

Es war schön, endlich zu hören, wie sich jemand entschuldigte. Die Schuld auf sich nahm. Seine Fehler eingestand. Das würde Anna nie tun.

Sie sah, wie sehr er sich alles zu Herzen nahm.

«Warum bist du gekommen?», fragte er und schniefte jämmerlich.

«Weil du einmal jemand warst, den ich geliebt habe.»

«Aber der kann ich doch wieder werden, mit der Zeit, oder?», flehte er.

Plötzlich tat er ihr doch ein wenig leid. Vermutlich ging sie zu hart mit ihm ins Gericht, aber sein weinerlicher Ton störte sie, und wie er sich im Selbstmitleid suhlte.

«Lass uns jetzt nicht darüber reden», sagte sie und versuchte, ihre widerstreitenden Gefühle unter Kontrolle zu bekommen. «Ich bin nicht hier, um mich zu streiten.» Sie sah ihn an und holte tief Luft. Sie musste die Gefühle beiseiteschieben und sich um die Fakten kümmern. Die Dinge, die sie bewältigen konnte. Kontrollieren konnte.

«Was meint der Arzt? Wirst du wieder gesund?»

«Ja, sie sagen, ich hätte Glück gehabt. Anna hat mich rechtzeitig gefunden», antwortete Valdemar neutral, und Vanja verstand, dass er sich bemühte.

Das alles war so merkwürdig.

Sie hatten die Rollen getauscht.

Er schwach, erbärmlich und von ihr abhängig.

Und sie die Starke, die alles im Griff hatte.

Er das Kind und sie die Erwachsene.

Der Valdemar, den sie kannte, war weit weg. Und doch war er es, der dort lag. Sie brachte das einfach nicht in Einklang.

«Verdammt, wie konnte alles so schlimm werden?», fragte sie schließlich.

Valdemar sah sie traurig an.

«Weil ich einen Fehler gemacht habe, Vanja.»

Sie nickte still, ohne zu antworten. Es gab nicht mehr viel zu sagen, fand sie. Also blieb sie einfach nur auf ihrem Stuhl sitzen.

Ein bisschen zu weit weg, um nah zu sein.

Ein bisschen zu nah, um gar nichts zu fühlen.

Normalerweise trank er nicht.

Jedenfalls hatte Laura ihn nicht deshalb verlassen. Er wusste nicht, warum sie gegangen war, aber es hatte nicht daran gelegen. Doch er wusste, warum er an diesem Abend trank.

Es war ihre Schuld.

Die Schuld dieses Mädchens. Ebba.

Normalerweise hielt er sich vom Alkohol fern. Ein Glas Wein hier und da. Ab und zu mal ein Bier. Aber selten so viel, dass es ihn beeinflusste. Doch heute Abend war er betrunken. Das war schon seit Jahren nicht mehr vorgekommen. Er konnte sich nicht einmal mehr daran erinnern, wie viele Jahre es waren. So vieles kreiste in seinem Kopf herum, dass es ihm schwerfiel, die Gedanken festzuhalten.

Es gab Regeln.

Er gab ihnen eine ehrliche Chance.

Wenn sie ein Drittel der Fragen richtig beantworteten, hatten sie bestanden.

Wenn sie es nicht schafften, hinterließ er sie in den Institutionen, wo man sie hätte ausbilden, ihnen ein grundlegendes Wissen vermitteln und sie für die Zukunft hätte rüsten sollen – wo man jedoch offenbar kolossal versagt hatte.

In der letzten Pisa-Studie war Schweden wie ein Stein gesunken.

Kein anderes der dreiunddreißig OECD-Länder hatte in den Testergebnissen so nachgelassen. Sie waren mit großem

Abstand am schlechtesten im Norden und lagen nur knapp vor Ländern wie Mexiko und Chile.

In den darauffolgenden Debatten hatte er zahlreiche Ausreden, Erklärungen und Theorien gehört, warum die schwedischen Schüler so schlecht abschnitten. Dabei war die Antwort sehr einfach.

Die heutige Gesellschaft bejubelte Oberflächlichkeit und Dummheit.

Es galt als arrogant, etwas zu können. Als anstrengend, etwas zu lernen. Als streberhaft. Als unnötig, sofern dieses Wissen keine finanziellen Vorteile oder irgendein anderes Sahnehäubchen im Leben mit sich brachte. Intellektuelle Begabung wurde nicht gefeiert, weil Wissen in dieser Gesellschaft weder als erstrebenswert noch als prestigeträchtig galt.

Erfolge wurden nur beachtet, wenn sie im Sport erzielt wurden.

In den nachfolgenden Generationen war der Verfall besonders deutlich, doch auch seine eigene Altersklasse war in keiner Weise davon frei. Das stellten nicht zuletzt die Besetzungskommission, der Rektor, die gesamte Personalabteilung und der Rechtsausschuss an der KTH unter Beweis.

Sie waren vollkommen unfähig, seine Arbeit, seine guten Kontakte zu anderen Lehranstalten, seine Forschung, seine pädagogische Kompetenz und sein breitgefächertes Wissen zu schätzen. Sie waren blind gegenüber allen Erfolgen, die sich nicht an der Anzahl von Publikationen über die etablierten Kanäle oder renommierten Zeitschriften messen ließen.

Dass er Jahr für Jahr der beliebteste Dozent war, der noch dazu die meisten Studenten hatte, die ihre Ausbildung erfolgreich abschlossen, bedeutete offenbar gar nichts. Dass sein pädagogisches Talent ein Zugewinn war, von dem die Lehranstalt profitieren konnte, wog anscheinend auch zu leicht.

Warum sollte jemand studieren?

Warum sollte jemand Jahre darauf verwenden, etwas zu lernen, wenn es eigentlich ausreichte, bewegte Bilder auf YouTube hochzuladen, belangloses Zeug in einen Blog zu stellen oder im Fernsehen zu saufen und zu vögeln, um nicht nur berühmt zu werden, sondern auch noch davon leben zu können?

Wer noch mehr Beweise dafür brauchte, wie akzeptiert und normal diese Dekadenz inzwischen war, musste sich nur das Königshaus anzusehen. Der Prinz von Schweden war mit einem Pin-up-Girl verheiratet, das bei *Paradise Hotel* teilgenommen hatte.

Als sich das Paar verlobt hatte, hatte er die Mitgliedschaft in der *Republikanska Föreningen* beantragt, die eine Abschaffung der Monarchie zum Ziel hatte.

Oberflächlichkeit und Dummheit.

Es ließ sich nicht bestreiten, dass der jüngere Mann, der die Professur an seiner Stelle erhalten hatte, auf seinem Gebiet durchaus kompetent war. Vielleicht sogar mehr als er selbst. Aber auch nur dort. Alle Gespräche mit dem jüngeren Kollegen, bei denen es um Allgemeinbildung, Philosophie und Psychologie ging, waren schnell beendet gewesen, weil auf frappierende Weise deutlich wurde, dass es ihm an jeglicher Tiefe fehlte.

Aber dieser neue Professor war gut darin, Kontakte zu knüpfen, Forschungsgelder zu akquirieren und seine Reden mit einer lustigen Anekdote einzuleiten, um gesehen und gehört zu werden.

Nein, jetzt drehte er sich schon wieder im Kreis.

Das musste er einsehen.

Laura hatte gesagt, dass er nicht mehr so leidenschaftlich sei wie früher. Sein brennendes Engagement und sein Enthusiasmus, anderen etwas beizubringen und Wissen zu vermitteln, gehörten zu den Eigenschaften, in die sie sich einmal verliebt hatte. Jetzt war es anscheinend keine Leidenschaft mehr. Jetzt war es ein Fimmel, eine Fixierung.

Er brannte nicht mehr für etwas, er war verbittert.

Ein Klempner.

Wie um alles in der Welt konnte sie ihn für einen Klempner verlassen?

An dem Beruf war an sich nichts verkehrt. Ein ehrbarer, alter Beruf, der handwerkliches Talent erforderte. Allerdings auch ein Beruf, den, wie Lauras neuer Mann mit aller Deutlichkeit demonstrierte, jeder Idiot erlernen konnte, der nur ein bisschen Zeit und eine Rohrzange mitbrachte.

Wie auch immer.

Es gab Regeln.

Wenn sie bestanden, musste er sie freilassen.

Allerdings hatte er nie damit gerechnet, dass dieser Fall eintreten würde. Doch dann kam Ebba Johansson. Sie hatte fast die Hälfte aller Fragen korrekt beantwortet. Und bei einigen anderen Fragen beinahe richtiggelegen.

Sie zu töten war undenkbar. Regeln waren Regeln. Aber sie hatte ihn gesehen. Über eine Stunde lang hatte sie ihm gegenübergesessen.

Hatte ihn gesehen. Und sein Auto.

Natürlich musste er sie freilassen, aber es war zu früh, um eine detaillierte Personenbeschreibung oder gar eine Gegenüberstellung zu riskieren. Er war noch lange nicht fertig.

Mit seinen Taten hatte er Aufmerksamkeit erregt. Schlagzeilen, Sondersendungen, ständige Aktualisierungen im Internet. Aber noch lag der Schwerpunkt auf den jungen Menschen. Wie bedauernswert ihr Verlust sei, was für ein Monster er sei. Noch war es ihm nicht gelungen, das Thema auf ein anderes Niveau zu heben. Den Menschen deutlich zu machen, dass er auf ein gesellschaftliches Problem hinwies. Doch es würde nur eine Frage der Zeit sein, bis sich der mutige Verfasser eines Leitartikels oder ein anderer streitbarer Geist auf seine Seite stellte. Jemand, der verstand, dass es so nicht weitergehen konnte. Dass wir nicht weiterhin mit geöffneten Augen auf den Abgrund zusteuern konnten. Jemand, der es wagte, gegen den Bildungshass anzugehen und für das einzutreten, was er tat. Auch wenn es ein medialer Selbstmord sein würde, mit seiner Methode zu sympathisieren, war die Sache, für die er sich starkmachte, doch gut und wichtig.

Er wurde gebraucht.

Er konnte jetzt noch nicht ins Gefängnis.

Aber sie hatte ihn gesehen. Sein Auto.

Er war zum Handeln gezwungen gewesen. Und er hatte gehandelt.

Jetzt trank er. Es war ihr Fehler.

Der Fehler des Mädchens. Ebba.

Der Schmerz.

Das war das Erste, was sie wahrnahm. Noch bevor sie richtig verstanden hatte, dass sie aus der Bewusstlosigkeit aufgewacht war.

Ein brennender, pochender Schmerz im Kopf, der anders war als alles, was sie je gespürt hatte. Der sie vollständig lähmte und alle Sinne ausschaltete, alles andere. Sie atmete stoßweise, ein kurzes, geplagtes Stöhnen, als könnte jedes tiefe Atemholen ihren Kopf explodieren lassen.

Behutsam versuchte sie, sich zu bewegen. Jemand schrie. War sie das? Sie konnte nicht weiter darüber nachdenken, denn im nächsten Moment musste sie sich übergeben. Ohne Vorwarnung, in einem Schwall. Sie spürte, wie der warme Mageninhalt auf ihrer Brust landete, ehe die plötzliche Bewegung eine neue Welle des Schmerzes auslöste, durch ihren Körper und bis in ihren Kopf hinauf.

Sie legte sich wieder auf den Rücken. Mit schnellen, keuchenden Atemzügen.

Was war passiert? Sie wusste es nicht, die Qualen, die sie durchlitt, verhinderten jeden zusammenhängenden Gedanken.

Sara.

Ihre Schwester, wo war sie?

Und wo war sie selbst?

Sie versuchte, sich durch den Schmerz hindurch zu konzentrieren. Sich zusammenzunehmen. All das Böse beiseitezuschieben, um sich zu orientieren. Sie war dazu gezwungen.

Sie war die Patente.

Sara die Schusselige.

Langsam drehte sie den Kopf, eine größere Bewegung wagte sie nicht. Doch es half ihr nicht weiter. Der Raum war dunkel. Schwarz.

Unnatürlich schwarz, schoss es ihr in den Kopf.

Sie drehte den Kopf wieder zurück und führte mit Mühe die Hände zum Gesicht. Näher, so nah, dass ihre Fingerspitzen die Stirn berührten, und sie spürte, wie ihr Atem schneller ging. Als würde ihr geplagtes Gehirn den Schluss von selbst ziehen.

Das Zimmer war nicht schwarz.

Sie war blind.

Er hatte sie blind gemacht.

Torkel hatte sie zusammengerufen, damit sie einander auf den neusten Stand brachten, ehe sie ihre Arbeit für heute beendeten. Er hatte das Gefühl, eine leise Resignation im Raum wahrzunehmen. Das kannte er schon, denn sie fand sich in den meisten Ermittlungen zu jenem Zeitpunkt ein, wenn alle wussten, dass sie eigentlich nicht viel Neues beitragen konnten und sie einer Lösung des Falls mit ihren Rechercheergebnissen bisher nicht näher gekommen waren.

Vor allem Vanja wirkte so verhalten wie lange nicht mehr. Torkel warf Sebastian einen missbilligenden Blick zu, als der den Raum betrat, denn er war überzeugt, dass er etwas mit Vanjas Niedergeschlagenheit zu tun hatte. Doch Sebastian schien ihn nicht einmal zu bemerken.

«Ebba Johansson wird immer noch vermisst», begann Torkel, als alle anwesend waren. «Wir fordern gerade das Personal aller Schulen im Großraum Stockholm auf, seine Räumlichkeiten zu durchsuchen, aber es sind viele, sowohl öffentliche Schulen als auch private, sodass wir bisher noch kein Ergebnis haben.»

«Er ermordet diejenigen, die durchfallen», sagte Vanja. «Heißt das, dass man weiterleben darf, wenn man wie Ebba bestanden hat?»

Niemand antwortete unmittelbar. Der Gedanke war Sebastian auch schon gekommen. Und gleichzeitig wirkte das viel zu riskant. Der Täter hatte Zeit mit Ebba verbracht. Sie einfach freizulassen, wäre dumm. Und er war nicht dumm.

Sebastian blickte sich im Raum um und bemerkte, dass

die anderen von ihm eine Antwort auf Vanjas Frage erwarteten. Er zuckte mit den Schultern.

«Anscheinend musste er diesmal improvisieren. Wie er das Dilemma gelöst hat, weiß ich nicht.»

Die anderen reagierten mit Schweigen und vereinzeltem Nicken.

«Inzwischen haben wir Antwort von den Zeitungen erhalten», erklärte Torkel und wechselte damit das Thema. «Drei Leserbriefe, die von einem ‹Cato d. Ä.› unterzeichnet wurden.»

Er legte die Kopien der Ausschnitte auf den Tisch, und alle nahmen sich ein Exemplar. «Außerdem hat auch der Chefredakteur der *Östersunds-Posten* einen Brief erhalten. Mit derselben Unterschrift.»

Sebastian überflog die Leserbriefe und die längere Auslassung an den Chefredakteur. Der Inhalt passte zu dem Bild, das er sich vom Täter gemacht hatte. In allen vier Texten ging es in irgendeiner Weise darum, wie provozierend es war, dass sich Oberflächlichkeit und Dummheit immer weiter verbreiten durften. Sie waren wohlformuliert und präzise. Grammatisch korrekt. Alle Briefe waren auf dem normalen Postweg angekommen, doch die Suche nach Fingerabdrücken war ergebnislos geblieben. Zu viele Personen hatten das Blatt in den Händen gehalten, seit es aus dem Umschlag genommen worden war.

«Diese Frida Wester», begann Ursula und deutete auf den Brief. «Sollten wir uns sicherheitshalber bei ihr melden?»

Torkel verstand ihren Gedanken. Der Brief an den Chefredakteur war verschickt worden, nachdem die Zeitung im Dezember eine große Reportage über die siebzehnjährige Frida Wester aus Frösön veröffentlicht hatte. Über hunderttausend Abonnenten sahen ihren YouTube-Kanal, wo sie Tipps gab, wie man seine Nägel pflegte, auf phantasievolle Art und Weise lackierte und mit bunten Glitzersteinchen beklebte.

Torkel warf Sebastian einen fragenden Blick zu.

«Was meinst du?»

«Das war ein halbes Jahr, bevor er das Morden angefangen hat», sagte Sebastian nachdenklich.

«Aber es ist auch schon zwei Jahre her, dass Patricia Andrén bei *Mama sucht Mann* teilgenommen hat», gab Billy zu bedenken.

«Patricia hat allerdings erst kürzlich diesen Moderationsjob bekommen und sollte an einer weiteren Dokusoap teilnehmen. Gerade war sie aktuell in den Medien. Erfolgreich. Genau wie Petrovic und die Johansson-Schwestern.»

«Also ist Frida nicht in Gefahr?»

«Beschwören kann ich es nicht, aber vermutlich nein.»

Torkel nickte. Er wollte dennoch die Polizei in Östersund anrufen und sie bitten, mit der Familie Wester Kontakt aufzunehmen, um sie zur Vorsicht zu mahnen. Und sie sollte sich melden, falls ein Journalist anriefe, um Frida zu treffen.

«Ursula?» Er sah sie fragend an.

«Eigentlich gibt es nichts Neues», begann sie mit einem kleinen Seufzer. «Wir ihr wisst, haben wir weder auf den Briefen noch an den Fundorten Fingerabdrücke gefunden und auch keine DNA-Spuren. Er ist sorgfältig und vorsichtig gewesen.»

Sie lehnte sich vor und zog zwei Dokumente zu sich heran, die vor ihr auf dem Tisch gelegen hatten.

«Wir haben auch einen Bericht von der Spurensicherung», begann sie. «Die Narrenkappe auf dem Kopf der Opfer ist ein Modell, das man in jedem Scherzartikelladen kaufen kann. Und das Papier, auf dem der Test gedruckt wurde, ist gängiges Laserdrucker-Papier, das auch überall erhältlich ist.» Sie blätterte zur nächsten Seite vor. «Das Seil, mit dem man die Leichen an den Stuhl gebunden hat, ist aus Polypropylen und in allen größeren Baumärkten zu bekommen. Der Knoten ein Schotstek.»

«Was eventuell bedeuten könnte, dass er Erfahrung im Umgang mit Booten hat», folgerte Torkel.

«Was du nicht sagst.» Ursula wandte sich Billy zu, der gerade überlegte, ob er darauf hinweisen sollte, dass der Schotstek streng genommen ein Stich war und kein Knoten, dann jedoch beschloss, es bleiben zu lassen. «Ich bin mir nicht hundertprozentig sicher, aber nach dem, was ich gesehen habe, finde ich, wir sollten mit der Theorie weiterarbeiten, dass er ein Bolzenschussgerät benutzt.»

«Damit bin ich noch nicht weit gekommen», erwiderte Billy sofort. «Für solche Waffen braucht man keine Lizenz, und ihren Kauf zurückzuverfolgen, ist nahezu unmöglich. Ich hatte gehofft, dass irgendeine Tierarztpraxis, ein kleinerer Schlachtbetrieb oder ein Bauernhof ein solches Gerät als gestohlen gemeldet hat, aber in den letzten Jahren gab es keine derartige Anzeige.»

Torkels Telefon vibrierte auf dem Tisch. Er warf einen Blick auf das Display, stand auf und meldete sich, während er hinausging.

Im Raum breitete sich Schweigen aus. Das Gefühl der Hoffnungslosigkeit hatte nicht unbedingt abgenommen, nachdem sie sich noch einmal so klar vor Augen geführt hatten, dass sie im Prinzip nichts erreicht hatten, seit sie den Fall von den Kollegen vor Ort übernommen hatten.

«Darf ich die haben?», fragte Billy und deutete auf die Ausdrucke, die Ursula vor sich auf dem Tisch liegen hatte. Ursula nickte und schob ihm die Papiere hin. Er nahm sie und pinnte sie neben dem Zeitverlauf an die Wand.

Sebastian versuchte, Augenkontakt zu Vanja aufzunehmen, doch sie wich seinen Blicken konsequent aus.

«Was habt ihr denn heute Abend noch so vor?», fragte er scheinbar beiläufig in den Raum hinein, fixierte dabei jedoch Billy am Whiteboard. Aus dem Augenwinkel beobachtete er, wie Vanja und Ursula aufhorchten. Eigentlich kamen sie bei der Arbeit so gut wie nie auf Privates zu sprechen, vor allem dann nicht, wenn sie in der größeren Gruppe zusammensaßen, und obendrein war es nie Sebastian, der die Initiative zu solchen Gesprächen ergriff. Eine Plauderei unter Kollegen war eigentlich nicht sein Ding.

«Nichts Besonderes», antwortete Billy knapp, als er einsah, dass weder Ursula noch Vanja zu antworten gedachten.

«Ist My immer noch verreist?», fragte Sebastian weiter, und Billy beobachtete, wie Ursula erneut reagierte. Wie konnte Sebastian wissen, wo Billys Frau steckte? Und *warum* wusste er es? Billy verstand, worauf Sebastian hinauswollte, aber konnten sie das nicht unter vier Augen besprechen? So wurde die Sache nur verdächtig und seltsam.

«Ja», antwortete er nur und sah zu seiner großen Erleichterung, wie die Tür geöffnet wurde und Torkel zurückkam. Doch er trat nicht einmal über die Schwelle.

«Ebba Johansson wurde gefunden.»

S ie kam von dort gelaufen», sagte der Mann in Jogging-kleidung mit einem Dialekt, der verriet, dass er aus dem Norden hergezogen war, und zeigte auf das einsame, rot ge-strichene Gebäude am Ende des großen Feldes. «Das heißt, eigentlich konnte sie gar nicht richtig gehen, und völlig durchnässt war sie auch, sie muss dahinten in den Graben gefallen sein.» Er streckte erneut den Arm aus und deutete auf eine Stelle links von der Scheune.

Sie standen auf einem schmalen Weg oder besser einer Wagenspur auf dem Boden, und hinter dem Feld gab es nichts als Wald. Man hätte denken können, sie wären auf dem tiefsten Land, aber nur hundert Meter weiter in die andere Richtung begann die Besiedlung. Ein weiterer verschlafener, wohlhabender Vorort. Dreißig Kilometer von Rosersberg entfernt. Villen und kleinere Einfamilienhäuser. Hierhin zog man, damit die Kinder in einer sicheren Umgebung auf-wuchsen – vorausgesetzt, man hatte das nötige Kleingeld. Es war ein Ort, wo die Häuser durch Alarmanlagen und wach-same Nachbarn geschützt wurden und man wusste, welche Jugendlichen am Wochenende Drogen nahmen, und ahnte, wer hinter vorgezogenen Gardinen verprügelt wurde. Ein Ort, der aber im Großen und Ganzen von schwereren Verbrechen verschont blieb.

«Hat sie mit Ihnen gesprochen?»

«Nee, also, sie hat irgendwas von einer Sara gestammelt und sich die Augen zugehalten, aber das war alles ziemlich unzusammenhängend.»

Torkel nickte. Nach dem wenigen, was er bisher wusste, hatte er auch nicht erwartet, dass Ebba ihnen nennenswert würde weiterhelfen können. Die vorläufige Untersuchung im Krankenhaus hatte ergeben, dass ihre Augen auf irgendeine Weise verbrannt worden waren. Man hatte ihr ein starkes Schlafmittel verabreicht, und sie konnte frühestens am nächsten Morgen befragt werden, wenn überhaupt.

Ursula hatte die Kollegen von der Spurensicherung ins Krankenhaus geschickt, damit sie mögliche Beweise an ihrem Körper und ihrer Kleidung sichern konnten. Sie selbst würde sich auf den verfallenen Schuppen konzentrieren.

«Fällt Ihnen noch irgendetwas ein?», fragte Torkel den Mann, dessen Joggingtour eine unerwartete Wendung genommen hatte.

«Nee, jedenfalls nicht zu der Zeit, in der ich sie gefunden habe.»

«Sondern?»

«Davor war ein Wohnmobil hier. Am Nachmittag.»

«Ein Wohnmobil?»

«Ja.»

«Welche Marke?»

«Keine Ahnung. Irgendein ... Wohnmobil.»

«Haben Sie das Kennzeichen gesehen?»

«Nein, es war ein ausländisches Nummernschild, aber ich habe nicht genau erkannt, aus welchem Land.»

«Waren Sie da etwa auch schon joggen?», fragte Sebastian, der bisher geschwiegen hatte. Es bestand die Gefahr, dass dieser Mann ihre Aufmerksamkeit ein wenig zu sehr genoss und ihnen mehr «helfen» wollte, als er es tatsächlich konnte.

Sich wichtiger machen, als er war.

Das wäre nicht das erste Mal.

«Nee, ich wohne da drüben.» Diesmal zeigte er auf ein

gelbes Holzhaus auf einem Hügel mit Blick über das Feld. «Das habe ich vom Fenster aus gesehen. Es ist ungewöhnlich, dass Autos hier langfahren, vor allem so große. Nach ein paar hundert Metern hört der Weg nämlich auf, dann kommen nur noch Reit- und Spazierpfade.»

Torkel verspürte eine Mischung aus Hoffnung und Irritation. Dies war ein wichtiger Anhaltspunkt, damit konnten sie weiterarbeiten. Aber der Mann schien ihnen nicht mehr helfen zu können, als er es bereits getan hatte. Einen Versuch war es trotzdem wert.

Torkel rief Billy herbei. Er sollte gemeinsam mit dem Mann Bilder von Wohnmobilen durchsehen. Wenn sie Glück hatten, würde er ein Modell erkennen.

«Aber diese Wohnmobile sehen doch alle gleich aus», sagte der Mann und machte Torkels Hoffnungen zunichte. Mit dieser Einstellung würde er ihnen wohl kaum behilflich sein.

Billy kam von der Scheune herübergeschlendert, wo er Ursula geholfen hatte. Torkel erklärte kurz, was er wollte und dass Billy außerdem alle Zufahrtswege auf Kameras hin überprüfen solle. Viele Wohnmobile konnten in dieser Gegend nicht unterwegs gewesen sein.

Sebastian ließ Billy mit dem Mann in Joggingsachen allein und sah sich um.

Es war noch hell.

Zu dieser Zeit würde es überhaupt nicht dunkel werden.

Die Vögel zwitscherten in der lauen Sommernacht. Sebastian konnte keinen einzigen Vogel am Gesang erkennen, aber einer von ihnen sang melodischer und lauter als die anderen, und er meinte sich zu erinnern, dass irgendjemand einmal an einem anderen lauen Sommerabend auf einem Spaziergang durch die Stadt gesagt hatte, das sei eine Amsel. Aber was wusste er schon?

Er sah, wie Vanja ein Stück entfernt stand und anscheinend untätig das große Feld betrachtete. Also ging er zu ihr und stellte sich neben sie. Sie wandte sich nicht einmal zu ihm um.

«Alles in Ordnung?»

«Hier muss es viele Rehe geben, glaubst du nicht?»

Na gut, das war nicht unbedingt die Antwort, die er erwartet hatte. Eigentlich war es gar keine Antwort, aber er beschloss, für einen Moment darauf einzugehen.

«Ich weiß es nicht, ich weiß nichts über die Natur. Ich mag sie nicht.»

«Wie kann man die Natur nicht mögen?»

Sebastian überlegte kurz, obwohl er eigentlich schon wusste, was er erwidern wollte.

«Sie ist einfach nur da, sie denkt nicht. Und Sachen, die nicht denken, kann ich nur schwer ertragen.»

«Wahrscheinlich mag ich sie genau deswegen», sagte Vanja leise. «Weil sie einfach nur da ist. Sie denkt nicht, sie lügt nicht, sie versucht nicht, sich das Leben zu nehmen ...»

Sebastian drehte sich ihr zu, aber sie starrte nach wie vor auf die freie Fläche.

«Kann ich irgendetwas tun, Vanja?»

Keine Antwort.

«Als Kollege.»

«Nein.»

Und dann ging sie.

Die Wohnung war herrlich leer, als er nach Hause kam. Froh, endlich mit niemandem mehr reden zu müssen, schlüpfte er aus den Schuhen, hängte die Jacke auf, ging direkt in die Küche, holte ein Bier aus dem Kühlschrank und ließ sich aufs Sofa fallen.

Es war ein langer Tag gewesen.

Kaum vorstellbar, dass Vanja und er erst an diesem Morgen Helsingborg verlassen hatten. Seitdem war so viel passiert.

Leider hatte nichts davon sie auf die Spur des Mörders gebracht.

Was das Wohnmobil anging, hatte ihnen der Mann, der Ebba gefunden hatte, nicht weiterhelfen können. Weder bei der Marke noch beim Modell. Er erinnerte sich an keinerlei Details, die weitere Anhaltspunkte hätten liefern können. An gar nichts. Auch der Antwort auf die Frage, aus welchem Land das Gefährt stammte, kamen sie nicht näher. Billy hatte ihm Bilder von verschiedenen Nummernschildern gezeigt, und derzeit lagen Polen, Deutschland und Spanien auf den ersten drei Plätzen, aber im Grunde konnte das Wohnmobil genauso gut aus Dänemark stammen. Oder aus Rumänien. Oder dem Weltall. Der Mann in Joggingkleidung hatte keine Ahnung.

Also hatten sie bisher nichts weiter als ein Wohnmobil mit ausländischem Kennzeichen.

An den nahe gelegenen Straßen gab es keine Überwachungskameras, und auf dem Weg zwischen der Schule in

Rosersberg und der Scheune in Täby musste man auch nicht zwangsläufig eine Mautstation passieren, aber Billy hatte dennoch vor, am nächsten Tag bei der Verkehrsbehörde die Fotos von sämtlichen Stationen anzufordern. Er konnte sich nicht vorstellen, dass Ende Juni im Großraum Stockholm viele Wohnmobile unterwegs waren.

Billy griff nach seinem Handy. Er wollte niemanden anrufen, sondern nur einen Blick darauf werfen. Studien hatten ergeben, dass vor allem jüngere Menschen mehr als hundertmal am Tag auf ihre Handys und Tablets blickten, und er hatte das Gefühl, dass er in dieser Hinsicht trotz seiner dreiunddreißig Jahre definitiv in die Kategorie «jüngere Menschen» fiel. Er hatte keine verpassten Anrufe oder Nachrichten.

My hatte angerufen, als sie draußen bei der Scheune gewesen waren. Er schämte sich ein bisschen dafür, wie erleichtert er war, als er ihr sagen konnte, er sei gerade unterwegs bei einem Einsatz und könne nicht sprechen. Um die Wichtigkeit zu betonen, hatte er von Ebba erzählt und gesagt, dass dies dauern würde, es gäbe vieles zu untersuchen und viele Zeugen zu verhören, also sei es besser, wenn sie morgen in Ruhe telefonierten.

My hatte volles Verständnis gehabt.

Ich liebe dich. Küsschen und bis bald.

Sebastian loszuwerden war nicht ganz so leicht gewesen. Als sie zu den Autos gingen, holte er Billy ein und wollte sich nach dem neusten Stand erkundigen. Billy hatte keine Lust, ihn zu informieren. Es war spät, er war müde und hatte noch viel zu erledigen. Aber Sebastian hatte darauf bestanden. Sie waren übereingekommen, dass Billy ihn nach Hause fahren würde. Dann könnten sie im Auto reden. Eine knappe halbe Stunde, das musste reichen. Damit gab sich Sebastian zufrieden.

«Ich habe es unter Kontrolle», hatte Billy gesagt, als Sebastian sich erkundigt hatte, wie es in Helsingborg gelaufen sei und ob er sich inzwischen professionelle Hilfe gesucht habe. Sebastian hatte ihm mit einem Blick geantwortet, der besagte, dass er ihm kein bisschen glaubte.

«Es stimmt aber», beteuerte Billy. «Weißt du, das ist so, wie wenn man etwas Dummes macht und nicht darüber nachdenkt, sondern es einfach nur tut, und dann wird man dabei erwischt, und erst in dem Moment versteht man, wie verdammt dumm es war.»

«Dumm?»

Dieses eine Wort sagte alles. Billy verstand, dass Sebastian der Meinung war, das Wort «dumm» wäre als Definition für das, was er in seiner Hochzeitsnacht getan hatte, doch reichlich untertrieben.

«Aber du begreifst doch, was ich meine», sagte er und zuckte mit den Schultern. «Ich habe das Gefühl, ich kann jetzt einen Schritt zurücktreten, die Sache von außen betrachten und sehen, wie irrsinnig das war.»

«Das reicht nicht.»

«Für mich schon. Es wird nicht wieder vorkommen.»

«So einfach ist das nicht», entgegnete Sebastian in diesem selbstverständlichen Ton, der deutlich machen sollte, dass er richtiglag und alle anderen falsch, und der Billy fürchterlich ärgerte. «Hier geht es nicht darum, dass du ein Knöllchen bekommst, weil du zu schnell gefahren bist, und danach fährst du eben einfach langsamer», erklärte er. «Erwischt zu werden wird dir nicht dabei helfen, dieses Problem zu bewältigen. Du brauchst professionelle Hilfe.»

«Was weißt du denn eigentlich darüber? Was weißt du schon, wie man Probleme bewältigt?» Billy hob die Stimme ein wenig. Er war es leid, sich die ganze Zeit zu verteidigen.

«Du gehst zwanghaft mit allen Frauen ins Bett, die nicht bei drei auf den Bäumen sind.»

«Da gibt es einen Unterschied. Das ist eine Abhängigkeit.»

«Worin liegt der Unterschied?»

«Aus einer Abhängigkeit kann man sich befreien, wenn man nur motiviert genug ist. Man kann sich entscheiden, damit aufzuhören. Allein oder mit fremder Hilfe.» Er wandte sich Billy zu, der das Lenkrad umklammerte und den Blick starr auf die vielbefahrene E18 in Richtung Stadt richtete. Sein ganzer Körper verriet, wie unangenehm ihm dieses Gespräch war. «Du leidest unter einer psychischen Störung. Du bist nervlich zerrüttet. Um dein Verhalten zu ändern, reicht die Einsicht nicht aus, dass das, was du tust, falsch ist.»

«Wenn es bei dir so einfach ist, warum befreist du dich dann nicht aus deiner Abhängigkeit?», fragte Billy in dem Versuch, das Gespräch erneut von ihm weg- und zu Sebastian hinzulenken.

«Ich bin nicht motiviert genug.»

Was tatsächlich stimmte und als Erklärung ausreichen musste. Er hatte nicht vor, von den schwarzen Löchern zu erzählen, die Lily und Sabine in ihm hinterlassen hatten, und was er unternahm, um nicht von ihnen aufgefressen zu werden.

«Aber ich bin motiviert. Ich habe die Sache unter Kontrolle. Es wird nicht wieder vorkommen», entgegnete Billy beharrlich.

«Es wird nicht wahrer, indem du es wiederholst», erwiderte Sebastian kühl, womit ihm das Kunststück gelang, Billy noch mehr zu reizen.

Billy trank einen Schluck Bier.

Was war passiert?

Was zum Teufel war nur passiert?

Dass er überhaupt ein solches Gespräch mit Sebastian führen musste, war vollkommen absurd. Wie hatte er da nur hineingeraten können?

Das war doch nicht er.

Er war Ermittler. Ein guter Ermittler. Bei der Reichsmordkommission, einer Abteilung, von der die meisten anderen Polizisten nur träumen konnten, und mit Kollegen, die er mochte und die ihn schätzten.

Er war frisch verheiratet mit einer Frau, die er liebte. Die das Beste war, was ihm je passiert war, die er jetzt aber auf Abstand hielt. Irgendwann würde das My auffallen. Sie würde ihn fragen, was passiert war und warum er ihr aus dem Weg ging, und nicht lockerlassen, ehe sie es wusste. Dann würde er sie verlieren, dessen war er sich sicher.

Doch das durfte nicht passieren.

Er war der Typ, der Hip-Hop hörte, Blockbuster sah und lieber Comics las als Bücher. Er war unkompliziert. Nett. Er war derjenige, den man anrief, wenn man einen Umzugshelfer brauchte, mit dem man Mittsommer feierte, ein Bier trinken ging und den man als Paten für sein neugeborenes Kind in Betracht zog.

So einer war er.

Ein guter Kerl.

Und kein Irrer, der Katzen abmurkste.

Nein, er hatte Sebastian nicht angelogen. Er hatte es unter Kontrolle, jedenfalls zurzeit. In Helsingborg hatte er nicht einmal daran gedacht, wieder hinauszugehen. Seine Gedanken kreisten fast ausschließlich um die vorherigen Ereignisse und nicht um die Zukunft. Die Scham, das schlechte Gewissen, die Angst, My zu verlieren, alles zu verlieren.

Das Schlimmste war, dass er insgeheim wusste, dass Sebastian recht hatte. Er wusste zwar, dass es falsch war. Seine Vernunft sagte ihm, dass er alle Grenzen überschritt. Aber das hatte ihn nicht aufhalten können.

Der Rausch, die Macht, dieses Gefühl.

Es war unschlagbar.

Es erfüllte ihn in jenem Moment und erschreckte ihn anschließend.

Wie konnte es ihn so völlig beherrschen? Wie konnten der, der er sein wollte, und der, der er geworden war, sich so voneinander unterscheiden? Diese beiden Menschen waren einfach nicht miteinander in Einklang zu bringen. Und das machte ihn kaputt.

Er nahm das Telefon erneut in die Hand.

Vielleicht sollte er heute Abend lieber nicht allein sein.

Nach dem Besuch im Krankenhaus hatte sie den Tag wie durch einen Nebel hindurch erlebt und wie ferngesteuert gearbeitet.

Nachdem sie bei der Scheune eingetroffen waren, wo man Ebba gefunden hatte, und Vanja feststellte, eigentlich gar nicht behilflich sein zu können, beschloss sie, nach Hause zu fahren. Sie begründete es mit Kopfschmerzen, und das war nicht einmal gelogen.

Zu Hause angekommen, sank sie erschöpft aufs Bett. In ihrer kleinen Wohnung war es angenehm still und ruhig. Vanja schloss die Augen und lauschte ihrem eigenen Atem.

Er hatte versucht, sich das Leben zu nehmen.

Hatte das Extremste getan, was ein Mensch tun konnte. Und sosehr sie auch versuchte, diese Einsicht zu verdrängen, war sein Handeln doch eine Konsequenz aus ihrem Handeln. So lautete die schreckliche Wahrheit, vor der sie niemals würde entfliehen können.

Bei dem Gedanken wurde ihr beinahe übel.

Sie öffnete die Augen und ließ ihren Blick durch die Wohnung schweifen. Valdemar hatte sie ihr gekauft. Überall gab es Beweise dafür, dass er sie liebte wie seine eigene Tochter. Den Tisch, den er ihr zum Einzug geschenkt hatte, die Küche, bei deren Renovierung er geholfen hatte, die Wände, die sie gemeinsam gestrichen hatten.

Sie hatte ihn so sehr geliebt.

Freundschaften hatte sie der Arbeit zuliebe zurückgestellt. Beziehungen auch. Ihr Verhältnis zu Anna war immer schon kompliziert gewesen. Die einzige Ausnahme war Valdemar. Für den hatte sie sich stets Zeit genommen, und er war immer für sie da gewesen. Der einzige Mensch, dem sie wirklich nahe gestanden hatte.

Aber das war damals gewesen.

Jetzt war sie allein.

Denn wer war eigentlich noch übrig? Nicht viele. Doch sie brauchte jemanden. Jemanden, der weit entfernt war von Familie und Arbeit. Jemanden, zu dem sie ein anderes Verhältnis haben konnte.

Ein normales.

Jemand, der für sie da war.

Nur für sie.

Die Lösung hieß Jonathan. Ihr Exfreund. Sie hatten die Beziehung vor fast zwei Jahren beendet, aber es war ein langes Ende mit vielen Rückfällen gewesen. Anschließend hatte er sie noch ein paarmal angerufen.

Hatte sie treffen wollen und mit ihr reden, sagte er.

Hatte sie treffen wollen und mit ihr schlafen, hörte sie.

Es war also sicher nicht die beste Idee, dachte sie, als sie ihr Handy nahm, seine Nummer dann aber trotzdem aus den Kontakten heraussuchte. Die bittere Wahrheit lautete, dass sie niemand anderen hatte.

«Vanja?», sagte er mit seiner vertrauten tiefen Stimme, die in diesem Moment allerdings überraschter klang als sonst.

«Hallo, Jonathan», erwiderte sie und versuchte, fröhlich zu klingen. «Wie geht es dir?»

«Gut. Du rufst mich an?», fragte er, offenbar immer noch erstaunt.

«Ja, ich weiß, dass es ein Weilchen her ist ...»

«Allerdings. Aber wie geht es dir?»

«Ganz gut», antwortete sie vorsichtig.

Sie schwiegen einen Moment, und Vanja überlegte, wie dumm es auf einer Skala von eins bis zehn gewesen war, dass sie ihn angerufen hatte.

«Aha. Wolltest du eigentlich etwas Bestimmtes?», fragte er schließlich, da sie immer noch nichts sagte. Vanja zögerte kurz. Sollte sie lügen, ein bisschen plaudern, das Gespräch beenden, oder ...? Sie entschied sich für die Wahrheit, immerhin hatte sie deshalb angerufen.

«Um ehrlich zu sein, geht es mir gar nicht so gut. Ich hatte ein paar Probleme mit meiner Familie», erklärte sie und hatte das Gefühl, dies wäre ein guter Anfang.

«Ist etwas mit Valdemar?», fragte er beunruhigt.

Sie hatte es beinahe vergessen. Jonathan wusste ja, dass Valdemar Lungenkrebs gehabt hatte. Als er zum ersten Mal die Diagnose erhalten hatte, waren sie zusammen gewesen. Valdemars Krankheit, die Arbeit bei der Reichsmordkommission, die Beziehung zu Jonathan, das war zu viel auf einmal gewesen, und sie hatte es für die einfachste Lösung gehalten, mit Jonathan Schluss zu machen. Aber die beiden hatten sich gemocht. Valdemar und Jonathan. Wie schwer würde diese neue Nachricht jetzt Jonathan treffen? Das hatte sie nicht bedacht. Wie viel sollte sie erzählen? Am besten von Anfang an, vielleicht würde sie ja nicht alles schildern müssen.

«Gewissermaßen ja. Aber vom Krebs ist er vorerst geheilt. Es war ein harter Kampf, oder ist es noch immer ...»

Sie verstummte erneut.

«Das freut mich zu hören», sagte Jonathan. «Bitte grüße ihn von mir.»

«Ja ...»

«Was ist es denn dann? Du klingst so traurig, ist noch was

anderes passiert?», fragte er auf diese einfühlsame Weise, die für ihn so natürlich war, wie ihr jetzt wieder einfiel.

Sie hatte das Gefühl, dass sie Valdemars Tat nicht länger verschweigen konnte. Vielleicht wollte sie das auch gar nicht mehr. Aber sie brachte es nicht fertig, davon am Telefon erzählen.

«Können wir uns treffen?», fragte sie leise.

Er antwortete nicht sofort. Aber als sie das Gespräch schon mit den Worten beenden wollte, dass ihr Anruf eine schlechte Idee gewesen sei und er einfach alles vergessen solle, sagte er doch etwas: «Das ist momentan ein bisschen kompliziert. Susanna und ich sind gerade wieder zusammengekommen, und du weißt ja, wie sie über dich denkt ...»

Für einen kurzen Moment vergaß Vanja ihre eigenen Probleme. War er tatsächlich wieder mit Susanna zusammen? Jener Frau, mit der er einst Schluss gemacht hatte, um mit Vanja zusammen zu sein? Das war allerdings eine Neuigkeit.

«Oh», stammelte Vanja. «Und ist sie immer noch so eifersüchtig?»

«Du findest es bestimmt komisch, dass wir wieder ein Paar sind?», fragte er ein wenig neckend, ohne auf ihre Frage einzugehen. Das musste er auch gar nicht. Vanja wusste es auch so. Susannas Reaktion auf sie bei ihren wenigen Begegnungen konnte man nur als Hass bezeichnen, und der war sicherlich nicht abgeklungen. Aus Susannas Sicht hatte Vanja ihr den Freund ausgespannt, und so etwas tat man nicht ungestraft.

«Ja, ein bisschen schon», antwortete Vanja, obwohl sie eigentlich gar nicht so überrascht war. Jonathan war nie lange Single. Er beendete eine Partnerschaft nur, wenn er wusste, dass eine neue wartete. Wenn er verlassen wurde, war er beharrlich an der Grenze zur Aufdringlichkeit, um die Beziehung zu retten. Er konnte extrem schlecht allein sein.

«Erzähl, was passiert ist», sagte er, das Thema wechselnd.

«Ich weiß nicht. Ich will dich da nicht mit reinziehen», antwortete sie unsicher.

«Doch, willst du, sonst hättest du mich nicht angerufen.»

Man konnte viel über Jonathan sagen, aber er kannte sie gut.

Vanja holte tief Luft, ihr Blick wanderte durch die Wohnung, und wieder sah sie überall Erinnerungen an Valdemar.

«Valdemar hat versucht, sich das Leben zu nehmen», presste sie schließlich hervor.

Sie hatten über eine halbe Stunde geredet. Jonathan hatte großartig reagiert. Es war so schön, den eigenen Schmerz mit jemandem zu teilen, der wirklich zuhörte.

Vanja trat auf ihren kleinen Balkon hinaus, um etwas frische Luft zu schnappen. Sie blickte auf den Frihamnen. Die Dämmerung war hereingebrochen, und eine große weiße Fähre verließ gerade den Hafen und fuhr in die Bucht hinaus.

Sie dachte darüber nach, dass sie das Gespräch einerseits bereute, andererseits auch wieder nicht.

Jonathan hegte eindeutig noch Gefühle für sie, und während des Gesprächs war auch ihr bewusst geworden, dass sie ihn vermisst hatte. Und plötzlich hatte sie sich ein alternatives Leben vorgestellt, in dem sie nicht länger allein wäre. Weit weg von den Schatten.

Aber es war sein Vorschlag gewesen, sich zu treffen, und obwohl sie jetzt von Susanna wusste und keine Lust hatte, sie in irgendeiner Weise zu provozieren, hatte sie eingewilligt.

Sie schob es darauf, dass sie verwirrt war.

Aber das erklärte noch lange nicht, warum sie so froh war. Richtig froh.

allo! Komm doch rein.»

HSie ließ Billy in die Wohnung und umarmte ihn, nachdem sie die Tür hinter ihm geschlossen hatte.

«Ich hab ein paar Biere mitgebracht», sagte er, überreichte ihr ein Sixpack und zog sich die Schuhe aus.

«Schön, danke. Setz dich doch schon mal.»

Sie nickte in Richtung des kleinen Wohnzimmers und ging selbst in die Küche.

«Wie fühlt man sich als frischgebackener Ehemann?», rief sie ins Wohnzimmer, während sie den Küchenschrank öffnete und eine Tüte Erdnüsse hervorholte. «Wir haben uns ja seit der Hochzeit nicht mehr gesehen.»

«Gut, einfach nur gut», antwortete er. Sie wartete einen Moment, aber er hatte anscheinend nicht mehr zu dem Thema zu sagen.

«Wo ist My denn heute Abend?», erkundigte sie sich und schüttete die Nüsse in eine blaue IKEA-Schüssel.

«Sie besucht ihre Eltern in Dalarna.»

Jennifer nickte vor sich hin. Es musste nichts zu bedeuten haben, dass er den Abend mit ihr und ein paar Bieren verbrachte, während seine Frau verreist war. Wenn sie es richtig verstanden hatte, war My nicht der eifersüchtige Typ, und Billy hatte ihr auch nie einen Anlass dazu gegeben. Denn die Gelegenheit wäre durchaus vorhanden gewesen ... In der Schießanlage der Polizeistation in Kiruna hatte Billy Jennifer geküsst, aber das war alles gewesen. Zu mehr war es nicht gekommen.

Leider.

Jennifer verließ die Küche mit zwei Bierflaschen in der einen Hand und der Schale mit den Nüssen in der anderen.

«Kletterst du?», fragte Billy, als sie hereinkam, und deutete mit dem Kopf auf den Kletterhaken und die bunten Karabiner, die an einem Seil an der Wand neben dem Fernseher hingen.

«Früher habe ich das öfter gemacht. Jetzt komme ich nicht mehr so häufig dazu, aber ich finde die Ausrüstung so schön.»

Sie stellte das Bier und die Nüsse auf den kleinen Sofatisch und setzte sich neben Billy.

«Woran arbeitest du gerade?»

Und Billy erzählte. Von den Klassenzimmern und den Narrenkappen, den Tests, dem Desaster in Helsingborg und dass sie darauf warteten, Ebba im Krankenhaus vernehmen zu können. Jennifer hörte aufmerksam zu. Natürlich hatte sie von den Ereignissen gelesen. Die Boulevardzeitungen brachten jeden Tag mindestens sechs Seiten über den Fall, und inzwischen waren auch die seriösen Tageszeitungen und Fernsehsender auf den Zug aufgesprungen und berichteten darüber. Aber jetzt erfuhr sie die Details. Als würde sie selbst an den Ermittlungen teilnehmen.

Ein phantastisches Gefühl.

Sie wünschte sich nichts mehr, als der Reichsmordkommission anzugehören.

Bisher hatte sich die Arbeit für sie eher als Enttäuschung erwiesen. Sie war zur Polizei gegangen, um Spannung und Action zu erleben. Sie mochte es, wenn etwas passierte. So war es immer schon gewesen. Sie suchte die Herausforderung, sowohl physisch als auch psychisch. Nach der Ausbildung an der Polizeihochschule war sie jedoch in Sigtuna gelandet. Und dort war sie bis heute.

Viele Geschwindigkeits- und Alkoholkontrollen, wenige Mörderjagden.

Viel Verwaltung, wenig Adrenalin.

Diese Routineaufgaben lagen ihr gar nicht.

Zweimal hatte sie bisher bei der Reichsmordkommission mitgearbeitet. Bei echten, komplizierten Mordfällen. Der erste Fall hatte damit geendet, dass sie in einer stillgelegten Kaserne in Södertälje beschossen worden war, und im zweiten hatte Billy sie persönlich gebeten, ihn nach Kiruna zu begleiten, um dem Verschwinden einer Person nachzugehen. Aber wenn sie ehrlich war, war auch damals nichts besonders Aufregendes passiert. Abgesehen von dem Kuss in der Schießanlage.

Sie mochte alle Kollegen von der Reichsmordkommission, sogar Sebastian Bergman, mit dem die anderen offenbar Schwierigkeiten hatten. Aber am allermeisten mochte sie Billy.

Ihn mochte sie wirklich sehr. Mit ihm auf dem Sofa zu sitzen, Bier zu trinken und über die Ermittlungen in einem Serienmord zu sprechen – das war ein fast perfekter Abend für Jennifer.

Als es rein gar nichts mehr über den Fall zu sagen gab, ging sie in die Küche und holte zwei neue Bierflaschen aus dem Kühlschrank.

«Wollen wir irgendwas unternehmen?», fragte sie Billy, als sie zurückkam und ihm das nächste Bier reichte.

«Was denn?»

«Keine Ahnung. Ins Kino gehen. In die Stadt fahren.» Sie schwieg, setzte sich und überlegte kurz, ob die Anspielung zu direkt wäre. «Eine Runde auf den Schießübungsplatz gehen», sagte sie schließlich doch.

«Nein, ich ...» Billy schüttelte den Kopf. Falls er die Andeutung verstanden hatte, zeigte er es jedenfalls nicht. «Nein», wiederholte er nur und kratzte zerstreut mit dem Fingernagel das Etikett von der Flasche.

Jennifer beobachtete ihn. Sie hatte schon bei seiner Ankunft das Gefühl gehabt, dass er irgendwie anders war als sonst, den Gedanken jedoch wieder beiseitegeschoben, denn schließlich hatten sie sich schon lange nicht mehr gesehen. Vielleicht war er von der Arbeit gestresst. Oder hatte sich mit My gestritten. Es konnte einen einfachen Grund haben. Aber mittlerweile war sie sicher. Irgendetwas war definitiv nicht wie sonst. Billy wirkte verändert.

«Ist irgendetwas passiert?»

Er antwortete nicht sofort. Sah sie nur an. Aber das war nicht der freundschaftliche, offene Blick, den sie von ihm kannte. Dieser Blick war anders. Wachsam. Als ob er sie taxierte, um zu entscheiden, ob er ihr vertrauen konnte oder nicht.

«Was ist denn?», fragte sie, etwas verunsichert und unangenehm berührt angesichts seines Schweigens. Sein Atem ging schwerer, und sie bemerkte, wie er sich auf die Unterlippe biss, ehe er von ihr weg und auf seine Knie sah. Er nestelte weiter an dem Etikett herum. Dann holte er tief Luft und blickte sie erneut an.

«Ich muss dir etwas erzählen.»

Anschließend saßen sie schweigend da.

Jennifer wusste nicht, was sie erwartet hatte, als er meinte, er müsse ihr etwas erzählen – aber das bestimmt nicht. Hinde und Cederkvist, der Genuss, den ihm das Töten verschafft hatte. Wie alles andere dagegen irgendwie verblasste. Die Katzen, die Hochzeit.

Der Drang, der in ihm gewachsen war, bis er an nichts anderes mehr hatte denken können.

Das Chaos.

Der Selbsthass.

Sie begriff, dass es an ihr war, das Schweigen zu brechen. Also räusperte sie sich leise.

«Es sind doch nur Katzen», brachte sie schließlich hervor und sah sofort, dass er sich eine andere Reaktion erwartet hatte. Aber was sollte sie sagen? Einerseits mochte sie kaum glauben, was sie gehört hatte, und andererseits konnte sie ihn auf irgendeine merkwürdige Weise verstehen. Nicht den Drang zu töten, aber die Triebkraft, die Suche nach einem Kick. Darin konnte sie sich wiedererkennen.

Wie oft hatte sie als Jugendliche geklaut? Nicht weil sie darauf angewiesen gewesen wäre, sondern weil sie es spannend gefunden hatte. Sie war in geschlossene Schwimmbäder eingebrochen. Auf Eisschollen gesprungen. Was waren ihr Klettern, ihre Hochseilgärten, ihre Bergabfahrten, ihr Drachenfliegen und Tauchen anderes als der Versuch, sich für einen kurzen Moment lebendig zu fühlen? Die Wirklichkeit ein bisschen unwirklicher zu machen.

Erhaben. Spannend. Interessant.

Aber warum hatte er ihr das erzählt?

Trotz der Überraschung und Verwirrung konnte sie nicht umhin, ein bisschen stolz und glücklich zu sein. Das hatte er noch niemandem erzählt, nicht einmal My. Aber Jennifer hatte er es erzählt. Also standen sie sich aus seiner Sicht so nahe, dass er sein Geheimnis mit ihr teilen wollte. Ob das etwas bedeutete?

«Nur Katzen?», fragte er, und sie glaubte zu hören, dass in seiner Stimme neben Verwunderung auch Enttäuschung mitschwang.

«Ja.»

«Es geht aber nicht um Katzen», seufzte er. «Es geht darum, dass ich es überhaupt tue ... getan habe», korrigierte er sich schnell.

«Das verstehe ich schon, aber ... Ich kenne das auch. Dieses Verlangen nach einem Moment, in dem man wirklich spürt, dass man lebt.»

«Das ist aber kein bescheuerter Bungee-Sprung. Das ist verdammt noch mal krank.»

«Ja, aber ...»

Sie unterbrach sich.

Es war wirklich krank. Und es war merkwürdig, sich Billy bei dem vorzustellen, was er gerade beschrieben hatte. Aber wenn man einmal von der Handlung an sich absah? Wie er selbst sagte: Es ging nicht um Katzen. Wenn man von der Handlung absah und die Triebkraft in den Mittelpunkt stellte, was er erreichen wollte ...

«Sag», bat Billy und beendete das Schweigen, «sag, was du denkst.»

«Ich weiß nicht ...», begann sie und beschloss, ihre Theorie dennoch vorzubringen. Merkwürdiger konnte der Abend nicht mehr werden. «Vielleicht ist das Ausleben deiner Phantasie wichtiger als das ... Resultat, sozusagen.»

«Was meinst du damit?»

«Du hast gesagt, dass du ... irgendwie erregt warst, damals in der Schießanlage in Kiruna, aber da ist ja auch niemand gestorben. Du hast gesehen, wie du Menschen erschossen hast. Das war eine Phantasie. Nur in deinem Kopf.»

«Ja ...»

«Mal angenommen, es ginge nicht ums Töten, sondern um Macht. Das Gefühl von Kontrolle und Überlegenheit, das sexuelle Erregung verursacht. Das ist gar nicht so krank, das lässt sich durchaus in die Tat umsetzen.»

«Ich habe keine Ahnung, wovon du redest.»

Billy sah tatsächlich vollkommen ahnungslos aus. Jennifer zögerte erneut. Sie hatte es zwar schon mehrmals ausprobiert, war aber weit davon entfernt, eine Expertin auf diesem Gebiet zu sein. Möglicherweise befand sie sich auf unsicherem Boden, aber da sie A gesagt hatte, musste sie auch B sagen.»

«BDSM. Du weißt schon, Dominanz, Fesselspiele ... Würgesex.»

Billy starrte seine Flasche an, die jetzt gar kein Etikett mehr hatte, als wäre ihm die Wendung, die das Gespräch plötzlich genommen hatte, sehr unangenehm.

«Ich glaube nicht, dass My darauf steht», sagte er leise.

Jennifer zögerte erneut. Doch dann gab sie sich einen Ruck. Er hatte sich ihr schließlich anvertraut. Und es gab keinen Grund, ihre Gefühle zu verbergen.

Jetzt oder nie. Sie legte die Hand auf seinen Oberschenkel.

«Du musst es ja nicht mit My machen.»

Es war der Inbegriff eines beschissenen Morgens.

Alles, was schiefgehen konnte, ging schief.

Sein Wecker klingelte nicht, und er verschlief und weckte Ella zu spät. Als er den Kühlschrank öffnete, entdeckte er, dass die Milch ausgegangen war, sodass sie ihren Kakao nicht bekam, und nach einer stressigen Auseinandersetzung über ein Ersatzgetränk am Frühstückstisch wollte sie kein einziges Kleidungsstück in ihrem Schrank anziehen und auch nicht zur Schule gehen. Als er sie endlich zum Aufbruch bewegt hatte – in Jogginghosen unter einem rosa Tüllrock und einem etwas zu kleinen Kapuzenpullover mit Elsa, der Eiskönigin, darauf, einer Tiara auf dem Kopf und Sandalen an den Füßen, eine Kombination, die ihm Linda heute Abend garantiert vorwerfen würde –, lag er fast eine halbe Stunde hinter seinem ursprünglichen Zeitplan.

Um neun Uhr hatte er ein Meeting mit dem Chef. Er würde zu spät kommen. Wie sehr, hing vom Verkehr ab, aber mindestens eine Viertelstunde, vermutlich mehr. Das war nicht gut.

Der Ärger hatte schon gestern Abend angefangen. Einer der Konkurrenzsender hatte beschlossen, trotz der Jahreszeit seine neue Realityserie *Die letzte Versuchung* anlaufen zu lassen. Sie hatte gestern Premiere gehabt. Der Hype war groß. Die Boulevardmedien waren darauf angesprungen, und schon bevor die Serie überhaupt begonnen hatte, war das Interesse an den Teilnehmern enorm gewesen, was immer ein gutes Zeichen war.

Um kurz nach elf am Abend hatte der Chef angerufen. Claes hatte gerade mit Linda auf dem Balkon gesessen und ein Glas Wein getrunken. Sie seufzte, als sein Handy klingelte und er aufstand und erklärte, er müsse den Anruf annehmen.

«Hast du DLV gesehen?», fragte der Chef ohne ein Wort der Begrüßung und ohne sich für die späte Störung zu entschuldigen.

«Nein», antwortete Claes wahrheitsgemäß. Vermutlich hätte er das tun sollen, sicher waren manche der Meinung, es würde zu seinem Job als Programmchef gehören, wenigstens die Premieren der Konkurrenz anzusehen, aber er hatte andere Pläne gehabt. Mit seiner Familie. «War es denn gut?»

«Eine Traumquote. Vierhundertzwölftausend Zuschauer. 18,7 Prozent Anteil unter den Fünfzehn- bis Vierundvierzigjährigen. Das meistgesehene Programm dieser Zielgruppe.»

Claes schwieg. Was sollte er darauf schon sagen?

Das war gut. Für Ende Juni richtig gut.

Ihre eigenen Sendungen mit einer solchen Zuschauerzahl konnte man an einer Hand abzählen. Wenn man zwei Finger amputierte. Oder sogar drei. Schlimm genug, dass die Konkurrenz so eine Quote machte, aber es sollte noch schlimmer kommen.

«Hatten wir diesen Vorschlag nicht auch auf dem Tisch?», hatte sein Chef in einem Ton gefragt, der verriet, dass er die Antwort bereits kannte.

«Doch», bestätigte Claes. «Ich habe ihn abgelehnt.»

Die einzige Reaktion darauf war Stille. Als ob die Frage «warum» so selbstverständlich wäre, dass man sie nicht einmal zu stellen brauchte.

«Was ich abgelehnt habe, war nicht ganz dasselbe Format wie das, was sie gestern gezeigt haben», sagte Claes schließlich und hörte, dass er defensiver klang, als er es gewollt hatte. «Sie haben ziemlich viel verändert. Verbessert.»

«Wie willst du das wissen? Du hast es doch gar nicht gesehen.»

«Ich habe es von den Produzenten gehört. Das sind dieselben, die für uns *Manhattan-Mädels* machen.»

«Und diese Veränderungen hätten sie nicht für uns vornehmen können?»

Sein Chef stellte ihn offen in Frage. Es war nicht das erste Mal und vermutlich auch nicht das letzte. Fünf Minuten später hatten sie das Gespräch mit der Verabredung beendet, sich an diesem Morgen zu treffen. Um neun. Das erste Meeting des Tages.

Claes kam aus dem Produktionsbereich. Dort hatte er viele Jahre das Team zusammengestellt, Ideen verkauft und die richtige Person an den richtigen Ort geschickt, wenn es Probleme zu lösen gab. Seine starke Seite waren jedoch nicht die Inhalte. Waren es nie gewesen. Und vermutlich würde das eines Tages auffliegen.

Vielleicht schon heute.

Seine beiden Vorgänger hatten gerade einmal vier beziehungsweise neun Monate auf dem Stuhl des Programmchefs gesessen. Im Sender witzelte man, diese Position sei die einzige mit integriertem Schleudersitz. Etwas nervös war er also schon, als er seine Wohnung verließ, das konnte er nicht leugnen. Gleichzeitig redete er sich ein, dass es ja nur eine lächerliche Realityshow war. Er hatte nicht die Beatles abgelehnt.

Claes drückte den Fahrstuhlknopf. Nichts tat sich. Er drückte erneut. Im Schacht war nichts zu hören. Wahrscheinlich hatte jemand vergessen, die Tür zuzuziehen, oder er war defekt. Teufel auch. Er rannte die Treppen hinab. Aus zweierlei Gründen gestresst.

Die morgendliche Besprechung war der eine.

Der andere waren diese Dokusoap-Morde. Sowohl Mirre Petrovic als auch Patricia Andrén hatten an Sendungen seines Kanals teilgenommen. Zwar war Andrén bei *Mama sucht Mann* gewesen, ehe er Programmchef geworden war, aber dennoch. Ständig rief die Presse an und wollte Details von den Aufnahmen erfahren, persönliche Erinnerungen hören. Ob es irgendetwas gäbe, das nicht im Pressematerial enthalten sei, das sie während der Staffel verschickt hatten? Etwas Exklusives? Claes verwies die Journalisten an die Produktionsfirma. Zu Mirre oder Patricia hatte er nichts zu sagen, er hatte sie nie kennengelernt, ehrlich gesagt wusste er nicht einmal, wer sie eigentlich waren. Die Sendungen, an denen sie teilgenommen hatten, schaute er sich nicht an. Doch, natürlich hatte er hier und da eine Folge gesehen, weil er gezwungen gewesen war, aber er würde nie im Leben eine ganze Staffel verfolgen. Das machte keiner in diesem Sender.

Diese Soaps galten als Idiotenfernsehen.

Womit man Werbung verkaufen konnte.

Zynisch konstruierte Programme mit nach strengen Kriterien gecasteten Teilnehmern, um zusammen mit der Boulevardpresse das richtige Publikum anzulocken und eine möglichst große mediale Aufmerksamkeit zu erreichen. Es war nicht einmal verpönt, darüber zu sprechen. Alle wussten das. Und dachten dasselbe. Doch bei diesen Mordfällen hatte er das Gefühl, dass der Sender einen größeren Einsatz von ihm erwarten würde. Ein einstündiges Special über beide Opfer war im Gespräch gewesen. Alte TV-Szenen gegengeschnitten mit Interviews mit Freunden und Angehörigen. Eine Gedenksendung, ganz einfach. Als wären die beiden Sportgrößen oder Politiker gewesen. Als hätten sie Bedeutung gehabt. Nein, das war jetzt doch zynisch. Natürlich hatten sie

Bedeutung gehabt, und natürlich war es schrecklich, dass die beiden so jung hatten sterben müssen – aber eine Gedenksendung? Also wirklich.

Er schob die Metalltür auf, die zur Tiefgarage unter dem Haus führte, und ging nach links. Dann kramte er seinen Schlüssel aus der Hosentasche hervor und wollte gerade den Lexus aufschließen, als er es entdeckte.

Während er sich in der leeren Garage umsah, stieß er die schlimmsten Flüche und Schimpfwörter aus. Das war doch nicht zu fassen!

Er war eingeparkt. Irgendein Volltrottel hatte sein Fahrzeug direkt hinter seines gestellt. Und es war auch nicht irgendein Fahrzeug.

Es war ein riesengroßes, verdammtes Wohnmobil.

Es war nicht einmal halb zehn, aber Torkel verspürte schon einen leisen Hunger. Sein Wecker hatte bereits um Viertel nach fünf geklingelt. Nach einer kurzen Joggingrunde durch ein schlafendes Stockholm, einer Dusche und einem dürftigen Frühstück war er nach Kungsholmen zum Polizeipräsidium aufgebrochen. Früher hatte er seinen leeren Kühlschrank immer damit entschuldigt, dass er so oft unterwegs war, aber das stimmte nicht mehr. Sie waren nur knapp zwei Tage in Ulricehamn gewesen, nicht lange genug, als dass etwas hätte verderben können. Die Wahrheit war, dass es ihm schwerfiel, allein zu essen.

Allein aufzuwachen, allein einzuschlafen.

Allein zu leben.

Das Gefühl war intensiver geworden, seit er erfahren hatte, dass Yvonne und Kristoffer sich verlobt hatten. Sie würden im Herbst heiraten, auf einem Hof oben in Bergslagen, wo Kristoffer geboren war. Eine Feier im kleinen Rahmen. Torkel erwartete nicht, dass er eingeladen werden würde. Er wünschte seiner Exfrau nur das Beste, aber ihr nächster großer Schritt in eine dauerhafte Beziehung machte ihm erneut deutlich, wie weit entfernt er selbst davon war.

Gezwungenermaßen hatte er einsehen müssen, dass zwischen ihm und Ursula nichts Festes entstehen würde. Nach Billys Hochzeit waren sie mit einer Flasche Wein in ihrem Zimmer gelandet. Doch als die Flasche leer gewesen war, hatte sie ihm deutlich gesagt, dass er jetzt gehen solle. Weiterhin zu hoffen und sich zu sehnen war sinnlos.

Dann war da noch Lise-Lotte.

Der Kuss war phantastisch gewesen, ein Versprechen auf mehr, aber er hatte Ulricehamn verlassen, ohne sich noch einmal bei ihr zu melden. Dabei hatte er gesagt, er würde sie anrufen. Dafür erntete man bei den Frauen keine Pluspunkte. Also würde der Kuss wohl ein einmaliges Ereignis bleiben.

Er war vor allen anderen im Präsidium gewesen und hatte die Stille genossen, während er sich für die morgendliche Pressekonferenz vorbereitete. Die Polizei hatte mehrere Pressesprecher, und die meisten Abteilungen machten auch von ihnen Gebrauch, nicht aber Torkel.

Um neun Uhr war er dann vor die sogenannte dritte Macht im Staat getreten. Wie erwartet, war die Gruppe diesmal größer als in Ulricehamn. Viel größer. Kameras auf Stativen. Ein Wald aus Mikrophonen vor dem Tisch, hinter dem er nun Platz nahm. Dabei war nicht viel zu berichten.

Es gab ein drittes Opfer, und eine junge Frau war schwer verletzt, aber am Leben. Ihre Identität war bereits bekannt. Mit großer Wahrscheinlichkeit wussten alle in diesem Raum genauso viel über die Schwestern Johansson wie die Polizei, wenn nicht sogar mehr.

Die Fragen, die auf seine kurze Darlegung folgten, waren deshalb allesamt Variationen desselben Themas.

Wo und warum?

Was war Ebba zugestoßen?

Wann konnte man sie befragen?

Warum hatte sie überlebt?

Es war unglaublich, aber bisher war es ihnen tatsächlich gelungen, das Detail vor der Presse zu verbergen, dass die Opfer einen Test absolvieren mussten. Und anscheinend war niemand auf ihren Accounts in den sozialen Medien gewesen, oder zumindest hatte niemand den Zusammenhang zwischen den Morden und den veröffentlichten Ergebnissen erkannt.

Sie wussten nicht, dass Ebba bestanden hatte, und Torkel hatte auch nicht vor, es zu erzählen. Und nach einigen Minuten, in denen sich die Fragen wirklich nur noch wiederholten, beendete er die Pressekonferenz und versprach, die Journalisten erneut zu informieren, sobald etwas Neues in dem Fall geschah.

Er beschloss, die Treppen zu seiner Abteilung hinaufzunehmen, und merkte unterwegs, dass er hungrig war.

Billy stand gerade neben der Spüle und goss sich eine Tasse Kaffee ein, als Torkel in die Teeküche kam. Er nickte Torkel zu und nippte an dem heißen Getränk.

«Hallo. Bist du gerade gekommen?»

«Nein, ich habe mit der Presse gesprochen.»

Torkel ging zum Kühlschrank und öffnete ihn. Dann sah er erneut zu Billy hinüber, der noch einen Schluck Kaffee trank, ein Gähnen unterdrückte und sich die Augen rieb.

«Alles in Ordnung?», fragte Torkel und holte Butter und Käse aus dem Kühlschrank. Normalerweise ließ sich Billy nicht so sehr von den Fällen beeinflussen, dass sie seinen Nachtschlaf störten, aber man konnte nie wissen. Mitunter war es nur eine Kleinigkeit, die etwas Persönliches aufwühlte. Darauf konnte er ihn ruhig ansprechen.

«Ja, warum?», fragte Billy erstaunt.

«Du siehst ein bisschen müde aus.»

«Ach so, nee, alles in Ordnung. War nur ein bisschen spät gestern.»

«Okay.»

Torkel öffnete die Schranktür und holte eine Packung Knäckebrot heraus.

«Wie läuft es sonst?», fragte Torkel.

«Womit?»

«Mit allem. Der Arbeit.»

«Die Telefonanbieter haben versprochen, mir die Listen so schnell wie möglich zu schicken, und im Idealfall bekomme ich auch die Fotos aus den Mautstationen schon an diesem Vormittag und kann anfangen, sie nach Wohnmobilen durchzusehen.»

«Sag Bescheid, wenn du noch Leute brauchst, die dir dabei helfen.»

Billy nickte. Die würde er bestimmt benötigen. Es ging um viele Stationen an den Zufahrtsstraßen nach Stockholm ohne eine bestimmte Uhrzeit. Auch wenn sie wussten, wonach sie suchen mussten, hätten sie einiges an Material durchzugehen.

Torkels Handy klingelte. Er steckte das Buttermesser in die Margarine und meldete sich, während Billy die Küche mit seiner Kaffeetasse verließ. Dreißig Sekunden später legte er auf, wählte Vanjas Nummer und fragte, wo sie steckte.

Das Karolinska-Krankenhaus hatte sich gemeldet.

Sie konnten jetzt mit Ebba Johansson sprechen.

Vanja bog auf das Krankenhausgelände ein.

Sebastian saß schweigend neben ihr. Sie verstand, dass er das Karolinska genau wie sie selbst zurzeit in erster Linie mit Valdemar in Verbindung brachte. Aber er hatte sie nicht einmal gefragt, ob sie mit ihm darüber sprechen wollte, was sie zu schätzen wusste. Sie hatte geglaubt, er würde die Gelegenheit nutzen, wenn sie allein im Auto säßen, und sie fragen, wie es ihr ging, seine Unterstützung anbieten und versuchen, sich ihr anzunähern. Aber abgesehen von der Frage, ob er das Radio ausstellen dürfe, als sie eine CD mit schwedischem Reggae eingelegt hatte, hatte er geschwiegen.

Als Torkel sie anrief und bat, Sebastian auf dem Weg ins Krankenhaus abzuholen, hatte sie im ersten Moment protestieren wollen, dann aber eingesehen, dass seine Fähigkeiten tatsächlich nützlich sein könnten. Ein traumatisiertes junges Mädchen ... Auch wenn Sebastian sich bei dem letzten Fall zu sehr hineingesteigert hatte, hatte er der kleinen Nicole doch geholfen. Vielleicht konnte er auch dieses Mal helfen.

Sie parkten vor dem Gebäude, in dem Ebba Johansson lag, und gingen zum Eingang. Drinnen hielten sich viele Leute auf, registrierte Vanja, und die meisten saßen ziemlich entspannt und untätig herum. Journalisten, tippte sie, und ihr Verdacht wurde sofort bestätigt, als ein junger Mann aufsprang.

«Sie sind doch Sebastian Bergman, oder?»

In einige andere Wartende kam ebenfalls Leben, und sie

schlossen sich dem jungen Mann auf dem Weg zu Sebastian an, der inzwischen stehen geblieben war.

«Geh schon mal vor», sagte er zu Vanja, die auf die Rezeption zusteuerte, ohne ihre Schritte zu verlangsamen. «Dann wollen wir mal sehen, wie viele unterschiedliche Varianten von ‹Kein Kommentar› ich heute auf Lager habe», sagte er lächelnd zu der kleinen Schar von Menschen, die auf ihn zueilte.

«Wir sind hier, um mit Christos Theotokis zu sprechen», sagte Vanja, als sie vor der Frau an der Rezeption stand und ihr diskret die Polizeimarke zeigte.

«Fünfter Stock. Die Aufzüge sind dort drüben. Ich rufe an und sage Bescheid, dass Sie kommen.»

Vanja nickte und winkte Sebastian herbei, damit er ihr zu den Aufzügen folgte. Die Journalisten in seinem Schlepptau würdigte sie keines Blickes und antwortete erst recht nicht auf ihre aufgeregten Fragen.

«Werden Sie sie verhören?»

«Hat sie schon etwas gesagt?»

«Hat sie Ihnen eine Täterbeschreibung gegeben?»

«Was hat er mit ihr gemacht?»

«Warum hat er sie nicht umgebracht?»

Die Fahrstuhltüren glitten auf, und sie und Sebastian betraten den Aufzug. Ein Blick von Vanja genügte, damit ihnen niemand Gesellschaft leistete.

Christos Theotokis, ein großer, schlanker dunkelhaariger Mann mit einem imposanten Vollbart, stand bereits vor dem Aufzug und erwartete sie, als die Türen wieder aufglitten.

«Wie geht es ihr?», fragte Vanja, nachdem sie sich ausgewiesen hatten und gemeinsam mit dem Arzt den krankenhausgrauen Korridor entlanggingen.

«Es besteht keine Lebensgefahr, aber sie wird nie wieder sehen können.»

«Weiß man, wie er vorgegangen ist?», fragte Sebastian. «Mit den Augen, meine ich?»

Christos betrachtete ihn mit einer gewissen Müdigkeit im Blick. Sebastian vermutete, dass er genau wie Polizisten bei gesellschaftlichen Anlässen allzu oft gebeten wurde, saftige Details von seiner Arbeit zum Besten zu geben, und deshalb nicht gerade darauf erpicht war, Sebastians morbide Neugier zu stillen.

«Die Vorgehensweise kann uns viel über die Person verraten, die das getan hat. Uns ein Bild davon vermitteln, mit wem wir es zu tun haben», fügte Sebastian erklärend hinzu, und Theotokis nickte verständnisvoll.

«Er hat ihre Augen aufgehalten und sie verbrannt. Die Schäden deuten auf irgendeinen starken Laser hin.»

«War sie bei Bewusstsein, als er das getan hat?», fragte Vanja schaudernd.

«Nein, sie erinnert sich nicht daran.»

«Was für ein Glück», entfuhr es Vanja.

Der Arzt blieb vor einer der geschlossenen Türen auf dem Gang stehen und drehte sich mit ernster Miene zu ihnen um.

«Sie liegt dort drinnen. Sie dürfen mit ihr reden, aber bitte sorgen Sie dafür, dass sie sich nicht zu sehr aufregt.»

«Wie soll das denn gehen?», fragte Sebastian. «Wir müssen mit ihr über den Mann reden, der ihre Augen mit einem Laser verbrannt und ihre Schwester umgebracht hat. Haben Sie ein paar Tipps auf Lager, wie wir das am besten machen, ohne dass sie sich aufregt?»

Der Arzt bedachte Sebastian mit einem Blick, der deutlich machte, dass sie die falschen Leute am falschen Ort waren, um seine Aussage in Frage zu stellen.

«Wir werden so behutsam wie möglich vorgehen», sagte Vanja schnell. «Und sobald sie nicht mehr kann, hören wir auf.»

Jetzt musterte Theotokis erst Vanja, dann wieder Sebastian. Vanja hoffte, dass der nicht noch einen unsensiblen Kommentar von sich geben würde. Christos Theotokis war offensichtlich kurz davor, ihnen den Zutritt zu verwehren.

«Sie ist die Chefin, ich tue, was sie sagt», erklärte Sebastian mit einer Kopfbewegung in Vanjas Richtung. Theotokis musterte ihn noch einige Sekunden, um festzustellen, ob Sebastian ihn auf den Arm nahm. Dann öffnete er die Tür und ließ sie ohne ein weiteres Wort in das Krankenzimmer.

«Und jetzt reiß dich gefälligst zusammen», zischte Vanja, als die Tür sanft hinter ihnen zufiel.

Ebba Johansson war nur 1,68 Meter groß, sah aber kleiner aus, wie sie dort auf dem Rücken in dem großen Krankenhausbett lag, die Decke bis zu den Achseln hochgezogen, die Arme neben dem Körper, weiße Kompressen auf den Augen. Ihre Eltern saßen neben ihr.

«Vanja Lithner, Reichsmordkommission, und das ist Sebastian Bergman, er ist Psychologe und arbeitet für uns», sagte Vanja vor allem an die Eltern gerichtet, die einfach nur nickten, aber keine Anstalten machten, aufzustehen und ihr die Hand zu geben oder sich selbst vorzustellen. «Wir müssen Ihre Tochter einen Moment sprechen, wenn das in Ordnung ist?»

«Muss das denn wirklich sein?», fragte die Mutter mit einer trauerbelegten Stimme.

«Ja, leider.»

«Das ist schon okay», drang es leise vom Bett herüber.

Vanja blickte schnell zu Sebastian, der einen Meter vor dem Bett stehen geblieben war, einen Stuhl heranzog und sich den Eltern gegenüber auf die andere Seite des Bettes setzte. Sie sah, wie der Vater die Hand des Mädchens nahm.

«Hallo, ich heiße Vanja. Wir müssen mit dir über das sprechen, was passiert ist. Schaffst du das?.»

Das Mädchen nickte schwach. Der Vater drückte ihre Hand.

Vanja resümierte kurz, was sie schon wussten, damit Ebba sich nicht damit quälen musste, Sachen zu erzählen, die ihnen bereits bekannt waren. Dann erkundigte sie sich, ob es noch etwas gäbe, was Ebba spontan ergänzen wolle, bevor sie spezifischere Fragen stellen würde.

«Er hat sich Sören genannt, nicht Sven», sagte das Mädchen so leise, dass Sebastian sich vorbeugen musste, um sie zu verstehen.

«Gut, das ist sehr gut», erklärte Vanja unterstützend. «Das Chinarestaurant, in dem ihr euch getroffen habt – erinnerst du dich, wie es hieß?»

«Beijing Garden, es liegt in Sundbyberg.»

Vanja nickte. Sie würden Leute dorthin schicken und das Personal befragen, ob sie eine genauere Täterbeschreibung abgeben konnten als «älterer, bärtiger Mann mit Mütze und Brille». Auch Ebba wusste dieser dürftigen Schilderung leider nichts hinzuzufügen.

Sebastian verstand plötzlich, warum der Täter sie blind gemacht hatte. Vermutlich besaß er einen Kodex. Wenn das Opfer seinen Test bestand, durfte es am Leben bleiben. Mit großer Wahrscheinlichkeit hatte er nicht damit gerechnet, überhaupt darüber nachdenken zu müssen, welche Probleme das mit sich brachte.

Die Lösung war, ihr das Augenlicht zu nehmen.

Es stellte keine große Gefahr für ihn da, dass Ebba ihre

Begegnung mit Worten beschreiben konnte, solange sie ihn nicht auf einem Bild würde eindeutig identifizieren können. Und kein Polizeizeichner konnte mit ihr zusammen ein Phantombild erarbeiten. Zwar würde sie die Stimme des Täters natürlich wiedererkennen, wenn sie ihn fassten, aber die Stimmidentifizierung durch einen Zeugen hatte, soweit Sebastian wusste, noch nie für eine Verurteilung gereicht. Nicht ohne zusätzliche technische Beweise, und die hatten sie bisher nicht.

«Wie viele Richtige muss man haben, um zu bestehen?», fragte Sebastian.

«Ein Drittel. Also zwanzig. Es waren sechzig Fragen.»

«Ja, das wissen wir, wir haben sie gesehen. Wie führt er sie durch? Die Tests, meine ich.»

Zum ersten Mal während des Gesprächs reagierten die Eltern. Oder zumindest der Vater, der sich mit einem skeptischen Blick an Sebastian wandte.

«Muss sie das wirklich erzählen?»

«Sie muss gar nichts, aber je mehr Details wir haben, umso besser.»

Ebba holte tief Luft und begann mit ihrem Bericht.

Vom Wohnmobil, den Ketten, der Stoppuhr, der Augenbinde.

Sebastian wunderte sich über die Augenbinde. Welchen Zweck erfüllte sie? Die Opfer hatten den Täter bereits gesehen, sie hatten mehrere Stunden zusammen verbracht. Warum also sollten sie ihn während des Tests nicht sehen? Dieses Detail war es wert, dass er sich später noch einmal damit beschäftigte.

«Das Wohnmobil», sagte Vanja und ging wieder ein wenig in der Zeit zurück. «Kannst du darüber mehr erzählen?»

«Es war ein Wohnmobil. Ich habe es nur von der Seite gesehen. Aber es war ein ganz normales Wohnmobil mit einem roten Streifen an der Seite.»

Das war neu. Neu und wichtig für Billy, der in der nächsten Zeit eine Menge Bilder durchsehen musste.

«Jetzt sollst du dich wieder ausruhen dürfen», sagte Vanja, nachdem sie gefragt hatte, ob sich Ebba noch an etwas anderes erinnern könne, was für die Ermittlung wichtig sein könnte, und nur ein schwaches Kopfschütteln zur Antwort bekommen hatte. «Danke, dass du dich dazu bereit erklärt hast. Das war sehr wichtig für uns.»

Sebastian erhob sich. Vanja stellte den Stuhl zurück an seinen Platz, nickte den Eltern zu und wandte sich zum Gehen.

«Er hat gesagt, dass er einen Studenten hatte», kam es plötzlich aus Richtung des Bettes.

Vanja und Sebastian blieben stehen.

«Einen Studenten?»

«Wir haben erzählt, wie viel Aufmerksamkeit wir nach dem Preis bekommen haben, und da hat er plötzlich gesagt, einer seiner Studenten habe letzten Herbst ein Stipendium für das MIT bekommen und das habe niemanden interessiert.»

«Bist du sicher, dass es das MIT war?»

«Ja.»

«Letzten Herbst?»

«Ja.»

Vanja konnte sich ein Lächeln nicht verkneifen.

Ein Durchbruch. Ein echter Durchbruch.

Wie viele Studenten konnte es geben, die letzten Herbst ein Stipendium für das MIT bekommen hatten? Nicht viele. Wie viele Dozenten konnten sie gehabt haben? Mehr, aber dennoch eine überschaubare Menge. Die Zahl der Verdächti-

234

gen hatte sich von Tausenden auf schätzungsweise ein Dutzend reduziert.

«Danke, das war wirklich eine große Hilfe.»

«Er hat sie betäubt und zum Auto geschleppt», sagte Ebba plötzlich in den Raum hinein. Vielleicht glaubte sie, dass sie nicht wüssten, wie die Entführung abgelaufen war. Aus Rücksicht auf Ebba und ihre Eltern war Vanja nicht darauf eingegangen. Ebba schluchzte auf. Sebastian wusste nicht, welche Folgen die Augenverletzungen für die Tränendrüsen hatten, aber die weißen Kompressen würden die Tränen wohl ohnehin aufsaugen.

«Ich konnte sie nicht retten. Ich hätte sie retten müssen.»

Die Eltern beugten sich vor. Fassten Ebbas Hände und redeten leise und tröstend auf sie ein. Dass es nicht ihre Schuld sei. Dass sie nichts hätte tun können. Dass sie so nicht denken dürfe.

Es würde nicht helfen.

Sebastian betrachtete schweigend die Szene, die sich am Krankenhausbett abspielte.

Ihre Augen würden verheilen, und sie war jung und würde sich an das Leben in Blindheit gewöhnen.

Die Schuld und der Schmerz waren eine ganz andere Sache.

Darüber wusste er alles.

Die Erwartung an sich selbst, jemanden zu beschützen.

Das Versprechen, den anderen niemals im Stich zu lassen und um jeden Preis zu retten.

Und dann aus der Bewusstlosigkeit aufzuwachen und festzustellen, dass man versagt hatte.

Dass man sein Versprechen gebrochen hatte.

Dass man sie nicht hatte retten können.

Und für immer mit dieser Schuld würde leben müssen.

Ja, über die Schuld wusste er alles.

Und deshalb konnte er nichts sagen, um dieses kleine Mädchen in dem großen Bett zu trösten.

Also ging er.

Billy musste einsehen, dass die Recherche, wer im letzten Jahr ein Stipendium vergeben hatte, zu zeitaufwendig war. Zu groß war die Zahl der Stiftungen, Fonds und anderer Förderer, die auf diese Weise Unterstützung boten. Stattdessen würde er sich die Empfängerseite vornehmen. Er hoffte, dass am MIT, dem Massachusetts Institut of Technology, nicht allzu viele Schweden studierten.

Allerdings legte ihm die Zeitverschiebung Steine in den Weg.

Sechs Stunden.

In Stockholm war es kurz nach Mittag, was bedeutete, dass es in Boston erst kurz nach sechs Uhr am Morgen war. Zu früh, um das Verwaltungspersonal zu erreichen.

Aber Billy bereitete die Gespräche, so gut es ging, vor, surfte auf der Website der Universität und klickte sich durch den Bereich «Offices and Services», bis nur noch fünf Personen auf der Liste standen, aus deren Titeln und Arbeitsbereichen er schloss, dass sie ihm direkt würden weiterhelfen oder ihn mit der zuständigen Person verbinden können.

Anschließend hieß es warten.

Er ging in die Küche, um sich die dritte Tasse Kaffee des Tages zu holen, und während er an der Kaffeemaschine wartete, wurde ihm klar, dass er sich irgendwie beschäftigen musste, um nicht immer an den gestrigen Abend zu denken. Glücklicherweise hatte er eine E-Mail von der Verkehrsbehörde, als er wieder an seinen Platz kam. Ein Link sowie ein Benutzername und Kennwort, um zu den Aufnahmen der Mautstationen zu gelangen. Billy loggte sich ein. Er überlegte kurz, ob er genaue Zeitangaben hatte, um die Suche einzugrenzen, aber leider war dem nicht so. Er beschloss, mit dem Freitag anzufangen, an dem Sara und Ebba entführt worden waren, und mit den Mautstationen, die am nächsten bei Sundbyberg lagen, wo die beiden den Täter getroffen hatten. Er hoffte, dass er die Suche auf Fahrzeuge mit ausländischen Kennzeichen einschränken könnte, aber wie sich herausstellte, gab es diese Kategorie leider nicht. Auch keine für den Fahrzeugtyp. Nach zwei Stunden hatte er sich durch Hunderte Fotos geblättert. Nur zwei Wohnmobile hatten die Station passiert, aber beide waren in Schweden zugelassen. Für ihn allein würde es unmöglich sein, das Material von allen achtzehn Stationen und mehreren Tagen durchzugehen. Er musste zusätzliches Personal anfordern. Vor allem weil das Risiko bestand, dass der Täter Stockholm umfahren und so die Mautstationen gemieden oder sie erst nachts passiert hatte, wenn die Durchfahrt kostenlos war, und deshalb nicht registriert worden war. So vorausschauend und intelligent, wie der Mann bisher agiert hatte, war das sogar wahrscheinlich. Und dann hätte Billy nur seine Zeit vergeudet.

Er rekelte sich und sah auf die Uhr. Viertel nach zwei. Viertel nach acht in Boston. Es war einen Versuch wert.

Er holte die Liste mit den Namen und Nummern hervor, die er notiert hatte, griff zum Hörer und wählte die erste. Ein Freizeichen ertönte, aber niemand meldete sich. Billy legte auf und versuchte es mit dem nächsten Kontakt. Carolyn Bernstein meldete sich sofort. Er erklärte, wer er war, und legte sein Anliegen dar. Ob sie im letzten Herbst Stipendiaten aus Schweden gehabt hätten und wenn ja, ob sie ihm deren Namen nennen könne? Carolyn Bernstein erklärte ihm, dass sie die falsche Ansprechpartnerin sei, gab ihm jedoch den

Namen der zuständigen Person und versprach, ihn weiter-
zuverbinden. Billy dankte ihr, anschließend wurde es still in
der Leitung.

Zu still, zu lange.

Er war nicht weiterverbunden worden, sondern aus der
Leitung geflogen.

Seufzend rief er noch einmal bei Carolyn an und erklärte
ihr, dass etwas schiefgelaufen sei. Sie entschuldigte sich und
unternahm einen neuen Versuch. Diesmal kam ein Freizeichen. Es tutete lange. Dann sprang ein Anrufbeantworter an,
der verkündete, dass der Mitarbeiter mit der Durchwahl 3449
gerade im Urlaub und erst am Donnerstag wieder im Büro
sei. In dringenden Fällen wurde man an eine andere Nummer
verwiesen. Billy notierte sie, weil sie bislang nicht auf seiner
Liste stand, legte auf und wählte dann die Nummer. Niemand
meldete sich. Frustriert knallte er den Hörer auf die Gabel
und lehnte sich zurück. Es dürfte doch wohl nicht so teuflisch
schwer sein, jemanden zu erreichen, der ihnen weiterhelfen
konnte! Er wollte gerade wieder nach dem Telefonhörer grei-
fen und es mit einem weiteren Namen auf seiner Liste versuchen, als sein Handy klingelte. My. Das ging jetzt nicht. Auf
gar keinen Fall.Er stellte den Ton aus, ließ das Handy jedoch
weiterklingeln. Als wäre er gerade irgendwo unterwegs und
würde ihren Anruf nicht hören. Er stand auf und ging zur
Toilette, um das blinkende Display nicht weiter sehen zu
müssen, das stumm sein schlechtes Gewissen anheizte. Als er
wiederkam, sah er, dass My eine Nachricht hinterlassen hatte.
Er hatte nicht vor, sie abzuhören. Stattdessen rief er die dritte
Nummer beim MIT an. Katie Barnett meldete sich nach dem
zweiten Freizeichen, und nachdem sie seiner Bitte gelauscht
hatte, erklärte sie fröhlich, sie könne ihm natürlich weiterhelfen. Ob er schon mit Kenneth gesprochen habe? Billy

fragte, ob es sich um jenen Kenneth mit der Durchwahl 3449 handele, denn der sei erst am Donnerstag wieder im Büro. Genau den hatte Katie gemeint. Billy betonte, dass es sehr eilig sei. Katie hatte Verständnis und versprach, ihm behilflich zu sein. Wenn er ihr seine Nummer gebe, werde sie zurückrufen, sobald sie etwas herausgefunden habe. Billy nannte sie ihr ohne große Hoffnungen, je wieder von ihr zu hören, doch zu seiner großen Verwunderung vergingen nicht einmal zehn Minuten, bis eine Nummer mit der Ländervorwahl 001 auf dem Display aufleuchtete. Katie rief tatsächlich zurück, und was sie sagte, klang wie Musik in Billys zu diesem Zeitpunkt schon ziemlich müden Ohren. «Wir haben nur einen schwedischen Studenten mit Stipendium.»

«Olivia Johnson», sagte Billy und heftete das Bild einer jungen Frau mit braunen Haaren und braunen Augen an das Whiteboard im Konferenzraum. «Sie hat bis letztes Jahr Medizintechnik an der KTH studiert und dann ein zweijähriges Stipendium von der Schweden-Amerika-Stiftung erhalten, um ihr Studium an der MIT weiterzuführen.»

«Sind wir denn sicher, dass sie die Richtige ist?», fragte Torkel.

«Was heißt schon sicher, aber sie ist die einzige Schwedin, die derzeit mit einem solchen Stipendium gefördert wird, und sie hat im Herbst angefangen.»

Torkel nickte und sah, wie sich alle auf ihren Stühlen aufrichteten. Jetzt hatten sie eine Spur.

Jetzt begann die Jagd.

Billy drehte sich zum Tisch um und griff nach einer Mappe mit weiteren Fotos.

«Das sind ihre Dozenten am KTH», erklärte er und heftete die Fotos an die Tafel. Drei Männer mittleren Alters. «Åke Skogh, Professor am Institut für Medizintechnik, und Christian Saurunas und Muhammed El-Fayed, die als wissenschaftliche Mitarbeiter dort angestellt sind.»

Alle beugten sich vor und musterten die drei Männer.

Skogh und Saurunas sahen aus, als wären sie in den Fünfzigern. Skogh trug einen Bart, aber keine Brille. Saurunas eine Brille, aber keinen Bart.

El-Fayed, der Dritte im Bunde, war nicht einmal vierzig und hatte zwar einen Bart, aber aufgrund seiner dunkleren Hautfarbe und seiner Gesichtszüge konnte man annehmen, dass er aus dem Nahen Osten stammte. Das wäre den Opfern sicher aufgefallen.

«Skogh und Saurunas passen besser zu unserer Täterbeschreibung», fasste Ursula das Offensichtliche in Worte.

«Ich will El-Fayed nicht ausschließen, aber es stimmt natürlich», pflichtete Billy ihr bei.

«Und Olivia ist wirklich die einzige Schwedin, die am MIT studiert hat oder noch studiert?», fragte Vanja, als wollte sie sich versichern, dass sie auf dem richtigen Weg waren und nicht ihre Zeit verschwendeten.

«Die einzige Schwedin in den letzten drei Jahren», bestätigte Billy. «Das hat das MIT jedenfalls gesagt.»

Torkel meldete sich zu Wort. Auch ihm war daran gelegen, dass sie die neue Spur selbst am kritischsten hinterfragten und eventuelle Schwächen offenlegten, um sich eine spätere Enttäuschung zu ersparen. Eine Enttäuschung, die dazu führen konnte, dass ihre Ermittlungen zum Erliegen kämen und sie noch einmal ganz von vorn anfangen müssten.

«Es kann auch sein, dass der Student, von dem unser Täter sprach, schon früher dort war. Vor mehreren Jahren.»

«Laut Ebba hat er ‹letzten Herbst› gesagt», wandte Vanja sofort ein. «Damit kann doch nichts anderes gemeint sein als der Herbst letzten Jahres, oder?»

«Vorausgesetzt, sie erinnert sich richtig», sagte Ursula.

«Sie hatte ein sehr gutes Detailgedächtnis, oder was sagst du?», fragte Vanja Sebastian, der zur Bestätigung nickte.

«Er erwähnte das, als die Mädchen von der Aufmerksamkeit erzählten, die sie kürzlich für ihren Blog bekommen hatten. Da erscheint es doch unwahrscheinlich, dass er deren Erfolg mit einem akademischen vergleicht, der mehrere Jahre zurückliegt.»

«Es kann höchstens sein, dass Olivia die richtige Studentin ist, aber der Mann, nach dem wir suchen, vor Jahren ihr Lehrer war», spekulierte Billy. «Er hat den Kontakt gehalten, ihren Werdegang verfolgt ...»

«Aber dann hätte er doch von einem ehemaligen Schüler gesprochen und nicht von einem Studenten, oder?»

«Ich werde jemanden damit beauftragen herauszufinden, welche Lehrer Olivia hatte, ehe sie an der KTH anfing», beschloss Torkel. Vanja beugte sich vor und musterte die Aufnahmen von den drei Männern an der Tafel.

«Wie lange hat sie an der KTH studiert, ehe sie nach Boston gegangen ist?»

«Zwei Jahre.»

«Sind das die einzigen Lehrenden, mit denen sie in diesen zwei Jahren zu tun hatte?», fragte Vanja weiter, und ihr Ton verriet, dass sie es nicht glaubte.

«Nein, sie hat über fünfzehn Seminare und Vorlesungen mit fünfzehn verschiedenen Dozenten besucht», bestätigte Billy. «Aber diese drei sind die Einzigen, die sie von Anfang an regelmäßig betreut haben.»

«Dann fangen wir auch mit ihnen an», sagte Torkel in

einem Ton, der jede weitere Diskussion ausschloss. «Gute Arbeit, Billy.»

«Was ist der nächste Schritt? Wie verteilen wir die Aufgaben?», fragte Vanja einsatzbereit.

«Billy sorgt dafür, dass die Kollegen in Helsingborg und Ulricehamn die Fotos bekommen und man sie auch dem Personal im Chinarestaurant in Sundbyberg zeigt. Vielleicht erkennt irgendjemand einen von ihnen wieder», sagte Torkel an Billy gewandt und deutete auf die Porträts der drei Männer.

Billy nickte. «Außerdem brauchen wir Personal, um die Bilder von den Mautstationen durchzusehen. Die Verkehrsbehörde hat uns heute die Zugangsdaten geschickt.»

«Darum kümmere ich mich», sagte Torkel und richtete sich an Vanja. «Du wirst den dreien zusammen mit Sebastian einen Besuch abstatten.»

Mit diesen Worten war die Besprechung beendet. Alle standen auf.

«Ich bin in der Rechtsmedizin, falls ihr mich sucht», sagte Ursula, stapelte ihre Unterlagen und verließ zusammen mit Billy den Raum.

«Ich muss nur noch kurz aufs stille Örtchen, und schon können wir los», flötete Sebastian und lächelte Vanja an, die nur verbissen nickte.

«Es tut mir leid, dass ich euch wieder zusammen losschicken musste», sagte Torkel entschuldigend, als die Tür hinter Sebastian zugefallen war. «Aber für alle anderen Aufgaben taugt er einfach gar nicht.»

«Schon in Ordnung.»

«Sicher?»

«Ja.»

Torkel blieb stehen und musterte sie. Dieser feste Blick,

243

mit dem sie ihn ansah, mochte vielleicht andere täuschen, ihn aber nicht. Er kannte sie besser, als sie glaubte. Seit sie am gestrigen Nachmittag für ein paar Stunden verschwunden war, schien sie verändert. Als sie zurückgekommen war, hatte sie nicht gesagt, wo sie gesteckt hatte, und den restlichen Tag über abwesend gewirkt. Daher ließ er nicht locker.

«Irgendwas ist doch, das sehe ich.»

Vanja seufzte tief und holte Luft, als wollte sie etwas sagen, hielt dann aber inne. Sie wandte den Blick ab, ließ ihn zum Fenster hinauswandern, als müsste sie darüber nachdenken, wie sie anfangen sollte. Torkel wartete geduldig.

«Hast du auch manchmal das Gefühl, dass wir kein anderes Leben haben als das hier?», fragte sie, während sie sich wieder zu ihm umdrehte und eine Geste mit dem Arm machte, die den ganzen Raum mit einbezog.

Torkel stutzte ein wenig. Er hatte erwartet, dass sie irgendetwas über die Arbeit oder die Familie sagen oder sich über Sebastian beschweren würde, weil er mittlerweile auch noch in beide Kategorien fiel, aber nein – dieses Thema war größer, als er erwartet hätte.

«Ich habe *nichts* anderes», fuhr sie fort, ohne eine Antwort abzuwarten. «Das habe ich jetzt eingesehen. Und ich muss mir etwas anderes zulegen.»

Torkel nickte. Er verstand, was sie meinte. Vielleicht sogar besser, als sie ahnte. Derselbe Gedanke kam ihm auch manchmal. Was hatte er selbst denn außer seiner Arbeit, abgesehen von einer bald wiederverheirateten Exfrau und zwei Töchtern, die im Prinzip allein zurechtkamen? Nicht viel.

«Wenn du dir freinehmen willst, um herauszufinden, was du außerdem tun willst ...» Er unterbrach sich und hielt den Zeigefinger in die Luft, um seine Worte zu betonen. «Außerdem. Nicht stattdessen. Wenn du dir freinehmen willst, um herauszufinden, was du außerdem tun willst, genehmige ich dir das gern. Aber du bist einfach zu gut, um aufzuhören.»

Vanja nickte, um zu zeigen, dass sie ihn verstanden hatte, dass seine Worte jedoch nichts an der Situation änderten.

«Und wir würden dich wirklich vermissen.» Torkel tat den letzten Schritt auf sie zu, bis er direkt vor ihr stand. «Ich würde dich vermissen.»

Vanja nickte erneut und ließ sich ganz selbstverständlich von Torkel umarmen und trösten.

«Danke», sagte sie dicht an seinem Arm.

Torkel ließ sie wieder los und glaubte, in ihren Augen unterdrückte Tränen zu sehen. Er ahnte, dass sie nicht vor ihm weinen wollte.

«Und jetzt los mit dir», sagte er lächelnd.

Vanja nickte tapfer, dann drehte sie sich um und ging.

Es war wie bei einem alten Diaprojektor.

Erst war das Bild verschwommen, und man konnte nur Farben und Konturen erkennen, bis jemand an der Linse schraubte und das Foto scharf stellte.

Das Wohnmobil.

Er befand sich in dem Wohnmobil.

In der Tiefgarage hatte Claes sich fluchend darauf eingestellt, mit öffentlichen Verkehrsmitteln fahren zu müssen, sodass er noch später zu dem Treffen kommen würde. Daher war er positiv überrascht, als der bärtige Mann auftauchte und sich vielmals entschuldigte. Claes hatte erwartet, dass er Deutsch sprechen würde, denn das Wohnmobil hatte deutsche Kennzeichen, aber der Mann erklärte in fließendem Schwedisch, dass er gerade draußen gewesen sei und den Abschleppdienst gerufen habe, weil er in der Tiefgarage keinen Empfang habe. Welches Auto Claes fahre? Ob er ihm den Weg versperre? Vielleicht könnten sie das Wohnmobil einige Meter weit schieben, damit Claes seinen Lexus hinausfahren könne. Er müsse nur kurz nach vorn gehen, in den Leerlauf schalten und die Handbremse lösen.

Claes hatte am Heck des Wohnmobils gewartet und nicht bemerkt, dass der Mann einmal ums Fahrzeug herumging, ehe er ihn überrumpelte, ihm von hinten etwas Feuchtes und Kaltes gegen das Gesicht drückte und ihn mit starken Armen festhielt.

Jetzt hob Claes vorsichtig den Kopf von der harten Tischplatte. Er spürte, dass er gesabbert hatte, und wollte sich gerade den Mundwinkel abwischen, als ihm auffiel, dass er seine Hände nicht mehr bewegen konnte. Sie waren mit dünnen Ketten an den Tisch gefesselt.

«Ich habe nicht viel Erfahrung mit Schlafmitteln zum Inhalieren, also wusste ich nicht, wie lange Sie weg sein würden.»

Claes zuckte zusammen und wandte seinen Kopf in Richtung der Stimme. Der Bärtige wandte sich vom Fahrersitz aus ihm zu. Claes blickte sich hastig um. Vor dem einen Fenster waren Bäume zu sehen. Bei den anderen Fenstern waren die Gardinen zugezogen. Er saß an einem Tisch im hinteren Bereich des Wohnmobils. Auf den beiden Sofas lagen längliche, lila-weiße Kissen. Auf seiner Seite waren sie mit Plastik bedeckt. Wahrscheinlich konnte man den Tisch mit wenigen Handgriffen herunterklappen und den gesamten Sitzbereich in ein Bett verwandeln. Jedenfalls war das in dem Wohnmobil so gewesen, in dem er als Kind viele Sommerurlaube mit seinen Eltern verbracht hatte.

Der Wagen bewegte sich nicht. Wenn Claes sich recht erinnerte, waren diese Gefährte nicht gerade gut isoliert. Falls in der Nähe Menschen waren, würden sie ihn vielleicht hören.

«Wir stehen tief im Wald. Völlig ungestört», sagte der Bärtige, als hätte er seine Gedanken gelesen, und kletterte nach hinten.

«Können Sie sich schon denken, wer ich bin, oder zumindest, was ich getan habe?»

«Nein», antwortete Claes wahrheitsgemäß und wunderte sich darüber, wie klar er bei Verstand war, trotz der Betäubung. Einerseits war er panisch, denn es war offensichtlich, dass dieser Mann nichts Gutes im Schilde führte, andererseits lief sein Gehirn auf Hochtouren. Er registrierte alles, konzentrierte sich auf jedes Wort und versuchte zu begreifen, was geschah und warum. Er musste einen Weg finden, um aus dieser Situation herauszukommen.

Nach Hause zu Linda und Ella zurückzukehren.

«Mein Fehler», sagte der Bärtige und setzte sich auf das Sofa auf der anderen Seite des Tischs. Claes ließ ihn nicht aus den Augen. «Ich habe meinen Modus Operandi geändert. Wissen Sie, was das ist?»

«Ja.»

«Eine lateinische Phrase, die übersetzt ‹Vorgehensweise› bedeutet», fuhr der Bärtige fort, als hätte er Claes' Antwort überhört.

«Warum bin ich hier?», fragte Claes mit ruhiger, tiefer Stimme. Er brauchte mehr Informationen, um herauszufinden, wie er reagieren sollte. Er wollte ein Gespräch in Gang bringen. Eine Verbindung zu diesem Mann aufbauen. Claes war schon oft gesagt worden, dass er ein netter Mensch sei, angenehm im Umgang und sympathisch. Er hoffte, dass es dem Bärtigen schwerer fallen würde, ihm etwas anzutun, wenn er ihn erst besser kennengelernt hatte.

«Man kann ihnen nicht vorwerfen, dass sie die Chance wahrnehmen, oder?», sagte der Bärtige, beugte sich über den Tisch und fixierte Claes. «Immerhin ist es genau das, was ihnen die Gesellschaft schon seit Jahren als Schlüssel zum Erfolg predigt.»

«Ich weiß nicht, wovon Sie sprechen», sagte Claes. «Aber sollte ich Sie in irgendeiner Weise verletzt haben, bitte ich Sie hiermit um Verzeihung und um eine Chance, das wiedergutzumachen.»

Der Mann auf der anderen Seite des Tisches grinste breit.

Als hätte er gerade etwas Lustiges gehört.

Das war nicht gut, das spürte Claes instinktiv.

«Die Veränderungen müssen an der Spitze erfolgen. Das

Problem ist, dass man ihnen die Gelegenheit gibt. Dass Sie ihnen die Gelegenheit geben.»

«Wem? Wem habe ich die Gelegenheit gegeben?»

«Ich teste sie», fuhr der Bärtige fort, offenbar fest entschlossen, nicht auf direkte Fragen zu antworten. Er griff nach einigen A4-Seiten, die auf einem Tischchen neben dem Fenster lagen.

«Sechzig Fragen, die das Allgemeinwissen betreffen. Ein sehr unpräzises Instrument, um das Wissen zu messen, das ist mir durchaus bewusst, aber es bietet trotzdem eine gute Grundlage, auf der wir aufbauen können.»

Claes nickte lediglich zustimmend und warf einen Blick auf die Papiere. Ordentliche, maschinengeschriebene Zeilen.

Ein Test.

Allgemeinbildung.

«Zwanzig Richtige oder mehr, und man hat bestanden. Dann dürfen sie gehen.»

Das würde er schaffen. Niemand in seinem Bekanntenkreis wollte Trivial Pursuit mit ihm spielen. Das konnte allerdings auch daran liegen, dass er ein kleiner Besserwisser und ein ziemlich schlechter Verlierer war.

Zwanzig Richtige, und er durfte gehen.

Plötzlich begriff er.

Wer «sie» waren. Den Zusammenhang. Wem er die Gelegenheit gegeben hatte.

Warum war er nicht eher darauf gekommen? Es war so offensichtlich.

«Du liebe Güte, Sie sind das?», stammelte er. «Patricia und Mirre ...»

«Sie fahren einen Lexus, ernten Erfolge, verdienen mit dieser Dekadenz Geld. Mögen Sie diese Sendungen, für die Sie verantwortlich sind, denn nicht einmal?»

«Nein, um Gottes willen, auf keinen Fall!»

Der Bärtige warf Claes einen Blick zu, bei dem es ihm kalt den Rücken hinunterlief. Er spürte instinktiv, dass dies die falsche Antwort gewesen war. Vielleicht gab es auch gar keine richtige, vielleicht wäre es besser gewesen, den Mund zu halten oder, wie der Bärtige selbst, das Gesprächsthema zu ändern.

«Wie ich bereits sagte, ich habe meinen Modus Operandi geändert. Sie brauchen keinen Test.»

Claes sah zu, wie der Bärtige die Blätter zur Seite schob und etwas vom Sofa neben sich aufhob und auf den Tisch legte.

«Wissen Sie, was das ist?»

Er wusste es.

Ein Bolzenschussgerät.

Axel Weber hatte den ganzen Tag damit zugebracht, jeden seiner Kontakte am Karolinska-Krankenhaus und bei der Polizei anzurufen. Er brauchte dringend einen roten Faden, etwas, das als Schlagzeile taugte oder wenigstens zu einem einzigartigen Artikel. Aber Torkel Höglund war es einmal mehr gut gelungen, die undichten Stellen zu minimieren. Ebba Johansson stand unter permanentem Polizeischutz, und wie immer waren nur die engsten Mitarbeiter der Reichsmordkommission in die Details des Falls eingeweiht. Nicht einmal die Pressesprecher der Polizei wussten mehr als Weber selbst. Typisch Höglund. Weber war beeindruckt, auch wenn er es aus beruflicher Sicht unglaublich frustrierend fand. Er brauchte Neuigkeiten, Nachrichten, über die er schreiben konnte, und die beste Quelle waren nun einmal geschwätzige Polizisten. Sensationelle Nachrichten brachten Verkaufszahlen, das wussten alle, und wenn man die höchsten Auflagen erreichen und Aufmerksamkeit erregen wollte, benötigte man exklusive Enthüllungen.

Aber momentan hatte Weber gar nichts Einzigartiges, er wusste nicht mehr als die Konkurrenz. Das bedeutete, dass er mit den anderen darum wetteifern musste, die bereits vorhandenen Informationen neu zu verpacken. In spektakulären Mordfällen wie diesem funktionierte das Modell noch ganz gut. Man konnte mit den Familien der Opfer sprechen, Zeugen finden, die mysteriöse Autos oder Personen in der Nähe von Tat- oder Fundorten gesehen hatten, oder den Fall mit einer früheren Tragödie in Verbindung bringen, zu der es Parallelen gab. Man konnte spekulieren, konnte das bestehende Material drehen und wenden und es vor allem emotional und spannend gestalten.

Die Leser liebten Morde, je brutaler, desto besser, aber sie wollten auch eine persönliche Geschichte, die dafür sorgte, dass sie sich mit den Opfern identifizieren und mit ihnen mitfühlen konnten. Konnte man das mit einem unbekannten Mörder kombinieren, einem gesichtslosen Bösen, lasen die Leute alles, was geschrieben wurde, und diese Taten, die von den Zeitungen gemeinsam die «Dokusoap-Morde» getauft worden waren, erfüllten alle Kriterien: Prominente, die aber trotzdem normale Menschen waren, und ein aktiver Serienmörder, der überall in Schweden zuschlug und sich in diesem Moment ganz in der Nähe des Lesers befinden konnte.

Jetzt hatten sie sogar eine Überlebende, die eine öffentliche Person war, weiblich, jung und strohblond. Besser hätte es gar nicht kommen können. Das wusste er ebenso gut wie der Nachrichtenchef und der Chefredakteur und, ja, die gesamte Redaktion. Deshalb hatte Weber in einer Zeit ständiger Einsparungen trotzdem zusätzliches Personal zur Verfügung. Aber er musste auch liefern und zeigen, dass er dieses Vertrauen tatsächlich verdiente. Es waren schwere Zeiten für richtige Journalisten wie ihn, die nach Fakten suchten und nicht nur aus den sozialen Medien und Pressemitteilungen kopierten. Diese Leute hatten immer größere Schwierigkeiten, ihre Existenzberechtigung zu verteidigen. Die gedruckten Zeitungen verkauften sich immer schlechter, und immer mehr Artikel wurden gratis im Netz zur Verfügung gestellt. Echter Journalismus war teuer, aber der Trend ging dahin, dass niemand mehr willens war, dafür zu bezahlen. Der Druck war groß, und das Sparprogramm führte dazu, dass sich niemand sicher fühlte. Er brauchte wirklich dringend ein exklusives Interview mit Ebba Johansson. Die beste Möglichkeit bot derzeit eine Freundin der Zwillinge, Johanna Lind, die Sara und Ebba eigentlich an diesem Tag gesehen hätte, weil sie die beiden zu ihrem Geburtstag eingeladen hatte. Das war ein guter Zugang, bei dem ein paar starke, emotionale Zitate über Verlust, Freundschaft und zerstörte Träume abfallen dürften. Außerdem war Johanna sehr hübsch, was natürlich nie von Nachteil war. Ein solches Interview konnten sich allerdings viele Journalisten angeln.

Weinende Freundin des Opfers, Schmerz und Trauer.

Das war einfach.

Er musste besser sein.

Deshalb hoffte er, dass sein Treffen mit Johanna mehr ergeben würde. Er wollte ihr Vertrauen gewinnen, damit sie ihm half, den direkten Kontakt zu Ebba herzustellen. Das *Aftonbladet* hatte seine exklusive Story schon gestern gefunden und mehrere Seiten aus einem Treffen mit Patricia Andréns Exfreund herausgeschlagen, von dem allseits bekannt war, dass er sie bedroht und misshandelt hatte, doch jetzt präsentierte er sich als ein zu Unrecht Verdächtigter, der seine geliebte Patricia vermisste und dem wegen des Kontaktverbots vielleicht nie wieder das Sorgerecht für seinen Sohn zuerkannt werden würde. Das mochte zynisch sein, verkaufte sich aber besser als die Wahrheit, das wusste auch Weber.

Die meisten Menschen wollten lieber etwas über einen Mann in tiefer Trauer lesen als über einen gescheiterten Frauenverprügler. Und es wollte auch niemand wissen, dass der Exfreund gut für das Interview bezahlt worden war. Aber so war es, Weber selbst hatte sich geweigert, die zwanzigtausend Kronen zu berappen, die er verlangt hatte. Nicht weil er prinzipiell etwas dagegen hatte, den Interviewpartner zu entschädigen, das machten alle. Aber er hatte persönliche Skrupel, einen Mann wie Stefan Andersson zu belohnen.»

So verzweifelt war er nicht.

Jedenfalls noch nicht.

Er warf einen Blick auf die Uhr. Zusammen mit einem Fotografen würde er Johanna Lind um fünf treffen, und es war ihm gelungen, ihr das Versprechen abzunehmen, mit keinem anderen Journalisten zu sprechen.

Bis dahin bräuchte er neue Ideen, neue Schlagzeilen für morgen. Es gab Gerüchte, dass die Polizei sich für ein Chinarestaurant in Sundbyberg interessierte, und eine weibliche Kollegin war dort, um herauszufinden, ob die Information stimmte. Er hoffte, bald von ihr zu hören.

Wenn man vom Teufel spricht, dachte er, als sein Telefon plötzlich klingelte.

Es war Julia von der Rezeption dort unten, die hinter schusssicherem Glas saß, nachdem Neonazis letztes Jahr einen Anschlag auf die Zeitung verübt hatten.

«Jemand hat hier einen Umschlag für dich abgegeben», sagte sie mit leicht gestresster Stimme.

«Danke, hole ich später ab. Von wem ist er denn?»

«Als Absender steht hier Sven Cato. Ist das nicht der Mörder?»

ch ertrage das nicht.»

Vanja blieb stehen und drehte sich zu Sebastian um, der einige Schritte vom Wagen entfernt stand. Sie hatten direkt vor dem weißen vierstöckigen Gebäude Campus Flemingsberg geparkt, das zur KTH gehörte.

«Es ist schlimmer als zu der Zeit, als du nichts wusstest», erklärte Sebastian.

«Was ist schlimmer?»

«Das Verhältnis zwischen uns, das Schweigen, die Distanz ...»

Vanja bekam einen harten Zug um den Mund und ging auf Sebastian zu.

«Was meinst du dann?»

«Ich begnüge mich mit einem Arbeitsverhältnis, das weißt du, aber du redest ja nicht einmal mit mir», erwiderte Sebastian.

«Leb damit.»

«Na gut. Entschuldige, dass ich etwas gesagt habe.»

Aber die Entschuldigung kam offensichtlich zu spät. Vanja schien plötzlich neue Energie zu haben und das dringende Bedürfnis, etwas loszuwerden.

«Ich habe gerade rein gar nichts. Ich fühle mich nirgendwo zu Hause. Ich muss mir ein richtiges Leben schaffen. Und dann, wenn das passiert ist, entscheide ich selbst, wen ich noch in mein neues Leben hineinlasse. Hast du verstanden?»

Sebastian nickte nur. Er betrachtete die Diskussion als beendet. Er hatte zu erklären versucht, was er fühlte. Ein Fehler, den er nicht zu wiederholen gedachte.

«Aber bitte, lass es mich wissen, wenn ich dir irgendwie helfen kann», sagte er schließlich in dem Versuch, ein paar Pluspunkte zu sammeln, und folgte Vanja zum Eingang.

«Das kannst du nicht», knallte ihm Vanja hin.

Ihr Telefon klingelte. Billy. Er hatte die Fotos an das China-restaurant in Sundbyberg geschickt und mit dem Personal geredet, aber es war nicht viel dabei herausgekommen. Sie er-innerten sich zwar an den Mann. Offenbar habe er darauf be-standen, die Getränke, die er bestellt hatte, selbst zum Tisch zu tragen. Weil er unterwegs das Schlafmittel hineingemischt hatte, vermutete Billy. Davon abgesehen habe das Personal jedoch nicht viel beitragen können, außer dass ein Kellner El-Fayed ausschloss. Er sehe viel zu dunkel aus. Und der Mann, den er bedient hatte, hätte zwar keinen bleibenden Eindruck hinterlassen, aber er habe ausgesprochen schwedisch aus-gesehen.

«Wir sind jetzt unterwegs, um Skogh zu treffen», erklärte Vanja. Sie öffnete die Eingangstür und ließ sie hinter sich zu-fallen, ohne sich nach Sebastian umzudrehen.

«Ich rufe wieder an, wenn ich etwas aus Helsingborg oder Ulricehamn höre», sagte Billy und beendete das Gespräch.

Vanja ging zur Rezeption, stellte sich vor und sagte, sie wolle Professor Skogh sprechen. Nein, sie habe keinen Termin vereinbart, es sei aber wichtig. Nach einem Telefonat mit Åke Skogh, zu dem die Rezeptionistin vor allem mit zustimmen-dem Brummen und einem abschließenden «natürlich» bei-getragen hatte, zeigte sie ihnen den Aufzug und erklärte, dass Skogh sie im vierten Stock empfangen würde.

«Wer hat denn gerade angerufen?», fragte Sebastian, als sie im Aufzug standen.

«Billy.»

«Etwas Wichtiges?»

«Das Restaurantpersonal in Sundbyberg hat El-Fayed ausgeschlossen», antwortete Vanja und stieg als Erste aus, als die Türen aufglitten.

Åke Skogh machte einen reservierten und skeptischen Eindruck, als er sie begrüßte und sofort fragte, worum es gehe, während sie den Korridor entlang zu seinem Büro liefen.

«Wir möchten mit Ihnen über eine ehemalige Studentin sprechen», sagte Vanja, die fest entschlossen war, ihm den eigentlichen Grund ihres Besuchs so lange wie möglich vorzuenthalten. In weniger öffentlichkeitswirksamen Fällen konnte Ehrlichkeit eine erfolgversprechende Strategie sein, aber diesmal war die Gefahr, dass etwas nach außen drang, allzu groß, und sie wollte verhindern, dass Olivia Johnson offiziell mit den Dokusoap-Morden in Verbindung gebracht wurde, zumal sie in der KTH noch weitere Befragungen durchführen würden.

«Sie kommen den ganzen Weg von Stockholm hierher nach Flemingsberg, um mich nach einer ehemaligen Studentin zu fragen?», wunderte sich Skogh und bat sie in sein Büro. «Haben Sie denn kein Telefon?»

«Es geht um Olivia Johnson. Offenbar waren Sie ihr Dozent», sagte Vanja. Åke Skogh deutete auf die Stühle, die um den kleinen Konferenztisch standen, doch Vanja lehnte kopfschüttelnd ab. Sebastian setzte sich.

«Ist Olivia etwas zugestoßen?», fragte Åke Skogh besorgt und nahm hinter seinem Schreibtisch Platz.

«Nein, soweit wir wissen, geht es ihr gut. Sie waren doch ihr akademischer Mentor, ehe sie ans MIT gegangen ist?», fuhr Vanja ruhig fort.

«Ich bin immer noch ihr Mentor.» Åke Skogh ließ seinen

Blick von Vanja zu Sebastian schweifen und wieder zurück. Er rätselte noch immer, warum sie überhaupt gekommen waren. «Wollen Sie mir nicht erzählen, warum Sie sich so für Olivia interessieren?»

«Nein, jedenfalls nicht jetzt, und es würde schneller gehen, wenn Sie einfach nur unsere Fragen beantworten würden, anstatt selbst welche zu stellen», erwiderte Vanja sachlich und nahm ihren Block zur Hand.

«Werde ich wegen irgendetwas verdächtigt?», fragte Skogh dennoch.

«Ich werde Ihnen jetzt einige Daten nennen und würde gern wissen, wo Sie sich an diesen Tagen aufgehalten haben», fuhr Vanja fort, ohne auf die Frage einzugehen. «Am 17. und 23. Juni.»

«Also werde ich verdächtigt», stellte Skogh fest.

«Oder wir wollen Sie ausschließen können.»

«Ist das nicht ein und dasselbe?»

Er musterte sie abermals, begriff dann, dass er auch diesmal keine Antwort erhalten würde, und holte sein Handy aus dem Jackett über der Stuhllehne.

«Am 17. Juni habe ich den halben Tag gearbeitet und bin dann nach Bohuslän gefahren, um Mittsommer zu feiern. Am 23. war ich an der Universität von Linköping», sagte er, nachdem er seinen Handy-Kalender konsultiert hatte.

«Können Sie das denn irgendwie beweisen?»

«Nach Bohuslän bin ich zusammen mit meiner Familie gefahren, und in Linköping waren wir mehrere Kollegen. Ich kann meine Assistentin bitten, Ihnen die Namen zu geben», antwortete er. «Warum wollen Sie das wissen?», wagte er einen neuen Versuch, nicht ohne eine gewisse Unruhe in der Stimme, wie Sebastian registrierte.

«Was haben Sie gefühlt, als Olivia das Stipendium bekam?», fragte Sebastian daher leise. Es war das Erste, was er bei dieser Begegnung sagte, und Skogh wandte sich ihm zu.

«Was ich gefühlt habe?»

«Ja.»

Der Professor zuckte mit den Schultern, als wollte er deutlich machen, dass es auf diese Frage eigentlich nur eine Antwort gab.

«Ich war stolz. Glücklich. Sie hatte es wirklich verdient.»

«Finden Sie, dass ihre Leistung ausreichend gewürdigt wurde?»

«Von uns an der Hochschule, meinen Sie?»

«Nein, von der Allgemeinheit, der Presse, dem Fernsehen vielleicht?»

«Nein, also, in unserer kleinen Welt ist es natürlich groß und wichtig, aber allgemein bekannt wird so etwas nicht, nein. Das kommt eigentlich nie vor.»

Sebastian nickte vor sich hin. Eigentlich klang der Professor nicht so, als wäre er der Meinung, dass ein Stipendium auf die Titelseiten der Zeitungen gehörte.

«Wie finden Sie eigentlich *Paradise Hotel*?» In munterem Tonfall wechselte er das Thema.

«Was ist das denn?»

«Eine Dokusoap im Fernsehen.»

«Die habe ich noch nie gesehen. Ich habe keinen Fernseher.»

Sebastian blickte zu Vanja und sah ihr an, dass sie Skoghs Antworten ebenfalls als ehrlich einstufte. Denn darin war sie gut. Die sprachlichen Nuancen zu erkennen. Die kleinen Anzeichen, die darauf hindeuteten, dass jemand log oder auswich. Bei Skogh hatte sie offenbar auch nichts dergleichen festgestellt.

«Kennen Sie Ihren Kollegen Christian Saurunas gut?», fuhr Vanja fort und verfolgte damit eine neue Spur.

«Ja, natürlich, er war Dozent hier bei uns.»

«Wie meinen Sie das? War?», fragte Vanja erstaunt.

«Er hat aufgehört.»

«Und warum?»

«Er bekam keine Drittmittel mehr und war gezwungen, sein Forschungsprojekt einzustellen», erklärte Åke Skogh sachlich. Dieser eine Satz weckte bei Sebastian das Gefühl, dass sie keine engen Freunde waren und privat nichts miteinander zu tun hatten. Er beugte sich ein wenig vor.

«Keine Drittmittel? Was bedeutet das?», fragte er.

«Das heißt, dass man niemanden mehr findet, der einen finanziell unterstützt. In der heutigen akademischen Welt muss man zusätzliche Förderungen beantragen, um seine Forschung betreiben zu können, und wenn man Pech hat, wird sie als nicht interessant, aktuell oder zweckmäßig genug eingestuft, und man erhält keine Mittel mehr. Dann muss man gehen. Das ist nicht wie an einem normalen Arbeitsplatz. Hier muss man sein eigenes Geld akquirieren», verdeutlichte Åke Skogh und klang zum ersten Mal ein wenig professoral.

«Und das ist Saurunas nicht gelungen?», fragte Sebastian weiter.

«Nein, er hatte schon seit einigen Jahren Probleme mit seiner Finanzierung. Seine Forschung wurde als nicht aktuell genug eingeschätzt, und deswegen geriet er immer wieder in die Kritik», fuhr Skogh in einem Ton fort, der andeutete, dass er den Beschluss der Geldgeber nachvollziehen konnte.

Dies könnte von Bedeutung sein, dachte Sebastian. Die Wut des Mörders auf die Gegenwart passte möglicherweise zu jemandem, der erfahren hatte, dass seine Arbeit und sein Wissen nicht mehr als aktuell galten.

«Wann genau wurde das entschieden?», fragte Sebastian interessiert.

«Jetzt im Mai. Ich glaube, sein letzter Tag war ...» Skogh holte erneut sein Handy hervor und suchte im Kalender. «Der 22. Mai.»

Ungefähr einen Monat vor Patricias Ermordung, dachte Sebastian und spürte, wie ihm innerlich ganz warm wurde. Das würde passen. Ein Moment, der das Leben veränderte, konnte dazu führen, dass man etwas, das man lange nur in der Phantasie gehegt hatte, in die Tat umsetzte. Man fing nicht einfach so an zu morden. Es gab immer einen Auslöser.

Oft ging dem ein Ereignis voraus, das einen dazu brachte, die Grenzen zu überschreiten.

Eine Niederlage oder eine Erniedrigung, wie beispielsweise eine Entlassung.

Oder der Verlust von Fördermitteln.

Axel Weber betrachtete den braunen gepolsterten Umschlag auf seinem Tisch. Der Name des Absenders stand in schwarzen Schreibmaschinenbuchstaben auf einem kleinen weißen, selbstklebenden Etikett.

Sven Cato.

Vielleicht war es ein schlechter Scherz, aber aus irgendeinem Grund glaubte Weber nicht daran. Sicherheitshalber hatte er eine der Raumpflegerinnen aufgesucht und sich Gummihandschuhe von ihr geliehen. Wenn dieser Brief wirklich von dem Mörder stammte, der sich Sven Cato nannte, würde er früher oder später bei der Polizei landen, und dann wollte Axel Weber auf keinen Fall dafür kritisiert werden, dass er mögliche Fingerabdrücke zerstört hatte.

Die Form des Umschlags verriet, dass er etwas Hartes, Eckiges enthielt, und er überlegte eine Sekunde, ob der Inhalt explosiv oder auf andere Weise gefährlich sein konnte. Sollte er die Sicherheitsabteilung kontaktieren oder seine Neugier siegen lassen? Die Neugier gewann, aber Weber wandte dennoch das Gesicht ab, als er mit dem Papiermesser in den Umschlagverschluss hineinstach und ihn vorsichtig aufritzte. Sacht ließ er den Inhalt auf den Schreibtisch gleiten.

Ein Handy, das noch im Originalkarton steckte.

Eine Prepaidkarte von Comviq.

Ein A4-Kuvert.

Weber widmete sich erst dem Kuvert, das nicht zugeklebt war, und zog den Inhalt behutsam heraus. Obenauf lagen einige zusammengeheftete Seiten, auf denen eng geschrieben nur viele Fragen standen, soweit er es auf den ersten Blick erkennen konnte.

«Wofür steht die Abkürzung NATO?», lautete die erste Frage. Unter dem Fragebogen fand Weber einen maschinengeschriebenen Brief.

Er faltete ihn auseinander und begann zu lesen.

Sehr geehrter Axel Weber,

vor einiger Zeit habe ich Ihrem Chefredakteur Lennart Källman in einer ähnlichen Angelegenheit geschrieben. Da dieser mein Schreiben jedoch gänzlich ignorierte, wende ich mich nun in einem erneuten Versuch an Sie.

In Ihrer Zeitung – wie auch in sämtlichen anderen – werde ich als vollkommen geistesgestört beschrieben. Als jemand, der rein zufällig junge, vermeintlich berühmte Menschen tötet. Nichts könnte weniger zutreffend sein, und mein Motiv für diese Taten wird in Ihrer Berichterstattung mit keinem Wort erwähnt.

1. *Wir müssen aufhören, die Dummheit zu feiern.*
2. *Aufhören, den Wissenshass und Antiintellektualismus zu schüren.*
3. *Aufhören, den Faulen, Egoistischen und Oberflächlichen jene Aufmerksamkeit zukommen zu lassen, die wir stattdessen den Engagierten, Fleißigen und Gebildeten schenken sollten.*

Meiner Meinung nach sind zwei Faktoren dafür verantwortlich, dass dies bisher nicht zur Kenntnis genommen wurde:
Zum einen hat die Polizei Informationen zurückgehalten,

die mein Motiv deutlicher und meine Handlungen verständlicher machen würden.

Diesem Brief liegt ein Test bei. Sämtliche Opfer haben ihn absolviert, und drei von vieren haben ihn nicht bestanden, was nicht gerade überraschend erscheinen mag.

Damit Sie nicht glauben, dies wäre ein schlechter Scherz oder der verzweifelte Versuch, als Trittbrettfahrer Aufmerksamkeit zu erlangen, verweise ich auf folgende Quellen:

Der Kommentar, der um 3.16 Uhr unter die letzte Statusmeldung auf Patricia Andréns Facebook-Seite geschrieben wurde.

Das letzte Foto auf Miroslav Petrovics Instagram-Konto.

Der Kommentar, der um 2:28 Uhr unter dem letzten Beitrag auf dem Blog der Schwestern Johansson verfasst wurde.

Dort wird das Ergebnis des jeweiligen Tests verkündet, veröffentlicht mit dem jeweiligen Handy der Opfer. Allerdings nach deren Tod. Eine Angabe, die Ihre Kontakte bei der Polizei hoffentlich werden bestätigen können.

Der zweite Grund dafür, dass meine Botschaft nicht gehört wurde, ist darin zu finden, dass ich einen Fehler begangen habe. Das muss ich zugeben. Das wachsende Problem der Glorifizierung von Dummheit zu bekämpfen, indem man die Dummen eliminiert, kommt dem Versuch gleich, den Löwenzahn ausrotten zu wollen, indem man die gelbe Blüte abknipst. Dabei muss man das Unkraut bekanntermaßen an der Wurzel packen. An die Quelle gehen. Die Probleme dort angehen, wo sie entstehen. Ich hoffe, dass ich dies mit Ihrer Hilfe näher beleuchten kann.

Wir müssen uns die Frage stellen, ob wir wirklich in einer Gesellschaft leben wollen, in der Menschen, die nie ein Buch gelesen haben, die einfachsten Rechenaufgaben nicht lösen können, ja nicht einmal eine simple Gebrauchsanweisung ver-

stehen, Abend für Abend und Woche für Woche die Gelegenheit erhalten, sich im Fernsehen auszubreiten, eifrig von Medien wie Ihrer Zeitung angefeuert, während junge Forscher, welche die Möglichkeit hätten, die Welt zu verändern, zur selben Zeit totgeschwiegen werden.

Nach allem, was ich von Ihnen gelesen habe, scheinen Sie zu den intelligenteren Mitarbeitern an Ihrem Arbeitsplatz zu gehören, und deshalb gehe ich davon aus, dass Sie sich denken können, was mit dem übrigen Inhalt dieser Einsendung zu tun ist.

Mit freundlichen Grüßen
Cato d. Ä.

Weber las den Brief noch einmal. Er enthielt so vieles, und er war in so vielerlei Hinsicht verrückt. Der Serienmörder hatte ihm geschrieben. Allein diese Tatsache reichte schon für eine ganze Sonderbeilage. Aber da war auch noch etwas anderes. Mehr. Viel mehr.

Dass die Polizei die Information über den Test zurückgehalten hatte.

Dass der Mörder «an die Quelle» gehen wollte und «die Probleme dort angehen» wollte, «wo sie entstehen». Was bedeutete das?

Weitere Opfer? Andere Opfer? Und wenn ja, welche?

Sein Instinkt sagte ihm, dass dieser Brief echt war und ihm tatsächlich der Mörder geschrieben hatte. Aber es reichte nicht aus, sich auf sein Gefühl zu verlassen. Nicht in einem solchen Fall.

Weber nahm sich erneut das Dokument mit den Fragen vor. Dann las er die kurze Liste mit den Hinweisen in dem

Brief und sah ein, dass er diese Angaben eigentlich selbst kontrollieren müsste, aber das würde ewig dauern. Er blickte sich im Büro um. Kajsa Kronberg saß einige Schreibtische entfernt. Ganz sicher war Weber nicht, doch er glaubte, dass sie die Jüngste im Redaktionsteam war. Er stand auf und ging zu ihr.

«Du nutzt doch Instagram und Facebook und all diese Sachen, oder?», fragte er, ging neben ihrem Schreibtisch in die Hocke und stützte die Arme auf die Tischplatte.

«Ja.»

«Ich bräuchte mal deine Hilfe bei einer Sache.»

«Klar.»

Er erklärte ihr, wonach sie suchen sollte, und erhielt bereits zwei Minuten später die Bestätigung. Alle Ergebnisse waren auf den jeweiligen Seiten der Opfer veröffentlicht. Ob mit ihren eigenen Handys gepostet, das lasse sich nicht feststellen, sagte Kajsa, aber Weber war überzeugt, dass auch diese Angabe aus dem Brief stimmte.

Wahnsinn, die Sache wurde immer größer.

Er dankte Kajsa für die Hilfe und ging zurück an seinen Schreibtisch.

Dort las er die Fragen des Tests noch einmal. Es war eine merkwürdige Themenmischung. Allgemeinwissen, würde man sagen. Aber eine altmodische Art von Allgemeinwissen. Flüsse und Tierarten, Könige und Geschichtsdaten. Naturwissenschaft und Geographie. Wissen, das vor langer Zeit einmal vielleicht als wichtig angesehen worden war. Einige Antworten wusste er, andere nicht. Er fragte sich, wo die Grenze zwischen «bestanden» und «durchgefallen» verlief, zwischen Leben und Tod, und ob er als überlebenswürdig angesehen werden würde.

So verrückt.

Und mit so viel Potenzial.

Es war eine phantastische Chance, vor allem, wenn er der einzige Journalist war, der diesen Brief erhalten hatte.

Die Frage war nur, wie er damit umgehen sollte. Er nahm das Handy und die Prepaidkarte. Es gab nur einen Grund, warum jemand ein Handy mit einer neuen Prepaidkarte verschickte. Weber öffnete die Packung und holte das Handy heraus. Es war ein billiges Modell. Er nestelte an dem rückwärtigen Deckel herum, bis er ihn geöffnet hatte. Dann legte er die SIM-Karte ein, schloss den Deckel wieder und schaltete das Handy an. Gerade wollte er das Ladegerät aus der Verpackung nehmen, als er sah, dass der Akku schon vollständig aufgeladen war. Er betrachtete das Handy einen Moment lang und wollte eben anfangen, den Speicher zu durchsuchen, als ein SMS-Signal ertönte.

Es waren zwei Nachrichten.

Er öffnete die erste und las sie auf dem kleinen Display. Die Firma Comviq begrüßte ihn als Kunden.

Die zweite Nachricht war persönlicher.

Direkt an ihn gerichtet.

«Wenn ich Ihnen vertrauen kann, bekommen Sie ein exklusives Interview. Wenn Sie aber die Polizei anrufen, werde ich davon erfahren», stand dort. Weber erhob sich instinktiv, trat einige Schritte von seinem Tisch zurück, fuhr sich mit den Händen durchs Haar und rieb sich das Kinn. Er konnte unmöglich weiter sitzen bleiben. Als wäre er unberührt.

Diese Sache war so groß.

Das Größte, was er in all seinen Jahren als Kriminalreporter erlebt hatte.

Eigentlich lechzte er nicht nach Anerkennung in Form von Preisen und Auszeichnungen, aber dieser Fall könnte legendär werden.

Er sah ein, dass er mit seinem Chef sprechen musste. Eine solche Entscheidung konnte er nicht allein treffen, aber die Möglichkeit, dass Källman gegen das Interview war, ließ ihn zögern.

Drei Menschen waren ermordet worden, ein Opfer befand sich im Krankenhaus.

Auf eigene Faust zu agieren, stellte ein großes Risiko dar, aber er musste auch andere Risiken bedenken.

Etwa, dass Källman die Polizei miteinbeziehen wollte.

Allerdings war das nicht wahrscheinlich. Weber kannte seinen Chef gut. Er hatte keine Angst vor Kontroversen. So hatte er sich beispielsweise bis zuletzt und vollends überzeugt hinter einen von Webers Kollegen gestellt, der zu Recherchezwecken illegale Waffen in Malmö gekauft hatte. Und selbst in diesem Fall konnten sie sich auf den Informantenschutz berufen. Personen, die der Presse Hinweise gaben, war Anonymität garantiert. Also war es nicht wahrscheinlich, dass Källman sich an die Polizei würde wenden wollen.

Nein, das größte Risiko bestand darin, dass er von Weber fordern würde, andere Kollegen miteinzubeziehen. Pia Lundin und ihre Web-TV-Abteilung hatten bei den Herausgebern oberste Priorität. Exklusives Material im Internet generierte viele Klicks. Und Klicks lockten Werbekunden an. Deshalb durfte das geschriebene Wort ruhig durch bewegte Bilder ergänzt oder sogar ersetzt werden.

Er überlegte kurz, traf eine Entscheidung, setzte sich wieder, nahm das Handy und beantwortete die SMS.

Er hatte den Brief erhalten.

Es war seine Sensationsstory.

Und niemand würde sie ihm wegnehmen dürfen.

«Sie können mir vertrauen», tippte er hastig.

Er würde der Spur noch eine Weile allein nachgehen, ehe er jemandem davon erzählte. Schließlich war er Journalist. Das war sein Job. Er würde sehen, was dabei herauskäme, und dann Källman informieren. So würde er es machen.

Nach dreißig Sekunden kam eine Antwort.

«Begeben Sie sich zur Königlichen Bibliothek», stand dort.

Sie hatten sich wieder im Konferenzraum versammelt. Die Stimmung war so konzentriert wie schon lange nicht mehr. Vanja und Sebastian war es gelungen, Torkel davon zu überzeugen, dass Christian Saurunas die interessanteste Spur war, was kurz darauf von Billy untermauert wurde, als der kam und Neuigkeiten aus Ulricehamn zu berichten hatte. Eva Florén hatte das Personal im Kurhotel befragt, und das Ergebnis war eindeutig. Saurunas war der einzige der drei Männer, der an die Person erinnerte, die sie mit Mirre zusammen gesehen hatten. Mirres Begleitung habe zwar einen Vollbart getragen, sodass die Mitarbeiter nicht ganz sicher gewesen seien, aber El-Fayed hatten sie aus dem gleichen Grund wie der Kellner in Sundbyberg ausgeschlossen. Und auch Åke Skogh sehe dem Verdächtigten gar nicht ähnlich, betonten sie sehr entschieden. Die Gesichtsform und die Nase seien einfach zu anders. Diese Mitteilung führte dazu, dass Torkel die Liste der Teilnehmer an der Reise nach Linköping, die sie von Åke Skoghs Assistentin erhalten hatten, erst einmal hintanstellte. Natürlich musste sie überprüft werden, aber nicht sofort und nicht von ihnen persönlich. Hinzu kam nämlich, dass Vanja auf dem Rückweg von der KTH auch Åke Skoghs Frau erreicht hatte, die ihr bestätigen konnte, dass die ganze Familie am Mittwoch vor Mittsommer nach Åland gefahren und bis Sonntag geblieben sei. Ein kurzer Blick auf die Facebook-Seite der Frau, auf der viele Fotos prangten, unterstrich die Glaubwürdigkeit ihrer Aussage. Also konzentrierten sie sich jetzt auf den entlassenen Dozenten.

Billy hatte alles zusammengestellt und ausgedruckt, was er in der kurzen Zeit über ihn hatte herausfinden können.

Christian Ignas Saurunas war am 4. Februar 1962 in Norrköping geboren worden. Er war Diplomingenieur und wissenschaftlicher Mitarbeiter an der KTH seit 1998. Seit drei Jahren in Scheidung lebend, keine Kinder. Sein Vater war 1999 verstorben, die Mutter nach Litauen ausgewandert. Eine Schwester lebte noch in Norrköping, wohin die Eltern im Jahr 1958 gezogen waren und bis zum Tod des Vaters gewohnt hatten. Er hatte einen Führerschein und besaß laut dem Register der Verkehrsbehörde einen roten Volvo S60 Baujahr 2007.

Torkel stutzte, als er die Angaben zum Auto las. Noch immer hatten sie den roten Volvo nicht ausfindig gemacht, den ein Zeuge bei der Hilding-Schule in Ulricehamn gesehen hatte.

«Ich habe auch schon daran gedacht», sagte Billy, als Torkel darauf hinwies. «Natürlich könnte er es sein. Aber zum einen sollten die Leute doch den Unterschied zwischen einem S60 und einem V70 erkennen können ...»

«Das können nicht alle, du weißt doch, wie das mit Augenzeugen ist», wandte Torkel ein. «Sie reden untereinander, füllen ihre Gedächtnislücken, und plötzlich sind sie sich einig, irgendetwas gesehen zu haben, was es nicht gibt.»

«Schon wahr, aber Saurunas' Auto hat das Kennzeichen GVL665, der Zeuge in Ulricehamn sprach aber von AYR393.»

«Aber wir haben ja schon festgestellt, dass er falschgelegen hat.»

«Aber doch nicht so falsch! Es stimmt ja keine einzige Ziffer.»

Torkel nickte, Billys Argumentation war durchaus schlüssig. Wenn weder Modell noch Kennzeichen stimmten, verringerte das die Wahrscheinlichkeit, dass es sich um den in Ulricehamn gesichteten Wagen handelte.

Torkel vertiefte sich wieder in die Unterlagen.

Saurunas war nicht als Besitzer eines Wohnmobils registriert und hatte keine Verkehrsdelikte begangen. Seine letzte Meldeadresse lautete Bäckvägen 43 in Aspudden.

Das war nicht viel, aber doch ein Anfang.

Die Verstärkung, die Vanja angefordert hatte, stand schon bereit und erwartete sie in einem Zivilfahrzeug, einem Saab, als sie am Bäckvägen 43 eintraf, einem senfgelben Mehrfamilienhaus mit drei Stockwerken.

«Nach wem suchen wir?», fragte die Polizistin, nachdem sie einander begrüßt hatten.

«Nach einem Mann namens Christian Saurunas, wir wollen ihn befragen», antwortete Vanja.

«Ist das der Dokusoap-Fall?»

Vanja nickte. «Aber kein Wort darüber!», mahnte sie.

«Schon klar», antwortete da der jüngere Kollege und blickte unglaublich wissend drein.

Mit dem Türcode, den Vanja zuvor angefordert hatte, verschafften sie sich Zutritt zu dem Haus. Es dauerte einige Sekunden, bis sich ihre Augen an die Dunkelheit im Treppenhaus gewöhnt hatten, weil sie aus der Sonne kamen. Saurunas wohnte im zweiten Stock, und Vanja stapfte den anderen voran die Treppe hinauf. Oben angekommen, fanden sie die Tür mit dem richtigen Namensschild. Vanja klingelte mehrmals. Dann wartete sie einige Minuten. Legte das Ohr an die Tür, um zu horchen, ob sich jemand dort drinnen bewegte, konnte aber nichts hören. Sie wandte sich zu den anderen.

«Ans Handy geht er auch nicht», erklärte sie mit gedämpfter Stimme. «Wir klopfen mal bei den Nachbarn, ob ihn jemand gesehen hat. Aber wie gesagt: Wir wollen nur mit ihm reden.»

Die Polizisten nickten.

«Sie nehmen die anderen Etagen, und ich fange hier an», fuhr Vanja fort, ging zur benachbarten Tür und klingelte. Ihr wurde von einer älteren Dame in einem schlichten Kleid und mit hochgestecktem grauem Haar geöffnet. Wachsame, neugierige Augen musterten Vanja, als sie ihre Polizeimarke gezeigt hatte.

«Guten Tag, mein Name ist Vanja Lithner. Ich komme von der Polizei und hätte ein paar Fragen zu Ihrem Nachbarn Christian Saurunas», sagte sie freundlich.

Die Frau reagierte so wie nahezu alle Menschen in dieser Situation – in erster Linie interessiert. Es war irgendwie aufregend, wenn die Polizei klingelte. Vanja hörte, wie ein Stockwerk darüber ebenfalls eine Tür geöffnet wurde und eine ähnliche Konversation begann.

«Was ist passiert?», fragte die Frau.

«Wir wollten nur mit ihm sprechen», antwortete Vanja und fand es sympathisch, dass die Frau erst einmal fragte, was passiert sei, und nicht, was Saurunas angestellt habe. «Wann haben Sie ihn zum letzten Mal gesehen?»

Die Frau überlegte eine Zeitlang, ehe sie antwortete: «Das ist schon ein paar Wochen her, glaube ich. Warten Sie mal.» Sie drehte sich um und rief in die Wohnung. «Karl, wann hast du unseren Nachbarn zum letzten Mal gesehen?»

«Welchen?»

«Den von nebenan mit dem komischen Namen.»

Vanja zog den Schluss, dass sie den Nachbarn nicht oft sahen, wenn sie nicht einmal seinen Namen wussten. Aber so war es. Man konnte jahrelang Tür an Tür leben, ohne ein einziges Wort miteinander zu wechseln. Vanja unterhielt sich auch fast nie mit ihren Nachbarn und kannte ihre Vornamen nicht, weil sie nicht auf dem Türschild standen.

«Ich weiß es nicht», antwortete eine raue Männerstimme aus dem Inneren der Wohnung.

Vanja hörte, wie sich jemand bewegte, und nach einer Weile tauchte eine graue Gestalt im Morgenmantel auf. Ein alter Mann, der sich auf eine Krücke stützte und offenbar Schmerzen beim Gehen hatte.

«Wer will das wissen?», fragte er, als er Vanja erblickte.

«Die Polizei.» Vanja sah, wie der Mann erstaunt stehen blieb und sofort ernst wurde. «Ich habe gesagt, dass es ein paar Wochen her ist», erklärte die Frau.

Der Mann schüttelte den Kopf.

«Nein, nein, länger. Er hat irgendwann um den 25. oder 26. Mai herum sein Auto gepackt und ist weggefahren. Erinnerst du dich nicht mehr, dass ich ihn da getroffen habe? Als er so schlechtgelaunt war?»

«Doch, genau. Ist das schon so lange her?», fragte die Frau und nickte, als würde sie sich erinnern.

«Ja, ist es, und ich habe ihn seitdem jedenfalls nicht mehr gesehen.»

«Das wird schon stimmen, du hast so was immer besser im Kopf als ich», antwortete die Frau ohne Zögern.

Inzwischen war der Mann zur Tür gekommen und streckte Vanja die Hand entgegen. Auch er hatte wache Augen – und einen festen Händedruck. «Guten Tag. Karl Johansson mein Name. Der Körper ist ein bisschen klapperig, aber der Kopf funktioniert einwandfrei. Doch, doch. Er wollte mir nicht einmal erzählen, wo er eigentlich hinfuhr, aber er hatte viel Gepäck dabei.»

Vanja nickte. Diese Information war interessant. Vielleicht

nicht unbedingt entscheidend, aber immerhin schloss sie ihn auch nicht als möglichen Täter aus. Die Mordserie hatte am 17. Juni begonnen.

«Sie haben nicht zufällig gesehen, ob er ein Wohnmobil besitzt?», fragte sie.

«Nein, ich kenne nur diesen roten Volvo, mit dem er immer herumfährt.»

«Gut. Und bei dem Datum sind Sie sich sicher?»

Der Mann nickte entschieden.

«Ja, ich bin am 27. operiert worden», sagte er und hob zur Erklärung seine Krücke. «Es war ein oder zwei Tage davor.»

Vanja bedankte sich und ging die Treppen hinab, um die anderen Nachbarn abzuklappern. Karl Johansson wirkte glaubwürdig, aber es bestand ja dennoch die Möglichkeit, dass ein anderer Hausbewohner Saurunas seither gesehen hatte.

Das war nicht der Fall. Auch die anderen Nachbarn, mit denen sie sprechen konnten, hatten Saurunas zuletzt im Mai gesehen, bis auf eine jüngere Frau im Erdgeschoss, die ebenfalls beobachtet hatte, wie er gepackt hatte und weggefahren war. Sie glaubte, es sei später gewesen, war sich jedoch nicht sicher.

Vanja beschloss, Torkel zu bitten, dass er das Haus observieren ließ. Es war eine teure Maßnahme und vielleicht schwer zu begründen, wenn man bedachte, dass Saurunas sich seit mehreren Wochen nicht hatte blicken lassen, aber sie war überzeugt, dass Torkel einwilligen würde. Immerhin ging es um einen Serienmörder, und ihre Arbeit wurde von vielen Seiten verfolgt. Als nächsten Schritt mussten sie herausfinden, wo Saurunas an jenem Tag vor gut einem Monat hingefahren war und wo er sich jetzt aufhielt.

Weber hatte ein Auto angefordert und war durch die chaotische Stockholmer Innenstadt geheizt. Die Zustände wurden jedes Jahr schlimmer, und das lag nicht nur daran, dass die Zahl der Autos anstieg. Einige Straßen waren ganz für den Verkehr gesperrt worden, andere wurden verengt, um die Fahrradwege breiter zu machen. Das war eine politische Entscheidung, die Weber eigentlich begrüßte, wenn man von jenen Tagen absah, an denen er selbst auf einen Wagen angewiesen war. Er unterstützte die Forderung nach einer autofreien Innenstadt, außer wenn er selbst vorankommen wollte. Dann fluchte er genau wie alle anderen Autofahrer. Schließlich nahm er auf der Kungsgatan gesetzeswidrig die Busspur, um Zeit zu gewinnen. Das billige Handy, das er mit der Post bekommen hatte, lag auf dem Beifahrersitz. Dann und wann warf er einen Blick darauf und fragte sich, ob es richtig gewesen war, einfach loszufahren, ohne jemandem in der Redaktion Bescheid zu sagen. Immerhin ging es um einen Serienmörder.

Einen Mann, der zum Schlimmsten fähig war.

Aber wenn man das Rennen machen wollte, musste man Risiken in Kauf nehmen. Er hatte sich jedoch selbst geschworen, den Alleingang sofort aufzugeben, wenn er auch nur ansatzweise das Gefühl hatte, es könnte gefährlich werden. Er musste einen kühlen Kopf bewahren und durfte sich nicht vom Reiz des Abenteuers und der Spannung mitreißen lassen. Ein zu hoher Adrenalinpegel führte oft zu falschen Entscheidungen.

Er holte tief Luft und passierte den Stureplan. Jetzt war er schon fast da und bog zur Königlichen Bibliothek in der Humlegårdsgatan ab. Etwas weiter hinten im Park sah er das große stilvolle Gebäude hellgelb zwischen den sommerlich grünen Laubbäumen leuchten. Ihm fiel auf, dass er schon lange nicht mehr hier gewesen war. Bestimmt fünf Jahre. Durch das Internet war die Recherchearbeit einfacher, aber irgendwie auch langweiliger geworden. Doch man konnte sich der Entwicklung beim besten Willen nicht entziehen. Natürlich sehnte er sich manchmal in die Zeit zurück, als die Zeitungen noch allmächtig waren, als alle Nachrichten und Informationen noch ausschließlich von den Journalisten vermittelt wurden. Aber die neue Zeit hatte auch etwas unglaublich Demokratisches an sich, was Weber wiederum zu schätzen wusste. Dass Informationen und Nachrichten nicht mehr von einigen wenigen Familien kontrolliert wurden, passte eigentlich besser zu seiner politischen Überzeugung. Natürlich brachte die Entwicklung auch sehr viel Schlechtes mit sich, aber ebenso Gutes. Er glaubte sogar, dass heutzutage ein realistischeres Bild von der Menschheit und dem Leben gezeichnet wurde. Das Problem war nur, dass die meisten lediglich nach Nachrichten suchten, die das bestätigten, was sie bereits wussten, und den Rest ignorierten. Ebenso wie die menschliche Existenz an sich war auch das Internet komplexer, als es vielen gefiel.

Sosehr er auch suchte, er fand einfach keinen legalen Parkplatz, und der gelbe Streifen am Straßenrand wies zwar eine Ladezone aus, aber dort fand er immerhin eine freie Lücke. Schlimmstenfalls riskierte er eben ein Knöllchen. Er stieg aus dem Auto. Zwei breite Kieswege führten zur Bibliothek. Ringsherum und hinter dem Gebäude breitete sich der Humlegården aus. Ein großer, schöner und an Sommerabenden gut besuchter Park inmitten der dicht besiedelten Stadt.

Er ging los, das billige Handy in der Hand. Sicherheitshalber warf er erneut einen Blick auf die SMS, obwohl er sie schon mindestens zehnmal gelesen hatte. Dort stand nach wie vor nur: «Begeben Sie sich zur Königlichen Bibliothek.»

Was wäre der nächste Schritt? Sollte er eine SMS schreiben und kundtun, dass er angekommen war, oder lieber abwarten? Er beschloss zu warten und ging auf die breite Steintreppe zu, auf der schon einige Leute saßen und lasen, Wein tranken oder einfach nur den lauen Abend genossen. Als er gerade die erste Stufe erklimmen wollte, vibrierte das Handy. Er hielt in der Bewegung inne. Eine SMS. Und es konnte kein Zufall sein, dass sie genau jetzt eintraf.

Cato beobachtete ihn.

Weber sah sich um, es war ihm unmöglich, das nicht zu tun. Der Gedanke, dass irgendwo ein Mörder stand und ihn ausspähte, war erschreckend, aber auch merkwürdig erregend. Er spürte, wie sein Puls stieg. Jeder Muskel seines Körpers war angespannt, als er misstrauisch die Leute in der Umgebung musterte.

Es waren viele.

Zu viele, die ihn beobachten konnten. Sowohl vom Park aus als auch von den umliegenden Straßen. Cato hatte den Ort gut gewählt.

Er öffnete die neue SMS.

«Gut. Sie haben meine Anweisung befolgt», stand dort. Nicht mehr. Weber trat einen Schritt zurück auf den Kiesweg und blieb stehen. Es war besser, gelassen zu reagieren, wenn Cato ihn sehen konnte. Alles andere veranlasste ihn vielleicht nur zur Flucht. Weber versuchte, seinen hohen Puls zu senken, indem er tief einatmete. Mit mäßigem Erfolg. Seine Gedanken ließen ihm keine Ruhe. Sollte er auf die Nachricht antworten? Eigentlich erschien es ihm unnötig, denn Cato

überwachte ihn, und er bestimmte. Außerdem fiel es Weber
moralisch gesehen leichter, die Instruktionen abzuwarten
und zu befolgen, als selbst zu viel zu agieren. Oder erwartete
Cato einen Dialog? Dass Weber aktiv sein Interesse bekun-
dete?

Wie auf Bestellung folgte die nächste SMS.

«Gehen Sie zum Spielplatz am anderen Ende. Ohne Um-
wege.»

Er drehte sich um und bog um die Ecke des Gebäudes. Nun
lag die große Bibliothek zu seiner Linken, und der Park mit
seinen großen Rasenflächen und mächtigen Laubbäumen
breitete sich vor ihm aus. Der nördliche Kiesweg führte in
die Mitte des Parks, wo sich mehrere Wege an einer Fontäne
trafen. Wenn Cato ihn beobachtete, konnte er das von unzäh-
ligen Orten aus. Er konnte jeder beliebige Spaziergänger sein,
der durch diesen Park schlenderte. Vielleicht ging er aber
auch auf einer der beiden Straßen, die parallel zum Park verliefen. Die Unruhe, die Axel Weber eben noch verspürt hatte,
hatte sich in reine Neugier verwandelt. Er legte einen Schritt
zu und erreichte die Fontäne, von wo ihm ein engumschlun-
genes Paar entgegenkam. Hinten zwischen den Bäumen
konnte er schon den Spielplatz erahnen. Einige niedrige
Holzhäuser, mehrere Sandkästen, Rutschen und Schaukeln.
Es waren ziemlich viele Kinder da, obwohl es fast neunzehn
Uhr war, und die fröhlichen Schreie der Spielenden mischten
sich hier und da mit übermüdetem Heulen. Er sah zu den
Schaukeln hinüber. Vor ein paar Jahren war er einmal mit
einer Freundin hier gewesen, die ein Kind hatte. Sie hatte ihn
dorthin geschleift, und er hatte an den Schaukeln gestanden,
angeschubst und Vater gespielt. Sie hatte einen netten Jungen gehabt, wollte aber noch mehr Kinder haben, und Weber
hatte das für sich ausgeschlossen. Da keiner von ihnen seine

Meinung hatte ändern wollen, war die Beziehung nach einem halben Jahr beendet gewesen. Für einen kurzen Moment überlegte Weber, ob er das Richtige getan hatte.

Aber jetzt gab es wichtigere Dinge zu bedenken.

Das Handy in seiner rechten Hand summte erneut. Noch eine SMS.

Eine neue Anweisung vermutlich.

«Begeben Sie sich zum Karlavägen und gehen Sie ihn links hinunter, bis ich mich melde», stand dort.

Er sah sich erneut um. Überall waren Menschen. Ein Stück entfernt saß ein Mann auf einer Parkbank. Hatte er ihn schon einmal gesehen? Weber war sich nicht sicher. Sein Handy vibrierte.

«Worauf warten Sie noch?»

Ja, worauf wartete er? Vielleicht darauf, endgültig zur Marionette zu werden? Er ging los. Bis zum Karlavägen, der längs des Parks verlief, und dann nach links den Bürgersteig hinunter. Ein Stück entfernt sah er eine Kreuzung. Aber er hatte vor, weiter geradeaus den Karlavägen entlangzugehen, bis die nächste SMS kam. Ihm blieb nichts anderes übrig, als den Anweisungen des Mörders zu folgen.

Erst nach fünfzehn Minuten ließ Cato wieder von sich hören. Es war eine lange Viertelstunde. Zu Beginn war er schnell gegangen, aber als der Karlavägen in die Birger Jarlsgatan mündete, war er eine Sekunde lang unsicher gewesen. Dann war er jedoch weiter geradeaus gegangen. Als er die Odengatan überquert und noch immer nichts von Cato gehört hatte, wuchs seine Unsicherheit. Wie weit sollte er eigentlich noch laufen? Er blieb für einen Moment stehen und betrachtete seine Umgebung. Autos und Menschen. Aber nichts Besonderes, niemand, der aus der Menge herausstach. Er ging weiter. Immer schneller, als könnte er damit die nächste SMS erzwingen. Richtung Roslagstull. Auf Höhe der Frejgatan kam das, worauf er gehofft hatte.

Es vibrierte in seiner Hand.

Eine Adresse.

«Roslagsgatan 29.»

Das war alles.

Er glaubte zu wissen, wo die Roslagsgatan lag, sah aber sicherheitshalber noch einmal auf Google Maps nach. In der Tat, sie lag nur ein paar Minuten entfernt. Er musste links in die Frejgatan einbiegen, und die nächste Parallelstraße war bereits die Roslagsgatan.

Er spürte, wie er abermals nervös wurde. Die Adresse eines Hauses. Das gefiel ihm nicht. Er fühlte sich unter Menschen in der Öffentlichkeit sicherer. Gern hätte er es vermieden, irgendwo hineinzugehen, wo ihn niemand sehen konnte.

Er gelangte zur Roslagsgatan. Laut seinem Handy sollte die Nummer 29 nur wenige Häuser weiter auf der linken Straßenseite liegen. An der Ecke gab es einen Schlosserladen mit großen blauen und roten Schildern in der Auslage. Er ging darauf zu. Über dem Geschäft stand auf einem schmutzigen Schild: *Roslagsgatan 27–41*. Er war fast da.

Die nächste Tür.

Das Haus war eingerüstet und mit Plastikplanen verhüllt. Bedächtig ging er darauf zu. Nichts regte sich, nur die Planen am Haus bauschten sich im Wind. Die Haustür dahinter bestand aus einer doppelten Glastür mit Holzsprossen. Er stieg unter dem Gerüst durch und zog am Griff, doch die Tür war verschlossen. Auf einem fleckigen Zettel, der mit Klebeband an der Tür befestigt war, stand: «Installationsarbeiten vom 15. März bis 15. August.»

Das Treppenhaus hinter der Tür war dunkel und leer, was vermutlich für das ganze Gebäude galt. Weber kletterte wieder unter dem Gerüst hervor und sah zur Fassade hinauf. Still und verlassen, bis auf die Plane im Wind. Er warf einen Blick auf das billige Handy und wünschte, dass eine SMS käme, die ihm sagen würde, was jetzt zu tun sei. Wartete Cato auf etwas, oder konnte er ihn nicht mehr sehen? Weber trat wieder auf die leere Straße, um sich zu zeigen. Nichts. Was sollte er tun? Er beschloss, noch einmal an der Haustür zu rütteln. Vielleicht hatte er etwas übersehen? Als er nur noch ein paar Schritte davon entfernt war, summte das Handy erneut. Er erstarrte.

Cato war zurück.

«Klettern Sie in den dritten Stock und steigen Sie durch das offene Fenster ein, dann bekommen Sie Ihr Interview.»

Weber wurde innerlich ganz kalt. Er sah zu dem Baugerüst empor und verstand, was Cato mit klettern meinte. In eine Wohnung in den dritten Stock. Genau das hatte er sich geschworen, nicht zu tun. Sich an einen Ort ohne Zeugen locken zu lassen. Einen Ort, wo der Mörder ihn überrumpeln konnte. Und gleichzeitig war es schwer, dem Reiz zu widerstehen. Wenn er nach etwas Exklusivem suchte, etwas, das kein Konkurrent hatte, dann war es dies.

Die Schlagzeile aller Schlagzeilen.

Die größte Story in seiner Karriere.

Aber auch das Gefährlichste, was er je getan hatte.

«Woher weiß ich, dass Sie nichts anderes planen?», tippte er in das Handy und schickte die Nachricht ab.

Die Antwort kam schnell.

«Das können Sie nicht wissen.»

Weber starrte auf das Telefon. Der Ton beunruhigte ihn. Jetzt kam ihm die Sache nicht mehr nur gefährlich vor. Sondern lebensgefährlich.

Das Handy brummte erneut.

«Wenn Sie nicht wollen, kann ich zur Konkurrenz gehen. Es gibt viele wie Sie», stand dort.

Das entschied die Sache. Weber steckte das Telefon in die Tasche und griff mit beiden Händen nach dem Baugerüst. Er zog sich hoch und fand mit beiden Füßen Halt auf einer Querstange des Gerüsts. Einen Augenblick hätte er fast das Gleichgewicht verloren, doch dann fand er die Balance wieder. Er blickte nach oben. Nur vierzig Zentimeter über ihm war eine Metallplatte. Er langte hinauf, stieß sich mit den Füßen ab und zog sich bäuchlings auf die Platte. Er verschnaufte kurz, rappelte sich auf und klopfte sich den Staub von den Hosenbeinen. Der restliche Weg nach oben war einfach. An der Seite waren Streben wie Sprossen angebracht, die zu den anderen Etagen führten. Das Gerüst wackelte ein wenig unter seinem Gewicht, als er nach oben zu steigen begann, aber das war nicht bedrohlich.

Er erreichte die erste Etage. Die Metallplatten verliefen entlang der gesamten Breite des Hauses, und die dunklen, geschlossenen Fenster lagen auf Höhe von Webers Taille. Er spähte in das nächstgelegene hinein. Die Wohnung dort drinnen wirkte leer. Auf dem Boden lagen Abdeckpappe und ein paar Werkzeuge, mehr nicht. Er unterdrückte sein Unbehagen und stieg weiter nach oben. Je höher er kletterte, desto abgeschiedener fühlte er sich.

Er gelangte zum zweiten Stockwerk. Wieder eine Reihe von geschlossenen Fenstern. Dunkle Augen in einer grauen Fassade.

Kein Zeichen von Leben. Alles wirkte verlassen.

Weber holte tief Luft und setzte seinen Aufstieg fort, wenn auch vorsichtiger. Bald ragten sein Kopf und die Augen über die nächste Kante. Er blieb stehen und blickte sich um. Hier sah es genauso aus. Die Fassade, die Fenster, die Plane, die sich im Wind aufblähte. Ein Stück entfernt standen ein paar schmutzige weiße Eimer auf dem Gerüstbrett. Über ihm gab es eine weitere Etage. Aber dies hier war die dritte. Er kletterte auf das schmale Bordbrett, das etwas schwankte und unter seinem Gewicht knarrte. Er hielt sich krampfhaft fest.

Im Vergleich zu den anderen Stockwerken fiel ihm nichts Besonderes auf, aber hierher hatte Cato ihn bestellt. Er ging zum nächsten Fenster. Es war sehr verstaubt, sodass er mit dem Gesicht ganz nah an die Scheibe herangehen musste, um etwas zu erkennen. Auch hier bedeckte braune Pappe den Boden des Raums, der wahrscheinlich das Wohnzimmer war, und einige Kartons mit Abflussrohren und eine verpackte Toilette standen vor dem nächsten Raum, in dem Weber das Badezimmer vermutete. Er ging weiter. Sah in die Küche hinein. Neben der Spüle standen einige alte Pappbecher und Verpackungen von Fertigessen, aber sonst war dieser Raum genauso leer wie die anderen. Weber lief weiter. Die Anspannung trieb ihn voran.

Als er zum dritten Fenster kam, erstarrte er. Es war offen. Unten klemmte ein winziger zusammengefalteter Zettel, aber der Spalt zwischen Fenster und Rahmen war nicht zu übersehen. Er zog den Zettel heraus, und das Fenster glitt auf. Dahinter wartete eine leere dunkle Wohnung.

Jetzt hatte er plötzlich das Gefühl, die Grenze zu überschreiten.

Das Adrenalin und die Neugier konnten ihn eine lange Strecke vorantreiben, aber jetzt war er an einem Wendepunkt angekommen. Dort drinnen in der Dunkelheit könnte sein Leben ein Ende nehmen. Seine Schreie würden im Geräusch der flatternden Plane untergehen. Das war die Wahrheit.

Aber er konnte auch nicht einfach wieder kehrtmachen.

Nicht jetzt, das war unmöglich. Die Fensteröffnung war ebenso furchteinflößend wie verlockend. Sie stellte nicht nur eine Bedrohung dar, sondern bot ihm auch neue Möglichkeiten. Die er ergreifen wollte und die er brauchte. Für die er gekämpft hatte. Er konnte jetzt nicht kneifen.

Kurz zögerte er noch, obwohl er sich eigentlich schon entschieden hatte. Er würde es tun, aber er brauchte eine Rettungsleine. Er nahm sein Handy und rief den einzigen Menschen in seinem Leben an, dem er vollständig vertraute. Seinen Bruder. Rolf ging wie immer sofort ans Telefon.

«Hallo, Axel, was steht an?», fragte er.

«Es gibt da eine spezielle Sache, um die ich dich bitten will», flüsterte Weber.

Rolf hörte der Stimme seines Bruders an, dass er gestresst war.

«Was ist passiert?», fragte er nervös.

Einen Moment lang wusste Weber nicht, wo er anfangen sollte.

«Und was ist das für ein Lärm im Hintergrund?», fuhr Rolf fort, und Weber bemerkte, dass er sich schon an das Knattern der Plane gewöhnt hatte. Weber drückte das Handy fester an die Wange, damit der Bruder ihn besser verstand.

«Später werde ich dir alles genau erzählen, versprochen. Aber es ist so: Dieser Dokusoap-Mörder, du weißt schon, hat zu mir Kontakt aufgenommen.»

«Der Typ, über den du schreibst?»

«Genau. Ich werde jetzt gleich in eine Wohnung gehen, aber ich weiß nicht, ob er dort ist oder nicht.»

Weber hörte, wie der Bruder panisch wurde.

«Bist du vollkommen irre geworden?»

«Ich muss das einfach tun. Wenn etwas passiert, rufst du die Polizei an.»

«Hör auf, Axel. Geh sofort von da weg.»

«Ich kann nicht.» Weber versuchte, möglichst ruhig und überzeugend zu klingen. «Wenn es klappt, war es das alles wert. Es ist die größte Geschichte, die ich je gemacht habe.»

«Aber sie ist es doch nicht wert, dafür zu sterben!», schrie Rolf jetzt.

Weber ging nicht darauf ein. Er hatte nicht vor, sich von der Reaktion seines Bruders beeinflussen zu lassen. Sein Entschluss stand fest.

«Schreib dir diese Adresse auf», sagte er bestimmt. «Roslagsgatan 29.»

«In Stockholm?»

«Genau. Im dritten Stock.»

Er hörte, wie Rolf einen tiefen Seufzer ausstieß. Aber wenigstens protestierte er nicht mehr.

«Hör mir zu», fuhr Weber fort. «Ich gehe in die Wohnung. Du bleibst am Handy. Wenn mir etwas passiert, wenn das Gespräch unterbrochen wird oder irgendetwas in der Art, rufst du sofort die Polizei an und schickst sie her.»

«Okay. Aber sei vorsichtig!», bat der Bruder.

«Versprochen», sagte Axel Weber. Er lächelte leise vor sich hin. Es machte einen Unterschied, den Bruder dabeizuhaben, und wenn auch nur am Telefon. Jetzt fühlte er sich nicht mehr allein.

Weber öffnete das Fenster ganz und spähte in den Raum, um sich zu vergewissern, dass er leer war, bevor er hineinkletterte.

«Ich gehe jetzt rein ...», flüsterte er und stand kurz darauf auf der braunen Abdeckpappe und sah sich um. Ihm fiel nichts auf, was diesen von den anderen Räumen unterschied, in die er von draußen gespäht hatte.

«Was siehst du?», drang es aus dem Handy, das er immer noch gegen sein Ohr presste.

«Einen dunklen leeren Raum. Vermutlich das Wohnzimmer.»

Weber tat einige vorsichtige Schritte hinein. Es gab zwei Türöffnungen. Eine vor ihm, die in den Flur und weiter zu einem verschlossenen Zimmer führte, und eine auf der linken Seite, dort war vermutlich die Küche. Er machte ein paar behutsame Schritte in diese Richtung und sah vorsichtig hinein. Richtig, es war die Küche.

«Hallo? Bist du noch da?», drang es aus dem Telefon.

«Ja», antwortete er leise und schlich weiter.

«Kannst du nicht erzählen, was du siehst?», fragte Rolf unruhig.

«Ich werde jetzt gleich in den Flur gehen», flüsterte Weber. In der Wohnung war es vollkommen still, er hörte nur seine eigenen Atemzüge. Als er sich dem Flur näherte, roch es nach fauligem Wasser. Vermutlich kam der Gestank aus dem Abfluss des Badezimmers, dessen Tür am anderen Ende des Flurs offen stand, direkt gegenüber der Haustür. Der Raum war vollkommen kahl, es gab weder eine Toilette noch ein Waschbecken oder eine Duschkabine. Die Sanitäreinrichtung stand noch verpackt an einer Wand. Es war also eine Zweizimmerwohnung, stellte er fest. Nur ein Zimmer hatte er noch nicht inspiziert, jenes hinter der verschlossenen Tür, die er bereits vom Wohnzimmer aus gesehen hatte.

«Nur noch ein Zimmer», flüsterte er seinem Bruder zu.

Sicherheitshalber blickte sich Weber noch einmal um. Nirgends waren Schatten oder Bewegungen, soweit er feststellen konnte. Vorsichtig näherte er sich der verschlossenen Holztür und drückte ganz behutsam die Klinke herunter. Die Tür war unverschlossen und öffnete sich mit einem Klicken. Er blieb einen Moment vor dem schmalen Türspalt stehen und beschloss, nicht einfach hineinzutappen. Stattdessen trat er einen Schritt zurück.

«Ich gehe jetzt rein», wisperte er und wartete nicht auf die Antwort seines Bruders. Er versetzte der Tür einen Tritt, sodass sie aufschwang, gegen die Wand schlug und vor seinen Augen wieder zufiel.

«Verdammt!»

Weber schrie nicht wegen der Tür, sondern wegen dem, was er in den Sekundenbruchteilen dahinter gesehen hatte.

Einen Mann, der auf einem Stuhl saß.

Viel zu still.

«Verdammt, da drinnen ist jemand», sagte er laut zu seinem Bruder.

«Jetzt geh endlich von dort weg, ich rufe die Polizei», bat Rolf hektisch, und Axel Weber spürte, dass sein Bruder kurz davor war, das zu tun.

«Nein, warte. Ich sehe noch einmal nach.»

«Nein, mach dich aus dem Staub! Bitte!»

Weber ignorierte die Stimme seines Bruders. Irgendetwas war merkwürdig gewesen an dem Mann, den er da gerade auf dem Stuhl gesehen hatte. Eine Gestalt auf einem Stuhl. Reglos, fast so, als säße sie dort, um auf ihn zu warten. Er konnte jetzt nicht einfach abhauen. Das war unmöglich. Sachte drückte er die Klinke erneut herab und öffnete die Tür. Dann sah er ihn.

Denn es war ein Er.

An einen Stuhl gefesselt.

Den Kopf unnatürlich nach hinten gebeugt.

Weber lief ein eiskalter Schauer über den Rücken. Er sah das strähnige, verklebte Haar, das blassgraue Gesicht, die Rinnsale von Blut, die Augen, die blind zur Decke starrten.

Und er sah die Mitteilung auf dem Pappschild, das um den Hals des Mannes hing.

«SCHULDIG», stand darauf.

Plötzlich durchschnitt ein Signal die Stille im Raum. Das Geräusch ließ ihn zusammenfahren. Das andere Handy. Eine unbekannte Nummer, aber er wusste, wer das war.

«Ich melde mich gleich wieder», sagte er ganz ruhig zu seinem Bruder. In diesem Moment hatte er jeden Kontakt zu seinen Gefühlen verloren. Cato hatte ihn in seine Welt gezerrt.

Er hob das billige Handy ans Ohr.

«Jetzt können Sie Ihr Interview haben», sagte eine Männerstimme am anderen Ende der Leitung.

Der Hinweis war von einem anonymen Prepaidhandy eingegangen. Er war detailliert und glaubwürdig gewesen, sodass Torkel beschlossen hatte, alle verfügbaren Kräfte einzusetzen.

Roslagsgatan 29, dritter Stock.

Ein toter Mann, an einen Stuhl gefesselt.

Die ersten Kollegen von der Streife waren nach sechs Minuten vor Ort gewesen. Nachdem sie den Hausmeister ausfindig gemacht hatten, der ihnen aufschloss, waren sie in die Wohnung im dritten Stock gegangen. Kurz darauf hatten sie bestätigt, dass sie in dem leerstehenden Wohnhaus tatsächlich einen ermordeten Mann vorgefunden hatten. Torkel bat sie, draußen zu warten und dafür zu sorgen, dass niemand die Wohnung betrat. Ursula und Billy würden die technischen Beweise sichern, ehe jemand anders Zutritt erhielt. Als Erstes mussten sie feststellen, ob es sich um denselben Täter handelte. Der Fundort sprach dagegen, denn die Schulumgebung schien eine wichtige Konstante des Serienmörders zu sein.

Vanja hatte bei der Zentrale die Vermisstenanzeigen im Großraum Stockholm in den letzten achtundvierzig Stunden abgefragt, aber das hatte nichts gebracht. Ein Junge war gestern Abend in Hagsätra verschwunden, am Morgen jedoch bei einem Schulkameraden wiedergefunden worden.

Als sie in die Frejgatan einbogen, wurden sie von drei Streifen und weiteren Polizeiautos mit blinkendem Blaulicht empfangen, die die Straße abgesperrt hatten. Um das Absperrband hatte sich bereits eine Meute Schaulustiger versammelt, und die Ermittler waren gezwungen, sich hindurchzudrängen. Sie ließen die Wagen stehen. Alle wussten, was sie zu tun hatten. Bis auf Sebastian, so schien es. Er tigerte ein wenig planlos vor dem eingehüllten Haus auf und ab. Torkel musste in sich hineingrinsen. Sebastian verhielt sich zurzeit wirklich anders als sonst. Beinahe untertänig. Gleichzeitig wusste Torkel, dass er diesen Zustand genießen musste, solange er währte, denn das würde sicher nicht für die Ewigkeit der Fall sein.

Vanja wollte mit den Polizisten sprechen, die als Erste bei dem Ermordeten gewesen waren, und verschwand unter der Plane am Baugerüst. Torkel fragte Billy und Ursula, ob sie bereit waren. Das waren sie. Sie waren in ihre Ganzkörperschutzanzüge geschlüpft und trugen je zwei Koffer mit ihrer Ausrüstung. Aus alter Gewohnheit nahm Torkel Ursula einen Koffer ab und half ihr beim Tragen. Zusammen betraten sie das Haus. Das Treppenhaus war grau und verstaubt, und die Plane vor dem Baugerüst hielt das schwache Tageslicht zurück, aber zum Glück funktionierte die Beleuchtung. Rasch liefen sie die Steintreppen hinauf. Alle außer Billy keuchten ein wenig, als sie den dritten Stock erreicht hatten. Die Tür zu einer der Wohnungen war geöffnet, und Torkel nickte den beiden uniformierten Kollegen zu, ein Mann und eine Frau, die danebenstanden und mit Vanja sprachen, ehe er einen Blick in die Wohnung warf. Drinnen war es dunkel. Der Boden war mit Pappe abgedeckt. Gegenüber der Wohnungstür lag das Bad. Ein schwacher, aber unverkennbarer Geruch von fauligem Wasser drang zu ihnen heraus. Torkel stellte den Koffer ab.

«Wo ist die Leiche?», fragte Ursula, während Billy und sie an Torkel vorbei in den Flur hineingingen.

«Da drinnen», erwiderte einer der Streifenpolizisten. «In dem Zimmer auf der rechten Seite.»

«Auf einem Stuhl. Nachdem wir überprüft hatten, ob er auch wirklich tot ist, sind wir sofort wieder gegangen», musste seine Kollegin unbedingt noch hinzufügen, um zu zeigen, wie vorbildlich sie gehandelt hatten.

«Gute Arbeit», bestätigte Torkel routiniert und rief Ursula nach: «Sag Bescheid, wenn wir reinkönnen.»

Ursula nickte. Billy folgte ihr. Torkel wandte sich wieder den beiden Uniformierten zu. Sie waren jung, aber keineswegs verschreckt, sondern eher erwartungsvoll und euphorisch. Es war eindeutig, dass sie nicht jeden Tag einen Mordfall erlebten.

«Haben Sie die anderen Wohnungen überprüft?», fragte er.

«Bisher nur eine. Sie war leer», antwortete die Frau.

«Allerdings hat William darauf hingewiesen», erklärte Vanja, «dass das Fenster im Wohnzimmer offen stand, als sie kamen.»

«Ein guter Hinweis. Danke.» Torkel nickte dem jungen William wohlwollend zu. Es lohnte sich, die uniformierten Kollegen zu loben. Gute Beziehungen erleichterten die Arbeit. Für Torkel war keine Kette stärker als ihr schwächstes Glied, und diejenigen, die fast immer zuerst vor Ort eintrafen, waren viel wichtiger, als viele seiner Kollegen auf der Chefebene dachten.

«Bitte überprüfen Sie auch den Rest des Hauses», sagte er. «Und wenn Sie etwas finden, wissen Sie ja, was zu tun ist.»

«Nichts anfassen, nur melden», antworteten sie unisono und zogen los.

Torkel warf einen Blick in die Wohnung und zu der Tür,

hinter der Billy und Ursula verschwunden waren. Er hörte, wie sie sich dort drinnen bewegten.

«Wie sieht es aus?», rief er neugierig.

«Schwer zu sagen», erklang Ursulas Stimme nach einer Weile.

«Derselbe Täter?», fragte Vanja. Es war frustrierend, draußen herumstehen zu müssen, ohne teilnehmen, ja nicht einmal zuschauen zu können. Diesmal antwortete Ursula sofort. Sie konnte ihre Ungeduld verstehen.

«Zieht euch Schuhüberzieher an und kommt zur Tür. Von dort aus habt ihr einen guten Blick», sagte sie.

Schnell schlüpften sie in die Schuhüberzieher. Sebastian hatte natürlich keine dabei, durfte sich aber ein Paar von Vanja leihen.

Sie betraten nacheinander die Wohnung, erst Torkel, dann Vanja und am Ende Sebastian, gingen den Flur hinunter und blieben im Türrahmen stehen. Der Raum war mittelgroß, vermutlich das Schlafzimmer. Genau in der Mitte saß ein gutgekleideter Mann, auf einen Stuhl gefesselt, rechts und links von ihm Billy und Ursula in ihren Schutzanzügen. Sein Kopf hing in einem unnatürlichen Winkel nach hinten. Um seinen Hals trug er ein Schild mit der Aufschrift «SCHULDIG». Ein unheimlicher Anblick in dem düsteren Raum, der noch verstärkt wurde, als Billy die mitgebrachte Arbeitslampe einschaltete. Das weiße kalte Licht ließ den toten Körper noch lebloser und blasser aussehen und Ursula und Billy in ihren Anzügen noch seltsamer.

«Hat er einen Test auf dem Rücken?», fragte Sebastian.

«Nein.»

«Keine Schule, keine Narrenkappe, mitten im Raum anstatt in der Ecke und mit bekleidetem Oberkörper», sagte Sebastian leise. «Interessant.»

«Aber am Bolzenschussgerät hat er festgehalten.»

Vorsichtig hob Ursula den Kopf des Mannes ein wenig und zeigte ihnen die zertrümmerte, blutige Stirn. Die gleichen Verletzungen, die gleiche Platzierung, und außerdem ...», fuhr sie fort und deutete auf die fest gespannten Seile, die den Mann auf dem Stuhl hielten, «... stimmen auch die Seile und die Knoten genau überein.»

«Also ist es unser Täter?»

«Davon können wir wohl ausgehen», antwortete Ursula. «Hundertprozentig sicher kann ich das aber erst sagen, wenn ich die Antwort aus dem Labor habe.»

Es wurde einen Moment still. Sie standen im faulig riechenden Flur und sahen Billy und Ursula bei der Arbeit zu. Billy machte die Fotos, Ursula zeigte ihm, was er festhalten sollte.

«Wenn er seine Vorgehensweise so sehr verändert hat, tippe ich mal darauf, dass sich auch das Opfer von den anderen unterscheidet», stellte Sebastian trocken fest. Die anderen blickten ihn neugierig an.

«Wie meinst du das?», fragte Vanja.

Sebastian zuckte nonchalant mit den Achseln.

«Ich glaube nicht, dass wir es hier mit einem C-Promi zu tun haben. Das Schild sagt etwas anderes über diesen Mann aus.»

«Dass er in irgendeiner Sache schuldig ist?», fragte Billy sarkastisch und sah zu Sebastian auf. Er hatte gerade damit begonnen, die Kleidung des Mannes zu durchsuchen.

«Bei den anderen Opfern wollte er zeigen, wie dumm sie sind», sagte Sebastian und überhörte Billys Stichelei. «Die Allgemeinbildung dieses Mannes hier hat aber keine Rolle gespielt. Er ist trotzdem schuldig. In einer anderen Sache.»

«Dass der Mörder seinen Modus Operandi ändert, hat uns

gerade noch gefehlt», sagte Torkel und sah verbissen aus. «Okay, dann macht ihr eure Sache hier fertig. Wir anderen fangen schon einmal an, die nähere Umgebung zu untersuchen und zu sehen, ob wir in den anderen Häusern jemanden antreffen. Hast du eine Ahnung, wie lange er schon tot ist, Ursula?»

«Höchstens sechs Stunden», antwortete sie.

«Gut, dann haben wir zumindest einen Anhaltspunkt», antwortete Torkel und setzte sich in Bewegung. Vanja und Sebastian wollten ihm gerade folgen, als Billy sie aufhielt.

«Wartet mal», sagte er und zog eine Geldbörse aus der Jackettinnentasche des Opfers. Er öffnete sie und holte einen Führerschein heraus. «Claes Wallgren.»

«Kennt den einer von euch?», fragte Torkel, doch die anderen schüttelten nur die Köpfe.

«Er ist Programmchef bei TV3», sagte Billy und hielt mit seiner behandschuhten Hand eine Visitenkarte hoch.

«Gut, dann ruf mich an, falls du noch mehr findest. Ich nehme Kontakt mit seiner Familie auf.»

«Ich glaube, jetzt verstehe ich das Schild», sagte Sebastian. «Wenn sich jemand des Vergehens schuldig macht, die Dummheit zu feiern, dann sind es die Fernsehmacher, glaubt unser Mann.»

Er blickte Torkel und Vanja ernst an.

«Er hat begonnen, die etwas größeren Fische zu fangen.»

Torkel stellte den Wagen auf seinem reservierten Parkplatz vor dem Haus ab. Er kostete monatlich fast so viel wie die Miete einer kleinen Einzimmerwohnung, aber Torkel hatte keine Lust, ewig durch die Gegend zu kurven und nach einer freien Parklücke zu suchen, wenn er zu allen Tages- und Nachtzeiten nach Hause kam. Ein kurzer Blick auf seine Uhr verriet ihm, dass es schon wieder fast Mitternacht war. Er stellte den Motor ab, lehnte sich zurück und blieb noch einen Moment sitzen. Schloss die Augen.

Er liebte seine Arbeit wirklich, und das war nur gut, so viel Zeit, wie er damit verbrachte. Aber vor einer Sache graute ihm immer. Die Angehörigen eines Mordopfers zu informieren. Nachdem er den Fundort verlassen hatte, war er direkt zu den Wallgrens gefahren, in die Dalagatan in Vasastan.

Auch hier war Torkel einige Runden um die Blocks gefahren, ohne einen Parkplatz zu finden. Am Ende hatte er beschlossen, sich ins Halteverbot neben dem Vasapark zu stellen. Der Hauseingang, der zur Wohnung der Wallgrens führte, lag zwischen einer Zahnarztpraxis und einem Restaurant. Torkel holte den Zettel hervor, auf dem er sich den Türcode notiert hatte, gab ihn ein und trat ins Haus. Dritter Stock. Oben angekommen, holte er tief Luft und drückte die Klingel. Nur Sekunden später wurde die Tür von einer Frau Mitte dreißig geöffnet. Linda Wallgren, nahm Torkel an. Er glaubte zu sehen, wie sich ihre Hoffnung innerhalb kürzester Zeit in Enttäuschung verwandelte, ehe sich Unruhe in ihrem Blick abzeichnete.

Sie hatte gehofft, es wäre ihr Mann.

Dass er die Schlüssel vergessen oder das Handy verloren hatte, dass er überfallen worden oder fremdgegangen war, was auch immer, das erklärte, weshalb er nicht mehr erreichbar gewesen und nicht zur Arbeit erschienen war. Und dass er jetzt wiedergekommen wäre. Stattdessen stand ein älterer Mann mit ernster Miene und einem Polizeiausweis in der Hand vor der Tür und erkundigte sich, ob sie Linda Wallgren sei. Sie nickte, und Torkel fragte, ob er hereinkommen dürfe.

Jetzt öffnete Torkel wieder die Augen, sah zu seiner dunklen Wohnung hinauf und zog seufzend den Autoschlüssel ab. Als er ausstieg, fiel ihm ein, dass er nichts mehr zu essen zu Hause hatte. Absolut nichts. Nicht einmal eine Tasse Tee würde er sich kochen können, wenn er Lust darauf hätte. Er ging zum 7-Eleven-Laden an der Ecke.

Über eine Stunde hatte er in der großen, hellen und modernen Vierzimmerwohnung in der Dalagatan gesessen, ohne besonders viel Neues zu erfahren, das ihnen bei der Suche nach dem Mörder weiterhelfen könnte.

«Ist etwas passiert? Was ist los?», hatte Linda gefragt, während sie ihn ins Wohnzimmer führte und ihn bat, auf dem Ecksofa Platz zu nehmen. Als er sich gerade gesetzt hatte und die grausame Nachricht überbringen wollte, kam ein kleines Mädchen ins Zimmer.

«Wer ist das? Wo ist Papa?»

Linda wollte das Mädchen dazu bewegen, das Zimmer zu verlassen und wieder ins Bett zu gehen, doch es weigerte sich. Weinte. Klammerte sich an der Mutter fest. Schließlich rief Linda ihre Mutter an, die anscheinend in der Nähe wohnte und schon eine Viertelstunde später eintraf. Der Großmutter gelang es dann, das Mädchen in sein Zimmer zu bringen.

Endlich hatte Torkel die Möglichkeit, Linda vom Tod ihres

Mannes zu berichten. Natürlich hatte sie es schon gewusst oder zumindest geahnt, als sie ihm die Tür geöffnet hatte, doch als er ihre schlimmsten Befürchtungen bestätigte, kamen der Schock und dann die Tränen. Leise und beherrscht. Vermutlich, damit die Tochter sie nicht weinen hörte.

«Wie?», fragte sie zwischen ihren unterdrückten Schluchzern. «Warum?»

Torkel erzählte, was er preisgeben durfte.

Ihr Mann sei ermordet worden.

Vermutlich gab es Verbindungen zu anderen Morden.

Das Motiv hing wahrscheinlich mit seiner Arbeit zusammen.

Er wusste aus Erfahrung, dass es eigentlich nicht so wichtig war, was er sagte, da sie die Informationen in diesem Moment gar nicht verarbeiten konnte und ihr das alles nur unwirklich und unverständlich vorkam. Im Übrigen konnte er nur noch sagen, wie leid es ihm tue, und sich vorsichtig erkundigen, ob sie die Kraft habe, ihm ein paar Fragen zu beantworten.

Sie hatte genickt, doch die Befragung hatte nicht viel ergeben.

Soweit sie wisse, sei ihr Mann an diesem Tag nicht mit einem Journalisten verabredet gewesen. Er habe eine Besprechung mit seinem Chef gehabt, mehr sei ihr nicht bekannt. Er nutze den Kalender in seinem Handy, vielleicht stehe dort mehr.

Das mochte schon sein, dachte Torkel, aber sie hatten das Handy nicht gefunden. Ein Wohnmobil in der Nähe war ihr nicht aufgefallen, und sie hatte sich auch nicht bedroht gefühlt.

Torkel fragte, ob Claes in den sozialen Medien aktiv war. Twitter und Facebook, antwortete sie, das sei alles.

Schließlich hatte er die Wohnung verlassen und die Frau, deren Leben sein Besuch für immer verändert hatte. Deshalb hasste er es, Angehörige über einen Todesfall zu informieren. Als er die Treppe zu seinem Auto hinuntergegangen war, hatte Billy angerufen, der sich Claes Wallgrens Twitter-Account vorgenommen hatte und sofort fündig geworden war.

Der letzte Tweet war um 20.35 Uhr abgesetzt worden.

«Schluss damit, den Leuten zu geben, was die Leute haben wollen.»

Dreiundsechzig Zeichen von einem bereits verstorbenen Mann.

Die Sache eskalierte immer mehr, dachte Torkel, während er seine Einkäufe bezahlte. Wahrscheinlich müsste er die Presse schon morgen über die neuen Entwicklungen in Kenntnis setzen. Vermutlich würde er außerdem wieder einmal Besuch von Rosmarie bekommen. Die ihn mit Fragen löcherte.

Was sie unternahmen, um den Täter zu finden.

Ob sie bestimmten Menschen besonderen Personenschutz geben müssten und wenn ja, welchen.

Wie weit die Ermittlungen eigentlich vorangeschritten waren.

Im Grunde konnte Torkel ihr nur Christian Saurunas bieten. Den Namen, nicht die Person. Noch immer wussten sie nicht ansatzweise, wo er sich aufhalten könnte. Inzwischen hatten sie seine Mutter in Kaunas erreicht. Diese hatte bestätigt, dass er sie von Ende Mai bis Anfang Juni eine knappe Woche besucht habe und außer sich gewesen sei, weil er seine Stelle an der KTH verloren habe. Wohin er nach seiner Abreise am 5. Juni gefahren war, wusste sie nicht. Billy hatte versucht, Saurunas auf dem Handy anzurufen und es zu orten, doch ohne Erfolg. Die Mailbox sprang sofort an. Abgeschaltet, vernichtet oder ohne Empfang.

Als Torkel mit der Einkaufstüte in der Hand zu seinem Haus ging, warf er erneut einen Blick auf die Uhr. Sollte er Ursula anrufen? Sie war bestimmt noch wach, vermutlich war sie gerade erst vom Fundort zurückgekehrt. Im Laufe des Tages hatte Torkel hin und wieder daran denken müssen, was Vanja gesagt hatte.

Darüber, nichts anderes zu haben als die Arbeit.

Das galt in allerhöchstem Maße auch für ihn. Ursula würde nie seine dritte Frau werden und glücklich mit ihm bis ans Ende ihrer Tage leben, aber sie könnten sich treffen. Die Nähe des anderen genießen. Jemanden ein klein wenig zu haben war besser, als überhaupt niemanden zu haben. Mehr als ein Nein konnte er nicht riskieren, dachte er, als er die Eingangstür öffnete. Der Gedanke, Ursula anzurufen, verlieh ihm neue Energie, und er lief mit großen Schritten die Treppe hinauf. Als es nur noch wenige Stufen bis zu seiner Wohnung waren, hielt er abrupt inne.

Da saß jemand auf der Treppe.

«Jetzt hast du aber Glück gehabt. Ich hatte gerade beschlossen, allerhöchstens noch zehn Minuten länger zu warten», sagte Lise-Lotte und stand lächelnd auf.

«Was machst du denn hier?», fragte Torkel verwundert, während er das letzte Stück zu ihr hinaufging und die Person und den Ort, an dem er sie sah, nur schwer miteinander in Einklang bringen konnte.

«Dich überraschen», sagte sie und umarmte ihn. «Und, bist du überrascht?»

«Ja.»

«Gut.»

Sie ließ ihn los und ging auf seine Tür zu. Torkel blieb stehen.

«Hast du lange hier gewartet?»

«Eine Stunde vielleicht. Ich hatte ein Buch dabei.»

Torkel nickte nur, noch immer leicht geschockt.

«Willst du mich denn nicht hereinlassen? Ich müsste dringend mal auf die Toilette», sagte Lise-Lotte und deutete auf die Tür.

Doch, er wollte.

E r lag neben ihr und betrachtete sie.

Das hätte er für den Rest des Tages tun können, ja, für den Rest des Lebens. Neben ihr liegen und sie betrachten, während sie schlief.

Der Abend, oder besser die Nacht und der Morgen, waren vollkommen perfekt gewesen. Normalerweise konnte er bei laufenden Ermittlungen nicht so leicht abschalten, aber diesmal hatte er sich dabei ertappt, dass er es einfach nur genoss, wie Lise-Lotte plaudernd an seinem Küchentisch saß, während er aus seinen spärlichen Einkäufen ein Abendessen zauberte und eine Flasche Wein entkorkte.

Der gemeinsame Abend in Ulricehamn war ihr nicht mehr aus dem Kopf gegangen, erklärte sie. Und als er sich nicht bei ihr gemeldet hatte, wollte sie ihn anrufen, doch sie besaß seine Nummer nicht, und es war gar nicht so leicht, an die Durchwahl des Chefs der Reichsmordkommission zu gelangen. Also war sie zum Polizeirevier gefahren und hatte mit Eva Florén gesprochen, die ihr erzählt hatte, dass das Team überraschend gezwungen gewesen sei, wieder nach Stockholm zu fahren.

Die Arbeit hatte gerufen.

Dafür hatte Lise-Lotte Verständnis.

Sie war wieder nach Hause gefahren, doch sie hatte ihn einfach nicht vergessen können. Vor ihr lagen mehrere Wochen Urlaub, aber ohne konkrete Pläne, ihre Tochter war auf Reisen quer durch Europa. Warum sollte sie in Ulricehamn versauern? Dass sie sich diese Gedanken überhaupt machte, musste doch etwas zu bedeuten haben? Und so war sie immer mehr davon überzeugt gewesen, dass sie es bereuen würde, wenn sie nicht herausfand, wie es mit ihnen weitergehen könnte.

Es war in seinem Schlafzimmer weitergegangen.

Als sie anschließend in seinen Armen gelegen und er ihren warmen Atem an seinem Hals gespürt hatte, war er so glücklich gewesen, dass er sich zusammenreißen musste, um nicht zu weinen. Sie waren nicht vor zwei Uhr nachts eingeschlafen, und dennoch war er schon um kurz vor sechs wieder aufgewacht, aber liegen geblieben.

Und hatte sie einfach nur betrachtet.

Als es an der Tür klingelte, wurde er aus seinen Gedanken gerissen. Torkel zuckte zusammen. Es war erst halb sieben, wer konnte das sein? Er sah zu Lise-Lotte hinüber, die immer noch tief und fest schlief. Es klingelte erneut. Torkel beeilte sich, aus dem Bett zu kommen, zog seinen Morgenrock über, lief in den Flur und öffnete die Tür.

«Hast du das schon gesehen?», fragte Ursula, betrat ungebeten die Wohnung und hielt ihm eine Zeitung vor die Nase. Der *Expressen*. Auf der Titelseite prangte die reißerische Überschrift:

Exklusives Interview: Darum töte ich sie.
Der Dokusoap-Mörder spricht Klartext

Torkel sah Ursula fragend an, als bräuchte er Hilfe, um das Gelesene zu verstehen.

«Er hat ihn getroffen. Dein Spezi Weber hat unseren Mörder getroffen.»

«Er ist nicht mein Spezi», entgegnete Torkel reflexartig und konzentrierte sich erneut auf die Zeitung. Er überflog den Artikel.

Der wirkte tatsächlich so, als hätte Weber den Täter getroffen oder zumindest mit ihm telefoniert. In dem Artikel stand alles über den Test, die sechzig Fragen, die Ergebnisse, die er mit den Handys der Opfer gepostet hatte, und andere Details, die Weber nur vom Mörder oder von einem Informanten haben konnte, der vollen Einblick in die Ermittlungen hatte. Letzteres galt ausschließlich für Torkels Team, und dass einer seiner Ermittler etwas ausplauderte, war undenkbar.

«Was wollen wir unternehmen?», fragte Ursula.

«Wir unterhalten uns mit Weber», antwortete Torkel in einem Ton, der Ursula deutlich machte, dass der Journalist dieses Gespräch nicht so schnell wieder vergessen würde.

«Gib mir fünf Minuten.»

Torkel ging ins Badezimmer, Ursula blieb im Flur stehen. Sie setzte sich auf den kleinen weißen Stuhl neben der Tür, wo sie auch damals gesessen hatte, als sie beschlossen hatte, zum ersten Mal gegen ihre Regeln zu verstoßen.

Nur bei der Arbeit, nie zu Hause.

Vielleicht war ihr da der Gedanke gekommen, dass mehr aus ihnen beiden werden könnte. Dass sie auch die nächste Regel brechen könnten.

Keine Zukunftspläne.

Ursula überlegte, ob sie Torkel an diesen Regelbruch erinnern sollte und ihm erklären, dass sie ihre Zeit zusammen vermisste und nach ihrer Schussverletzung bereit war, ihr Leben zu verändern. Jetzt wäre eine gute Gelegenheit. Er war viel zu aufgebracht über den Artikel, da würde er jetzt nicht plötzlich zu Hause bleiben und reden oder Sex haben wollen. Aber er sollte erfahren, was sie fühlte, damit sie das, was auch immer zwischen ihnen war, wiederaufnehmen könnten.

Sie wollte gerade aufstehen und zu der verschlossenen Tür gehen, um nicht laut rufen zu müssen, als sie sie entdeckte.

304

Ein Paar Damenschuhe. Blaue Pumps mit mittelhohen Absätzen.

Sie runzelte die Stirn und musterte die Garderobe an der Wand.

Eine Damenjacke. Große, beige Knöpfe und Metallverschlüsse an den Taschen.

Ursula blieb auf dem weißen Stuhl sitzen und hoffte insgeheim, dass eine der Töchter beim Vater übernachtet hatte, auch wenn ihr im Grunde klar war, dass weder die Jacke noch die Pumps zu einem Teenager passten. Ihre Gedanken wurden davon unterbrochen, dass die Tür zum Schlafzimmer aufging und eine Frau, in Torkels Decke gehüllt, heraustrat. Sie war barfuß, und ihre nackten Beine ragten unter dem Stoff hervor. Ihr langes blondes Haar lag hübsch vom Schlaf zerzaust um ihr Gesicht mit den wachen blauen Augen. Sie sah aus, als käme sie geradewegs aus einer romantischen Komödie aus den Achtzigern. Ursula erkannte sie wieder. Es war die Frau aus der Bar in Ulricehamn. Die Schulkameradin. Selbst Ursula konnte sehen, wie hübsch sie war.

«Hallo.»

«Hallo ... Ursula. Ich bin eine Arbeitskollegin von Torkel.»

Sie machte weder Anstalten aufzustehen, noch streckte sie ihr die Hand entgegen.

«Lise-Lotte.»

«Aha. Hallo.»

«Hallo.»

Das kurze Schweigen endete, als Torkel aus dem Bad zurückkam. Als er Lise-Lotte erblickte, strahlte er über das ganze Gesicht. Ursula konnte sich nicht erinnern, dass sie ihn je zuvor so hatte lächeln sehen. Es dauerte einige Sekunden, bis sie begriff, dass er in diesem Moment glücklich aussah.

«Haben wir dich geweckt?», fragte er, während er auf Lise-Lotte zuging und ihr einen zärtlichen Kuss auf die Wange drückte. «Das wollten wir nicht.»

«Kein Problem ...»

«Das ist Ursula, eine Arbeitskollegin von mir ...», erklärte Torkel mit einer Geste in Richtung Ursula, die jetzt doch aufstand.

«Ja, das hat sie schon gesagt», meinte Lise-Lotte.

«Ich muss jetzt leider los, es ist etwas passiert», fuhr Torkel fort und schob Lise-Lotte mit sanfter Hand wieder ins Schlafzimmer. «Aber du kannst hierbleiben, solange du willst, und wenn du zwischendurch irgendwas unternehmen möchtest, sehen wir uns einfach spätestens heute Abend wieder.»

«Ich komme schon zurecht, fahr du nur.»

«Ich bin in zwei Minuten fertig», sagte Torkel zu Ursula, die immer noch im Flur stand.

«Ich warte unten», erwiderte Ursula, ehe sich die Tür hinter den beiden schloss.

Sie war sich nicht sicher, ob er es überhaupt noch gehört hatte.

Es dauerte nicht zwei, sondern sieben Minuten, bis Torkel endlich die Tür öffnete und auf die Straße trat. Er sah sich um und entdeckte Ursula neben ihrem falsch geparkten Auto ein Stück die Straße hinunter. Mit schnellen Schritten ging er auf sie zu, während er einen kurzen Blick auf sein Handy warf. Siebzehn verpasste Anrufe. Anscheinend hatten noch mehr Leute den *Expressen* gelesen. Er stellte den Ton des Handys wieder an, steckte es in die Tasche und knöpfte seine Jacke zu. Die Sonne hatte ihren Weg durch die Häuserschluchten noch nicht gefunden, und die Luft fühlte sich kühl an.

«Ist es in Ordnung, wenn wir dein Auto nehmen? Ich wollte Lise-Lotte meines dalassen, falls sie es heute braucht», sagte Torkel, als er bei Ursula angekommen war.

«Natürlich.»

Ursula nahm hinter dem Steuer Platz, und Torkel sprang auf den Beifahrersitz.

«Wie lange ist sie denn schon hier?», fragte Ursula in einem, wie sie hoffte, neutralen Plauderton.

«Sie ist gestern Abend gekommen.»

«Aha.»

Ursula startete den Motor, warf einen kurzen Blick in den Rückspiegel und fuhr los.

«Wie kommen wir am besten dorthin?»

«Bieg da unten rechts ab und anschließend wieder rechts, dann kommst du auf die Västerbron.»

«In diesem Viertel gibt es ja nichts anderes als diese bescheuerten Einbahnstraßen.»

«Einfach rechts.» Ursula setzte den Blinker und bog in die schmalere Straße ein. «Und wie lange wird sie bleiben?», fragte sie weiter.

«Lise-Lotte?»

«Ja.»

«Ich weiß nicht, sie hat gerade Urlaub ... also, keine Ahnung.»

Torkel schielte zu ihr hinüber. Wenn er sie nicht so gut kennen würde, hätte er schwören können, einen Hauch von Eifersucht in ihrer Stimme zu erahnen. Aber das konnte doch wohl nicht ... Der Gedanke war ihm in der Wohnung gar nicht gekommen, aber es war besser, wenn er sie danach fragte. Für klare Verhältnisse sorgte, damit nichts Unausgesprochenes zwischen ihnen schwelte, das wachsen und Unheil anrichten konnte.

«War das unangenehm für dich?»

«Was meinst du?», fragte Ursula, den Blick starr auf die Straße gerichtet.

«Die Situation mit Lise-Lotte. Ich meine, weil du und ich ...»

Sie antwortete nicht, bog nur wieder nach rechts ab und trat dann aufs Gaspedal.

«Ich fand, du hattest mir sehr deutlich zu verstehen gegeben, dass du nicht weitermachen wolltest – oder weitergehen – und dass auch nicht mehr daraus werden könnte», fuhr er fort.

«Das stimmt.»

«Also ist es in Ordnung? Ist zwischen uns alles in Ordnung?»

«Ja.»

Eine unumwundene Antwort, die nicht viele Deutungsmöglichkeiten zuließ, aber wirkte Ursula nicht ein klein bisschen verbissen? Kürzer angebunden als der Begriff kurz angebunden ausdrückte? Vielleicht bildete er es sich auch nur ein. Ursula war oft sehr direkt in ihrer Kommunikation. Man brauchte nicht zu erraten, was sie meinte und dachte.

«Sicher?», fragte er, damit sie wirklich eine Chance hatte, zu sagen, was sie fühlte, falls sie wegen Lise-Lotte tatsächlich etwas fühlte.

«Ganz sicher.»

Wieder hatte er den Eindruck, dass sie ihm nicht ganz ehrlich antwortete, aber er konnte sie nicht noch mehr unter Druck setzen. Wenn sie nicht mit ihm darüber reden wollte, dann konnte er sie nicht zwingen.

Oder er interpretierte zu viel in ihr Verhalten hinein.

Vielleicht machte es ihr gar nichts aus, dass er jemanden kennengelernt hatte.

Das Auto bog auf die Västerbron, und der DN-Wolkenkratzer wurde auf der linken Seite sichtbar. Sie fuhren schweigend weiter. Torkel klappte die Zeitung erneut auf und las Webers Artikel noch einmal genau. Er hatte Kontakt mit dem Mörder gehabt. Ihn vielleicht sogar getroffen, Torkel jedoch nicht Bescheid gegeben. Torkel wusste ziemlich genau, wie die Medienwelt funktionierte und wie sehr die Journalisten unter Druck standen, Auflagen zu verkaufen und Klicks zu generieren, aber er hatte dennoch geglaubt, dass Weber von der alten Schule wäre. Dass sie ein Verhältnis hätten, das etwas zählte und vom gegenseitigen Respekt für die Arbeit des anderen geprägt wäre. Anscheinend war dem aber nicht so, und vielleicht war es dumm von ihm, aber Torkel konnte nicht anders: Er fühlte sich betrogen.

An den Wänden des stilvollen Konferenzraums des *Expressen* hingen Reihen von historischen Titelseiten. Vermutlich sollten die lange Geschichte und Tradition des Hauses die Besucher beeindrucken, doch bei Torkel und Ursula blieb die erwünschte Wirkung aus. Sie saßen auf teuren Stühlen und blickten über den glänzenden dunklen Eichentisch hinweg auf Lennart Källman und einen etwas blassen Axel Weber. Torkel war mächtig wütend und versuchte, den korpulenten Chefredakteur zu ignorieren. Seine Blicke und Worte waren an Weber gerichtet, den Mann, dem er fälschlicherweise vertraut hatte.

«Sie meinen also ernsthaft, dass Sie nicht im Entferntesten daran gedacht haben, uns zu kontaktieren, als Sie den Brief bekommen haben?», schrie er beinahe.

«In Schweden gilt der Informantenschutz», erwiderte Weber und sah trotzdem so aus, als schämte er sich ein wenig.

«Das ist ein Grundpfeiler der Pressefreiheit», ergänzte der Chefredakteur mit seiner leicht herablassenden Attitüde, die Torkel schon die ganze Zeit gereizt hatte. «Und es ist in den Genen dieser Zeitung angelegt, um jeden Preis für die Pressefreiheit einzustehen!»

Torkel schüttelte nur den Kopf. Jetzt schaltete sich Ursula in die Diskussion ein.

«Wir haben es hier mit einem Serienmörder zu tun. Einem Serienmörder, dem Sie sechs Seiten zur Verfügung gestellt haben», schnaubte sie zornig.

«Wir bieten unterschiedlichen Stimmen ein Forum, das ist Teil unseres publizistischen Auftrags.»

Weber saß nur stumm da und hoffte, dass sein Chef die Verteidigungsrede fortsetzen würde, was er auch tat.

«Nach unserer Einschätzung dient es außerdem dem Interesse der Allgemeinheit, etwas über die Motive und Gedanken des Täters zu erfahren.»

«Wir finden, dass es im Interesse der Allgemeinheit ist, ihn zu fassen», konterte Ursula.

«Dann würde ich vorschlagen, dass Sie Ihre Arbeit erledigen und wir unsere», antwortete Källman knapp.

«Das würde uns leichter fallen, wenn die Leute ihren gesunden Menschenverstand gebrauchen und uns informieren würden, wenn der Mörder sie kontaktiert», sagte Torkel, den Blick nach wie vor auf Weber gerichtet.

«Das darf ich nicht.»

«So ein Schwachsinn!» Torkel schlug mit der flachen Hand auf den Tisch. «Wenn Sie es gewollt hätten, dann hätte es auch einen Weg gegeben. Aber Sie haben sich bewusst dagegen entschieden.»

«Ja, und das war auch ganz richtig», erwiderte Källman. «Es ist ein einzigartiges Interview, das vieles darüber verrät, wie der Mörder denkt. Was ihn antreibt.»

«Das ist kein Interview, sondern ein verdammtes Manifest», protestierte Torkel, der noch immer in Rage war.

«Nennen Sie es, wie Sie wollen. Aber wir sind der Meinung, dass es für unsere Leser von großem Interesse ist», wiederholte der Chefredakteur. Offenbar hatte er beschlossen, bei seiner Verteidigungstaktik zu bleiben.

Torkel wandte seinen wütenden Blick für einen Moment von Weber ab.

«Meinen Sie vollen Ernstes, dass ich glaube, Sie würden

das für Ihre Leser tun? Sie tun es, um Zeitungen zu verkaufen. Um jeden beschissenen Preis. Geben Sie das doch wenigstens zu, anstatt mir einen solchen Bockmist aufzutischen!»

Es wurde still im Raum. Das Gesicht des Chefredakteurs war inzwischen leicht gerötet. Für einen kurzen Moment glaubte Torkel, der Mann würde gleich aufstehen und sie vor die Tür setzen. Ursula warf Torkel einen erstaunten und zugleich bewundernden Blick zu. Es kam nicht oft vor, dass er seine Stimme auf diese Weise erhob. Und sogar auf den Tisch schlug. Hatte sie das eigentlich jemals erlebt?

Schließlich stand Källman auf und ging zu einem schmalen stilvollen Vertiko an der Wand, auf dem einige goldene Statuen und Pokale sowie ein kleiner brauner Pappkarton standen.

«Manchmal gerät man auf unterschiedliche Seiten. Aber wir sind bereit, Ihnen zu helfen, so gut wir es können», sagte der Chefredakteur. Er schien sich zu einem Friedensschluss mit ihnen durchgerungen zu haben, obwohl er sichtlich darum kämpfen musste, die Ruhe zu bewahren.

«In welcher Form wollen Sie uns helfen?», fragte Torkel ebenfalls ein wenig bedächtiger. Es wäre wohl kontraproduktiv, weiter auf Konfrontationskurs zu gehen.

Der Chefredakteur antwortete nicht, sondern hob den Karton vom Vertiko und schob ihn Torkel über den Tisch.

«Schauen Sie sich das mal an.»

Der Karton hatte keinen Deckel. Torkel sah, dass er einen gepolsterten Umschlag, einige zusammengefaltete Seiten und ein billiges Handy samt Verpackung enthielt.

«Was ist das?», fragte er neugierig.

«Alles, was wir von Cato bekommen haben», erklärte Weber.

«Wir dachten, Sie möchten es vielleicht haben», sagte

Källman und setzte sich wieder. «Wir wollen Ihnen behilflich sein.»

Torkel antwortete nicht. Er zog den Karton näher zu sich heran. Ursula stand auf, um den Inhalt näher in Augenschein zu nehmen.

«Mit diesem Handy wurde das Interview durchgeführt?», fragte sie.

«Genau», antwortete Weber und nickte. «Und vorher hat er mir SMS geschickt. Die Nachrichten sind alle noch drauf.»

Ursula öffnete ihre schwarze Tasche und zog ein Paar Gummihandschuhe und ein Bündel Plastiktütchen heraus. Sie streifte sich die Handschuhe über, nahm das Handy und steckte es in eine der Tüten, während Weber zu erzählen begann.

«Das alles wurde in diesem Umschlag gestern für mich an der Rezeption abgegeben. Wie Sie sehen können, war er auch an mich adressiert. Mit Cato als Absender», sagte er und schien ihnen ernsthaft helfen zu wollen.

«Kam das mit der normalen Post oder per Bote?», fragte Torkel.

«Per Bote.»

«Von welcher Firma?»

«Das weiß ich nicht.»

«Ich kann mich bei der Rezeption erkundigen, ob die Mitarbeiterin sich erinnert, und es Ihnen mitteilen», bot Källman an.

«Erzählen Sie weiter. Was ist dann passiert?» Torkel sah Weber auffordernd an.

«Ich habe den Brief gelesen, aber ich habe die ganze Zeit Handschuhe getragen, also habe ich hoffentlich keine Fingerabdrücke zerstört, falls es sie gibt.»

Torkel warf ihm einen unnachgiebigen Blick zu.

«Wie aufmerksam von Ihnen!»

«Immerhin habe ich mich bemüht!», erwiderte Weber gereizt. «Jedenfalls hat er, wie gesagt, über SMS den Kontakt gehalten. Erst hat er mich zur Königlichen Bibliothek geschickt, dann hat er mich eine Weile zu Fuß durch die Stadt dirigiert. Er wollte wohl prüfen, ob ich auch wirklich allein war.»

«Und dann?», fragte Torkel. Emotionslos, knapp und barsch. Er wollte Weber zu verstehen geben, dass er die Vertrauensbasis, die sie in den letzten Jahren aufgebaut hatten, für immer zerstört hatte. Weber schielte zu seinem Chefredakteur, ehe er antwortete.

«Er hat mir etwas gezeigt», sagte er schließlich.

Torkel reagierte auf seinen Tonfall. Ursula ebenfalls.

«Was hat er Ihnen gezeigt?», fragte er energisch.

Weber zögerte einen Moment. Offenbar musste er ihnen etwas mitteilen, was ihm sehr widerstrebte. Ein weiterer Blick zum Chefredakteur bestätigte dieses Gefühl bei Torkel nur umso mehr. Weber seufzte tief.

«Sie werden es ohnehin in dem Handy finden.»

«Was werden wir finden?», hakte Torkel nach.

«Er hat mir die Leiche in der Roslagsgatan gezeigt. Ich war der Anrufer, der Ihnen den Hinweis gegeben hat.»

Torkel wurde bleich. Damit hatte er nicht gerechnet.

«Wie sind Sie hineingekommen?»

«Durch ein Fenster. Er hatte es offen gelassen, indem er einen kleinen Zettel daruntergeklemmt hatte. Der liegt auch in dem Karton.»

Torkel beugte sich vor, jetzt eher müde als wütend. Dieses Ausmaß an Dummheit übertraf einfach alles.

«Sie müssen mit aufs Revier kommen und eine vollständige Aussage zu Protokoll geben. Die Sache ist ernst.»

«Ja, das habe ich schon verstanden», antwortete Weber nickend.

Ursula hatte den Inhalt des Kartons in die Plastiktüten verpackt und zurückgelegt. Jetzt wandte sie sich, ebenfalls mit einer gewissen Resignation im Blick, an Weber.

«Können Sie noch etwas über den Täter sagen? Irgendetwas. Was auch immer», fragte sie.

«Das steht alles in der Zeitung», mischte sich der Chefredakteur ein. «Wir haben nur ganz wenig gestrichen.»

Ursula ließ nicht locker.

«Etwas, das *nicht* in der Zeitung steht.»

«Das meiste haben wir tatsächlich gedruckt. Aber da ist eine Sache. Er hat das nicht gesagt, aber ich hatte das Gefühl ...» Weber unterbrach sich und blickte Ursula und Torkel mit ernster Miene an, als wollte er sich ihrer vollen Aufmerksamkeit vergewissern.

«Ich glaube, er ist noch lange nicht an seinem Ziel angekommen.»

Torkel seufzte. Leider hatte diese Nachricht, wenn er ein Schlagwort bemühte, das zur Umgebung passte, keinerlei Neuigkeitswert mehr für sie.

Auf dem Handy waren nur Webers eigene Fingerabdrücke gefunden worden. Dasselbe galt für die SIM-Karte und den Karton, in dem es verpackt gewesen war. Ursula hatte den Brief, den Test und den Umschlag unter den neuen digitalen Mikroscanner im ersten Stockwerk gelegt und anschließend manuell untersucht, sowohl mit dem Mikroskop als auch mit dem Pinsel. Alles, was sie fand, waren einige Fasern, die allerdings von den Handschuhen stammten, die Weber verwendet hatte, wie sich schnell herausstellte. Es war frustrierend, wie gut es dem Täter gelang, keinerlei Spuren zu hinterlassen. Der Mangel an konkreten Beweisen und die Tatsache, dass der Mörder seine Opfer jetzt offenbar weiter oben in der gesellschaftlichen Hierarchie suchte, stressten Ursula allmählich, obwohl sie sich sonst nie unter Druck setzen ließ.

Von Dokusoap-Promis und Bloggern zum Programmchef eines Fernsehsenders.

Wer würde der Nächste sein?

Sie war nicht die Einzige, die den Druck spürte. Rosmarie war schon mehrfach bei Torkel gewesen und hatte Ergebnisse gefordert. Sie drohte ihm zwar nicht direkt, aber alle im Team wussten, dass Rosmarie zu den Chefs gehörte, die gern einmal die mittlere Führungsebene austauschten, wenn sie nicht mit deren Arbeit zufrieden waren. Aber wie sollten sie etwas liefern, wenn sie keinerlei Anhaltspunkte hatten, von denen aus sie weiterarbeiten konnten?

Billy hatte etwas mehr Arbeit auf seinem Schreibtisch. Zum einen gab es eine Telefonnummer, die der Mörder nach-

weislich benutzt hatte, zum anderen hatte er über den un-
verwechselbaren PUK-Code der SIM-Karte schließlich den
Laden lokalisieren können, wo sie gekauft worden war. Also
hatte er Vanja zum Pressbyrån im T-Centralen beim Ausgang
zum Sergels Torg geschickt. Er machte sich jedoch keine größere Hoffnung, dass sich dort irgendjemand daran erinnern
würde, wer eine einfache Prepaidkarte gekauft hatte, denn es
war einer der meistbesuchten Kioske Stockholms. Billy vermutete, dass der Mörder ihn genau deshalb gewählt hatte.
Dennoch war es eine Spur, der sie nachgehen mussten.

Er selbst konzentrierte sich voll und ganz auf den Telefon-
kontakt zwischen Weber und dem Täter. Der Mörder hatte
insgesamt zehn SMS geschickt und Weber zuletzt ein Mal
angerufen. Dieses Gespräch hatte sechzehn Minuten und
dreizehn Sekunden gedauert. Weber hatte zwei SMS zurück-
geschickt und kurz die Polizei kontaktiert. Das war alles.

Die Nummer, die der Mörder benutzt hatte, gehörte zu
einer nicht registrierten SIM-Karte, aber das hinderte Billy
nicht daran, ziemlich schnell herauszufinden, zu welchem
Anbieter sie gehörte. Diese Art von Recherche hatte er schon
oft durchgeführt und wusste genau, an wen er sich bei Telia
wenden musste, um die notwendigen Angaben zu erhalten.

Billy holte die Listen hervor, die er von Comviq über den
SMS-Verkehr auf dem Handy erhalten hatte, das Weber geschickt worden war. Dann breitete er eine Karte von der
Stockholmer Innenstadt aus und legte sie neben die Daten
von den beiden Anbietern. Er nahm einen roten und einen
grünen Filzstift und begann, jeden Telefonmasten darauf zu
markieren, mit dem sich Webers Handy verbunden hatte.
Bei der ersten SMS, die Weber abgeschickt hatte, war er noch
in der Redaktion gewesen. Das Telefon hatte sich mit dem
Handymasten auf dem DN-Wolkenkratzer verbunden. Billy

zeichnete ein kleines rotes Kreuz auf die Karte und glich den Standort mit der Liste von Telia ab. Weber hatte gesagt, dass er überzeugt davon sei, der Mörder habe ihn beobachtet.

Ihm gefolgt sei. Sich in seiner Nähe aufgehalten habe.

Das schien zu stimmen.

Die anonyme SIM-Karte, mit der eine Minute später auf Webers SMS geantwortet wurde, war mit demselben Mast verbunden. Billy zeichnete ein grünes Kreuz neben das rote und machte weiter. Das zweite Mal benutzte Weber das Handy, um mit dem Mörder Kontakt aufzunehmen, als er sich in der Roslagsgatan befand. Billy markierte den verwendeten Mast mit dem roten Stift. Wieder kam die Antwort per SMS binnen einer Minute. Außerdem ging in der nächsten Minute eine weitere SMS ein. Billy kontrollierte die Telia-Listen über den Datenverkehr des Mörders, obwohl er sich ganz sicher war, was er finden würde. In der Tat. Beide SMS an Weber kamen von den rot markierten Masten. Dann herrschte etwa zwanzig Minuten Sendepause, bis der Täter anrief.

Das ganze Gespräch über waren beide Telefone mit demselben Mast verbunden.

Billy widmete sich wieder Webers Telefon. Markierte auf der Karte, welche Masten angepeilt worden waren, als Weber durch den Humlegården ging. Auch wenn er da nicht aktiv gewesen war, sondern nur Nachrichten empfangen hatte, taugte sein Weg als Spur. Das war der Vorteil, wenn man sich in der Stockholmer Innenstadt befand: Es gab zahlreiche Masten, was dazu führte, dass die Handys oft den Funkkontakt wechselten und exakter zu verorten waren.

Billy hoffte, dass sich der Täter die ganze Zeit über weiterhin so nah bei Weber aufgehalten hatte.

Das hatte er nicht, stellte Billy fest, als er begann, die Daten mit der Liste von Telia abzugleichen. Natürlich hatte er sich in der Nähe aufgehalten, aber er war nur in Ausnahmefällen mit denselben Masten verbunden wie Weber. Als Billy seine grünen Kreuze platzierte, streckte er sich ein wenig. Er war etwas steif im Rücken, nachdem er so lange vornübergebeugt dagestanden hatte.

Aber er hatte gute Laune.

Möglicherweise war ihm ein Durchbruch gelungen.

Billy war ein wenig verspätet, entschuldigte sich jedoch nicht, als er den Konferenzraum betrat, wo alle bereits versammelt waren. Allerdings erwartete das auch niemand von ihm. Die anderen kannten Billy und wussten, dass er sie niemals grundlos zusammentrommeln würde. Und er sah zufrieden aus, als er mit großen Schritten zur Tafel ging, einige Papiere und große Bilder in der Hand.

«Was hast du gefunden?», fragte Torkel ungeduldig, noch ehe Billy das Whiteboard erreicht hatte.

«Das Wohnmobil», antwortete er stolz und heftete einige große Fotos an die Tafel. Alle waren von Straßen- oder Überwachungskameras aufgenommen worden und zeigten ein weißes Wohnmobil mit einem rotbraunen Zierstreifen, umgeben von anderen Autos.

«Die Bilder sind von gestern.»

«Wie kannst du wissen, dass es das richtige Fahrzeug ist?»

Billy nickte erfreut, als hätte er nicht nur mit der Frage gerechnet, sondern darauf gehofft.

«Webers Gefühl, beobachtet zu werden, hat sich bewahrheitet. Der Mörder war in der Nähe», sagte er, während er gleichzeitig den Stadtplan mit seinen roten und grünen Kreuzen und Verbindungslinien aufhängte. «Rot steht für Webers Telefon, grün für unseren Mörder.»

Alle im Raum lehnten sich interessiert vor, auch wenn ihnen die Karte nicht das Geringste sagte mit ihren Kreuzen und Strichen, die völlig planlos platziert schienen.

«Und wie hilft uns das?», fragte Torkel.

«Die Kreuze markieren die Masten, mit denen sich die Telefone verbunden haben. Die Linien zeigen die Wege, die Weber und der Täter genommen haben.»

«Ich verstehe immer noch nicht, wie du darüber auf das Wohnmobil gekommen bist?», fragte Torkel neugierig, den Blick auf die Karte gerichtet. Billy lächelte ihn an, als wollte er sagen: «Gut, dass du fragst.»

«Als Weber bei der Königlichen Bibliothek die erste SMS bekommen hat, waren beide Handys mit dem Mast auf dem Dach des Hotels Scandic Anglais verbunden.»

Billy deutete auf ein rotes und ein grünes Kreuz auf einem Gebäude außerhalb des Parks, aber in der Nähe der Bibliothek. So nah, dass derjenige, der dort stand, leicht den Eingang beobachten konnte.

«Als Weber dann durch den Humlegården geht, wird es interessant», fuhr Billy fort und deutete auf mehrere grüne Kreuze, die mit einer Linie verbunden waren, die ein Viereck bildete. «Da fängt der Täter nämlich an, sich in einem Quadrat rund um den Park zu bewegen. Er hat mehrere Runden gedreht, denn dieselben Masten haben sein Signal mehrere Male empfangen.»

«Also ist er mit dem Auto gefahren», sagte Vanja.

«So muss es gewesen sein.» Billy nickte. «Die Masten wechseln zu oft, als dass es eine andere Erklärung dafür geben könnte.»

Alle blickten auf die Karte. Sturegatan, links in den Karlavägen, wieder hinunter zur Engelbrektsgatan, dann in die Birger Jarlsgatan, um anschließend wieder die Sturegatan zu nehmen.

Die Ermittler kannten sich in der Gegend aus, und ihnen war klar, dass der Täter Weber bei mehreren Gelegenheiten vom Auto aus beobachten konnte, während er selbst ständig in Bewegung und unmöglich zu entdecken war.

«Ich wusste jedoch, wo und wann er sich bewegt hat», erklärte Billy. «Es gibt eine Kamera am Stureplan und eine auf dem Karlavägen. Dieser Wagen passiert sie zur richtigen Uhrzeit.»

Billy zeigte auf die Bilder von dem Wohnmobil. Torkel sprang vor Begeisterung auf, was nicht oft vorkam.

«Gute Arbeit! Hast du ein Bild des Fahrers finden können?»

«Auf den Fotos vom Karlavägen, aber das Bild ist zu unscharf, um ihn zu identifizieren. Kappe, Sonnenbrille und Bart, das ist alles. Aber ich habe das hier entdeckt.»

Billy legte ein Foto auf den Tisch. Das Heck des Wohnmobils, vergrößert und daher stark gepixelt und nicht einfach zu lesen, aber man konnte Ziffern und Buchstaben auf dem Nummernschild ausmachen. Es war kein schwedisches.

«Das ist ein deutsches Kennzeichen, oder?», stellte Sebastian fest.

Billy nickte.

«Aus Hamburg. Das Wohnmobil wurde dort vor drei Monaten von einem Autohändler verkauft.»

«Haben wir den Namen des Käufers?», fragte Vanja.

«Ratet mal.»

«Sven Cato?»

«Genau. Er hat in bar bezahlt, sodass wir keine Kreditkarte zurückverfolgen können. Keine Versicherung, Exportbescheinigung oder ein Antrag auf Ummeldung», fuhr Billy fort. «Das Fahrzeug wurde in Schweden weder überprüft noch registriert.»

Für einen Moment wurde es still. Plötzlich hatten sie das

Gefühl, dem Mann, den sie jagten, dichter auf den Fersen zu sein. Torkel brach schließlich das Schweigen.

«Hast du das Kennzeichen und die Beschreibung des Wohnmobils an alle Streifen geschickt?», sagte er mit einem fragenden Blick auf Billy.

Dieser schüttelte den Kopf.

«Noch nicht, ich wollte das erst mit dir abstimmen. Aber ich habe das Material schon vorbereitet, wir müssen es nur noch rausschicken», antwortete er.

«Tu das, und zwar mit höchster Prioritätsstufe. Und es soll direkt an uns berichtet werden. Keine Zwischenstationen», sagte Torkel entschieden.

«Okay, gleich. Aber ich bin noch nicht fertig», fuhr Billy erwartungsfroh fort. Er ging zum Whiteboard und der Karte zurück. «Weber verlässt die Roslagsgatan nach dem Gespräch mit dem Mörder und ruft unterwegs bei der Polizei an, aber das andere Handy bleibt trotzdem an Ort und Stelle, bis wir kommen.»

Torkel und Vanja reagierten überrascht.

«Was?», riefen sie im Chor. Billy nickte.

«Ich habe den Polizeibericht überprüft. Das erste Auto ist um 19.56 Uhr angekommen. Wir sind ungefähr gegen 20.10 Uhr eingetroffen, oder? Zu dem Zeitpunkt war er immer noch da», sagte Billy und blickte sie an.

«Der Mörder war immer noch da, als wir kamen?», fragte Vanja in erregtem Ton.

«Ja, erst um halb neun schaltet er das Handy aus und verschwindet aus dem Telefonnetz. Seither ist die Nummer nicht wiederaufgetaucht», erklärte Billy. «Wahrscheinlich hat er die SIM-Karte vernichtet.»

«Haben wir keine Möglichkeit, es weiterhin nachzuverfolgen?», fragte Ursula.

«Wenn er es wieder verwendet, selbst mit einer anderen SIM-Karte, kann ich ihn über die IMEI-Nummer orten», antwortete Billy, aber er zuckte mit den Achseln, als würde er nicht so recht daran glauben, dass dies geschah.

«Was ist das?», fragte Sebastian.

«Das ist eine Möglichkeit, das Gerät aufzuspüren, unabhängig davon, welche Nummer derzeit verwendet wird, aber dafür muss es angeschaltet sein, und so wie es jetzt aussieht, ist es tot.»

Sebastian stand mit nachdenklicher Miene auf. Er trat auf die Tafel und die Karte mit den vielen Linien zu.

«Entweder hält er sich immer in der Nähe auf, wenn die Polizei kommt, oder er ist mutiger geworden und will mehr riskieren.»

«Irgendetwas hat sich verändert», stellte Vanja fest. «Er hat ja noch nie zuvor den Kontakt gesucht. Jedenfalls nicht auf die Weise, wie er es mit Weber getan hat.»

Sebastian nickte, froh, ihr zustimmen zu können.

«Er will verstanden werden. Möchte, dass seiner Arbeit Aufmerksamkeit geschenkt wird», erklärte er. «Sichtbar zu werden bedeutet, Risiken einzugehen, und da können wir ihn packen.»

«Dann machen wir das», sagte Torkel und stand auf. Es war an der Zeit, die Besprechung zu beenden und mit der Arbeit zu beginnen. «Billy, du gibst eine Fahndung nach dem Wohnmobil heraus. Wir anderen sehen uns noch einmal die Protokolle aus der Roslagsgatan an und versuchen, alle Bilder zu erhalten, die von der Stelle aufgezeichnet wurden. Wenn er sich in der Gegend aufgehalten hat, hat er sich vielleicht ganz nah herangewagt.»

Alle nickten und standen auf. Still und konzentriert verließen sie den Raum.

Der Täter war immer noch unbekannt, doch allmählich konnten sie seine Handlungsmuster offenlegen. Er war zwar immer noch im Schatten verborgen, aber jetzt hatten sie das Gefühl, zumindest seine Konturen zu erahnen.

Henning Lindh war spät dran.

Eigentlich war das nicht seine Schuld, aber das würde die Kollegen im Bäckvägen nicht die Bohne interessieren. Er drückte das Gaspedal noch weiter durch und bog links in Richtung Hägersten ab. Wie weit mochte es noch sein? Fünf Minuten? Höchstens zehn. Er drosselte das Tempo und wartete darauf, dass der endlose Strom von entgegenkommenden Autos abreißen würde, damit er links in den Kilabergsvägen einbiegen konnte. An der Kreuzung lag eine Tankstelle. Henning überlegte einen kurzen Moment, ob er dort halten und sich eine Tasse Kaffee und etwas zu essen kaufen sollte, beschloss dann aber, es bleiben zu lassen, denn er wollte sich nicht noch mehr verspäten.

Schließlich konnte er endlich weiterfahren, und nach nur dreißig Metern bog er wieder rechts ab und war im Bäckvägen. Jetzt musste er nur noch die Nummer 43 finden. Zwei Minuten später stand er bereits vor einem der ziemlich unansehnlichen dreistöckigen Häuser in Senfgelb, die in einer langen Reihe auf der rechten Seite lagen. Er sah sich um und entdeckte sofort seine Kollegen. Sie saßen in einem blauen Passat neben den niedrigen Hecken ein Stück weiter die Straße hinunter. Er hob die Hand zum Gruß und ging auf sie zu. Die Frau auf dem Fahrersitz kurbelte das Fenster hinunter.

«Du kommst spät», empfing sie ihn.

«Ich weiß, es tut mir leid», antwortete Henning und beschloss, sich gar nicht erst zu erklären oder zu verteidigen. «Wie läuft's denn hier?», fragte er stattdessen.

«Bisher ist nichts passiert. Ihm gehört der Parkplatz da drinnen im Hof, er müsste also zwischen diesen Hecken hindurchfahren, wenn er käme.» Sie zeigte auf eine Lücke im Grün, durch das eine asphaltierte Auffahrt führte. «Seine Wohnung liegt im zweiten Stock.»

Henning blickte an der Schmalseite des Hauses hinauf. Zwei große Fenster in der Mitte der Fassade und eines an der Ecke. Bei allen waren die Rollos heruntergezogen.

«Gehören die alle zu seiner Wohnung?»

«Ja.»

Und damit hatte sie auch schon das Wagenfenster hochgefahren und brauste davon. Henning sah dem verschwindenden Auto nach und ging wieder zu seinem Wagen zurück. Er beschloss, noch einmal zu wenden, damit er den Parkplatz, die Fenster und die Haustür im Blick hatte, ohne die Spiegel benutzen zu müssen.

Dann begann er zu warten. Seine Kollegen waren immerhin zu zweit gewesen. Ein bisschen Gesellschaft, jemanden zum Plaudern. Er seufzte und lehnte sich zurück. Jetzt bereute er es, dass er sich nicht doch einen Kaffee geholt hatte. Was hätten fünf Minuten schon für einen Unterschied gemacht?

Ein Auto fuhr auf ihn zu.

Ein roter Volvo S60.

Hatte die Person, die er observieren sollte, nicht auch einen roten Volvo? Henning nahm die dünne Mappe vom Beifahrersitz und öffnete sie. Doch, ein roter Volvo S60, ein Modell Jahrgang 2007 mit dem Kennzeichen GVL665.

Als Henning wieder aufsah, war das rote Auto schon in die Auffahrt zwischen den Hecken gebogen. Er hatte das Nummernschild verpasst.

Henning vergaß seine Gedanken über den Kaffee und die einsame Schicht. Das Auto war aus seinem Blickfeld verschwunden, und für einen Moment überlegte er, ob er aussteigen und das Fahrzeug in Augenschein nehmen sollte, um es eindeutig zu identifizieren. Dass es ein roter Volvo war, reichte vermutlich nicht ganz.

Aber im schlimmsten Fall würde er dem Verdächtigen auffallen und der fliehen.

Also blieb er sitzen und beobachtete, wie ein bärtiger Mann Mitte vierzig mit einem großen Rucksack auf dem Rücken und einer Reisetasche in jeder Hand vom Parkplatz kam und zum Eingang ging, seine Tasche abstellte, einen Türcode eingab und im Haus verschwand.

Henning beugte sich vor und richtete seinen Blick starr auf die Fenster im zweiten Stock. Wie lange dauerte es wohl, dort hinaufzugehen? Gab es einen Aufzug? Der Mann hatte ziemlich viel Gepäck dabeigehabt. Im nächsten Moment hatten sich seine Überlegungen erübrigt, als ein Rollo hochgezogen und das Fenster geöffnet wurde.

Es war die richtige Wohnung.

Zeit, die Reichsmordkommission zu rufen.

Vanja ging die Treppen hinauf bis zu der Tür, vor der sie schon einmal gestanden hatte. Sie klingelte und sah sich um. Die Kollegen vom Einsatzkommando warteten ein Stockwerk höher, falls Saurunas einen Blick durch den Spion werfen sollte. Sie klingelte erneut. Hinter der Tür war keine Bewegung zu hören. Hatte der Polizist, der die Wohnung observieren sollte, sich etwa geirrt? Als Vanja mit ihm gesprochen hatte, hatte er nicht gerade einen cleveren Eindruck gemacht. Oder war Saurunas wieder verschwunden, ohne dass der Kollege es bemerkt hatte?

Als sie die Aktion schon abblasen wollte, hörte sie, wie sich

Schritte der Tür näherten, und kurz darauf wurde das Schloss von innen geöffnet.

«Christian Saurunas?», fragte Vanja, als ein Mann mit wirrem Rauschebart in der Tür auftauchte.

«Ja», bestätigte er und sah sie fragend an.

«Sind Sie allein in der Wohnung?»

«Was?» Er wirkte noch erstaunter. «Ja.»

Vanja trat einen Schritt zur Seite, und wenige Sekunden später lag Saurunas im Flur auf dem Boden, überwältigt von drei schwerbewaffneten Männern. Als seine Hände auf den Rücken gedreht und mit Handschellen gefesselt wurden, schrie er vor Schmerz und Schreck auf. Vanja ging in die Wohnung, während die Männer des Einsatzkommandos Saurunas wieder auf die Füße zogen.

«Vanja Lithner, Reichsmordkommission», sagte sie und hielt ihre Dienstmarke hoch. «Wir müssen Sie im Zusammenhang mit den Morden an Patricia Andrén, Miroslav Petrovic, Sara Johansson und Claes Wallgren verhören.»

«Was? Morde? An wem?»

Vanja wiederholte den Satz nicht noch einmal. Christian Saurunas würde nun oft genug die Gelegenheit haben, die vier Namen zu hören.

«Haben Sie einen Anwalt oder juristischen Beistand, oder sollen wir uns um einen Pflichtverteidiger kümmern?»

«Ich habe keinen Anwalt ...», stotterte Saurunas, und seiner Stimme war anzuhören, dass er immer noch nicht verstanden hatte, was gerade passierte und warum er einen Verteidiger brauchte.

Vanja nickte den Kollegen auffordernd zu, woraufhin sie Saurunas zum wartenden Auto führten, um ihn zum Präsidium nach Kungsholmen zu fahren. Dann ging sie weiter in die Wohnung, nahm ihr Handy und drückte eine Kurzwahl.

Die Wohnung wirkte stickig und staubig, obwohl ein Fenster und die Balkontür geöffnet waren. Als wäre lange niemand mehr dort gewesen. Die Tür zur Toilette war nur halb geschlossen, und ein nicht gerade betörender Duft strömte heraus. Vielleicht erklärte das, warum Saurunas so lange gebraucht hatte, um zur Tür zu kommen.

Am anderen Ende der Leitung meldete sich jemand.

«Ihr könnt jetzt kommen», sagte Vanja und überließ Ursula und den Technikern die Wohnung.

Wo haben Sie sich zu diesem Zeitpunkt aufgehalten, und was haben Sie dort getan?»

Vanja schob ein Blatt mit vier Datumsangaben über den Tisch. Am ersten Tag war Patricia Andrén in Helsingborg ermordet worden, die letzte Zeile war das gestrige Datum. Christian Saurunas warf einen kurzen Blick darauf und sah zu Vanja und Torkel auf.

«Warum wollen Sie das wissen?»

«An diesen Tagen wurden die Opfer ermordet.»

Der Mann an Saurunas' Seite nahm die Liste und warf einen Blick darauf. Er hieß Henrik Billgren und war Pflichtverteidiger. Torkel und Vanja kannten ihn bereits. Er war ein ruhiger, stiller Mann, der das Beste für seine Mandaten tat, auch wenn er sie erst wenige Minuten kannte, und der zugleich Respekt für die Arbeit der Polizei hatte. Wenn er etwas in Frage stellte oder Einwände vorbrachte, waren diese meistens berechtigt. Er gehörte nicht zu denen, die anderen aus Prinzip die Arbeit erschwerten. Vanja mochte ihn, und sie glaubte, dass es Torkel genauso ging.

«Das sind aber sehr genaue Angaben», stellte er mit sachlicher Stimme fest, der man noch immer ein wenig anhören konnte, dass er in Dalarna aufgewachsen war.

«Umso leichter wird Ihr Mandant uns sagen können, wo er sich zu dieser Zeit aufgehalten hat», konterte Vanja.

Billgren bedeutete Saurunas mit einem Nicken, dass er die Fragen beantworten sollte, und reichte ihm das Blatt weiter.

«Ich weiß doch gar nicht, wovon Sie reden!», sagte Saurunas beunruhigt und sah Torkel und Vanja mit flehendem Blick an «Ich habe nichts getan. Ich weiß nicht einmal, wer die Leute sind, die Sie da aufgezählt haben», fügte er hinzu.

«Bitte sehen Sie sich die Daten an», mahnte Torkel.

Saurunas tat, wie ihm geheißen. Er betrachtete die Liste und blickte wieder zu ihnen auf.

«Am 26. Mai bin ich zu meiner Mutter nach Kaunus gefahren und dort bis zum 5. Juni geblieben. Anschließend war ich zu Hause, habe meine Sachen gepackt und bin in eine Ferienhütte in Härjedalen gefahren.»

«Was für eine Hütte?»

«Sie gehört meinem Schwager. Oder besser Exschwager. Meine Schwester ist jetzt geschieden.»

«Wir brauchen den Namen und die Kontaktdaten des Schwagers.»

«Natürlich. Soll ich sie hier aufschreiben?» Saurunas deutete mit dem Stift auf die Liste mit den Datumsangaben.

«Nein, hier», entgegnete Vanja und schob ihm ein leeres Blatt hin.

«Und Sie sind heute erst aus Härjedalen zurückgekommen?», fragte Torkel, während Saurunas schrieb.

Der Verdächtige nickte und gab Vanja das Blatt zurück. Torkel nahm es, nickte Vanja bestätigend zu, stand auf und verließ den Raum.

«Haben Sie dort jemanden getroffen? Hatten Sie Besuch?»

Saurunas schüttelte den Kopf.

«Die Hütte liegt sehr einsam. Kein Strom. Kein fließendes Wasser, nur ein Brunnen. Ein Herd, der noch mit Holz beheizt wird. Kein Handyempfang. Ich war dort, um meine Ruhe zu haben, zu angeln und über ein paar Dinge nachzudenken.»

«Worüber musste er nachdenken?», fragte Sebastian, der

im angrenzenden Raum stand und das Verhör durch den Einwegspiegel beobachtete. Bei Bedarf hatte er die Möglichkeit, kleine Kommentare zu geben, die Vanja über ein Headset hören konnte.

So wie jetzt.

«Worüber haben Sie nachgedacht?», fragte Vanja, ohne sich anmerken zu lassen, dass ihr die Frage souffliert worden war.

«Ich habe vor kurzem meine Stelle an der KTH verloren, wie Sie vielleicht schon wissen?» Saurunas blickte sie fragend an, und Vanja nickte. «Also habe ich darüber nachgedacht, was ich jetzt tun soll. Mich neu bewerben, um meine alte Stelle kämpfen, etwas ganz anderes machen – solche Gedanken waren das.»

«Wie sind Sie nach Härjedalen gefahren? In Ihrem Wohnmobil?»

«Welches Wohnmobil?»

«Leihen Sie sich nicht hin und wieder ein Wohnmobil?»

«Nein, ich bin mit meinem eigenen Auto gefahren. Dem Volvo.»

«Wir haben Informationen darüber, dass Sie hin und wieder ein Wohnmobil fahren», log Vanja skrupellos, während sie so tat, als würde sie ihre Unterlagen nach genau dieser Angabe durchsuchen, um noch glaubwürdiger zu wirken.

Falls Saurunas wirklich hin und wieder über ein Wohnmobil verfügte, wäre dies jetzt die beste Gelegenheit, um es zuzugeben, damit man ihn nicht im Nachhinein einer Lüge überführen konnte. Das zu bestätigen, was die Polizei bereits wusste, und alles andere zu leugnen, war die beste Taktik, ein Verhör zu überstehen. Wenn Christian Saurunas wirklich Sven Cato war, dann war er schlau genug, das zu begreifen.

Aber sein nachdrückliches Kopfschütteln sagte Vanja,

333

dass der Mann auf der anderen Seite des Tischs nicht anbei-
ßen wollte.

«Nein.»

«Sicher?»

«Mein Mandant wird schon wissen, ob er hin und wieder
ein Wohnmobil fährt oder nicht», mischte Billgren sich ein.
«Vielleicht sollten wir das Thema fallenlassen und zur nächsten Frage übergehen.»

«Kann irgendjemand bestätigen, dass Sie in Härjedalen
waren?»

Saurunas schüttelte erneut den Kopf und seufzte schwer,
als ihm klarwurde, was für einen Eindruck das machen
musste.

«Die Hütte liegt sehr einsam. Man stellt das Auto ab und
muss dann noch fast zehn Kilometer durch die Natur wan-
dern.»

Vanja nickte nur und machte sich eine Notiz.

Wie passend, dass er in der Zeit, in der vier Morde begangen worden waren, einen ganzen Monat am einsamsten Ort
der Welt zugebracht haben sollte.

«Ich hatte alles dabei, was ich für diese Zeit brauchte»,
erklärte Saurunas, als hätte er Vanjas nächste Frage voraus-
geahnt. «Und dann habe ich natürlich auch darauf gehofft,
ein paar Fische zu fangen.»

Er setzte probehalber ein kleines Lächeln auf, das Vanja
jedoch nicht erwiderte.

Die Tür zu dem spartanisch möblierten Raum wurde geöffnet, und Torkel steckte den Kopf herein. Vanja drehte sich
um, und er signalisierte ihr, dass er sie sprechen musste.

«Wir machen eine kleine Pause», sagte sie, stellte das Aufnahmegerät aus und ließ die beiden Männer am Tisch zurück.

Sebastian kam aus seinem Zimmer und schloss sich Torkel und Vanja an.

«Der Schwager hat bestätigt, dass Saurunas am Morgen des 6. Juni den Schlüssel bei ihm abgeholt hat und dass sein Auto voll bepackt war», erklärte Torkel, während sie den Flur entlanggingen.

«Was hat er wegen des Wohnmobils gesagt?»

«Soweit der Schwager wusste, hat Saurunas keine Möglichkeit, eines zu leihen.»

Vanja seufzte. Müdigkeit machte sich in ihrem ganzen Körper breit.

Die Konzentration, das Adrenalin, die Jagd.

All das hatte sie zu Höchstleistungen angetrieben. Sie hatte zugunsten der Arbeit alles verdrängt, sowohl ihre körperliche als auch ihre psychische Erschöpfung.

Jetzt machte sich beides wieder bemerkbar.

Würden sie gezwungen sein, noch einmal von vorn zu beginnen? Was hätten sie dann überhaupt noch an Anhaltspunkten?

Eigentlich nichts. Dann mussten sie in größerem Umfang recherchieren, wer Olivia Johnson unterrichtet hatte. Sie würden sich nicht nur auf ihre akademischen Mentoren, sondern auf alle Dozenten, die sie jemals in irgendeinem Fach an der KTH gehabt hatte, konzentrieren müssen. Noch schlimmer wäre es, wenn Billys Befürchtung zuträfe und es jemand war, der sie vor langer Zeit zur Schülerin gehabt hatte und ihren Werdegang über die Jahre hinweg verfolgt hatte. Das wäre eine geradezu hoffnungslose Aufgabe.

Aber sie hatten keine technischen Beweise, keine DNA und keine Fingerabdrücke. Vanja hoffte, dass Ursula und die Kollegen von der Spurensicherung etwas in Saurunas' Wohnung entdeckt hatten, sonst ...

«Ich rufe Ursula an», sagte sie und holte ihr Handy hervor. Torkel und Sebastian gingen zu Billy weiter.

«Was gefunden?», fragte Torkel, als sie sein Büro betraten.

«Bisher habe ich nur das Handy, der Computer ist von der Wohnung auf dem Weg zu mir.»

«Und hast du was im Handy gefunden?»

Billy klickte ein Dokument auf dem Bildschirm an und beugte sich ein wenig näher heran.

«Das letzte Gespräch hat er am Morgen des 6. Juni geführt.»

«Mit wem?»

«Einem David Lagergren in Solna.»

«Das ist sein Schwager. Danach hat er nicht mehr telefoniert?»

«Nein.»

«Kann er die Anrufe gelöscht haben?», erkundigte Sebastian sich.

«Natürlich. Aber ich habe auch überprüft, mit welchen Masten sich das Handy verbunden hat, und es hat sich tatsächlich in Richtung Härjedalen bewegt, ehe das Signal verschwunden ist.»

«Also war er nicht derjenige, der Weber vom Wohnmobil aus angerufen hat?»

«Jedenfalls nicht von diesem Anschluss aus.»

Torkel fluchte leise vor sich hin.

«Und nach dem 6. Juni hat er mit dem Handy Fotos aufgenommen. Mehrere.»

Billy öffnete ein neues Dokument. Ein Foto nach dem anderen wurde sichtbar. Billy drehte den Bildschirm ein wenig zu Torkel, der sich näher herabbeugte. Ein Foto von einer kleinen, einsam gelegenen Hütte, ein Frühstück auf einem Tisch vor einem Fenster, durch das man schneebedeckte Berggipfel sah. Die meisten Fotos schienen jedoch in oder bei Flussläufen mit weiten Sumpfwiesen aufgenommen worden zu sein, die sich vor den majestätischen Bergen im Hintergrund ausbreiteten. Es gab viele Bilder von Fischen, die am Ufer oder auf einem Baumstumpf lagen. Die meisten waren ziemlich groß und gepunktet, mit einer gelbgrünen Unterseite, und Torkel tippte darauf, dass es irgendwelche Forellen waren. Die anderen Exemplare auf den Bildern waren etwas kleiner und hatten eine große Rückenflosse. Torkel hatte keine Ahnung, wie sie hießen.

Ein Lagerfeuer.

Eine dampfende Kaffeetasse.

Ein in der Folie gegrillter Fisch.

Torkel wurde sehnsüchtig, und er spürte einen Stich von Neid. Er würde auch gern bis zu den Oberschenkeln im Wasser stehen und in der Stille der Wildnis angeln. Seit seiner Kindheit war er nicht mehr fischen gegangen, aber das war nicht das Wichtige. Es ging eher um das Gefühl, das die Bilder vermittelten. Die Ruhe. Die Erholung. Allein mit der Natur und seinen Gedanken zu sein.

«Dieses Foto ...», fuhr Billy fort und vergrößerte eines, bis es den ganzen Bildschirm ausfüllte, «wurde zu dem Zeitpunkt aufgenommen, als unser Täter mit Petrovic in Ulricehamn beim Mittagessen war, wie wir wissen.»

Er zeigte auf das Foto und die Uhrzeit, die in der unteren rechten Ecke stand. Torkels Laune sank in den Keller, als er es sah. Es war eines der wenigen Selbstporträts. Saurunas in Windjacke, mit einer Mütze auf dem Kopf und einem etwas kürzeren Bart, lächelte in die Kamera. Hinter ihm lag der Fluss, und etwa hundert Meter entfernt waren zwei Elche zu sehen, die durch die Feuchtwiesen streiften.

«Kann er das Datum und die Uhrzeit gefälscht haben?»,

fragte Torkel, war sich jedoch ziemlich sicher, dass er nach einem Strohhalm griff.

«Nicht sehr wahrscheinlich», lautete Billys Antwort dann auch.

Als wäre das nicht schlimm genug, kam jetzt obendrein Vanja mit offensichtlich schlechten Nachrichten. Torkel konnte ihr ansehen, dass das Gespräch mit Ursula nichts ergeben hatte, was den Verdacht gegen Saurunas erhärtete.

«In der Wohnung gibt es keine Spuren, die auf die Opfer hindeuten oder darauf, dass er Cato ist», erklärte Vanja.

Sie schwiegen einen Moment. Alle dachten dasselbe, aber es war Billy, der es in Worte fasste: «Also lassen wir ihn laufen?»

Torkel nickte nur. Es gab nicht viele andere Möglichkeiten. Natürlich konnten sie Saurunas bis zu zweiundsiebzig Stunden lang in Untersuchungshaft nehmen, aber Billgren würde diese Entscheidung zu Recht in Frage stellen, und kein Haftrichter würde sich darauf einlassen. Die Grundlage war nicht nur schwach – sie war einfach nicht vorhanden.

«Lasst mich ein paar Minuten mit ihm reden», unterbrach Sebastian die Stille, und noch ehe jemand reagieren konnte, eilte er mit schnellen, entschlossenen Schritten zum Verhörraum.

«Hallo, mein Name ist Sebastian Bergman», sagte er, nachdem er die Tür hinter sich geschlossen hatte, und ging die wenigen Schritte zum Tisch. Saurunas und sein juristischer Beistand schauten zu ihm hoch, als erwarteten sie eine ausgestreckte Hand, die jedoch ausblieb.

«Wie fanden Sie es, Ihren Job zu verlieren?», fragte Sebastian, ohne sich hinzusetzen.

«Wer sind Sie?», entgegnete Henrik Billgren mit strenger Stimme, ehe Saurunas auf die Frage antworten konnte.

«Das habe ich doch schon gesagt. Sebastian Bergman. Ich arbeite hier. Ich bin Kriminalpsychologe, falls Ihnen der Titel wichtig ist. Darf ich jetzt weitermachen?»

Sebastian warf dem Anwalt einen müden Blick zu, der diesem hoffentlich deutlich machen würde, dass er sich in Zukunft besser zurückhalten solle. Falls Billgren die versteckte Botschaft verstanden hatte, zeigte er es jedoch nicht.

«Wie ich es fand?», fragte Saurunas nur.

«Ja.»

«Wie sollte ich das finden? Ich war ... wütend, traurig, verzweifelt. Ich hatte mehr als fünfzehn Jahre lang dort gearbeitet.»

«Waren Sie der Meinung, dass stattdessen besser andere Menschen ihren Job hätten verlieren sollen? Weniger begabte, ein bisschen dämliche Kollegen?»

«So funktioniert die Universitätswelt nicht. Man finanziert seine eigene Forschung ...»

«Anders ausgedrückt: Finden Sie, dass andere die Finanzierung weniger verdient hätten als Sie?»

Saurunas runzelte die Stirn, senkte seinen Kopf und wirkte, als hätte er sich diese Frage noch nie gestellt. Schließlich nickte er vor sich hin und sah wieder zu Sebastian auf.

«Vermutlich ja», bestätigte er. «Ich weiß nicht, ob sie weniger begabt sind, aber ich kenne andere, deren Forschung man in Frage stellen könnte und die zeitlich wohl noch begrenzter ist als die meine, aber ...» Er zuckte resignierend die Schultern. «Was hätte ich tun sollen?»

«Worauf genau wollen Sie eigentlich hinaus?», fuhr Billgren dazwischen. Sebastian ignorierte ihn völlig und ging um Saurunas herum, sodass er hinter ihm stand.

«Was haben Sie gefühlt, als Olivia Johnson das Stipendium bekam?»

Saurunas drehte sich um, damit er Sebastian wieder ansehen konnte, der sich mit dem Rücken zu ihm vor die verspiegelte Scheibe gestellt hatte, als würde er hindurchsehen können.

«Stolz. Es war eine gerechte Entscheidung. Sie war eine sehr gute Studentin.»

«Finden Sie, dass Olivia Johnsons Leistung ausreichend gewürdigt wurde?»

«Wie meinen Sie das?»

«Haben die Zeitungen darüber geschrieben? Durfte sie Interviews geben? War es eine sensationelle Nachricht?»

«Nein, natürlich nicht.» Saurunas schien aufrichtig erstaunt über die Frage. «Die Internetzeitung hat darüber berichtet. Die Schweden-Amerika-Stiftung hat es auf ihre Homepage gestellt. Ich glaube, das *Svenska Dagbladet* hat auch eine winzige Meldung gebracht. Aber das war alles.»

«Das war alles», wiederholte Sebastian.

Dann schwieg er und richtete seinen Blick wieder auf das undurchdringliche Glas. Die Sekunden tickten dahin. Saurunas begann, auf seinem Stuhl hin und her zu rutschen, und blickte Billgren fragend an. Sebastian blieb unbewegt stehen. Das Schweigen wurde länger.

«Ich wiederhole: Worauf wollen Sie mit alldem hinaus?», fragte Billgren schließlich. Sebastian antwortete nicht, verließ jedoch den Platz vor der Scheibe und zog sich den Stuhl heran, auf dem zuvor Vanja gesessen hatte. Er sank darauf und begegnete Saurunas' offenem fragenden Blick. Noch immer schweigend.

«Also dann, Cato ...», begann er und verstummte erneut. Der Mann auf der anderen Seite des Tischs reagierte nicht auf die Ansprache, sondern wartete aufmerksam auf die Fortsetzung. «Welche Farbe hat die Brust einer Kohlmeise?»

«Gelb!», antwortete Saurunas wie aus der Pistole geschossen. Aber man konnte ihm ansehen, dass er keinen Schimmer hatte, weshalb ihm diese Frage gestellt worden war.

Sebastian beschloss, wieder in die Offensive zu gehen und alles auf eine Karte zu setzen. Er applaudierte demonstrativ und beugte sich über den Tisch.

«Sehr gut. Aber auch ein Beweis für ein überkommenes Wissensideal.» Er hob die Stimme und klang jetzt aufdringlicher, konfrontativer. «Warum soll sich ein Mensch so etwas merken, wenn man es jederzeit, überall, im Internet recherchieren kann?»

Saurunas schaute Billgren ratlos an. Sebastian schlug mit der flachen Hand auf den Tisch, um Saurunas' Aufmerksamkeit wiederzuerlangen.

«Diese jungen Menschen haben es verstanden. Sie haben verstanden, was man braucht, um erfolgreich und geschätzt zu sein. Geld zu verdienen. Heute zählen ganz andere Werte als auswendig gelerntes Lexikonwissen. Diese jungen Menschen wurden reich, berühmt und beliebt, während Sie an irgendeiner verstaubten Universität ausgeharrt haben, die Sie nicht einmal mehr haben will, und verbittert geworden sind, weil Sie nicht die Aufmerksamkeit bekommen, die Sie eigentlich verdient hätten. Also – wer ist eigentlich der Klügere?»

«Ich verstehe wirklich nicht, wozu das alles ...», setzte Billgren an.

«Seien Sie still!», unterbrach Sebastian den Anwalt. «Ich halte hier gerade einen kleinen Monolog. Davon muss sich Ihr Mandant keineswegs gekränkt fühlen.»

Erneut spazierte er langsam um den Tisch herum, bis er Saurunas von schräg hinten ansprach.

«Wissen Sie, was Sie sind? Sie sind ein Dinosaurier, der einen Kometen anstarrt und glaubt, er könnte ihn aufhalten!»

«Ich weiß nicht, welche Antwort Sie von mir auf diese Frage erwarten», sagte Saurunas vorsichtig, als er verstand, dass Sebastian seine Ausführung beendet hatte.

Sebastian richtete sich auf und ging erneut um den Tisch herum, an dem die beiden Männer vermutlich gerade darüber rätselten, was sie da soeben erlebt hatten. Er war sich vollkommen sicher, dass der Mann, der sich Sven Cato oder Cato der Ältere nannte, reagiert hätte, als er seinen Decknamen erwähnte. Dass er gefragt hätte, warum Sebastian ihn so nannte, und versucht hätte, den Eindruck zu vermitteln, er hätte diesen Namen nie zuvor gehört.

Sebastian war sich auch sicher, dass der Mann, der innerhalb kurzer Zeit vier Personen ermordet und eine Art Manifest über die Boulevardpresse verbreitet hatte, nicht stillschweigend Sebastians Vorwürfe erduldet hätte, dass er dumm sei und seine Opfer klüger als er. Ihr Täter war eindeutig selbstgerecht, er fühlte sich überlegen. Wenn ein Mann wie Sebastian seine Größe nicht verstand, würde er sich nicht zurückhalten können, ihn zurechtzuweisen. Der Mörder, den sie suchten, war zwar sehr intelligent, aber er würde seine Gefühle nicht derart kontrollieren können wie Christian Saurunas.

Sebastian warf einen Blick in den Spiegel. Er war sich sicher, dass Vanja im angrenzenden Raum stand und Torkel vielleicht auch. Er trat näher heran und signalisierte der anderen Seite mit seinem Blick: «Ich glaube, er ist es nicht.»

Und er war sicher, dass sie ihm zustimmten.

Endlich. Die ersten Zeichen eines Erwachens.

Das Interview, das er Axel Weber gegeben hatte, war nun in voller Länge im Internet veröffentlicht worden. Weil es bei *expressen.se* keine Kommentarfunktion gab, konnte er die Reaktionen darauf jedoch nicht sehen. Dafür musste er zum *Aftonbladet* wechseln, das Schnipsel und Zitate vom Konkurrenten vermischt und so einen beinahe identischen Artikel zusammengeflickt hatte. Mit der Ausnahme, dass die Leser hier ihre Meinung darüber kundtun konnten.

Mit zitternder Hand begann der Mann, der nicht Cato hieß, in den Kommentaren nach unten zu scrollen. Als er die Seite öffnete, waren es bereits hundertachtundachtzig. Anfangs war der Tenor der meisten: «Was für ein krankes Arschloch!», oder: «Was glaubt dieser Mensch eigentlich, wer er ist?», dann aber tauchten die ersten Meinungen auf, die seine Taten zwar nicht in Schutz nahmen, aber dennoch fanden, dass er den Finger auf einen wunden Punkt legte. Es folgten wütende Proteste und schließlich ein Beitrag, dessen Verfasser die Morde und die Gewalt verurteilte, aber dennoch meinte, dass man die Oberflächlichkeit diskutieren könne und wen unsere Gesellschaft heute zu Prominenten erklärte. Wieder waren einige dagegen, viele stimmten jedoch auch zu. Nach weiteren kategorischen Verurteilungen kam der nächste Kommentar, der kurz und entschieden festhielt: «Verdammt, der Typ hat doch recht!»

Anschließend äußerten sich mehrere Leser zustimmend, und am Ende lag der Stand zwischen denen, die ihn für einen

Irren hielten, und denen, die der Meinung waren, er habe etwas Vernünftiges zu sagen, bei nahezu fünfzig zu fünfzig.

Er öffnete ein neues Fenster und suchte auf der Internetseite des Meinungsforums *Flashback* nach Promiklatsch. Es gab eine Online-Diskussion zu Patricia Andrén und eine zu Mirre Petrovic, und in beiden wurde unter der Rubrik «Aktuelle Verbrechen und Kriminalfälle» auf den Dokusoap-Mörder verwiesen.

In dieser Rubrik gab es schon über tausendvierhundert Einträge.

Er überflog sie. Anfangs drehte sich die Diskussion vor allem darum, welches Motiv hinter einer solchen Tat stecken könnte und welche Sorte Mensch zu so etwas fähig sei. Nach hundert Variationen des Themas, gemischt mit irgendwelchen Gerüchten und Spekulationen über seine Identität, schrieb jemand in einem kurzen Kommentar: «Spinne ich, oder tötet er wirklich nur total bekloppte Leute?»

Der Beitrag fand großen Anklang, und bald wurden Listen erstellt und Tipps gegeben, welche sogenannten Promis der Dokusoap-Mörder noch so ins Jenseits befördern könne, wenn er schon einmal dabei sei.

Nachdem das Interview im *Expressen* veröffentlicht worden war, gab es dann kein Halten mehr. Neben taschenpsychologischen Diagnosen und wilden Mutmaßungen, wer er sein könnte, entspann sich tatsächlich eine besonnene Debatte darüber, worauf er die ganze Zeit hinausgewollt hatte.

Den Wissenshass. Die Glorifizierung der Idiotie. Die Dummheit als Erfolgsfaktor.

Zwar war dies eben nur das Forum *Flashback*, sodass man keinesfalls behaupten konnte, es würde hier ein Querschnitt der Gesellschaft repräsentiert werden, ganz im Gegenteil, aber dennoch, die Sache schlug allmählich Wellen.

Die Diskussion war in vollem Gange. Und er erwartete, dass sie in den nächsten Tagen auch auf einigen Titel- und Kulturseiten weitergeführt werden würde.

Es breitete sich aus.

Er fand dort draußen Gehör.

Er konnte jetzt nicht aufhören.

Und er hatte bereits begonnen, nach weiteren potenziellen Opfern zu suchen. Hatte dabei von den Dokusoap-Teilnehmern, den Bloggern und anderen C-Promis Abstand genommen, die mit ihren mehr oder weniger verzweifelten Vorstößen versuchten, für ein paar Minuten im Rampenlicht zu stehen.

Er war jetzt größer als das.

Wichtiger.

Der Mord an Claes Wallgren und das Interview mit Axel Weber waren Schritte in die richtige Richtung gewesen. Sie stärkten seine Position. Er konnte jetzt keinen Rückzieher machen. Wenn er eine Chance haben wollte, die schlummernde Bevölkerung zu wecken, musste er seinen Einsatz erhöhen, die Verantwortlichen für diesen intellektuellen Verfall finden und sie zur Rechenschaft ziehen. Zwei Namen auf seiner ziemlich langen Liste waren jedoch interessanter als die anderen.

Jäh wurde er aus seinen Gedanken gerissen, als es an der Tür klingelte. Er warf einen schnellen Blick auf die Uhr. Besuch erwartete er keinen. Ohnehin hatte er derzeit nur selten Gäste. Laura war diejenige gewesen, die bei ihnen die sozialen Kontakte gepflegt hatte. Und mit ihr war dann auch ein großer Teil des Bekanntenkreises verschwunden.

Er stand auf, ging zur Tür und legte sich einige vernichtende Sätze für den Fall zurecht, dass dort draußen wieder irgendein Vertreter oder das Mitglied irgendeiner religiösen Gemeinschaft stand.

So war es nicht.

Als er die Tür öffnete, blickte er in ein bekanntes Gesicht.

«Hallo, es tut mir leid, dass ich so spät noch bei dir herein-schneie, aber du wirst nicht glauben, was mir heute passiert ist.»

«Komm rein und erzähl», sagte der Mann, der nicht Cato hieß, trat zur Seite und ließ Christian Saurunas in seine Wohnung.

Vanja hatte sich endlich entschieden.

Das Gespräch mit Jonathan war ein großer Fehler gewesen.

Durchaus verständlich, aber es gab doch eine Grenze für den Grat der Verzweiflung.

Susanna war zurück.

Aber dann hatte sich alles genau wie beim letzten Mal entwickelt.

Als hätte die Zeit stillgestanden.

Eigentlich war es logisch, dass Jonathan zu seiner Exfreundin zurückgekehrt war. Er brauchte jemanden an seiner Seite. So war es immer schon gewesen, so war er gestrickt. Und verrückt war ja auch nicht Jonathans Benehmen, sondern ihr eigenes – dass sie einen Augenblick lang bereit gewesen war, ihre Hand erneut ins Wespennest zu stecken.

Jonathan war vielleicht nicht stark genug, aber sie musste es sein. Diese Rolle hatte sie immer schon gehabt, und sie würde sie auch wieder einnehmen. Sie war stark. Das wusste sie. Sie konnte vernünftige Entscheidungen treffen wie zum Beispiel, dass sie sich nicht noch einmal bei ihm meldete.

Doch dann hatte er sie angerufen.

Wie eine Prüfung, die ihr höhere Mächte geschickt hatten. Er wollte mit ihr essen gehen, und wie sich herausstellte, war ihre Entschlossenheit so zerbrechlich wie eine dünne Eisschicht.

Sie vereinbarten, sich bereits in einer Stunde zu treffen.

Nachdem Vanja aufgelegt hatte, blieb sie eine Weile sitzen

und starrte vor sich hin. Um sie herum liefen die Menschen hektisch durch das Büro, um ihren Arbeitstag beenden zu können. Aber in ihrem Inneren herrschte weitaus mehr Durcheinander. Sie zwang sich, noch eine Weile zu arbeiten, denn es gab viel zu tun. Nach wie vor mussten sie einiges mit Ulricehamn und Helsingborg koordinieren, und außerdem hatte Torkel sie mit einem Protokoll des Verhörs von Saurunas beauftragt. Vanja übernahm diese Aufgabe gern. Wenn sie etwas ins Reine schrieb, blieb es ihr besser im Gedächtnis.

Als sie noch fünfzehn Minuten Zeit hatte, bis sie losfahren musste, befand sie, dass sie effektiv genug gewesen war und ohne schlechtes Gewissen gehen konnte. Vorher schlüpfte sie in die Toilette und legte ein schlichtes, aber sorgfältiges Make-up auf. Sie hatte sich schon lange nicht mehr vor einem Treffen geschminkt. Jetzt betrachtete sie sich im Spiegel.

Was machte sie da eigentlich gerade?

Die ganze Idee dahinter, ein anderes Leben anzufangen, war doch, dass das neue Leben einfacher sein sollte als ihr altes. Weniger kompliziert. Und jetzt schminkte sie sich vor einer Verabredung mit ihrem Exfreund, der wieder mit seiner Exfreundin zusammen war. Sie spürte jedoch, dass sie keine andere Wahl hatte. Ihr ganzes Leben lang hatte sie immer alles genau abgewogen und analysiert. Jetzt musste sie ihren Gefühlen folgen. So falsch ein Teil von ihr das auch finden mochte.

Sie trafen sich vor dem Kino Filmstaden. Jonathan arbeitete noch immer als IT-Techniker bei Coldoc, einem Glasfaseranbieter mit Sitz in der Nähe von Gärdet, und der Hötorget lag für sie beide günstig. Außerdem hatten sie sich dort vor langer Zeit zu ihrem ersten Date getroffen, eine Symbolik, die

Vanja nicht entgangen war. Sie nahm die blaue Linie vor dem Rathaus und fuhr eine Station zum T-Centralen, von wo aus es nur noch ein kurzer Spaziergang war. Obwohl es leicht nieselte, genoss sie den Abend, und es gelang ihr fast gänzlich, die Enttäuschung darüber, dass sie Saurunas hatten gehen lassen müssen, einfach wegzumarschieren.

Jonathan wartete an demselben Platz wie beim ersten Mal. Sie blieb stehen und betrachtete ihn eine Weile aus der Ferne. Er hatte sich kaum verändert. Seine Haare waren etwas kürzer, und er hatte ein paar Kilo zugenommen, aber er war immer noch sehr attraktiv. Groß und gut gebaut, mit diesem dichten dunklen Haar, durch das sie so gern mit den Fingern fuhr.

Sex war nie ein Problem zwischen ihnen gewesen, sie hatte ihn immer anziehend gefunden, auch als sie sich längst auseinandergelebt hatten. Am Ende hatte etwas anderes gefehlt. Tiefe, hatte sie es damals genannt. Eine Verbundenheit, aufgrund derer sie es hätten wagen können, wirklich ehrlich zueinander zu sein. Jonathan ordnete sich ihr allzu leicht unter und scheute die Auseinandersetzungen, die eine Beziehung vorübergehend belasteten, langfristig aber stärkten.

Er war ganz einfach zu nett.

Nach der Berg-und-Tal-Fahrt der Gefühle, die sie im letzten Jahr erlebt hatte, fand sie das jetzt allerdings sehr attraktiv. Sie brauchte jemanden, der nett war.

Jonathan strahlte, als er sie erblickte, und winkte ihr fröhlich zu. Vanja ging schneller und schlang die Arme um ihn, als sie bei ihm war. Sein Körper war warm und roch gut.

«Hallo, Jonathan», sagte sie, ohne ihn loszulassen. «Wie schön, dich zu treffen.»

«Ich freue mich auch», erwiderte er.

«Du siehst aus, als ob es dir gutgehen würde», sagte sie aufrichtig.

«Das kann ich nur zurückgeben.»

Sie schwiegen einen Moment und musterten einander forschend.

«In welches Restaurant gehen wir denn?», beendete Vanja das Schweigen, damit es nicht anstrengend wurde.

«Ich weiß es nicht.»

«Hast du denn keinen Tisch reserviert?»

Er schüttelte den Kopf und wirkte beschämt.

«Ich war mir ehrlich gesagt nicht sicher, ob du kommen würdest, weißt du. Ob du es dir nicht in letzter Sekunde anders überlegen würdest.»

Kein Zweifel, er kannte sie gut. Aber jetzt war sie hier und übernahm das Kommando, wie immer.

«Sollen wir ins Kol & Kox gehen? Oder fändest du das komisch?», fragte sie lächelnd.

Das Kol & Kox war ein italienisches Restaurant in der Nähe, wo sie bei ihrer ersten Verabredung gegessen hatten. Jonathan schüttelte den Kopf und lachte.

«Nein, gute Idee. Ich war schon lange nicht mehr da. Und es ist bestimmt erfrischend, ein bisschen in alten Erinnerungen zu schwelgen.»

Sie machten sich auf den Weg. An den Obst- und Gemüseständen brummte noch immer das Geschäft, und die schreienden Händler übertrafen sich gegenseitig mit den besten Preisen, um so viel wie möglich von ihrer Auslage loszuwerden, ehe sie für den Tag zusammenpackten. Vanja ging dicht neben Jonathan, beschloss dann aber, ihm deutlicher zu zeigen, dass sie sich nach ihm gesehnt hatte. Also hakte sie sich bei ihm unter, und zu ihrer Freude konnte sie ein kleines Lächeln auf seinen Lippen sehen.

Sie wählten beide Pasta mit Steinpilzen und Rinderfiletstreifen. Jonathan schlug vor, sich eine Flasche Rotwein zu teilen, aber Vanja wollte lieber darauf verzichten. Vielleicht würden sie den Abend gemeinsam ausklingen lassen, vielleicht war sie aber auch gezwungen, wieder zur Arbeit zurückzufahren, und in diesem Fall sollte sie nüchtern sein.

Das Gespräch kam schnell darauf, was sie in der letzten Zeit erlebt hatte. Denn eigentlich hatten sie sich ja deshalb getroffen, und Jonathan wirkte ehrlich interessiert. Vanja gab sich Mühe, nichts auszulassen. Sie erzählte, wie Anna ihr sogar einen Grabstein auf einem Friedhof gezeigt und behauptet hatte, der Mann, der dort begraben lag, sei ihr Vater. Aber das Beste hob sie bis zuletzt auf. Nämlich, was Anna mit dieser ganzen Scharade hatte verbergen wollen. Dass Sebastian Bergman sich als ihr leiblicher Vater erwiesen hatte.

Jonathans Interesse verwandelte sich in Bestürzung.

«Du liebe Güte, nimmt das denn nie ein Ende?», sagte er.

Vanja zuckte resigniert die Schultern. Sie wusste es nicht. Aber ihr kam es nicht so vor.

«Und dann der Selbstmordversuch deines Vaters ... von Valdemar», korrigierte er sich. «Dann auch noch Valdemars Selbstmordversuch. Wie hältst du das nur aus?» Er betrachtete sie voller Mitgefühl.

«Es war schon anstrengend», sagte sie. Das war eine Untertreibung, die er verstehen würde. Sie beugte sich ein wenig weiter zu ihm vor. «Deshalb habe ich dich angerufen. Ich brauchte einfach jemanden», sagte sie leise.

«Das war gut», antwortete er lächelnd. Dann wurde es für einen Moment still zwischen ihnen. Jonathan bedachte sie mit einem Blick, den sie nicht genau deuten konnte. Das störte sie. Normalerweise sah sie ihm immer an, was er dachte.

«Ich freue mich wirklich, dass du mich angerufen hast,

aber das ist alles nicht ganz leicht für mich», brachte er schließlich hervor.

Die Männer am Nebentisch standen auf und zogen ihre Jacken an. Aus irgendeinem Grund sahen Jonathan und Vanja beide zu ihnen auf. Vielleicht wegen der plötzlichen Bewegung, vielleicht wegen des lauten Scharrens der Stühle auf dem Boden. Oder wegen des lauten Lachens, das der eine der beiden ausstieß. Weshalb auch immer, Vanja hatte das Gefühl, dass der leise Zauber zwischen Jonathan und ihr damit gebrochen war.

Eigentlich hatte sie ja auch kein Anrecht auf ihn.

Auf gar keinen Fall.

Sie hatten eine schöne Zeit miteinander verbracht, aber das war lange her.

Im Grunde waren sie keine Freunde. Sie waren viel mehr gewesen und waren es nicht mehr. Was sie jetzt waren, wusste keiner von ihnen.

«Du brauchst Unterstützung, Vanja. Aber ich weiß nicht, ob ich sie dir geben kann.»

Vanja nickte stumm. Es verletzte sie, dass er nicht einmal herauszufinden versuchte, wie es mit ihnen weitergehen könnte.

Sie hob ihr Glas und trank einen letzten Schluck. Zögerte den Augenblick hinaus. Die Männer waren gerade erst gegangen. Gleich würden auch sie das Restaurant verlassen. Aber wo sollte sie hingehen, wenn sie sich für das Abendessen bedankt hätte und er sagen würde, dass es nett gewesen sei, sich zu treffen? Sie würde wieder zur Arbeit fahren, zu dem Einzigen, was sie früher geliebt hatte und wofür sie gelebt hatte.

Behutsam strich sie über seinen Handrücken.

«Ich habe dich vermisst», sagte sie und ergriff zwei seiner

Finger. Drückte sie. Er sah sie lange an, ehe er endlich antwortete.

«Hast du das wirklich? Oder brauchst du mich nur, weil du gerade eine sehr anstrengende Zeit durchstehen musst und allein bist?», fragte er und zog vorsichtig seine Hand zurück.

«Ich habe dich wirklich vermisst», sagte sie so schnell und überzeugend, dass sie nicht einmal selbst daran zweifelte. «Ich hätte dich auch so wiedersehen wollen», fügte sie hinzu, hoffentlich genauso überzeugend.

«Ich bin wieder mit Susanna zusammen.»

«Aber jetzt sitzt du hier mit mir.»

«Das stimmt, aber darauf bin ich auch nicht gerade stolz», entgegnete er und betrachtete sie ernst, während er sich zu ihr vorbeugte. «Du weißt, dass ich an dir interessiert bin. Sonst wäre ich nicht hier», erklärte er ehrlich. «Aber ich bin mir nicht sicher, ob du das auch tatsächlich willst. Vielleicht brauchst du mich auch nur jetzt, für einen kurzen Moment. Und das würde ich nicht durchstehen. Nicht noch einmal ...»

«Das verstehe ich», sagte sie zärtlich und berührte erneut seine Hand. Diesmal ließ er sie gewähren.

«Nein, das tust du nicht.»

Er sah sie an, seine dunklen Augen waren angefüllt mit Gefühlen, die er nicht mehr verbergen konnte.

Sie senkte ihren Blick. Damit hatte sie nicht gerechnet. Hatte sie ihn so sehr verletzt?

«Es war auch für mich schwer», sagte sie und drückte seine Hand etwas fester.

«Nicht so schwer wie für mich.»

Sie wusste, dass er recht hatte. Und sie schämte sich. Sie hatte kein Problem damit gehabt, im Leben weiterzugehen.

Er hatte sie angerufen.

Er hatte geweint.

Hatte sie gebraucht.

Sie war die Starke gewesen. Die ihn abgewiesen hatte.

«Du weißt, dass du mich zurückhaben kannst, Vanja», sagte er jetzt, und ihr war bewusst, dass dies die Wahrheit war. «Aber ich kann nicht nur dafür herhalten, deine akuten Probleme zu lösen. Diesmal muss es ernst sein. Und daran kann ich nicht so recht glauben.»

Sie wusste nicht, was sie antworten sollte. Sie brauchte ihn jetzt. Aber nächsten Monat konnte wirklich schon wieder alles anders aussehen. Vielleicht sogar schon nächste Woche. Sie tat das alles um ihrer selbst willen, nicht weil sie ihn liebte.

Aber diese Einsicht war noch nicht das Schlimmste. Was sie am meisten beunruhigte, war, dass ihr Verhalten sie an den schlimmsten Egoisten erinnerte, den sie kannte. An jemanden, der sich und die eigenen Bedürfnisse immer an die erste Stelle setzte. Jemanden, der sich bei jeder Begegnung und jedem Treffen von der eigenen Lust leiten ließ, vor allem, wenn es um das andere Geschlecht ging.

Sebastian Bergman.

Sie war ganz die Tochter ihres Vaters.

Es gab jede Menge Arbeit, redete er sich ein.

Deshalb war er noch im Büro, als die meisten schon nach Hause gegangen waren.

Jede Menge Arbeit.

Es hatte nichts damit zu tun, dass My ihn am Nachmittag angerufen hatte. Sie hatte gesagt, wie sehr sie sich nach ihm sehne, und sich darauf gefreut, ihn so schnell wie möglich wiederzusehen. Hatte ihm genau gesagt, wann sie landete.

Ob er sie vom Flughafen abholen könne?

Billy zögerte die Antwort hinaus. Es sei nicht so, dass er nicht wolle, er habe sie auch sehr vermisst, aber die Ermittlung ... Sehr kompliziert. Diesmal stehe der Fall stark im Fokus der Öffentlichkeit, und das sei noch untertrieben. Sie hätten nicht viele Spuren, denen sie nachgehen konnten, und die wenigen Hinweise landeten allesamt auf seinem Tisch.

Überwachungskameras. Telefonliste. Die Sorte Aufgaben. Seine Aufgaben.

«Was glaubst du denn, wie spät es wird?»

Die Enttäuschung in ihrer Stimme war nicht zu überhören.

«Ich weiß es nicht. Spät.»

«Können wir denn nicht wenigstens zusammen essen?» Das klang eher wie ein Befehl denn wie eine Frage. «Wir haben uns jetzt fast eine Woche nicht mehr gesehen.»

Billy hatte tief Luft geholt. Die Augen geschlossen. Es gab keinen guten Weg, das zu sagen, nur mehr oder weniger schlechte. Er wählte einen davon.

«Ich weiß, aber ich werde es wohl einfach nicht schaffen. Ich habe so unglaublich viel zu tun.»

Ihre einzige Antwort war Schweigen.

«Vielleicht ist es besser, wenn wir gleich ausmachen, dass wir uns stattdessen morgen früh sehen», schloss er. «Ich sage hier Bescheid, dass ich morgen später komme, und dann haben wir Zeit für uns.»

Nachdem er aufgelegt hatte, wurde er das Gefühl nicht los, dass sie etwas geahnt hatte. Dass etwas Unausgesprochenes zwischen ihnen lag. Vielleicht lag das aber auch an der Mischung aus Verwirrung, schlechtem Gewissen und Schuldgefühlen.

Er verdrängte seine Gedanken, indem er sich wieder seiner Arbeit widmete.

Jede Menge Arbeit. Das war nicht einmal gelogen.

Inzwischen hatte er die Gesprächslisten der Handys sämtlicher Opfer außer von Claes Wallgren. Letztere hatte er angefordert, aber noch nicht erhalten.

Sie wussten jedoch ziemlich genau, wann der Täter zu zweien der Opfer Kontakt aufgenommen hatte. Billy fing mit Patricia an. Ihr Posting über die Verabredung zum Mittagessen und das bevorstehende Interview war am 8. Juni um 13.24 Uhr auf ihrer Facebook-Seite veröffentlicht worden.

Billy überprüfte die ein- und ausgegangenen Anrufe auf ihrem Handy.

Dreizehn Minuten zuvor, um 13.11 Uhr, hatte sie ein Gespräch von einer Nummer erhalten, die, wie sich herausstellte, zu einer Prepaidkarte gehörte. Das Gespräch hatte acht Minuten gedauert. Fünf Minuten später hatte sie die Statusmeldung auf ihre Facebook-Seite gepostet.

Er widmete sich Ebba. Sie hatte angegeben, dass sie den Anruf am Montag erhalten hatte, nachdem sie mit ihrer

356

Schwester die Blog Awards gewonnen hatte. Eine kurze Internet-Recherche ergab das Datum der Gala, und in der Tat war sie am Montag nach der Preisverleihung von einem anderen Prepaidhandy aus kontaktiert worden.

Mirre Petrovic erforderte etwas mehr detektivisches Geschick. Wann Cato ihn angerufen hatte, wussten sie nicht genau, aber zwei Tage bevor er zum letzten Essen seines Lebens ins Kurhotel eingeladen worden war, hatte sich eine dritte Prepaidnummer bei ihm gemeldet. Dieses Telefonat hatte fünf Minuten gedauert. Schnelle Übereinkünfte.

Vermutlich ließ man sich für ein bisschen Publicity leicht überreden.

Leider kam Billy mit den Telefonlisten über diese Erkenntnisse hinaus nicht weiter. Sie hatten eine leise Hoffnung genährt, dass der Täter, der Sebastian zufolge eindeutig ein älterer männlicher Akademiker war, in technischen Dingen ein wenig unbeholfen sein könnte und digitale Spuren hinterlassen hätte. Doch auch diese Hoffnung wurde zunichtegemacht. Cato überließ nichts dem Zufall.

Billy hoffte, dass er mit dem Fahrzeug mehr Glück haben würde.

Hier wusste er genau, wonach er suchen musste.

Das Modell, den Jahrgang und das Kennzeichen.

Er hatte alles. Bis auf ein Foto des Fahrers.

Soweit er wusste, hatte sich der Mörder nach der Entführung von Sara und Ebba Johansson im Großraum Stockholm bewegt. Billy hatte Fotos von allen Mautstationen zur Verfügung. Im Idealfall bekämen sie ein Frontalbild, auf dem man den Fahrer sah. Bisher hatte Billy allerdings noch nicht einmal das Wohnmobil gefunden.

Nach einer Stunde strich er eine weitere Mautstation von seiner Liste.

Vier überprüft. Noch vierzehn übrig.

Er lehnte sich auf dem Stuhl zurück und verschränkte die Arme hinter dem Kopf. Als er überlegte, ob er sich einen Kaffee holen sollte, kam er zu dem Schluss, dass es besser wäre, gleich etwas zu essen, wenn er sich schon einmal auf den Weg in die Personalküche machte.

Noch bevor er aufstand, nahm er aus dem Augenwinkel eine Bewegung in dem sonst leeren Büro wahr. Vanja kam zurück. Sie entdeckte ihn auf seinem Platz und ging zu ihm. Er beugte sich vor und schaltete A$AP Rocky aus, den er auf Spotify laufen hatte.

«Hattest du nicht ein Date?», fragte Billy, als sie sich den Stuhl von einem anderen Schreibtisch holte und sich zu ihm setzte.

«Das ist schon vorbei.»

«Früh», sagte Billy nach einem Blick auf die Uhr.

«Ja. Und was machst du hier?», fragte Vanja, damit sie keine Einzelheiten von dem Abendessen mit Jonathan erzählen musste.

«Jede Menge Arbeit.»

Billy zeigte auf den Schreibtisch und die Bildschirme vor sich und hoffte, so das Ausmaß zu veranschaulichen.

«Brauchst du Hilfe?», fragte Vanja und schlüpfte aus ihrer dünnen Jacke. Der Abend war sowieso im Eimer. Sie wollte auf keinen Fall in die leere Wohnung zurück, die sie ohnehin nur an Valdemar erinnerte.

«Ich suche auf den Fotos der Mautstationen nach dem Wohnmobil. Wenn du willst, kannst du ein paar übernehmen.»

Vanja nickte. Billy war ein paar Minuten damit beschäftigt, einen anderen Computer mit den Bildschirmen zu verbinden und ihr einen Zugang zum Server einzurichten, und kurz darauf saßen sie nebeneinander und beobachteten endlose Reihen von Autos, die nach Stockholm hinein- und wieder herausfuhren. Vanja ertappte sich dabei, dass sie sich wohlfühlte. Es war wie früher, in den guten alten Zeiten, ehe alles zusammengestürzt war, ehe die Schatten überhandgenommen hatten. Als Billy und sie eng zusammengearbeitet hatten, ein Team gewesen waren – und echte Freunde. Mehr noch. Fast wie Geschwister. Vor dem Riss in ihrer Freundschaft, vor den Streitereien und vor My, die Vanja nur flüchtig auf der Hochzeit kennengelernt hatte, jedoch einfach nicht ehrlich mögen konnte.

«My ist heute Abend nach Hause gekommen», sagte Billy plötzlich, als würde er ahnen, woran sie gerade dachte.

«Wo war sie denn?»

«Bei ihren Eltern in Dalarna.»

«Und was machst du dann hier?», fragte Vanja ehrlich erstaunt. Die anderen Paare, die sie kannte, hätte man so kurz nach der Hochzeit nur mit einem Brecheisen trennen können. Das Gefühl, das sie schon im Auto nach Helsingborg gehabt hatte, kam zurück. Beim Ehepaar Rosén war irgendetwas nicht ganz in Ordnung.

Billy verstummte. Konzentrierte sich auf den Bildschirm und überlegte.

Warum hatte er Vanja erzählt, dass My zurückgekommen war?

Irgendwie hatte das mit der Situation zu tun. Vanja und er. Seite an Seite. Früher war sie diejenige gewesen, der er alles hatte erzählen können. Einfach alles. Vanja wusste mehr von ihm als My, und auch mehr als Jennifer – die wiederum andere Sachen wusste –, ja, mehr als jeder andere Mensch. Er musste sich wohl eingestehen, dass er kurz davor war, an allem, was ihm passiert war, zugrunde zu gehen. So viele

Geheimnisse und Lügen. Wenn er einmal nicht arbeitete, wurden die Ereignisse der letzten Wochen in seinem Kopf abgespult wie ein Film. Nonstop. Rund um die Uhr. Wenn er mehr darüber sprach, würde es ihm vielleicht helfen, mit der Situation umzugehen.

«Ich betrüge sie», sagte er leise, ohne seinen Blick vom Bildschirm zu lösen.

«Ihr seid doch erst einen knappen Monat oder so verheiratet?» Vanja wirkte ehrlich erstaunt.

«Ich weiß.»

«Mit wem?»

«Spielt das eine Rolle?»

«Eigentlich nicht. Aber warum?»

Tja, warum? Weil es funktionierte. Wie sich herausstellte, dämpfte das Gefühl von Dominanz, Macht und Kontrolle, verbunden mit intensivem, sexuellem Genuss, die dunklen Triebe, die wie eine hungrige Schlange in seinem Inneren lauerten.

Weil er es so im Griff hatte.

Und mehr noch: weil es unwichtig wurde.

So etwas wie mit Jennifer hatte er noch nie erlebt. Nicht annähernd. Es war intensiver und besser als das, was er verspürt hatte, als er die Tiere getötet hatte, weil die sexuelle Befriedigung sofort kam. Anschließend waren alle Gedanken daran, jemandem schaden zu wollen, wie weggeblasen. Die Schlange war satt. Er war ruhig, zufrieden und innerlich ausgeglichen wie schon lange nicht mehr.

All das war ihm bewusst, nichts davon konnte er erzählen.

«Es ist kompliziert», sagte er stattdessen, was ja auch nicht gelogen war.

«Du weißt schon, dass dich das zu einem Arschloch macht, oder?»

«Ja.»

Doch das war ihm egal. Er war nicht auf Sympathien aus. Und es fühlte sich trotzdem gut an, dass er es erzählt hatte.

Billys Computer gab ein Signal von sich, und er beugte sich mit neu erwachtem Interesse vor. Per Mausklick öffnete er ein Fenster.

«Das gibt es doch nicht.»

«Was denn?», fragte Vanja neugierig.

«Ich kontrolliere nebenbei, ob Saurunas seine Kreditkarte benutzt.»

Vanja überlegte, ob sie ihn fragen sollte, wie legal das ohne eine Genehmigung des Staatsanwalts eigentlich war, denn von einer solchen hatte sie bisher nichts gehört. Doch dann ließ sie es sein. Anscheinend hatte es ja zu einem Ergebnis geführt.

«Er hat sie benutzt», bestätigte Billy ihre Vermutung.

«Wo denn?»

«Auf dem Langzeitparkplatz am Flughafen.» Er warf ihr einen kurzen Blick zu, ehe er nach dem Hörer griff, um Torkel anzurufen. «Der will abhauen.»

Sie fuhren auf der E4 Richtung Norden. Billy trat das Gaspedal, bis die Tachonadel die Hundertfünfzig erreicht hatte, und stellte das Blaulicht vor die Windschutzscheibe, während er gleichzeitig die blauen Lichter einschaltete, die sich am Kühlergrill befanden. Eine Sirene hatte er nicht, weil es ein Zivilfahrzeug war, aber er drückte auf die Hupe, sobald er sich einem Auto näherte, dessen Fahrer offensichtlich keinen Blick in den Rückspiegel geworfen hatte.

Torkel saß auf dem Rücksitz und verzichtete zum zweiten Mal in dieser Ermittlung darauf, die zu hohe Geschwindigkeit zu kommentieren. Stattdessen ging er schnell im Kopf durch, was er bereits erledigt hatte und was noch zu tun war, bis sie am Ziel ankamen.

Zuallererst rief er den diensthabenden Vorgesetzten der Polizeistation am Flughafen Arlanda an. Die Kollegen hatten bereits Informationen über Christian Saurunas und seine Personenbeschreibung erhalten und waren beauftragt worden, jeden Abflug zu überprüfen. Wenn sie es nicht rechtzeitig schafften, die Passagierlisten der einzelnen Fluggesellschaften durchzusehen, würden sie einen Aufruf an alle Gates starten müssen. Torkel machte deutlich, dass er sich nicht im Geringsten darum kümmere, ob es dadurch zu Verspätungen komme. Saurunas durfte Stockholm auf keinen Fall verlassen.

Die Streife, die sie zum Bäckvägen 43 geschickt hatten, konnte bestätigen, dass sich Saurunas nicht in seiner Wohnung befand und der rote Volvo auch nicht auf dem dazugehörigen Parkplatz stand.

Als Nächstes telefonierte er mit der Betreiberfirma des Langzeitparkplatzes, da sie davon ausgingen, dass Saurunas den Stellplatz nicht im Voraus gebucht hatte, was der Kundenservice auch bestätigte. Saurunas hatte also vermutlich ganz einfach dort geparkt, wo noch Platz war. Torkel erkundigte sich, ob die Firma jemanden losschicken könne, der nach dem Auto suchte, um ihnen ein wenig Zeit zu ersparen. Zu seinem großen Erstaunen versprach die Frau vom Kundendienst sofort, sich auf den Weg zu machen und einen Kollegen mitzunehmen. Er gab ihr das Kennzeichen von Saurunas' rotem Volvo durch, machte sich jedoch nicht allzu große Hoffnungen. Der S60 dürfte einer der häufigsten Fahrzeugtypen in diesem Land sein, und die Frau am Telefon hatte erklärt, dass die beiden Parkplätze zusammen mehr als tausendachthundert Autos aufnehmen konnten. Torkel bat sie auf gut Glück, auch nach einem Wohnmobil mit deutschem Kennzeichen Ausschau zu halten. Davon werde es hoffentlich nicht ganz so viele geben? Und zudem sei es dank seiner Größe leichter zu finden. Die Frau versprach, ihr Bestes zu tun, gab ihm ihre private Handynummer und beendete das Gespräch.

Torkel blickte durch das Seitenfenster und sah, wie sie ein Auto nach dem anderen überholten. Er überlegte kurz, ob er Lise-Lotte anrufen sollte, aber das würde in dieser Situation vielleicht ein wenig unprofessionell wirken, und außerdem hatte er keine Lust auf Fragen von seinen Mitfahrern.

Er hatte sie schon wieder alleingelassen.

Sie hatten in einem Restaurant neben der Djurgårdsbron gesessen und gerade auf der Karte gewählt, aber noch nicht bestellt. Vorher hatten sie sich ein Glas Rosé gegönnt und unter dem Tisch Händchen gehalten. Der Abend hätte nicht besser anfangen können.

Lise-Lotte hatte ihm erzählt, was sie tagsüber erlebt hatte. Wie eine Touristin sei sie durch die Stadt gestreift. Schließlich sei sie schon vor einer Ewigkeit aus Stockholm weggezogen und schon seit fünfzehn Jahren nicht mehr da gewesen. Also hatte sie einige touristische Highlights besichtigt und den Rest des Tages bummelnd genossen.

Dann hatte Billy angerufen, und eine Viertelstunde später saß Torkel in einem Taxi auf dem Weg nach Kungsholmen. Allmählich machte er sich Sorgen, dass Lise-Lotte seiner bald müde werden würde. Insgesamt hatte er sie schon drei von drei Malen versetzt. Na gut, nicht an jenem Abend, als sie auf seiner Treppe gesessen hatte. Da hatte sie allerdings eine ganze Weile darauf warten müssen, dass er überhaupt nach Hause kam.

Sah eine Beziehung mit ihm etwa so aus?

Die Antwort lautete leider Ja.

Das hatten auch seine beiden Exfrauen festgestellt und waren es irgendwann leid gewesen.

Und er wagte nicht wirklich darauf zu hoffen, dass Lise-Lotte anders war.

Torkel fluchte innerlich vor sich hin. Hätten sie sich nicht schon vor einem Monat kennenlernen können? Nach dem abgeschlossenen Fall in Torsby hatte er mehrere Wochen lang kaum etwas zu tun gehabt.

Hatte den Papierkram erledigt, der in der Zwischenzeit liegen geblieben war.

Einige Schreiben beantwortet.

An Strategietreffen teilgenommen.

Hatte normale Bürozeiten gehabt. War ein ganz normaler Mensch gewesen. Jemand, von dem man annahm, man könnte mit ihm zusammenleben. Zugegeben, das waren ziemlich hohe Erwartungen nach lediglich drei Treffen, aber er wünschte sich so sehr, dass mehr aus ihnen werden würde. Etwas Dauerhaftes.

Er seufzte tief, und Vanja drehte sich auf dem Beifahrersitz um und sah ihn fragend an. Sie waren nur zu dritt im Auto, Ursula würde allein zum Flughafen kommen.

Aus reiner Höflichkeit hatte Torkel auch Sebastian angerufen, doch der hatte schnell herausgefunden, dass es ein reiner Polizeieinsatz werden würde. Entweder fassten sie Saurunas oder eben nicht. Und wenn sie ihn erwischten, könnten sie Sebastian gern noch mal anrufen. Ansonsten habe er kein Interesse daran, auf einem Flughafen herumzurennen und Leute zu suchen, sagte er.

Torkel war nicht sonderlich erstaunt gewesen. Immerhin hatte er mit Sebastian Bergman gesprochen.

Billy bog von der E4 ab auf die Straße 273, die zu den Langzeitparkplätzen mit den phantasievollen Namen Alfa und Beta führte und anschließend zu den fünf Terminals.

Nach wenigen Minuten hatten sie die beiden großen Parkplätze erreicht, auf denen Hunderte Autos in geraden Reihen standen.

«Wo müssen wir jetzt hin?», fragte Billy und hielt zwischen den Einfahrten zu den beiden Parkplätzen.

Torkel holte erneut sein Handy aus der Tasche und wählte die Nummer der Frau, die ihm versprochen hatte, bei der Suche nach dem Auto zu helfen.

«Hallo, hier ist wieder Torkel Höglund von der Reichsmordkommission», sagte er, als sie sich meldete. «Wir sind jetzt hier, können Sie uns genau sagen, wohin wir kommen sollen?»

«Hier steht ein Wohnmobil mit deutschem Kennzeichen», antwortete die Frau.

«Wo ist hier?»

Er bekam keine Antwort mehr. Das war auch nicht mehr nötig.

In diesem Moment stieg eine gewaltige Feuersäule von der Mitte des rechten Parkplatzes auf. Kurz darauf folgte eine Druckwelle, die ihr Auto durchrüttelte, und der ohrenbetäubende dumpfe Knall einer Explosion zeigte ihnen mit aller Deutlichkeit, wo das von ihnen gesuchte Fahrzeug gestanden hatte.

Das Polizeiaufgebot war massiv.

Große Scheinwerfer erleuchteten den Parkplatz. Überall waren Absperrungen und Blaulicht zu sehen. Uniformierte Beamte, Rettungsfahrzeuge, Feuerwehrleute und die Spurensicherung. Presse und Schaulustige. Aus einiger Entfernung drangen die Stimmen aufgebrachter Passagiere herüber, die gelandet waren, ehe man den Flughafen geschlossen hatte, ihre Autos nun jedoch nicht mehr abholen konnten.

Torkel umrundete den Ort des Geschehens. Am Rand. Im Zentrum des Geschehens gab es für ihn nicht viel zu tun. Im Grunde hätte er genauso gut nach Hause fahren und den Bericht abwarten können. Als leitender Ermittler konnte er den Ort jedoch nicht einfach verlassen, ehe ein vorläufiges Ergebnis der Spurensicherung erklärte, was eigentlich passiert war.

Obwohl es nicht schwer zu erraten war.

Das Wohnmobil war explodiert.

Viel war nicht davon übrig geblieben. Verbogene und verbrannte Teile, die man mit etwas Phantasie als Unterboden erkennen konnte. Eine Wand ragte als scharfkantiges Fragment in die Höhe, die Reifen waren entweder weggesprengt worden oder in der Hitze des darauffolgenden Feuers geschmolzen. Was vermutlich der Motor gewesen war, lag ein paar Meter entfernt. Überall waren Teile verstreut. Die Autos in den umliegenden Reihen waren durch die Wucht der Explosion umgekippt, einige hatten auch Feuer gefangen. Noch mehrere hundert Meter entfernt waren Glasscheiben und Spiegel zersprungen.

Die Angestellte des Parkplatzes, mit der Torkel telefoniert hatte, war ins Krankenhaus gebracht worden. Man hatte sie bewusstlos aufgefunden. Vermutlich war sie von der Druckwelle in die Luft geschleudert worden und hatte sich an einem der parkenden Autos den Kopf angeschlagen. Sie hatte Splitterwunden im Gesicht, und man befürchtete auch innere Verletzungen. Torkel ermahnte sich, morgen im Krankenhaus anzurufen und sich nach ihrem Befinden zu erkundigen.

Ein Mann von der Spurensicherung, der zwischen den Autos umherging, die auf der Seite oder übereinanderlagen, schrie plötzlich auf. Torkel blieb stehen. Er sah, wie der Vorgesetzte des Technikers zu ihm eilte und sich dann suchend umblickte.

Torkel begriff, dass der Mann nach ihm Ausschau hielt. Er ging zu dem Techniker hinüber. Ein schwarzer Golf stand mit der Front in der Seitentür eines blauen Renaults. Alle Scheiben und Spiegel waren zertrümmert, doch wie es schien, hatte keines der Autos Feuer gefangen.

Zwischen Glassplittern und den Resten von Autositzen, die vielleicht zu dem Wohnmobil gehört hatten, lag unverkennbar ein Bein. Es war am Oberschenkel abgerissen. Unter den Fetzen einer Hose saß ein ziemlich intakter Schuh, dessen Größe andeutete, dass es sich um einen Mann gehandelt hatte.

Torkel seufzte laut.

Ein weiteres Todesopfer.

Jetzt waren sie gezwungen, neue Prioritäten zu setzen. Sie mussten nach weiteren Körperteilen suchen.

Torkel verließ den Fundort mit einem wehmütigen Gefühl in der Brust. Es würde dauern, bis sie herausfanden, zu wem das Bein gehört hatte. Doch allein der Gedanke an das

Geschehen bedrückte ihn. Jemand war von einer Reise zurückgekehrt, hatte sich auf sein Zuhause gefreut, den Bus zum Parkplatz genommen, um mit dem Auto das letzte Stück zu seinen Lieben zu fahren – und dann ... Ende.

Ohne Vorwarnung.

Vollkommen unvorhersehbar.

Ungerecht.

Nach knapp zehn Minuten wurde Torkel erneut herbeigerufen.

Sie deuteten unter einen orangefarbenen Volvo 242, der zwei Reihen vom Wohnmobil entfernt gestanden hatte, aber trotzdem von der Druckwelle seitwärts in einen grauen Toyota geschoben worden war. Torkel ging in die Hocke und achtete darauf, nicht in den Glassplittern zu knien. Diesmal waren es ein Kopf und die rechte Schulter. Teilweise verbrannt, aber doch erstaunlich intakt. Natürlich mussten eine Obduktion und eine DNA-Analyse durchgeführt werden, um die Identität des Toten zweifelsfrei festzustellen, aber Torkel erkannte den Mann wieder – nicht zuletzt wegen seines wilden Rauschebarts. Er war sich ziemlich sicher, dass es sich um Christian Saurunas handelte.

Was hatte das nur zu bedeuten?

«Ist er hierhergefahren, um sich das Leben zu nehmen?», fragte Billy, als er hörte, was oder besser gesagt wen sie gefunden hatten.

«Ich weiß es nicht. Wann hat er seine Kreditkarte benutzt?»

Billy sah seine Aufzeichnungen durch.

«Um 20. 24 Uhr.»

«Und wir waren um kurz nach neun da ...», sagte Torkel mehr zu sich selbst, aber Billy nickte zustimmend. «Warum sollte er dann über eine halbe Stunde gewartet haben?»

«Vielleicht war es ein Unglück», mutmaßte Billy. «In diesen Wohnmobilen wird doch sicher mit Propangas gekocht.»

Jetzt mischte sich auch Vanja in das Gespräch ein. «Aber angenommen, er wollte fliehen, dann wäre es doch merkwürdig, wenn er eine halbe Stunde im Fahrzeug gewartet hätte, oder?», fragte sie.

«Vielleicht ging sein Flug erst später, und er wollte sich noch schnell einen Kaffee im Wohnmobil zubereiten ...», schlug Billy vor, merkte aber selbst, wie absurd das klang.

«Wissen wir denn, ob er überhaupt einen Flug gebucht hatte?», fragte Torkel.

Billy schüttelte den Kopf.

«Bisher nicht, aber nach einundzwanzig Uhr gehen nur noch sechs Flüge, also sollten wir es bald erfahren.»

«Sag mir Bescheid, sobald du es weißt. Irgendetwas stimmt doch hier nicht», beendete Torkel die Diskussion und verließ Vanja und Billy.

Es würde ein langer Abend werden.

Er rief Lise-Lotte an. Sagte, dass er mit größter Wahrscheinlichkeit die ganze Nacht in Arlanda bleiben müsse. Entschuldigte sich. Sie meinte nur, dass sie sich dann eben am nächsten Tag sehen würden und er sie ruhig wecken dürfe, wenn er nach Hause komme, egal, wie spät es sei.

«Was glaubst du?», fragte er, als er bei Ursula angekommen war, die gerade die Reste des Wohnmobils in Augenschein nahm.

«Da drüben ist ein Zeuge.» Sie zeigte auf einen Mann, der hinter einem Rettungswagen saß und gerade verarztet wurde. Seine Kleidung ließ vermuten, dass er zu der Betreiberfirma gehörte. Vermutlich war es der Kollege, den die Frau mitgenommen hatte, damit er ihr bei der Suche behilflich war.

Er war eindeutig weiter von der Explosion entfernt gewesen. Glück für ihn.

«Er sagt, es habe kurz hintereinander drei laute Knalls gegeben.»

«Was bedeutet das?»

«Drei Explosionen.»

«Zwei Propangasflaschen und der Tank?»

Ursula antwortete nicht sofort. Sie ging etwas näher an die Reste des Fahrzeugs heran und deutete auf etwas.

«Das Propangas muss hinten oder in der Mitte des Autos gewesen sein. In der Nähe der Küche, oder?»

«Ich weiß nicht, ich glaube, ich war noch nie in einem Wohnmobil», antwortete Torkel.

«Normalerweise ist die Flasche aber hinten oder in der Mitte», erklärte Ursula. «Und der Benzintank liegt darunter. Auch hinten. Sieh dir mal den Motor an.»

Er tat, wie ihm geheißen worden war, sah aber nur dunkle, verbogene Teile, die ein Stück entfernt vom Auto lagen.

«Der Motor ist schwer. Das Schwerste am ganzen Auto. Eine Gasexplosion in der Mitte hätte ihn nicht auf die Weise nach vorn gepresst.»

Torkel nickte nur. Er glaubte zu wissen, worauf sie hinauswollte, ließ sie jedoch weiterreden.

«Etwas muss vorn in der Fahrerkabine explodiert sein, und da hat man auf keinen Fall Propangas.»

«Was soll es dann gewesen sein?»

«Ich weiß es nicht, aber wenn du mich zu einer Theorie zwingen würdest, würde ich sagen, dass es irgendein Sprengstoff war.» Sie hob den Kopf und ließ den Blick über die Umgebung schweifen. «Ich glaube nicht, dass Propangas und ein Benzintank derartigen Schaden anrichten können.»

«Also war es eine Bombe?»

«Wir müssen die Hunde kommen lassen, um sicherzuge-
hen.» Sie drehte sich um und sah ihn an. «Aber ja, vermutlich
war es eine Bombe.»

Sebastian hatte schon fast zwei Stunden gewartet, als das zweite Mitglied des Teams die Tür öffnete und in das Zimmer trat.

Torkel.

Seine Haare waren immer noch feucht vom Duschen. Er kam in einem kurzärmligen karierten Hemd und hellbraunen Chinos frisch rasiert herein, eine Kaffeetasse in der einen Hand und eine Mappe mit Unterlagen und Ausdrucken in der anderen. Eigentlich sah er aus wie immer, und dennoch schoss Sebastian der Gedanke durch den Kopf, dass irgendetwas an ihm verändert war.

«Guten Morgen, was machst du denn schon hier?», fragte Torkel fröhlich, als er Sebastian erblickte.

«Ich dachte, wir würden um acht anfangen.»

«Mist, stimmt ja! Tut mir leid, aber wir haben beschlossen, heute etwas später anzufangen, weil es gestern in Arlanda so lang gedauert hat.»

Trotz seines bedauernden Tonfalls lag auf Torkels Lippen immer noch ein Lächeln. Sebastian folgte ihm mit dem Blick, als er zur Schmalseite des Tischs ging. Federnde Schritte. Ein Glanz in den Augen. Sebastian meinte sogar, ein leises Summen zu hören, als der Chef Platz nahm.

Plötzlich kam ihm die Einsicht.

Torkel sah aus, als hätte er gerade gevögelt.

Frischgevögelt und glücklich.

Sebastian wollte sich gerade eine Bestätigung für seine Theorie einholen, als die Tür erneut aufging und Ursula eintrat, auch sie mit einer Tasse Kaffee und einer Mappe in den Händen. Damit hörten die Gemeinsamkeiten allerdings auch schon auf.

«Morgen», sagte sie nur knapp und setzte sich.

Müde. Ungeschminkt. Keine leichten Schritte, kein Glanz in den Augen, kein zufriedenes Summen. Sebastian schloss daraus, dass jemand anderes Torkel so glücklich machte. Oder er war im Bett genauso langweilig und phantasielos wie als Person. Das war natürlich nicht auszuschließen. Aber Ursula sah eher aus, als hätte sie so viel Spaß gehabt wie jemand, der die ganze Nacht in der Waschküche verbracht hatte. Und etwas mehr musste Torkel doch zu bieten haben, auch wenn er vielleicht nicht gerade ein Sexgott war.

Sebastians Gedanken über Torkels Sexleben wurden jäh unterbrochen, als Vanja hereinkam. Auch sie sah ziemlich mitgenommen aus, rang sich nur ein kurzes «Hallo» ab und setzte sich auf den Stuhl neben der Tür. Sebastian hätte gern gefragt, wie es ihr ging, ließ es jedoch bleiben. Auch wenn es eine höchst berechtigte und kollegiale Frage war, würde Vanja sie als persönlich und neugierig auffassen, da war er sich sicher. Also hielt er lieber den Mund. Vanja nahm sich eine Wasserflasche von der Mitte des Tischs. Sebastian reichte ihr den Flaschenöffner.

Torkel warf einen Blick auf die Uhr an der Wand.

«Billy?», fragte er.

«Der kommt ein bisschen später», antwortete Vanja. «So schnell er kann.»

«Gut, dann fangen wir an.» Er wandte sich Sebastian zu. «Christian Saurunas ist ums Leben gekommen, als das Wohnmobil, nach dem wir gesucht haben, gestern Abend auf dem Langzeitparkplatz in Arlanda explodiert ist», sagte er und blickte dann zu Ursula hinüber.

Sie schlug die mitgebrachte Mappe auf, ohne hineinzusehen. Die wenigen Fakten, die sie beitragen konnte, hatte sie im Kopf.

«Wir haben mehrere Körperteile gefunden, die alle zu ein und derselben Person gehören, und wir gehen, wie schon gesagt, davon aus, dass der Tote Saurunas ist. Der Parkplatz war kameraüberwacht, die Filme werden noch diesen Vormittag an Billy geschickt, und die Sprengstoffspürhunde, die über das Gelände geführt wurden, haben angeschlagen.»

«Also wirklich eine Bombe», stellte Torkel fest.

«Ja, oder zumindest Sprengstoff in irgendeiner Form.»

«Wollte er ein Flugzeug in die Luft sprengen?», entfuhr es Vanja.

Noch ehe jemand antworten konnte, wurde die Tür erneut geöffnet, und Billy stürmte herein.

«Entschuldigung, dass ich zu spät komme», sagte er und klappte seinen Laptop auf, noch während er sich hinsetzte. «Wo seid ihr gerade?»

«Beim Sprengstoff im Auto. Wir haben uns gefragt, ob er womöglich einen Terroranschlag plante», sagte Torkel.

«Er war aber auf keinen der Flüge gebucht, die gestern Abend starten sollten», informierte Billy die Runde, während er die Dokumente und Dateien, die er brauchte, auf seinem Computer öffnete.

«Er könnte doch dort hingefahren sein, um zu übernachten und ganz früh am heutigen Morgen loszufliegen?»

«Soweit wir wissen, hatte er auch kein Ticket für heute, aber die Passagierlisten werden noch weiter durchsucht», entgegnete Billy, die Aufmerksamkeit noch immer auf den Bildschirm gerichtet.

Er hatte sein Versprechen My gegenüber gehalten. Sie wusste nicht, dass die morgendliche Besprechung ohnehin auf zehn Uhr verschoben worden war, und glaubte, er wäre ihretwegen ein paar Stunden länger zu Hause geblieben.

Gegen sieben hatte sie ihn geweckt. Sie hatten Sex gehabt. Blümchensex. Langweilig. Er hatte pflichtschuldig mitgemacht.

Er wusste, was sie mochte.

Sie hatte keine Ahnung, was ihm zurzeit gefiel.

Oder warum.

Einem Außenstehenden wäre wohl nichts aufgefallen, aber Billy fand, dass es eine Distanz zwischen ihnen gab, die die höflichen und liebevollen Worte nicht zu überbrücken vermochten. Aber das konnte genauso gut mit seinem schlechten Gewissen zu tun haben.

Schließlich war er doch gezwungen gewesen, zur Arbeit zu fahren. Sie verstand ihn. Wusste es zu schätzen, dass er am Morgen ein paar Stunden freigenommen hatte. Sagte, dass sie in ihrer Praxis vorbeischauen und ihre E-Mails lesen werde, sie habe heute und morgen keine Kunden. Vielleicht könnten sie also am Nachmittag etwas unternehmen? Die hellen Nächte nutzen. Er sagte, er könne nichts versprechen, würde es aber dennoch versuchen. Küsschen, bis später.

Wie immer, redete er sich ein.

Genau wie immer.

«Was hatte er da draußen zu suchen, wenn er nicht wegfliegen wollte?», fragte Ursula zu Recht.

«Das Wohnmobil auf einem großen Parkplatz loswerden?», schlug Billy vor.

«Ein Wohnmobil, mit dem niemand ihn je gesehen oder davon gehört hat, dass er es nutzt.»

«Und das erklärt ja auch den Sprengstoff nicht», warf Vanja ein.

«Selbstmord?», warf Torkel in die Runde.

Doch das war nicht wahrscheinlich. Aber das war einer der Vorteile daran, dass sie so ein eingeschweißtes Team waren. Sie konnten alle Mutmaßungen äußern, ohne sich zurückzuhalten, egal wie dumm oder weit hergeholt sie sein mochten. Und schon mehrfach hatte eine spontane Idee oder ein unmögliches Szenario zu einer Gedankenkette geführt, die sie tatsächlich weitergebracht hatte.

Viel Luft zum Denken war eine Voraussetzung für Erfolg.

«Warum dort? Und warum mit einer Bombe?» Ursula zweifelte an seinem letzten Einwurf. «Außerdem hatte er ein Alibi für die Morde.»

Auf ihre Fragen folgte nur Schweigen. Es war schwer, den Ausflug nach Arlanda und Saurunas' plötzlichen Tod mit dem, was sie über ihn wussten, in Einklang zu bringen.

«Also wollte unser Mörder ihn loswerden», sagte Sebastian und sprach damit das aus, was sie fast alle dachten. «Und den Wagen», fügte er hinzu.

Torkel nickte nachdenklich.

«Das ist eine Theorie, die wir auf jeden Fall in Betracht ziehen sollten.»

«Dann musste er Saurunas als Bedrohung empfunden haben», stellte Vanja fest.

«Vermutlich ja.»

«Aber warum?», fragte sie. «Weil wir mit ihm gesprochen haben? Hatte der Mörder Angst, Saurunas könnte uns zu ihm führen?»

«Wo ist er hingefahren, nachdem wir ihn entlassen haben, wissen wir das?»

Torkel wandte sich Billy zu, als wäre er derjenige, der am wahrscheinlichsten eine Antwort hatte.

«Nein, wissen wir nicht.»

«Er ist nach Hause gefahren und hat den Volvo geholt, aber dann ...» Ursula zuckte mit den Schultern.

«Ich bekomme heute seine Telefonlisten, dann kann ich sehen, ob er jemanden angerufen hat, seit er von hier weggefahren ist», sagte Billy.

«Wenn er von hier aus direkt zum Mörder gefahren ist, war das jemand, den er kannte», stellte Torkel fest. «Wir müssen damit anfangen, seine Familie zu durchforsten, seinen Bekanntenkreis, die Vereine, in denen er Mitglied ist, alles, womit er sich beschäftigt hat.»

«Ich finde, wir sollten bei der KTH anfangen», wandte Sebastian ein. «Wir suchen mit größter Wahrscheinlichkeit einen Mann mit akademischem Hintergrund, und außerdem haben wir die Verbindung zu Olivia Johnson.»

«Apropos», sagte Billy. «Wir haben inzwischen eine Liste erhalten, welche Schulen sie besucht hat, aber keine von all ihren Lehrern.»

«Untersucht Saurunas' Umfeld nach jemandem, der an einer dieser Schulen gearbeitet hat», entschied Torkel, und Billy nickte. Es würde eine Weile dauern, das Puzzle um Saurunas zu vervollständigen. Er musste Namen und Register vergleichen. Viele Gespräche führen. Vielleicht würde er auch an diesem Abend Überstunden machen müssen ...

«Und daneben widmen wir uns auch wieder den ursprünglichen dreien.»

«Skogh hatte ein Alibi, und Saurunas ist tot», wandte Vanja ein.

«Und wir haben El-Fayed ausgeschlossen. Die Zeugen an beiden Orten haben unabhängig voneinander ausgesagt, dass er es nicht war», fügte Billy hinzu.

«Ich weiß, aber er ist Akademiker, Olivia Johnson war

seine Studentin, und er ist gegenwärtig der Einzige, der uns noch bleibt.»

Vanja nickte und schob ihren Stuhl zurück.

El-Fayed also.

anja versuchte, das Gefühl abzuschütteln, dass sie ihre Zeit vergeudeten, als sie erneut durch die Tür zum Campus Flemingsberg trat. Sie hatten sich aufgrund der Zeugenaussagen nicht weiter für El-Fayed interessiert und weil es die ganze Zeit glaubwürdigere und interessantere Spuren gab. Jetzt waren sie wieder bei null angekommen und legten den Rückwärtsgang ein. Sie widmeten sich dem, was sie zuvor als unwichtig aussortiert hatten. Dazu gehörte Muhammed El-Fayed, Dozent für Medizintechnik. Es war Polizeiarbeit, die erledigt werden musste.

Diesmal nahm sie die Treppen und hörte, wie Sebastian einige Stufen unter ihr keuchte. Sie musste zugeben, dass er ihnen bei den bisherigen Ermittlungen geholfen hatte, aber sollte es darum gehen, einen Flüchtigen einzufangen, wäre er ziemlich nutzlos.

Sie überlegte kurz, ob sie einen ätzenden Kommentar über seine schlechte Kondition abgeben sollte, beschloss dann aber, das Schweigen nicht zu unterbrechen, das zwischen ihnen geherrscht hatte, seit sie das Präsidium verlassen hatten.

Sie gingen links und wieder links und drückten die Klingel neben der Glastür, die zum Institut für Medizintechnik führte. Eine Frau kam aus dem Raum neben der Tür und öffnete ihnen. Vanja wies sich aus und erklärte ihr Anliegen, und die Frau führte sie über den Gang zu einer der Holztüren und klopfte an. Ein bärtiger Mann Mitte vierzig, der arabisch aussah, hob den Blick vom Computer, als die Frau die Tür öffnete.

«Die Polizei will mit dir sprechen», sagte sie und ließ Vanja und Sebastian in sein Büro, ehe er überhaupt mitteilen konnte, ob es ihm gerade passte, Besucher zu empfangen.

«Entschuldigen Sie die Störung», sagte Vanja und streckte El-Fayed die Hand entgegen. «Vanja Lithner von der Reichsmordkommission. Wir müssten Ihnen ein paar Fragen stellen.»

«Selbstverständlich. Worum geht es denn?», fragte El Fayed und beobachtete Sebastian, der sich einen Stuhl von dem kleinen Besprechungstisch im Raum griff und sich setzte, ohne auch nur ansatzweise zu grüßen oder sich vorzustellen. Vanja holte ihren kleinen Notizblock aus der Tasche.

«Wo waren Sie gestern Abend zwischen acht und zehn?»

Am besten, sie brachte die Sache so schnell wie möglich hinter sich. Stellte die Fragen ohne Umschweife und kam direkt auf den Punkt.

«Ich war zu Hause.»

«Allein?»

«Ja.»

«Wohnen Sie allein?»

«Ich bin geschieden und habe die Kinder jede zweite Woche.»

«Aber nicht in dieser Woche.»

«Nein, jetzt, am Anfang der Ferien, sind sie für ein paar Wochen bei der Mutter. Warum wollen Sie das eigentlich wissen?» Muhammed sah von Vanja zu Sebastian, der noch immer kein Wort gesagt hatte, sondern mit verschränkten Armen zurückgelehnt auf dem Stuhl saß.

«Können Sie uns auch sagen, wo Sie sich an diesen Tagen und zu diesen Zeiten aufgehalten haben?», fuhr Vanja unbeirrt fort, nahm ein zusammengefaltetes Blatt aus ihrem Notizbuch, klappte es auf und reichte es El-Fayed. Er nahm es entgegen und betrachtete es mit verständnisloser Miene.

«Da muss ich in meinen Kalender schauen», sagte er dann und sah Vanja an, als müsste er um Erlaubnis bitten, seinen Computer zu benutzen. Sie nickte kurz, und der Dozent öffnete mit ein paar schnellen Mausklicks seinen Kalender. Sein Blick wanderte vom Blatt zum Schirm und wieder zurück.

«An dem ersten Datum war ich einfach nur hier ... Am zweiten war ich in Linköping auf einer Schulung. Åke war auch dabei. Deswegen hat mich übrigens schon mal ein Polizist angerufen.»

Vanja fluchte stumm vor sich hin. Sie hatten Åke Skoghs Alibi überprüft, und die Reise nach Linköping hatte tatsächlich stattgefunden, aber die Aufgabe, mit allen Teilnehmern Kontakt aufzunehmen, hatte Torkel an jemanden außerhalb des Teams weitergegeben. Dass El-Fayeds Name auf dieser Liste stand, hätten sie wissen müssen.

«An dem dritten Datum war ich in Barcelona. Ich habe dort einen Vortrag gehalten. Katja, die Sie hergebracht hat, war für die Tickets und die Hotelbuchung zuständig.»

«Gut, danke.»

«Ich kann es beweisen», ergänzte El-Fayed und wandte sich wieder dem Bildschirm zu.

Sebastian bemerkte den Eifer, den der Mann an den Tag legte, um seine Unschuld zu beweisen. Aber vermutlich war das höchst verständlich. Vielleicht hatte er mit der Polizei in seiner Heimat weniger angenehme Erfahrungen gemacht. Vielleicht glaubte er auch, dass sie ihm aufgrund seiner Herkunft von vornherein misstrauten.

«Schauen Sie, hier», sagte El-Fayed und drehte den Bildschirm ein wenig zu Vanja. Es war die Website einer Universität in Barcelona. Ein spanischer Fließtext um ein Foto herum, auf dem man El-Fayed an einem Rednerpult stehen sah und im Hintergrund eine Projektion auf weißer Leinwand. Ein weißes Dreieck in der Mitte des Bildes machte deutlich, dass es sich um eine Filmsequenz handelte. Die Unterschrift lautete «Muhammed El-Fayed on Transferring Data from the Inner Body». Der Vortrag war genau an dem Tag gehalten worden, an dem die Schwestern Johansson den Täter getroffen hatten.

Vanjas Handy klingelte, sie holte es aus der Tasche, entschuldigte sich und nahm den Anruf an, während sie den Raum verließ. El-Fayed blieb auf seinem Bürostuhl sitzen und schielte nervös zu Sebastian hinüber, der ebenfalls sitzen geblieben war, stumm und reglos. Der Dozent sah in den Korridor hinaus, wo Vanja mit dem Handy am Ohr auf und ab ging.

«Sie waren der Dozent von Olivia Johnson», sagte Sebastian. El-Fayed zuckte bei der unerwarteten Äußerung zusammen.

«Ja, das stimmt. Sind Sie deshalb hier?» Jetzt klang seine Stimme unruhig. «Ist ihr etwas zugestoßen?»

«Was haben Sie gedacht, als Johnson das Stipendium bekam?»

«Was ich gedacht habe?»

«Ja.»

«Ich weiß nicht ...»

El-Fayed beugte sich vor, stützte sein bärtiges Kinn auf die Hand und schien ernsthaft über die Frage nachzudenken. Er war noch immer darauf erpicht, es ihnen recht zu machen, dachte Sebastian.

«Ich war stolz. Sie hatte es wirklich verdient. Leider habe ich ihr das nie gesagt.»

«Warum nicht?»

«Ich hatte zwei Wochen Urlaub, als sie von dem Stipendium erfuhr, und als ich zurückkam, war sie schon weg. Das ging sehr schnell. Ist ihr etwas passiert?»

«Nein, soweit wir wissen, nicht.»

«Warum sind Sie dann hier?»

Die Glastür wurde geöffnet, und Vanja kam zurück ins Büro. Sebastian lehnte sich erneut zurück. Die Ordnung war wiederhergestellt. Fragen wurden von Vanja gestellt und beantwortet. Stumm im Hintergrund, so wollte sie Sebastian haben, und so verhielt er sich auch.

Sie saßen wieder im Konferenzraum, doch ihre Energie hatte beträchtlich abgenommen. Jetzt wussten sie mit Sicherheit, was sie zuvor nur vermutet hatten.

Saurunas war ermordet worden.

Sie hatten die Filme vom Langzeitparkplatz erhalten. Darauf war ein Mann zu sehen, der das Wohnmobil, kurz nachdem es abgestellt worden war, verließ und nicht mehr zurückkehrte. Dreißig Minuten später war es explodiert. Doch sosehr Billy auch an den Bildern herumbastelte, man konnte nicht erkennen, wer dieser Mann war. Die Kameras waren zu weit entfernt, die Bilder hatten eine zu schlechte Auflösung. El-Fayed war es jedenfalls nicht. Nicht nur sein Besuch in Linköping und der Vortrag in Barcelona gaben ihm ein wasserdichtes Alibi. In Vanjas Ohren hatten seine Antworten außerdem vollkommen ehrlich geklungen, und nichts an seinem Verhalten oder seiner Geschichte deutete darauf hin, dass er ihr Täter war. Natürlich konnte es sein, dass er sie unglaublich geschickt manipulierte und hinters Licht führte, aber Vanja glaubte nicht daran.

Die Zeugenaussagen, die Alibis und die persönliche Begegnung sprachen dagegen. El-Fayed war es nicht.

Sie waren weiterhin damit beschäftigt, das Umfeld von Saurunas zu überprüfen, gingen dabei vom innersten Bekannten- und Verwandtenkreis nach außen und verglichen die Namen mit all denen, die Olivia Johnson jemals unterrichtet hatten. Es war eine zeitaufwendige Arbeit, die bisher zu keinem Ergebnis geführt hatte. Torkel überlegte, ob er doch in den sauren Apfel beißen, zu Rosmarie gehen und weiteres Personal anfordern sollte. Damit sie breiter ermitteln konnten. Alle verhören, die eine Verbindung zu Saurunas hatten, und alle Lehrenden, die Olivia Johnson je gehabt hatte. Jetzt hatte er das Gefühl, dass sie mit jedem Durchbruch einen Schritt vorwärtsgingen und kurz darauf zwei zurück.

Alle Spuren führten ins Nichts. Verliefen im Sande.

Sebastian stand auf und ging im Raum auf und ab. Die anderen beobachteten ihn schweigend.

«Der Mann, den wir suchen, hat nicht mit dem Töten aufgehört», stellte er fest, als er sich der Aufmerksamkeit aller sicher war. «Er wird immer ehrgeiziger – sowohl bezüglich seiner Opfer als auch in seiner Vorgehensweise. Es wird Zeit, dass wir agieren, anstatt immer nur zu reagieren.»

«Wir gehen jeder Spur nach, die wir haben», entgegnete Torkel. «Es ist ja nicht so, dass wir hier Däumchen drehen würden.»

«Aber wir laufen ihm hinterher. Er liegt vorn», entgegnete Sebastian. «Wir müssen genauso gut sein, um ihn einzuholen und an ihm vorbeizuziehen. Die Initiative übernehmen.»

«Und wie sollen wir das deiner Vorstellung nach tun?», fragte Vanja.

«Wir müssen ihn verstehen», fuhr Sebastian unangefochten fort. «Wer ist er? Was will er? Was treibt ihn an? Was interessiert ihn am meisten?»

Keiner der anderen reagierte. So etwas kannten sie schon zur Genüge. Sebastian Bergmans kleine Solo-Vorstellungen. Und wie immer wurde deutlich, wie sehr er diese Momente genoss.

«Er will uns etwas beibringen. Uns ausbilden. Will uns die Welt mit seinen Augen zeigen, weil er glaubt, ihre Verlogenheit durchschaut zu haben. Er denkt, dass er ein bisschen besser ist als wir anderen.»

Mit schnellen Schritten ging er zum Tisch und nahm den *Expressen* vom gestrigen Tag.

«Seht euch doch nur mal das Interview an, das er Weber gegeben hat. Immer wenn Weber ein kleines bisschen kritisch war und ihn in Frage gestellt hat, fühlte Cato sich gezwungen, ihn zu widerlegen. Und zwar gründlich. Dieser Mann will uns nicht nur belehren und enttarnen, er duldet dabei auch keinen Widerspruch.»

«Und wie soll uns das jetzt weiterhelfen?» Torkel konnte nicht umhin, den Monolog zu unterbrechen.

«Stellt euch vor, jemand würde ihm sagen, dass er falschliegt. Dass er nicht besser und klüger ist als wir. Er ist nicht einmal klüger als seine Opfer. Er bekommt Aufmerksamkeit, weil er mordet, aber jemanden töten kann doch jeder Idiot.»

Im Raum wurde es still, während alle über die Bedeutung dessen nachdachten, was sie gerade gehört hatten.

«Du hast vor, ihn anzugreifen», sagte Ursula in die Stille hinein.

«Angreifen ist das falsche Wort», antwortete Sebastian, der immer noch voll und ganz in seinem Element war. «Ich will ihn herausfordern. Aus dem Gleichgewicht bringen. Alle Aufmerksamkeit anführen, die er bekommen hat, und sie dann gegen ihn verwenden. Ihn einholen und an ihm vorbeiziehen.»

Falls irgendjemand Einwände oder bessere Vorschläge hatte, sagte er es jedenfalls nicht. Also wandte Sebastian sich an Torkel.

«Ist Weber dir nicht noch etwas schuldig?»

S ie wollen ein exklusives Interview geben?»
Wieder befand sich Torkel in dem stilvollen, traditions-
reichen Raum, diesmal in Begleitung von Sebastian. Chefredakteur Lennart Källman saß ihnen gegenüber und blickte
Sebastian erstaunt an.

«Ja», antwortete Sebastian.

«Welches Ziel verfolgen Sie damit?», fragte der Chefredakteur weiter, und es war ihm anzuhören, dass seine Verwunderung allmählich in Misstrauen umschlug.

«Ihr Ziel ist es vermutlich, möglichst viele Zeitungen zu
verkaufen, unseres vermutlich ein anderes», entgegnete Sebastian kryptisch.

«Wir meinen, es ist im Interesse der Allgemeinheit, wie
wir den Täter einschätzen», fügte Torkel hinzu. Er hatte ihr
letztes Treffen noch nicht vergessen. «Ich dachte, Sie wollen
unterschiedlichen Stimmen ein Forum bieten? Oder habe ich
Ihren publizistischen Auftrag missverstanden?»

Der Chefredakteur sah ihn gereizt an. Es war deutlich, dass
er seine eigenen Argumente wiedererkannte und es nicht
mochte, dass sie nun gegen ihn verwendet wurden.

«Wir finden, das sind Sie uns schuldig», schloss Torkel.

«So funktioniert das nicht», brummte Källman. «Natürlich machen wir das Interview gern. Ich möchte nur wissen,
was Sie damit bezwecken. Wir haben nämlich nicht vor, uns
ausnutzen zu lassen», sagte er rechthaberisch.

Sebastian sah ihn an. Allmählich hatte er die Nase voll
von diesem aufgeblasenen Alphamännchen. Torkel beugte

sich vor. Schon im Vorfeld hatte der Gedanke an ein erneutes Treffen mit Källman seine Laune erheblich verschlechtert.

«Entweder nehmen Sie unser Angebot an, oder wir gehen zur Konkurrenz. Wir sind zu Ihnen gekommen, weil wir es für angemessen hielten, dass Sie das Interview bringen. Aber da haben wir uns wohl getäuscht», sagte er bissig.

Der Chefredakteur erstarrte fast unmerklich, aber Torkel und Sebastian nahmen seine instinktive Unruhe dennoch wahr. Das war einer der Vorteile an der knallharten Konkurrenzsituation der Medien. Wenn einer das Angebot ablehnte, würde sich sofort ein anderer auf die Möglichkeit stürzen, vorausgesetzt, man hatte etwas zu verkaufen. Und das hatte Torkel. Das wusste er genauso gut wie Källman. Für ihn standen auf der einen Seite des Rings eine hohe Auflage und viele Klicks. Auf der anderen ein Gefühl, das man im Idealfall als Integrität, möglicherweise auch als Moral bezeichnen konnte. Die Entscheidung war längst gefallen, auch wenn Källman den Anschein erwecken wollte, noch einige Sekunden darüber zu grübeln, ehe er aufstand.

«Ich hole Weber, damit Sie das besprechen können», sagte er schließlich leise und ging bedächtig und mit erhobenem Kopf zur Tür. Offenbar musste er selbst bei einer Niederlage noch zeigen, dass er die Fäden in der Hand hielt.

«Eigentlich weiß ich gar nicht, ob ich das für eine so gute Idee halte», sagte Torkel, als die Tür zugefallen war und sie beide allein zurückblieben.

«Wir müssen etwas unternehmen. Etwas Unerwartetes», erwiderte Sebastian entschieden. «Ich bin mir wirklich sicher, dass ihn so eine Sache sehr stören wird. Und wie du weißt, steigt dann die Chance, dass er einen Fehler macht.»

Sebastian schien vollkommen überzeugt von seiner Idee. Andererseits war er immer Feuer und Flamme, wenn es um seine eigenen Vorschläge ging. Torkel war dagegen noch immer nicht überzeugt.

«Und was ist, wenn wir ihn richtig wütend machen?» Er sah Sebastian voller Unruhe an. «Was passiert dann?»

«Ich weiß es nicht», antwortete Sebastian ehrlich. «Hoffentlich macht er dann den besagten Fehler.»

«Und wenn nicht?»

Sebastian seufzte und blickte Torkel an.

«Wir wissen beide, dass er wieder töten wird. Egal, was wir machen. Aber irgendetwas müssen wir doch unternehmen.»

Torkel erwiderte nichts. Er betrachtete Sebastian stumm. Es wäre einfach gewesen, nein zu sagen, es gab rationale und emotionale Gründe dafür. Gleichzeitig sprach ihn irgendetwas an Sebastians Idee an. Bisher hatte es der Täter viel zu leicht gehabt. Er war ihnen so weit voraus gewesen, dass er sich nicht einmal nach ihnen hatte umsehen müssen. Nie hatte er Widerstand erfahren. Und wenn Sebastian eines gut konnte, dann Leute aus dem Gleichgewicht bringen.

«In Ordnung, wir machen es. Aber du darfst nicht zu weit gehen», sagte er, und im selben Moment wurde ihm klar, dass er hierüber womöglich Rosmarie hätte informieren und vielleicht sogar ihr Einverständnis einholen müssen. Also los. Die Tür ging auf, und Weber kam herein, begleitet von seinem Chefredakteur und einem jungen Typen, der eine einfache Kamera auf einem Stativ trug. Weber bedachte Torkel mit einem entschuldigenden Blick.

«Hallo, ich habe gehört, dass Sie mit mir sprechen wollen?»

«Sebastian will es», antwortete Torkel trocken. Persönlicher wollte er nicht werden. Für ihn saß Weber immer noch auf der Strafbank.

«Ich habe gedacht, dass wir das online und im Print brin-

390

gen», erklärte der Chefredakteur und machte eine Geste zu dem Jüngling mit der Kamera. «Das wird ein Klickmonster», fügte er mit einem breiten Lächeln hinzu. Auflagenhöhe und Klicks hatten Integrität und Moral k. o. geschlagen.

Sebastian war müde, als er nach Hause kam. Das Interview war gut gelaufen, aber es war eine intensive Woche gewesen, und das Gespräch mit Weber hatte den letzten Rest seiner Energie aufgezehrt.

Er hatte sich in Rage geredet.

Hatte losgepoltert und sich aufgeblasen.

Hatte selbstsicher Raum eingenommen.

Beim ersten Teil war Torkel dabei gewesen, hatte dann jedoch zur Reichsmordkommission zurückkehren müssen, und vielleicht war Sebastian am Ende ein wenig zu weit gegangen, als er von wohlformulierter Rhetorik zu puren Beleidigungen überging. Unter anderem hatte er die Dinosaurier-Metapher wieder verwendet, die er auch Saurunas an den Kopf geschleudert hatte, sie aber dahingehend weiter ausgebaut, dass es gegenüber den Dinosauriern mit ihren walnusskleinen Gehirnen ungerecht sei, sie mit dem Dokusoap-Mörder zu vergleichen.

Nun ja, was geschehen war, war geschehen. Jetzt mussten sie nur noch die Veröffentlichung abwarten. Das Interview würde innerhalb einer Stunde online sein, hatte Källman beinahe geifernd gesagt, als er sich anschließend bei Sebastian bedankt hatte.

Sebastian holte sich ein Glas Wasser aus der Küche, nahm es mit ins Wohnzimmer, machte es sich in dem großen Lesesessel bequem, den er zurzeit so selten benutzte, und genoss den Augenblick. Wenn er seinen Job ordentlich gemacht und sich in die Denkweise des Mörders hineinversetzt hatte, und davon war er überzeugt, würde der Täter eine solche Provokation nicht stillschweigend hinnehmen. Sebastian zwang ihn zu reagieren. Hoffentlich unüberlegt und im Affekt. Torkel hatte sich Sorgen gemacht, was passieren könnte, wenn ihr Mörder wütend würde.

Aber er war bereits gefährlich.

War bereits wütend.

Diese Wut hatte ihn bisher methodisch und ausdauernd gemacht. Sebastian hoffte, nun einen Zorn in ihm geweckt zu haben, der ihn impulsiv und unvorsichtig machte. Und er glaubte, dass es ihm gelungen war. Leute zu erzürnen war sein Spezialgebiet.

Er hatte etwas geleistet, sich nützlich gemacht, und das war ein gutes Gefühl.

Im Übrigen hatte er derzeit nicht viel Grund zur Freude. Für Sex hatte er seit der öden Nacht in Ulricehamn keine Zeit gehabt und auch keine Lust dazu. Das Verhältnis zu Vanja war, wie es war. Nichts passierte. Sie hatten sich keinen Millimeter angenähert.

Nichts hatte sich gebessert.

Eher im Gegenteil.

Sie akzeptierte ihn in ihrer Nähe, war zugleich aber abweisender als früher. Damals, bevor sie Bescheid wusste, hatte sie wenigstens gegen ihn rebelliert, ihn beschimpft und in Frage gestellt. Jetzt war er einfach da, ohne dass es sie groß kümmerte.

An Billy zu denken kostete ihn gerade zu viel Kraft. Jeden Morgen suchte er die Zeitung nach Meldungen über tote Haustiere in der Nähe von Billys Wohnort ab, denn über Tierquälerei wurde normalerweise berichtet, aber bisher hatte er nichts gefunden. Vielleicht hatte Billy sich unter Kontrolle, so wie er behauptet hatte, oder es ging ihm wie Sebastian mit den Frauen, er hatte in diesen Tagen einfach nicht genug Zeit und Kraft dafür.

Apropos Frauen. Auch an Ursula wollte er am liebsten nicht denken, konnte aber nicht anders. Sie sah so erschöpft aus. Und das waren nicht nur die Folgen ihrer Schussverletzung. Sie wirkte auch unglücklich. Normalerweise konnte Ursula einiges verkraften, und ihr Schutzpanzer ließ nicht vieles durch, aber jetzt war offenbar doch etwas in ihr Inneres vorgedrungen. Sebastian fragte sich, ob es etwas mit ihm zu tun hatte. Hoffentlich nicht. Ursula hatte immer eine besondere Bedeutung für ihn gehabt.

Das Telefon klingelte und riss ihn aus seinen Gedanken. Er öffnete ein wenig verschlafen die Augen und überlegte kurz, ob er das aggressive Signal in seiner Tasche ignorieren sollte, aber vielleicht war der Artikel bereits im Netz, und dann könnte es wichtig sein. Als er sein Handy hervorholte, stellte er fest, dass eine unbekannte Nummer anrief.

«Bergman», meldete er sich.

«Spreche ich mit Sebastian Bergman?», fragte eine aufgeweckte und eifrige Frauenstimme. Bestimmt irgendeine Telefonverkäuferin, dachte er.

«Ja, das bin ich.»

«Oh, wie gut. Annika Blom ist mein Name, und ich rufe vom Rednerforum an. Es freut mich sehr, dass ich Sie erreicht habe. Ich hoffe, ich störe nicht?»

«Was wollen Sie?», fragte Sebastian, dem der aufgesetzt fröhliche Ton bereits auf die Nerven ging.

«Wir organisieren zusammen mit der Universität Lund ein Seminar über Kriminologie und Vernehmungstechniken, und einer der Redner hat in letzter Sekunde abgesagt. Deshalb wollte ich Sie fragen, ob Sie sich vorstellen könnten, für ihn einzuspringen. Es wäre schon an diesem Samstag.»

«Was zahlen Sie?»

«Sie wären also interessiert?» Jetzt klang die Frau sogar noch eifriger. «Wie großartig! Es ist nämlich wahnsinnig schwer, so kurzfristig jemanden zu finden.»

«Ich habe nicht gesagt, dass ich interessiert bin. Ich habe nach dem Honorar gefragt», antwortete Sebastian so barsch wie möglich.

«Wir können fünfzehntausend Kronen zahlen, Sie müssten uns nur eine Rechnung stellen.»

«Leider kann ich am Samstag nicht.»

«Vielleicht könnte ich das Honorar auch noch ein bisschen erhöhen. Weil der Termin schon so bald ist, sind natürlich alle ein bisschen verzweifelt», lockte die Frau.

«Ich habe nicht nach dem Geld gefragt, weil ich verhandeln wollte. Ich wollte nur wissen, welche Summe ich ausschlage.»

«Wir könnten bestimmt auf zwanzigtausend erhöhen, wenn das hilft», sagte sie versuchsweise, aber Sebastian lehnte erneut ab.

«Nein, tut es nicht. Ich werde auch dazu nein sagen», entgegnete er und drückte sie weg.

Er legte das Handy auf die breite Armlehne des Sessels. Normalerweise hätte er das Angebot angenommen. Eine bezahlte Reise mit Hotel und obendrein ein öffentlicher Auftritt, der normalerweise eine Garantie für eine einmalige Bettbekanntschaft darstellte. Aber es ging ja nicht. Er wollte nicht zu weit von der Reichsmordkommission entfernt sein, ehe er die Konsequenzen seines Interviews kannte. Sex konnte er immer auf anderem Wege organisieren. Das war nicht sein größtes Problem.

Er schloss erneut die Augen, konnte sich aber nicht richtig entspannen. Die Frau hatte etwas gesagt, das ihn beschäftigte.

Jemand hatte abgesagt.

Deshalb fragte sie so kurzfristig an.

Das hatte er doch schon einmal gehört.

Vanja kam aus dem Badezimmer, das Handtuch um den Körper gewickelt. Zu ihrer großen Enttäuschung war ihr schleichendes Gefühl der Unzufriedenheit immer noch nicht verschwunden.

Sie kannte das zu gut.

Wusste, woher es kam.

Die Ermittlung. Die Tatsache, dass sie im Prinzip keinen Schritt weitergekommen waren. Es war ihre Aufgabe, ihre Arbeit. Noch immer war das alles, was sie hatte, und wenn sie nicht gut genug arbeitete, wurde sie rastlos. Ungeduldig.

Sie hatte Kungsholmen nach einer letzten Besprechung im Konferenzraum verlassen, die ihren mangelnden Fortschritt noch einmal deutlich gemacht hatte. Anschließend war sie in ihre Wohnung gefahren, wo sie jedoch schnell eingesehen hatte, dass sie es nicht ertragen würde, den Abend dort allein zu verbringen. Was sollte sie also tun?

Die Lösung hieß wie so oft, eine Runde laufen zu gehen.

Sie überquerte den Lidingövägen und lief dann zum Storängsbotten, um zur beleuchteten Joggingstrecke im Lill-Jans-Wald zu gelangen. Sie wollte weit laufen und sich körperlich verausgaben. Wollte den Kopf frei kriegen.

Nach vierzehn Kilometern war sie wieder zu Hause und dehnte sich eine Viertelstunde auf dem Rasen vor dem Haus, ehe sie wieder in die Wohnung ging. Sie beschloss, ein Bad zu nehmen, anstatt zu duschen. Das tat sie sonst fast nie. Vor einigen Jahren hatte sie von Jonathan ein Körperpflegeset geschenkt bekommen, das sie nie benutzt hatte. Es stand immer noch im Schrank unter dem Waschbecken. Sie nahm eine kleine Flasche mit Badeöl, dessen Etikett versprach, dass es nach einem anstrengenden Tag entspannend wirkte und auf den Schlaf einstimmte. Angeblich sollten Kakaobutter, Mandelöl, Kamille und Lavendel dafür sorgen.

Sie sank in das warme Wasser und versuchte, die entspannende Wirkung zu spüren. Als es nicht funktionierte, war sie nicht unbedingt erstaunt.

Und so fühlte sie sich immer noch rastlos und schlecht gelaunt, als sie in das Wohnzimmer kam und das Telefon klingelte.

Sie warf einen kurzen Blick auf das Display. Sebastian.

Eine Sekunde lang überlegte sie, den Anruf nicht anzunehmen, aber schließlich arbeiteten sie gerade gemeinsam an einem komplizierten Fall. Nicht ans Telefon zu gehen wäre ziemlich unprofessionell. Sollte er aber persönlich werden und etwas anderes ansprechen als die Arbeit, würde sie sofort auflegen.

«Hallo, ich bin's», sagte er, als sie sich knapp mit ihrem Namen gemeldet hatte.

«Ich weiß. Was willst du?» Diese Frage lud nicht gerade zum Smalltalk ein.

«Mich hat gerade eine Frau angerufen, die mich für einen Vortrag buchen wollte.»

«Aha. Gratuliere.»

«Danke. Aber die Sache ist die, dass sie mich sehr kurzfristig anrief, weil ein anderer Redner abgesprungen ist.»

«Aha.»

«Olivia Johnson hat die Zusage für das Stipendium am MIT erst zwei Wochen vor Beginn bekommen.»

«Woher weißt du das?», fragte Vanja, jetzt etwas interessierter, nachdem klar war, dass es um den Fall ging.

«Das hat El-Fayed gesagt»

«Und wann?»

«Als du gerade draußen mit Billy telefoniert hast.»

«Aha. Und was hat er genau gesagt?», fragte Vanja und versuchte, ihre Missbilligung darüber zu unterdrücken, dass Sebastian in den laufenden Ermittlungen ohne ihr Wissen mit einem Zeugen gesprochen hatte.

«Wie ich schon sagte: dass Olivia die Zusage für das Stipendium erst zwei Wochen vorher bekommen hat.»

«Und du glaubst, das liegt daran, dass jemand anders abgesprungen ist.»

«Könnte sein. Jedenfalls kam mir das gerade in den Sinn. Wäre doch einen Versuch wert, das nachzuprüfen.»

Vanja stimmte ihm zu, es war definitiv einen Versuch wert. Olivia Johnson und ihr Stipendium waren ein wichtiger Aspekt in ihrem Fall. Die Äußerung des Täters, dass sie seine Studentin gewesen sei, hatte die Ermittlungen in vielerlei Hinsicht geprägt. Jetzt stellte sich plötzlich heraus, dass es sich möglicherweise um die falsche Person handelte.

«Ich rufe sofort Billy an», antwortete Vanja. «Er hatte damals mit dem MIT Kontakt.»

«Gut, tu das. Wenn etwas dabei herauskommt, kannst du dich ja melden.»

«Ja, mache ich.» Es entstand eine kurze Pause, in der Vanja überlegte, ob sie sagen sollte, was sie dachte, und ihm die Befriedigung gönnen sollte, die es ihm bereiten würde. Sie beschloss, es zu tun.

«Gute Arbeit.»

Sie legte auf und suchte Billys Nummer in ihren Kontakten. Während sie es anklingeln hörte, ging sie im Zimmer auf und ab. Jetzt war sie auf andere Weise rastlos. Erwartungsvoll. Energiegeladen. Zu ihrer Enttäuschung sprang nur die Mailbox an. Sie hinterließ eine Nachricht, dass er sie so schnell wie möglich anrufen sollte.

Im Halbschlaf hörte Jennifer, dass irgendwo in der Wohnung ein Telefon klingelte. Es war nicht ihr eigenes. Sie hob den Kopf von Billys Schulter und sah ihn an, doch er schien das Klingeln nicht gehört zu haben. Jennifer sank erneut auf seinen nackten Oberkörper. Als sie mit der Hand sanft über seinen Brustkorb strich, konnte sie die leicht geröteten Abdrücke von den Handschellen an ihren Handgelenken sehen. Sie hätte sich wirklich nicht für devot gehalten, aber mit Billy liebte sie es.

Die eingeschränkte Bewegung.

Die gesteigerte Lust und die Unmöglichkeit, sich selbst zu befriedigen.

Die Spannung, die darin lag, dass sie ihm vollkommen ausgeliefert war, wenn er seine Hände um ihren Hals legte.

Es war eine Form der Freiheit, die Kontrolle vollkommen abzugeben, während er das Gefühl hatte, die Macht läge in seiner Hand. Mit einem einzigen Wort konnte Jennifer sie ihm wieder wegnehmen, aber bisher hatte sie keinen Grund dazu gehabt. Sie hatte es genossen, sich ihm voll und ganz hinzugeben. Zu ihrem Erstaunen auch bei den letzten Malen, als er kleinere sadomasochistische Spielarten eingeführt hatte. Sie hatte nicht geahnt, dass Schmerz die Lust und Erregung steigern konnte, aber so war es. Anschließend, nachdem Billy sie allmählich beide zum Höhepunkt gebracht hatte, verspürte sie eine Ruhe und Harmonie, die noch lange nach dem Sex anhielten.

Sie rollte sich auf Billy, wohl wissend, dass sie ihn wecken würde. Als er die Augen aufschlug, legte sie die Hände auf seine Wangen und küsste ihn. Sie spürte an ihrem nackten Bauch, wie er sofort steif wurde. Mit einem Lächeln beendete sie den Kuss und stieg aus dem Bett.

«Wo willst du hin?»

«Etwas trinken. Möchtest du auch etwas?»

«Nein danke.»

Er sah ihr nach, wie sie nackt in die Küche ging. Kurz darauf war sie wieder da und warf ihm sein Handy zu. «Jemand hat versucht, dich anzurufen.» Dann verschwand sie wieder aus dem Zimmer.

Ein verpasster Anruf von Vanja. Eine Nachricht auf der Mailbox, die vermutlich auch von ihr stammte. Er rief sofort zurück, ohne die Mitteilung abzuhören. Sie meldete sich nach dem ersten Klingeln.

«Hallo, was machst du gerade?», rief sie ihm ins Ohr.

«Wieso?»

«Du bist nicht rangegangen.»

«Ich gehe eben nicht immer ran.»

«Doch, das machst du. Bist du bei ihr?»

Billy schielte zu Jennifer, die mit einem Glas Wasser ins Zimmer kam, das sie auf dem Nachttisch abstellte, ehe sie ihren Slip und einen Morgenmantel anzog.

«Was wolltest du?», fragte Billy und ignorierte die Frage.

Fünf Minuten später legte Vanja auf und sah auf die Uhr ihres Displays. Zehn nach zehn.

Heute Abend würde sie nicht mehr viel tun können. Billy hatte versprochen, seine Kontaktperson am MIT anzurufen und sie zu fragen, ob Olivia das Stipendium bekommen hatte, weil jemand anderes abgesprungen war. In Boston war es kurz nach vier Uhr nachmittags, sodass seine Chancen gut standen, die gewünschten Informationen zu bekommen. Vanja hatte gesagt, er solle sie zurückrufen, egal, wie spät es sei.

Aber wie sollte sie die Zeit bis dahin nur überbrücken?

Als Erstes musste sie sich wohl etwas anziehen, denn sie war nach wie vor nur mit dem Handtuch bekleidet. Vielleicht sollte sie sich auch hinlegen, obwohl sie fest davon überzeugt war, dass sie erst in ein paar Stunden würde schlafen können. Trotz des Badeöls.

Die Klingel an ihrer Wohnungstür nahm ihr die Entscheidung ab.

Sie blickte erneut auf die Uhr, obwohl sie wusste, wie spät es war. Wer konnte das jetzt noch sein? Jonathan, hoffte sie, während sie schnell im Schlafzimmer verschwand, um sich Unterwäsche und eine Jeans anzuziehen. Es klingelte erneut. Sie riss ein schwarzes Top aus dem Schrank und zog es über den Kopf, während sie zur Tür ging.

Als sie gerade das Schloss öffnen wollte und hoffte, gleich Jonathan gegenüberzustehen, fiel ihr ein, dass er den Türcode am Eingang gar nicht kennen konnte. Er war schon seit einem Jahr nicht mehr bei ihr zu Hause gewesen, und in der Zwischenzeit hatte sich die Zahlenkombination geändert. Sogar schon zweimal. Sie überlegte, wer das wissen konnte, und öffnete die Tür.

«Hallo. Bitte entschuldige, dass ich so spät noch vorbeikomme. Ich habe dich doch hoffentlich nicht geweckt?»

Natürlich.

Er kannte den neuen Code.

Valdemar.

Ein KWV Chardonnay, Jahrgang 2014.

Ursula entkorkte ihn und schenkte sich ein Glas ein. Der Weißwein färbte sich schwach rosa, weil noch ein paar Tropfen Rotwein am Boden des Glases übrig geblieben waren. Ein Sommelier wäre vermutlich verzweifelt, aber Ursula war weit davon entfernt, eine Weinkennerin zu sein. Allerdings meinte sie sich zu erinnern, dass Bella einmal gesagt hatte, mit einem Chardonnay könne man nichts verkehrt machen, und vermutlich war er deshalb in ihrem Kühlschrank gelandet. Bekam man Kopfschmerzen, wenn man auf Rotwein Weißwein trank, oder war das nur ein Mythos? In der Rotweinflasche auf ihrer Arbeitsplatte waren nur noch eineinhalb Gläser gewesen, aber sie hatte Lust auf mehr gehabt. Es war einer dieser Abende, wo manches zusammenkam. Eine gewisse Enttäuschung darüber, dass sie mit ihrem Fall nicht weiterkamen. Ein spät eingetroffener Bericht der Spurensicherung über die Explosion in Arlanda, den sie noch lesen musste. Einer von diesen vielen Abenden, die sie allein in ihrer Wohnung verbrachte. Und jetzt blieb ihr nicht einmal mehr Torkel als Alternative. Aber was hatte sie auch erwartet?

Dass er sich bis in alle Ewigkeit nach ihr verzehren und um sie werben würde? Dass sie ihn immer wieder würde zurückweisen können und er trotzdem zurückkäme? Sie hatte ihm deutlich gemacht, dass aus ihnen nichts werden würde. Dass er ihr nicht das geben konnte, was sie brauchte. Weil niemand es konnte. Es war kein Wunder, dass er sich eine andere gesucht hatte. Lise-Lotte. Das hatte sich Ursula selbst zuzuschreiben. Im Grunde hatte sie Torkel weiterverschenkt.

Sie ging wieder ins Wohnzimmer, wo der Fernseher ohne Ton lief. Gerade kam ein alter Ausschnitt von *How I met your mother,* eine Serie, die anscheinend ununterbrochen auf allen Kanälen lief, aber von der sie nie eine ganze Folge gesehen hatte. Sie stellte das Weinglas auf den Tisch neben ihr iPad, setzte sich aufs Sofa und schaltete von der Komödie um zu einem Dokumentarfilm. Den ließ sie laufen, nahm einen Schluck Wein und griff seufzend nach ihrem iPad. Die technische Analyse des Langzeitparkplatzes in Arlanda bestätigte, was sie bereits gewusst hatte. Eine Sprengladung war im vorderen Bereich des Wohnmobils platziert worden. Die erste Explosion hatte das Propangas und das Benzin entzündet und die Wucht der Zerstörung vergrößert. Der Bericht enthielt viele chemische Formeln, und selbst wenn sie diese in Salzsäure, Wasserstoffperoxyd und Aceton übersetzte, würden ihre Kollegen nicht unbedingt mehr verstehen.

Also würde sie es ihnen leicht machen. Ihnen nur das erklären, was sie unbedingt wissen mussten.

Die Bauart war einfach: ein großer Behälter mit Stoffen, die für sich genommen nicht explosiv waren. Darüber ein weiterer Behälter mit einer anderen Mischung und einem «Korken», der diese daran hinderte, nach unten zu fließen. Nach einer bestimmten Zeit hatte sich die ätzende Flüssigkeit aus dem oberen Behälter durch den Korken gefressen. Sobald sie nach unten durchsickerte, entstand eine chemische Synthese, bei der die einzelnen Substanzen, die getrennt voneinander ungefährlich waren, zu einer Bombe wurden.

Die Techniker nahmen an, dass der Korken in diesem Fall aus Aluminium gewesen war und sich der Stoff im oberen Behälter mit einer Geschwindigkeit von vier Zentimetern in der

Stunde hindurchgefressen hatte. Zwischen dem Zeitpunkt, zu dem der Mann, wie auf den Filmen der Überwachungskamera zu sehen war, das Wohnmobil verlassen hatte, und der Explosion lagen dreißig Minuten. Das musste bedeuten, dass der Aluminiumkorken zwei Zentimeter hoch gewesen war.

Eventuell würde sie den Kollegen auch erklären, dass die Mischung große Ähnlichkeit mit dem Sprengstoff TATP hatte. Ihrem Täter war es jedoch gelungen, die Schlagempfindlichkeit dieser Mischung drastisch zu mindern, was darauf hindeutete – und das war vermutlich das Wichtigste, was sie zu ihrer morgigen Besprechung beitragen konnte –, dass sich der Mann, den sie suchten, mit Chemie auskannte. Und zwar sehr gut.

Sie legte das iPad zur Seite und trank erneut einen Schluck Wein. Und jetzt? Ohne die Fernbedienung auch nur anfassen zu müssen, wusste sie, dass nichts lief, was sie interessierte. Ob sie Bella anrufen sollte? Sie hatten schon lange nicht mehr telefoniert, also wurde es vielleicht wieder Zeit.

Kurz nach ihrer Schussverletzung, als Ursula das Auge verloren hatte, war Bella von Uppsala angereist und eine Weile bei ihr geblieben. Sie war für sie da gewesen. Besorgt und rücksichtsvoll. Als Ursula nicht mehr in Lebensgefahr geschwebt hatte und feststand, dass sie sich erholen und an ihr neues, künstliches Auge gewöhnen würde, war die Beziehung zwischen ihnen wieder in ihren ursprünglichen Zustand zurückgefallen.

Zwischen den Anrufen verging viel Zeit, und immer ergriff Ursula die Initiative.

So wie jetzt.

Bella meldete sich nach dem dritten Klingeln. Im Hintergrund lief Musik, aber es waren keine fremden Stimmen zu hören, die darauf hindeuteten, dass sie unterwegs war. Ursula

fragte vorsichtshalber trotzdem, ob sie störe, erhielt jedoch
ein «nee, kein Problem» zur Antwort. Dann verlief das Gespräch in den üblichen Bahnen.

Ursula fragte, Bella antwortete.

Ursula erkundigte sich, wie das Jurastudium lief, und Bella berichtete ziemlich einsilbig.

Ursula erzählte, was sie seit ihrem letzten Telefonat gemacht hatte, und Bella hörte zu, ohne irgendwelche Fragen
zu stellen.

Alles nach dem üblichen Muster. Sobald Ursula das Gespräch nicht vorantrieb, geriet es ins Stocken, als gäbe es
nichts, was Bella wissen oder mitteilen wollte. Bis zum
Schluss, als Ursula fragte, ob Bella im Sommer eigentlich einmal zu Besuch kommen wolle.

«Ich war letztes Wochenende in Stockholm.»

Ursula konnte ihre Verwunderung nicht verbergen, und
als ihr nach kurzem Überlegen klar war, dass sie an jenem
Wochenende zu Hause gewesen war, konnte sie auch ihre Enttäuschung nicht verhehlen.

«Was hast du denn hier gemacht?»

«Ein Kumpel von mir hat am Samstag Geburtstag gefeiert.»

«Warum hast du dich nicht gemeldet?» Noch immer
schwang die Enttäuschung in ihrer Stimme mit, was Bella
jedoch völlig zu entgehen schien.

«Ich hatte so viel zu tun.»

«Also hast du Papa auch nicht getroffen?»

Es folgte ein kurzes Schweigen, das in Ursulas Ohren so
klang, als würde Bella überlegen, ob sie lügen sollte oder
nicht.

«Nur ganz kurz ...»

Sie sagte die Wahrheit. Immerhin etwas.

«Wann?»

«Am Sonntag. Wir waren zum Brunch verabredet.»

Ursula brauchte gar nicht nachzufragen. Sie wusste, dass Bella mit «wir» sich selbst, Micke und Amanda meinte, die neue Freundin des Vaters. Mehr gab es nicht zu sagen, weder über den Stockholmbesuch noch über etwas anderes. Also beendeten sie das Telefonat.

Ursula nahm ihr Weinglas und sank auf dem Sofa zurück. Bella war ein Vaterkind. So war es immer schon gewesen. Und Ursula hatte es sich selbst zuzuschreiben.

Während Bellas gesamter Kindheit hatte Ursula eine gewisse Distanz zu ihr gewahrt und war einmal sogar vorübergehend ausgezogen und hatte Micke und Bella allein gelassen. Ja, sie hatte ihre Tochter aktiv in die Arme des Vaters getrieben, weshalb Bellas Prioritäten nicht überraschten. Aber sie betonten Ursulas Einsamkeit noch mehr. An einem Abend, an dem sie sich sowieso schon allein fühlte.

Für einen Moment wanderten ihre Gedanken zu Torkel und dieser Meg-Ryan-Kopie, mit der er ins Bett ging. Aber sie verdrängte sie lieber wieder. Warum sollte sie sich mehr als notwendig quälen. Sie leerte das Glas und erhob sich auf etwas wackeligen Beinen, um sich nachzuschenken.

Eine Stunde, nachdem der Artikel und das Interview im Netz veröffentlicht worden waren, hatte Torkel angerufen. Er hatte zuvor mit einer empörten Rosmarie Fredriksson telefonieren dürfen, die offenbar heftig auf die größere und kleinere Schlagzeile reagierte. «So kritisiert die Polizei den Dokusoap-Mörder», hatte es geheißen, und darunter: «Sebastian Bergman: Dieser Mann ist ein Idiot.»

Sebastian hatte sich damit verteidigen wollen, dass nicht er für die Überschriften verantwortlich war, woraufhin Torkel einige besonders aggressive Stellen aus dem Interview zitiert hatte, die an Beleidigung grenzten. Sebastian hatte witzelnd darüber hinweggehen wollen. Wenn die Chefin wütend sei, sei das noch gar nichts im Vergleich zur Wut des Mörders. Schließlich wollten sie ihn doch erschüttern. Aus dem Gleichgewicht bringen.

So lautete der Plan.

Und das erforderte eben einiges.

Die Argumente fielen bei Torkel auf keinen fruchtbaren Boden. Sie hätten sich darauf geeinigt, dass Sebastian sich diszipliniert zurückhalten sollte, um als würdiger Gegner aufzutreten, anstatt alle Grenzen zu überschreiten. Sebastian entgegnete, Torkel müsse ihn inzwischen gut genug kennen, um zu wissen, dass er sich nicht zurückhalten könne, und außerdem sei es jetzt sowieso zu spät. Alles sei veröffentlicht. Er versprach jedoch, die Verantwortung zu übernehmen, falls Torkel Probleme bekomme.

«Gut», sagte Torkel. «Denn die Fredriksson will uns so

schnell wie möglich treffen. Sie fordert eine Erklärung und kommt morgen bei uns vorbei.»

Nach dem Telefonat ging Sebastian in ein Bistro auf der Storgatan und bestellte sich einen Thunfischsalat. Er hatte keinen großen Hunger, aber das Gefühl, dringend etwas essen zu müssen.

Als er wieder nach Hause kam, wartete jemand vor seiner Haustür auf ihn.

Anna Eriksson.

Für einen Moment überlegte er, ob er kehrtmachen sollte, aber sie hatte ihn schon entdeckt. Er zwang sich, mit ruhigen Schritten zu ihr zu gehen, obwohl er innerlich in Aufruhr war. Als er näher kam, sah er, dass sie vollkommen am Boden zerstört zu sein schien. Irgendetwas musste passiert sein.

«Was machst du denn hier?», fragte er und bemühte sich um einen freundlichen Ton.

«Valdemar hat mich verlassen», sagte sie mit vorwurfsvollem Blick. «Das ist deine Schuld», fügte sie hinzu und konnte ein wütendes Schluchzen nicht unterdrücken. Sebastian sah sie entnervt an. Immer war alles die Schuld der anderen.

«Inwiefern sollte das meine Schuld sein?», fragte er und legte seine Freundlichkeit gleich wieder ab.

«Wenn du nicht aufgetaucht wärst, wäre das alles nie passiert.»

«Wenn du sie nicht dein ganzes Leben lang angelogen hättest, wäre es auch nicht passiert», erwiderte er.

«Ich habe es ihr zuliebe getan. Das weißt du», antwortete Anna. Sie kämpfte darum, ihre Tränen zurückzuhalten. Im Grunde musste sie vollkommen erschöpft sein, dachte Sebastian. Ständig verteidigte sie eine Position, von der sie längst eingesehen haben musste, dass sie unhaltbar war. Aber irgendwie machte sie das in diesem Moment auch menschlich, und Sebastian hatte das Gefühl, er könnte sie zum ersten Mal erreichen.

«Ich wollte sie dir nie wegnehmen», sagte er vorsichtig. «Ich wollte nur eine Beziehung zu meiner Tochter aufbauen. Sonst nichts.»

Sie blickte ihn schweigend an und schüttelte resigniert den Kopf.

«Na, dann viel Glück. Valdemar glaubt, er könnte sie zurückgewinnen, indem er sich von mir distanziert. Er würde alles für sie tun.»

Sebastian spürte, wie ihm innerlich ganz kalt wurde.

«Hat er das gesagt?», fragte er.

«Er hat mich verlassen, um sie zurückzugewinnen. Verstehst du? Du wirst in Zukunft genauso wenig mit ihr zu tun haben wie ich.»

Eine einsame Träne kullerte ihre Wange hinab, und sie wischte sie irritiert mit dem Jackenärmel weg.

Sebastian betrachtete Anna stumm. Die Frau, die vor ihm stand, war nicht länger eine Gegnerin. Sie hatte bereits alles verloren. Für ihn kam es jetzt darauf an, nicht genauso zu enden.

Er bat sie in die Wohnung. Sie konnten nicht hier draußen stehen bleiben. Es wurde allmählich kalt, und außerdem wollte er mehr wissen. Was plante Valdemar? Und wie stand es zwischen Vanja und ihm?

Sie traten ein, und Anna legte ihre Jacke ab und sah sich um.

«Ich wusste gar nicht, dass du so eine große Wohnung hast.»

«Nein, dafür, dass wir eine gemeinsame Tochter haben, kennen wir uns nicht besonders gut», antwortete er und versuchte zu lächeln. Anna erwiderte das Lächeln zaghaft.

Sebastian führte sie in die Küche und bot ihr eine Tasse Tee an, die sie dankend annahm. Sie setzte sich an den Küchentisch.

«Weiß Valdemar von mir?», fragte er neugierig und stellte den Teekessel auf den Herd.

«Ich habe es ihm nicht erzählt. Aber es ist wohl nur eine Frage der Zeit, dass er es erfährt.»

Das stimmte. Vanja würde es ihm sagen. Sie würde eine solche Lüge nie aufrechterhalten, denn sie war grundehrlich. Diese Eigenschaft konnte sie nicht von ihren Eltern geerbt haben.

«Also ist er jetzt bei ihr?», fragte Sebastian, fest entschlossen, so viel wie möglich über die neue Situation herauszufinden. Wenn er gegen Valdemar gewinnen wollte, musste er sich gut informieren. Das war der Schlüssel zum Erfolg.

«Ich weiß es nicht. Er hat gesagt, er würde zu ihr gehen.» Sie senkte den Blick. «Er ist so sauer auf mich.»

Sie nahm die Küchenrolle, die auf dem Tisch stand, riss ein Blatt Haushaltspapier ab, trocknete sich hastig das Gesicht ab und schnäuzte sich. Sebastian hatte Mitleid mit ihr.

«Alle scheinen sauer auf uns zu sein», sagte er.

«Allerdings.»

«Vielleicht aber auch zu Recht. Vielleicht haben wir es nicht anders verdient», fuhr er nachdenklich fort.

Anna schüttelte den Kopf.

«Ich finde nicht, dass ich es verdient habe.»

Er ließ ihren Satz unkommentiert. Ihm wurde klar, dass sie nie irgendeine Verantwortung dafür übernehmen würde, was passiert war. Sie hatte sich so tief in ihre Lügen und Ausreden verstrickt, dass sie sich unmöglich wieder daraus befreien konnte. Das wäre viel zu schmerzlich. Sie würde daran zerbrechen, mit all ihren Fehlern konfrontiert zu werden. Also beließ er es dabei.

Sebastian hatte das Gefühl, dass sie ihm keine weiteren Informationen über Valdemar geben konnte. Sie wusste nicht mehr. Deshalb hatte sie ihre Kampfeshaltung fallenlassen und saß in seiner Küche. Er lehnte an der Arbeitsplatte und betrachtete sie. Plötzlich wurde ihm bewusst, wie natürlich es ihm vorkam, dass sie hier war.

«Ich werde nie vergessen, wie du nach all den Jahren wieder aufgetaucht bist», sagte sie leise. Offensichtlich war sie in Gedanken zurückgegangen und hatte den Moment gesucht, von dem an alles schiefgegangen war. Als sie die Kontrolle verloren hatte. «Wie du einfach so in der Tür standest.»

«Ich wollte nur wissen, ob es stimmte. Ob sie meine Tochter ist. Das ist nicht weiter erstaunlich, oder?»

Anna sah zu ihm auf und bemühte sich nicht mehr, ihre Tränen wegzuwischen.

«Ich habe doch nur versucht, alles zusammenzuhalten», schluchzte sie. «Aber es ist mir nicht gelungen.»

Sebastian hängte einen Teebeutel in eine Tasse, goss heißes Wasser darauf und reichte sie ihr. Er selbst trank nichts, nahm aber neben Anna Platz.

Da saßen sie.

In seiner Küche.

Die beiden Menschen, die Vanja nicht haben wollte.

Der Gedanke tauchte aus dem Nichts auf. Kindisch und dumm. Idiotisch. Aber so verboten, dass er verlockend war.

Er wollte mit ihr ins Bett.

Wollte es Valdemar zeigen. Wenn Valdemar sich etwas nahm, was Sebastian gehörte, würde Sebastian sich etwas nehmen, was Valdemar gehörte. Auch wenn er es eigentlich gar nicht haben wollte, aber es war besser als nichts. Er beugte sich zu ihr vor.

«Anna ...», sagte er und wartete, bis sie ihn ansah. «Ich

weiß, dass das alles gerade sehr schwer für dich ist, aber ich bin trotzdem froh, dass du da bist und wir ein bisschen miteinander reden können.»

Anna nickte.

«Ich auch», antwortete sie.

«Wenn wir nicht gegeneinander arbeiten, können wir diese Sache sicher irgendwie lösen», fuhr er leise und eindringlich fort. Das war natürlich gelogen. Vanja würde ihrer Mutter nie verzeihen, und er hatte auch nicht vor, eine Allianz mit Anna einzugehen. Doch sie nickte nur. Sie wollte an die Lüge glauben, daran, dass es eine Lösung gab. Behutsam nahm er ihre Hand in die seine. Sie zog sie zurück, aber nicht abweisend, sondern eher abwartend. Anstatt die Hand loszulassen, folgte Sebastian ihrer Bewegung, und sie ließ es geschehen. Er sah ihr noch tiefer in die Augen. Noch immer lagen Trauer und Verzweiflung darin, auch wenn die Tränen inzwischen getrocknet waren.

Er freute sich schon darauf. Verzweifelte Frauen wie Anna pflegten sich hinzugeben. Sex, dessen einzige Funktion darin bestand zu vergessen, wie einsam man sich fühlte, war normalerweise sehr intensiv.

In gewisser Weise wahnsinnig erregend.

Vollkommen dämlich, wenn man genauer darüber nachdachte.

Und trotzdem unwiderstehlich.

Er rückte näher zu Anna. War unsicher, ob er zu übereilt vorging. Sollte er erst noch mehr Dinge sagen, die sie hören wollte, vielleicht auch hören musste? Aber er glaubte zu sehen, wie sie die Lippen – vermutlich vollkommen unbewusst – leicht öffnete und ihm ein wenig entgegenkam. Also schwieg er, legte die Hand auf ihren Arm und beugte sich vor. Ihre Lippen trafen sich, und ihr Atem wurde heftiger. Sie öffnete den Mund und ließ seine Zunge hineingleiten. Berührte sie mit der ihren. Er spürte die Lust, die sie zu kontrollieren versuchte.

Sebastian zog sie hoch und presste sich an sie. Sie reagierte, indem sie seinen Rücken zu streicheln begann, ihn sanft in die Lippe biss und dabei leise aufstöhnte. Er zog ihr Oberteil hoch und schob die Hände darunter. Liebkoste ihren nackten Rücken. Die eine Hand tastete sich zum BH hinauf, die andere zu ihrem Hosenbund hinunter. Er spürte, wie ihre Hände von seinem Rücken abließen und ebenfalls nach unten wanderten. Sie waren genauso zielstrebig wie seine, wenn nicht noch mehr. Während sie mit der einen Hand seinen Gürtel öffnete, streichelte sie mit der anderen durch den Hosenstoff hindurch seinen Schwanz.

Niemand würde es erfahren.

Das war sein letzter Gedanke, ehe sie auf den Küchenboden sanken.

Niemand würde es erfahren.

Als Billy in die Küche kam, um rasch zu frühstücken, fand er einen Zettel von My auf dem Küchentisch. Zu seiner großen Erleichterung hatte sie schon geschlafen, als er in der Nacht nach Hause gekommen war, und war am Morgen aufgestanden, ohne ihn zu wecken. Er redete sich selbst ein, dass sie ihm nicht aus dem Weg ging und nichts ahnte. Dass sie ihn angesprochen hätte, wenn sie einen Verdacht hegen würde. Es passte einfach nicht zu ihr, mögliche Probleme unter den Teppich zu kehren. Der Zettel schien seine Theorie zu bestätigen. Sie schrieb, sie habe sich nicht länger wach halten können, und hoffe, bei der Arbeit sei alles gut gelaufen und sie würden sich an diesem Abend sehen. Die Nachricht endete mit: «Kuss, My.»

Billy holte Joghurt und Saft aus dem Kühlschrank und Cornflakes aus dem Schrank darüber. Nahm einen tiefen Teller, ein Glas und einen Löffel und setzte sich an den Küchentisch. Dann griff er nach seinem Telefon, um zu überprüfen, ob über Nacht irgendetwas passiert war, hielt jedoch inne, als er einen Blick auf die Uhr warf.

Gleich halb acht.

Wahrscheinlich war es noch zu früh, aber einen Versuch wäre es wert. Gestern hatte er noch von Jennifers Wohnung aus Katie Barnett angerufen und gefragt, ob Olivia Johnson für jemanden nachgerückt sei, der aus irgendeinem Grund von dem Stipendium zurückgetreten sei. Katie konnte ihm jedoch nicht weiterhelfen. Die Studenten seien selbst dafür verantwortlich, ihr Studium zu finanzieren und sich um Förderungen zu bewerben. Deshalb könne nur die Organisation, die das Stipendium vergeben hatte, wissen, ob Olivia Johnson die erste Wahl sei.

In diesem Fall sei das die Schweden-Amerika-Stiftung.

Billy hatte sich bedankt und eingesehen, dass es viel zu spät war, um jemanden von der Stiftung zu erreichen. Dann war er wieder zu Jennifer ins Bett gekrochen, und sie hatten einfach nur eng umschlungen dagelegen, bis es höchste Zeit für ihn war, wieder nach Hause zu fahren.

Jetzt wählte er die Nummer der Stiftung und war positiv überrascht, als jemand ans Telefon ging. Wieder erklärte er, wer er war und was er wissen wollte. Er konnte sein Glück kaum fassen. Der Mann, mit dem er sprach, konnte ihm sofort helfen. Billy wurde nicht weiterverbunden, musste keinen anderen Zuständigen anrufen, sich später wieder melden oder die Informationen auf offiziellem Wege anfordern. Stattdessen hörte er, wie ein Bürostuhl bewegt wurde. Er sah vor seinem inneren Auge, wie sich der Mann an den nächsten Computer setzte, bereit, ihn zu unterstützen. Um welchen Zeitraum es gehe? Ob Billy einen Namen oder andere Angaben habe?

Billy nannte ihm alles, was er wusste, und schon nach wenigen Minuten kam das Ergebnis.

Er bekam einen neuen Namen.

«Einem Studenten namens Robin Hedmark wurde ein volles Stipendium zuerkannt, aber er musste es aus persönlichen Gründen ausschlagen.»

Billy klang nicht oft aufgeregt, wenn es um die Arbeit ging. Überhaupt klang Billy nur selten aufgeregt, aber jetzt hörte Vanja am Telefon, dass er ganz aus dem Häuschen war.

«Was wissen wir über ihn?», fragte sie, während sie noch einmal das schwarze Oberteil vom gestrigen Abend anzog.

«Bisher noch nichts, aber ich bin jetzt auf dem Weg ins Revier», sagte Billy, und Vanja hörte das wütende Hupen eines vorbeifahrenden Autos. Sie musste grinsen, weil sie sich vorstellte, dass Billy auf seinem Weg nach Kungsholmen vermutlich nicht alle Verkehrsregeln beachtete. «In einer Stunde wissen wir mehr», fügte er hinzu.

«Hast du Torkel angerufen?»

«Noch nicht, ich wollte erst dir Bescheid sagen, weil es deine Idee war.»

Vanja ging in den Flur, warf einen Blick in den Spiegel und kämmte sich mit der Hand durchs Haar. Dann lächelte sie erneut. Genauso sollte es sein zwischen ihr und Billy. Das hatte sie vermisst.

«Eigentlich war es Sebastians Idee, aber trotzdem danke.»

«Keine Ursache. Bis gleich!»

Dann legte er auf. Vanja betrachtete sich erneut im Spiegel. Leichte Augenringe. Sie hatte nicht lange geschlafen, aber die Neuigkeit über Robin Hedmark hatte sie viel wacher gemacht als die Dusche und die beiden Tassen starken Kaffees.

Ein neuer Name. Neue Möglichkeiten. Ein Anhaltspunkt.

Sie nahm ihre Jacke von der Garderobe, schlüpfte in die Schuhe und verließ die Wohnung. Sie eilte die Treppen hinab, ging schräg über den Rasen zu ihrem Auto und sank auf den Fahrersitz. Dort blieb sie eine Weile regungslos sitzen, als wäre die neugewonnene Energie schon wieder verflogen.

Valdemar.

Bis zu Billys Anruf hatte sie an nichts anderes denken können als an seinen Besuch, und jetzt kehrten die Gedankenspiralen erneut zurück und überschatteten alles andere.

Wie Valdemar darum gebeten hatte, hereinkommen zu dürfen.

Er hatte sie kaum ansehen können.

So schutzlos, so schwach, so reuevoll.

Irgendwann hatten sie vor einer Tasse erkaltetem Tee in der Küche gesessen, und Valdemar hatte ihr erzählt, was sie eigentlich längst wusste.

Dass die Beziehung zu ihr das Wichtigste in seinem Leben war.

Er entschuldigte sich für seinen Suizidversuch und begriff, dass er für sie wie Erpressung gewirkt haben musste. Aber das habe er nicht gewollt, erklärte Valdemar. Auf solche Weise wolle er sie auf keinen Fall zurückgewinnen. Er wolle ihre Nähe, ihr Vertrauen, ihre Liebe verdienen.

Und er hatte ihr versprochen, alles in seiner Macht Stehende dafür zu tun.

Vanja drehte den Schlüssel im Zündschloss um und warf einen Blick über die Schulter, ehe sie in Richtung Värtavägen losfuhr. Sie stellte das Radio an und drehte es laut, aber ihre Gedanken kehrten trotzdem immer wieder zum gestrigen Abend zurück.

Valdemar war sich bewusst geworden, dass Anna und er die Situation nicht gemeinsam lösen konnten. Sie hatte sich so tief in ihre Lügen und Ausreden verstrickt, dass eine Annäherung unmöglich geworden war.

Also hatte er mit ihr gebrochen. So wichtig war ihm Vanja.

Vanja hatte ihn gefragt, ob er wisse, wer ihr leiblicher Vater war. Er wusste es nicht. Anna hatte es ihm nie gesagt, und er hatte nie danach gefragt. Auch jetzt nicht. Er musste es aber auch nicht erfahren. Das war reine Biologie. In seinem Herzen war er ihr Vater. Daran konnte kein DNA-Test auf dieser Welt etwas ändern.

Vanja bog links in den Valhallavägen ein und dann in die Banérgatan. Es war nicht der Weg zum Polizeipräsidium.

Es war der Weg zu Sebastian.

Ihrem anderen Vater.

Sie hatte beschlossen, bei ihm vorbeizufahren, nachdem Billy angerufen und von dem neuen Stipendiaten erzählt hatte. Immerhin war Sebastian auf die richtige Spur gekommen und hatte sie über seine Eingebung informiert. Sie wollte ihn überraschen und ihn mit einer gemeinsamen Autofahrt belohnen, und diesmal würde sie mit ihm reden. Sie war gezwungen, mit ihm zu reden.

Sie hatte ihre harte Haltung nicht beibehalten können. Valdemar hatte geweint. Aber nicht seine Tränen waren ihr ans Herz gegangen, sondern seine völlige Ehrlichkeit. Wie er bereit gewesen war, zu seinen Fehlern zu stehen und um Verzeihung zu bitten, und wie er gezeigt hatte, dass er eine Veränderung erreichen wollte. Er würde dem Staatsanwalt im Prozess bei der Aufklärung der Wirtschaftskriminalität helfen, seine Rolle bei dieser Straftat offen darlegen und seine Strafe abbüßen. Und wenn Vanja ehrlich zu sich selbst war, dann war er derjenige, der sie am wenigsten betrogen hatte. Er hatte gewusst, dass sie nicht seine Tochter war, und geschwiegen. In erster Linie, weil Anna es ihm verboten hatte, aber auch, weil er keinen Grund gehabt hatte, es anzusprechen. Für ihn war sie seine Tochter. Er liebte sie mehr als jeden anderen Menschen, und so hatte sie viele, viele Jahre auch ihn geliebt. Warum hätte er dieses Verhältnis mit der Wahrheit über irgendeinen unbekannten Mann zerstören sollen?

Das Problem war nur, dass dieser Mann kein Unbekannter mehr war.

Er war in allerhöchstem Maße real.

Ihr anderer Vater.

Aber zwischen Valdemar und Sebastian entscheiden musste sie sich eigentlich nicht, sie würde beide in ihrem neuen Leben haben können, wenn sie sich denn wirklich ein neues Leben schuf.

Doch sie mussten ehrlich zu ihr sein.

Der gestrige Tag hatte ihr wieder gezeigt, wie wichtig das für sie war. Ehrlichkeit. Sie hatte vor, Sebastian eine Chance zu geben, ihr gegenüber vollkommen aufrichtig zu sein. So wie Valdemar.

Was Sebastian anging, gab es einige Vorfälle, die zwischen ihnen standen. Dinge, die sie geglaubt hatte, weil es so am einfachsten war.

Ihre verpasste FBI-Fortbildung zum Beispiel. Hatte Sebastian etwas damit zu tun? Wenn sie ganz tief in sich hineinhorchte, hatte sie den Verdacht, dass es so war. Ein anderes Beispiel war die Art und Weise, wie Valdemars Straftat entdeckt worden war. Vieles dabei deutete zu deutlich auf Sebastian hin, als dass sie seine Beteiligung hätte ausschließen können.

Aber sicher wusste sie es nicht.

Er sollte seine Chance bekommen.

Es war Zeit, mit dem Glaubenwollen aufzuhören und tatsächlich zu glauben.

Sie erreichte die Styrmansgatan und war nicht mehr weit von Sebastians Wohnung entfernt. Sie bog zweimal ab, dann war es das erste Haus auf der linken Seite. Sie hatte nicht damit gerechnet, einen Parkplatz zu finden, und war positiv überrascht, als sie gleich zwei direkt vor dem Haus entdeckte. Sie warf einen Blick auf die Uhr. Kurz nach sieben. Er tauchte selten vor acht auf dem Revier auf, also war er bestimmt zu Hause. Außer er hatte bei einer Frau übernachtet.

Als sie gerade aussteigen wollte, wurde die Haustür geöffnet. Für einen Moment glaubte Vanja, sie hätte Glück, weil ihre Ankunft zeitlich perfekt passte. Doch es war nicht Sebastian, der aus der Tür kam.

Es war Anna.

Ihre Mutter.

Die Frau, zu der Sebastian den Kontakt abgebrochen hatte. So hatte er es Vanja jedenfalls geschworen.

Torkel war glücklich, als er ins Büro kam.

Lise-Lotte und er waren am Vorabend essen gegangen und hatten dann einen langen, romantischen Spaziergang nach Hause gemacht. Mit ihr Zeit zu verbringen war einfach wunderbar. Sie war verführerisch, weiblich, klug – und dann dieser Blick mit dem kleinen schelmischen Funkeln, er war sensibel und zugleich freimütig, vor allem aber erfüllte er Torkel mit Liebe. Wenn sie ihn ansah, bedurfte es keiner Worte. Er konnte sich nicht erinnern, dass sie diesen Blick schon gehabt hatte, als sie jünger war. Damals war sie niedlich gewesen. Jetzt war sie wunderschön.

Auch bei ihrer Ermittlung tat sich etwas. Billy war auf einen neuen Namen gestoßen. Robin Hedmark, ein Student, der eigentlich ein Stipendium am MIT hätte antreten sollen, aber verhindert gewesen war. Bald würde sich das Team im Konferenzraum treffen, um zu hören, was Billy noch herausgefunden hatte. Dieser Morgen wurde einzig dadurch getrübt, dass Torkel mit größter Wahrscheinlichkeit gezwungen sein würde, Rosmarie Fredriksson zu treffen. Es war ihm gelungen, ihre morgendliche Besprechung wegen der neuen Hedmark-Spur abzusagen, aber er konnte nur schwer glauben, dass sie sich nicht wieder meldete. Sogar im Vormittagsgespräch bei TV4 hatte man auf dem roten Sofa über Sebastians aggressiven Vorstoß gesprochen und darüber, wie verzweifelt und unprofessionell die Polizei gerade wirkte.

Torkel betrat den Konferenzraum und stellte seine Aktentasche ab. Vor der Besprechung wollte er noch schnell einen

Blick auf seine E-Mails werfen und hatte gerade den Computer eingeschaltet, als Vanja hereinstürmte. Er sah vom Bildschirm auf und lächelte sie an.

«Hallo, Vanja! Alles klar?»

Sie warf ihm nur einen kühlen Blick zu und schüttelte den Kopf. Torkel nahm an, dass etwas passiert sein musste. Er stand vom Schreibtisch auf und ging zu ihr.

«Was ist denn?», fragte er in ernsterem Ton.

«Ich möchte nicht, dass Sebastian weiter bei uns arbeitet», sagte Vanja mit einer Stimme, die vor zurückgehaltenem Zorn kiekste.

«Was hat er denn jetzt wieder getan?», fragte Torkel erstaunt.

Vanjas Augen funkelten. Torkel hatte sie selten so in Rage gesehen. Auf ihren Wangen und ihrem Hals leuchteten rote Zornesflecken.

«Du hast gemeint, ich müsste nur Bescheid sagen, und du würdest ihn feuern», fauchte sie. Es stand außer Zweifel, dass sie es ernst meinte. Torkel versuchte, sie zu beruhigen.

«Gut. Aber dürfte ich den Grund erfahren? Irgendetwas muss er doch getan haben?»

Vanja funkelte ihn nur wütend an. Erzählen wollte sie es ihm offenbar nicht.

«Wirst du das durchsetzen, oder muss ich dir damit drohen, dass ich kündige? Das kann ich gern tun, wenn du willst.»

Torkel hob abwehrend die Hände.

«Schon gut. Ich habe verstanden», sagte er. Irgendwann würde er den Grund sicher erfahren, und wenn er sich zwischen Vanja und Sebastian entscheiden musste, fiel die Wahl eindeutig aus. Aber der Zeitpunkt war denkbar ungünstig. Das Interview war gerade veröffentlicht worden, und auch wenn Sebastian dabei zu weit gegangen war, konnte es sein, dass sie ihn jetzt brauchten. Jedenfalls noch eine Weile. Torkel betrachtete Vanja, entschied dann aber, dass es keinen Zweck hatte zu argumentieren. Vanjas Miene sagte alles. Sie waren wohl gezwungen, eine Weile ohne Sebastian auszukommen.

«Meinetwegen. Ich rufe ihn sofort an», sagte er schließlich.

«Gut», erwiderte sie knapp und verschwand genauso schnell wieder aus dem Zimmer, wie sie gekommen war.

Torkel sah ihr nach, ehe er zurück zum Tisch ging, den Hörer abnahm und Sebastians Nummer wählte. Was hatte er sich diesmal geleistet? Irgendetwas Großes jedenfalls.

«Hallo, Torkel. Hat die Fredriksson sich wieder gemeldet?», fragte Sebastian. Er klang spöttisch und schien gleichzeitig bester Laune zu sein. Entweder war er ein guter Schauspieler, oder er hatte wirklich keine Ahnung, warum Torkel ihn anrief.

«Nein.»

«Nicht? Was ist denn dann?»

«Du bist mit sofortiger Wirkung von all deinen Arbeitsaufgaben freigestellt», antwortete Torkel, so autoritär er konnte. Er hörte, wie Sebastian nach Luft schnappte.

«Was? Aber warum? Das kannst du doch nicht einfach tun.»

Torkel beschloss, kurzen Prozess zu machen und ihm keine Begründung zu geben.

«Ich habe nicht vor, mit dir darüber zu diskutieren. Deine Schlüsselkarte wird deaktiviert. Wenn du irgendwelche Auslagen hattest, musst du uns die Quittungen schicken.»

«Aber warte mal, ich verstehe das nicht! Liegt es an der Fredriksson? Ich kann ein bisschen vor ihr zu Kreuze kriechen, ich regle das schon!», flehte Sebastian.

«Es liegt nicht an Rosmarie Fredriksson. Es ist meine Entscheidung.»

«Dann muss es Vanja sein. Hat Vanja das verlangt?»

Torkel holte tief Luft, ehe er fortfuhr: «Du bist nicht angestellt. Du hast keinen Vertrag. Ich muss dir nichts erklären.»

«Aber wir sind doch alte Freunde.»

«Leider nur, wenn es dir gerade passt.»

Sebastian verstummte. Torkel konnte fast hören, wie er fieberhaft zu verstehen versuchte, was da gerade passierte.

«Warte mal, wir haben aber doch in einer ganzen Reihe von Fällen …», hörte Torkel ihn sagen, ehe er ihn unterbrach.

«Danke für deine Hilfe, Sebastian. Ich lege jetzt auf.» Was er auch tat.

Er seufzte schwer.

Dabei hatte der Tag so gut angefangen.

Die erwartungsvolle Stimmung war beinahe greifbar, als Torkel hereinkam. Billy stand mit einer Miene vor der Tafel, als würde er gleich platzen, wenn er nicht sofort erzählen durfte, was er wusste. Vanja konzentrierte sich auf die ausgedruckten Unterlagen, die vor ihr auf dem Tisch lagen, und machte sich bereits Notizen. Nur Ursula wirkte ein wenig verhalten, wie sie sich auf ihrem Stuhl zurücklehnte und tiefe Schlucke aus der Mineralwasserflasche nahm.

«Okay, schieß los», sagte Torkel zu Billy und setzte sich.

«Sollten wir nicht auf Sebastian warten?», fragte Ursula.

«Der kommt nicht», antwortete Torkel in einem Ton, von dem er hoffte, dass er nicht zu Nachfragen einladen würde.

«Warum nicht?», fragte Ursula.

«Er arbeitet nicht mehr mit an diesem Fall», antwortete Torkel mit einem Blick zu Vanja, den diese mit einem dankbaren Nicken quittierte. Ursula hatte den stummen Dialog zwischen den beiden beobachtet und beschloss, keine weiteren Fragen zu stellen. Offenbar war Sebastians Abwesenheit nicht die Folge beruflicher, sondern privater Verfehlungen, und in diesem Fall hatte sie keine Lust, sich einzumischen.

Torkel nickte Billy zu, der auf ein neues Bild auf dem Whiteboard zeigte. Ein junger Mann, ein wenig rundlich, mit Brille, einem Seitenscheitel und einer mit Aknenarben übersäten Haut.

«Robin Hedmark, zweiundzwanzig Jahre alt. Hat an der KTH Chemie studiert. Man hatte ihm ein zweijähriges Stipendium für das MIT verliehen, aber er musste drei Wochen vor

426

Semesterbeginn absagen. Seine Mutter war gestorben, und er musste sich um seine jüngeren Geschwister kümmern.»

Billy machte eine Pause, als wollte er den anderen die Möglichkeit geben, dieses tragische Ereignis zu kommentieren. Aber keiner sagte etwas.

«Wenn wir also davon ausgehen, dass unser Täter eigentlich von Robin gesprochen hat, haben wir genau wie bei der Medizintechnik zwei wissenschaftliche Mitarbeiter und einen Professor, die in Frage kämen», fuhr er fort, während er sich über den Tisch beugte und ein neues Foto heranzog. «Dieser Mann hier ist eindeutig der interessanteste.»

Er heftete das Bild an die Tafel. Ein Mann von etwa fünfzig Jahren. Durchschnittliches Aussehen, beginnende Glatze, eine Brille mit Metallgestell und ein voller, aber sehr gepflegter Bart. Keine auffälligen Züge. Torkel hatte das Gefühl, er könnte diesen Mann treffen, ja vielleicht sogar mit ihm reden, ohne ihn später beschreiben zu können. Manche Menschen hinterließen einfach keinen bleibenden Eindruck, dabei war er gut darin, sich Gesichter zu merken.

«David Lagergren, einer der wissenschaftlichen Mitarbeiter», stellte Billy ihn vor und trat einen Schritt von der Tafel zurück.

«Den Namen kenne ich doch irgendwoher», sagte Torkel.

«Der Schwager von Christian Saurunas», bestätigte Billy. «Oder sein ehemaliger Schwager. Er war mit Saurunas' Schwester Laura verheiratet. Ihm gehört die Hütte in Härjedalen.»

Ein kurzes Schweigen entstand, als sie die Information sacken ließen.

«Es wäre also gut möglich, dass Saurunas zu ihm fuhr, als er freigelassen wurde», überlegte Torkel.

«Um die Schlüssel zurückzugeben», ergänzte Vanja.

«Das würde auch erklären, warum er ihn nicht vorher angerufen hat. Die beiden kannten sich gut, vielleicht erwartete Lagergren ihn sogar.»

«Gibt es denn noch mehr, was ihn für uns interessant macht?», fragte Ursula und angelte sich die zweite Sprudelflasche.

«Auf jeden Fall.» Billy beugte sich erneut über den Tisch und zog einen Ausdruck heran. «Er hat sich vor einiger Zeit auf eine Professur beworben und war sich ziemlich sicher, dass er sie bekommen würde.»

«Aber so war es nicht.»

«Nein, die Stelle ging an einen anderen. Lagergren hat durch alle Instanzen geklagt, aber verloren.»

«Eine persönliche Niederlage, die der Auslöser gewesen sein könnte», sagte Ursula nickend. «Genau wie es Sebastian gesagt hat», fügte sie hinzu.

Weil sie Lust dazu hatte.

Denn das ärgerte immer jemanden.

Sie hatte durchgehend schlechte Laune, seit sie um halb sechs Uhr morgens mit bohrenden Kopfschmerzen aufgewacht war.

«Wissen wir, wo sich Lagergren derzeit aufhält?», fragte Torkel, ohne mit einer Miene zu verraten, ob er Ursulas kleine Spitze bemerkt hatte.

«Ja, ich habe bei der KTH angerufen», sagte Billy. «Er hat schon seit drei Monaten frei und wird erst nach dem Sommer wieder erwartet.»

«Haben wir seine Adresse?»

«Ja, und die von seiner Hütte in Härjedalen.»

«Was tun wir?», fragte Vanja.

Torkel dachte darüber nach. Wog die Vor- und Nachteile ab. Sie hatten nicht viel gegen Lagergren in der Hand. Man konnte allerhöchstens von Indizien sprechen. Wenn sie ihn zur Befragung abholen würden, er nicht geständig wäre und sie auch keine technischen Beweise sicherstellen könnten, würde kein Staatsanwalt bereit sein, ihn in Untersuchungshaft zu nehmen. Andererseits, wenn sie ihn nicht vorluden, konnten sie auch nicht nach technischen Beweisen suchen, und wenn er der Mann war, für den sie ihn hielten, hatte er fünf Menschen ermordet und ein junges Mädchen blind gemacht. Ein derart Verdächtiger sollte nach Torkels Meinung lieber nicht frei herumlaufen. Vor allem, nachdem der Täter im Interview mit Weber angedeutet hatte, dass er noch lange nicht am Ziel angekommen war.

«Wir holen ihn ab.»

Sebastian hatte Vanja mindestens zehnmal angerufen. Jedes Mal hatte sie ihn weggedrückt. Auf seine SMS antwortete sie auch nicht.

Schließlich rief er Anna an.

Das war die einzige Erklärung für die Ereignisse dieses Morgens, die für ihn denkbar war: dass sie irgendeine Intrige gesponnen und in Wirklichkeit ihn verführt hatte anstatt umgekehrt.

Um ihn ein für alle Mal loszuwerden.

Um einen Keil zwischen Vanja und ihn zu treiben.

Allerdings war das zwar möglich, aber nicht wahrscheinlich. Während des gestrigen Abends hatte nichts an ihr künstlich oder gespielt gewirkt. Natürlich war es ihnen am nächsten Morgen ein wenig unangenehm gewesen, und sie hatte sich angezogen und war gegangen, ohne bei ihm zu frühstücken, aber sie hatten dennoch miteinander geredet. Und beschlossen, dass es am besten wäre, wenn die Sache zwischen ihnen ihr Geheimnis bliebe.

«Hast du es Vanja erzählt?», fragte er wütend, als Anna endlich ans Telefon ging.

«Was?» Sie klang schlaftrunken.

«Ich bin gefeuert worden, und Vanja weigert sich, mit mir zu reden, also muss ich noch einmal fragen: Hast du ihr von uns erzählt?»

Jetzt schien Anna schlagartig wach zu werden. Ihre Stimme klang fester.

«Warum sollte ich das tun?»

«Keine Ahnung, irgendeine kindische Rache. Gestern hast du noch gesagt, dass alles, was passiert ist, meine Schuld wäre.»

«Aber dann bin ich mit dir ins Bett gegangen.»

Sebastian verstummte. Das stimmte. Die Anna in seiner Küche war eine andere gewesen als jene, die er draußen vor der Haustür getroffen hatte, und wenn sie ihre Leidenschaft nur gespielt hätte, wäre ihre Leistung oscarverdächtig.

«Was sollte ich davon haben, ihr das zu erzählen?»

«Man rächt sich nicht, um davon zu profitieren, sondern um sich zu rächen.»

Anna stieß einen langen Seufzer aus. Nicht wütend über das, was er ihr vorwarf, sondern enttäuscht.

«Denkst du wirklich, ich hätte das getan?»

«Ich weiß es nicht, hast du?»

«Nein, ich bin sofort nach Haus gefahren und habe mich wieder schlafen gelegt. Du hast mich geweckt.»

Sebastian konnte sich immer noch nicht entscheiden, ob er ihr glauben sollte. Wenn er eines über Anna wusste, dann, dass sie eine gute Lügnerin war.

«Aber irgendetwas muss doch passiert sein? Ich habe gestern noch mit Vanja gesprochen. Bevor du kamst. Da war alles in Ordnung.»

«Weißt du was, ich möchte nicht in diese Sache hineingezogen werden.» Anna klang plötzlich müde. «Du scheinst mehr Kontakt zu Vanja zu haben als ich, also frag sie doch einfach.» Damit legte sie auf.

Sebastian blieb mit einem stummen Telefon in der Hand sitzen. Gereizt legte er es beiseite, stand auf und tigerte frustriert durch sein Wohnzimmer.

Was zum Teufel war bloß passiert?

Das Interview war ein bisschen aus dem Ruder gelaufen,

431

aber wenn es darum gegangen wäre, hätte Torkel es ihm gesagt. Die Fredriksson habe auch nichts damit zu tun, hatte Torkel erklärt, und Sebastian glaubte ihm. Also musste es irgendetwas anderes sein. Valdemar zum Beispiel. Vielleicht war es ihm gelungen, seine Tochter zu beeinflussen, damit sie sich von Sebastian distanzierte. Sebastian hatte keine Ahnung. Er hasste es, wenn andere über seinen Kopf hinweg Entscheidungen trafen. Vor allem, wenn er die Gründe nicht kannte. Er sollte auf jeden Fall aufs Präsidium fahren. Sich Zugang verschaffen und nach einer Antwort verlangen. Das würde zwar bestimmt einen richtigen Zirkus geben, aber nichts konnte schlimmer sein als diese Ungewissheit.

Da klingelte es an der Haustür. Sofort wurde Sebastian von einem starken Gefühl der Hoffnung erfüllt. Bestimmt war sie es. Vanja stellte ihn immer zur Rede, wenn er etwas Dummes getan hatte. Sie war keine, die den Kopf in den Sand steckte und die Probleme unter den Teppich kehrte.

Er eilte zur Tür. Zupfte rasch seine Hose und sein Hemd zurecht, damit er nicht zu schlampig aussah, wenn er ihr aufmachte. Obwohl sie nur gekommen war, um ihn auszuschimpfen, nichts anderes.

Er öffnete die Tür. Niemand stand davor. Er trat einen halben Schritt ins Treppenhaus und sah aus dem Augenwinkel links eine Gestalt in dunkler Kleidung, die sich an die Wand drückte. Wie ein Schatten, der auf ihn zuflog. Sebastian wollte sich wieder zurückziehen, war jedoch nicht schnell genug. Die Hände erreichten ihn und packten ihn um den Hals. Er hatte das Gefühl, dass es ein Mann war.

Sebastian versuchte, sich loszureißen, doch der Angreifer hielt ihn von hinten fest umklammert. Eine Hand legte sich über seinen Mund und seine Nase. Kurz nahm Sebastian einen strengen Geruch wahr, im nächsten Moment versagten seine

Beine unter ihm, und alles verschwamm vor seinen Augen. Er drehte den Kopf, um das Gesicht des Mannes zu sehen, der ihn überfallen hatte, doch er sah nur eine Sturmhaube.

Dahinter Augen, die vor Hass glühten.

Das Interview hat seine Wirkung nicht verfehlt, dachte er noch.

Dann wurde alles schwarz.

Als Erstes registrierte Sebastian, dass er aufrecht saß. Als Zweites, dass er sich nicht bewegen konnte.

Sein Kinn ruhte auf der Brust, und er konnte lediglich das dünne Seil erahnen, das um seinen Bauch gebunden war, verstand jedoch bald, dass seine Füße an die Stuhlbeine gefesselt waren und die Hände hinter dem Rücken. Den Blick auf den Boden gerichtet, blieb er sitzen und konzentrierte sich darauf, ruhig und regelmäßig zu atmen, bis die Wirkung des Mittels, mit dem er betäubt worden war, allmählich nachlassen würde. Er hörte Bewegungen. Schritte auf dem Betonboden, ein Scharren und Stöhnen oder jedenfalls den Versuch, irgendeinen Laut von sich zu geben. Gurrende Tauben. Aber keine Stimmen. Die wenigen Geräusche erzeugten einen Widerhall, und Sebastian bekam das Gefühl, dass er sich in einem ziemlich großen, aber kahlen Raum befand.

Er tat für weitere zehn Minuten so, als wäre er noch bewusstlos, bis er sich so klar fühlte, dass er glaubte, die Situation wirklich beurteilen zu können.

Sein Nacken schmerzte, als er den Kopf hob. Er bewegte ihn langsam nach rechts und links, um die Muskeln zu lockern, aber auch, um so viel wie möglich von seiner Umgebung wahrzunehmen. Tatsächlich befand er sich in einem kalten leeren Raum mit Betonwänden und einem ebensolchen Boden. Ein verlassenes Industrie- oder Lagergebäude. Reihen von Fenstern, von denen mehrere oben unter dem Dach eingeschlagen oder gesprungen waren. Vereinzelte Neonröhren, die den Raum beleuchteten.

Direkt gegenüber, etwa fünf Meter entfernt, saß ein anderer Mann, auch er an einen Stuhl gefesselt. Er trug ein Schild um den Hals. Sebastian erkannte sowohl das Schild als auch den Mann wieder.

Ein solches Schild hatte auch Claes Wallgren getragen, als sie ihn fanden. «SCHULDIG», stand in Großbuchstaben darauf.

Der Mann war Lennart Källman, der Chefredakteur des *Expressen*.

Als er sah, dass Sebastian wach war, zerrte er an seinen Handfesseln, sodass sich der Stuhl einige Zentimeter bewegte. Sebastian erkannte das Scharren wieder und das gedämpfte Stöhnen, das durch den Knebel hindurch erklang. Er hatte noch gar nicht darüber nachgedacht, ob er selbst einen Knebel hatte, aber jetzt fühlte er mit der Zunge und den Lippen nach. Nichts. Anscheinend lag dieses Gebäude so einsam, dass niemand hören würde, wenn er schrie. Also ließ er es bleiben.

Neben Källman stand der Mann mit der Sturmhaube, der an Sebastians Tür geklopft hatte vor ... er wusste nicht, wie lange er weg gewesen war. Es kam ihm vor wie Stunden. Draußen war es hell, aber das war es zu dieser Jahreszeit immer.

«Sie sind also klüger als ich», sagte der Maskierte, während er zu Sebastian hinüberschlenderte. Der Mann hatte die Situation unter Kontrolle, wirkte entspannt, fühlte sich erfolgreich.

Normalerweise hätte Sebastian versucht, den persönlichen Kontakt zu ihm herzustellen. Hätte viel geredet, um sich in den Augen des Täters von einem anonymen Opfer in einen lebendigen Menschen zu verwandeln. Bei dem Mann, der sich ihm gerade näherte, würde das allerdings nicht helfen. Er war mit allen seinen Opfern lange essen gewesen, er hatte sie kennengelernt und trotzdem keine Skrupel gehabt, sie zu töten.

Er fühlte sich in jeder Hinsicht überlegen, und Sebastian hatte ihn herausgefordert.

Sebastian spürte, wie ihm der Schweiß auf die Stirn trat, obwohl es in dem Raum alles andere als warm war, und wie sein Atem hastiger und flacher wurde.

«Aber das haben Sie nicht vorausgesehen», fuhr der Mann fort und blieb vor Sebastian stehen, der seinen Kopf zurückbeugen musste, um den Blickkontakt zu halten.

«Was wollen Sie?», fragte er und versuchte, sich die Angst und den Stress nicht anhören zu lassen. Er fand, dass es ihm gut gelang.

«Wissen Sie, warum er den Tod verdient hat?», fragte der Mann anstelle einer Antwort und zeigte auf Källman. Sebastian schwieg. Er hatte das Gefühl, dass er es ohnehin erfahren würde.

«Es ist seine Schuld, dass wir mehr über Caitlyn Jenner und die Familie Kardashian wissen als über unsere eigenen Minister.»

«Ich glaube, das Internet trägt auch einen Teil dazu bei», entgegnete Sebastian. Der Mann sah ihn an und nickte ernst.

«Keine Frage, da haben Sie natürlich recht, das Internet hat einen großen Anteil daran, aber das ändert nichts an der Tatsache, dass dieser Kerl sich auf die Schulter klopft und meint, er würde einen Bildungsauftrag erfüllen, obwohl er in Wahrheit nur Idiotie, Dummheit und Simplifizierungen verbreitet.»

«Die Zeitung hat aber auch das Interview mit Ihnen veröffentlicht», hielt Sebastian dagegen. «Sie hat Leitartikel, Kommentare ...»

«Müll bleibt Müll, selbst wenn man ihn hin und wieder in einem Leitartikel verpackt», unterbrach ihn der Mann und steckte die Hand in die Tasche. «Wie auch immer. Sie können ihn jedenfalls retten. Sie, der Sie ja offensichtlich so viel klüger sind als ich.»

Sebastian erwiderte nichts und fragte auch nicht, wie er Källman retten sollte.

«Kennen Sie das Spiel ‹Stück für Stück›?», fragte der Mann und faltete das Papier auf, das er in der Tasche hatte.

«Nein.»

«Es ist ein Fragespiel. Je mehr Hinweise man bekommt, desto weniger Punkte gibt es. Die Höchstzahl sind fünf Punkte, wenn man die Antwort sofort weiß. Bei einem weiteren Hinweis bekommt man vier, bei zweien drei, und für die leichteste Variante erhält man nur noch einen Punkt. Verstehen Sie?»

«Ja.»

«Glück gehabt.» Der Mann lächelte. «Sonst wären Sie nicht besonders schlau. Sie bekommen fünf Fragen – Stück für Stück. Welche Punktzahl können Sie maximal erreichen?»

«Fünfundzwanzig.»

«Gut. Ich habe den gleichen Test gemacht. Ohne zu schummeln, das verspreche ich. Wenn Ihr Resultat besser ausfällt als meins, dürfen Sie beide gehen. Wenn nicht ...»

Der Mann sah zu Källman hinüber, der wieder vergebens an seinen Fesseln zerrte, und jetzt klang es, als würde er durch den Stoffknebel hindurch schreien.

«Ich habe meine Ergebnisse auf die Rückseite seines Schildes geschrieben», erklärte der Mann und deutete mit der Hand, in der er das Blatt hielt, auf Källman, während er mit der anderen eine Stoppuhr aus der Tasche holte. «Sind Sie bereit? Nach jedem Hinweis bekommen Sie zwanzig Sekunden Bedenkzeit.»

Ein schiefes Grinsen unter der Maske, dann sah er auf das Blatt hinab.

«Erste Frage: Medizin. Eine Krankheit. Fünf Punkte: Eine Infektionskrankheit, die auch als Lyme Disease bezeichnet wird nach einer Epidemie in Old Lyme, USA, in den achtziger Jahren.»

Der Mann startete mit einem Klick die Stoppuhr. Sebastian sah ihn an. Er spürte, wie das Adrenalin durch seinen Körper schoss. Er wusste es. Diese Krankheit war in einem Frühherbst in Köln bei Sabine festgestellt worden, nachdem sie den Sommer in Schweden verbracht hatten. Der Arzt hatte Englisch mit ihm gesprochen und diese Bezeichnung verwendet.

«Borreliose!», schrie er fast.

Der Mann sah mit verwunderter und, wie Sebastian fand, missbilligender Miene von seinem Blatt auf.

«Richtig. Fünf Punkte. Nächste Frage. Botanik. Fünf Punkte: Die Moor-Birke und der gesuchte Baum mit der lateinischen Bezeichnung *populus tremula* waren die ersten Bäume, die nach der Eiszeit in Skandinavien wuchsen.»

Klick.

Botanik. Sebastian hatte keine Ahnung. Er wusste nichts über Bäume. Die Natur hatte ihn nie interessiert. Sie war einfach nur da, eine Kulisse hinter Zug- und Autofenstern. Er schwieg und hörte die Sekunden davonticken.

«Vier Punkte: Kann bis zu fünfundzwanzig Meter hoch werden und hat einen schmalen geraden Stamm mit grauer Rinde. Gehört nicht zu den waldbildenden Baumarten.»

Sebastian biss die Zähne zusammen. Er brauchte den Punkt. Aber diese Frage ... er hatte keinen blassen Schimmer. Die Birke und die Eiche waren die einzigen Bäume, die er kannte, und soweit er wusste, konnten beide einen Wald bilden. Er warf einen Blick zu Källman, der ihn mit schreckgeweiteten Augen ansah. Doch das half nicht weiter. Sebastian richtete die Aufmerksamkeit wieder auf den Mann, der gerade mit einem Klick die Stoppuhr anhielt.

«Drei Punkte: Die Blüten hängen in länglichen, flauschigen Kätzchen herab. Das robuste, weiße Holz wird unter anderem zur Papierverarbeitung verwendet ...»

«Das hat nichts mit Intelligenz zu tun!» Sebastian hob seine Stimme. Der Mann sah ihn ruhig und fragend an. «Das ist Allgemeinbildung. Wissen, das jeder auswendig lernen kann. Das hängt mit der Aneignung und dem Erinnerungsvermögen zusammen, nicht mit der Intelligenz. Selbst der dümmste Mensch der Welt könnte diese Frage beantworten!»

«Sie aber offenbar nicht», sagte der Mann und stellte die Stoppuhr auf null. «Zwei Punkte: ... sowie zur Herstellung von Streichhölzern. Die Blätter sind rundlich und haben einen langen, deutlich abgeplatteten Stil.»

Sebastian seufzte. Er wusste, aus welchem Holz Streichhölzer hergestellt wurden.

«Espe», sagte er leise.

«Richtig. Zwei Punkte. Insgesamt sieben. Nächste Frage. Geologie. Ein Edelstein. Fünf Punkte: Besteht aus dicht gepackten Schichten wasserhaltigen Siliziumdioxids.»

Sebastian schwieg erneut. Er wusste nicht, was wasserhaltiges Siliziumdioxid war. Källman reagierte auf sein Schweigen. Er schrie hinter seinem Knebel auf und warf Sebastian einen vorwurfsvollen Blick zu.

«Es ist nicht meine Schuld, dass Sie da sitzen», sagte er gestresst. «Ich gebe mir verdammt noch mal Mühe, Sie zu retten.»

Klick.

«Vier Punkte: Einige haben ein schönes Farbspiel. Große Abbaugebiete liegen in Australien und Tschechien.»

Sebastian glaubte sich zu erinnern, dass Opale aus Australien kamen. Hatte er nicht irgendeine Sendung darüber gesehen, in der Männer wie Kaninchen in Löcher in der Wüste krochen, um Opale zu finden? Doch, hatte er. Er war sich fast sicher.

«Opal», antwortete er und hielt den Atem an.

«Vier Punkte. Nächste Frage. Philosophie. Ein Denker. Fünf Punkte: Beschrieb den Menschen als Gesellschaftswesen in seinen Definitionen der ‹Mitmenschlichkeit› und ‹des goldenen Mittelwegs›.»

«Konfuzius», sagte Sebastian sofort. Zufrieden. Seine Philosophen konnte er. Hatte viele gelesen, lebte nach keinem. Mit einem kleinen Räuspern stellte der Mann die Stoppuhr auf null.

«Wieder fünf Punkte. Insgesamt sechzehn. Letzte Frage. Architektur. Ein Bauwerk. Fünf Punkte: Besteht aus mehreren Gebäuden, die sich unter anderem um den Löwenhof und den Myrtenhof gruppieren.»

Klick.

Das kam ihm doch bekannt vor. War er nicht sogar mit Lily dort gewesen? Vielleicht auch nicht. Er war nie besonders gern gereist, also sollte er sich doch an ihre wenigen Urlaube erinnern. Aber Löwenhof ... Irgendetwas blitzte in seinem Kopf auf, ein Gedanke, der jedoch zu flüchtig war, um ihn zu erhaschen.

«Vier Punkte: Die Bauherren tauften den Bau ‹der Rote›, was vermutlich auf die rote Farbe der Außenmauern zurückzuführen ist.»

Sebastian atmete durch. Er war tatsächlich mit Lily dort gewesen. Vor Sabines Geburt. Natürlich war die Idee von Lily gekommen. Ihm war es egal gewesen, wo sie hinfuhren, Hauptsache, er durfte bei ihr sein. Aber jetzt fiel es ihm ein.

«Alhambra.»

«Sechzehn plus vier macht zwanzig. Von fünfundzwanzig Möglichen. Nicht schlecht.»

Sebastian konnte unmöglich erkennen, ob der Mann enttäuscht oder zufrieden war. Weder seine Stimme noch seine Augen verrieten irgendetwas. Er wäre der ideale Moderator für irgendeine Quizsendung im Fernsehen, dachte Sebastian. Oder der perfekte Pokerspieler. Ein Gesicht aus Stein.

Jetzt ging der Mann zu Källman, der abwechselnd ihn und Sebastian ansah. Sein Blick ließ darauf schließen, dass er nicht glaubte, zwanzig Punkte würden ausreichen. Er wirkte panisch und warf sich so heftig zur Seite, dass der Stuhl beinahe umgefallen wäre, als der Mann näher kam und nach dem Schild griff, das um Källmans Hals hing. Mit einem Blick zu Sebastian drehte der Mann es um, damit Sebastian es lesen konnte.

Zwei schwarze Zweien.

Zweiundzwanzig.

Sebastian schloss die Augen und senkte den Kopf. Alle Energie entwich aus seinem Körper. Er hatte unter einem größeren Druck gestanden, als ihm bewusst gewesen war. Jetzt fühlte er sich vollkommen leer. Er hörte seinen eigenen Atem, kurz und stoßweise, als würde er gleich weinen.

Was sollte er tun?

Was konnte er tun?

Er hatte einen hohen Einsatz gewagt und mit einer Reaktion gerechnet. Aber er hatte den Gegner trotzdem unterschätzt, und jetzt musste ein anderer den Preis dafür bezahlen.

«Ausgerechnet Sie, die so viel klüger sind als ich ...», hörte er den Mann zufrieden sagen. Sebastian hob seinen Kopf langsam wieder und sah, wie der Mann zu einer Stofftasche ging, die neben der Wand auf dem Boden stand. Bisher hatte Sebastian sie nicht bemerkt.

«Das hat nichts mit Intelligenz zu tun ...», versuchte er es erneut. «Sie sind und bleiben ein Dinosaurier, der nicht begreift, dass er vom Aussterben bedroht ist.»

Im Prinzip konnte er jetzt alles sagen. Die Situation konnte gar nicht schlimmer werden.

«Aber ich habe jetzt die Presse auf meiner Seite. Die meine Botschaft verkündet.»

Sebastian gab ein trockenes, humorloses Lachen von sich.

«Gratuliere. Die Zeitungen sind die nächsten Dinosaurier, die aussterben werden.»

Der Mann nahm etwas aus der Tasche. Sebastian konnte nicht richtig erkennen, was es war, aber es war auf keinen Fall etwas Gutes, weil der Mann nun entschlossenen Schrittes damit auf Källman zuging.

«Ich habe recht, und das wissen Sie auch», rief Sebastian. Der Mann schien ihn nicht einmal zu hören. Källman schrie nun aus vollem Hals hinter seinem Knebel und versuchte verzweifelt, sich zu befreien. «Diese jungen Menschen sind so viel raffinierter als Sie. Sie haben die moderne Zeit verstanden, sich angepasst und entwickelt. Sie dagegen treten doch seit der Schule auf der Stelle.»

Der Mann ließ sich nicht provozieren. Källman unternahm einen letzten Versuch, seinem Schicksal zu entgehen, was aber nur dazu führte, dass er diesmal tatsächlich mit dem Stuhl umfiel und hart auf dem Boden aufschlug.

«Tun Sie es nicht!», flehte Sebastian, als der Mann Källman erreicht hatte, der jetzt auf der Seite lag und Sebastian mit Tränen in den Augen ansah.

«Tun Sie es nicht, ich bitte Sie! Ich habe mich getäuscht.

Ich werde an die Öffentlichkeit gehen und es zugeben. Ich werde Sie unterstützen. In den Medien. Ich verspreche es.»

Der Mann bedachte ihn erneut mit diesem schiefen kleinen Lächeln, das verriet, dass er Sebastian nicht eine Sekunde glaubte. Dann kniete er sich hin und setzte das Ding, das Sebastian für ein Bolzenschussgerät hielt, an Källmans Stirn und drückte ab.

Källman zuckte in einem heftigen Krampf zusammen und blieb anschließend reglos liegen. Seine Augen, die noch vor kurzem schreckgeweitet gewesen waren, erloschen und erstarrten.

Der Mann stand auf, klopfte sich mit den Händen die Knie ab und ging wieder zu der Tasche zurück. Sebastian bemerkte es kaum. Er konnte seinen Blick nicht von Källmans totem Körper abwenden, der sich vor seinen Augen aufzulösen schien. Schließlich verstand er, dass er weinte. Heiße Tränen strömten über seine Wangen.

Er blinzelte sie weg, als er das metallische Geräusch einer Tür hörte, die geöffnet wurde. Der Mann stand mit der Tasche in der Hand im Türrahmen. Er betrachtete erst den ganzen Raum, dann Sebastian und Källman und wieder den Raum, als wollte er sich diesen Anblick für immer einprägen. Anschließend nickte er vergnügt vor sich hin und ging hinaus.

Die Tür schlug schwer hinter ihm zu.

Sebastian blieb zurück. Er sah zu Källman hinüber. Ein kleines Rinnsal Blut rann von dem Loch in seiner Stirn auf den Boden hinunter und bildete eine rote Lache.

Der maskierte Mann hatte geschossen.

Aber es war Sebastian gewesen, der Källman getötet hatte.

hristian Saurunas' roter Volvo hielt sich an die vorgegebe-nen siebzig Stundenkilometer auf dem Frösundaleden. Wegen etwas so Banalem wie einer Geschwindigkeitsüber-schreitung wollte der Mann nicht gefasst werden.

Bisher war alles nach Plan verlaufen. Er war attackiert wor-den, hatte reagiert und gewonnen.

Sebastian Bergman irrte sich.

Natürlich ging es um Intelligenz. Es ging um den Willen und die Begabung, sich Information und Wissen anzueignen. In den verschiedenen Foren im Internet verstanden die Leute das inzwischen immer besser, und langsam, aber sicher folg-te auch die etablierte Presse seinem Ruf.

Nach Sebastian Bergmans Vorstoß hatte ein Leitartikel im *Svenska Dagbladet* das Thema in einer Spalte aufgegriffen. Natürlich verurteile man die Morde und die Gewalt und habe Mitgefühl mit den Opfern und ihren Familien, man wolle aber dennoch versuchen, die Frage auf einer anderen Ebene zu diskutieren. Von dem, was er tat, absehen und einmal das, was er sagte, diskutieren. Nur weil jemand grässliche und unverzeihliche Methoden benutzte, um seine Botschaft zu übermitteln, müsse die Botschaft an sich ja nicht falsch sein. Welche Vorbilder hob dieses Land eigentlich hervor in diesen Zeiten, in denen die schwedischen Schulen im internationa-len Vergleich hinterherhinkten, in denen die Unternehmen nur schwer Spitzenkräfte fanden und Schweden immer weni-ger konkurrenzfähig wurde?

Genau das hatte er erreichen wollen. Eine Diskussion anzustoßen, die Leute darauf aufmerksam zu machen, was um sie herum vor sich ging, sie aus ihrem Tiefschlaf zu wecken, damit sie die ganze Oberflächlichkeit durchschauten.

Das Wissen zurückerobern.

Er bog ab. Bald wäre er zu Hause. Zeit für ein bisschen Erholung und Entspannung, jedoch nicht zu lange. Er musste weitermachen. Früher, als er es eigentlich gewollt hatte. Aber diesmal konnte er Zeit und Ort ausnahmsweise nicht selbst bestimmen.

In der Ferne sah er eine Polizeistreife links in den Stråkvägen einbiegen. An und für sich war das nichts Ungewöhnliches, aber inzwischen achtete er mehr darauf, wie sich die Polizei in seiner Umgebung bewegte. Bisher hatte er dennoch ziemlich offen agiert, aber er wusste nicht, wie viel oder was die Polizei eigentlich wusste. TV4 hatte in seiner Morgensendung thematisiert, dass das Interview mit Bergman den Eindruck vermittelte, die Polizei wäre ziemlich verzweifelt, aber er konnte nicht einschätzen, ob das stimmte. Allerdings war das bei weitem nicht das Interessanteste an dieser Sendung gewesen. Richtig spannend wurde es, als eine Diskussionsteilnehmerin, eine Frau mit langem, hennarotem Haar, die David nicht kannte, kurz vor der Werbepause gefragt hatte: «Aber können wir nicht noch ein bisschen darüber sprechen, was dieser Mörder eigentlich sagt?», und die Moderatorin antwortete: «Doch, das können wir gern tun, aber nicht jetzt, denn jetzt machen wir erst einmal eine kleine Pause und sind gleich wieder für Sie da.»

Es folgten die Werbung sowie einige Programmvorschauen auf die Eigenproduktionen des Senders, und als sie wieder in das gemütliche Morgenstudio zurückkehrten, war die rothaarige Diskussionsteilnehmerin verschwunden, und es ging um ein neues Thema.

Jetzt sah er, wie das Polizeiauto noch einmal abbog.

In den Källbacken.

Seine Straße.

Natürlich konnte das ein Zufall sein, aber er wollte es genauer wissen, setzte den Blinker und fuhr der Streife nach. Jetzt war sie etwa dreißig Meter vor ihm und machte keine Anstalten abzubiegen.

Er wohnte ganz am Ende der Straße, wo sie in einen Fahrrad- und Fußweg mündete, der zu einem kleineren Park führte. Eine Sackgasse. Das Polizeiauto überquerte zwei Kreuzungen, jetzt kam nur noch eine Querstraße. Er bremste ab und fuhr an den Rand, während er dem Polizeiauto mit dem Blick folgte. Immerhin fuhr er in einem Wagen durch die Gegend, den sie zu diesem Zeitpunkt schon zur Fahndung ausgeschrieben haben dürften. Das Polizeiauto näherte sich dem Ekstigen, der letzten Möglichkeit, vom Källbacken abzubiegen. Aber es fuhr weiter geradeaus und parkte hinter einem zweiten Polizeiauto, das zusammen mit zwei Wagen vor seinem Haus stand, die mit Sicherheit nicht den Nachbarn gehörten. Zivilstreifen.

Vorsichtig setzte er einige Meter zurück, bog in den Björkvägen ab und beschleunigte ein wenig.

Sie wussten, wer er war.

Im Grunde war das wohl abzusehen gewesen. Aber wenn sie seine Identität kannten, war es nur noch eine Frage der Zeit, bis sie ihn verhafteten. Unterzutauchen war nämlich gar nicht so leicht, wie es in Film und Fernsehen dargestellt wurde. Es war beinahe unmöglich. Das wusste er, aber eigentlich änderte sich dadurch nicht viel. Es ging darum, das Beste aus der neuen Situation zu machen.

Er war schlau.

Er konnte sich anpassen.

Seine Zeit war jedoch begrenzt. Er konnte genauso gut gleich öffentlich machen, was passiert war. Die Botschaft, die Källmans Tod vermittelte, in die Welt hinausrufen.

Sie würde erst einmal Raum einnehmen und Reaktionen hervorrufen.

Er nahm sein Handy aus dem Fach zwischen den Vordersitzen und wählte die 112.

Nach einer kurzen Wartezeit meldete sich eine weibliche Stimme.

«Notrufzentrale – worum geht es?»

«Guten Tag, die Presse nennt mich Dokusoap-Mörder, und ich würde gern einen weiteren Mord melden.»

Als sie ihn fanden, war er in schlechter Verfassung.

Er wusste nicht, wie lange er hier gesessen hatte, allein mit dem toten Lennart Källman vor sich. Es kam ihm wie eine Ewigkeit vor. Nachdem seine Tränen versiegt waren, hatte ihn Panik überkommen. Er hatte sich eingebildet, dass er nie gefunden werden würde und den Rest seines Lebens mit diesem toten Mann verbringen müsste, dessen Blut unaufhörlich aus dem Loch in der Stirn sickerte. Mit letzter Kraft hatte er sich zu befreien versucht, was nur dazu geführt hatte, dass er ebenfalls das Gleichgewicht verloren hatte und auf die Seite gefallen war. Dort hatte er dann gelegen, festgezurrt, verschwitzt und erschöpft, bis er gehört hatte, wie die Türen geöffnet wurden.

Kurze Befehle und das Trampeln schwerer Stiefel auf dem Betonboden unterbrachen die Stille.

Die Männer vom Sondereinsatzkommando.

Er war wohl noch nie so froh gewesen, sie zu sehen.

Nachdem sie den Bereich gesichert hatten, befreiten sie ihn und führten ihn zu einem wartenden Rettungswagen. Draußen standen mehrere Polizeistreifen, und ein Stück entfernt konnte er Ursulas Auto sehen. Die Reichsmordkommission war vor Ort oder zumindest im Anmarsch. Er begriff, dass es jetzt noch schwerer sein würde, zu ihnen zurückzukehren, was auch immer seinen Rauswurf bewirkt haben mochte. Jetzt würden einige sicher sagen, dass das Blut des Chefredakteurs an seinen Händen klebte. Und diesem Vorwurf konnte er nur schwer widersprechen. Die SEK-Leute übergaben ihn

448

an einige grün gekleidete Sanitäter. Die Untersuchung war überflüssig, er wusste jetzt schon, dass er äußerlich unversehrt war. Innerlich hatte er jedoch einiges abbekommen. Mit diesem Schmerz würde er leben müssen. Lange. Er erhielt eine Decke und eine Flasche Wasser und wurde zu einem Polizeiauto geführt. Es war ein merkwürdiges Gefühl, den Ort des Verbrechens zu verlassen, aber die verantwortlichen Polizisten hatten strenge Anweisungen, ihn nach der medizinischen Untersuchung sofort nach Kronoberg zu bringen.

Jetzt saß er in einem der Verhörräume und wartete. Er war schon oft in diesem unpersönlichen Zimmer gewesen, hatte jedoch nie auf jemanden warten müssen. Nun waren die Rollen vertauscht, und er fühlte sich wie ein Verdächtiger, in die Decke gehüllt, mit seiner fast leeren Wasserflasche und der Angst als einzigen Begleitern.

Nach einer weiteren gefühlten Ewigkeit kamen Torkel und Billy herein. Beide begrüßten ihn knapp. Torkel professionell, aber sichtlich distanziert. Billy ein wenig freundlicher, jedoch ebenfalls zurückhaltend.

«Das war dieses Interview», sagte Torkel und fixierte Sebastian. «Hätte es nicht stattgefunden, wäre Källman noch am Leben.»

«Nein, er ist nicht gestorben, weil er das Interview genehmigt hat», widersprach Sebastian. Eigentlich war er zu müde, aber er hatte dennoch das Gefühl, sich verteidigen zu müssen. «Er ist gestorben, weil er nur Idiotie, Dummheit und Simplifizierung verbreitet hat.»

«Wie kannst du das wissen?»

«Weil er es gesagt hat. Der Mörder.»

«Die Tatsache, dass Källman am Tag nach der Veröffentlichung des Interviews starb, soll also reiner Zufall sein?» Torkels Misstrauen war nicht zu überhören.

«Ich weiß es nicht. Vielleicht hat es ihn in seiner Planung beeinflusst, aber es war nicht das Entscheidende.»

Sebastian sah Torkel an und hoffte, dass er ihn überzeugen konnte.

«Er wollte mich besiegen. *Ich* war wegen des Interviews da. Källman hätte er sowieso ausgewählt.»

Sebastian verstummte. Er wollte sich nicht weiter verteidigen. Hatte keine Kraft mehr.

Seine Vernunft sagte ihm, dass er recht hatte. Seine Gefühle sagten etwas ganz anderes.

Er hatte den Mörder gereizt. Ihn provoziert und herausgefordert. Aber als es darauf ankam, als ein anderes Leben in seinen Händen lag, hatte er versagt, und der andere war seinetwegen gestorben.

Vernunft und Gefühl.

Die Gefühle würden noch lange die Oberhand haben.

Torkel setzte sich. Er schien sich ein wenig beruhigt zu haben.

«Also, nehmen wir mal an, du hast recht.»

«Ich habe recht», erwiderte Sebastian.

«Hast du etwas gesehen, was uns helfen könnte?», fragte Torkel und überhörte Sebastians Einwurf.

Sebastian schüttelte den Kopf.

«Er war die ganze Zeit maskiert. Mit einer Sturmhaube. Aber ich glaube, seine Stimme würde ich wiedererkennen.»

«Wo hat er dich gekidnappt?», fragte Billy.

«Zu Hause. Mit irgendeinem chloroformähnlichen Mittel. Er hat an meiner Wohnungstür geklingelt.»

«Kann jemand von der Spurensicherung nachher einfach mit dir mitkommen, wenn wir hier fertig sind?»

«Ja, klar. Wissen wir denn inzwischen mehr? Ist seit gestern irgendetwas passiert?», fragte Sebastian.

Keiner antwortete, aber Billy schielte zu Torkel hinüber. Sebastian verstand, dass es etwas zu bedeuten hatte.

«Kam etwas dabei heraus, dass Olivia Johnson erst so kurzfristig wegen des Stipendiums informiert wurde?», fragte er vorsichtig.

Wieder keine Antwort. Es war ein mieses Gefühl, sich für den Tod eines Menschen verantwortlich fühlen zu müssen und gleichzeitig vollkommen aus dem Team ausgeschlossen zu werden.

«Könnt ihr denn nicht einfach sagen, ob etwas dabei herausgekommen ist? Ich muss erfahren, ob ihr ihn kriegt.»

«Das wird in den Zeitungen stehen, wenn es so weit ist», sagte Torkel, woraufhin Sebastian sich noch mehr wie ein Verdächtiger fühlte und nicht wie ein ehemaliger Kollege.

Er unternahm einen neuerlichen Versuch.

«Bitte», flehte er mit gebrochener Stimme. «Könnt ihr es mir nicht einfach erzählen? Ich muss es wissen.»

Torkels Blick wirkte nun etwas versöhnlicher.

«Ja, es hat uns weitergebracht. Wir haben einen Namen», sagte er schließlich.

«Den Namen des Mörders? Der mich gekidnappt hat?»

«Wir gehen davon aus.»

«Wie heißt er?»

«Das kann ich nicht sagen. Ich habe dir als Außenstehendem schon viel zu viel gesagt», schloss er und stand auf. «Melde dich, wenn dir noch etwas einfällt.»

Torkel ging auf die Tür zu. Sebastian nickte schwach. Zu gebrochen, um sich zu wehren. «Ich kümmere mich darum, dass dich jemand nach draußen begleitet», war das Letzte, was Sebastian von Torkel hörte, ehe die Tür zufiel.

So sollte sie also enden, seine Zeit bei der Reichsmordkommission. Er würde von einem Wärter hinausbegleitet werden.

Wie ein Verbrecher.
Oder ein Verbrechensopfer.
Er fühlte sich wie beides.

Torkel kam in sein Büro zurück.

Er musste sich einen Überblick verschaffen.

Vanja hatte die Aufgabe übernommen, Källmans Angehörige zu informieren, damit sie nicht über das Internet von seinem Tod erfuhren. Bei so vielen Polizisten und einem Sondereinsatzkommando vor Ort war es nur eine Frage der Zeit, ehe nach außen drang, wen man da tot auf dem Boden des verlassenen Industriegebäudes gefunden hatte.

Torkel wusste nicht, ob sie die Familie erreicht hatte, ging aber davon aus, dass sie sich melden würde, wenn es erledigt war. Billy nahm sich erneut Lagergrens Computer vor. Momentan war das ihre beste Chance, ihm eine Verbindung zu den Morden nachzuweisen. Bei einer ersten Durchsuchung hatte man nichts anderes in seiner Wohnung gefunden.

Torkel beugte sich über den Schreibtisch und nahm sich die gelben Post-it-Zettel vor, die Gunilla ihm geschrieben hatte. Sie ordnete sie stets nach Dringlichkeit – und nach Torkels Interesse. Die wichtigsten und interessantesten klebten oben, dann ging es abwärts bis zu den Nachrichten, über die sie ihn pflichtschuldig informierte, obwohl sie genau wusste, dass er diese Leute niemals zurückrufen würde.

Ganz oben lag eine Mitteilung von Ursula. «Bisher nichts Neues in Albano», stand dort in Gunillas klarer Handschrift. Torkel warf einen Blick auf die Uhr. Ursula hatte vor einer halben Stunde angerufen. Darunter lagen mehrere Bitten, verschiedene Journalisten zu kontaktieren. Torkel blätterte sie schnell durch, er nahm an, dass die meisten von ihnen ohnehin auf der Pressekonferenz auftauchen würden, die er so bald wie möglich halten musste. Er wollte nur sichergehen, dass Vanja zuerst Källmans Angehörige erreichte. Seine Vorfreude auf die Pressekonferenz hielt sich in Grenzen. Es würde chaotisch werden. Ein ermordeter Chefredakteur würde das mediale Schweden in Aufruhr versetzen. Und es würden mit Sicherheit Fragen darüber gestellt werden, ob es einen Zusammenhang zwischen dem Interview mit Sebastian und Källmans Tod gab.

Im schlimmsten Fall würden sie erfahren, dass Sebastian vor Ort gewesen war, als Källman starb, und wissen wollen, warum. Dass Sebastian Bergman nicht mehr für die Reichsmordkommission arbeitete, würde sicher als Schuldeingeständnis gewertet werden. Auch wenn Torkel alle Ermittlungsergebnisse offenlegte, würden sie glauben, dass er ihnen Informationen vorenthielte, um ihre Verwicklung in den Fall zu verbergen.

Es würde ein riesiges Affentheater geben.

Er blätterte weiter durch die Zettel und landete bei den drei letzten. Alle waren von Rosmarie Fredriksson, die ihn aufforderte, sich so schnell wie möglich zu melden. Torkel knüllte sie zusammen und warf sie in den Papierkorb.

Seine Gedanken kehrten zu der bevorstehenden Pressekonferenz zurück. Er musste entscheiden, ob sie ein Foto von Lagergren herausgaben oder nicht. Das wäre ungewöhnlich, insbesondere deshalb, weil sie bisher nur Indizien hatten, die ihn mit dem Mord in Verbindung brachten. Gleichzeitig könnte er der Presse gegenüber behaupten, dass die Reichsmordkommission lediglich mit ihm in Kontakt treten wolle, ohne dass er dringend tatverdächtig sei. Dass sie ihm einige Fragen im Zusammenhang mit den laufenden Ermittlungen stellen wollten, wie es so schön hieß. Wenn sich ergeben würde, dass Lagergren unschuldig war, wäre sein Leben dennoch für lange Zeit zerstört, aber es würde die Aufmerksamkeit ein wenig von den anstrengenden Fragen über Sebastian und Källman weglenken. Und sie brauchten wirklich Hilfe dabei, ihn zu finden, also war das Motiv nicht nur egoistisch.

Er kam nicht zu einer Entscheidung, denn das Telefon klingelte.

«Torkel Höglund», meldete er sich.

«Hallo, hier ist Vanna von der Rezeption», sagte eine Frauenstimme.

«Hallo», antwortete Torkel und versuchte, durch die Tür zu erspähen, wo Gunilla war und warum sie das Telefonat nicht angenommen hatte.

«Hier steht ein Mann namens David Lagergren», fuhr Vanna fort. «Er sagt, er wolle ein paar Morde gestehen.»

Torkel war buchstäblich sprachlos. Er fühlte sich, als wäre die Verbindung zwischen seinen Ohren und seinem Gehirn gekappt worden, und bekam kein Wort heraus. Durch den Hörer vernahm er, wie eine Männerstimme im Hintergrund etwas sagte.

«Sie würden ihn besser unter dem Namen Sven Cato kennen, meint er», wiederholte Vanna, und Torkel hörte, wie sie sich anstrengen musste, ruhig und neutral zu klingen. Er fand seine Stimme wieder.

«Sagen Sie ihm, dass er warten soll, ich komme nach unten», presste er hervor und legte auf.

Er blieb eine Sekunde sitzen und sammelte seine Gedanken, die sich wild überschlugen, ehe er aufstand, durch das Großraumbüro ging und Billy herbeirief.

«Lagergren ist an der Rezeption», sagte er, als Billy ihm entgegenkam.

«Was?!»

«In der Tat, er will gestehen», sagte Torkel.

«Das muss jemand sein, der sich einen Scherz mit uns erlaubt.»

«Keiner weiß, dass wir Lagergren suchen.»

Es dauerte einige Sekunden, bis Billy einsah, dass Torkel recht hatte. Lagergren war erst an diesem Morgen Teil ihrer Ermittlungen geworden. Niemand außerhalb des Teams wusste, dass sie ihn verdächtigten.

«Was kann ich tun?», fragte Billy alarmbereit.

«Ruf Strandberg an. Ich will in spätestens drei Minuten ein Team innerhalb der Sicherheitstüren haben. Und auch ein paar Leute vor dem Eingang.»

«Klar.»

«Sorg dafür, dass die Kollegen vor dem Eingang ein Bild von ihm bekommen», rief er Billy nach, der bereits aus dem Büro eilte.

Torkel atmete tief durch. Drei Minuten. Ihm blieben drei Minuten, um zu entscheiden, was er tun sollte. Hastig ging er im Kopf durch, was er über Lagergren wusste. Was wollte er mit seinem Auftauchen bezwecken? Welche Szenarien waren denkbar? Das Wohnmobil kam ihm in den Sinn. Und Saurunas. Lagergren konnte Bomben bauen. Teufel auch!

Torkel nahm den Hörer und wählte die Nummer der Rezeption. Vanna meldete sich sofort.

«Hallo, hier ist noch einmal Torkel Höglund. Hat der Mann, der mich sprechen wollte, eine Tasche bei sich?»

Im Hörer wurde es still. Torkel stellte sich vor, wie Vanna sich über den Tresen reckte, um einen Blick auf den Mann in dem großen Eingangsbereich zu werfen.

«Nein, hat er nicht», flüsterte sie dann.

«Wo ist er jetzt?»

«Er sitzt auf einer Bank rechts vom Eingang.»

«Gut, danke, ich komme gleich.»

Er legte auf. Keine Tasche. Das musste nicht heißen, dass er keinen Sprengstoff dabeihatte. Er konnte ihn auch unter der Kleidung tragen, aber Torkel konnte Vanna schlecht bitten, ihn zu durchsuchen. Sollte er das Haus räumen lassen? Deshalb konnte Lagergren trotzdem seine Bombe zünden, wenn er denn eine hatte. Oder eine Geisel nehmen. Oder ganz einfach im Tumult verschwinden.

Billy stürzte atemlos herein. Er war aufgeregt.

«Sie sind draußen und im Gebäude postiert», rief er. «Gehen wir?» Er warf Torkel ein Funkgerät zu. «Wir benutzen Kanal 4.»

Torkel nickte. Notfalls bestünde die Möglichkeit, den Rückzug anzutreten oder eine Räumung anzuordnen. Billy und er eilten mit schnellen Schritten aus dem Büro.

«Meldung», forderte er kurz, während Billy und er die Treppen hinabbrannten.

«Wir sind auf Position», hörte er Strandbergs Stimme im Funkgerät knistern. «Wir haben Sichtkontakt zum Objekt.»

«Sitzt er immer noch auf der Bank?»

«Ja. Rührt sich nicht von der Stelle.»

«Und du hast ein Team am Eingang?», fragte Torkel, um die Information noch einmal zu überprüfen.

«Korrekt.»

«Ich bin in einer Sekunde bei euch», schnaufte Torkel und versuchte, noch schneller zu laufen. Er spürte, wie sich sein Puls und sein Atem dramatisch beschleunigten.

Sie nahmen die letzten Stufen in großen Sprüngen und erreichten das Erdgeschoss. Torkel blieb stehen. Billy hielt ebenfalls inne und sah ihn fragend an.

«Was ist denn?»

«Nur eine Sekunde», sagte Torkel und verließ den kurzen Gang, der sie zu den Sicherheitstüren und zu Strandbergs Team geführt hätte. Billy schüttelte den Kopf und folgte ihm. Doch dann begriff er, wo Torkel hinwollte. Auf der anderen Seite des Gebäudes lag die Kontrollzentrale.

Torkel blieb vor der weißen Tür stehen, zog seine Schlüsselkarte durch das Lesegerät, gab seinen persönlichen Code ein und betrat den Raum. Darin saßen drei uniformierte Polizisten vor einer Wand mit Monitoren, die schwarz-weiße Bilder zeigten. Die Fassade, die Straßen ringsherum, die Auffahrt zum Untersuchungsgefängnis, den Personalparkplatz, die Einfahrt zum Parkhaus. Alle Aufnahmen waren ausgesprochen scharf, dafür, dass sie von Überwachungskameras stammten. Das System war neu und erst letztes Jahr installiert worden. Die drei Polizisten in den bequemen Bürostühlen drehten ihre Köpfe allesamt den beiden Besuchern zu, die da plötzlich hereinstürmten.

«Schalten Sie mal bitte auf die Kamera in der Rezeption», bat Torkel, sowie er den Raum betreten hatte.

«Welche davon, es gibt drei?», fragte einer der Uniformierten, während er sich zu der Schalttafel herabbeugte.

«Alle», antwortete Torkel knapp.

Einige Sekunden später deutete der Mann auf einen der Monitore, der nun in vier gleich große Quadrate aufgeteilt war. Drei davon waren mit den Aufnahmen aus dem Eingangsbereich ausgefüllt, das vierte blieb leer.

«Das da», sagte Torkel und zeigte auf das Fenster ganz links. Der Mann vergrößerte es per Knopfdruck, bis es den ganzen Bildschirm einnahm. Sie sahen einen Mann, der allein auf einer Bank vor den Glastüren zum Eingang saß. Vornübergebeugt, die Ellbogen auf den Knien, den Blick zu Boden gerichtet.

«Ist er das?», fragte Billy, obwohl er genau dasselbe sah wie Torkel.

«Schwer zu sagen, ich kann das Gesicht nicht erkennen», antwortete Torkel.

«Wonach suchen Sie denn?», fragte der Mann an der Schalttafel.

«Ob er eine Sprengladung am Körper trägt», antwortete Torkel, und es wurde mucksmäuschenstill im Raum.

Plötzlich bewegte Lagergren sich. Er richtete sich auf und streckte sich. Als er die Arme nach hinten reckte, spannte seine Jacke über dem Brustkorb. Alle im Raum beugten sich vor.

«Nichts, was herausragt», stellte der Mann an der Schalttafel fest, während Lagergren ein Gähnen unterdrückte und einen Blick auf seine Uhr warf. Er sah sich suchend im Eingangsbereich um. Torkel bekam das Gefühl, dass Lagergren nicht mehr lange warten würde. Er musste das Risiko eingehen.

Billy und er verließen den Raum. Torkel eilte zurück zur Sicherheitstür und zu Strandberg und seinem Team. Vier Uniformierte standen um Strandberg. Er schien ihnen ein letztes Briefing zu geben, unterbrach sich jedoch, als er den herbeistürmenden Ermittlungsleiter erblickte.

«Alles in Ordnung?», fragte Torkel ein wenig atemlos, als er die Männer erreicht hatte.

Strandberg nickte, trat auf ihn zu und hielt ihm eine schusssichere Weste hin.

«Ziehen Sie die sicherheitshalber an.»

«Danke.»

«Für Sie habe ich leider keine mehr», sagte er an Billy gerichtet.

«Dann bleibst du hier», bestimmte Torkel in einem Ton, der keinen Widerstand duldete, und zog sich die Weste über.

«Ist das wirklich der Dokusoap-Mörder?», fragte ein jüngerer Polizist mit einem runden, kindlichen Gesicht.

«Wir gehen davon aus. Also seien Sie vorsichtig», antwortete Torkel, während er seine Waffe zog.

«Dann also los», sagte Strandberg. Er drehte sich zur Tür, warf einen letzten Blick auf die anderen, um zu kontrollieren, ob alle auf Position waren, ehe er die Klinke herabdrückte und sich hastig nach links bewegte. Die anderen folgten ihm und verteilten sich mit gezogenen Waffen. Die Rezeption war so gut wie leer. Abgesehen von dem Mann auf der Bank und Vanna am Empfang saß am anderen Ende des Raums ein jüngeres Paar und bei dem Gestell mit den Broschüren rechts vom Tresen stand eine ältere Frau. Vanna duckte sich, als sie die herannahenden Polizisten sah. Das Paar kauerte sich eng aneinander und machte sich möglichst klein, und die ältere Dame wich mit einem erschrockenen Aufschrei und erhobenen Händen zurück.

Nur der Mann auf der Bank regte sich nicht. Er sah sie lediglich ungerührt an. Torkel richtete seine Pistole mit beiden Händen auf den Boden und trat, von den bewaffneten Polizisten gedeckt, ein paar Schritte auf den Sitzenden zu.

«David Lagergren?», fragte er knapp.

Der Mann sah ihn an, ohne zu antworten.

«Nehmen Sie die Hände hoch, damit wir sie sehen können», befahl Strandberg mit lauter Stimme von rechts.

Der Angesprochene drehte langsam seinen Kopf in Strandbergs Richtung und blickte dann wieder Torkel an, während er bedächtig beide Hände über den Kopf hob.

«Sie brauchen doch nicht so einen Aufwand zu betreiben. Ich bin hier, um mich zu stellen», sagte er lächelnd.

Er lächelte auf keinem der Fotos, die im Konferenzraum hingen, und das Lächeln sorgte dafür, dass er nicht mehr normal und alltäglich wirkte. Jetzt sah er unheimlich aus, registrierte Torkel.

Der Halbkreis der Polizisten rückte näher heran.

«Stehen Sie auf. Keine schnellen Bewegungen», kommandierte Strandberg. Der Mann nickte und erhob sich.

«Legen Sie sich auf den Boden», forderte Strandberg, nachdem der Mann aufgestanden war. Die Hände noch immer erhoben, ging er mühelos in die Knie und beugte sich vor, bis er auf dem Bauch lag und die Handflächen nach unten zeigten. Die Einsatzkräfte hatten ihre Pistolen auf Lagergren gerichtet, bereit, auf die kleinste Regung zu reagieren.

«Sind Sie David Lagergren?», fragte Torkel erneut, diesmal in barscherem Ton.

«Ja, und soweit ich weiß, haben Sie nach mir gesucht», antwortete Lagergren irritierend ruhig, während einer der beiden Polizisten das Knie auf seinen Rücken setzte und ein anderer an seinen ausgestreckten Händen zerrte, sie auf den Rücken bog und in Handschellen legte.

Torkel steckte seine Waffe ins Holster. Die Polizisten tasteten den auf dem Boden liegenden Mann ab. Torkel trat zu ihm.

«Was genau wollen Sie?», fragte er.

«Mich stellen», antwortete Lagergren. «Denn Sie haben doch nach mir gesucht? Oder täusche ich mich etwa?», fügte er hinzu.

Er lächelte erneut.

Diesmal sah er nicht nur unheimlich aus.

Er lächelte wie einer, der die Situation immer noch unter Kontrolle hatte.

David Lagergren saß am Tisch in dem kahlen Verhörzimmer, das in etwa so aussah, wie er es sich vorgestellt hatte. Ein einfacher Holztisch und ein Aufnahmegerät. Vier Stühle, ein gardinenloses Fenster mit gefrostetem Glas, drei Leuchtstoffröhren an der Decke. Kahle Wände und an einer Seite eine verspiegelte Glasscheibe. Lagergren war sich sicher, dass dies die echte Variante des Einwegspiegels war, den er schon in vielen amerikanischen Polizeifilmen gesehen hatte. Der uniformierte Beamte, der neben der Tür stand und ihn anstarrte, machte das Bild perfekt.

Er war noch nie verhört worden.

Abgesehen von Routinekontrollen am Straßenrand hatte er bisher noch gar nicht mit der Polizei zu tun gehabt.

Dass er nicht vorbestraft war, würde in den Zeitungen stehen, davon war er überzeugt. Es würde seine Position stärken. Mehr Leute dazu bringen, ihm zuzuhören.

Er war nicht kriminell. Das war wichtig. Er wusste ja, wie er selbst reagierte, wenn er von Menschen las, die Opfer eines schlimmen Verbrechens geworden waren, die man erschossen, erstochen oder misshandelt hatte.

«Das Opfer war der Polizei bekannt.»

Da sanken die Sympathien und das Mitgefühl auf der Stelle. Man wurde von dem Gefühl beschlichen, dass diese Person bekommen hatte, was sie verdiente. Eine Abrechnung, dachte man sich. Kriminelles Verhalten, das bestraft worden war.

Über ihn würde man anders denken.

Hoher Bildungsgrad, Festanstellung, keine Vorstrafen.

Jemand, mit dem man sympathisieren konnte.

Selbst wenn er eines Verbrechens verdächtigt wurde.

Die Tür wurde geöffnet, und zwei Personen betraten den Raum.

Den Kommissar erkannte er wieder. Es war derselbe Mann, der ihn auch an der Rezeption abgeholt hatte. Der Chef, ganz einfach. Die Frau, die ihn begleitete, hatte er dagegen noch nicht gesehen. Sie war fünfunddreißig, vielleicht auch jünger, denn sie wirkte müde und abgearbeitet, was sie womöglich älter aussehen ließ. Sie trug einen dicken Ordner unter dem Arm, in dem es vermutlich um ihn ging. Der uniformierte Polizist ging.

«Mein Name ist Torkel Höglund, und das ist Vanja Lithner», sagte der Chef, als die Tür ins Schloss gefallen war, und nickte in Richtung der jüngeren Kollegin. Eine vollkommen überflüssige Geste, denn jetzt befand sich keine andere Person mehr im Raum.

David lächelte sie an.

Sie nahmen ihm gegenüber Platz. Vanja legte den Ordner auf dem Tisch ab, während Torkel das Aufnahmegerät anschaltete. Er sprach das Datum des Tages hinein, nannte die anwesenden Personen und fragte Lagergren, ob er wirklich auf einen juristischen Beistand während der Befragung verzichten wolle.

David nickte.

«Bitte antworten Sie laut, damit wir Ihre Antwort aufzeichnen können», sagte Torkel. «Wollen Sie tatsächlich auf einen Rechtsbeistand verzichten?»

David beugte sich ein wenig zu dem Aufnahmegerät hinüber.

«Ja.»

«Sie brauchen sich nicht zu verrenken. Das Mikrophon

nimmt alles auf, was in diesem Raum gesagt wird. Reden Sie einfach normal.»

David nickte erneut und blickte zu Vanja, die jetzt den Ordner öffnete. Er konnte einige Bilder, Karten, Protokolle und sonstige Ausdrucke erahnen, als sie das Material durchblätterte und es in kleine Stapel aufteilte, die sie wie einen Fächer ausbreitete. Ihr Blick schien bei einem Foto zu verharren, das jetzt vor ihr auf dem Tisch lag. David sah es an. Patricia Andrén. Es kam ihm wie eine Ewigkeit vor, dass er sie angerufen und um ein Interview gebeten hatte.

Sie hatte sich so gefreut.

Schien ein prima Mädchen zu sein. Voller Energie. Positiv eingestellt. Gestärkt von dem, was sie durchgemacht hatte. Sie war fest entschlossen, anderen zu helfen, die Gewalt in der Beziehung ausgesetzt waren so wie sie selbst einmal, und wollte ihrem Sohn ein besseres Leben ermöglichen.

«Sollen wir mit ihr anfangen?», fragte Vanja und schob das Bild ein wenig näher zu ihm hin.

Er hob den Blick und sah sie an.

«Wissen Sie, wer das ist?», fragte Vanja.

David antwortete noch immer nicht. Vanja legte den Zeigefinger auf das Foto und klopfte ein paarmal darauf, als hätte er nicht verstanden, worauf sie hinauswollte.

«Ich rede nur mit Sebastian Bergman», sagte er nach einer Weile klar und deutlich.

«Sebastian Bergman arbeitet nicht mehr hier», erwiderte Torkel knapp.

«Wissen Sie, wer das ist?», wiederholte Vanja stur und klopfte erneut auf das Foto.

«Ich rede nur mit Sebastian Bergman.»

David Lagergren registrierte, wie sehr Vanja die Antwort ärgerte. Ihre Augen verdunkelten sich. Er vermutete, dass auch Torkel Höglund irritiert war, aber er konnte es besser verbergen.

«Das wird nicht passieren», fauchte Vanja. «Sie reden mit uns.»

«Nein, ich rede nur mit Sebastian Bergman.»

Torkel überlegte einen Moment, dann schaltete er das Aufnahmegerät aus. Anschließend sah er einen Moment in die Ferne, ehe er sich mit einem tiefen Seufzer an seine Kollegin wandte.

«Können wir kurz reden ...?»

Vanja stand wortlos auf und stapfte mit wütenden Schritten zur Tür.

«Wir sind gleich zurück», sagte Torkel, ehe auch er den Raum verließ. Kurz darauf kehrte der Uniformierte zurück und ging neben der Tür in Position.

David versuchte sich erneut an einem Lächeln.

Es wurde nicht erwidert.

Als Torkel aus dem Verhörzimmer kam, lehnte Vanja mit verschränkten Armen an der Wand im Flur. Er wartete, bis der uniformierte Kollege im Raum verschwunden war, ehe er zu ihr ging. Aber er unterdrückte den Impuls, seine Hand auf ihre Schulter zu legen, weil er das Gefühl hatte, sie würde sie nur wieder abschütteln.

«Ich weiß, was du sagen willst», kam sie ihm zuvor.

«Wir müssen ihn zum Reden bringen», erklärte Torkel beschwichtigend.

«Wir versuchen es doch erst seit höchstens zwei Minuten!»

«Glaubst du, er wird seine Meinung ändern?»

Vanja antwortete nicht sofort. Sie presste die Lippen zusammen und die Arme noch fester vor die Brust. Nein, David Lagergren würde seine Meinung nicht ändern, dessen war sie sich ziemlich sicher. Sein Psychogramm sprach dagegen. Sebastian Bergman hatte ihn herausgefordert, gekränkt, erniedrigt, alles Mögliche. Es lag auf der Hand, dass Lagergren nur mit ihm sprechen wollte.

Dass er sich wieder mit ihm messen wollte.

Gewinnen wollte.

Wenn sie Torkels Frage mit Ja beantwortete, würde er wissen, dass sie log. Wenn sie mit Nein antwortete, würde Torkel Sebastian zurückholen.

«Ich weiß es nicht», wurde schließlich daraus. Sie wollte ihm nicht dabei helfen, die Entscheidung zu treffen, von der sie insgeheim wusste, dass er sie treffen musste.

«Ich bin gezwungen, Sebastian wieder dazuzuholen», sagte er sanft, und diesmal legte er die Hand auf ihre Schulter. Sie ließ ihn gewähren. «Ich habe keine andere Wahl, Vanja.»

Sie nickte verbissen. Natürlich. Dort drinnen saß ein Serienmörder. Der schlimmste, der ihnen je begegnet war. Einer, dem noch dazu das Kunststück gelang, medienwirksam aufzutreten und damit nicht wenige verwirrte Anhänger für sich zu gewinnen. Torkel war gezwungen, diesen Fall rasch zu lösen. Eine Verurteilung vorzubereiten. Sie konnten sich keine Fehler leisten. Und auch nicht auf persönliche Befindlichkeiten Rücksicht nehmen.

Sie verstand das.

Er hatte wirklich keine Wahl.

«Ich aber schon», erwiderte sie und sah ihm ernst in die Augen, ehe sie den Kopf hob und den Korridor entlangging.

«Vanja ...» Sie hörte seine Stimme, aber keine Schritte. Also lief er ihr nicht nach. «Vanja, geh doch nicht einfach so. Bleib stehen, damit wir wenigstens darüber reden können.»

Sie schüttelte den Kopf. Wenn sie umkehrte, würde es ihm nur gelingen, sie zu überreden.

Also ging sie weiter.

Die Türen glitten beiseite, und sie trat unter das große Glasdach im Eingangsbereich. Sie blieb stehen, holte mehrmals tief Luft und spürte, wie ihre Schultermuskeln ein wenig entspannten. Kurz überlegte sie, ob sie einfach die Straße überqueren und sich eine Weile in den Kronobergspark setzen sollte. Das schöne Wetter genießen. Dazu einen Kaffee und ein Teilchen vom Café an der Ecke. Bei dem Gedanken musste sie grinsen. Eine Kaffeepause im Park ... Sie hatte gerade die Reichsmordkommission verlassen, aber deshalb noch lange keine Persönlichkeitsveränderung durchlaufen.

Also ging sie zur U-Bahn-Station.

Hätte sie an das Schicksal geglaubt, wäre dies ein Beweis dafür gewesen. Ihr Beschluss, für immer mit Sebastian zu brechen, hatte dazu geführt, dass ihre bislang schwerste Entscheidung – Torkels Team zu verlassen – von jemand anderem getroffen worden war. Zufälle hatten dafür gesorgt, dass alle Puzzleteile einen Sinn ergaben, und Vanja in ein Leben gestoßen, in dem ihr alle Möglichkeiten offenstanden. Weil sie so strukturiert und methodisch orientiert war, erschreckte sie das ein wenig. Sie wusste nicht, was sie an diesem Nachmittag tun sollte und noch viel weniger morgen. Und am Tag danach. Ein Teil von ihr wollte am liebsten umdrehen, zurückgehen und an dem Fall weiterarbeiten.

Ihn abschließen. Das tun, worin sie gut war.

Ein fleißiges Mädchen sein.

Ein anderer Teil von ihr genoss jedoch das Freiheitsgefühl, das sie schon seit vielen, vielen Jahren nicht mehr empfunden hatte. Vielleicht sogar noch nie. Sie war immer schon dieses fleißige Mädchen gewesen. Das musste jetzt aufhören. Ab sofort würde sie sich nur noch um sich selbst kümmern.

Das Gefühl, dass alles möglich war, begleitete sie auch noch, als sie an der Station Gärdet ausstieg. Ihr Aufgang lag direkt vor ihr. Es waren fünf Minuten Fußweg zu ihrer Wohnung, wenn sie den Tunnel verlassen hatte.

Sie hielt inne.

Was erwartete sie dort eigentlich?

Ihre Wohnung hatte sich im Gegensatz zu allem anderen nicht verändert. Sie würde sich ganz sicher immer noch eingesperrt und rastlos führen, und das wollte sie nicht. Nicht heute. Nicht, wenn alles möglich war. Sie drehte sich um. Der gegenüberliegende Aufgang führte zur Brantingsgatan.

Dort befand sich der Firmensitz von Coldoc.

Und dort arbeitete Jonathan.

Oben auf der Straße ging sie zum ersten gelben Haus auf der linken Seite. Es war die Nummer 44. Sie drückte die Klingel der Coldoc AG, und schon nach wenigen Sekunden summte das Türschloss.

Im dritten Stock stand sie vor einem Eingang, der wie eine normale Wohnungstür aussah und es sicher auch einmal gewesen war. Jetzt lag dahinter eine großzügige Rezeption. Sie sah noch so aus, wie Vanja sie in Erinnerung hatte. Zwei schwarze Ledersofas in der einen Ecke, dazwischen ein bunter Teppich mit einem niedrigen Glastisch. Darauf dicke Hochglanzmagazine, die ordentlich nebeneinander aufgereiht lagen. In einer Ecke rankte eine große grüne Pflanze an einem Spalier empor, und an den Wänden hingen Fotos, die allesamt aussahen, als wären sie in New York aufgenommen worden.

Ein junges Mädchen mit braunen Haaren saß hinter einer

leicht geschwungenen Empfangstheke und hieß sie mit einem Lächeln willkommen.

«Ich würde gern mit Jonathan Bäck sprechen», sagte Vanja und lächelte ebenfalls.

«Weiß er, dass Sie kommen?»

«Nein. Vanja heiße ich. Vanja Lithner.»

Das Mädchen griff zum Hörer und wählte eine Kurzwahl. Er meldete sich sofort.

«Hier ist der Empfang. Du hast Besuch.» Sie warf Vanja einen Blick zu. «Eine Vanja Lithner.»

Das Mädchen lauschte, sagte kurz «Prima» und legte auf.

«Er kommt gleich. Sie können so lange hier Platz nehmen.» Sie zeigte auf die Sofas, und Vanja ließ sich nieder. Während sie wartete, holten die Gedanken sie ein. Ob das eine so gute Idee war? Seit dem Moment, als sie aus der U-Bahn gestiegen war, bis zu ihrer Ankunft bei Coldoc war sie wie ferngesteuert gewesen. Schließlich war dies der Tag der wichtigen Entscheidungen. Jetzt wurde sie plötzlich unsicher. Bei ihrem gemeinsamen Restaurantbesuch hatte Jonathan sich ziemlich deutlich ausgedrückt. Aber noch ehe sie darüber nachdenken konnte, ob sie lieber wieder gehen sollte, kam Jonathan an die Rezeption. Er lächelte breit. Immerhin schien es ihn zu freuen, sie zu sehen.

«Hallo! Kommst du mich besuchen?»

Er ging zu ihr und umarmte sie.

«Ja. Hast du gerade viel zu tun?»

«Nicht so viel, dass ich nicht für dich Zeit hätte.»

Er drehte sich um, bedeutete ihr, ihm zu folgen, und ging voran zu seinem Büro.

«Willst du einen Kaffee oder so?», fragte er, als sie an der Teeküche vorbeikamen.

«Nein danke.»

«Ich dachte, du könntest dich gerade vor Arbeit nicht retten.» Er bog im Flur nach links ab. Anscheinend hatte er das Büro gewechselt, seit sie das letzte Mal hier gewesen war. «Ich habe im Internet gelesen, dass ihr diesen Dokusoap-Mörder gefasst habt.»

«Ja, aber ... nein, ich arbeite gerade nicht.»

«Hier ist es.»

Er trat beiseite und ließ sie in sein Büro. Es war größer als sein früheres. Was nicht viel zu bedeuten hatte, denn selbst eine durchschnittliche Abstellkammer war größer als sein altes Büro. Der Schreibtisch war unordentlich, und im Regal dahinter entdeckte Vanja zu ihrer Freude auf einem Ehrenplatz die unglaublich kitschige Madonnenfigur, die sie einmal in Italien für ihn gekauft hatte. Jonathan schloss die Tür und bot ihr einen Platz auf dem einzigen Stuhl an, den es abgesehen von seinem Bürostuhl noch gab. Sie musste erst einen Stapel Papiere wegräumen, ehe sie sich setzen konnte.

«Weshalb bist du gekommen?», fragte Jonathan, als er ebenfalls Platz genommen hatte.

«Ich habe über das nachgedacht, was du gesagt hast», begann sie.

«Okay ...»

«Darüber, dass du vielleicht nur jemand bist, den ich jetzt gerade brauche. Und dass ich vielleicht gar nicht ernsthaft mit dir zusammen sein will.»

«Ja.»

Täuschte sie sich, oder wirkte Jonathan ein wenig unangenehm berührt? Wieder kam ihr der Gedanke, ob es vernünftig gewesen war hierherzukommen, aber jetzt war es zu spät. Sie konnte genauso gut das loswerden, was sie auf dem Herzen hatte, denn sie musste seine Antwort wissen.

«Erinnerst du dich daran, wie ich gesagt habe, dass Sebastian mein Vater ist und ...» Sie zögerte. Sie musste den ganzen Hintergrund streichen und auf das Wesentliche setzen. Also holte sie tief Luft und sah ihn ehrlich an.

«Ich muss weg von alldem. Wahrscheinlich auch weg von der Polizei. Ich habe immer nur meine Familie und meine Arbeit gehabt, und deshalb brauche ich jetzt etwas Neues, etwas, worauf ich bauen kann und das mein Grund wird, mein Fundament ...»

Wenn Jonathan anfangs ein wenig unangenehm berührt ausgesehen hatte, wirkte er jetzt geradezu panisch. Na gut, es waren ja auch große Worte gewesen. Die Exfreundin taucht am Arbeitsplatz auf und redet von einem Fundament – sie hatte eindeutig übertrieben. Doch auch daran ließ sich nun nichts mehr ändern.

«Und ich möchte, dass du das bist», schloss sie und sah ihn direkt an.

Jonathan lehnte sich auf dem Stuhl zurück und atmete aus.

«Wow.»

«Verstehst du, was ich meine?», fragte Vanja in dem Versuch, diesen großen Worten den Schrecken zu nehmen. «Es ist mir ernst. Wir sind mir ernst.»

Jonathan schien nach wie vor seine Zweifel zu haben. Vanja spürte, wie sich ihr Magen zusammenkrampfte. Es würde nicht funktionieren. Er würde nein sagen. Aber Angriff war die beste Verteidigung.

«Was ist, willst du etwa nicht?»

«Doch ...»

«Glaubst du mir nicht?»

«Doch ...»

«Was ist es dann?»

Er reagierte mit Schweigen. Vanja stellte fest, dass sie auf dem Stuhl nach vorn gerutscht war. Sie war angespannt. Auf dem Sprung. Zu ihm hin oder von ihm weg.

«Es ist kompliziert», sagte er schließlich und beugte sich über den Schreibtisch zu ihr hin. «Ich muss es Susanna sagen. Zum zweiten Mal. Und das habe ich nicht vor. Nicht, wenn ich mir nicht ganz sicher bin.»

«Aber ich bin mir jetzt sicher», entfuhr es ihr. «Ganz sicher. Ich kann natürlich nicht versprechen, dass wir unseren Lebensabend zusammen verbringen. Aber die Zeit jetzt. Das verspreche ich dir. Reicht das denn nicht?»

Jonathan schwieg erneut. Sie verstand ihn, denn es war keine leichte Entscheidung, die man von jetzt auf gleich traf, aber sie hoffte trotzdem, dass er es tun würde. Ihr zuliebe. Er antwortete erst mit einem kurzen Nicken.

«Doch, das reicht.»

Vanja atmete erleichtert aus und erhob sich. Was würde jetzt passieren? Jonathan nahm ihr die Entscheidung ab, indem er um den Schreibtisch herumging und sie küsste. Sie erwiderte den Kuss. Sie hatte seine Lippen vermisst. Die so zart waren. Er konnte so gut küssen. Seine Zunge erkundete ihren Mund, während er sie fester an sich drückte. Sie fuhr ihm mit der Hand durchs Haar und spürte, wie sie heftiger atmete, als er ihre Brust berührte. Sie beendete den Kuss, drückte sich an ihn und legte ihre Wange an die seine.

«Musst du noch arbeiten?», flüsterte sie ihm ins Ohr. Ihre Worte brachen den Zauber. Jonathan trat einen kleinen Schritt zurück. Offenbar wurde ihm plötzlich bewusst, dass er gerade wild knutschend in einem Büro mit Glastüren stand, obendrein mit einer Frau, die nicht seine aktuelle Freundin war.

«Noch schlimmer», sagte er, und sie spürte, wie seine Hand über ihre Taille und ihre Hüfte strich, ehe er sie zurückzog. «Heute Abend findet ein Event der Post- und Telekommunikationsdirektion statt, das ich vorbereiten muss – und dann auch noch selbst hingehen.»

«Die Post- und Telekommunikationsdirektion schlägt Sex mit mir?», fragte sie und tat verletzt.

«Leider muss es so sein», sagte er nickend. «Aber komm doch einfach mit. Ich muss dort nur eine Stunde bleiben, höchstens anderthalb. Und anschließend ... Tja, sieh es doch einfach als Vorspiel», scherzte er.

«Ich war kurz in Versuchung, bis du das mit dem Vorspiel gesagt hast», gab sie lachend zurück.

«Dann vergiss es und komm einfach so mit.»

Vanja nickte und unterdrückte den Impuls, schon wieder mit der Hand durch diese tollen Haare zu fahren. Dafür wäre später immer noch genug Zeit.

«Wann und wo?»

«Um sieben im Waterfront. Komm doch um kurz nach sechs wieder her, dann können wir zusammen hinfahren.»

Er beugte sich vor und gab ihr einen sanften Kuss. «Aber jetzt muss ich arbeiten.»

Noch ein Kuss. Ein kurzes «bis gleich», und dann verließ sie die Firma.

Mit einem großartigen Gefühl. Sie hatte es geschafft. Noch ein Puzzleteil hatte seinen Platz gefunden, und sie sah es vor sich.

Das neue Leben.

Sebastian hatte in seinem Leben nicht viele Menschen gehasst.

Zahlreiche konnte er nicht ausstehen, etliche ärgerten ihn, aber denjenigen, die ihn so sehr provozierten, dass er sie zu hassen begann, ging er aus dem Weg. Traf sie nicht mehr und strich sie aus seinem Leben, sodass er keine Zeit und Energie mehr darauf verschwenden musste, sie aktiv zu hassen.

David Lagergren aber hasste er.

Er hasste ihn für das, was er seinetwegen hatte mit ansehen müssen.

Und er wollte ihm nie wieder begegnen.

Aber er war dazu gezwungen. Lagergren wollte mit niemand anderem reden, und sie konnten ihn nur durch Verhöre überführen. Torkel hatte gesagt, dass sie keinerlei technische Beweise gegen ihn hätten, obwohl sie in seiner Wohnung gewesen seien und Telefone und Computer beschlagnahmt hätten, sowohl bei ihm zu Hause als auch an seinem Arbeitsplatz. Vielleicht würde sich ja noch etwas ergeben, wenn Billy alles durchsucht habe, aber bisher hätten sie nur Indizien.

Also war er gezwungen, seinen persönlichen Widerwillen zu überwinden und professionell zu handeln.

«Bist du bereit?»

Sebastian hob den Kopf. Torkel stand in der Tür zur Teeküche. Sebastian blickte auf seine unangetastete Kaffeetasse und nickte. So bereit, wie es eben ging.

«Ist Vanja gar nicht hier?», fragte er beiläufig, als sie durch das Großraumbüro gingen und er den Blick über seine vertraute Umgebung schweifen ließ.

«Nein.»

«Oder will sie mir nur nicht über den Weg laufen?»

«Sie ist nicht hier.»

«Weil ich hier bin?»

Torkel antwortete nicht, sondern ging weiter vor Sebastian den Flur entlang und auf den Verhörraum zu.

«Sie hat dir gesagt, dass du mich feuern sollst, oder?», fragte Sebastian, als sie fast angekommen waren. Er wollte unbedingt eine Bestätigung für das bekommen, was er eigentlich längst wusste.

«Nimm den hier», sagte Torkel und reichte Sebastian einen winzigen Empfänger. «Ich sitze nebenan und helfe dir, wenn du genauere Informationen über die Ermittlung brauchst.»

Sebastian nahm den kleinen Stöpsel und steckte ihn sich ins Ohr.

«Viel Glück.»

Torkel verschwand im Konferenzraum, der an das Verhörzimmer grenzte. Sebastian ging zu der graublauen Tür nebenan.

Dahinter saß der Dokusoap-Mörder.

David Lagergren.

Jener Mann, der dafür gesorgt hatte, dass Sebastian die Mitschuld an einem Mord traf.

Sebastian atmete tief ein. Und aus. Und wieder ein. Er bekam seine Gefühle unter Kontrolle und konzentrierte sich darauf, möglichst lässig und selbstbewusst die Tür zu öffnen. Dann trat er ein und nickte dem uniformierten Polizisten zu, der sofort den Raum verließ. Auf dem Weg zum Tisch warf er einen kurzen Blick auf die verspiegelte Scheibe, als wollte

476

er sich Torkels Beistand vergewissern. Er setzte sich und hob den Kopf. Erst jetzt wurde ihm bewusst, dass er dem Blick des Mannes bisher ausgewichen war. Vermutlich war das ein Fehler gewesen. Er musste darum kämpfen, ruhig zu bleiben, als sich ihre Blicke trafen.

Er war es.

Sebastian erkannte die Augen wieder. Die Lippen im Mundschlitz der Maske.

Er würde sie nie vergessen.

Sein Mund wurde trocken. Er wollte das Gespräch nicht beginnen. Zum einen hätte ihn das in eine unterlegene Position gebracht, und zum anderen wusste er nicht, ob seine Stimme tragen würde.

«Ich bereue es», sagte Lagergren, nachdem sie eine halbe Minute geschwiegen hatten.

«Das kümmert mich nicht, ich bin schließlich kein Priester», erwiderte Sebastian und entdeckte zu seiner Erleichterung, dass seine Stimme so unnachgiebig klang, wie er gehofft hatte. Anschließend schwieg er erneut. Er hatte nicht vor, das Gespräch voranzutreiben. Nicht, ehe er wusste, was sein Gegner bezweckte. Er war fest entschlossen, Lagergren nichts zu schenken.

«Ich bereue, dass ich hergekommen bin und die Schuld für diese Morde auf mich genommen habe, die ich gar nicht begangen habe», sagte Lagergren und klang tatsächlich so, als würde er das aufrichtig bedauern. Sebastian wurde bewusst, dass man ihm seine Verwunderung ansah. Das Ganze nahm eine unerwartete Wendung.

«Sie haben diese Menschen also nicht ermordet?»

«Nein.»

«Warum haben Sie dann gesagt, Sie wären Sven Cato und wollten die Morde gestehen?»

«Keine Ahnung», antwortete Lagergren und zuckte die Achseln. «Was glauben Sie? Ein Anflug von Wahnsinn?»

Plötzlich verstand Sebastian, was der Mann ihm gegenüber wollte. Ein neues Spiel spielen. Sebastian noch einmal herausfordern. Ihn aktiv in einen Prozess verwickeln, der schlimmstenfalls damit enden würde, dass sie ihn freilassen mussten.

Es war ein wagemutiges Spiel.

Um es einzugehen, musste Lagergren sicher sein, dass es keine Beweise gegen ihn gab. Dass er keine Spuren hinterlassen hatte. Widerwillig musste Sebastian sich eingestehen, dass der Mann auf der anderen Seite des Tisches gute Chancen auf den Sieg hatte. Er wusste garantiert, dass sie ihn ohne Beweise nicht länger als zweiundsiebzig Stunden in Untersuchungshaft nehmen konnten. Drei Tage Katz-und-Maus-Spiel. Er wollte seinen überlegenen Intellekt mit Sebastians messen, um ihn zu schlagen und triumphierend als freier Mann zu gehen.

«Wen wollen Sie täuschen?», fragte Sebastian verächtlich und fest entschlossen, nicht mitzuspielen. «Ich erkenne Sie wieder.»

«Tun Sie das?»

«Ja.»

«Woher? Ich kann mich nicht erinnern, Sie je getroffen zu haben.»

«Doch, als Sie Källman getötet haben.»

«Ich weiß nicht, wovon Sie reden. Sie müssen mich verwechseln. War ich es wirklich? Haben Sie mich gesehen? Haben Sie mein Gesicht gesehen?»

«Ich erkenne Ihre Stimme wieder.»

«Und wenn es so wäre – hätte das vor Gericht Bestand?» Lagergren täuschte echte Neugier vor. Jetzt verstand Sebastian, warum die Opfer während des Tests im Wohnmobil eine

478

Augenbinde hatten tragen müssen. Wenn sie bestanden hätten und freigelassen worden wären, hätte Lagergren im Nachhinein behaupten können, dass er zwar mit diesen jungen Menschen zusammen im Restaurant gewesen sei, mit allem, was danach passierte, jedoch nichts zu tun gehabt hätte. Hatten sie ihn denn tatsächlich während des Tests gesehen? Ebba hatte Pech gehabt. Sie war mit ihrer Schwester zusammen gewesen. Wäre sie allein gewesen, hätte sie ihr Augenlicht sicher behalten dürfen.

«Warum wollen Sie mit mir sprechen?»

«Ich muss krank sein, wenn ich Morde auf mich nehme, die ich nicht begangen habe. Oder?»

Lagergren lächelte ihn an. Sebastian hatte allmählich genug. Diese Sache führte zu nichts. Mit einer direkten Konfrontation ließ sich nichts erreichen. Es war besser, wenn er mitspielte, aber zunächst musste er den Spielplan auf den Kopf stellen.

Angriff musste Verteidigung werden. Verteidigung Angriff.

Welche Informationen hatte er über Lagergren? Er war ein Akademiker, der meinte, dass Wissen nicht genug gewürdigt wurde. Der den Wert eines Menschen an dessen Allgemeinbildung maß.

Uninteressant.

Das beschrieb, was er dachte, aber nicht, wer er war. Was bewegte ihn? Was hatte er gesagt, bevor er Källman getötet hatte? Dass er die Presse auf seiner Seite habe. Und seine Botschaft verbreiten könne.

Darauf schien er stolz zu sein.

Dass er gehört wurde. Beachtet.

Das Interview mit Weber war eher ein Manifest gewesen als ein Gespräch.

So etwas konnte Sebastian nutzen. Lagergren legte eine gewisse Hybris an den Tag. Und bisher war ihm alles in die Hände gespielt worden.

Sebastian spürte, wie seine Energie zurückkehrte. Darin war er gut. Am besten. Er freute sich fast auf die Revanche. Den Sieg.

«Schade», sagte er knapp und sah mäßig besorgt aus, während er ein wenig resigniert den Kopf schüttelte.

«Was ist schade?», fragte Lagergren. Sebastian sah ihn an, überlegte, welchen Köder er verwenden sollte, traf die Entscheidung und warf seine Angel aus.

«Dass Sie es nicht waren.» Er beugte sich vor, die Ellenbogen auf der Tischplatte, das Kinn ruhte auf seinen verschränkten Händen. «Kennen Sie Edward Hinde?»

«Ich weiß, wer das ist.»

«Und warum wissen Sie, wer das ist?» Seine Betonung machte klar, dass dies eine rhetorische Frage war. «Weil ich Bücher über ihn geschrieben habe – erfolgreiche Bücher. Vorträge über ihn gehalten. Vorlesungen. Ihn im Bewusstsein der Menschen lebendig gehalten habe.»

Sebastian machte eine Pause und studierte den Mann. Ob er durchschaute, was gerade passierte? Was Sebastian vorhatte? Schwer zu sagen. Am besten, er redete gleich weiter.

«Angenommen, Sie hätten diese Menschen ermordet», fuhr er fort. «Diese Briefe geschrieben, dies Interview gegeben ...»

Er schwieg erneut. Jetzt war der Köder unübersehbar. Erkannte Lagergren ihn, war er interessiert?

«Habe ich aber nicht», antwortete Lagergren, und Sebastian spürte einen Stich der Enttäuschung. Oder war doch eine leichte Veränderung an Lagergren erkennbar? Die Stimme, klang sie tiefer, weniger selbstsicher, vorsichtiger?

«Schade, denn dann wären Sie eine interessantere Person gewesen», fuhr Sebastian fort. Er stand auf und begann im Raum auf und ab zu gehen. «Es ist doch spannender, wenn jemand einsieht, dass er mehr bewirken, mehr Menschen erreichen kann, wenn er nicht anonym ist. Ein Symbol für den Kampf werden kann, auch wenn er im Gefängnis sitzt. Ein besseres Symbol sogar. Jemand, der beinahe Märtyrerstatus erreichen kann.»

Sebastian lehnte sich an die Wand. Lagergrens Miene war unverändert, aber seiner übrigen Körperhaltung konnte er ansehen, dass ein Gedanke heranwuchs, der vermutlich immer schon in ihm geschlummert hatte. Und höchstwahrscheinlich hatte Sebastian auch soeben den Grund dafür formuliert, warum Lagergren sich ihnen gestellt hatte. Doch wenn ein Außenstehender einen lang gehegten Gedanken in Worte fasste, wurde er realer.

Real und verlockend.

«Schade, dass Sie es nicht sind», sagte Sebastian in einem abschließenden Ton und stieß sich von der Wand ab. «Ich hätte über Sie geschrieben, und was ich schreibe, wird auch veröffentlicht.»

Er drehte sich um und ging zur Tür. Wie viele Schritte mochten es sein? Sechs? Fünf. Kein Ton von Lagergren. Vier. Drei. Er streckte die Hand nach der Klinke aus und suchte nach einem Grund, noch einen Moment zu bleiben, ohne zu verraten, wie wichtig es ihm war. Zwei. Nein, ihm fiel keiner ein.

«Warten Sie.»

Sebastian konnte sich ein Lächeln nicht verkneifen. Lagergren hatte den Köder beschnuppert und für interessant befunden. Jetzt galt es, ihn wieder ein Stückchen wegzuziehen, damit er Sebastian folgte. Ihn aus der Reserve zu locken. Sebastian hatte jede Spur seines zufriedenen Grinsens aus seinem Gesicht gelöscht, als er sich mit einer Miene umsah, die hoffentlich Langeweile signalisierte und dass er Wichtigeres zu tun hatte.

«Was ist denn?»

«Ich habe ein Interview mit Ihnen gesehen, in dem Sie gesagt haben, der Dokusoap-Mörder sei ein Idiot.»

«Ja.»

«Warum wollen Sie dann ein Buch über ihn schreiben?»

«Ich habe nicht über Hinde geschrieben, weil ich ihn mochte oder einer Meinung mit ihm war.» Sebastian trat einige Schritte zurück in den Raum. «Er war für mich interessant. Und für die Leser. Derjenige, der diese Morde begangen hat, ist noch interessanter. Hinde war nur ein gewöhnlicher Psychopath mit einer Persönlichkeitsstörung, als Kind missbraucht worden und so weiter, Sie wissen schon. Aber dieser Mann hat etwas Wichtiges zu sagen. Er hat eine Mission.»

Er sah, wie Lagergren zustimmend nickte. Der Köder war definitiv verlockend. Jetzt wurde es Zeit, ihn so weit wegzuziehen, bis er außer Sichtweite geriet, damit Lagergren sich anstrengen musste, um ihn wieder zu erhaschen. «Wobei ich mir nicht ganz sicher bin ... Je mehr ich darüber nachdenke, desto ...» Sebastian verstummte und ließ den Satz unvollendet, als wäre ihm gerade etwas Wichtiges eingefallen.

«Desto was? Was denn?»

Sebastian legte die Stirn in tiefe Falten, seufzte und schüttelte erneut den Kopf, als wäre er von seinen eigenen Gedanken enttäuscht.

«Das wird wohl nicht reichen.»

«Was wird nicht reichen?»

Seine Stimme klang unruhig. Hervorragend.

«Eine Art Manifest und eine Handvoll Tote.» Sebastian

blickte Lagergren an, als wäre er ein gleichberechtigter Diskussionsteilnehmer, jemand, dessen Meinung Sebastian zu schätzen wusste. «Die Welt hat sich verändert, oder? Hinde hat vier Menschen getötet, und das ist zwanzig Jahre her, aber heute ...»

Erneutes Kopfschütteln, das Deutungsspielraum ließ.

«Und alle können ein Manifest zusammenschreiben», fuhr Sebastian fort. «Das Netz wird überschwemmt davon. Ich meine, sehen Sie sich nur einmal Anders Breivik an, wie viel hört man eigentlich noch von ihm? Wie interessant ist er heute? Und die Taten des sogenannten Dokusoap-Mörders reichen nicht annähernd an das heran, was Breivik getan hat.»

«Noch nicht.»

Zwei Worte. Der erste Riss in der Fassade. Zum ersten Mal hatte er wirklich angebissen. Doch wie sollte Sebastian weitermachen, ohne ihn zu verlieren? Er konnte darauf hoffen, dass Lagergren voll in diese Thematik einstieg. Oder er konnte ihn aus einer anderen Richtung her angreifen.

«Sie glauben, dass er wieder töten wird?»

Lagergren schien erst in diesem Moment aufzugehen, was er mit seinen zwei Worten verraten hatte.

«Woher soll ich das wissen?» Jetzt wirkte er aggressiv. Empört. Als wollte er seinen Fehler mit Kraft und Lautstärke überspielen. Sebastian entschied sich für eine Attacke aus anderer Richtung.

«War das auch mit diesem MIT-Stipendium so? Dass es Ihnen gegenüber den Johansson-Schwestern einfach so herausgerutscht ist? Ungeplant. Ist das Ihre Achillesferse? Dass die Gefühle den Mund lenken?»

«Ich weiß nicht, wovon Sie reden.»

«So haben wir Sie gefunden.»

Sebastian ging um den Tisch herum und stellte sich hinter Lagergren. Er konnte sehen, wie dieser gegen den Drang ankämpfte, sich umzudrehen. Sebastian näherte sich ihm, beugte sich herab, senkte die Stimme und flüsterte nur wenige Zentimeter von Lagergrens Ohr entfernt: «Sie haben aufgegeben. Sich der Polizei gestellt.»

Schweigen.

«Sie sitzen hier.»

Schweigen.

«Sie müssen doch mit der Möglichkeit gerechnet haben, nicht wieder herauszukommen.»

Schweigen.

«Und trotzdem wissen Sie, dass noch etwas kommt.»

Jetzt konnte sich Lagergren nicht mehr zurückhalten. Er drehte sich heftig um.

«Ich weiß nicht, wovon Sie reden!»

«Seien Sie still, Sie wissen genau, wovon ich rede.»

Lagergren hielt Sebastians Blick stand, doch er atmete schwer. Als würde er jeden Moment aufspringen und ihm eine Ohrfeige verpassen. Sebastians Blick flackerte nicht eine Sekunde. Er fixierte Lagergren, bis sich der Mann auf dem Stuhl wieder umdrehte und geradeaus starrte.

Sebastian fuhr mit derselben, ruhigen, eindringlichen Stimme fort: «Also ist es schon geplant.»

Schweigen.

«Eine Bombe? Wollen Sie mal wieder irgendetwas in die Luft jagen?»

Schweigen. Sebastian richtete sich auf und schlenderte erneut im Raum auf und ab. Er tat so, als würde er eigentlich nur laut denken.

«Plötzlich brüsten Sie sich nicht mehr damit, wie intelligent Sie sind, dass Sie uns hereingelegt haben und wir keine

Chance haben, weil ...» Er blieb stehen und warf Lagergren einen triumphierenden Blick zu, und nun versuchte er nicht einmal mehr, sein Lächeln zu verbergen. «Weil wir es immer noch verhindern können, jetzt, wo wir es wissen.»

«Nein, das können Sie nicht.»

«Doch, können wir.»

Noch immer lächelnd, ging er die letzten Schritte zur Tür. Er war sich sicher, dass Torkel den angrenzenden Raum verlassen hatte, sowie ihm zu Ohren gekommen war, dass Lagergren noch mehr geplant hatte. Wo und wann, sollten die anderen herausfinden. Sebastian hatte seinen Part erledigt. Oder noch nicht ganz ...

Er blieb auf halbem Weg zur Tür stehen.

«Ihre dämlichen Trivial-Pursuit-Fragen können Sie sich sonst wo hinstecken. Das hier ...» Er tippte sich mit dem Zeigefinger an die Stirn. «Das ist wahre Intelligenz.»

Und mit diesen Worten ging er und ließ die Tür hinter sich zuschlagen.

Sie hingen direkt über ihm.

Sebastian auf der einen Seite. Torkel auf der anderen.

«Wie läuft's? Hast du etwas gefunden?», fragte Torkel und klang dabei auf wundersame Weise fordernd und enttäuscht zugleich.

«Es geht jedenfalls nicht schneller, nur weil ihr da steht», raunzte Billy genervt und warf ihnen einen bösen Blick zu.

Sebastian und Torkel wichen keinen Zentimeter zurück.

«Jetzt mal im Ernst! Holt euch einen Kaffee oder macht irgendetwas anderes. Ich rufe euch, wenn ich fertig bin.»

Torkel seufzte. «Na gut, lassen wir Billy in Ruhe arbeiten», sagte er zu Sebastian und ging voran aus dem Büro.

Billy sah ihnen kurz nach. Er verstand sie. Verstand ihre Ungeduld und ihren Eifer. Lagergren redete nicht mehr, und sie hatten nichts, was ihnen bei der Lösung des Rätsels half, welche Tat als Nächstes geplant hatte.

Außer seinem Computer vielleicht.

Das Problem war nur, dass Lagergren offenbar sehr methodisch den Suchverlauf seines Browsers gelöscht hatte und Billy somit gezwungen war, ihn aus dem Festplatten-Cache wiederherzustellen.

Das erforderte Zeit.

Zeit, die sie Sebastians Überzeugung nach eigentlich nicht hatten.

Torkel und Sebastian kamen in die Teeküche. Torkel ging zum Kühlschrank und öffnete ihn.

«Willst du etwas?», fragte er Sebastian.

«Nein.»

«Ich eigentlich auch nicht», sagte Torkel mehr zu sich selbst und schloss die Kühlschranktür wieder. Rastlos ging er vor der Küchenzeile auf und ab. Hin und wieder schielte er zu Sebastian hinüber, der auf einen Stuhl gesunken war.

«Was hast du überhaupt getan?», fragte er schließlich.

«Was meinst du?»

«Um Vanja so gegen dich aufzubringen?»

Sebastian sah ihn ein wenig erstaunt an. Wusste Torkel das nicht? Hatte er ihn gefeuert, ohne zu wissen, was er getan hatte?

«Hat sie es dir nicht gesagt?»

«Nein.»

«Dann will sie wohl auch nicht, dass du es erfährst.»

Torkel hatte nicht vor, weiter nachzubohren. So wichtig war ihm das nicht. Er ging wieder in der Küche auf und ab.

«Was, glaubst du, plant Lagergren?»

«Etwas Großes. Leider.»

«Wie groß?»

«So groß, dass er diesmal persönlich den Ruhm dafür ernten will. Deshalb ist er hergekommen.»

«Hätte er nicht einfach wieder Weber anrufen können? Und auf diesem Weg zu Ruhm gelangen?»

«Nein, wie ich es schon im Verhörzimmer gesagt habe, er will nicht mehr anonym sein. Er will zu einem Symbol werden. Einer Führungsfigur. Er bildet sich ein, er hätte jetzt Anhänger, die in seinem Auftrag handeln könnten. Die er vom Gefängnis aus dirigiert und die auf ihn warten, bis er eines Tages wieder freigelassen wird.»

«Das ist verrückt.»

«Eigentlich dürfte ich so etwas als ausgebildeter Psychologe nicht sagen. Aber er ist verrückt.»

Billy steckte den Kopf zur Tür herein. «Ich bin so weit.»

Sebastian stand sofort auf.

«Nur dass du es weißt – du bist nicht wieder im Team», sagte Torkel, als sie die Küche verließen. «Wie auch immer diese Sache ausgeht. Du bist nicht wieder dabei.»

«Ich weiß.»

«Was hast du gefunden?», fragte Torkel, als Sebastian und er wieder rechts und links von Billy standen und auf den Bildschirm starrten.

«Er ist sehr vorsichtig vorgegangen und hat jeden Abend seinen Suchverlauf gelöscht», sagte Billy, während er das Material aufrief. «Tatsächlich hat er alles getan, um seine Spuren zu verwischen, deshalb musste ich sie wiederherstellen.»

«Ja, phantastisch, gute Arbeit, aber was hast du gefunden?» Jetzt klang Torkel nicht mehr enttäuscht, sondern nur noch fordernd.

«Das», sagte Billy, und auf dem Bildschirm baute sich Zeile um Zeile eine große Textmenge auf. Sebastian beugte sich vor, um einen Überblick über die Masse an Informationen zu erlangen.

«Seine Suchhistorie. Er war sehr sorgfältig», sagte Billy und deutete auf die obere Textreihe. «Anfang Juni. Patricia Andrén. Er fängt an, sie zu googeln. Liest ihre Blog-Einträge.» Billys Finger wanderte abwärts. «Dann sucht er nach Restaurants in Helsingborg, Schulen, Landkarten, Überwachungskameras. Kurz darauf macht er dasselbe bei Petrovic und Ulricehamn.»

Billy scrollte nach unten.

«Anschließend beginnt er, nach sich selbst zu suchen, und parallel dazu nach den Schwestern Johansson, Weber und einigen Fernsehchefs, wo er aber ziemlich schnell bei Wallgren von TV3 hängen bleibt.»

Billy drehte sich zu Sebastian um.

«Hier tauchst du auf.»

«Schön und gut, das hilft uns weiter, aber wir müssen wissen, was er als Nächstes plant, nicht, was er schon getan hat!», mahnte Torkel.

«Zuletzt hat er nach der PTD recherchiert», sagte Billy.

«Was ist das?», fragte Sebastian.

«Die Post- und Telekommunikationsdirektion.» Billy öffnete eine neue Seite und vergrößerte das Bild darauf. «Das ist die Behörde, die für die elektronische Kommunikation und Post in Schweden zuständig ist.»

Es wurde still zwischen ihnen. Alle drei starrten auf das gelbe Haus, als glaubten sie, es könnte ihnen eine Antwort geben. Sebastian trat einen Schritt zurück und überlegte. Irgendetwas brachte er damit in Verbindung. Die Frage war nur, was. Und wen. Und zu welcher Zeit.

«Er ist also von der Suche nach Einzelpersonen zu einer Behörde übergegangen?», fragte Torkel.

«Hat diese PTD irgendetwas mit dem Internet zu tun?», fragte Sebastian.

«Ja, genau daran arbeitet die Behörde. Mit dem Ausbau und der Entwicklung, damit alle Breitband und Internettelefon und Ähnliches haben.»

«Ja», sagte Sebastian wie zu sich selbst. «Ja.» Ihm war etwas eingefallen. Er zeigte auf den Bildschirm.

«Erinnert ihr euch an den Brief an die *Östersunds-Posten* über dieses Mädchen aus Frösön mit den Nagelvideos ...»

«Frida Wester», warf Torkel ein.

«Genau. Das YouTube-Phänomen. Es gibt viele wie sie, und Lagergren muss all diese Leute hassen. Das hat er sogar gesagt. Zu Källman und mir. Dass das Internet einen großen Anteil an alldem hat.»

Sebastian lief plötzlich auf Hochtouren und konnte kaum stillsitzen. Seine Gedanken überschlugen sich, er war gezwungen, sie zu ordnen, damit sie irgendwo hinführten, eine Richtung einnahmen.

«Verschwörungstheorien, Katzenvideos, Hassseiten, vieles im Netz ist vollkommen daneben. Lagergren hat Weber geschrieben, dass er zu der Quelle gehen wolle. Der Quelle, die all diese Dummheit zulässt. Wallgren, Källman ...»

«Und die Post- und Telekommunikationsdirektion», ergänzte Torkel und wurde leichenblass. «Verdammt, ich muss ihnen sagen, dass sie das Gebäude räumen sollen.» Er ging einen Schritt zur Seite und holte sein Telefon hervor. Sebastian nahm sich einen Stuhl von dem Arbeitsplatz hinter Billy und setzte sich neben ihn.

«Was ist das Allerletzte, wonach er gesucht hat?», fragte er und nickte in Richtung des Bildschirms. Billy rief erneut die Seite mit Lagergrens Suchhistorie auf und scrollte ans Ende der Liste.

«Irgendein Event ...»

Er öffnete ein neues Fenster, kopierte Lagergrens Suche, bekam die Treffer zu sehen und klickte auf den jüngsten.

«Ja, ein Event im Hotel Waterfront, sie feiern den Ausbau des Glasfasernetzes und die Vision, dass Schweden im Jahr 2020 das bestvernetzte Land der Welt sein soll.» Er überflog den Text und sah plötzlich unruhig aus. «Sowohl der IT-Minister als auch die Bildungsministerin werden dort sein.»

«Und wann findet das statt?»

«Heute Abend. Es fängt um sieben Uhr an.»

Sie warfen einen Blick auf die Zeitanzeige auf dem Bildschirm.

Es war Viertel vor sieben.

Viele Stockholmer waren der Meinung, diese neuerbaute Ergänzung des Stadtbildes sei eine architektonische und ästhetische Niederlage, und hatten es folglich zum hässlichsten Gebäude Stockholms gewählt. Dem konnte Vanja nicht zustimmen, sie fand das Hotel Waterfront geschmackvoll mit all dem Glas und der mächtigen, gleichsam struppigen Metallkonstruktion, die auf die Riddarfjärden hinausging. Schließlich war es das Merkmal einer Großstadt, dass sie mit der Zeit wuchs und sich entwickelte. Die Angst vor der Veränderung, die sich in den hitzigen Debatten widerspiegelte, sobald ein neues Gebäude geplant wurde, hatte sie nie verstanden. Eine moderne Stadt brauchte moderne Gebäude.

Das Event sollte im Kongressbereich stattfinden, der an das Hotel angrenzte. Vanja hatte das Gebäude noch nie betreten, sie war lediglich daran vorbeigefahren, weshalb sie es interessant fand, Jonathan zu begleiten, auch wenn die eigentliche Veranstaltung sicher stinklangweilig sein würde. Sie hatten Jonathans Wagen genommen und in der Tiefgarage geparkt. Sie nahm seine Schlüssel und sein Portemonnaie in ihre Tasche, damit sie nicht sein helles dünnes Leinensakko ausbeulten, das er über einem hellblauen Hemd trug. Sie selbst trug ein hellgelbes Sommerkleid mit einem kurzen weißen Blazer darüber.

Jetzt standen sie zusammen mit einigen anderen festlich gekleideten Gästen im Aufzug auf dem Weg zur Kongresshalle.

«Was sagen wir eigentlich, wenn wir deine Kollegen treffen?», fragte Vanja. Er lächelte sie zärtlich an.

«Nichts. Wir sagen hallo. Reden ein bisschen. Es sind doch meine Arbeitskollegen, nicht Susannas», antwortete er und küsste sie auf die Wange.

Die Aufzugtüren glitten beiseite, und sie begaben sich unter die plaudernden Menschen. Einige waren schon auf dem Weg in den Konferenzraum, die meisten hielten sich jedoch immer noch bei den hohen runden Stehtischen auf. Weiß gekleidetes Servicepersonal bewegte sich zielstrebig zwischen den Gästen hin und her und servierte Wein und Schnittchen. Vanja hatte noch nie großes Interesse daran gehabt, sich unter Politiker und Prominenz zu mischen, aber in diesem Moment war es eine schöne und willkommene Ablenkung. Vielleicht würden solche Veranstaltungen auch Teil ihres neuen Lebens werden. Mit Jonathan.

Sie schnappte sich ein Programmheft von einem der Tische und öffnete es.

«Wann können wir wieder gehen?», fragte sie und hielt Jonathan den Zeitablauf vor die Nase.

«Nach dem da», sagte er und zeigte mit dem Finger darauf.

«‹20.15 Uhr. Ist die Zukunft schon da? Anders Grudell, VD Coldoc›», las sie laut.

«Ein richtiger Showstopper», sagte Jonathan lachend.

Vanja nahm sich ein Glas kühlen Weißwein von einem Silbertablett, das an ihr vorbeischwebte. Irgendwo bimmelte ein Glöckchen.

«Bitte nehmen Sie Ihre Plätze ein», ertönte eine Stimme aus dem Lautsprecher. «Bitte nehmen Sie Ihre Plätze ein.» Dann bimmelte das Glöckchen erneut.

Bis zum offiziellen Beginn waren es noch zehn Minuten. Zunächst würde der Präsident der Post- und Kommunikationsdirektion einen zehnminütigen Willkommensgruß aussprechen, anschließend würde der IT-Minister eine Eröffnungsrede halten. Vanja und Jonathan bewegten sich langsam auf die Türen zu.

Als sie den Konferenzsaal erreichten, war Vanja erstaunt, wie viele Menschen dort versammelt waren. Der Raum war fast bis auf den letzten Platz gefüllt, und wie ein Schild am Eingang verkündete, fasste er bis zu sechshundert Personen. Auf der erhöhten Bühne umrahmten zwei große Blumenarrangements ein Podium mit einem runden Stehtisch, neben dem ein aufgeklappter Laptop stand. Dahinter hing ein kinoleinwandgroßes Transparent mit dem Logo der Post- und Kommunikationsdirektion.

Vanja und Jonathan suchten sich einen Platz am Rand in einer mittleren Reihe. Nachdem sie sich gesetzt hatten, nahm Jonathan ihre Hand.

«Ich bin so glücklich, dass du jetzt hier bist.»

«Und wenn wir jetzt woanders wären, wärst du noch glücklicher», sagte sie und legte ihre Hand auf seinen Oberschenkel.

Er lächelte sie an. Die Freude und Sehnsucht in seinen Augen mischten sich mit etwas Wehmut.

«Die nächste Zeit wird ziemlich anstrengend für uns werden, das weißt du schon, oder? Wegen Susanna», sagte er und lehnte sich zu ihr.

«Ich weiß», erwiderte sie ernst.

«Meinst du, du stehst das durch?», fragte er ein wenig besorgt.

«Nach dem, was mir in letzter Zeit passiert ist, stehe ich alles durch.»

«Selbst die Rede des IT-Ministers zum Ausbau des Glaserfasernetzes?»

«Selbst die», antwortete Vanja lachend.

Das Geräusch der Sirenen hallte zwischen den Steinhäusern wider. Billy fuhr wie immer schnell, aber diesmal ging es selbst Torkel nicht schnell genug. Er hoffte, dass sie noch rechtzeitig ankommen würden. Auf den Polizeifunkkanälen herrschte große Aktivität, in einem fort waren Stimmen und Kommandos zu hören. Es schien, als wäre die gesamte Stockholmer Polizei auf dem Weg zum Hotel Waterfront. Die erste Streife wäre bald vor Ort, aber bisher war es ihnen nicht gelungen, einen Verantwortlichen der Veranstaltung zu erreichen, und die Evakuierung hatte noch nicht einmal begonnen. Eine weibliche Stimme informierte sie, dass sie eine Rezeptionistin im angrenzenden Hotel gefunden hatten, die versprochen hatte, bei der Suche nach den Veranstaltern zu helfen. Torkel hatte versucht, einen Zuständigen bei der Säpo zu finden, weil die Minister an diesem Abend Polizeischutz hatten, aber wie immer beim Nachrichtendienst war es schwer, den richtigen Ansprechpartner ausfindig zu machen, und umso mehr, weil es schon Abend war. Anscheinend ging die Säpo davon aus, dass Attentate nur zu den regulären Bürozeiten verübt wurden, dachte Torkel irritiert. Die Bombeneinheit war unterwegs, würde aber noch mindestens zehn Minuten brauchen, da sie gerade von einem Fehlalarm in Solna zurückkehrte.

Torkel fühlte sich zunehmend gestresst. Wenn ihre Theorie stimmte, steuerten sie auf eine potenzielle Katastrophe zu. Sie wussten, dass Lagergren zeitgesteuerte Bomben bauen konnte, und um einen maximalen Effekt zu erzeugen, hatte er vermutlich dafür gesorgt, dass die Sprengladung zur Eröffnungsrede des IT-Ministers explodierte.

Dem Programm zufolge sollte diese um zehn Minuten nach sieben beginnen.

Die Leute mussten also wirklich schleunigst von dort verschwinden.

Endlich kam die Bestätigung, dass Wagen 67 eingetroffen war. Torkel nahm das Mikrophon und erteilte selbst die Befehle.

«Holt die Leute da raus, holt sie alle raus, so schnell es geht. Wir sind in wenigen Minuten da.»

Billy drückte das Gaspedal durch. Der kreischende Motor übertönte beinahe die Sirenen. Sie rasten am Bolinders plan vorüber und hatten das Klarabergsviadukten und das Hotel Waterfront vor sich. Das Glasgebäude funkelte wie ein Topas im Blaulicht der Polizeiautos. Torkel sah lediglich Polizisten auf dem Weg ins Gebäude, aber niemanden, der es verließ.

«Verdammt, wir werden es nie rechtzeitig schaffen, alle herauszubekommen», fluchte Torkel frustriert, und der Schweiß perlte auf seiner Stirn.

Das Gemurmel im Saal legte sich, und der ergraute Generaldirektor der Post- und Telekommunikationsdirektion hatte soeben die Bühne betreten. Er ging auf das Podium zu und nahm das Mikrophon, um alle willkommen zu heißen. Ehe er begann, drückte er eine Taste auf dem Computer, und das Bild an der Wand hinter ihm änderte sich. Statt des Logos der Behörde stand jetzt dort «VISION 2020» in großen Lettern über einer Landkarte von Schweden. Darunter war «Das bestvernetzte Land der Welt» zu lesen, und dem Applaus nach zu urteilen, waren alle im Saal mächtig beeindruckt.

Als der Generaldirektor gerade das Wort ergreifen wollte, wurde es draußen plötzlich laut, und vor dem Eingang waren autoritäre Stimmen zu hören. Vanja wunderte sich, doch im nächsten Augenblick stürmten uniformierte Polizisten herein. Der Applaus erstarb.

«Wir müssen Sie bitten, den Saal zu räumen», rief einer der Uniformierten laut. Die Leute sahen einander fragend an, ein Stimmengewirr erhob sich, doch nur die wenigsten standen auf.

«Verlassen Sie sofort den Saal!», schrie der Polizist erneut. «Wir haben einen Bombenalarm!»

Jetzt erfasste die Gäste Unruhe, und alle erhoben sich und hasteten zu den Ausgängen. Vanja drehte sich zu Jonathan um.

«Geh schon mal raus, ich komme gleich», sagte sie und drängte sich durch die verwirrte Menschenmenge zu einem der Polizisten, der gerade auf dem Weg zum Podium war, wo der Generaldirektor noch immer mit dem Mikrophon in der Hand dastand. Vanja ging zu ihm und zeigte ihm ihren Dienstausweis.

«Vanja Lithner, Reichsmordkommission. Was ist passiert?»

«Wir haben den Befehl bekommen, den Saal zu räumen. Von euch sogar», antwortete er und drang weiter zur Bühne vor. Vanja sah ihn erstaunt an und folgte ihm.

«Von der Reichsmordkommission?», fragte sie.

«Ja, ihr sagt, dass hier eine Bombe versteckt ist», antwortete der Kollege, sprang auf die Bühne und ging zum Podium. Er nahm dem Generaldirektor das Mikrophon aus der Hand.

«Wie schon gesagt: Bitte verlassen Sie auf der Stelle den Saal», drang seine Stimme nun verstärkt durch den Lautsprecher. «So schnell es geht, aber bleiben Sie ruhig. Keine Panik.»

Das Stimmengewirr wurde immer lauter, und jemand schrie nervös auf. Die Türen waren von Menschen verstopft, die alle auf einmal hinauswollten. Es würde viel zu lange dauern, bis alle den Saal verlassen hätten, und Vanja spürte, wie ihr Puls stieg. Dies musste etwas mit Lagergren zu tun haben. Warum sollte die Reichsmordkommission sonst involviert sein? Vanja hielt nach Jonathan Ausschau, konnte ihn aber nirgendwo sehen. Sie blickte sich um und entdeckte einige Notausgänge hinter der Bühne.

«Benutzen Sie auch die Notausgänge!», schrie sie bestimmt und versuchte, die Menschen dorthin zu scheuchen. «Sagen Sie ihnen, dass sie auch die anderen Ausgänge benutzen sollen», rief sie dem Polizisten mit dem Mikro zu und deutete nach hinten.

Plötzlich erblickte sie Jonathan, der im Gedränge auf sie zukam und sehr besorgt wirkte.

«Komm, wir müssen hier raus!», hörte sie ihn rufen.

Sie schüttelte den Kopf.

«Ich bleibe und helfe. Aber bitte geh du. Ich rufe dich nachher an.»

Er zwängte sich zu ihr durch und nahm ihre Hand.

«Bist du sicher?»

«Ja, wenn alle Leute evakuiert werden sollen, brauchen die Kollegen jede Hilfe, die sie kriegen können», sagte sie mit einem Blick auf das Chaos um sich herum.

«In Ordnung. Aber sei bitte vorsichtig», sagte er und küsste sie schnell auf den Mund.

Dann ließ er ihre Hand los und verschwand.

Sie sah ihm kurz nach, ehe sie sich wieder umdrehte und versuchte, die Menschenmenge zu den Ausgängen zu lotsen.

Billy hatte quer auf der Klarabergsgatan geparkt, um sie abzusperren. Er ließ das Blaulicht eingeschaltet. Torkel hatte das Auto bereits verlassen und stand bei einem der Einsatzleiter. Um sie herum strömten ängstliche Menschen in feiner Garderobe aus dem Gebäude. Viele blieben stehen, kaum dass sie auf der Straße standen. Torkel ruderte mit einem Arm, um sie voranzutreiben, während er auf den Einsatzleiter einredete.

«Sie müssen die Leute weiter wegbringen, über das Klarabergsviadukten in Richtung Kungsholmen», sagte er. Der Einsatzleiter nickte.

«Auf jeden Fall.»

«Und den Verkehr komplett absperren. Auch die Züge und U-Bahnen.»

«Wissen wir denn sicher, dass es eine Bombe ist?», fragte der Einsatzleiter leise, aber ein wenig nervös.

«Wir gehen davon aus», sagte Torkel und versuchte, ruhiger auszusehen, als er sich fühlte. Er beugte sich näher zu seinem Gesprächspartner heran, damit die Vorbeiströmenden es nicht hörten.

«Sobald die Bombenentschärfer kommen, schicken Sie sie hinein», sagte er.

Der Einsatzleiter nickte erneut, und Torkel wandte sich Billy zu. «Ich gehe rein. Bleib du hier und sorge dafür, dass der Bereich abgesperrt wird.»

«Geht klar.»

Torkel kämpfte sich gegen den Strom der herauskommenden Gäste und verschwand im Gebäude.

Sebastian war ebenfalls aus dem Wagen gestiegen und sah sich um, unsicher, was er eigentlich tun sollte. Ein Teil von ihm wusste, dass er und alle anderen in der Nähe des Gebäudes in Lebensgefahr waren. Hastig blickte er auf die Uhr. Drei Minuten nach sieben. Dem Programm zufolge sollte der IT-

Minister seine Rede in sieben Minuten halten. Wenn er Lagergren wäre, hätte er dafür gesorgt, dass die Bombe während der Rede explodierte.

Der größtmögliche Symbolwert.

Sebastian sah zu Billy hinüber, der alle Hände voll zu tun hatte, die ankommenden Polizeiautos zu dirigieren und die anderen Kollegen anzuweisen, den Bereich um das Gebäude weiträumig abzusperren. Einerseits war ihm danach, so schnell wie möglich abzuhauen. Sie wollten ihn ja sowieso nicht mehr haben. Warum kümmerte es ihn dann? Wenn es hier tatsächlich eine Bombe gab, konnte sie jeden Moment explodieren. Andererseits hatte er das Gefühl, dass er sich nicht aus dem Staub machen konnte.

Er hatte schon Källman nicht retten können.

Lagergren sollte nicht noch einmal gewinnen.

Sebastian begann, gegen den Strom der Leute zu gehen.

Der Konferenzsaal war im Prinzip leer, aber die Hälfte der Gäste befand sich noch in der Lobby, aus der sich die Menschenmengen nur langsam die Treppe hinabbewegten. Gläser, Schnittchen und ein paar Silbertabletts lagen auf dem Boden verstreut. Das Personal stand neben den Aufzügen und vertrieb jene, die von ihnen Gebrauch machen wollten. Dennoch verlief alles ruhig. Die Evakuierung war weitgehend gelungen, auch wenn sie viel Zeit in Anspruch genommen hatte.

Vanja nahm ihr Handy und rief Billy an. Er klang, gelinde gesagt, gestresst, und sie konnte im Hintergrund die Sirenen hören.

«Was geht da vor sich? Warum lasst ihr das Hotel räumen?», fragte sie ohne eine Begrüßung.

«Berichten die schon im Fernsehen?», fragte er.

«Kann sein, aber ich weiß es, weil ich gerade im Waterfront bin.»

«Was? Warum?» Billy klang ziemlich verwirrt.

«Später. Aber was passiert hier gerade?»

«Wir glauben, dass Lagergren bei diesem Event zuschlagen wollte», sagte er. «Während der Rede des IT-Ministers.»

Vanja spürte, wie ihr innerlich kalt wurde, insbesondere als sie all die Menschen sah, die sich immer noch hinausdrängten. «Die würde normalerweise in fünf Minuten beginnen», sagte sie.

«Das wissen wir», antwortete Billy. «Die Bombenentschärfer sind schon unterwegs.»

Vanja drehte sich um und rannte erneut in den Konferenzsaal.

«Haben wir irgendeine Ahnung, wo er sie versteckt haben könnte?», fragte sie nervös, während sie zwischen den Bankreihen suchte.

«Wir wissen nicht einmal, ob es wirklich eine Bombe gibt.»

Vanja sprang auf die Bühne und warf einen Blick unter das Podium. Als sie gerade hinter dem Vorhang suchen wollte, kam ihr die Einsicht.

«Verdammt», sagte sie, sprang von der Bühne und rannte wieder in Richtung der Lobby.

«Was ist? Hast du sie gefunden?», fragte Billy nervös.

«Nein, aber mir ist etwas eingefallen. Es gibt eine Garage. Unter dem Gebäude.»

Billys Schweigen verriet ihr, dass er sofort begriffen hatte, was sie annahm.

«Eine Autobombe unter dem Gebäude!», rief er. «Dann müssen wir auch das Hotel räumen.»

«Ich gehe jetzt runter», sagte Vanja und rannte los.

«Sei vorsichtig!», hörte sie noch, ehe sie das Gespräch beendete und Billys Stimme verschwand.

Sie erreichte die Aufzüge. Ein Kellner versuchte, sie aufzuhalten, aber sie zeigte ihre Dienstmarke, stieß ihn beiseite und drückte den Fahrstuhlknopf. Sie musste nicht lange warten. Bei dem Aufzug ganz rechts glitten die Türen auf, als hätte er auf sie gewartet. Sie sprang hinein und drückte auf *G*. Als sie sich selbst im Spiegel sah, erkannte sie sich kaum wieder.

Ihr Blick sagte, dass sie Polizistin war.

Ihre Kleidung sagte, dass sie gerade ein Date hatte.

Sebastian traute seinen Augen nicht. Was machte Vanja hier?

Er stand in der Lobby und wies den Leuten den Weg zu den Ausgängen, als er sich umdrehte und sie wie einen gelben Pfeil über den roten Teppich zu den Aufzügen rennen sah. Er drängte sich durch die verschwitzte Menge und steuerte auf die Aufzüge zu. Vanja war ganz rechts eingestiegen. Er warf einen Blick auf die Anzeige über der Tür, um zu sehen, was ihr Ziel war. Auf der Anzeige leuchtete ein G. Er erstarrte. Noch immer wusste er nicht genau, was er hier eigentlich zu suchen hatte, aber jetzt machte sich eine unterschwellige Panik in ihm breit.

Eine Garage.

Unter dem Gebäude.

Eigentlich hätten sie das viel eher begreifen müssen. Sie hatten Saurunas' Volvo nie gefunden.

Er holte sein Handy hervor und rief Billy an, der sich in dem Moment meldete, als der Aufzug kam und die Türen aufglitten. Sebastian trat ein und drückte auf den Knopf zur Tiefgarage.

«Vanja ist hier», sagte er.

«Ja, ich weiß. Sie ist unten in der Garage», antwortete Billy gestresst.

«Warum?»

«Wir glauben, dass es eine Autobombe sein könnte!»

Sebastian gab sich nicht einmal mehr Mühe, Billy zu antworten. Er hatte das Gefühl, dass ihnen keine Zeit mehr für Selbstverständlichkeiten blieb.

«Saurunas' Volvo – welche Farbe hatte der? Und was für ein Kennzeichen?», fragte er, als sich die Türen hinter ihm schlossen und seine Fahrt nach unten begann.

«Äääähm», antwortete Billy und schien sein Gedächtnis zu durchforsten.

Sebastian warf einen Blick auf die Uhr. Zehn nach sieben. Normalerweise hätte die Rede des IT-Ministers gerade angefangen. Ihm wurde ganz schwindelig.

«Jetzt komm schon, Billy!»

«Ein Volvo S60. 2007. Passion Red. Also rot. GV ... GVL665», sagte Billy.

«Gut. Sind die Bombenentschärfer schon da?»

«Die sind gerade in der Nähe von Ulriksdal.»

Zu weit weg. Viel zu weit weg, dachte Sebastian und beendete das Gespräch. Die Türen öffneten sich, und er betrat die beinahe voll belegte zementfarbene Garage. Er trat einige Schritte auf die Fahrbahn und sah sich um.

Da entdeckte er Vanja ein Stück entfernt. Sie stand mit dem Rücken zu ihm und schien nach etwas zu suchen.

«Vanja!», rief er.

Sie drehte sich um und erblickte ihn.

«Was machst du denn hier?», fragte sie eher erstaunt als wütend, als er näher kam.

Sie wollte nichts von ihm wissen, wollte ihn nicht sehen, das wusste er, aber in diesem Moment war es ihm schnurz. Es gab wichtigere Dinge.

Diesmal durfte es Lagergren nicht gelingen.

Und sie durfte keinen Schaden nehmen.

«Einen Volvo S60. Rot. GVL665. Saurunas' Volvo. Hast du ihn gesehen?»

Sie schüttelte den Kopf.

«Hast du irgendeinen roten Volvo gesehen?»

«Wissen wir, dass es der Volvo ist?»

«Das ist unser einziger Anhaltspunkt. Wir müssen ihn jetzt finden.»

Vanja nickte und rannte los.

«Es gibt zwei Stockwerke. Ich nehme das untere», sagte sie und hetzte zu der Rampe, die abwärts führte. Nach einigen Schritten hielt sie inne, riss sich ihre hochhackigen Schuhe von den Füßen und rannte barfuß weiter. Im gelben Sommerkleid.

Sebastian ertappte sich bei dem Gedanken, dass es womöglich das letzte Mal war, dass er sie sah.

Das durfte nicht passieren.

Er rannte an den Reihen der Wagen vorbei. Die Garage war groß, und aufgrund des Events war sie auch rappelvoll. Sebastian suchte nach roten Autos. Sah einen roten Toyota, einen roten Mazda und dann einen roten Volvo, aber es war ein V40 mit dem falschen Nummernschild.

Sebastian stürmte weiter.

Plötzlich hörte er Vanja rufen.

«Er ist hier! Er ist hier!»

Sebastian drehte sich um und folgte ihrer Stimme. Sein Wille war stärker als seine Beine. Er lief im Zickzack zwischen den parkenden Autos hindurch und folgte der Rampe hinab in die Tiefe. Seine schlechte Kondition machte sich bemerkbar, doch er biss die Zähne zusammen, wagte es nicht einmal mehr, auf die Uhr zu sehen, sondern rannte einfach weiter. Seine schweren Schritte hallten zwischen den Betonwänden wider.

Kurz darauf sah er sie ein Stück entfernt, wo sie gerade ihre Handtasche um den Ellbogen wickelte und mit einem kraftvollen Hieb das Fenster eines roten Volvos einschlug.

Endlich hatte er sie erreicht

Das Nummernschild stimmte.

Es war Saurunas' Wagen.

Er parkte neben einer tragenden Säule, was sicherlich kein Zufall war.

«Dahinten liegt etwas», sagte Vanja. «Etwas Großes.»

Sie öffnete die hintere Tür von innen und riss die graublaue Decke weg, die den Inhalt des Kofferraums bedeckte. Lagergren hatte den Rücksitz umgeklappt, um Platz zu schaffen. Sebastian spähte hinein. Im Auto roch es stark nach Diesel. Der Kofferraum war mit großen, prallgefüllten braunen Papiersäcken von einem Landwirtschaftsfachhandel bepackt. In der Mitte, von den Säcken umgeben, stand eine Holzkiste. Einige Säcke waren geöffnet, und der Inhalt, runde weiße Kristalle, war herausgerieselt.

Vanja nahm einige der kleinen Körner, die an Katzenstreu erinnerten, in die Hand und befühlte sie.

«Das ist Kunstdünger», stellte sie fest. «Gemischt mit Dieselöl, damit er kein Wasser annimmt.»

Es war eine der einfachsten Bomben, die man bauen konnte. Ammoniumnitrat und Dieselöl.

Sebastian schaute sie nervös an. «Und was ist das?», fragte er und zeigte auf die Kiste.

Vanja beugte sich vor und hob den Deckel. Darunter befanden sich zwei Glasbehälter mit einer Flüssigkeit, ein großer und ein kleiner.

«Bomben aus Kunstdünger brauchen eine große auslösende Sprengkraft, um eine Kettenreaktion anzustoßen und zu explodieren», sagte Vanja, während sie den Inhalt der Kiste begutachtete.

Der untere Behälter war größer und enthielt eine klare, durchsichtige Flüssigkeit, der Inhalt des oberen und kleineren Behälters war dagegen leicht gelblich. Sie waren durch ein

Vakuumschloss miteinander verbunden. Einzig eine dünne Metallscheibe hinderte die beiden Stoffe daran, sich zu mischen. Sebastian zeigte darauf.

«Verdammt», sagte Vanja gestresst. «Die ist ja nicht einmal einen halben Zentimeter dick. Was hat Ursula gesagt? Ein Zentimeter in einer Viertelstunde?»

«Dann bleiben uns sechs oder sieben Minuten. Höchstens», sagte Sebastian. Sie beugten sich noch weiter vor und glaubten zu erkennen, wie sich die gelbe Flüssigkeit langsam durch das Metall fraß. Vor ihren Augen lösten sich kleine Metallspäne und wurden zerfressen.

Sebastian sah Vanja an. Sein Blick war ernst.

«Du musst von hier weg», sagte er. Sie reagierte wie erwartet.

«Niemals. Wir müssen die Bombe hier rausbringen.»

«Ich bleibe», entschied er. «Ich werde es versuchen.»

Sie schüttelte den Kopf.

«Das schaffen wir nur zu zweit», stellte sie fest.

Sebastian sah sie frustriert an und nahm sein Handy.

«Ich rufe Billy an und frage, wo die Bombenentschärfer stecken», sagte er und wählte die Nummer. Dann blickte er resigniert auf sein Handy.

«Ich habe keinen Empfang», sagte er.

Vanja hatte dasselbe Problem.

«Im oberen Stockwerk hatte ich Empfang, ich laufe hoch», sagte er.

«Nein, wir haben nicht genug Zeit. Wir müssen das allein schaffen.»

Er sah sie an. Sie hatte recht.

Sie waren auf sich gestellt.

Vater und Tochter.

Billy schätzte, dass inzwischen mehr als zwei Drittel der Gäste das Gebäude verlassen hatten, während er weiter nach den Bombenentschärfern Ausschau hielt. Der letzten Meldung zufolge steckten sie auf dem Sveavägen fest. Vermutlich wegen der Absperrung, bei deren Errichtung er selbst geholfen hatte. Er hoffte dennoch, dass sie bald auftauchten.

Torkel kam auf ihn zugerannt.

«Hast du etwas von Sebastian oder Vanja gehört?»

«Ich habe die beiden angerufen, aber die Mailbox springt sofort an. Vermutlich haben sie da unten keinen Empfang.»

Torkel sah ihn an. Er wirkte besorgt.

«Und die Bombenentschärfer?»

Billy deutete auf das Verkehrschaos in der Ferne.

«Die hängen fest. Sollen wir Leute in die Tiefgarage schicken und die zwei suchen lassen?», fragte Billy.

Torkel antwortete nicht. Er drehte sich um. Noch immer strömten die Menschen aus dem Gebäude und eilten davon. Natürlich waren noch Kollegen drinnen und halfen bei der Evakuierung – aber extra Leute hineinschicken? Das konnte er nicht. Die Bombenentschärfer, ja, aber abgesehen davon niemanden. Er schüttelte den Kopf. Aber ihm war anzusehen, wie sehr ihn die Entscheidung belastete.

«Wir können nicht noch mehr Leben riskieren. Aber versuche, sie weiter zu erreichen», sagte er, darum bemüht, möglichst ruhig zu klingen.

«Ich kann doch nach unten laufen», sagte Billy.

«Nein. Ich weiß, was du fühlst, aber: Nein.»

Es waren acht Säcke, die dem Etikett zufolge je fünfzig Kilogramm Kunstdünger enthielten. Also lagerten in dem Volvo ungefähr vierhundert Kilogramm Sprengstoff. Die Wirkung wäre verheerend. Sie hatten keine Ahnung, wie man den Zünder entschärfte, und beschlossen, dass es das Beste war, ihn an einen anderen Ort zu bringen, um die Katastrophe zu verhindern. Doch die Zeit rannte ihnen davon, und die Metallscheibe schmolz mit jeder Sekunde.

Gemeinsam bugsierten sie die Glasbehälter so vorsichtig wie möglich aus dem Kofferraum. Sie konnten nur hoffen, dass Lagergren ein ausreichend versierter Chemiker war und die Behältnisse daher stabil genug waren, um sie zu transportieren.

«Was machen wir jetzt?», fragte Vanja, als sie die Kiste aus dem Auto gehievt hatten.

«Wir müssen wohl versuchen, sie wegzutragen», antwortete Sebastian und hielt die Kiste an seinem Ende fest umklammert. «Je weiter weg vom Auto, desto besser.»

«Ich glaube, schon die Behälter allein haben eine enorme Sprengkraft», gab Vanja zu bedenken. «Die Bombe in Arlanda hat Autos weggedrückt, die fünfzig Meter entfernt standen. Ich will mir gar nicht vorstellen, was für einen Effekt so eine Bombe in Innenräumen hat», fügte sie hinzu.

«Das ist das Problem der Versicherung», sagte Sebastian verbissen.

«Das meinte ich nicht. Schlimmstenfalls zündet sie den Kunstdünger, wie weit entfernt auch immer sie sich in der Garage befindet.»

Vanja musterte die dünne Metallscheibe erneut. Sie löste sich tatsächlich vor ihren Augen auf. Sie schüttelte frustriert den Kopf. «Wir werden es nie schaffen, das nach draußen zu tragen», sagte sie panisch.

Sebastian antwortete nicht. Er keuchte. Die Kiste hatte ordentlich Gewicht.

«Verdammt! Ja! Wir stellen sie ab», schrie Vanja plötzlich, und Sebastian hätte die Kiste fast fallen gelassen.

«Was ist?», fragte er, nachdem er ihrer Aufforderung gefolgt war.

«Jonathans Auto. Es steht hier, und ich habe die Schlüssel in meiner Tasche», antwortete sie und rannte los. «Wir fahren die Kiste nach draußen.»

Sebastian blieb stehen. Keine halbe Minute später hörte er einen Motor starten und aufheulen, und Vanja fuhr mit quietschenden Reifen in einem schwarzen Audi um die Ecke. Sie bremste vor ihm ab und öffnete die Beifahrertür.

«Vorsichtig», mahnte sie, als sie die Kiste gemeinsam auf den Beifahrersitz stellten. Dann zog Vanja den Anschnallgurt heraus und befestigte ihn um die Kiste, um kurz darauf wieder zur Fahrertür zu stürmen. Es konnte nur noch Minuten, vielleicht auch Sekunden dauern, bis sich die Substanzen mischten und der unausweichliche chemische Prozess in Gang gesetzt wurde.

«Ich mache das», sagte Sebastian und stellte sich vor die Tür. Sie sah ihn verwundert an.

«Was machst du?», fragte sie.

«Nur einer von uns muss das Auto fahren», erklärte er und war von seiner eigenen Ruhe beeindruckt.

«Glaubst du, das wird etwas ändern? Zwischen uns?», warf Vanja ihm an den Kopf. «Dass du versuchst, den Helden zu spielen?»

Er verstand, dass er sie wirklich verletzt hatte. Nicht einmal jetzt war sie dazu imstande, ihn zu mögen. Diese Einsicht verlieh ihm neue Kraft. Er musste es tun. Plötzlich fühlte er sich ganz leicht.

Als würde ihn das Handeln von seiner Schuld befreien.

Ihn reinigen.

«Darum geht es nicht», erwiderte er leise und stieg ins Auto. «Ich habe schon eine Tochter verloren. Und ich werde nicht noch eine verlieren.»

Mit diesen Worten schlug er die Tür zu und warf ihr einen letzten Blick zu, ehe er losfuhr.

Sie stand einfach nur da.

Weinte nicht. Wirkte nicht dankbar. Nichts.

Bald konnte er sie nicht mehr im Rückspiegel sehen.

Sie verschwand.

Wahrscheinlich für immer.

Er brauste die Auffahrt hinauf. Aus dem Radio dröhnte irgendein aktueller Hit, und er überlegte kurz, ob er es abschalten sollte. Aber warum sollte er nicht Musik hören, wenn dies vielleicht die letzten Sekunden seines Lebens waren? Weil es ein grauenhaftes Lied war. Er stellte das Radio aus. Dachte an die Bombe, die er neben sich hatte.

An das Metall, das langsam weggeätzt wurde.

Genau wie das Leben.

Alles war vergänglich.

Vor ihm tauchte eine Schranke auf, an der er normalerweise hätte anhalten und bezahlen müssen. Stattdessen schaltete er herunter und gab Gas, und der Wagen reagierte sofort und raste hindurch. Die Kollision war weniger heftig als gedacht. Die Schranke zerbarst in zwei Teile und hinterließ einen kleinen Riss in der Windschutzscheibe. Mehr nicht.

Er sah die Auffahrt ins Freie und den hellen Sommerabend ein Stück entfernt vor sich und begriff, dass er eigentlich keine Ahnung hatte, was ihm bevorstand. Er wollte die Holzkiste und die Glasbehälter aus der Garage bringen – weiter hatte er nicht gedacht. Jetzt fuhr er in einem Auto durch die Stadt, das jederzeit explodieren konnte. Er musste einen Ort finden, der möglichst weit von den Menschen und der dichten Bebauung entfernt war. Ein scheinbar unmöglicher Auftrag.

Er schlitterte aus der Tiefgarage heraus und bremste ein wenig ab, um sich zu orientieren. Überall Polizeiwagen mit blinkendem Blaulicht. Sie hatten das Klarabergsviadukten in beiden Richtungen abgesperrt, aber er entdeckte eine Lücke zwischen einem Mannschaftswagen und einem gewöhnlichen Polizeiauto, dort, wo es zum Kaufhaus Åhléns und dem Sergels torg ging. Eigentlich durfte er diese Richtung auf keinen Fall einschlagen, ins Herz der Stadt hinein, aber es gab keine Alternative. Er musste von hier weg. Es konnte jeden Moment zu spät sein, und sein Versuch, die Katastrophe zu verhindern, wäre gescheitert. Er gab Gas und hupte warnend, damit die Menschen den Weg frei machten. Immerhin eine Person verstand, was er vorhatte. Billy. Sebastian sah, wie er wild gestikulierend herbeieilte, damit die anderen Polizisten nicht versuchten, ihn aufzuhalten. Sebastian manövrierte das Auto durch die Lücke, die enger war als gedacht, sodass er die beiden anderen Fahrzeuge schrammte und einen Rückspiegel des Audis abriss. Plötzlich lagen das Klarabergsviadukten und die Klarabergsgatan frei vor ihm. Er fuhr als Einziger in diese Richtung. Auf der Gegenfahrbahn staute sich der Verkehr. Er beschleunigte.

Wo sollte er nur hinfahren?

Er geriet in Panik. Viel Zeit blieb ihm nicht, aber er konnte auf keinen Fall einfach aussteigen und das Auto dort stehen lassen, wo es war. Es war seine Verantwortung. Er musste das, was er angefangen hatte, zu Ende bringen. Auch wenn das bedeutete, dass er den höchsten Preis dafür zahlte.

Er entdeckte die kleine Querstraße an der Klara kyrka, die über eine weitere Verbindungsstraße zur größeren Vasagatan führte. Das war die beste Alternative. Zwar verlief die Vasagatan am Hauptbahnhof vorbei, aber anschließend war die Bebauung offener, und mit ein wenig Glück würde er es sogar bis zum Wasser schaffen.

Er trat auf die Bremse und riss das Steuer herum. Die Reifen quietschten verärgert, und das Heck schwenkte aus, aber er behielt die Kontrolle über den schwankenden Audi und bog in die Querstraße ein. Auf die nächste scharfe Rechtskurve war er besser vorbereitet, und der Wagen scherte nicht mehr unkontrolliert aus. Jetzt lag die Vasagatan vor ihm, die zu seinem Erstaunen noch nicht abgesperrt war. Er weigerte sich dennoch, das Tempo zu drosseln. Stattdessen drückte er auf die Hupe. Im letzten Moment bemerkte er, dass der Verkehr auf der rechten Spur stillstand, und bretterte auf die Gegenfahrbahn. Fast wäre er mit einem Linienbus zusammengestoßen und wich mit Mühe und Not aus, wobei er ein Taxi schrammte, diesmal auf der Beifahrerseite, dabei jedoch kaum an Tempo einbüßte. Die Autos, die ihm anschließend entgegenkamen, bremsten oder wichen hastig aus. Er begriff, dass er wieder auf die andere, richtige Fahrbahn gelangen musste, aber die breite und hohe Verkehrsinsel in der Mitte verhinderte es, und noch dazu erstreckte sich der Stau zu seiner Rechten noch bis zur Kreuzung am Tegelbacken. Weiter vorn sah er einen Zebrastreifen, wo ein paar Fußgänger unbeirrt von den kreischenden Bremsen und dem wütenden Hupen der anderen Autofahrer die Straße überquerten. Auch Sebastian hupte wie ein Wahnsinniger, damit sie ihm Platz machten. Als sie ihn heranrasen sahen, rannten sie in alle Richtungen auseinander.

Endlich erblickte er ein Stück entfernt das Wasser hinter dem Klarastrandsleden, allerdings auch die Polizeiwagen mit Blaulicht, die neben dem Fahrradweg standen und ihm den Weg versperrten.

Seine beste Chance war vertan.

Sebastian fuhr, ohne abzubremsen, auf die Kreuzung, schlitterte nach rechts und erhöhte das Tempo weiter, als er unter der Centralbron hindurchraste. Jeden Moment konnte es vorbei sein. Jeden Moment konnten sich die Chemikalien vermischen. Immerhin würde es schnell gehen. Er würde kaum etwas merken. Das war wohl der einzige Vorteil, dachte er. Wenn man schon sterben musste, konnte es genauso gut schnell gehen.

Er warf einen raschen Blick zum Wasser hinüber. Eine meterhohe Mauer trennte ihn davon. Elender Mist. Nicht auch das noch. Er hatte ohnehin das Gefühl, dass seine Zeit längst abgelaufen war.

Wie lange war es her, dass er die Tiefgarage verlassen hatte?

Eine Minute? Zwei?

Er raste weiter geradeaus. Die Mauer wurde niedriger und endete in einer Treppe. Es bestand zwar immer noch ein Höhenunterschied, aber er wagte es nicht, noch weiter zu fahren. Allmählich näherte er sich dem Rathaus, und ein Stück dahinter begannen die Wohngebiete. Er riss das Lenkrad mit voller Kraft nach links. Jetzt war es jeden Moment so weit. Die Reifen krachten gegen die hohe Bordsteinkante, und irgendetwas ging dabei offenbar kaputt, denn plötzlich reagierte das Lenkrad träger und hatte einen Rechtsdrall. Jetzt war er fast am Ziel. Das Auto musste nur noch ein klitzekleines bisschen durchhalten.

Erst in letzter Sekunde entdeckte er die Dampfschiffe, die vor ihm am Kai lagen. Das hatte er nicht bedacht, aber jetzt war es zu spät. Er musste das Risiko eingehen und brauste runter zum Kai. Menschen rannten zur Seite. Handykameras wurden gezückt. Sebastian zielte auf den Zwischenraum zwischen den rot-schwarz-weißen Booten, die friedlich in der Abendsonne schaukelten. Er hoffte von ganzem Herzen, dass er keines von ihnen treffen würde, doch ihm blieb keine Wahl mehr.

Irgendwo musste diese Reise enden.

Sie musste hier enden.

Er trat das Gaspedal durch und öffnete die Tür. Es würde schmerzhaft werden, aber es half nichts. Er wollte den Wagen so weit wie möglich in die glitzernde Bucht schicken, und dafür brauchte er die maximale Geschwindigkeit. Der Kai raste auf ihn zu. Als er nur noch wenige Meter entfernt war, ließ Sebastian das Lenkrad los und hechtete hinaus. Für eine Sekunde hatte er das Gefühl, er würde fliegen. Dann kam der Schmerz. Er überschlug sich auf dem harten Boden. Alles drehte sich, sein Körper schrie. Im nächsten Moment hörte er es: eine gedämpfte Explosion, gefolgt von einer tosenden Wasserfontäne, die ihn überspülte.

Er sah, wie die Dampfschiffe für eine Sekunde fast aus dem Wasser gehoben wurden.

Mühsam setzte sich Sebastian auf.

Er konnte seinen rechten Arm nicht mehr bewegen.

Das Atmen schmerzte.

Der ganze Kai war überschwemmt, und in der Luft hingen unzählige winzige Wassertropfen wie ein Nebel. Und plötzlich brach die Sonne durch, und für eine Sekunde sah er einen Regenbogen.

Wie schön, dachte er noch.

Dann fiel er vornüber und blieb liegen.

Endlich war es ihm gelungen, sie alle zu versammeln.

Sie alle – so sah er es, obwohl Sebastian nicht dabei war. So sollte es sein. Normalerweise bezeichnete Torkel sich nicht gern als Nostalgiker, aber in diesem Fall war es früher zweifellos besser gewesen.

Auf diese Weise funktionierte das Team am besten.

Ohne Sebastian Bergman.

Allerdings vermutete Torkel, dass sie das keineswegs auszeichnete. Vermutlich funktionierten die meisten Konstellationen ohne Sebastian Bergman besser.

Seit einer knappen Stunde hatten sie offiziell frei. Denn da hatte Torkel die komplette Voruntersuchung an den Staatsanwalt übergeben, und jetzt feierten sie auf der Terrasse des Restaurants MoonCake, das nur wenige hundert Meter vom Polizeipräsidium entfernt lag. Er hatte ein paar kleinere Gerichte bestellt, die sie sich teilten. Bier für alle, die wollten. Und Wein für Ursula.

Nach den Ereignissen im Hotel Waterfront war die Presse vollkommen durchgedreht. Der Dokusoap-Mörder, Größen aus Politik und Wirtschaft, ein Auto mit einer Bombe im Riddarfjärden mitten unter all den Touristen. Das war wie ein mehrtägiger Sturzregen im ausgedörrten Sommerloch der Medien.

Es gab so viele unterschiedliche Geschichten, unter denen man wählen konnte, dass das eigentliche Motiv schnell in den Hintergrund geriet. In den knapp zwei Wochen, die seit dem Ereignis vergangen waren, hatte Lagergren immer mehr an Bedeutung verloren, und der kleine Samen für eine Diskussion, den seine Handlungen zuvor gesät hatten, schien niemanden mehr zu interessieren, weil er seit dem vereitelten Attentat im Hotel Waterfront zum Terroristen gestempelt worden war, und nicht einmal der liberalste Kommentator würde terroristische Ideen verteidigen.

Kurz nach den dramatischen Ereignissen wurde ein Haftbefehl gegen Lagergren erlassen, und vielleicht begriff er selbst, dass ihn der gescheiterte Anschlag eher berüchtigt als berühmt machen würde, denn er gestand ein Verbrechen nach dem anderen. Dabei gab er lange Erklärungen darüber ab, weshalb er gezwungen gewesen sei, so zu agieren, und wie wichtig es sei, dass jemand gegen diese zunehmende Verdummung ankämpfe.

Er sei derjenige, der einen Kreuzzug gegen die Idiotie geführt habe.

Er wusste, dass nichts von dem, was er sagte, an die Presse drang, und so schien es, als übte er mit diesen Ausführungen schon für den bevorstehenden Prozess. Seinen Anwalt bat er immer wieder darum, sich dafür einzusetzen, dass das Verfahren nicht hinter geschlossenen Türen geführt werden würde. Ob dieser Wunsch in Erfüllung ging, würden sie erst zu Prozessbeginn im August erfahren. Torkel zweifelte nicht daran, dass David Lagergren zu lebenslanger Haft verurteilt werden würde, was in seinem Fall auch tatsächlich lebenslang bedeuten konnte.

Es war immer sehr befriedigend, wenn ihr Arbeitseinsatz Ergebnisse zeigte, aber das Beste war trotzdem, dass Vanja zurückgekommen war. Nach ihrem Einsatz im Hotel Waterfront war sie zwei Tage lang weg gewesen, dann jedoch mit der Frage zurückgekehrt, ob sie behilflich sein könne.

Die Unterlagen für den Staatsanwalt vorzubereiten.

Damit sie nichts übersahen.

Damit Lagergren verurteilt werden würde.

Sie dabei unterstützen, den Fall abzuschließen.

Torkel schielte zu ihr hinüber. Sie war bereits leicht gebräunt, trug ein gelbes T-Shirt und weiße Shorts, hielt ein Glas Bier in der Hand und lächelte Billy an. Er war so froh, dass sie wieder da war.

Torkel nahm eine Gabel vom Tisch und schlug gegen eines der leeren Biergläser, die vor Billy standen. Dann räusperte er sich, machte aber keine Anstalten aufzustehen. Die anderen verstummten und sahen ihn in amüsierter Erwartung an. Er wusste, warum, denn normalerweise hielt er keine Reden.

«Ich wollte nur sagen, wie froh ich bin, hier mit euch zu sitzen», sagte er einleitend. «Mit euch allen», fuhr er fort und warf Vanja einen warmherzigen Blick zu. «Und ich möchte euch sagen, dass ihr gute Arbeit geleistet habt. Nehmt euch ein bisschen frei, ihr habt es euch verdient. Und deshalb hoffe ich auch, dass es ein paar Wochen dauern wird, bis wir uns wiedersehen.»

Nachdem sie sich zugeprostet und einen schönen Sommer gewünscht hatten, stellte Torkel sein Glas ab und erhob sich. Billy schob die Sonnenbrille in die Stirn und sah ihn fragend an.

«Gehst du schon?»

«Ja, ich muss nach Hause und noch ein bisschen packen. Ich fahre morgen früh. Wenn noch was ist, könnt ihr mich auf dem Handy erreichen.»

«Wo fährst du hin?», fragte Vanja.

«Erst nach Ulricehamn und dann mal sehen.»

Er konnte sich ein glückliches kleines Lächeln nicht verkneifen. Ursula nahm einen großen Schluck Wein und stellte das Glas leer wieder ab. Torkel registrierte es.

«Bleibt, solange ihr wollt, bestellt, was ihr wollt, ich habe dafür gesorgt, dass ich die Rechnung bekomme.»

Dann drehte er sich um und ging zurück zum Präsidium und seinem Wagen. Mit leichten Schritten. Von seinen Arbeitskollegen weg und zu Lise-Lotte.

«Torkel!»

Er drehte sich um und sah, dass Vanja auf ihn zurannte.

«Was ist denn?»

Vanja erreichte ihn und blieb stehen. Sie blickte auf ihre Sandalen hinab. Torkel bemerkte, dass sie sich auf die Lippen biss. Was auch immer sie sagen wollte, fiel ihr anscheinend nicht leicht.

«Ich wusste nicht, ob ich ...», begann sie und sah zu ihm auf. «Aber es ist besser, wenn du es gleich erfährst.»

«Was soll ich erfahren?», fragte er, doch sein Magen krampfte sich bereits zusammen.

«Ich möchte nach dem Sommer nicht mehr bei der Reichsmordkommission arbeiten.»

Sie sprach es aus. Das, was er wirklich nicht hören wollte. Und er wollte so vieles antworten, wollte protestieren und sie überreden.

«Nein, du darfst nicht ...», war das Einzige, was er hervorbrachte.

«Ich muss.»

«Er wird nicht zurückkommen. Sebastian kommt nicht zurück.»

«Daran liegt es nicht, und du weißt, dass ich wahnsinnig gern mit dir zusammenarbeite. Aber ich muss das gewohnte Muster durchbrechen. Etwas Neues machen.»

«Du bist die Beste, die ich habe.»

«Ich will ja auch weiter bei der Polizei arbeiten, aber in einer anderen Abteilung.»

Torkel nickte nur. Was sollte er tun? Er kannte sie so gut. Es würde ihm nicht gelingen, sie umzustimmen, wenn sie sich einmal entschieden hatte. Vanja war Vanja. Außerdem wollte er sie nicht in seinem Team haben, wenn sie es selbst nicht wünschte.

«Aber du kommst zurück.» Er hörte, dass es eher wie ein Befehl klang als wie eine Frage.

«Ja, ich komme zurück. Ich möchte zurückkommen, ich muss nur erst ein bisschen Ordnung in mein Leben bringen.»

Was gab es da noch zu sagen? Nichts. Sie ließ sich ganz selbstverständlich in seine Arme fallen, und er drückte sie fest und lange. Vanja spürte eine Träne im Augenwinkel.

«Gib auf dich acht und melde dich, wenn etwas ist ... was auch immer», sagte er in ihr Haar.

«Das werde ich tun.»

Er ließ sie los und sah sie an, als wollte er noch etwas sagen, doch dann nickte er nur kurz, drehte sich um und ging.

Vanja kehrte zu den anderen zurück. Sie sah auf die Uhr. Jetzt war sie auch gezwungen, nach Hause zu gehen. Jonathan und sie würden mit dem Nachtzug nach Kopenhagen fahren.

«Worüber habt ihr gerade gesprochen?», fragte Ursula, als Vanja ihre Tasche ergriff und sich verabschieden wollte.

Vanja holte tief Luft. Sie hatte sich eingeredet, das Schlimmste wäre nun überstanden, nachdem sie es Torkel gesagt hatte, aber jetzt begriff sie, dass es nicht stimmte.

«Ich habe vor aufzuhören. Bei der Reichsmordkommission», sagte sie so ungezwungen und undramatisch, wie es nur ging. Aber sie sah den anderen an, dass sie glaubten, sie würde scherzen. Also musste sie erklären, warum, wie lange sie weg sein wollte, was sie stattdessen vorhatte, und sie ließen sie nicht eher gehen, bis sie noch ein Bier zusammen getrunken hatten – woraus in Billys Fall zwei wurden.

«Kennst du Jonathan?», fragte Ursula, während sie Vanja nachsah, die zur U-Bahn-Station Rådhuset ging.

«Ja, ich habe ihn mal getroffen, aber das ist schon ziemlich lange her», antwortete Billy. «Ein netter Typ. Und du? Hast du Torkels Neue schon mal gesehen?»

«Lise-Lotte. Ja, ein Mal. Ich habe sie geweckt, als Weber dieses Interview veröffentlich hatte.»

«Und wie war das für dich?»

Ursula erstarrte. Schon die Frage, ob sie Lise-Lotte einmal gesehen hatte, war ihr unangenehm gewesen, aber jetzt wurde es noch schlimmer.

«Wie meinst du das?»

«Hattet ihr nicht was miteinander? Torkel und du?»

Er sagte das so, als wäre das vollkommen normal und allgemein bekannt. Ein Gesprächsthema wie alle anderen, als hätte er sie gefragt, ob sie irgendeine Fernsehserie oder einen Kinofilm gesehen hätte.

«Das scheinen ja wirklich alle zu wissen, oder?», fragte Ursula und schüttelte leicht den Kopf.

«Ich weiß nicht, ob alle es wissen. Ich weiß es.»

«Das war aber nichts Ernstes», erklärte Ursula mit fester Stimme und nahm einen Schluck Wein. «Und es ist vorbei. Also ist es kein Problem für mich. Was hast du jetzt vor?»

«Weiß nicht.»

«Willst du denn nicht mit deiner frischgebackenen Ehefrau verreisen?»

«Sie war es leid, noch länger zu warten, bis ich mit der Arbeit fertig bin, und ist mit ein paar Freunden an die Westküste gedüst. Ich komme morgen nach.»

«Also hast du heute Abend nichts mehr vor?»

«Nein. Und du?»

«Auch nicht.»

«Na dann.»

Sie stießen leise klirrend an, leerten den letzten Rest aus ihren Gläsern und sahen sich nach einem Kellner um.

S ie war nicht richtig betrunken.

Aber mehr als angeheitert.

Gab es eigentlich ein Wort für dieses Dazwischen?

Darüber grübelte Ursula, als sie aus dem Taxi stieg und zur Haustür ging. Der Code bereitete ihr keine Probleme. Gleich beim ersten Mal hatte sie ihn korrekt eingegeben, was der Beweis dafür war, dass sie nicht betrunken war. Im Flur angekommen, drückte sie den Lichtschalter und blieb einen kurzen Moment stehen. Holte tief Luft, um sich zu sammeln. Nach der Anstrengung, die schwere Haustür zu öffnen, drehte es sich in ihrem Kopf ein wenig, was der Beweis dafür war, dass sie nicht ganz nüchtern war. Irgendetwas dazwischen.

Sie ging die wenigen Schritte zu der Wand mit den Briefkästen. An ihrem stand nach wie vor «M., U. und B. Andersson», obwohl M. und B. schon lange nicht mehr dort wohnten. Seit einem halben Jahr überlegte sie schon, ob sie das Schild auswechseln sollte, hatte sich aber nie dazu durchringen können. Nicht weil sie glaubte, dass M. und B. wieder zurückkämen. Sie vermisste M. nicht einmal, und von B. wurde sie nicht vermisst. Hatte sie das kleine Schild hängen lassen, weil es sie an andere Zeiten erinnerte? Nicht an bessere Zeiten, nur an andere, von der jetzigen verschiedene und möglicherweise einfachere.

Ursula kramte den Schlüsselbund aus ihrer Tasche und öffnete den Briefkasten. Er war leer bis auf eine Lokalzeitung, die Wochenkarte eines Bistros um die Ecke und die bunte Werbung eines Immobilienmaklers, der ihr den besten Preis für ihre Wohnung versprach, wenn sie ihn mit dem Verkauf beauftragte.

Nichts, was an sie persönlich gerichtet war.

Wann hatte sich eigentlich zum letzten Mal jemand bei ihr gemeldet?, überlegte sie. Welcher war der letzte Brief gewesen, der an sie persönlich adressiert war – wenn man von den Rechnungen absah? Nur an sie. Es musste die Einladung zu Billys und Mys Hochzeit gewesen sein.

Wie lange war das her?

Mehrere Monate.

Natürlich schrieben inzwischen nur noch die wenigsten Menschen Briefe und Postkarten, aber ihr Posteingang im Computer war genauso frei von persönlichen E-Mails und Grüßen wie ihr echter Briefkasten. Sie bekam entweder berufliche Nachrichten oder Werbung oder Erinnerungen von Facebook, dass sie irgendetwas verpasst hatte. Vor einigen Jahren hatte sie sich einen Facebook-Account zugelegt, weil sie gedacht hatte, es wäre gut, ein wenig den Kontakt zu alten Schulkameraden und Kollegen zu halten. Aber sie war schnell ermüdet. Hatte nicht gewusst, was sie in ihre Statusmeldungen schreiben sollte, und schon bald die Nase voll gehabt von dem scheinbar perfekten Leben der anderen mit ihren Wellnesswochenenden, gemütlichen Freitagabenden mit Garnelen und Weißwein, persönlichen Bestzeiten beim Laufen, mit ihren Sonnenuntergängen und ihrem Brotbacken fürs Sommerfest.

Sie musste es sich einfach eingestehen. Sie war allein. Und sie war es immer schon gewesen, auch als sie noch mit Micke und Bella zusammengelebt hatte. Eigentlich störte es sie nicht. Sie war, wie sie war. Und vielleicht hatte sie es sogar selbst so gewählt.

Aber der Abend war noch so jung. Und sie hatte Urlaub.

Warum sollte sie jetzt nach oben gehen und sich in eine leere Wohnung setzen?

Noch dazu, wo es ja doch Alternativen gab.

Sie ließ den ganzen Kram im Briefkasten liegen, knallte das Türchen zu, schloss ab und ging wieder zur Haustür. Es konnte schon sein, dass diese Alternative nicht unbedingt die beste für sie war, dachte sie, als sie auf den Bürgersteig trat und ihr die Wärme entgegenschlug.

Aber sie befand sich in einem Zustand zwischen angeheitert und betrunken.

Sie hatte das Recht, falsche Entscheidungen zu treffen.

Übermorgen waren es drei Wochen.

Drei Wochen, seit er Jonathans Auto in die Riddarfjärden gefahren und sich drei Rippen gebrochen hatte und den linken Arm gleich zweifach.

Torkel hatte ihn im Krankenhaus besucht, als er auf seinen Gips wartete. Er hatte Sebastian gedankt, war jedoch gleichzeitig auch wütend auf ihn gewesen.

Alle hätten sie für ihr Handeln gelobt, aber habe Sebastian eigentlich auch nur ein Mal an die Konsequenzen gedacht? Ja, er habe eine Katastrophe abgewendet, aber was wäre gewesen, wenn die Bombe auf der Vasagatan explodiert wäre? Vor dem Hauptbahnhof?

Sebastian hatte nicht verstanden, warum sie über Dinge sprachen, die eventuell hätten eintreten können, wo sie es doch nachweislich nicht getan hatten. Und es war höchst unwahrscheinlich, dass er noch einmal in diese Situation geriet, sodass er auch keine Lehre aus den Ereignissen ziehen konnte.

Sie hatten mit keinem Wort über eine mögliche Weiterarbeit bei der Reichsmordkommission gesprochen.

Torkel hatte es nicht angesprochen.

Sebastian hatte nicht danach gefragt.

Als die Krankenschwester gekommen war, um ihn zum Eingipsen abzuholen, hatte Torkel sich verabschiedet und war gegangen.

Nach diesem einen Besuch hatte Sebastian nichts mehr von ihm gehört.

Er hatte gehofft, dass Vanja auftauchen würde. Als er sich das letzte Mal im Dienst eine schwere Verletzung zugezogen hatte, war sie gekommen. Dabei hatte er damals nur *angeboten*, ihren Platz einzunehmen.

Als Geisel.

Bei Edward Hinde.

Hinde war jedoch nicht darauf eingegangen und hatte sie beinahe beide umgebracht.

Diesmal hatte er ihren Platz wirklich eingenommen. Es war ihm gelungen, sie voll und ganz von der Gefahr fernzuhalten. Aber diesmal war sie nicht gekommen.

Nicht ins Krankenhaus. Nicht zu ihm nach Hause.

Sie meldete sich einfach gar nicht.

Es war ein merkwürdiges Déjà-vu-Gefühl. Aus dem Krankenhaus zu kommen und einzusehen, dass er seine Tochter verloren hatte. Er zwang sich zu akzeptieren, dass sie wirklich nichts mit ihm zu tun haben wollte.

Doch das schmerzte.

Mehr als gebrochene Rippen und Arme.

Normalerweise wusste er, was er gegen Schmerz, Trauer, Rastlosigkeit und Niedergeschlagenheit unternehmen musste. Bei all diesen Gefühlslagen half die gleiche Kur.

Frauen und Sex.

Jetzt konnte er nicht einmal tief Luft holen, ohne vor Schmerz zu jammern. Sex war ausgeschlossen. Hand- oder Blowjobs waren natürlich denkbar, aber er hatte keine rechte Lust, das Spiel zu spielen und am Ende der Verführung einen solchen Anforderungskatalog hervorzuziehen. Die Gefahr, dann abgewiesen zu werden, war einfach zu groß.

Also blieb er zu Hause. Und wurde darüber fast verrückt.

Er drehte eine Runde durch die Wohnung. Wahrscheinlich sollte er etwas essen. Hatte er heute überhaupt etwas zu Mittag gegessen? Er glaubte nicht. Andererseits war er auch nicht hungrig. Da klingelte es. Sebastian hielt inne. Mittlerweile überkam ihn stets ein leises Unbehagen, wenn es an seiner Tür klingelte. Aber es war nicht so schlimm, als dass er nicht öffnen würde – nach wie vor lieber, ohne den Spion zu benutzen.

Wie immer hoffte er, dass es Vanja wäre.

Es war Ursula.

«Hallo.»

Ihr gelang das Kunststück, bei diesem kurzen Wort ein bisschen zu lallen.

«Hast du was getrunken?»

«Wir haben uns ein paar Gläser Wein gegönnt.»

«Wer wir?»

«Die Kollegen.»

«Vanja?»

«Und Torkel und Billy.»

Sebastian war seit drei Wochen kein Teil des Teams mehr und erwartete auch nicht, zu einem After-Work-Drink oder einer Kneipentour eingeladen zu werden. Doch zu seinem Erstaunen versetzte es ihm dennoch einen Stich, dass er ausgeschlossen wurde.

«Komm rein», sagte er und trat zur Seite.

War es Einbildung, oder zögerte sie kurz, ehe sie in den Flur trat? Wie auch immer, er hatte nicht vor, sie daran zu erinnern, was beim letzten Mal passiert war, als sie ihn besucht hatte.

«Möchtest du einen Kaffee? Was zu essen?»

«Gern einen Kaffee.»

Sie saß auf einem der Stühle am Küchentisch. Sebastian war gerade damit beschäftigt, einen Filter in die Maschine zu legen und Kaffee aus einem Päckchen zu schaufeln, das er zwischen seinem eingegipsten Arm in der Schlaufe und dem Bauch eingeklemmt hatte.

«Brauchst du Hilfe?», fragte sie.

«Nein, geht schon, danke.»

Sie lehnte sich auf dem Stuhl zurück und spürte, wie der Alkohol sie herrlich entspannte. Sie erinnerte sich an das letzte Mal, als sie hier gesessen hatte. Sie hatten zusammen gegessen. Es war ein schöner Abend gewesen.

Torkel hatte Ursula zwischendurch in angeheitertem Zustand bei ihr angerufen und gesagt, dass er sie liebe. Das würde heute Abend nicht passieren. Damals hatten Ursula und Sebastian nach dem Essen im Wohnzimmer Kaffee getrunken. Es hatte ein stilles Einverständnis geherrscht, dass sie miteinander ins Bett gehen würden. Auch das würde heute Abend nicht passieren.

Dann war sie losgegangen, um in der Küche Milch zu holen, es hatte an der Tür geklingelt ...

Sie wollte nicht daran denken.

«Wie geht es dir?», fragte sie stattdessen, weil sie sah, wie er vor Schmerz das Gesicht verzog, als er den Kaffee in den Schrank zurückstellte.

«Besser.»

«Aber du hast Schmerzen?»

«Ja.»

«Siehst du deshalb so traurig aus?»

Sie bemerkte, wie Sebastian für einen Moment erstarrte. Er schien deutlich überrascht, wie schnell sich das Gespräch von einer unverfänglichen Plauderei hin zu etwas Privatem entwickelt hatte.

«Tu ich das?», fragte er abwartend, und sie hatte das Gefühl, dass er ihr absichtlich den Rücken zuwandte.

«Ist es wegen Vanja?» Aus irgendeinem Grund war sie fest entschlossen, ihn nicht so leicht davonkommen zu lassen, aber auch nicht überrascht, als sie keine Antwort bekam. «Was hast du getan, um sie so wütend zu machen?»

Sebastian drehte sich um und sah sie an. Er sah ein aufrichtiges Interesse in ihrem leicht schiefen Blick. Keine Schadenfreude. Keinen Vorwurf. Vielleicht sogar ein bisschen Mitgefühl.

Er überlegte kurz.

Ursula war hier. Sie war die Einzige, die ihn besuchte. Zwar war sie betrunken und fühlte sich einsam, aber dennoch. Sie hatten etwas miteinander geteilt. Damals, vor langer Zeit, als er sicher gewesen war, dass sie ihn liebte – und bevor er mit ihrer Schwester ins Bett ging. Aber auch erst vor kurzem. Bevor Ellinor auf sie geschossen hatte. Jetzt war Ursula wieder hier.

In seiner Wohnung. In seiner Küche. Bei ihm.

Jemand, der freiwillig zu ihm kam.

Jemand, der ihm tatsächlich vergeben hatte.

Sie hatte die Wahrheit verdient.

«Ich bin mit ihrer Mutter ins Bett gegangen», sagte er schließlich.

«Sie hasst ihre Mutter.»

«Ich weiß.»

In der Küche wurde es still. Nur das emsige Gluckern und Zischen der Kaffeemaschine war zu hören und wies darauf hin, dass es Zeit war, sie zu entkalken.

«Du kannst es wirklich nicht lassen, dir alles kaputt zu machen, oder?»

Wieder war es kein Vorwurf, sondern eher eine bekümmerte Feststellung. Mitfühlend. Was sollte er sagen? Was konnte er sagen? Dagegen ließ sich nichts einwenden. Sie hatte recht. Immer wenn es ein bisschen besser lief, musste er alles zerstören.

Bevor er Lily traf, war er von einem Hunger getrieben worden. Von dem Gefühl, dass die Kirschen in Nachbars Garten süßer waren. Einer unreifen Vorstellung davon, dass ihm vielleicht etwas Besseres entging, wenn er sich mit dem zufriedengab, was er hatte.

Einer Unfähigkeit, Entscheidungen zu treffen, und dem Wunsch, so viel wie möglich zu haben. Alles. Die ganze Zeit.

Nach dem Tsunami im Jahr 2004 war es etwas anderes.

Ursula wartete auf eine Antwort, eine Reaktion, irgendetwas.

Was sollte er sagen? Was konnte er sagen?

«Ich habe nicht das Gefühl, dass ich es verdiene», erklärte er leise.

«Was?»

«Glücklich zu sein.»

Die Stille in der Küche war beinahe greifbar. Sebastian blickte Ursula an. Schon das kostete ihn fast alle Kraft. Er wartete auf eine Reaktion. Irgendetwas. Sie stand wortlos auf und ging zu ihm. Je näher sie kam, desto schwerer fiel es ihm, sie anzusehen. Sie blieb vor ihm stehen. Ganz dicht. Er blickte zu Boden. Stumm schob sie seine Armschlinge beiseite. Umarmte ihn vorsichtig. Legte die Wange an seinen Brustkorb. Er spürte die Wärme ihres Körpers, nahm den Geruch ihres Shampoos und Deos wahr – und ihre schwache Fahne. Behutsam legte er seinen gesunden Arm um ihre Taille. Und ließ sich umarmen. Er nahm ihren Trost an und redete sich ein, dass er nur deshalb weinte, weil sie gegen seine verletzten Rippen drückte.

Die Morgensonne stach ihm in die Augen.

Er war durstig und musste pinkeln. Drehte sich weg, um sich vor der grellen Sonne zu schützen. In diesem Moment kam der Kopfschmerz. Er war gestern ziemlich blau gewesen.

Stockbesoffen.

Er konnte sich nicht erinnern, wann er das letzte Mal derart betrunken gewesen war. An den gestrigen Abend konnte er sich auch nicht mehr vollständig erinnern. Gedächtnislücken. Als Ursula vor dem MoonCake ins Taxi gestiegen war, hatte er ein paar alte Kumpels angerufen. Er hatte eine vage Erinnerung, dass sie sich irgendwo in Södermalm getroffen hatten, um ein paar Bier zu trinken, in Björns Trädgård weitergezogen waren, um noch mehr Bier zu trinken, und von dort mit dem Bus nach Gärdet gefahren waren, um Biertrinken und Fußballgucken zu kombinieren.

Dann hatte er die letzte U-Bahn in Richtung Innenstadt genommen.

Eine Frau, die schrie.

Rot.

Er öffnete die Augen. Der Kletterhaken und das Seil an der Wand. Ach ja. Er war nicht nach Hause gegangen. Er war zu Jennifer gefahren. Hatte sie angerufen. Geweckt. Um kurz vor zwei.

Es war ein bisschen wie die letzte Nacht mit der alten Gang gewesen.

Vanja würde aufhören. Vorübergehend, aber dennoch. Sie hatten den Fall abgeschlossen. Die Arbeit war beendet. Morgen würde er nach Marstrand fahren und zusammen mit My in einem kleinen Zimmer mit einem schmalen Bett wohnen, in einem Haus, das sie zusammen mit zwei Freundinnen von My und deren Freunden gemietet hatten.

Eine Woche.

Eine Woche, in der er Jennifer nicht treffen würde.

Er hatte eingesehen, dass das Arrangement, das er in der letzten Zeit getroffen hatte, nicht lange funktionieren würde. Er musste die Sache angehen. Sich von einer der beiden trennen. My oder Jennifer. Aber daran hatte er gestern Abend nicht denken wollen. Es war nur ein Grund gewesen, noch ein paar Bier mehr zu trinken.

Jennifer hatte gelacht, als sie gehört hatte, wie betrunken er war. Aber natürlich dürfe er zu ihr kommen, hatte sie gesagt. Das wusste er immerhin noch. Er hatte ein Taxi dorthin genommen. War unterwegs eingeschlafen. Der Fahrer hatte ihn geweckt.

Er setzte sich auf.

Fühlte sich weniger durstig, musste aber umso dringender auf die Toilette.

Hatte noch mehr Kopfweh.

Er erinnerte sich nicht mehr genau, wie er auf diesem Sofa gelandet war. Wahrscheinlich hatte er zu schlimm gerochen oder geschnarcht. Er fühlte mit der Zunge am Gaumen nach. Immerhin schien er sich nicht übergeben zu haben. Aber auch nicht die Zähne geputzt.

Rot.

Er kam auf die Füße. Schleppte sich zur Toilette. Wie viel Uhr war es eigentlich? Er hatte das Gefühl, er hätte höchstens zwei Stunden geschlafen. Aber es musste später sein. Die Sonne stand schon ziemlich hoch. Während er pinkelte, bemerkte er, dass er immer noch ziemlich betrunken war.

Er musste sich schleunigst auf den Weg machen.

Er hatte noch nichts für seinen Urlaub gepackt. Der Zug fuhr um 11.22 Uhr. So spät konnte es aber noch nicht sein. Nein, dann hätte Jennifer ihn geweckt.

Er drückte die Spülung und drehte das kalte Wasser auf. Sein Kopf protestierte, als er sich zum Trinken unter den Wasserhahn beugte. Anschließend formte er seine Hände zu einer Schale und klatschte sich mehrmals kaltes Wasser ins Gesicht. Als er sich vorsichtig aufrichtete, sah er sein Spiegelbild zum ersten Mal. Was für ein Elend. Er blinzelte mehrmals und versuchte, sein Gesicht zu straffen. Gesund auszusehen. Munter. Das gelang nicht wirklich. Er beugte sich vor und fuhr sich mit dem Finger über die Wange. Seine Haut fühlte sich wie Knete an. Sie hing schlaff nach unten.

Rot.

Er erstarrte.

Plötzlich war er vollkommen nüchtern.

Rot war ihr Sicherheitswort.

Das Adrenalin machte sich für eine Sekunde bemerkbar.

Er erinnerte sich nicht, ob sie ... Doch, hatten sie.

Er war betrunken und geil gewesen und – verdammt!

Er stürmte aus dem Badezimmer ins Schlafzimmer. Blieb im Türrahmen stehen. Jennifer lag nackt auf dem Bett. Die Hände noch immer mit Handschellen ans Kopfende gefesselt. Die Beine gespreizt und mit den schmalen Lederriemen festgebunden, die sie immer benutzten. Ihr Kopf war von ihm weggedreht. Er atmete so heftig, dass sein ganzer Körper zitterte, weshalb er nicht sehen konnte, ob sich ihr Brustkorb bewegte. Aber das tat er doch wohl? Vielleicht war sie ohnmächtig geworden. Ein Blutstau? Ihre Arme mussten fürchterlich schmerzen, vielleicht hatte sie sich die Muskeln verletzt, aber ...

Er stürzte zum Bett.

«Jenn...»

Er wollte sie leicht an der Schulter berühren, hielt jedoch inne.

Plötzlich war alles weg.

Der Raum, das Bett, der Boden, alles.

Alle Geräusche, alle Farben. Alles verschwand einfach.

Er sah es nicht mehr. Sah nichts.

Bis auf eines.

Die tiefvioletten Male an ihrem Hals.

Dank

Inzwischen gibt es einige Bücher über Sebastian Bergman und die anderen Kollegen von der Reichsmordkommission, und ihr, die ihr uns dabei unterstützt, werdet auch nicht weniger. Aber wie gewohnt wollen wir zunächst all den einzigartigen Menschen bei Norstedts danken, allen voran Susanna Romanus und Peter Karlsson, ohne deren positive Einstellung zu uns und unserem Schreiben wir nicht zurechtkommen würden. Wir möchten auch unseren neuen Freunden von der Salomonsson Agency danken mit Niclas, Tor, Federico und Marie an der Spitze, die unser Autorenleben noch schöner und leichter machen. Ein Dank gebührt auch unseren ausländischen Verlegern und Verlagen, die zu unserer großen Freude mehr und mehr werden, und all unseren Übersetzern, die eine tolle Arbeit leisten.

MICKE: Abgesehen von den oben Genannten denke ich auch an meine Kollegen und Freude bei SF und Tre Vänner, die mich inspirieren und unterstützen. Den ganz großen Dank möchte ich aber trotzdem für die aufheben, die mich in allen Augenblicken des Zweifels und der Freude immer unterstützt haben. Die es geduldig ertragen haben, dass ich den fiktiven Charakteren manchmal den Vortritt gelassen habe und mich von ihnen habe entführen lassen.

Meine wunderbare Familie: Astrid, Caesar, William und Vanessa, ihr bedeutet mir am meisten. Ihr habt mich so oft ins Ziel getragen. Ohne euch wäre ich nichts. Ich liebe euch.

HANS: Ich arbeite zu viel, das ist kein Geheimnis. Also gebührt mein großer Dank all jenen, die ihr Bestes getan haben, mich mit Reisen, Streichen, Abendessen, Wein und Freundschaft aus dem Büro loszueisen. Camilla, Pilla, die gesamte SFS, die Familie Krieg, Jessica, die Carlssons, Wallins, Bergners und einige mehr. Und dann danke ich natürlich den Besten, Lustigsten, Klügsten und Wunderbarsten. Meiner Familie. Lotta, Sixten, Alice und Ebba. Liebe und Respekt.

Die Sebastian-Bergman-Reihe bei Polaris, Rororo und Wunderlich

«Der Mann, der kein Mörder war»

«Der beste Schwedenkrimi des Jahres.» *Die Welt*

«Ein Ende mit raffiniertem Cliffhanger.» *Hörzu*

«Ein beeindruckendes Krimidebüt – psychologisch dicht, mit unerwarteten Wendungen und einem ungewöhnlichen Ermittler.» *3sat, Kulturzeit*

«Die Frauen, die er kannte»

«Ein Krimi, wie er besser nicht sein kann.» *NDR Info*

«Eines der intelligentesten und interessantesten Produkte, das in den letzten Jahren aus der schwedischen Thrillerproduktion lanciert wurde.» *taz*

«Schon jetzt einer der besten Krimis des Jahres.» *Der Standard*

«Die Toten, die niemand vermisst»

«Fesselnd bis zum Schluss.» *SAT 1, Buchtipp*

«Ein tolles Buch mit einem eigenwilligen Protagonisten.» *Süddeutsche Zeitung, Buchhändlerin Monika Dobler*

«Wer die beiden Vorgänger gelesen hat, der wird in die Buchhandlung stürzen und sich den dritten Band holen.» *NDR Kultur*

«Das Mädchen, das verstummte»
«Das schwedische Autorenduo ist einmal mehr ein verdienter Senkrechtstarter ... Spannend, anspruchsvoll, mit unerwarteten Wendungen.» *Der Standard*
«Ein Spannungshighlight!» *Neue Presse*
«Hjorth & Rosenfeldt auf der Höhe ihres Könnens. Starke Figuren, starker Plot und fast 600 Seiten Hochspannung.» *Bayerischer Rundfunk*

«Die Menschen, die es nicht verdienen»

Das für dieses Buch verwendete FSC®-zertifizierte Papier
Enviro liefert Cordier, Deutschland.